PANINI BOOKS

Greg Keyes

DER BASILISKEN THRON

Ins Deutsche übertragen von Michaela Link

PANINI BOOKS

Bibliografische Information der Deutschen Nationalbibliothek
Die Deutsche Nationalbibliothek verzeichnet diese Publikation in der Deutschen Nationalbibliografie; detaillierte bibliografische Daten sind im Internet über http://dnb.d-nb.de abrufbar.

MIX
Papier | Fördert gute Waldnutzung
FSC® C014496

Englische Originalausgabe:
»THE BASILISK THRONE« by Greg Keyes published in UK by Titan Books, a division of Titan Publishing Group Ltd., London, UK, April 2023.

Deutsche Ausgabe: Panini Verlags GmbH,
Schloßstraße 76, 70176 Stuttgart.

Geschäftsführer: Hermann Paul
Head of Editorial: Jo Löffler
Head of Marketing: Holger Wiest (email: marketing@panini.de)
Presse & PR: Steffen Volkmer

Übersetzung: Michaela Link
Lektorat: Peter Thannisch
Umschlaggestaltung: tab indivisuell, Stuttgart
Satz und E-Book: Greiner & Reichel, Köln
Druck: GGP Media GmbH, Pößneck
Printed in Germany

YDKEYES001

ISBN 978-3-8332-4397-4
1. Auflage, September 2023

Auch als E-Book erhältlich:
ISBN 978-3-7569-9985-9

Findet uns im Netz:
www.paninicomics.de

PaniniComicsDE

Für Sandra Baxter

Die Schlacht am Expirator

988 E. N.

»Hart Ruder legen!«, rief Kapitän Salemon, während sich die Hälfte ihres Bugs in eine Wolke aus zersplittertem Holz auflöste. Die Späne bohrten sich den Matrosen ins Fleisch, und sie fielen schreiend zu Boden. Alastor sah, wie sich sein Freund Danyel beide Hände vors Gesicht schlug und ins Taumeln geriet. Blut troff ihm durch die Finger.

Die *Laros* schwankte unter dem zweiten Treffer, der so heftig war, dass Alastor fast seinen Halt im Rigg verloren hätte. Flammen schossen in die Höhe und breiteten sich wie Flüssigkeit auf dem Deck aus.

»Christus von Ophion!«, heulte Jax. Alastor sah, wie sein Kamerad gute sechs Meter über dem Deck in der Luft baumelte und sich nur mit einer Hand an einem Seil festhielt. Alastor, der sich nahe bei ihm in der Takelage befand, streckte den Arm aus, bekam Jax an seinem Hemd zu fassen und zog ihn näher heran, damit er ihn fester packen konnte.

»Kapitän, wenn wir nicht Kurs halten, können wir sie nicht zum Kampf stellen!«, blaffte Kapitänleutnant La Treille. »Unsere Befehle …«

»Wir bräuchten noch mindestens eine Kabellänge, bis wir

sie in Reichweite unserer Waffen hätten«, entgegnete Salemon. »Wir wären Fischfutter, lange bevor wir nahe genug heran wären.«

Selbst Alastor, so unerfahren er auch war, begriff, wie wahr diese Worte waren. Jedes Schiff in ihrer Linie war getroffen worden, und einige sanken bereits, während die Schiffe der Drehhu in der Ferne unversehrt geblieben waren. Welche dämonischen Waffen auch immer sie einsetzten, sie hatten eine viel größere Reichweite als die Speere schleudernden Quilainen, mit denen die *Laros* bewaffnet war. Die Flotte wurde zu Kleinholz verarbeitet, und dabei hatten sie noch nicht einmal einen einzigen Schuss abgegeben.

»Sie sind wirklich Dämonen«, sagte Jax.

»Also los!«, entgegnete Alastor. »Wir müssen Segel setzen!«

Sie fuhren gegen den Wind, daher hatten sie die Segel eingeholt und die Ruderer übernehmen lassen. Das Schiff drehte inzwischen in den Wind, aber leider nur sehr langsam.

»Ah, *merde*!«, fluchte Jax. »Der Käpt'n fängt sich eine volle Breitseite ein!«

Der Hauptmast zerbarst in hellen Flammen, und was von ihm noch übrig blieb, brannte wie eine Fackel. Das Schiff schlingerte hin und her, als es auf Backbord wiederholt von den unsichtbaren Waffen der Drehhu getroffen wurde. La Treille wurde herumgewirbelt, und seine Hüfte verdrehte sich immer weiter, bis er entzweigerissen wurde und zugleich Feuer fing.

»Wir sind erledigt!«, stellte Jax fest. Er stöhnte auf, und Alastor sah einen Splitter des Masts aus der Brust seines Freundes ragen, so lang wie ein Arm. Dann löste Jax seinen Griff und stürzte auf das in Flammen stehende Deck hinab.

Während das Schiff sank, hielt Alastor sich zuerst noch in der Takelage. Als es sich zur Seite neigte, ließ er los und stürzte ins Meer.

Die Flammen der Drehhu breiteten sich auch über die

Wasseroberfläche aus. Alastor schwamm, so schnell er konnte, doch das Feuer kam ihm immer näher, und er fühlte sich mit jedem Schwimmzug schwerer, da sich die Wollkleidung, die ihn während der Fahrt durch Wind und Kälte warm gehalten hatte, mit Wasser vollsog und zu einer durchweichten Last wurde, die ihn in die Tiefe ziehen wollte. Sein Atem ging in rauen Stößen. Bald spürte er das Brennen der Anstrengung in Armen und Beinen nicht mehr, weil das eisige Wasser sie taub machte.

Alastors Kopf tauchte unter, und das Salzwasser drang ihm in der Nase. Wären da nicht die vielen Stunden gewesen, die er als Junge mit Schwimmen verbracht hatte, wäre er bereits in den grauen Tiefen versunken. Doch das hier waren nicht die sonnigen Gewässer der Coste de Sucre. Er war dem Feuer entkommen, aber er wusste, dass er sich nicht mehr lange würde über Wasser halten können.

Er erspähte ein auf den Wellen treibendes Trümmerteil und hielt darauf zu, griff mit Fingern danach, die er nicht mehr spürte, und schlang die Arme darum. Das Stück Wrack war nicht groß, doch es ging nicht unter, als er sich daran festklammerte. Er ruhte sich für einen Moment aus und atmete durch, die Augen geschlossen, dann öffnete er sie wieder, um sich umzusehen.

Die gesamte Flotte stand in Flammen, und in weniger als einer Stunde waren von fünfundvierzig Kriegsschiffen nur noch Wrackteile übrig. Die dämonischen Waffen des Feindes hatten sie erst manövrierunfähig geschossen und dann in Brand gesetzt, während offenbar kein einziges Schiff der Drehhu auch nur beschädigt worden war. Es überraschte Alastor nicht. Sie hatten keine Masten und waren mit Metall gepanzert.

Die Flotte von Ophion hatte nie auch nur die geringste Chance gehabt, hier draußen auf dem offenen Meer.

Die Flammen auf den Wellen begannen zu flackern und

erloschen, bis nur einige Fleckchen geisterhaften blauen Dunstes zurückblieben. Es war auf seltsame Weise schön, doch dann verschwanden auch sie, und da war nur noch die eisengraue Dünung.

Ein anderer Überlebender kam in seine Richtung geschwommen.

»Etwas dagegen?«, fragte der Mann keuchend, während er sich näherte. Er war ein sommersprossiger Kerl mit kastanienbraunem Haar.

»Kommt mit an Bord«, lud Alastor ihn ein. »Ich bin Alastor Nevelon von der *Laros.*« Er half dem Mann, Halt an dem Stück Treibgut zu finden, dann wartete er, bis sein neuer Kamerad genug Atem geschöpft hatte, um wieder zu sprechen.

»Henri Vallet«, stellte sich der andere Navior schließlich vor. »Zuletzt auf der *Delphis.*«

»Sehr erfreut«, antwortete Alastor. »Wenn wir dieses Ding zu zweit vor uns herschieben, schaffen wir es vielleicht zu den Trümmern dort drüben.« Er deutete in die entsprechende Richtung.

»Ah, dann hätten wir ein richtiges Boot«, sagte Vallet. »Ich bin dabei.«

Sie machten sich mit heftig strampelnden Beinen auf den Weg und steuerten ihr kleines Wrackteil durchs Wasser. Sie hatten tatsächlich ein wenig Glück, denn ihre neue Errungenschaft stellte sich als Teil eines Mastes heraus, um den noch etwas Seil geschlungen war. Es vergingen gefühlte Stunden, bis es ihnen gelungen war, ein Floß zusammenzutäuen, das groß genug war, dass sie sich aus dem Wasser hieven konnten. Sobald sie aus dem Meer heraus waren, das ihnen das Leben aus dem Leib zu saugen gedroht hatte, saßen sie beide schweigend da und rieben sich ihre geschwollenen Hände. Alastor hatte sich drei Fingernägel ausgerissen, doch das spürte er aufgrund der Kälte nicht mal.

»Woher kommt Ihr, Nevelon?«, fragte Vallet nach einer Weile.

»Aus Mesembria«, antwortete Alastor. »Aus einem Ort namens Port Bellschiff.«

Vallet nickte. »An der Coste de Sucre. Nettes kleines Örtchen.«

»Und was ist mit Euch?«

»Ophion Magne«, ließ ihn der Mann wissen. »Aus der Hauptstadt. Allerdings nicht aus ihrem hübschen Teil.«

Sie verfielen in Schweigen. Andere Überlebende waren zu sehen, und noch mehr waren zu hören. Alastor drehte langsam den Kopf und ließ den Blick in alle Richtungen über das Meer schweifen. Er sah die Schiffe der Drehhu inmitten der Trümmer der Flotte, aber bisher kam keines auf sie zu.

Im Westen gab es keinen Horizont, da war nur ein seltsames Grau, wie eine Wand aus Wolken.

»Das ist er, nicht wahr?«

»Der Expirator«, bestätigte Vallet.

»Wir haben nie auch nur die geringste Chance gehabt«, sagte Alastor und seufzte. »Welcher Wahnsinn hat den Admiral nur hierzu getrieben?«

»Das hier war so nicht geplant«, erwiderte Vallet, »das muss Euch doch klar sein. Der Plan bestand darin, sich in ihren Hafen Agath hineinzuschleichen, um direkt von dort aus anzugreifen. Wir hätten doppelt so viele Leute gehabt wie sie und noch dazu den Vorteil, sie überrascht zu haben. Deshalb haben wir uns so weit hier herausgewagt – so nah an den Rand der Welt –, um erst nach unserer Ankunft dort bemerkt zu werden. Aber die Drehhu sind uns auf die Schliche gekommen und haben uns hier abgefangen, mit dem Rücken zum Expirator, sodass wir keine andere Wahl hatten, als zu kämpfen.«

»Das alles ist mir neu«, bekannte Alastor.

»Nur die Offiziere waren eingeweiht«, erklärte Vallet.

»Ihr seid ein Offizier?« Alastor starrte ihn an. »Sir«, setzte er hinzu.

»Spielt das jetzt noch eine Rolle?«, fragte Vallet spöttisch.

»Soll ich der Kapitän unseres kleinen Bootes sein, bis es in Stücke bricht? Immer locker, Nevelon.« Sie schwiegen für eine Weile, dann ergriff Vallet wieder das Wort. »Erzählt mir von Port Bellschiff. Seid Ihr dort aufgewachsen?«

Alastor nickte. »Meine Familie besitzt dort eine Zuckerplantage.«

»Wirklich? Und Ihr habt Euch dafür entschieden, zur Marine zu gehen, statt zu Hause zu bleiben und Rum zu trinken?«

»Ich dachte, ich schaue mich mal ein wenig in der Welt um. Diene meinem Kaiser. Später wollte ich dann vielleicht als Matrose auf ein Handelsschiff gehen.« Er warf einen Blick zum Expirator hin. Jetzt war er sich sicher.

Die Strömung trieb sie darauf zu.

Vallet bemerkte es auch. »So nah bin ich noch nie dran gewesen.« Er klang nicht verängstigt oder auch nur beunruhigt. Lediglich müde.

»Es heißt, er teile die Welt in zwei Hälften.«

»Er erstreckt sich vom äußersten Norden bis in den äußersten Süden, so viel wissen wir mit Bestimmtheit. Aber ob dahinter die andere Hälfte der Welt liegt oder nicht, wer kann das wissen?« Vallet nickte mit dem Kopf zu der grauen Nebelwand, die sich in beide Richtungen erstreckte, so weit sie sehen konnten. »Niemand ist je von dort zurückgekommen. Es könnte auch das Ende der Welt sein. Es könnte eine Wand zwischen uns und der Hölle sein.«

»Ich fürchte, wir werden es bald herausfinden«, meinte Alastor, doch auch er war zu erschöpft, um ihrem Schicksal mit Grauen entgegenzusehen.

Vallet schaute zu den Schiffen der Drehhu hinüber.

Sie kamen jetzt in ihre Richtung.

»Wir wissen, wie die Alternative aussieht«, erklärte Vallet. »Wenn die Drehhu uns nicht umbringen, werden sie uns versklaven.«

Vor ihnen, vom Expirator her, hörte Alastor ein einzelnes bedrohliches Kreischen, dem bald ein weiteres folgte und dann immer mehr Geschrei, bis es zu einem grausigen Chor anschwoll.

»Das klingt nicht gerade vielversprechend.«

Die Nebelwand ragte über ihnen auf und füllte ihr Gesichtsfeld aus, sodass sich kaum abschätzen ließ, wann ihr Trümmerfloß sie erreichen würde.

Nicht weit von ihnen entfernt trieben vier Navioren auf einem anderen improvisierten Floß. Als die Männer in der Nebelwand verschwanden, erwartete Alastor, sie schreien zu hören, aber kein Laut war zu vernehmen. Einen Moment später glaubte er doch etwas zu hören, aber vielleicht bildete er sich das auch nur ein.

Der Himmel wurde dunkler, und die herannahenden Schiffe der Drehhu verwandelten sich in ferne Schatten.

Sie hörten weiteres verzweifeltes Kreischen, dann folgten andere Laute – ein tiefes, stotterndes Klacken und seltsames Geheul, das sich hob und senkte, von einem hohen, schrillen Jaulen bis hin zu Tönen, die so tief waren, dass Alastor sie mehr spürte als hörte. Und ein leises Säuseln, wie ein unbeständiger Wind, aber auch wie ein fernes Wispern in einer unbekannten Sprache.

Als sich die Nacht endgültig über sie legte, glaubte er in der Dunkelheit schwache, sich verlagernde Farbpunkte auszumachen.

»Wann ist es so weit?«, fragte Alastor.

»Vielleicht sind wir ja schon drinnen«, antwortete Vallet.

»Es kommt mir nicht anders vor als zuvor.« Aber noch während er das sagte, verspürte Alastor ein Kribbeln auf der Haut, und sein Herz schlug schneller. Es kam ihm vor, als würde etwas eine Seite von ihm beleuchten – offenbar diejenige, die dem Expirator zugewandt war. Ein Licht, das seine Augen nicht wahrnehmen konnten.

Dann war da ein weiteres seltsames Geräusch: eine Art Knirschen und Schäumen.

»Verdammt!«, rief Vallet plötzlich. »Hinter uns!«

Alastor drehte sich um. Er sah Lichter und die Umrisse eines Schiffes. Ein Schiff der Drehhu. Das schreckliche Geräusch rührte von dorther. Eine Art Laterne bewegte sich in ihre Richtung, und ihr Lichtstrahl fiel auf ihr improvisiertes Floß. Das feindliche Schiff änderte seinen Kurs und kam dann direkt auf sie zu.

In diesem Licht konnte Alastor den Expirator sehen. Höchstens zehn Meter entfernt.

»Wir könnten schwimmen«, meinte er. »Ihnen ihre Beute verweigern.«

»Ein Sklave kann fliehen«, gab Vallet zu bedenken. »Er kann fliehen und nach Hause zurückkehren und abends Rum trinken.« Er machte eine Kopfbewegung zu der Nebelwand hin. »Von dort gibt es kein Zurück.«

Alastor nickte. Er konnte inzwischen Gestalten auf dem Schiff ausmachen, doch es waren nicht die von Menschen. Sie waren größer, hatten breitere Schultern. Zwar hatten sie vier Gliedmaßen wie Menschen, aber diese waren lang und spindeldürr, und die Geschöpfe erinnerten ihn eher an Spinnen.

»Ein Sklave kann fliehen«, pflichtete er Vallet bei.

Erstes Buch

Die Zuckerküste

Erstes Kapitel

Ammolit

Als Ammolit zum ersten Mal in einen Spiegel blickte, war sie sechzehn.

Sie erbrach sich.

Ammolit war eine Sklavin. Sie erinnerte sich nicht daran, wie ihre Mutter sie verkauft hatte, aber Veulkh hatte ihr versichert, dass es sich so zugetragen hatte.

»Ein Silberbarren und eine Kette aus Glassteinen«, hatte er ihr erzählt. »Das war dein Preis.«

Natürlich war das erst gewesen, nachdem er begonnen hatte, mit ihr zu reden.

Ihre frühesten Erinnerungen hatte sie daran, wie sie durch schimmernde, sanft leuchtende Hallen gewandert war, Erinnerungen, wie sie allein auf einem steinernen Balkon gestanden hatte und den Blick über die schneebedeckten Gipfel hatte schweifen lassen, die den Himmel an Ort und Stelle hielten. Und die fast senkrecht abfallende Felswand hinunter, in die diese Festung gehauen worden war, bis hin zu dem geheimnisvollen grünen Tal weit in der Tiefe. Sie hatte Essenskrümel auf dem Balkon für die Vögel zurückgelassen, und im Laufe der Zeit hatten ihr einige diese Leckerbissen schließlich aus den Fingern gepickt. Sie betrachtete die Vögel als ihre Freunde und hatte ihnen Namen gegeben.

Jeden Tag kam eine Frau zu ihr, um ihr etwas zu essen zu bringen und ihr vorzulesen, und später, um ihr Leseunterricht zu geben, aber ihren Namen erfuhr Ammolit nie. Es entwickelte sich keine gefühlsmäßige Verbindung zwischen ihnen. Die Frau erledigte ihre Arbeit und sprach mit Ammolit kaum ein Wort, das nicht in einem Buch geschrieben stand. Sobald Ammolit halbwegs passabel lesen konnte, zeigte die Frau ihr die Bibliothek und kam dann nicht wieder zurück.

Eine neue Frau brachte ihr das Essen, und sie sprach überhaupt nicht mit ihr. Auch keiner der anderen Dienstboten redete mit ihr, und sie begriff schließlich, dass einige von ihnen der Sprache nicht einmal mächtig waren.

Sie las und starrte von den Balkonen hinaus, bewegte sich fast wie ein Gespenst durch ihre Welt, und auch wenn sie wusste, dass sie einen Herrn hatte – und dass er Veulkh hieß –, bekam sie ihn nie zu Gesicht.

Bis sie ihn eines Tages doch sah.

1009 E. N.

An einer Wand in ihrem Zimmer war ein Kalender angebracht, ein rundes mechanisches Ding aus Messing und Kristall, das die Tage ihres Lebens zählte. Sobald sie ihn zu verstehen gelernt hatte, wusste sie, dass sie an einem bestimmten Tag – zum Beispiel – sechs Jahre und fünfundsiebzig Tage alt war. Sie zog den Kalender nicht oft zurate, denn jeder Tag war wie der andere, und die Zahl dieser Tag schien ihr kaum von Belang.

Aber eines Morgens, als der Kalender wie gewöhnlich vor sich hin tickte, klingelte er plötzlich, ein einzelner wunderschöner Ton. Sie war bereits wach und starrte erstaunt auf die Apparatur. Das hier war etwas anderes, etwas, das noch nie zuvor geschehen war. Es erfüllte sie mit einem unerwarteten Gefühl von Hoffnung und Aufregung.

Sie war genau sechzehn Jahre alt.

Noch bevor sie sich erheben und sich anziehen konnte, trat eine kleine, bucklige Frau, die sie noch nie gesehen hatte, in den Raum und brachte ihr ein Gewand aus schwarzer Seide.

»Zieh das hier an!«, sagte die Frau.

Das Gewand hatte unvertraute Verschlüsse, doch die Frau half ihr beim Ankleiden. Bis dahin hatte Ammolits Kleidung aus schlichten Hemdkleidern bestanden, die sie sich über den Kopf zog, daher wusste sie nicht viel über Kleider, aber das Kleid kam ihr viel zu groß vor. Es ergoss sich regelrecht über den Boden und drohte ihr von den Schultern zu rutschen. Sie fühlte sich darin verloren.

Schließlich führte sie die Frau durch das Anwesen zu einem Raum mit einem Tisch, der groß genug war, um zwei Dutzend Menschen Platz zu bieten, der aber nur für zwei Personen gedeckt war. Auf einem dieser Plätze saß Veulkh.

Es überraschte sie ein wenig, wie jung er aussah. Sie wusste, dass er ein Zauberer war, und aus ihrer Lektüre war ihr bekannt, dass man viele Jahre brauchte, um ein Meister dieser Künste zu werden. Nach dem wenigen, was sie von den Dienstboten aufgeschnappt hatte, war sie eigentlich davon ausgegangen, dass der Mann sehr alt sein musste, doch in seinem dunklen Haar und seinem ebenso dunklen Bart fand sich nicht ein Anflug von Silber, und sein Gesicht wirkte ansprechend und war gut aussehend.

Und doch gefiel ihr diese Miene nicht. Es lag etwas darin, das sie beunruhigte.

Die Frau führte sie zu ihrem Platz. Wie das Kleid erschien auch er ihr zu groß.

»Ammolit«, sagte der Mann geistesabwesend. Zuerst war sie sich nicht sicher, ob er überhaupt mit ihr sprach, aber dann blickte er sie direkt an. Wiewohl seine Züge gefasst wirkten und von einer fast heiteren Gelassenheit erfüllt zu sein schienen, waren seine Augen merkwürdig, als blickte er durch sie hindurch oder vielleicht *in* sie hinein.

Die Frau brachte ihnen beiden je ein Glas, das mit etwas Rotem gefüllt war.

»Diesen Namen habe ich dir gegeben«, begann Veulkh und nippte an der roten Flüssigkeit. »Ammolit.«

Unsicher, was sie tun sollte, griff sie nach ihrem Glas und kostete von seinem Inhalt. Es schmeckte seltsam und durchdringend, wie Fruchtsaft, aber als wäre er irgendwie verdorben.

Als sie nicht antwortete, winkte er ihr mit gekrümmtem Finger auffordernd zu.

»Du darfst jetzt sprechen«, erklärte er.

»Ich wusste nicht, dass Ihr mir meinen Namen gegeben habt«, sagte sie.

»Du hattest einen anderen Namen, als ich dich kaufte«, ließ er sie wissen. »Ich erinnere mich nicht mehr daran, wie er lautete.« Er lächelte. »Es spielt auch keine Rolle, nicht wahr?«

»Nein, wahrscheinlich nicht, Meister«, antwortete sie.

Er nahm noch einen Schluck von dem roten Getränk.

»Das hier nennt man Wein«, erklärte er. »Vin in der Sprache von Ophion. Nawash in der Sprache von Modjal. Er hat auch noch andere Namen. Man gewinnt ihn aus Trauben.«

»Wird er durch Magie hergestellt?«, fragte sie.

»Nun, es ist eine Art von Alchemie im Spiel.«

Sie nahm einen weiteren zaghaften Schluck. Es schmeckte ihr immer noch nicht.

»Ich habe Ophion und Modjal erwähnt«, fuhr er fort. »Weißt du, wovon ich da gesprochen habe?«

»Ophion ist ein Reich«, antwortete sie, »und dessen Hauptstadt ist Ophion Magne. Es heißt, ein Gott dieses Namens sei dort gestorben und begraben. Sie haben einen Kaiser und einen Rat von Gelehrten. Sie sind berühmt für Textilien …«

»Und Modjal?«

»Ein anderes Reich, südöstlich von Ophion. Ebenfalls mit einer Hauptstadt, die so heißt wie das Reich, und es ist ebenfalls angeblich die letzte Ruhestätte eines vorzeitlichen Gottes. Der Kaiser ist bekannt als der Qho…«

»Sehr gut«, lobte er. »Du hast die Bücher gelesen, die ich dir zur Verfügung gestellt habe.«

»Ja, Meister.«

Er nickte anerkennend. »Verstehst du, was es bedeutet, eine Sklavin zu sein, Ammolit?«

»Es bedeutet, dass ich Euer Besitz bin«, erwiderte sie.

»Richtig«, sagte Veulkh. »Wie dieser Wein und das Glas, in das er gegossen wurde. Wenn ich das Glas gegen die Wand werfen und es in tausend Scherben bersten lassen will, ist das ganz allein meine Entscheidung. Das Glas und der Wein haben bei der Sache kein Mitspracherecht.«

»Ich verstehe, Meister.«

Er leerte den Rest seines Getränks mit einem einzigen Schluck, danach schwang er den Arm, um das Glas an die Wand zu schmettern – dann aber lächelte er nur und stellte es zurück auf den Tisch. Die Frau kam herbei, um das Glas aus einem Kristallkrug neu zu befüllen.

»Hast du dich je gefragt, warum du hier bist?«

Das hatte sie, sagte es aber nicht. Sie schüttelte den Kopf und trank noch etwas von dem Wein.

»Du bist hier«, begann er, »weil du wie jeder Sklave die eine oder andere Aufgabe für deinen Herrn erfüllen sollst.«

»Ich verstehe, Meister«, erwiderte sie, »nur ist mir nicht klar, was das für Aufgaben sein könnten.«

»Trink deinen Wein aus, dann werde ich es dir zeigen.«

Er schaute schweigend zu, während sie trank. Es fiel ihr von Schluck zu Schluck leichter. Eine Art Wärme kroch ihr über die Haut, und ihre Nervosität schwand allmählich.

Es ist Magie darin, dachte sie.

Sie wünschte, er würde weiterreden. Es gefiel ihr, wenn jemand zu ihr sprach.

»Ich habe auch etwas über Velesa gelesen«, versuchte sie, das Gespräch wieder in Gang zu bringen. »Das ist der Ort, an dem wir uns befinden, nicht wahr?«

»Wer hat dir das gesagt?«, fragte er mit einem Hauch von Schärfe in der Stimme.

»Niemand«, antwortete sie, »aber Eure Bücher sind zumeist in der Sprache von Velesa geschrieben, und Eure Diener sprechen diese Sprache – und diese Nation ist außerdem für ihre hohen Berge bekannt.«

»Bist du dir ganz sicher, dass keiner meiner Dienstboten es erwähnt hat?«

»Das bin ich, Meister.«

»Tja, du irrst dich, dort sind wir nicht.« Er lehnte sich zurück, aber eine kleine Falte verblieb zwischen seinen Brauen.

Er bedeutete ihr, das Weinglas zu leeren. Als sie es getan hatte, gab er der Frau ein Zeichen, und sie verließ den Raum. Dann stand er auf.

»Komm mit, Ammolit«, forderte er sie auf.

Sie folgte ihm und fühlte sich dabei ein wenig träge und unbeholfen. Ihr schwirrte leicht der Kopf. Er führte sie durch eine Tür und in einen Raum, der überwiegend rot möbliert war, dann wies er sie an, sich auf ein großes Bett zu setzen.

Anschließend kniete er sich vor sie und ergriff ihre Hände. Es war ein solcher Schock für sie, dass sie ihm im ersten Moment fast ihre Hände entzogen hätte, doch es gelang ihr, dem Impuls zu widerstehen. Ganz selten war sie bisher von jemandem berührt worden, und es gefiel ihr nicht. Seine Finger fühlten sich unangenehm warm an, ja, sogar heiß, doch seine Berührung war sanft, daher versuchte sie, es zu ertragen, indem sie ganz langsam ein- und ausatmete.

Er hob ihre rechte Hand und legte sich ihre Handflächen an die Schläfen.

»Schließ die Augen«, wies er sie an. »Schau. Sieh sie dir an.«

Sie wusste nicht, was er meinte, doch sie schloss die Augen. Zuerst sah sie nichts anderes als Dunkelheit, die Innenseiten ihrer Lider, aber allmählich erschien etwas, ein Nebel, ein Licht.

Aus dem Licht wurde ein Gesicht, das Gesicht einer Frau. Die Frau hatte dunkle Augen und helle Haut, und ihr Haar war schwarz wie Rauch. Sie zitterte; es war, als würden ihr tausend Insekten über die Haut kriechen – oder unter ihrer Haut.

»Jetzt«, sagte er. »Öffne die Augen!«

Sie tat wie geheißen und starrte ihm ins Gesicht.

»Orra«, hauchte er. Seine Augen hatten sich verändert. Sie wirkten lebendiger, erfüllt von irgendeiner kaum im Zaum gehaltenen Gefühlsregung. Während sie ihn weiter anschaute, begann er zu weinen.

»Du musst sagen, dass du mich liebst«, verlangte er.

»I-Ich l-liebe Euch«, stammelte sie und hatte nun mehr Angst denn je zuvor.

Er drückte seine Lippen auf ihre, und sie fühlte sich wie eingezwängt, wollte ihn von sich schieben, doch sie konnte ihre Glieder nicht bewegen. Und ihr Körper … er schien ihr … größer geworden zu sein. Anders. Irgendwie war er nicht mehr ihr eigener.

»Du musst sagen, dass ich dich glücklich mache«, befahl er ihr. »Du musst.«

Jetzt berührte er sie, berührte sie überall. Seine Finger waren immer noch sanft, dennoch wollte sie schreien, wollte weg von ihm.

»Ich habe so lange gewartet, Orra«, flüsterte er ihr ins Ohr. »Du warst so lange fort von mir, aber ich habe dich behalten, dich behalten …« Wieder presste er den Mund auf ihre Lippen, nun grober, dann auf ihren Hals und ihre Brust. Er drückte sie auf das Bett und schob ihr Kleid hoch.

Als es vorüber war, wusste sie immer noch nicht, was sich da zugetragen hatte, aber ihr tat alles weh, und ihr war übel. Sie weinte, doch er sprach wieder auf sie ein und forderte sie auf zu sagen, dass sie ihn liebe und wie sehr er sie doch beglückt habe. Es war fast, als würde er betteln, also tat sie, was er wollte, tat es schluchzend.

»Du verstehst nicht, oder?«

»Nein.«

»Geh dort hinüber!« Er streckte den Arm aus und deutete mit der Hand. »Dreh den Spiegel herum!«

Sie gehorchte, froh, aus dem Bett herauszukommen, weg von ihm. Er hatte auf einen Holzrahmen gezeigt, der auf einem Drehgelenk befestigt war. Sie hatte etwas über Spiegel gelesen, hatte in Wasserbecken und im polierten Marmor einiger der Säle vage Blicke auf sich erhaschen können, aber sie hatte selbst noch nie einen Spiegel gesehen. Sie drehte das Gestell um.

Ammolit hatte weißblondes Haar und ein kleines, schmales Gesicht. Sie ging davon aus, dass ihre Augen hellblau waren oder vielleicht sogar weiß, aber was sie nun in dem Spiegel sah, war die Frau mit dem schwarzen Haar. Das Kleid saß auf einmal perfekt, sie füllte es mit all den Rundungen der erwachsenen Frauen, die für Ammolit gesorgt hatten.

Als sie die Hand hob, tat es auch die Frau mit den dunklen Locken im Spiegel.

Und da übergab sie sich.

Drüben auf dem Bett lachte Veulkh sie aus.

Am ganzen Leib zitternd sah sie noch einmal in den Spiegel. Die Frau war verschwunden, ersetzt durch ein sechzehnjähriges Mädchen in einem Kleid, das viel zu groß für es war.

Ich will sterben, dachte sie.

Es sollte nicht das letzte Mal sein, dass sie das dachte.

Sie kannte nicht das Wort für das, was ihr widerfahren war, und da war niemand, der es ihr hätte sagen können. Die Bücher in der Bibliothek enthielten Informationen über ein breites Spektrum an Themen, aber nichts darüber, was das genau gewesen war und was er da in sie hineingeschoben hatte.

Während der Kalender in ihrem Zimmer tickte und ihre Tage und Geburtstage zählte – siebzehn, achtzehn, neunzehn, zwanzig –, lernte sie, es zu erdulden. Sie wurde immer besser darin, die Dinge zu sagen, die er von ihr hören wollte, in dem Tonfall, den er verlangte. Und sie lernte, das Ganze zu beschleunigen.

Mit der Zeit hörte er ganz auf, ihr Anweisungen zu geben, und betrachtete sie stattdessen nur so, als wäre sie das Einzige auf der Welt, was zählte. Er beteuerte ihr wieder und wieder, wie sehr er sie liebe, aber sie wusste nicht so recht, was das bedeutete.

Schließlich fand sie ein Buch, das die Formen der »Liebe« beschrieb. Eine der Formen von Liebe – Eros – schien die Dinge zu beinhalten, die er ihr mit seinem Körper antat. Eine andere Art der Liebe – Pragma – schien zu erklären, wie er sich verhielt, wenn er damit fertig war.

In diesen Momenten sprach er mit ihr über Dinge, die er und Orra miteinander geteilt hatten, vor langer Zeit, von den Ländern, die sie gemeinsam besucht hatten, von Orten, zu denen er sie wieder mitnehmen wollte. Sie begriff, dass sie in Veulkhs Augen zu zwei völlig verschiedenen Menschen geworden war – Ammolit und Orra –, und bisweilen hatte sie Angst, dass auch in ihrem Bewusstsein die gleiche Spaltung eintreten könnte.

Als Ammolit konnte sie seine Berührung nicht ertragen. Es war leichter, so zu tun, als wäre sie Orra, wenn er sie mit ins Bett nahm.

Orra – wer auch immer sie gewesen war und wann auch immer es sie gegeben hatte – musste ihn genauso geliebt haben, wie er sie liebte. Ammolit hatte nur eine ganz verschwommene Vorstellung davon, was das für eine Liebe gewesen sein mochte, aber sie wusste, dass sie selbst Veulkh nicht liebte. Tatsächlich hatte sie ihn nicht einmal gern, so wie die Bücher es beschrieben, ganz gleich, wie peinlich aufrichtig seine Schwüre, seine Hingabe an sie sein mochten.

Es gab noch eine weitere Veränderung, und die nutzte sie nach Leibeskräften aus. Jede Nacht war sie Orra und schlief in seinen Gemächern, aber tagsüber konnte sie – als Ammolit – innerhalb des endlos scheinenden Anwesens gehen, wohin sie wollte.

Außer dem Schlafzimmer und dem Speiseraum umfassten Veulkhs Gemächer eine Küche samt Balkon mit Aussicht über die Berge. Es gab auch ein Dampfbad mit Fliesen aus Türkis und polierten roten Korallen mit Abbildungen von Delphinen und Seeschlangen darauf. Doch ganz besonders weckte die Wendeltreppe, die nach oben führte, ihr Interesse. Als Ammolit sie hinaufstieg, entdeckte sie Veulkhs Bibliothek, die sehr viel interessantere Lektüre bot als ihre eigene.

Es gab dort dicke Wälzer über Alchemie und Thaumaturgie, über Gifte, über die Säfte des Universums und des menschlichen Leibes, über die Atome, die das Blut aller Lebewesen barg. Viele der Bücher handelten vom Wetter und seinen Phänomenen und von der Welt mit ihren Bergen, Flüssen und Meeren. Dann waren da die Bände, die in Schriften verfasst waren, die sie nicht lesen konnte, deren Illustrationen jedoch die Vermutung nahelegten, dass es sich dabei um Zauberbücher handelte.

Als Veulkh sie in der Bibliothek vorfand, war sie sich sicher, dass er sie bestrafen würde, aber er beachtete sie nicht einmal. Zuvor hatte sich Ammolit in dieser Festung wie ein Gespenst gefühlt, jetzt schien sie für ihn tatsächlich eins zu sein, denn solange sie nicht Orra war, nahm er sie kaum wahr.

Eines Tages, nicht lange nach ihrem zwanzigsten Geburtstag, beschloss sie, herauszufinden, wie unsichtbar sie wirklich war und ob sie das Haus vielleicht einfach verlassen und fortgehen könnte. Doch wenn es einen Weg hinaus gab, so gelang es ihr nicht, ihn zu finden.

Also fuhr sie damit fort, sich selbst zu erziehen und zu bilden. Sie versuchte, den rätselhaften Symbolen in den Zauberbüchern eine Bedeutung abzuringen. Sie suchte nach irgendeiner Erklärung dafür, auf welche Weise Veulkh sie in Orra verwandelte, fand hierzu aber nichts außer der Information, dass Verwandlung eine der schwierigsten und gefährlichsten Formen von Magie sei.

Sie benötigte zwei Jahre, um das Buch zu finden, nach dem sie gesucht hatte, ohne sich genau darüber im Klaren zu sein, wonach genau sie eigentlich Ausschau hielt. Zu diesem Zeitpunkt hatte sie sich zwei der obskuren Sprachen selbst beigebracht, in denen viele der Texte geschrieben waren. Es war eine Abhandlung über Synapsen, die Stellen, an denen sich die Kräfte der Welt verknüpften oder zusammenliefen. Die mächtigsten waren natürlichen Ursprungs, aber solche Synapsen konnten auch erschaffen werden.

Kurz nach ihrer ersten Nacht mit ihm hatte Veulkh ihr seine Hexerklause gezeigt, wo er seine mächtigste Magie wirkte. Sie war sich sicher, dass es sich dabei um genau so eine Synapse handelte.

Aus dem Buch hatte sie noch von einer anderen Art von Synapse erfahren, wie sie jeder Zauberer für sich selbst formte. Sie wurde bisweilen als ein »Herz« bezeichnet oder als ein innerster »Kern«, und es war so etwas wie ein Schlüssel, der einem den Zugang zu fremden Mächten öffnete, ein Vermittler zwischen dem eigenen Willen und der stofflichen Welt, sodass man das, was man wollte, Wirklichkeit werden lassen konnte.

Jenes Herz war außerdem ein Ort der Verwundbarkeit, denn war es einmal geschaffen, konnte der Zauberer ohne dieses Herz nicht mehr leben.

Wenn sie Veulkhs Herz finden könnte …

Zunächst wagte sie kaum, auch nur daran zu denken. Das Buch beschrieb nicht, wie etwas Derartiges aussehen mochte, aber einige Wochen nach der Lektüre des Buches begann sie zu suchen. Vorsichtig.

Veulkhs Hexerklause lag über der Bibliothek, ein gewaltiger, tief in den gewachsenen Fels des Berges hineingehauener

Raum, aber mit einer zum Wind hin offenen Seite. Der Boden war nach innen gewölbt und so glatt, dass sie beinahe ausgerutscht wäre, als sie das erste Mal einen Fuß darauf gesetzt hatte. Neben dem Treppeneingang gab es zwei zusätzliche Tore – eins war ziemlich groß, und das andere entsprach den Maßen der Türen überall im Herrenhaus. Beide waren stets verschlossen.

Manchmal sah sie ihm bei der Arbeit zu. Nie tat er zweimal dasselbe. Bisweilen hüllte er sich in dunkle Dünste und sang etwas in einer kehligen Sprache. Bei anderen Gelegenheiten nahm er Tränke zu sich, zeichnete Symbole auf den Boden oder schrieb sie mit einem brennenden Stab in die Luft. Manchmal traf er keine anderen Vorbereitungen, trat einfach nur in die Mitte des Raums und stand still da.

Doch was immer er tat, die Härchen in ihrem Nacken stellten sich jedes Mal kribbelnd auf, und sie hatte dabei einen seltsamen Geschmack im Mund. Licht und Farben veränderten sich auf merkwürdige Weise, und leise Geräusche hallten in ihrem Schädel wider. Es ängstigte sie, doch sie fühlte sich auch seltsam davon angezogen.

Mit der Zeit bemerkte sie auch, dass es etwas mit ihm machte, dass er hinterher irgendwie sowohl mehr als auch weniger war als zuvor. Bisweilen lag er benommen da, weder richtig wach, noch schlief er, und Dinge, die sie nicht sehen konnte, ließen ihn zusammenzucken.

Wenn das geschah, war immer Kos in der Nähe, der Hauptmann seiner Raben, zusammen mit vier oder fünf weiteren Wachen. Die Raben trugen Wämser, rot, umbrabraun und schwarz kariert, und waren mit Schwert und Dolch bewaffnet.

Sie waren keine Sklaven. Er bezahlte sie mit Gold.

Hin und wieder war die Tür zum Treppenhaus auch verschlossen, sodass sie nicht beobachten konnte, was er tat, und häufig schien dann der ganze Berg zu erzittern. Zuerst hatte sie das erschreckt, aber mit der Zeit lernte sie, es einfach hinzunehmen. Er tauchte dann anschließend geschwächt wieder auf.

»Warum tut Ihr das?«, fragte sie ihn eines Abends in Orras Gestalt. Sie hatte mehr Wein als sonst getrunken, und das ließ sie mutiger werden.

»Weil ich es kann«, erwiderte er.

Für einen Moment war sie nicht sicher, ob er überhaupt wusste, was sie gefragt hatte, dann jedoch rollte er sich auf die Seite und sah ihr in die Augen.

»Prinzen betteln um meine Dienste«, erklärte er, »Kaiser werfen mir Gold vor die Füße, und doch bin ich niemandem verpflichtet.«

»Was ist mit der Kryptarchia?«, hakte sie nach.

Ein Ausdruck von Missbilligung trat in seine Züge. »Was weißt du über die Kryptarchia?«

»Sie ist so etwas wie eine Gilde«, antwortete sie. »Eine Hexergilde.«

»Dieser gackernde Haufen von Hennen.« Er seufzte. »Ich lasse mich dazu herab, ihren Anweisungen zu folgen, wenn mir der Sinn danach steht, aber ich habe mich schon vor langer Zeit über sie erhoben. Ich bin mein eigener Herr. Die Kryptarchen – Politiker, Bibliothekare und all die Zicken, die ihr Strigas schnüffeln … Was sie praktizieren, kann man kaum als Hexerei bezeichnen. Von meinesgleichen gibt es nur sehr wenige, Orra. Ich bin einer der Letzten.«

»Aber es gibt noch andere?«

»Einige wenige«, antwortete er, »doch niemand von ihnen ist so mächtig wie ich. Aber jetzt wollen wir nicht mehr davon sprechen.«

Sie kannte seine Launen und drang daher nicht weiter in ihn.

Mehrere Monate lang blieb alles beim Alten. Dann verkündete der Kalender ihren einundzwanzigsten Geburtstag.

Zweites Kapitel

Chrysanthe

Coste de Sucre, Mesembria

1014 E. N.

Chrysanthe wusste, dass Lucien sie küssen wollte.

Ein milder Zephyrwind rauschte durch die Zuckerrohrfelder, die sich vom Bergpfad aus nach rechts und den Hang hinab erstreckten, und fuhr durch die Locken ihres goldenen Haares. Eine Schar prächtiger Flamingos erhob sich durch den safrangelben Dunst, und ihre Silhouetten zogen vor dem Hintergrund der zimtbraunen und indigoblauen Wolken dahin, die sich am Horizont zusammenballten. Blassgrüne Elfen huschten in den gefiederten Wedeln des Palmenwaldes hin und her, der links an den Pfad angrenzte. Es schien, als befände sich die ganze Welt in einem Zustand angenehmer Erregung.

Der Saum ihres blauvioletten Gewandes strich sachte über das Gras. Dann blieben sie stehen.

Lucien war deutlich größer als Chrysante, daher musste er sich vorbeugen. Das gab ihr Zeit, den Kopf wegzudrehen, sodass seine Lippen ihre Wange berührten und nicht ihren Mund. Er stutzte für einen Moment, einen unsicheren Ausdruck in seinen braunen Augen, dann richtete er sich abrupt wieder auf.

»Entschuldigt bitte«, sagte er. »Das war wohl etwas gedankenlos von mir.«

»Ich habe eher den Verdacht, dass Ihr Euch sehr viel dabei gedacht habt.« Sie lächelte, um ihre Worte nicht so schroff wirken zu lassen.

Er verschränkte die Arme vor der Brust. »Es ist nur ... All die Zeit, die wir zusammen verbracht haben ... Und als Ihr mich gebeten habt, Euch zu begleiten ...«

»Aber das hab ich doch gar nicht, Lucien. Ihr habt *mich* gebeten, mich begleiten zu dürfen. Unten am Tor, als ich aufgebrochen bin.«

Eine schmale Falte bildete sich auf seiner Stirn, und ihr fiel erneut auf, wie gut er aussah mit seinen hohen Wangenknochen und der Adlernase – fast schon hübsch. Wiewohl er erst fünfundzwanzig Jahre war, wich der Ansatz seines zimtroten Haares bereits von seiner Stirn zurück, doch das verlieh ihm eine gewisse Ernsthaftigkeit. Wie immer war er modisch gekleidet – an diesem Tag trug er ein kanariengelbes Hemd, eine beige Bandkrawatte und einen langen Reitermantel von der gleichen Farbe. Er hielt einen Zweispitz mit schmaler Krempe in den Händen.

»Ja«, räumte er ein, »das ist wohl wahr. Aber ganz ehrlich, wie hätte ich zulassen können, dass sich eine Dame ganz allein hinaus aufs Land begibt?«

»Ihr seid sehr galant«, antwortete sie. »Und ich bin froh über Eure Gesellschaft. Nur ... benehmt Euch.«

Lucien lächelte. Nervös, wie sie fand. Er war ein äußerst umgänglicher Mensch, intelligent und belesen, und sie genoss die Gespräche mit ihm. Als Mann von guter Herkunft war er jüngst für einen längeren Aufenthalt aus dem fernen Ophion hergekommen, um sich mit dem Zuckergeschäft vertraut zu machen, und er hatte beträchtliche Summen in die Unternehmen ihres Vaters investiert.

Er war so ganz anders als die Männer von hier, die Chrysanthe ihre Aufwartung machten, und ihre Mutter – immer an einer adligen Verbindung interessiert in der Hoffnung, dass die Familie über ihre kaufmännischen Wurzeln hinaus aufstieg – himmelte ihn geradezu an.

Chrysanthe bog von dem breiten Weg auf einen schmaleren Pfad ab, der sich durch die Palmen schlängelte.

»Es ist schon spät«, mahnte Lucien. »Die Sonne wird bald untergehen. Vielleicht sollten wir besser umkehren.«

»Nur noch ein kleines Stück weiter«, sagte sie. »Es ist lange her, seit ich das letzte Mal hier entlanggegangen bin. Direkt vor uns befindet sich eine alte Kapelle. Sie ist wirklich schön, vor allem in der Abenddämmerung.«

»Eine richtige Kapelle oder irgendeine alte Ansammlung von Steinen der einheimischen Völker?«

»Nun, Ihr könnt Euch selbst ein Urteil bilden.«

»Ich halte das für eine schreckliche Idee«, äußerte er, als sie sich von den Feldern entfernten und tiefer in den immer dichter werdenden Wald drangen. »Wir könnten uns verirren. Oder irgendein wildes Tier …«

»Ihr habt Euren Degen bei Euch, nicht wahr?«, unterbrach sie ihn. »Ihr könnt mich verteidigen, wenn nötig, oder?«

»Na ja, schon …«

»Und was die Möglichkeit betrifft, dass wir uns verirren … Dies ist ein gut ausgetretener Pfad, der offenbar noch häufiger genutzt wird, als ich es in Erinnerung hatte. Als ich das letzte Mal hergekommen bin, war er völlig überwuchert.«

»Trotzdem. Ich werde Eurer Mutter Rede und Antwort stehen müssen, wenn ich noch nach Einbruch der Dunkelheit mit Euch hier draußen bin.«

»An dieser Stelle ist der Weg feucht von einer nahen Quelle«, warnte sie ihn. »Gebt acht, der Untergrund ist rutschig.« Sie nahm sich ihren eigenen Rat zu Herzen und schritt vorsichtig über den glitschigen weißen Lehm.

Kurz darauf erhob sich vor ihnen die Kapelle, beleuchtet von den niedrig hereinfallenden Strahlen des aus dem Westen kommenden Lichts, das durch die Bäume sickerte. Sie fand eine Stelle, von der aus man eine schöne Aussicht hatte, blieb stehen, um das Gebäude zu bewundern, und lehnte sich dazu gegen den kräftigen Stamm einer Palme.

Trotz ihres Alters und obwohl die Kapelle offensichtlich baufällig war, fand Chrysanthe sie wunderschön. Sie war aus weißem Stein errichtet und über und über mit Abbildungen von Schlangen, Blumen, tanzenden Gestalten und Symbolen für Luft und Nacht verziert.

»Zauberhaft, nicht wahr?«, meinte sie. »Damals, zu ihrer Zeit, haben die Tamanja prachtvolle Bauten errichtet, bevor dann die Drehhu ihre Zivilisation auslöschten.«

»Und jetzt ist nicht mehr viel mit ihnen anzufangen«, entgegnete Lucien. »Passable Arbeitskräfte, aber ungeeignet für höhere Aufgaben und Funktionen. Sie können von Glück sagen, dass sie unter unserem Schutz stehen.«

»Ja«, antwortete sie, »unter unserem Schutz.«

»Allerdings muss ich zugeben, dass es ein hübscher Anblick ist«, gestand Lucien ein. »Darf ich Euch jetzt nach Hause geleiten?«

»Wisst Ihr«, bemerkte Chrysanthe, »es gibt hier einen Geist, eine Frau. Wenn man genau an dieser Stelle steht, macht sie sich manchmal bemerkbar.«

Sie trat einige Schritte auf die Kapelle zu und blieb dann stehen. Als Lucien neben sie trat, holte sie tief und langsam Atem.

»Spürt Ihr das?«, flüsterte sie. »Wie Wasser, das einem übers Gesicht läuft?«

»Ich … ja!«, rief Lucien. »Es ist wirklich erstaunlich.«

Chrysanthe lächelte. Sie war erst acht Jahre alt gewesen, als sie den Geist entdeckt hatte.

»Macht die Augen zu«, forderte sie ihn auf und schloss ihre eigenen. Für einen Moment war da nichts als Dunkelheit, aber dann bildete sich ein Gesicht, das Gesicht eines Mädchens mit breiten Wangenknochen und grünen Augen.

Mah simki? Simi Sasani, murmelte eine Stimme.

»Oh!«, machte Lucien.

Chrysanthe öffnete die Augen und sah, dass er einen ganzen Meter zurückgesprungen war.

»Habt Ihr Euch erschreckt?«, fragte sie. »Ich habe Euch ja gewarnt.«

»Es ist nur ... Eure Stimme hat so seltsam geklungen. Gar nicht nach Euch.«

»Ach, habe ich gesprochen?«, fragte sie erstaunt.

»Ja, in einer fremden Sprache.«

»Das war *sie*«, erklärte Chrysanthe. »Der Geist. Sie sprach eine alte Form des Tamanja. Sie hat mich nach meinem Namen gefragt und gesagt, sie selbst heiße Lotus.«

»Ich habe keinen Geist sprechen hören, nur Euch.«

Sie nickte. »Ich bin empfänglich für Geister. Das bin ich immer gewesen, genau wie einst meine Großmutter. Die Parfait Hazhasa in der Basilika sagt, das sei nicht alltäglich, aber auch nicht völlig außergewöhnlich.«

Lucien nickte. »Wirklich unglaublich interessant. Also, darf ich jetzt mein Angebot wiederholen, Euch nach Hause zu geleiten?« Er wirkte immer noch erregt.

»Einverstanden«, sagte sie und sah, wie Erleichterung über seine Züge glitt.

»Einen Moment noch«, bat sie. »Hört Ihr das?«

»Noch einen Geist?«, fragte er.

»Nein. In der Kapelle.«

»Nein«, antwortete er. »Ich höre nichts.«

»Lasst uns nachsehen.«

»Chrysanthe!«, ermahnte er sie eindringlich. »Wenn dort jemand ist, könnte es sich um Diebe oder Vagabunden handeln.«

»Na ja, gut, diese Leute haben kein Recht, sich auf dem Boden meines Vaters aufzuhalten«, sagte sie entschieden. »Ihr habt Euren Degen. Wir werden der Sache auf den Grund gehen.«

»Ihr handelt allzu übereilt«, versetzte er, aber er folgte ihr, als sie auf die Kapelle zuschlich.

Der Grundriss des Gebäudes war oval, es war etwa zwölf Meter lang, und der Eingang befand sich auf der Ostseite.

Noch bevor sie dort anlangten, trat ein Mann heraus, ein raubeinig aussehender Kerl, Hose und Baumwollhemd abgetragen. Seine Lippen wurden durch eine Narbe geteilt, die, wenn er den Mund schloss, einer weißen Raupe ähnelte. In seinem Gürtel steckte ein schweres Kurzschwert.

Er bedachte die beiden mit grimmigem Blick und grollte: »Was macht ihr hier?«

»Was machst du da drinnen?«, fragte Chrysanthe scharf zurück. »Ich bin Chrysanthe Nevelon. Das Gelände hier gehört zum Besitz der Nevelons. Tritt beiseite!«

Neben ihr zog Lucien seinen Degen. »Tu, was sie sagt.«

Widerstrebend entfernte sich der Mann von der Tür.

Chrysanthe näherte sich der Kapelle, schaute hinein, und die verängstigten großen Augen von etwa fünfzehn Kindern erwiderten ihren Blick. Sie waren schmutzig, zerlumpt und mit Ketten aneinandergefesselt.

»Danesele!«, rief eines der Kinder.

»Ja, Eram«, antwortete sie. »Alles wird gut, das verspreche ich.«

Sie drehte sich wieder zu Lucien um, der neben dem Mann stand, den Blick ihr zugewandt.

»Chrysanthe …«, setzte er an. Sein Degen bedrohte sie nicht direkt, aber er zielte auf einen Punkt zwischen ihren Füßen und seinen.

»Ich glaube nicht an Zufälle, Lucien«, eröffnete sie ihm. »Echte Zufälle sind etwas sehr Seltenes. Das Verschwinden der Kinder begann, kurz nachdem Ihr hier eingetroffen seid. Ich habe Nachforschungen angestellt und herausgefunden, dass Ihr einige merkwürdige Einkäufe getätigt habt – Ketten zum Beispiel –, und einmal habe ich einen bläulich schwarzen Fleck auf Eurem Taschentuch entdeckt. Es hat ausgesehen wie Ahzha, das Sklavenhändler häufig dazu verwenden, ihre Opfer ruhigzustellen.« Sie sah ihn eindringlich an. »Bisweilen«, fuhr sie fort, »hat Euer Mantel auch einen Duft von verbranntem Dung verströmt, wie ihn die Dorfbewohner als Brennstoff benutzen. Was hat er denn in den Dörfern zu suchen?, habe ich mich gefragt. Schließlich blieb nur noch die einzige Frage: Wo Ihr wohl Eure Beute festhaltet, bis Ihr sie verschachern könnt. Und dann ist mir der weiße Lehm auf Euren Stiefeln aufgefallen. Hier ist der einzige mir bekannte Ort, wo die Erde diese spezielle Farbe hat.«

Sie machte eine Kopfbewegung hin zu dem anderen Mann. »Und du? Ich kenne dich, du arbeitest für meinen Vater. Wie hast du ihn nur derart verraten können?«

Lucien wirkte richtiggehend verängstigt, und die Muskeln in seinem Gesicht zuckten. »Chrysanthe«, sagte er, »das lässt sich alles erklären …«

»Ja«, antwortete sie. »Die Erklärung besteht darin, dass Ihr Kinder, die unter dem Schutz meines Vaters stehen, in die Sklaverei verkauft.«

»Sie sind doch auch so schon kaum besser dran als Sklaven«, versetzte er, und allmählich wirkte er verärgert.

»Das ist nicht wahr«, widersprach sie. »Sie bekommen Lohn, und sie dürfen weder gekauft noch verkauft werden.«

Unvermittelt ergriff der andere Mann das Wort. »Es gibt da eine Stelle nicht weit von hier. Viele Krokodile. Sie ist allein dorthin gegangen. Unfälle passieren nun mal …«

Lucien schürzte die Lippen und senkte den Blick. Er sah aus wie eine gefangene Zibetkatze.

»Lucien«, sagte Chrysanthe, »es gibt zwei Gründe, warum ich Euch nicht erlaubt habe, mich zu küssen. Den ersten dürftet Ihr nun kennen. Der zweite Grund ist, dass meine Brüder Euch womöglich umgebracht hätten, hätten sie gesehen, dass Ihr Euch mir gegenüber solche Freiheiten herausnehmt.«

»Eure Brüder?«, fragte er erstaunt. »Die sind nicht dabei gewesen.«

»Ach, Lucien«, sagte sie seufzend, »natürlich waren sie das.«

Lucien wurde ganz blass und drehte sich genau in dem Moment um, als Tycho, ihr ältester Bruder, zwischen den Bäumen hervortrat. Mit seinen vierundzwanzig war er sechs Jahre älter als sie und genauso braunhäutig wie ihr Vater. Wie auch bei Chrysanthe fiel ihm das Haar in Locken über die Schultern, doch seine waren fast ebenholzschwarz. Er trug eine Jägerjacke und einen breitkrempigen Strohhut, und seine schlichte Kleidung stand in scharfem Kontrast zu Luciens prächtigem Aufputz.

»Ein weiteres deiner Spielchen gut zu Ende gespielt, Schwesterchen?«, fragte er.

Bei seinem Erscheinen hetzte Luciens Komplize auf das Dickicht des Urwalds zu – doch Gabrien, der Nächstälteste, trat ihm mit vorgehaltenem Säbel entgegen und hielt ihn auf.

Gabriens kurz geschnittenes Haar leuchtete rotgolden in der untergehenden Sonne. Er hatte die schmale, feine Nase ihrer Mutter geerbt, eine Nase, die ihm zusammen mit seiner Hautfarbe – und gewissen charakteristischen Verhaltensweisen – den Spitznamen Li Goupil eingetragen hatte, »der Fuchs«.

Theron, mit seinen fünfzehn Jahren der Jüngste, folgte ihm auf dem Fuße, Pfeil und Bogen lässig in der Hand. Theron und Chrysanthe hatten das gleiche herzförmige Gesicht, den gleichen dunkelbraunen Teint und das gleiche blonde Haar, sodass die Leute sie trotz des Altersunterschieds oft für Zwillinge hielten.

Lucien wirbelte mit glühendem Gesicht herum und sprang auf Chrysanthe zu. Sie hatte so etwas erwartet und sich insgeheim einen kleinen Dolch zwischen die Finger gelegt, aber ihre Schuhe waren immer noch glitschig vom Schlamm, und sie rutschte auf dem alten Kalkstein der Kapelle aus. Dabei entglitt ihr der Dolch, und bevor sie das Gleichgewicht wiederfinden konnte, hatte Lucien sie gepackt und hielt ihr von hinten die Degenklinge an die Kehle.

»Hört zu!«, rief er. »Ich habe mir nur ein bisschen was hinzuverdienen wollen. Ich will keinem von Euch etwas Böses.«

»Diesen Pfad habt Ihr gerade verlassen, indem Ihr Hand an meine Schwester legt«, grollte Tycho und umfasste den Griff seines Säbels fester.

»Und einmal davon abgekommen«, fügte Theron hinzu und legte einen Pfeil auf die Sehne seines Bogens, »werdet Ihr in einen tiefen Abgrund stürzen.«

»Vielleicht sollten wir diesen Krokodilen mal einen Besuch abstatten«, schlug Gabrien vor.

»Nein, *hört zu*!«, flehte Lucien verzweifelt, und Chrysanthe spürte, wie seine Degenklinge ihre Haut ritzte. »Ihr drei zieht Euch jetzt zurück! Ich werde mich dem Konsul des Kaisers stellen, aber ich gebe mein Leben nicht in die Hände von euch … Barbaren.«

»So viel Süßholzgeraspel«, meinte Gabrien. »Du hast recht, Santh, er ist wirklich ein allzu romantischer Bursche.«

»Lucien«, ergriff Chrysanthe das Wort, »jetzt hört *mir* zu, und zwar ganz genau. Für die Entführung der Kinder kann Eure Familie aufkommen, aber wenn Ihr mir etwas antut – möge Gott verhüten, dass Ihr mich umbringt –, werdet Ihr Euch nicht vor einem Gericht verantworten müssen. Ihr werdet in Stücke gehackt, Euer Kopf wird auf eine Lanze gespießt, und die Geier werden sich an Eurem Fleisch gütlich tun.«

Er schien in sich zusammenzusacken, aber der Degen bewegte sich nicht von der Stelle.

»Sie werden mich so oder so umbringen«, meinte er. Jetzt weinte er.

»Ich werde sie darum bitten, Euch am Leben zu lassen.«

Sein Griff um Chrysanthe wurde fester. »Warum sollte …?«, begann er – aber da kam von hinten eine Hand, tauchte kurz vor Chrysanthes Gesicht auf, packte die Klinge an ihrer Kehle und riss sie weg.

Lucien heulte auf und ließ Chrysanthe los. Sie stolperte gegen die Mauer der Kapelle, während jemand Lucien zu Boden schlug und sich dann auf ihn warf.

Nein, nicht jemand. Zwei Männer in der zobelbraunen und auberginefarbenen Uniform der kaiserlichen Marine.

Lucien versuchte sich wieder hochzukämpfen, aber der Man über ihm verpasste ihm einen wuchtigen Faustschlag gegen das Kinn. Dann sprang er auf, trat beiseite und warf Chrysanthe einen besorgten Blick aus großen blauen Augen zu.

»Crespin!«, rief sie. »Ach, Crespin!«

Der Begleiter ihres Bruders, ein schlaksiger Kerl mit ungebärdigem braunem Haar, das unter einer Matrosenmütze hervorquoll, trat Lucien in die Rippen. »Du jämmerlicher Dreckskötер!«, brüllte er. »Du verdammtes Stück Hyänenscheiße, das …«

»Renost!«, mahnte sie ihn. »Bring ihn nicht um!«

Er trat Lucien noch einmal. »Ich bin keiner deiner Brüder«, gab er zurück. »Worum immer du sie bittest, mich betrifft das nicht.«

»Wir brauchen ihn lebend, Renost«, beharrte sie. »Er muss uns verraten, wo wir die anderen Kinder finden.«

Renost stand da und keuchte einen Moment lang heftig. Seine schwarzen Augen loderten. Doch dann nickte er.

»Nur ihr zuliebe lass ich dich leben«, ließ er den stöhnenden Lucien wissen, dann spuckte er ihn an.

Crespin war inzwischen bei ihr angelangt, und sie schlang die Arme um ihn.

Tycho ergriff das Wort. »Wir wollten dir eine kleine Überraschung bereiten, als Theron uns erzählte, dass du mit diesem Kerl davonspaziert bist.« Er deutete mit dem Kopf auf Lucien. »Jetzt ist wohl eine etwas größere Überraschung daraus geworden.«

»Stimmt«, antwortete sie, »eine wunderbare Überraschung. Crespin, ich dachte, du hättest noch ein Jahr auf

See vor dir, bis wir dich wiedersehen würden. Und du, Renost …«

Plötzlich sah sie, dass eine von Renosts Händen stark blutete. Es musste er gewesen sein, der in Luciens Degen gegriffen hatte.

Er bemerkte ihren Blick und brummte: »Nur ein Kratzer.« Dann schien er sich zu besinnen, riss sich den Hut vom Kopf und grüßte: »Danesele.«

»Deine Reisen haben einen stattlichen Mann aus dir gemacht, Renost«, erklärte sie, »aber die förmliche Anrede ist unnötig. Trotz deines Protests von eben bist du für mich genauso ein Bruder wie die anderen.«

Erst da fiel ihr ein dritter Mann in den Farben des Kaisers auf, ein hübscher Bursche mit strohfarbenem Haar, der das Geschehen mit einem Gesichtsausdruck verfolgte, den sie als überraschte Belustigung interpretierte.

»Mein Herr«, sagte sie und nickte ihm zu.

»Oh, Schwester!«, rief Crespin. »Wie nachlässig von mir. Das ist unser Gefährte, der absolut großartige Seigneur Hector de la Foret, unser Schiffsarzt. Er begleitet uns auf unser Drängen hin, damit er sich mit eigenen Augen davon überzeugen kann, dass unser Land nicht so barbarisch ist, wie er vernommen hat.«

»Es ist mir ein großes Vergnügen, Euch kennenzulernen«, sagte Foret mit einer kleinen Verbeugung. »Und bei dir, Crespin, muss ich mich für meine früheren Vorurteile entschuldigen. Die einzigen Barbaren hier sind diese beiden Skalvenhändler. Aber nun möchte ich mich zunächst um unseren Freund Renost kümmern.«

Renost zuckte daraufhin dann doch mit den Schultern und ergab sich seinem Schicksal. Weiterhin troff ihm Blut von der Hand.

»Ja«, stimmte Chrysanthe dem jungen Arzt zu, »verbinden wir seine Wunde.« Sie ließ den Blick über den wimmernd am Boden liegenden Lucien und über seinen Komplizen gleiten, der trotz seines von der Sonne gebräunten Gesichts so bleich wirkte wie eine Baumwollsamenkapsel. »Und kettet die Kinder los.«

»Theron«, sagte Tycho zu seinem ältesten Bruder, »hol die Pferde her.« Dann wandte er sich Chrysanthe zu. »Wir kümmern uns um die Kinder und die beiden Halunken«, erklärte er. »Sobald Renost verbunden ist, werden er und Crespin dich zurück nach Hause geleiten.«

Sie verkniff sich einen Einwand – einerseits wollte sie mit eigenen Augen sehen, wie die wiedergefundenen und befreiten Kinder zurück zu ihren Eltern gebracht wurden, andererseits wusste sie nicht, wie lange Crespin an Land bleiben würde, und wollte, bis er wieder in See stach, möglichst viel Zeit mit ihm verbringen.

»Vielen Dank, Tycho«, sagte sie. »Und ihr zwei«, fuhr sie an Theron und Gabrien gewandt fort, »was wäre ich nur ohne euch?«

»Krokodilfutter vermutlich«, erwiderte Gabrien.

Sanft brach die Nacht herein und ließ einen warmen Wind aufkommen, geschwängert vom würzigen Duft der Orchideen und Wasserlilien. Hinter der Terrasse tanzten Glühwürmchen über dem Fluss Laham, und der helle Abendstern leuchtete durch die Bäume, während nach und nach auch die kleineren Sterne erstrahlten. Ein Nachtvogel zwitscherte, begleitet von Harfenklängen.

Chrysanthe schaute hinüber zu Foret, der den Blick auf den Fluss gerichtet hatte. »Tut mir leid, dass Ihr auf so rüde Art mit unserem Land Bekanntschaft gemacht habt, Seigneur de la Foret.«

»Es war ohne Zweifel erhellend«, erwiderte er, »aber ich habe bereits einige Zeit in der Gesellschaft Eures Bruders zugebracht, daher waren diese Ereignisse womöglich doch nicht ganz so überraschend.« Er machte eine ausholende Bewegung mit seinem Glas. »Und all das ist so wunderschön«, sagte er. »Es ist sehr großzügig von Euch allen, mich in Euer Heim einzuladen.«

»Welchen Ort nennt Ihr Euer Zuhause, Seigneur?«

»Bitte, nennt mich Hector«, antwortete er. »Ich fürchte, mein Zuhause Poluulos ist ein kaum bekannter Ort.«

»Die Insel im Meer von Mesogeios?«, hakte sie nach. »Bekannt für ihr hervorragendes Nutzholz?«

»Ihr erstaunt mich.« Er warf Crespin einen Blick zu. »Ja, deine Schwester ist fürwahr erstaunlich.«

»Oh ja«, griff Crespin die Bemerkung auf, »wir sind alle ziemlich erstaunt.«

Foret schaute sie wieder an und nickte. »Ja, die Insel ist tatsächlich meine Heimat, und ihr Holz war so hervorragend, dass mittlerweile kein einziger Baum mehr auf diesem kleinen Felsbrocken steht.«

»Das habe ich nicht gewusst«, bekannte Chrysanthe ein wenig entsetzt.

Hector breitete die Hände aus. »Nun ja«, meinte er, »mit dem Holz ist es vorbei, aber wir haben immer noch jede Menge kleine Jungen, die irgendwann erwachsen werden und in den Dienst des Kaisers treten können. So wie ich es tat, und dieser Umstand hat mich immerhin in diese höchst exquisite Gesellschaft geführt. Verratet mir eins, Danesele: Ist Euer Leben immer so aufregend wie heute?«

»Ja«, antwortete Renost an ihrer Stelle. »Weil sie es nämlich so aufregend macht.«

»Genau«, pflichtete Crespin ihm bei und wandte sich dann an seine Schwester. »Dir ist doch klar, dass deine Eskapaden eines Tages einmal ein … schlimmes Ende nehmen.«

»Hat es ja auch schon diesmal, jedenfalls für Lucien«, hob Tycho hervor und nahm Platz. Er hatte seine Jagdkleidung gegen ein Zawb eingetauscht, das locker sitzende Leinengewand, das die einheimischen Tamanja bevorzugten.

»Ich meine, für sie«, unterstrich Crespin. »Und das weiß sie auch.«

»Ich kann doch nicht einfach untätig zusehen, wie mein Vater bestohlen oder sein Ruf ruiniert wird«, protestierte Chrysanthe.

»Tycho hat die Verantwortung, solange Vater fort ist«, versetzte Crespin. »Er ist voll und ganz imstande, sich um die geschäftlichen Angelegenheiten zu kümmern. Es ist nicht so wie in unserer Kindheit, als wir so getan haben, als wären wir Spione des Reiches …«

»Erinnert ihr euch an die Geheimsprache, in der ihr zwei immer eure Botschaften gekritzelt habt?«, warf Renost ein.

»Es war keine Sprache«, korrigierte Chrysanthe. »Es war ein Code.« Sie sah Crespin mit einem gespielten unwilligen Stirnrunzeln an. »Lieber Bruder, bist du den ganzen weiten Weg über das Meer gekommen, nur um mir eine Standpauke zu halten?«

Crespin spreizte abwehrend die Hände. »Meine Predigt ist zu Ende«, beteuerte er. »Ich möchte dich nur drängen, ein wenig Vernunft walten zu lassen.«

»So wie du, nehme ich an«, entgegnete sie. »Renost, Hector, sagt mir die Wahrheit. Hat sich mein Bruder während seiner Zeit bei der Marine von Schwierigkeiten ferngehalten?«

Renost grinste. »Nun, das hängt ganz davon ab, was du mit Schwierigkeiten meinst.«

»Renost!«, herrschte Crespin ihn an.

»Sind es zum Beispiel Schwierigkeiten, wenn man den Schleier von Codaey vor den Kopf stößt, indem man seiner Tochter unangemessene Geschenke macht?«

»Blumen!«, protestierte Crespin.

»Rote Jonquinen, um genau zu sein. Sie haben in Codaey eine ganz besondere symbolische Bedeutung. Soll ich es näher erklären?«

»Nicht nötig«, entschied Chrysanthe hastig und warf ihrer jüngeren Schwester einen mahnenden Blick zu. Es war ihr nicht entgangen, dass das Mädchen Renost schmachtend ansah, und Phoebe fühlte sich offensichtlich ertappt und richtete ihre Aufmerksamkeit schnell wieder auf die Saiten ihrer Harfe.

»Ich hatte keine Ahnung von der Bedeutung der Blumen«, machte Crespin geltend.

»Waren es Schwierigkeiten, als du auf das Dach der heiligen Grabstätte von Phejen geklettert bist?«, setzte Renost die Liste fort. »Nun ja, wohl eher für die Stadtwache, die dich daraufhin die ganze Nacht durch die Stadt gejagt hat.«

»Uns«, berichtigte Crespin und wedelte seinen Zeigefinger zwischen ihnen beiden hin und her. »Sie haben *uns* gejagt.«

Renost hob sein Weinglas. »Nun ja«, räumte er ein, »jedenfalls hatten wir von dort eine hervorragende Aussicht.«

Die beiden Männer ließen ihre Gläser gegeneinanderklirren.

»Verstehe schon«, meinte Chrysanthe. »Mir wird also von ein wenig Hausputz abgeraten, während ihr zwei jeden Hafen unsicher macht?«

Crespin runzelte die Stirn. »Könnte sie damit recht haben?«, fragte er Renost. »Wirklich *jeden* Hafen?«

»Nein«, beteuerte Hector. »Ihr zwei habt die Heiligeninsel in bester Ordnung zurückgelassen. Kaum angerührt.«

»Na bitte«, meinte Crespin. »Du übertreibst, Schwester.«

»*Trop*, genug!«, rief Chrysanthe. »Ich will nichts mehr von euren Untaten hören! Verrate mir lieber, Crespin, welche glückliche Fügung dich frühzeitig zu uns nach Hause zurückgebracht hat?«

Seine kantigen Züge nahmen einen ernsteren Ausdruck an. »Die gleiche Wendung des Schicksals, die auch Vater morgen oder übermorgen hierher zurückführen wird.«

Das Harfenspiel verstummte abrupt.

»Vater kommt zurück?«, stieß Phoebe atemlos hervor.

»Ja«, antwortete Crespin.

»Dann sind wir bald alle wieder zusammen!«, rief Phoebe überglücklich. Mit ihren fünfzehn Jahren schien ihre Fähigkeit zu überschwänglichem Jubel – wie umgekehrt auch zu abgrundtiefem Elend, je nach Stimmungslage – noch grenzenlos zu sein.

»Für eine gewisse Zeit«, schränkte Crespin ein.

Bei diesen Worten befiel Chrysanthe eine plötzliche Sorge. »Sag mir warum, Crespin.«

»Krieg«, antwortete er. »Wir ziehen in den Krieg.«

Einen Moment lang herrschte Schweigen.

Chrysanthe überlegte, was sie als Nächstes sagen sollte, als hinter ihr die Tür aufgerissen wurde.

»Chrysanthe!«, blaffte ihre Mutter. »Was hast du nur wieder angestellt?«

Drittes Kapitel

Bracke

Das Tal der Elmekije

1014 E. N.

Als er die Reiter des Barons beobachtete, wie sie unter ihm den Hang hinabgaloppierten, bedauerte es Bracke, dass es ihm so gut gelungen war, die falsche Fährte zu legen. Sie waren darauf hereingefallen und ritten in die falsche Richtung – und damit war die Jagd vorüber, bevor sie überhaupt begonnen hatte. Die Idioten waren nur wenige Meter entfernt, aber sie würden ihn nicht sehen, so gut war er in dem üppigen Dickicht von Schweinslorbeer versteckt.

Doch das ließ sich ändern, dachte er.

Mit einem wilden Aufschrei setzte er den Hang hinunter, warf sich auf den hintersten Reiter, und die flache Seite seines Tomahawks ließ den Helm des Mannes dröhnen wie eine Glocke. Noch bevor der Reiter aus dem Sattel gekippt und schwer auf der Erde aufgeschlagen war, flitzte Bracke bereits auf der anderen Seite des Weges den Hügel hinauf.

»Da ist er!«, rief einer der Männer.

Zu spät zischten einige Pfeile durch die Eichen, doch keiner kam Bracke sonderlich nah. Er stieß ein spöttisches Johlen aus, als er erneut aus der Sichtweite der Reiter verschwand, und kicherte über die Litanei von Flüchen, die folgte.

Er rannte einige Schritte den Hügel entlang, dann setzte er mit langen Sprüngen ins nächste Tal hinunter, rutschte auf verrotteten Blättern in die Tiefe, und es war fast, als würde er fliegen. Die Flüche und das Lärmen von Pferden und gepanzerten Männern, die durch das Unterholz brachen, waren immer noch zu hören.

Bracke selbst wurde nicht von einer Rüstung behindert – er trug nichts am Leib als ein Lendentuch und einen Gürtel, in dem seine kleine Axt und ein Beutel glatter Steine steckten.

Er sprang über den Bach im Talboden, rannte einige Schritte weiter und blieb dann vor einer Wand aus Dorngestrüpp stehen. Er schob seine Axt in den Gürtel, nahm einen Kieselstein aus seinem Beutel und begutachtete ihn prüfend, um sodann die Schleuder von seinem Handgelenk zu wickeln. Dann legte er den Stein in die dafür vorgesehene Hirschledermulde.

Die Männer kamen jetzt den Hang herunter. Einer von ihnen – ein stämmiger rothaariger Kerl namens Detel – bemerkte ihn.

»Schießt!«, brüllte Detel.

Etliche weitere Pfeile kamen in Brackes Richtung geflogen, diesmal besser gezielt. Er trat hinter einen Amberbaum.

»Du kleines Stück Govno!«, rief Detel. »Dein letzter Tag ist gekommen!«

»Nun ja, jeder hat seinen Tag«!, brüllte Bracke zurück und streckte den Kopf hinter dem Baumstamm hervor. »Aber verratet mir mal – worüber seid ihr Kerle eigentlich so verärgert?« Er zuckte zurück in Deckung, und ein gefiederter Schaft bohrte sich in den Stamm.

»Widerrechtliches Eindringen in den Wald meines Herrn!«, antwortete Detel. »Alle möglichen kleinen Diebstähle. Vandalismus. Hexerei. Hühnerklau …«

»Ich finde, die Hühner sind schon unter den kleinen Diebstählen mit enthalten«, parierte Bracke. »Oder etwa nicht?«

»Schnappt ihn euch!«, schrie Detel.

Bracke ließ sich Zeit, den besten der Bogenschützen auszuwählen. Er spannte seine Schleuder und trat hinter dem Baum hervor. Der Mann trug einen Helm mit Nasenschutz, daher zielte Bracke auf die ungeschützte Kehle und ließ den Stein fliegen. Dann warf er sich zwischen die Dornbüsche, ließ sich auf Hände und Knie fallen und rutschte über den Waldboden, wo er ein klein wenig mehr Platz hatte.

Am Rand eines Abhangs tauchte er wieder aus dem Gebüsch auf, zwei Manneshöhen über einem Biberteich. Er sprang hinunter, dorthin, wo der Teich am tiefsten war. Als er wieder auftauchte, schwamm er ans Ufer, und von dort wandte er sich nach Osten und bahnte sich einen Weg in den Rücken seiner Verfolger, um sich noch den einen oder anderen Spaß mit ihnen zu machen.

Er sah prüfend zum Himmel, sah dort einen Raben kreisen und lächelte.

Sodann kletterte er auf eine riesige Magnolie, hockte sich in die oberen Äste und sah zu, wie sich der erste Ritter des Barons eine Bahn durch das Dornengestrüpp hackte, das Gleichgewicht verlor und in den Biberteich stürzte. Ein anderer Mann tauchte auf, und Bracke schätzte die Entfernung ab. Der Reiter befand sich so gerade eben am Rand der Reichweite seiner Schleuder, daher war es gut möglich, dass ein weiterer Stein seine Verfolger lediglich auf sein Versteck aufmerksam machte. Was vielleicht ganz vergnüglich sein könnte – die Jagd würde von Neuem beginnen –, aber vermutlich würde es doch wohl eher weniger spaßig werden. Besser, er kehrte zu Großmutter zurück und berichtete ihr, was er gesehen hatte.

Er machte sich gerade daran, die fast leiterartig angeordneten Äste hinabzuklettern, als er einen Zweig knacken hörte. Er blickte nach unten und sah die Spitze eines Pfeils auf sich gerichtet.

Der dazugehörige Bogen befand sich in den Händen eines schlanken Mannes mit überraschend blauen Augen und nicht sehr vielen Haaren am Kopf. Er stand inmitten eines Hains aus Farnbäumen, die fast so hoch waren wie er selbst. Nicht weit von seinen Füßen entfernt lag ein Rucksack auf dem Boden.

»Immer mit der Ruhe«, sagte der Mann auf Velesanisch, aber mit einem Akzent, der klang, als käme er aus einer Gegend irgendwo im Osten. »Lebend bezahlen sie mir mehr für dich als tot.«

»Natürlich zahlen sie da mehr, das versteht sich doch von selbst.«

»Also, wirf deine Streitaxt herunter sowie die Schleuder und die Steine.«

»Lasst mich kurz darüber nachdenken«, antwortete Bracke.

»Ich kann einen Vogel im Flug treffen«, ließ ihn der Mann wissen. »Ich könnte diesen Pfeil durch deinen einen Arm jagen und den nächsten durch deinen anderen.«

Er klang nicht so, als würde er aufschneiden.

»Wartet!« Bracke ließ seine Waffen auf den mit Farnkraut bedeckten Boden fallen.

Der Mann beförderte sie mit einem Tritt vom Baum weg, und zielte dabei ununterbrochen weiter auf Bracke.

»Jetzt komm runter!«, kommandierte er.

»Sie haben Euch eigens von irgendwoher angeheuert, nicht wahr?«, fragte Bracke, während er hinunterkletterte. »Irgendwie schmeichelhaft. Ihr seid auch schlau. Lasst sie ein Ablenkungsmanöver ausführen, während Ihr mir die ganze Zeit auf den Fersen gewesen seid.«

»Das trifft es so ziemlich.«

»Ihr wisst, dass sie mich umbringen werden«, fuhr Bracke fort. »Und wofür? Wegen ein bisschen Spaß!«

»Das ist nicht mein Problem«, versetzte der Mann. »Ich mache nur, wofür ich bezahlt werde.«

Bracke stand jetzt auf dem Boden und sah den Mann an.

»Toruti«, sagte Bracke.

»Wie bitte?«

»Ein Wort in der Sprache der Kansa«, erklärte Bracke. »Es bedeutet ›Angreifen‹.«

»Strapazier nicht meine …«

Ein gewaltiges rotbraunes Etwas kam aus dem Unterholz geschossen und warf den Mann zu Boden. Der Bogen sirrte, und der Pfeil verschwand seufzend zwischen den Farnen.

»Es hat nicht Euch gegolten«, stellte Bracke klar. »Ich habe mit Rose geredet.«

Der Mann hörte wahrscheinlich gar nicht zu, denn die riesige Hündin drückte ihn mit den Vorderpfoten auf seinen Schultern zu Boden und zerrte seinen Kopf an einem der Ohren hin und her.

Bracke sammelte seine Waffen ein, dann hob er den Bogen des Mannes auf und zerschnitt mit seiner Axt die Sehne.

»Schon gut, Rose«, befahl er. »Du sollst ihm nicht den Garaus machen.«

Rose sah zu ihm auf, ein abgetrenntes Ohr zwischen den Zähnen. Sie hielt den Mann weiterhin auf den Boden gedrückt, während Bracke dessen Rucksack durchsuchte. Darin fand er Ketten, die zweifellos für ihn bestimmt gewesen waren.

Bevor der Mann auf die Idee kommen konnte, um Hilfe zu brüllen, bemerkte Bracke: »Ich kann ihr jederzeit befehlen, Euch die Kehle durchzureißen.«

Der Mann begriff, schrie nicht, jammerte aber: »Mein Ohr! Mein Ohr …!«

»Gib ihm sein Ohr zurück, Rose.«

Die Hündin ließ ihre blutige Beute auf das Gesicht des Mannes fallen.

Bracke legte ihm die Ketten an und wuchtete sich den Rucksack auf die Schultern. Er ging davon aus, dass er noch andere Dinge enthielt, und zwar solche, die es sich zu besitzen lohnte.

Er hörte das Flattern von Flügeln, dann ließ sich Ruß auf seiner Schulter nieder.

»Da bist du ja«, sagte er zu dem Raben. Er machte eine Kopfbewegung zu dem gefesselten Mann hin. »Du hättest mich wissen lassen können, dass er da ist.« Er drehte sich um und wollte verschwinden.

»Du kannst mich nicht hier zurücklassen!«, protestierte der Mann.

»Doch«, entgegnete Bracke. »Doch, kann ich. Und diese anderen Knaben werden schneller hier sein, als ein Karnickel zum Pinkeln braucht. Euch passiert schon nichts.«

»Es stimmt, was sie mir erzählt haben«, erklärte der Mann. »Dummerweise habe ich sie für einfältige Burschen gehalten.«

»Was haben sie Euch denn erzählt?«

»Dass du ein Hexer bist und mit Dämonen verkehrst.«

Bracke blinzelte verwundert. »Ihr meint Ruß und Rose?« Er deutete zuerst auf den Raben, dann auf den Hund.

»Dämonen!«

»Na klar«, antwortete Bracke, »und Ihr könnt das gern rumerzählen, wenn Ihr wollt.« Dann machte er, dass er davonkam. Die Männer des Barons waren dumm, aber nicht taub.

Er spürte es immer, wenn er Großmutters Wald betrat, ganz gleich, aus welcher Richtung er kam. Da war einfach etwas anderes in der Luft, im Licht, in der Art, wie sich alles leicht nach innen zu neigen schien. Hier war seine Wiege, sein Herd, das Zentrum seiner Welt.

Hier war er in Sicherheit.

Es war das einzige Zuhause, an das er sich erinnern konnte, gleichwohl es nicht der Ort seiner Geburt war – Großmutter hatte ihn als Säugling gefunden, allein im Wald. Sie hatte ihn Kansa zu sprechen gelehrt, zu plündern und zu jagen.

Als er älter geworden war, war er durch die Wälder und Auen des Tals gewandert und später durch die Hügel und Berge im Umkreis. Er hatte das Dorf Berze am Fluss Vlone entdeckt und beobachtet, wie andere Menschen lebten. Irgendwann hatte er sich mit einigen der mutigeren Kinder des Dorfes angefreundet, und von ihnen hatte er Velesanisch gelernt, die Sprache des Südens.

Eine Zeit lang hatte er in Berze Handel getrieben und dort Pelze, Honig, Pilze und dergleichen gegen Eisenwerkzeuge, Süßigkeiten, Brot und Wein eingetauscht. Während dieser Zeit hatte er halb in der Welt der Menschen gelebt – bis er sich mit Leste eingelassen hatte, einem Mädchen, auf das auch der Sohn des Barons ein Auge geworfen hatte, dessen Burg die Stadt überschattete. Auf einmal hatte man ihn aller möglichen Dinge bezichtigt – der Hexerei, des Diebstahls, der Wilderei im Wald des Barons. Nur der letzte dieser Anklagepunkte entsprach der Wahrheit, aber das tat nichts zur Sache. Es hatte von Anfang an Leute gegeben, die ihm mit Argwohn begegneten, vor allem unter den Älteren.

Bracke hatte beschlossen, dass er, wenn er schon all dieser Verbrechen beschuldigt wurde, sie genauso gut auch begehen konnte, und so hatte er angefangen, auf Kosten des Barons seine Späße zu treiben. Wenn ihm das langweilig wurde und ihn die Wanderlust packte, zog es ihn immer wieder tief in die Berge, bis die Dorfbewohner schon glaubten, er sei tot oder für immer verschwunden.

Wenn er es satthatte, allein zu sein, kam er zurück, um zu plündern und zu verwüsten, trieb Vieh in den Wald und spielte den Jägern und Kurieren des Barons allerlei Streiche – um anschließend immer wieder in die Sicherheit von Großmutters Wald zurückzukehren.

Er folgte einem kleinen Bach und erreichte schon bald ihre Höhle. Von draußen machte sie nicht viel her – nur eine Öffnung in einem moosbewachsenen Hügelhang, nicht größer als die Tür eines Hauses –, aber die Wurzeln der Höhle reichten tief. *Sehr* tief, vielleicht bis an den Grund der Welt. Er hatte die Höhle in jüngeren Jahren ein wenig erkundet, zog aber Abenteuer unter freiem Himmel vor.

Großmutter war da, wie immer. Sie trug ein selbst gesponnenes Hemdkleid, hatte sich ein Schultertuch übergeworfen und kauerte vor dem Feuer, das er am Morgen geschürt hatte. Ihr Haar war heute schwarz, ohne eine Spur vom Grau des vergangenen Tages, und ihre Augen waren eher grün als braun.

Großmutter war niemals von einer Morgendämmerung bis zur nächsten dieselbe. Manchmal sah sie nicht einmal aus wie ein Mensch. Sie hatte ihm erzählt, dass sie viele Jahre lang überhaupt kein äußeres Erscheinungsbild gehabt hatte, aber seit seinem Auftauchen machte sie sich die entsprechende Mühe.

»Schössling«, begrüßte sie ihn. »Wie lange bist du diesmal fort gewesen?«

»Nur einen Teil eines Tages«, erwiderte er.

»Es ist schwer, das einzuschätzen«, sagte sie. »Ein Jahr, ein Tag – für mich ist es gleich.«

»Ich weiß, Großmutter.«

»Aber nicht für dich.« Sie sah ihn aus ihren smaragdgrünen Augen an. »Wie viele Winter hast du schon erlebt?«

»Siebzehn oder achtzehn«, antwortete er. Es war ein Gespräch, das sie schon zuvor geführt hatten, ziemlich oft sogar. Es war mehr oder weniger ihre Art, Hallo zu sagen.

Er machte sich daran, den Rucksack auszupacken, und stellte fest, dass er etwas Brot enthielt, einen kleinen Weinschlauch, eine Geldbörse mit zehn silbernen velesanischen Korls und einen Schleifstein.

»Achtzehn«, erklärte Großmutter. »Es müssen achtzehn sein. Das ist eine lange Zeit für mich, um wach zu sein.« Sie lächelte. »Aber ich hatte meine Freude an dir, Schössling.«

»Ich hab dich ebenfalls lieb, Großmutter«, bekannte er und schaute auf. »Ich habe heute Morgen Fremde bei der Burg des Barons gesehen. Ich glaube, sie sind schon seit ein paar Tagen dort. Zwei der Dienerinnen haben sich unterhalten, und eine hat gesagt, die Fremden stammten aus Ophion Magne, aber das dürfe niemand wissen. Sie hat auch gemeint, dass sich der Baron vor ihnen fürchte.« Er richtete seine Aufmerksamkeit wieder auf den Rucksack.

Großmutter nickte, sagte jedoch nichts.

»Wo liegt Ophion?«, fragte er. »Ist es weit weg?«

»Das weiß ich nicht«, antwortete sie. »Der Name klingt vertraut. Wahrscheinlich hat den Ort mal jemand erwähnt, den ich einst kannte.«

Etwas an der Art, wie sie das sagte, ließ ihn stutzen. Er hob den Blick vom Rucksack und sah sie wieder an.

»Stimmt irgendetwas nicht?«, fragte er.

»Bald bist du fort.«

»Ich gehe ständig fort«, entgegnete er. »Und ich komme immer zurück.«

»Nein«, sagte sie. »Fort.«

»Du meinst tot?«, hakte er nach. »Was meinst du genau?«

Sie schüttelte den Kopf. »Morgen bist du fort.«

Viertes Kapitel

Der Ruf des Kaisers

»Hallo, liebe Mutter«, grüßte Crespin und stand auf. Renost erhob sich ebenfalls eilig, gefolgt von Hector.

»Crespin?«, stieß sie überrascht hervor. »Crespin?« Sie sah sich anklagend im Raum um. »Warum hat mir niemand erzählt, dass mein Sohn zurückgekehrt ist? Warum hat man mir das vorenthalten? Wir hätten ein Festmahl veranstalten sollen, eine Feier!«

»Es war mein eigener Wunsch, Mutter.« Crespin trat auf sie zu, umarmte seine Mutter und küsste sie auf die Wange. »Ich wollte keinen Wirbel und mit Sicherheit keine Feier. Und ich wollte dich überraschen.«

»Na, das ist dir auf jeden Fall gelungen«, murrte sie. »Schau mich nur an!«

Chrysanthe konnte ein entnervtes Seufzen nicht ganz unterdrücken. Iole Nevelon sah wunderschön aus. Das tat sie stets, und sie betrachtete es als ihre Pflicht, schön auszusehen – zumal ihr das angesichts der Gaben, mit denen die Natur sie bedacht hatte, nicht allzu schwerfiel. Die Jahre hatten den Glanz ihrer goldenen Locken stumpfer werden lassen, aber nur ein klein wenig, und ihre blassen Züge waren immer noch zart und regelmäßig. Niemand sah sie je unfrisiert oder nicht ordentlich zurechtgemacht, und doch stand sie jetzt hier und führte sich auf, als trüge sie eine vom Schweineschlachten blutbefleckte Schürze statt eines Gewandes aus Seidenbrokat.

Mutter richtete ihren anklagenden Blick wieder auf Chrysanthe. »Glaub ja nicht, dass ich dich vergessen habe«, verkündete sie. »Und genauso wenig euch, Jungs. Lucien de Delphin ist von adligem Geblüt, und ihr habt ihn halb totgeprügelt. Alle Aussichten, die sich dir da eröffnet hätten, Chrysanthe …«

»Du musst eine schlechte Meinung von mir haben, wenn du glaubst, ich würde einen solchen Mann in Betracht ziehen«, fiel ihr Chrysanthe ins Wort.

»Alle Männer sind Tiere«, stellte Iole fest, »doch sie alle lassen sich zähmen. Dass er in derlei Geschäfte verwickelt sein soll, wie du behauptest, ist fürwahr bedauerlich, doch weit davon entfernt, unverzeihlich zu sein.«

»Er hat unserer Schwester einen Degen an die Kehle gehalten«, erklärte Theron, der gerade in den Raum trat. »Er kann sich glücklich schätzen, noch am Leben zu sein.«

»Wir werden ja sehen, wer sich hier glücklich schätzen kann, sobald seine Klage den Hof erreicht«, versetzte Iole. Dann tat sie das Thema mit einer knappen Handbewegung ab. »Genug davon. Stell mir diesen jungen Mann vor.«

Crespin tat wie geheißen, und Hector verbeugte sich. Die beiden wechselten ein paar Nettigkeiten, dann richtete seine Mutter ihre Aufmerksamkeit wieder auf ihren heimgekehrten Sohn.

»Was führt dich nach Hause, Crespin?«

»Der Krieg!«, platzte es aus Phoebe heraus. »Und Vater kommt ebenfalls zurück.«

»Alastor?«, wunderte sie sich. »Was für ein Krieg denn? Wer greift uns an?«

»Wir sind es, die angreifen, Mutter«, klärte Crespin sie auf. »Der Kaiser hat uns zu den Waffen gerufen. Nicht nur die Marine, auch Teile der Handelsflotte.« Er schwieg für einen Augenblick.

Zu Chrysanthes gewaltiger Überraschung warf ihre Mutter nicht sofort etwas ein, sondern gewährte ihm die Pause.

»Wir sollen Basilisk angreifen«, fuhr er schließlich fort. »Wir werden den Thron von Basilisk stürzen, den sogenannten Basilisken-Thron, und die ganze Angelegenheit ein für alle Mal beenden.«

»Sacre merde!«, fluchte Gabrien.

»Gabrien!«, blaffte Iole, aber da war ein leises Zittern in ihrer Stimme.

»Warum?«, erkundigte sich Chrysanthe. »Es ist Jahre her, dass …«

»Vierhundert plus was weiß ich«, unterbrach sie eine neue Stimme.

Chrysanthe sprang voller Freude auf. »Vater!«

Alastor Nevelon war schlank und kantig und wirkte stets gefasst. Sein schwarzes Haar war von grauen Strähnen durchzogen, doch seine blaugrünen Augen leuchteten wie das Meer an flachen Stellen. Ein schwaches Lächeln umspielte seine Lippen.

»Gemahl!«, rief Iole. »Du auch hier?« Sie warf Crespin einen finsteren Blick zu. »Wie grausam von dir, mir nichts davon zu sagen!«

»Ich wusste nicht, wann er eintreffen würde – ehrlich gesagt, bin ich davon ausgegangen, er würde frühestens morgen hier sein. Du musst einen wirklich günstigen Wind gehabt haben, Vater.«

»Zeitweise«, erwiderte der ältere Mann. »Vor allem habe ich ein überragend gutes Schiff und eine hervorragende Besatzung, die …«

Er wurde von Phoebe unterbrochen, die sich ihm in die Arme warf, dann scharten sich auch die übrigen um ihn.

Crespin blieb, wie Chrysanthe auffiel, bis zum Schluss an seinem Platz. Die Beziehung zwischen Vater und Sohn war seit einiger Zeit von Spannungen geprägt, und als Crespin zur Kaiserlichen Marine gegangen war, statt seinem Vater in den Zuckerhandel zu folgen, waren auf beiden Seiten harsche Worte gefallen.

»Haben wir wirklich Krieg, Papa?«, fragte Phoebe, während sich Alastor von Tycho ein Glas Wein reichen ließ und es sich auf einem Stuhl bequem machte.

Er nickte. »Vierhundert Jahre lang kämpfen wir jetzt schon gegen die Drehhu. Als die erste Flotte hier an diesem Ort eintraf, hatten diese Kreaturen schon nahezu den Hauptteil der Welt erobert. Ich brauche niemanden an ihre Verderbtheit zu erinnern, an das Grauen, das unsere Vorväter aufgedeckt haben, als sie die Sklaven befreiten. Das Grauen, das ich selbst ...« Er brach ab, runzelte die Stirn und nippte an seinem Wein.

Seinem unvollendeten Satz folgte tiefes Schweigen, und sie alle kannten den Grund dafür. Alastor Nevelon, ihr Vater, war bei der Schlacht am Expirator gefangen genommen und von den Drehhu versklavt worden, bevor er drei Jahre später hatte fliehen und in das Land seiner Geburt zurückkehren können. Es war kein Thema, auf das er normalerweise zu sprechen kam.

Schließlich räusperte er sich und fuhr fort. »Über all diese Jahrhunderte hinweg haben wir sie nach und nach zurückgeschlagen, einen blutigen Zentimeter um den anderen, bis nun nur noch Basilisk übrig geblieben ist.«

»Nur?«, hakte Tycho mit skeptischer Stimme nach. »Sie mögen kein Reich mehr besitzen, aber sie haben immer noch mehr als genug von ihren Dämonenschiffen und -waffen, um ihre Stadt zu verteidigen. Die letzte Flotte, die es mit ihnen aufgenommen hat, wurde ausgelöscht.«

»Das war damals«, erklärte Alastor.

»Und inwiefern ist die Situation jetzt eine andere?«, wollte Chrysanthe wissen.

»In dreifacher Hinsicht«, antwortete ihr Vater. »Erstens sind sie jetzt schwächer. Die Festungen in Escepel und Triey befinden sich nicht mehr in ihrer Hand. Der zweite Punkt ist, dass die Kryptarchia eingewilligt hat, jedes unserer Schiffe mit einer Strixe auszustatten, was selbst für diejenigen gilt, die die Gildensteuer nicht bezahlen können. Und zu guter Letzt begibt sich Ophion nicht allein in diese Unternehmung. Flotten aus Velesa und Modjal werden sich uns anschließen.«

»Hinzu kommt außerdem noch«, schob Renost nach, »dass beim letzten Versuch, es mit Basilisk aufzunehmen, Crespin, Hector und ich noch nicht dabei waren.«

Er lächelte und hob sein Weinglas, aber Chrysanthe bemerkte, dass Crespin offensichtlich mühsam ein Stirnrunzeln unterdrückte. Er war ihrem Vater manchmal sehr ähnlich und versuchte wie er, seine Gefühle und Gedanken hinter einer Maske zu verbergen, war aber dabei nicht annähernd so erfolgreich.

»Es klingt absolut *großartig*!«, bemerkte Phoebe.

»Das wirst du nicht mehr denken, wenn Vater oder Crespin oder Renost auf ihren Schilden zurück in die Heimat getragen werden«, gab Chrysanthe zu bedenken. »Aber warum? Warum jetzt?«

Alastor nahm einen weiteren Schluck von seinem Wein.

»Es steht uns nicht zu, darüber zu diskutieren«, versetzte er. »Der Kaiser hat uns gerufen, und wir werden dem Ruf folgen.«

»Mich hat der Kaiser nicht gerufen«, warf Crespin ein. »Ich habe bereits in seinen Diensten gestanden.«

»Allerdings«, erwiderte Alastor, und Chrysanthe sah, dass da noch etwas Neues zwischen ihnen war, etwas Nacktes und Empfindliches. Aber ihr Vater vertiefte den Punkt nicht. »Tycho«, sagte er stattdessen, »berichte mir, wie sich die Dinge entwickeln. Ich meine die neuen Felder, hinten am Fluss.«

»Ein paar offene Punkte müssen noch geklärt werden«, antwortete Tychos. »Nichts Ernstes oder sonderlich Interessantes. Frag doch lieber Chrysanthe nach ihrem jüngsten Abenteuer.«

Als sich ihr Vater zu ihr umdrehte, war sein Gesichtsausdruck streng, und sie spürte, wie ihr die Röte in die Wangen schoss.

»Abenteuer?«, fragte er. »Ich dachte, wir hätten die Sache mit diesen ›Abenteuern‹ geklärt.«

Chrysanthe griff nach ihrem Weinglas. »Geklärt weniger. Wir haben darüber verhandelt, ja, aber Verhandlungen können sich ewig ...« Sie verstummte, als er den Kopf leicht zur Seite neigte.

Sie kannte diesen Blick.

»Also gut«, fuhr sie nach einem Schluck Wein und einem tiefen Luftholen fort, »du solltest es wissen. Es ging um Lucian ...«

Am nächsten Morgen fand Chrysanthe ihre Schwester in der guten Stube vor, wo sie mit einem vor sich ausgebreiteten großen Buch auf dem Teppich lag. Chrysanthe beugte sich über Phoebes Schulter, um einen Blick auf das Buch zu werfen.

Auf den aufgeschlagenen Seiten war die Abbildung einer Wasserstraße zu sehen, links und rechts von hoch aufragenden Felswänden umgeben. Am Fuß dieser Klippen standen zu beiden Seiten gigantische Metallstatuen, die menschenähnliche Wesen darstellten, aber eben keine Menschen. Arme und Beine waren ein wenig zu lang, ihre Schultern viel zu breit.

»Anvvod«, erläuterte Phoebe, »und das Kolossostor.«

Manche Leute mochten Chrysanthe und Theron auf den ersten Blick für Zwillinge halten, doch tatsächlich waren Phoebe und Theron Zwillinge, nur ähnelten sie einander nicht. Phoebes braunes Haar hatte eine leicht kupferne Tönung, und ihr Gesicht war nahezu rund.

Chrysanthe tippte auf die Abbildung einer der metallenen Statuen. »Die Kolossi befinden sich nicht mehr dort«, erklärte sie. »Sie wurden vor hundert Jahren zerstört.«

»Ich weiß«, antwortete Phoebe. »Heron l'Archier vollbrachte diese Heldentat.«

»Ich nehme mal an, dass ihm die zweihundert Schiffe, die

er bei sich hatte, vielleicht ein wenig dabei geholfen haben«, entgegnete Chrysanthe trocken. »Im Gegensatz zu dem, was in deinen Büchern steht, kommt es nur selten vor, dass ein Admiral seinen Befehlsposten verlässt und den Feind ganz allein angreift.«

Phoebe runzelte die Stirn. »In *Li Romanz de Heron* …«

»Das ist eine erfundene Geschichte«, unterbrach Chrysanthe ihre jüngere Schwester. »Du musst lernen, zwischen erfundenen Geschichten und historischen Tatsachen zu unterscheiden.«

»Historische Berichte sind langweilig.«

»Die echte Schlacht am Kolossostor war alles andere als langweilig«, widersprach Chrysanthe. »Hunderte von Schiffen wurden versenkt, Tausende sind gestorben, und als alles vorüber war, war Basilisk noch immer nicht gefallen.«

»Aber die Kolossi wurden zerstört«, beharrte Phoebe. »Um die werden sich Vater und Crespin nicht mehr kümmern müssen.« Wenn sich ihre Schwester einmal etwas in den Kopf gesetzt hatte, ließ sie nicht mehr davon ab, auch nicht ein klein wenig.

»Nein, aber sie werden es mit Waffen zu tun bekommen, die Feuer und Eisen schleudern«, entgegnete Chrysanthe, »mit schwarzer Magie und diabolischen Schiffen – und danach erwarten sie die Mauern der Festung selbst.«

»Die Drehhu sind ein Übel, das besiegt werden muss.« Phoebe ließ nicht locker. »Ich bin stolz, dass Vater und Crespin und … Renost gegen sie kämpfen werden.«

Chrysanthe seufzte, stand auf und zog ein weiteres Buch aus dem Regal, legte sich neben Phoebe auf den Boden und schlug die Karte in der Mitte des Bandes auf.

»Das Drehhu-Reich«, begann sie, »vor vier Jahrhunderten. Wie du sehen kannst, hat es den größten Teil der Welt umfasst.«

»Das weiß ich.«

»Hier, hier und hier«, fuhr sie fort, »Gegenden, die jetzt

die äußersten Randbereiche von Ophion, Velesa und Modjal sind. Die Enden der Welt und die einzigen Länder, die damals nicht zum Reich der Drehhu gehörten.«

»Und der Christus von Ophion hat ein Wunder gewirkt«, warf Phoebe ein, »und die Flotten geschickt.«

»Es könnte tatsächlich Christus Ophion gewesen sein«, räumte Chrysanthe ein. »Einige ältere Texte deuten allerdings an, dass es ein Werk der Beschwörungskunst der älteren Kryptarchia war. Aber ... ja, die Flotten trafen ein, Seeleute von weit her. Zusammen mit den Bewohnern der Enden der Welt stießen sie gegen die Außengrenzen des Reichs der Drehhu vor, und mit der Zeit eroberten sie mehr und mehr Gebiete. Ein Bündnis wurde geschlossen, und Ophion, Modjal und Velesa verpflichteten sich, jegliche Aggressionen gegeneinander für immer einzustellen. Wo sie Land von den Drehhu erobert hatten, haben sie Kolonien gegründet. Sie haben die Welt untereinander aufgeteilt, alles beaufsichtigt von der Kryptarchia, die keiner einzelnen Regierung verpflichtet ist, sondern Macht über sie alle ausübt. Unsere eigene Provinz Mesembria ist vor gerade einmal hundert Jahren befreit worden und wurde Teil von Ophion. Unser Vorvater Orion Nevelon erhielt für seine Verdienste bei der Befreiung des Landes von Kaiser Alexandros I. einen Freibrief, der ihm unsere Ländereien zusprach, und daher sind wir heute hier.«

»Warum erzählst du mir das?«, fragte Phoebe leicht gereizt. »Das weiß ich doch alles.«

Chrysanthe blätterte in dem Buch weiter und schlug eine zweite Karte auf. »Jetzt gibt es drei Reiche: Ophion, Modjal und Velesa. Ein jedes mit Kolonien auf der ganzen Welt, und ein jedes dieser Reiche betreibt genau wie die Drehhu Sklaverei.«

»Wir besitzen keine Sklaven«, wandte Phoebe ein.

»Weil Vater, nachdem er selbst einmal Sklave war, die Sklaverei verabscheut. Er hat die Mesembrische Handelsallianz gegründet, die die Überzeugung vertritt, dass freie Arbeiter, die ein Interesse am Erfolg ihrer Tätigkeit haben, in ihrem jeweiligen Gewerbe härter und besser arbeiten. Doch in Ophion ist die Sklaverei nicht verboten, genauso wenig wie in den beiden anderen Reichen. Wir *könnten* also Sklaven haben, wenn wir das wollten.«

»Versuchst du anzudeuten, wir seien genauso schlimm wie die Drehhu?«, fragte Phoebe, einen feindseligen Unterton in der Stimme.

»Nicht genauso schlimm«, antwortete Chrysanthe, »aber vielleicht auch nicht so viel besser.« Sie fuhr mit beiden Händen über die Karte. »Zucker, Rum und Baumwolle werden von Mesembria nach Norden und nach Osten in die Häfen im Mutterland von Ophion gebracht und dann nach Osten über die Binnenseen nach Velesa und zurück nach Süden, nach Savor im Reich von Modjal. Holz und Pelze werden von Velesa aus über das Mer de Thyphon transportiert. Gewürze, Edelsteine, Seide – diese Dinge erreichen uns vom Hafen von Savor. Aber der größte Teil dessen, womit dort gehandelt wird, kommt nicht aus Modjal, sondern von weiter östlich, aus den Ländern Eosians, und die einzige Möglichkeit, mit Schiffen dorthin zu gelangen, führt hier hindurch.«

Sie klopfte auf die Ostseite der Karte, auf der kaum genauere Details verzeichnet waren. Dort war nur eine lange Halbinsel zu sehen, die sich von Modjal aus nach Süden und Osten ausdehnte bis zu einem Punkt, wo sie fast die größere Landmasse von Timur berührte. Entlang des ganzen schmalen Streifens von Land waren Vulkane abgebildet, die Rauch und Flammen spien.

»Die Salamandra«, erklärte sie.

»Das alles weiß ich doch«, sagte Phoebe erneut. »Um Basilisk zu erreichen, muss man brennenden Bergen ausweichen und trügerischen Riffen trotzen und …«

»Worauf ich hinauswill, ist Folgendes«, wurde sie von Chrysanthe unterbrochen. »Basilisk und seine Flotte bewachen die einzige Stelle, die ein Schiff passieren könnte, um zu den Ländern weiter im Osten zu gelangen. Von daher sind wir von den Drehhu abhängig und müssen deren Zölle bezahlen.«

Phoebe besah sich die Karte genauer.

»Warum segeln wir nicht weiter nach Süden und fahren um Timur herum?«

»Genau das hat die Flotte versucht, mit der Vater gesegelt ist, aber es ist eine außerordentlich lange Reise, viel weiter, als wenn man die Meerenge der Salamandra durchfahren könnte. Und dann ist da noch das da.« Sie tippte auf den Rand der Karte.

»Oh«, hauchte Phoebe, »der Expirator.«

»Ja. Diese Route führt gefährlich nah am Expirator vorbei.«

»Und nichts, was in den Expirator gerät, kommt jemals wieder heraus.«

»So ist es«, bekräftigte Chrysanthe. »Über die Hälfte der Schiffe dieser unglückseligen Flotte ist hineingeraten, und man hat nie wieder etwas von ihnen gehört. Die Mannschaften der anderen Schiffe wurden von den Drehhu versklavt, Vater eingeschlossen.« Sie erschauderte innerlich, denn sie wusste, welche Wirkung das Erlebnis auf ihren Vater gehabt hatte, den unerschütterlichsten Mann, der ihr je begegnet war.

»Und trotzdem beharrst du weiter darauf, dass die Drehhu nicht böse sind?«

»Ich sage nur, dass dieser Krieg nicht nur deshalb stattfindet, sondern weil der Handel das Lebenselixier unserer Zivilisation ist, den Basilisk jedoch einschränkt. Aus der Sicht von uns hier in Mesembria könnte man sagen, dass wir Krieg um den Zuckerpreis führen.«

»Sehr zynisch formuliert«, ertönte eine Stimme von der Tür her.

Phoebe warf einen Blick über die Schulter, und ihre Wangen röteten sich.

»Renost!«, rief sie verlegen, sprang auf und strich ihr Kleid glatt, damit ihre Beine nicht zu sehen waren. Chrysanthe erhob sich auf die Knie und stand dann ganz auf. »Du hättest anklopfen sollen«, versetzte Phoebe. »Wir haben uns ja noch gar nicht fein gemacht.«

»Die Tür war offen«, erklärte Renost. »Und was soll die plötzliche Wohlanständigkeit? Ich weiß noch, wie du vor noch nicht allzu langer Zeit kopfüber in den Bäumen gehangen hast.«

»Da war ich noch ein kleines Mädchen!«, protestierte Phoebe. »Jetzt bin ich eine Frau, falls dir das entgangen sein sollte.«

»Und eine wunderschöne noch dazu«, bestätigte Renost.

Wieder errötete Phoebe. »Du solltest solche Dinge nicht sagen, Renost«, rügte sie ihn. »Es gehört sich nicht.« Sie wand sich ein wenig. »Auch wenn es ja durchaus anginge, wenn du … natürlich nur mit Mutters Erlaubnis … Der Kaffee!«

Unvermittelt drückte sich Phoebe die Hände aufs Gesicht. Dann flüchtete sie mit einem leisen Aufschluchzen aus dem Raum.

»Was, um alles in der Welt, stimmt nicht mit ihr?«, fragte Renost verwirrt.

»Ich glaube, du bist nicht so unschuldig, dass du dies wirklich nicht weißt«, entgegnete Chrysanthe.

Er senkte leicht den Kopf. »Und ich glaube, du überschätzt meine Instinkte in diesem Bereich.«

»Hm«, machte sie zweifelnd. »Wie geht es deiner Hand?«

»Es ist nichts Ernstes.«

»Es tut mir so leid, dass du meinetwegen verletzt wurdest.«

»Ich Dummkopf hätte ja nicht direkt in die Klinge fassen müssen«, sagte er. Dann stand er einen Moment lang da, trat von einem Fuß auf den anderen und wusste offensichtlich nicht, was er tun sollte. Es war merkwürdig und absolut untypisch für ihn. Als machte sie ihn nervös, was natürlich unmöglich war. Sie waren zusammen aufgewachsen.

»Erinnerst du dich noch«, begann er schließlich, »als wir so getan haben, als wären du, Crespin und ich Tritos, Akhos und Parthenia und würden den Großen Stier von Ilion zurückerobern?«

Sie lächelte bei der Erinnerung. »Wenn ich es noch recht weiß, hat Dionysus, mein Hausschweinchen, die Rolle des Großen Stiers übernommen.«

»Genau, und danach ...«

»Halt!«, unterbrach sie ihn. »Ich weiß wieder, danach spielten wir Hochzeit!«

»Für mich war sie nicht gespielt«, sagte er leise. »Ist sie bis heute nicht.«

»Ich weiß, Renost«, sagte sie. »Aber wir waren damals Kinder, und da hat diese Art Zuneigung nicht viel zu bedeuten. Bei Erwachsenen verhält sich das anders. Und Crespin ... nun, er hat sich entschieden, erwachsen zu sein.«

»Du ... du weißt es also?«, fragte er erstaunt.

»Natürlich.«

»Und weiß *er* es?«

»Falls er es weiß, wird er es sich nicht eingestehen«, erklärte sie. »Doch er liebt dich.«

»Aber nicht auf diese Weise.«

»Selbst wenn, es täte nichts zur Sache. Er wird tun, was man von ihm erwartet. Er wird sich eine Frau suchen und Kinder zeugen.«

»Du selbst scheinst es mit dem Heiraten nicht eilig zu haben.«

»Stimmt«, räumte sie ein. »Ich habe es tatsächlich nicht eilig. Vielleicht werde ich überhaupt nicht heiraten.«

»Doch auch von dir erwartet man das.«

»Sicher tut man das, aber ich bin nicht mein Bruder, Renost. Warum bringst du die Sache gerade jetzt zur Sprache?«

»Ich hatte gehofft, du könntest mir einen Rat geben. Ich habe das Gefühl, dass ich es ihm gestehen sollte.«

»Weil ihr in den Krieg zieht? Du bist schon zuvor in der Schlacht gewesen.«

»Ich fürchte, diesmal wird es anders.«

»Das hoffe ich nicht. Aber wenn du wirklich meinen Rat hören willst ... Tu es nicht. Seine Antwort würde dir nicht gefallen, und es könnte eure Freundschaft zerstören.«

Er nickte. »Ich hatte schon befürchtet, dass du das sagen würdest.«

»Was ist los mit dir, Renost?«, fragte Crespin, als er sich von seinem verdrießlichen Freund die Rumflasche reichen ließ.

Sie beide saßen zusammen mit Hector auf einer kaputten Kiste im Gewerbeviertel, zwischen den gewaltigen Lagerhäusern aus gelbem Backstein und dem Hafenbereich. Sie waren nicht die Einzigen. Eine ganze Reihe von Barilors – wettergegerbte, bucklige alte Männer – hockten auf Fässern, Kästen und kleinen Backsteinhaufen. Sie saßen da, tranken Rum aus Flaschen und Keramikkrügen, unterhielten sich, spielten Eshak und vertrieben sich im Wesentlichen einfach die Zeit. Die meisten waren früher bei der Marine oder der Handelsflotte gewesen und erfreuten sich nun ihres Ruhestands.

Als Jungen waren Crespin und Renost oft hergekommen, um ihnen zuzuhören, wenn sie ihr Seemannsgarn über ihr Leben auf dem Meer gesponnen hatten. Und um die Barilors nachzuahmen, hatten sie sich angewöhnt, einander *mon vieil* zu nennen – »mein alter Knabe«.

Nach einem Jahr in fremden Häfen war es hier einfach ... gemütlich.

»Nichts, gar nichts«, beteuerte Renost. »Nur schlechte Laune. Geht vorbei.«

»Das hoffe ich doch«, erwiderte Crespin, nahm einen tiefen Schluck und reichte die Flasche weiter an Hector. »Es gibt nichts Schlimmeres als einen griesgrämigen Trinker.«

»Ich fürchte, da hast du recht«, meinte Renost. »Ich will zusehen, dass sich meine Laune bessert.« Er deutete mit dem Kopf auf ihr Schiff, die *Pelerin*, einen robusten Sechsmaster, der zudem mit Ruderöffnungen versehen war. »Schon allzu bald sind wir wieder auf See.«

»Ja«, antwortete Crespin, »aber nicht auf diesem Schiff. Zumindest gilt das für mich.«

»Was soll das heißen?«, fragte Renost erstaunt, sogar erschrocken. »Du bist der Dritte Offizier.«

»War ich«, stellte er richtig. »Jetzt bin ich auf der *Leucothea*.«

»Auf dem Schiff deines Vaters?«, wunderte sich Renost. »Die *Leucothea* ist ja noch nicht mal ein Schiff der Marine.«

»Mittlerweile schon. Sie haben meinen Vater für dieses kleine Abenteuer zum Admiral ernannt, und er will mich auf seinem Schiff haben. Es scheint niemanden zu interessieren, was ich selbst möchte.«

»Was möchtest du denn?«

»Ich will auf der *Pelerin* bei meinen Kameraden bleiben«, erklärte Crespin. »Ich will bei der Marine kämpfen, nicht Nachschub liefern.«

»So wie ich es verstehe, ist die Handelsflotte ebenfalls fürs Kämpfen ausgerüstet«, warf Hector ein. »Sie verfügen über Quilainen, und ein jedes hat eine Strixe an Bord.«

»Ja, wenn wir unterwegs angegriffen werden, können wir uns verteidigen. Und sollte auch noch das letzte Schiff der Marine verloren gehen, könnte es für uns vielleicht zu einem Schusswechsel mit den Drehhu kommen. Aber diese Strixe – sie sind noch neu und unerprobt. Ob sie wirklich von Nutzen sein werden?«

»Die Kryptarchia hat sie schon seit Jahren in Gebrauch«, betonte Hector.

»Und wie viele Kriege hat die Kryptarchia geführt?«, fragte Crespin.

Hector zuckte mit den Schultern. »Lassen wir das mal beiseite. Zum Kampferfolg einer Flotte trägt ein gut gefüllter Magen ebenso viel bei wie alles andere. Doch wenn die Schiffe der Marine nicht so viel Proviant und Ersatzmunition transportieren müssen, können sie mehr Kämpfer an Bord nehmen. Daher ist die Handelsflotte der Schlüssel zu unserem Sieg. Sollte sie nicht eintreffen, müssen die Kämpfer hungern, und ihnen fehlt die Munition für ihre Quilainen.«

»Das trifft sicherlich alles zu«, räumte Crespin ein, »trotzdem ist es nicht mein bevorzugter Platz.«

»Vielleicht ist es dem Kaiser einfach egal, was du vorziehst«, gab Renost zu bedenken.

»Nicht der Kaiser hat diese Entscheidung getroffen, sondern mein Vater ... Und warum dieser gereizte Tonfall? Bist du froh, dass sich unsere Wege trennen?«

Renost runzelte mürrisch die Stirn, schüttelte dann aber vehement den Kopf. »Nein«, murmelte er. »Ich bin davon ausgegangen, dass wir auf demselben Schiff sein würden, aber ...«

»Nun, was das betrifft«, unterbrach ihn Crespin, »das ließe sich einrichten.«

Renost blinzelte, dann legte sich langsam ein Lächeln auf seine Züge. »Natürlich, *mon vieil.*« Er schlug Crespin auf den Rücken, und seine Stimmung schien sich zu heben.

»Jetzt fühle ich mich erleichtert«, meinte Crespin. »Ich hatte schon befürchtet, ich müsste allein sterben.« Er sah Hector entschuldigend an. »Ich könnte bei meinem Vater auch ein gutes Wort für dich einlegen.«

Hector lachte freudig auf. »Nicht nötig. Dein Vater hatte einen Schiffsarzt zu wenig. Auf der *Pelerin* war ich Kapitänleutnant, aber auf der *Leucothea* werde ich Oberarzt sein.«

»Eine Beförderung!«, rief Renost. »Gut gemacht. Kein

Wunder, dass du die Handelsflotte so lobend hervorgehoben hast!«

»Ja«, antwortete Hector und grinste Crespin an. »Also werden wir alle zusammen sterben.«

»Ich hoffe nur«, wandte Renost ein, »dass dies dann nicht die Schuld von unserem verdammten Schiffsarzt ist.«

Fünftes Kapitel

Großmutter

Als Bracke am nächsten Morgen erwachte, stocherte Großmutter mit einem Stock in ihren langen, schlanken Fingern in der Asche des Feuers. Ihr Haar war rostrot und golden wie Herbstblätter, ihre Augen waren dunkel wie Kohlen und ihre Lippen von einem seltsamen Rot.

»Sie sind gekommen«, verkündete sie. »Sie warten auf dich.«

»Wer?«, fragte er und rieb sich die Augen.

»Das musst du sie schon selbst fragen. Sie waren sehr respektvoll und haben die geziemenden Geschenke mitgebracht. Sie verstehen sich auf die alten Gepflogenheiten.«

Es war oft recht anstrengend, herauszufinden, was Großmutter mit ihren Worten meinte, und an diesem Morgen wirkten sie auf Bracke noch unverständlicher als sonst. Er vermutete, dass sie sich auf die Leute aus Ophion bezog.

Er erhob sich und sah, dass sie ein Muster in die Asche gezeichnet hatte. Er sah auch, dass ihre Finger bis knapp über die Knöchel voller Blut waren.

»Mein Tal«, sagte sie. »Die Berge ringsum, verstehst du?«

Er nickte. »Ich habe schon zuvor Landkarten gesehen. Im Dorf.«

Sie fuhr mit dem Finger über eine Reihe von Bergketten und Ebenen hinweg, bis sie schließlich an einem Punkt innehielt, der weiter entfernt war, als er es bei seinen Reisen je gewesen war.

»Hier«, erklärte sie. »Ein Berg mit drei Gipfeln in abfallender Größe, erst der höchste, dann der mittlere, dann der niedrigste.«

»Was soll damit sein?«

Sie seufzte. »Ich habe dich geliebt«, betonte sie. »Es ist so lange her, doch ich erinnere mich jetzt fast daran, wer ich bin. Aber jetzt musst du gehen. Sie haben den Preis gezahlt.«

»Du hast … mich verkauft?«, hakte er nach.

»Nein. Ich gebe ihnen nur die Gelegenheit, mit dir zu sprechen, hier, wo du nach wie vor in Sicherheit bist. Du kannst dich frei entscheiden, ihr Angebot abzulehnen und bei mir zu bleiben.«

»Gut, dann bleibe ich.«

»Nein«, erwiderte sie, »du wirst mit ihnen gehen.«

»Aber wenn ich die Wahl habe …«

Sie legte ihm die Hand auf die Schulter. »Rede mit ihnen.«

Ruß entdeckte sie als Erster, während er krächzend am dunklen Morgenhimmel kreiste, aber schon Sekunden später hörte Bracke den Hufschlag ihrer Pferde und ihre leisen Stimmen, direkt in der Senke am Rand von Großmutters Wald. Es war das zweite Mal, dass er je erlebte, dass ein anderer als er selbst die Grenze überquerte. Der Erste war ein einzelner Mann gewesen, vor vier Jahren.

Er hatte es nicht überlebt.

Bracke schlug einen Bogen um sie herum, sodass er sie von dem Hügel über der Senke aus beobachten konnte. Rose folgte ihm in einem Abstand von einigen Metern. Es waren zwanzig Männer und mehr als doppelt so viele Pferde. Drei von ihnen trugen Rüstung von einer Art, wie er sie noch nie gesehen hatte: Sie bestand aus Metallplatten und bedeckte ihre Gliedmaßen ebenso wie ihre Oberkörper. Keiner von ihnen hatte jedoch einen Helm auf, zumindest im Moment nicht. Für seine Schleuder waren sie so verwundbar wie nackte Kinder.

Die drei mit den Rüstungen waren mit langen Speeren und Schwertern bewaffnet. Die meisten der anderen Männer trugen gesteppte Lederkleidung, und sie führten neben Schwertern auch Armbrüste mit sich.

Und da war auch eine Frau, ganz ähnlich gekleidet wie die Männer, nur dass ihr abgesteppter schwarzer Kettenpanzer ihr wie ein Kleid bis über die Knie reichte. Darunter trug sie dunkelrote Gamaschen. Sie und einer der Männer hielten sich ein wenig abseits vom Rest. Der Mann trug schlichte Reisekleider und eine Lederkappe.

Bracke überlegte, was er tun sollte. Großmutter ging davon aus, dass diese Menschen seinetwegen gekommen waren, aber warum? Und was hatte es mit ihrer Aussage, er werde »fortgehen«, auf sich? Er liebte sie, wusste jedoch auch, dass sie mit der Natur im Einklang lebte und der Tod für sie daher nichts Schreckliches war, denn alles in der Natur starb einmal.

Würde sie ihn in den Tod schicken?

Er wusste es nicht, aber sie hatte auch gesagt, dass er hier nach wie vor in Sicherheit sei. Nach allem, was er wusste, hatte sie ihn noch nie belogen.

»Ihr dort unten!«, rief er. »Was wollt Ihr hier?«

Es war fast komisch anzusehen, wie sie alle gleichzeitig den Kopf wandten, um in seine Richtung zu starren.

Der schlicht gekleidete Mann trat einige Schritte vor. »Hat dich Elmekije geschickt?«

Er sprach Velesanisch, aber mit einem Akzent, der Bracke nicht geläufig war.

»Ich kenne niemanden dieses Namens«, erwiderte er. »Meint Ihr Großmutter?«

Der Mann wirkte verwirrt.

»Bist du der Hexenjunge, von dem die Dorfbewohner sprechen?«, fragte die Frau. »Der Bracke?«

»Einfach Bracke«, berichtigte er.

»Dann suchen wir nach dir«, erklärte der Mann.

»Und aus welchem Grund?«, wollte er wissen. »Gestern hat ein Fremder versucht, mich zu fangen. Heute tauchen weitere Fremde auf und fragen nach mir.«

»Der Baron hat geglaubt, er könne dich einfangen und an uns verkaufen«, berichtete der Mann. »Wir haben von diesem Versuch erst erfahren, als alles vorbei war. Er wurde dafür ... bestraft.«

Bei diesen Worten spitzte Bracke die Ohren. Wer waren diese Leute, die den Baron »bestrafen« konnten? »Was wollt Ihr von mir?«

»Muss der Junge nicht Euren Befehlen gehorchen?«, wandte sich einer der Männer in Rüstung an die Frau. »Ihr habt ihn schließlich gerufen.«

»Nein« antwortete sie, »so funktioniert die Sache nicht. Er muss freiwillig mit uns gehen.«

Gehen wohin? Bracke hätte die Frage um ein Haar laut ausgesprochen, aber dann fiel ihm Großmutters Landkarte wieder ein. »Ihr braucht einen Führer! Einen, der euch zu einem bestimmten Gipfel in den Bergen von Vereshalm bringt!«

»Richtig«, antwortete der Mann mit der Lederkappe.

»Und warum sollte ich das tun?«

»Weil wir dich dafür entlohnen«, erklärte der Mann. »Mit Geld oder was immer wir ansonsten zu bieten haben.«

»Ich habe nicht viel Verwendung für Geld«, entgegnete Bracke. »Warum wollt Ihr dorthin?«

Bevor irgendjemand antworten konnte, bedeutete ihnen die Frau mit einer Handbewegung, zu schweigen. »Ich komme zu dir hoch«, erklärte sie. »Keine Angst.«

»Selene ...«, begann der Mann.

»Es wird schon nichts passieren, Martin.«

Misstrauisch verfolgte Bracke ihre Schritte, als sie auf ihn zukam. Er hatte noch nie jemanden wie sie gesehen.

Ihre Haut war so braun, dass sie fast schwarz war. Sie wirkte erschöpft, ihr Gesicht ausgemergelt, aber sie war hübsch. Ihre Augen waren ebenfalls fast schwarz, doch mit goldenen Einsprengseln. Auch ihr Haar war überwiegend schwarz, mit einigen hellgelben Strähnen darin.

Sie blieb ein kurzes Stück vor ihm stehen. Er warf Rose einen Blick zu, aber die große Hündin wirkte unbekümmert.

»Ich heiße Selene«, sagte sie. »Und du heißt wirklich Bracke – wie der Jagdhund?«

»Ja.«

»Wer hat dir diesen Namen gegeben?«

»Tatsächlich habe ich ihn mir selbst gegeben.«

»Bracke, ich kann dir nicht sagen, warum wir dort hingehen müssen, aber es ist wichtig, und wir brauchen dich. Und ich verspreche dir … es wird sicher nicht langweilig.«

Er verspürte eine Art unruhiges Ziehen in seinem Innern. Er hatte schon immer vorgehabt, sich einmal weiter in die Berge zu wagen, und es war lange her, dass er eine andere Gesellschaft als die von Großmutter gehabt hatte.

»Nicht langweilig, hm?«, murmelte er. »Ihr meint, es wird gefährlich.«

»Nach allem, was ich von dir gehört habe, dürfte das kein Problem für dich sein. Ich hielt es für beleidigend, dir gegenüber ein Wort wie ›gefährlich‹ zu wählen.«

Er grinste verhalten. »Werde ich Euch nackt zu sehen bekommen?«

»Nein«, antwortete sie, ohne mit der Wimper zu zucken.

»Dieser Punkt ist nicht verhandelbar?«

»Nicht im Geringsten.«

Er musterte ihre seltsamen Augen. Er könnte für eine Weile mit ihnen reisen. Wenn es dann doch langweilig wurde, konnte er jederzeit wieder gehen. Großmutter sagte häufig Dinge, die auf die eine Weise der Wahrheit entsprachen, auf eine andere aber wieder nicht. Er konnte zurückkommen, wenn er wollte, aber vielleicht würde er von dem Ort, wo sie hingingen, gar nicht mehr zurückkehren wollen. Vielleicht würde er dort auch sterben.

Irgendwann würde das ohnehin geschehen.

»Ich werde mich nicht auf eines dieser Geschöpfe setzen«, verkündete er und deutete auf die Pferde. »Ich habe meine eigenen Füße und gebe das Tempo vor. Und wenn das Ganze eine Art Falle ist, werde ich euch alle umbringen.«

»Wir sind nicht hier, um dir etwas anzutun oder dich gefangen zu nehmen«, beteuerte sie. »Das schwöre ich dir. Wir *brauchen* dich.«

»Das Gleiche hat schon einmal ein anderes Mädchen zu mir gesagt. Sie hat gelogen.«

»Ich bin kein *Mädchen*«, entgegnete sie, »und ich lüge nicht. Es ist möglich, dass du von dieser Reise vielleicht nicht zurückkommst, das liegt dann aber nicht daran, dass wir dich verraten oder hereinlegen. Wir alle könnten bei diesem Unterfangen sterben. Doch ohne dich …«

Er hob die Hand. »Den Rest könnt Ihr euch sparen.«

Er drehte sich um und lief zu Großmutters Höhle zurück, aber zum ersten Mal, seit er denken konnte, war sie nicht dort, um ihn zu begrüßen. Er trat ein, und sie war nicht da.

»Großmutter?«, fragte er, dann rief er nach ihr, aber sie antwortete nicht. Er verspürte eine seltsame Enge in der Kehle, und da war etwas Feuchtes in seinen Augen.

Ein warmer Wind kam aus der Höhle geweht und schien ihn für einen langen Moment einzuhüllen. Dann war auch der Wind fort.

Rose, die nicht von seiner Seite gewichen war, stieß ein merkwürdiges, klagendes Heulen aus.

Bracke ließ ein letztes Mal seinen Blick durch das einzige Zuhause schweifen, das er je gekannt hatte. Dann machte er sich daran, ein paar Dinge einzusammeln und sie in den Rucksack zu packen, den er dem Kopfgeldjäger abgenommen hatte. Als er nach wärmeren Kleidern suchte, fand er nicht mehr die zerschlissene Wildledermontur vor, die er bei seinem letzten Ausflug in die Berge getragen hatte, sondern ein neues Hemd und eine lange Hose aus geschmeidigem Hirschleder, die mit ineinander verschlungenen dunkelgrünen Schlangen bestickt war.

»Danke, Großmutter«, sagte er, als er die Kleidung im Rucksack verstaute. »Und lebe wohl.«

Dann stapfte er dorthin zurück, wo sich Selene und die Männer gerade mit enttäuschten Gesichtern zum Aufbruch rüsteten.

Selenes Miene hellte sich auf, als er wieder auftauchte.

Das zu sehen war immerhin einen Tag seiner Zeit wert.

Sechstes Kapitel

Die Tore der ungewissen Zukunft

Von einem Wachmann namens Chaur begleitet, begab sich Chrysanthe zum Büro ihres Vaters. Er blickte von seinen Papieren auf, als sie angeklopft hatte und die Tür öffnete, und bedeutete ihr, einzutreten, dann gab er der Wache ein Zeichen, draußen zu warten, und bat seine Tochter: »Schließ die Tür!«

Bange Erwartung erfüllte sie. Vater hatte sich ihre Ausführungen bezüglich Lucien mehr oder weniger ohne Kommentar angehört. Sie ging davon aus, dass die entsprechenden Bemerkungen nun folgen würden, als sie auf dem Stuhl Platz nahm, auf den er gewiesen hatte. Dann aber blickte sie ihm ins Gesicht, doch seine Miene spiegelte nicht das wider, womit sie gerechnet hatte. Sie zeigte keinen strengen oder zornigen Ausdruck, sondern war vielmehr voller Zärtlichkeit … und vielleicht auch ein wenig Kummer.

Was konnte der Grund dafür sein, dass er sich seine Gefühle so offen anmerken ließ?

»Was ist los, Papa?«, fragte sie.

Im Nu war seine Maske wieder da, und er schüttelte heftig den Kopf. »Aufmerksam wie immer.«

»Geht es um Lucien?«

»Ja und nein«, antwortete er. »Wohl gemerkt, der Kerl ist

ein Hundesohn, und er hat bekommen, was er verdient. Aber es war unklug von dir, dich da einzumischen. Du hättest die Sache Tycho überlassen sollen.«

»Ich ... ich weiß«, bekannte sie.

Er zog leicht die linke Braue hoch. »Es muss dir schwerfallen, das zuzugeben.«

Sie nickte. »Habe ich uns damit Ärger eingebrockt?«

»Es macht mir meine Entscheidung sehr viel schwerer«, gab er zur Antwort.

Sie wartete auf eine Erklärung, und nachdem sie eine ganze Weile ins Leere gestarrt hatte, gab er sie ihr auch.

»Könnte ich frei eins meiner Kinder wählen – oder überhaupt irgendjemanden –, der sich um meine Angelegenheiten kümmert, während ich fort bin, wärst das du. Aber das darfst du auf keinen Fall Tycho erzählen. Er ist ein guter Mann und durchaus imstande, die Geschäfte zu führen, und du bist ein Sturkopf. Aber das kann man mit ein wenig Arbeit in eine nützliche Fähigkeit ummünzen.«

»Ich verstehe nicht«, bekannte sie. »Begleitet dich Tycho in den Krieg?«

»Nein, er wird hierbleiben, um alles zu regeln.«

»Warum willst du dann ...?«

»Ich wollte dir gegenüber nur meine Wertschätzung zum Ausdruck bringen«, unterbrach er sie ein wenig schroff.

Völlig verwirrt lehnte sie sich in ihrem Stuhl zurück.

»Es geht um Folgendes«, fuhr er fort. »In ein paar Tagen wird ein Schiff aus der Hauptstadt hier ankommen. Da werde ich bereits auf See sein. Das Schiff wird hier nur anlegen, um einen einzigen Passagier an Bord zu nehmen, und dieser Passagier wird eines meiner Kinder sein.«

Er machte eine Pause, damit sie die Information verarbeiten konnte.

»Als Geisel«, murmelte sie, und ihr wurde fast ein wenig schwummerig, als sie begriff. »Natürlich.«

Er nickte. »Der Kaiser macht niemanden zum Admiral

und überträgt ihm das Kommando über hundert Schiffe ohne eine gewisse Absicherung, dass er die unbedingte Treue des betreffenden Mannes hat. Also muss eines meiner Kinder in Ophion Magne leben, bis die ganze Sache beendet ist. Normalerweise würde ich Theron schicken, da er von einer Ausbildung in der Hauptstadt profitieren würde. Außerdem wäre bei ihm das Risiko geringer, dass er sich Schwierigkeiten mit Luciens Familie einhandelt.« Er verstummte erneut.

»Du gibst mich in ihre Hände«, folgerte sie.

»Ja«, antwortete er. »Weil ich dich dort brauche.«

»Ich verstehe nicht.«

»Dieser Krieg …«, sagte er. »Die ganze Sache hat etwas Verdächtiges, das spüre ich deutlich, doch ich weiß nicht, was vor sich geht. Nur jemand, der sich im Herzen von alledem befindet, hat eine Möglichkeit, dem auf den Grund zu gehen, und Theron … Seine Fähigkeiten machen ihn nicht unbedingt zu einer für diese Aufgabe geeigneten Person.«

»Du willst mich zu deiner Spionin machen?«

»So etwas in der Art.«

»Also deine Spionin«, stellte sie klar.

»Ja«, räumte er ein, »meine Spionin. Man wird dich nicht einkerkern oder irgendwo gefangen halten. Es wird Vorsorge getroffen, dass du bei deiner dortigen Verwandtschaft unterkommst. Aber ungefährlich wird es dennoch nicht. Ophion ist anders als alle Orte, die du bisher kennengelernt hast. Es ist ein Schlangennest, und wenn du einen falschen Schritt tust, wirst du gebissen.«

Das Gespräch kam ihr so unwirklich vor. War ihr Vater tatsächlich willens, sie zu opfern? Dann aber erinnerte sie sich an den Ausdruck auf seinem Gesicht, als sie den Raum betreten hatte. Sie rief sich ins Gedächtnis, dass er und Crespin in einen Krieg ziehen würden, aus dem sie womöglich nicht zurückkehren würden. Wie konnte sie sich da weigern, das Ihre zu leisten?

»Ich bin eine Nevelon«, erklärte sie. »Ich tue, was immer ich tun muss.«

»Daran hatte ich nie einen Zweifel«, erwiderte er, aber sein Tonfall hatte nichts Triumphierendes.

»Meine Brüder werden Ärger machen«, setzte sie gleich nach. »Wenn du nicht hier bist, um sie im Zaum zu halten, könnten sie …«

»… sich in Schwierigkeiten bringen und verhaftet oder getötet werden«, beendete er ihren Satz. »Ja, ich weiß, und aus diesem Grund dürfen sie nichts von dieser Sache erfahren, bis du fort bist. Niemand darf etwas davon erfahren.«

Sie nickte. »Mal angenommen, ich finde etwas heraus, wie kann ich mich mit dir in Verbindung setzen?«

»Auch dafür ist bereits gesorgt worden.« Er nahm ein silbernes Kästchen aus seiner Schreibtischschublade und stellte es auf den Tisch. Es war nicht länger als ihr Zeigefinger und halb so dick, und es hatte einen Scharnierdeckel mit einer kleinen Schließe. »Unsere Verständigungsmöglichkeiten befinden sich hier drinnen«, ließ er sie wissen. »Ich erkläre dir, wie es funktioniert. Du musst das Kästchen versteckt halten, und erzähle niemandem etwas davon. Außer einem einzigen Menschen. Sein Name ist Bonaventure, und du musst einen Weg finden, dich mit ihm zu treffen, wie auch immer du das anstellst.«

Erneut nickte sie.

»Gut.« Ihr Vater klopfte auf das Kästchen. »Also, es funktioniert folgendermaßen …«

Crespin verbrachte mehrere Tage damit, den Spuren seiner Vergangenheit nachzugehen. Er besuchte alte Geliebte und Freunde. Zusammen mit seinen Brüdern machte er im tiefen Wald Jagd auf Fleckantilopen, dann zechte er mit Renost bis zum ersten Morgenlicht in der Leuchtturmschenke, um danach im Gasthaus Krokodil ein Frühstück aus saurem Wein und gebratenen Kutteln zu sich zu nehmen.

Er ritt mit Chrysanthe am Ufer des sich träge dahinschlängelnden Laham entlang, und sie picknickten unter den Eukalyptusbäumen an ihrer altgewohnten Uferböschung mit Ausblick auf den Hazham-See, in dem riesige Flusspferde das Wasser aufwühlten, während über ihnen rubinrote Schwäne dahinflogen.

Erneut beschwerte er sich, dass Vater ihn zwang, an Bord der *Leucothea* seinen Dienst zu verrichten. Chrysanthe wiederum schien in einer eigenartigen Stimmung. Die Lippen ihres kleinen Mundes waren leicht gespitzt, ein Zeichen dafür, dass sie sich mit irgendeinem Rätsel beschäftigte.

»Vermisst du all das hier, wenn du fort bist?«, fragte sie ihn.

Er zuckte mit den Schultern. »Manchmal, ja, natürlich. Zu Hause zu sein ist, wie gut eingelaufene Schuhe zu tragen, aber jetzt erscheint mir alles hier viel kleiner. Es gibt dort draußen so viel mehr zu sehen, Santh.«

»Machst du dir nicht hin und wieder Sorgen, niemals mehr zurückzukehren?«, fragte sie leise. »Ich kann mir das gar nicht vorstellen, Mutter nie wiederzusehen oder Fiyala an ihrem Herdfeuer. Oder den See an einem derart perfekten Tag wie heute.«

Da erst begriff er, was in ihr vorging. »Ich habe nicht die Absicht zu sterben. Dieser Krieg ist im Handumdrehen wieder vorbei, dann komme ich zurück.«

Sie lächelte ein rätselhaftes leises Lächeln. »Wenn du mit Vater zusammen bist, stehen deine Überlebenschancen besser«, meinte sie. »Das weißt du, oder?«

»Mag sein«, räumte er ein, »aber ich bin kein Kind mehr. Es sollte mir erlaubt sein, meine eigenen Entscheidungen zu treffen.«

»Mich tröstet der Gedanke, dass ihr zusammen sein werdet.«

»Nun ja«, erwiderte er und schüttelte den Kopf, »dann ist es wohl auch keine totale Katastrophe.«

Seines Protests ungeachtet gelang es seiner Mutter, am Abend vor seinem Aufbruch ein Fest zu veranstalten, und er genoss es mehr, als er gedacht hätte. Er erinnerte sich an Chrysanthes Worte und nahm sich ausgiebig Zeit, all seine Brüder und Schwestern genau ins Auge zu fassen, ihre vertrauten Gesichter, den Klang ihrer Stimmen und ihres Lachens, zugleich unterschiedlich und ähnlich.

Er fragte sich, ob es wohl das letzte Mal war, dass sie alle zusammen waren.

Am nächsten Morgen fanden sie sich alle unten am Hafen ein, er in seiner neuen Uniform in Senffarben und Braun, und zusammen mit Renost und seinem Vater ging er an Bord der *Leucothea*. Als das Schiff ablegte und davonsegelte, stand er an der Reling und sah zu, wie die anderen immer kleiner wurden, bis sie hinter einer Biegung des Flusses gänzlich verschwanden.

Wieder einmal ließ er sein Zuhause hinter sich. Die Tore der ungewissen Zukunft waren weit aufgerissen worden, und ihm blieb keine andere Wahl, als sie zu durchschreiten.

Noch lange nachdem die *Leucothea* außer Sicht war, schaute Chrysanthe zu der Stelle hin, wo das Schiff verschwunden war. Mutter drängte zum Aufbruch, damit sie zu Hause waren, bevor es zu regnen beginnen würde. Nur Chrysanthe und Gabrien blieben noch.

Er saß für eine ganze Weile schweigend neben ihr, und sie lauschten gemeinsam den Schreien der Möwen und den Rufen der Matrosen auf den Schiffen, die sich bereitmachten, sich ihrem Flaggschiff auf See anzuschließen.

»Sie werden zurückkommen«, sagte ihr Bruder schließlich.

»Natürlich werden sie das«, bekräftigte sie.

»Ich habe Vater um Erlaubnis gebeten, ihn begleiten zu dürfen«, fuhr Gabrien verdrossen fort. »Doch er hat meine Bitte abgelehnt.«

»Zu Recht«, antwortete sie. »Mutter wird dich ... *wir* werden dich hier brauchen. Angenommen, es kommen Piraten her oder Räuberbanden von irgendeiner Barbarenküste? In Kriegszeiten, wenn unsere Schiffe fort sind, kann so etwas durchaus passieren. Einen einzigen weiteren Mann hat der Kaiser nicht nötig, das Haus Nevelon schon.«

»Li Goupil!«, vernahmen sie im nächsten Moment eine laute Frauenstimme hinter sich. Chrysanthe erkannte sie. »Auf ein Wort!«

»Und Marie Enart braucht dich auch«, fügte sie hinzu und musste schmunzeln.

Ein leises Lächeln umspielte auch seine Lippen. »Wahrscheinlich habe ich hier tatsächlich wichtige Dinge zu erledigen.« Aber er sah weiterhin Richtung Meer, ohne dem Mädchen auch nur im Mindesten Beachtung zu schenken.

»Goupil!«, wiederholte Marie.

»Warum ignorierst du sie dann?«, fragte Chrysanthe nach einer kleinen Weile.

Er grinste schelmisch. »Mädchen fühlen sich nicht zu Männern hingezogen, die gehorsam antanzen, wenn sie pfeifen.«

»Ich verstehe«, antwortete sie. »Wie wenig ich doch über die weibliche Seele weiß.«

Er sah sie mit ernstem Blick an. »Deine Rüstung hat bislang jeden Pfeil abprallen lassen, den Eros auf dich abgeschossen hat. Aber wenn einer dieser Pfeile irgendwann die Schwachstelle darin findet, wirst du hoffnungslos verloren sein. Ich dagegen ziehe es vor, mich abzuhärten, indem ich jeden Pfeil mannhaft nehme.«

»Wenn das eine andere Art ist zu sagen, dass du wankelmütig und treulos bist und ich sehr wählerisch«, erwiderte sie, »dann stimme ich dir zu.«

»Du wirst schon noch sehen«, meinte er.

»Dann überlasse ich dich mal deiner Beute«, meinte sie und stand auf.

»Ich sollte dich nach Hause begleiten.«

»Nicht nötig.«

»Aber das würde Marie in den Wahnsinn treiben.« Er warf einen Blick über die Schulter zu der jungen Frau, die nun verstummt war, sie beide aber beobachtete.

Chrysanthe fühlte sich seltsam leicht, als sie sich durch die Straßen von Port Bellschiff auf den Heimweg machte, während Gabrien schweigend neben ihr her ging. Graue Wolken ballten sich am Horizont zusammen, doch noch schien die Sonne, und so glänzten die gelb gedeckten Dächer der Kaufmannshäuser wie Gold. Der rosenrote Backstein, aus dem sie erbaut waren, wirkte beinahe lebendig, und die eisenbeschlagenen Balkone der Häuser waren überwiegend von den Wohlhabenden bevölkert, die Wein tranken und die Atmosphäre auf sich wirken ließen.

Chrysanthe und Gabrien überquerten den Platz mit der Basilika, und Chrysanthe blieb für einen Moment stehen, schaute zum höchsten Türmchen hinauf und überlegte, ob sie, bevor sie fortging, vielleicht noch einmal zum Christus von Tamanja beten sollte. Der Christus von Ophion war ein Fremder für sie, und sie kannte nur wenige seiner Mysterien.

Sie entschied sich dagegen, und so setzten sie ihren Weg zwischen den kleineren Häusern am Stadtrand hindurch fort. Was diesen Bauten an Größe mangelte, machten sie an Farbe wett: Ihre Mauern waren von Salbeigrün über Indigoblau, Kurkumagelb und Eierschalenweiß bis hin zu Zartlila verputzt. Hinter ihnen konnte man die mit Palmwedeln gedeckten Dächer der Sammelunterkünfte für die Männer sehen, die überwiegend auf den Zuckerrohrfeldern arbeiteten und an Festtagen in ihre fernen Dörfer zurückkehrten.

Ihr eigenes Zuhause, das Chastel de Nevelon, erhob sich auf einem Hügel gleich außerhalb der Stadt. Es war fast hundert Jahre alt und hatte einen zentralen Innenhof, umgeben von drei Stockwerken aus großen Räumen mit hohen Decken und reichlich Fenstern, damit die Luft zirkulieren konnte. Das Chastel bestand aus ingwerfarbenem Backstein, wie er flussaufwärts in Tawinquar hergestellt wurde, und vorne und an den Seiten befanden sich Säulenhallen aus rotem Marmor.

Ihr Urgroßvater hatte zu Recht angenommen, es sei bei dem hier herrschenden Klima besser, das Haus im Stil von Tamanja um einen zentralen Innenhof herum zu errichten, als sich an der kolonialen Bauweise zu orientieren. Das Dach war steil geneigt, sodass in den langen Regenzeiten das Wasser gut abfließen konnte. Die gut drei Meter hohe verstärkte Mauer, die das Haus umgab, hatte sich in vergangenen Zeiten als überaus nützlich erwiesen, seit einigen Jahrzehnten war sie allerdings nicht mehr auf die Probe gestellt worden.

Gabrien begleitete sie bis zum Tor, dann schlenderte er zurück Richtung Stadt, zweifellos um die ängstliche Sorge auszunutzen, die er in Marie geweckt hatte. Chrysanthe dachte noch einmal an das Schiff, das sie abholen würde, und fragte sich, was sie an Gepäck mitnehmen sollte, was man überhaupt in Ophion Magne brauchte, wenn man dort für längere Zeit lebte. Ihre Mutter hätte es ihr bestimmt sagen können, doch da die ganze Sache ein Geheimnis bleiben musste, konnte Chrysanthe sie nicht fragen.

Der Geruch von Rauch und Gewürzen stieg ihr in die Nase, und mit einem Mal war da in ihr der gewaltige Wunsch, mit Fiyala zu sprechen, der Köchin der Familie. Sie folgte den Düften durch den Garten an die Seite des Hauses, wo sich die Küche befand, ein robustes Backsteingebäude abseits des Haupthauses. Die Tür war offen, und Fiyala schnitt gerade Zwiebeln in einen Topf, während Pirah, ihre Enkeltochter, eine große Ente rupfte. Chrysanthe roch Knoblauch, Ingwer, Gewürznelken, schwarzen Pfeffer, Koriander und die Zwiebeln, die sich jetzt zu all den anderen Gewürzen im Topf gesellten.

Fiyala schaute auf, und ein Lächeln erhellte ihr runzliges Gesicht. Ihr gelocktes Haar, einst von einem dunklen Kastanienbraun, war mittlerweile weitestgehend grau, und darüber trug sie wie üblich ein Kopftuch.

»Danesele Chrysanthe«, grüßte sie, »ich hoffe, Ihr hattet einen perfekten Tag.«

»Ich wäre froh, wenn du mich nicht so nennen würdest«, antwortete Chrysanthe, »da fühle ich mich immer so alt. Außerdem sind wir nicht von Adel.«

»Wenn sich schon die Töchter der Familien Enart und de Sarade mit dem Titel ›Danesele‹ schmücken, sehe ich nicht ein, warum Euch nicht das Gleiche zukommen sollte.«

»Die Enarts und die de Sarades sind voller Allüren und spielen sich auf«, versetzte Chrysanthe. Die Wahrheit war, dass seit der Zeit ihrer Großmutter die Bedeutung des Wortes »Danesele« an Rang verloren hatte, sodass es jetzt auf jede unverheiratete Frau aus guter Familie Anwendung fand. Trotzdem sträubte sie sich dagegen, so bezeichnet zu werden.

»Mir wäre es lieber, du würdest mich so nennen wie früher immer.«

»*Quayquay?*« Die alte Frau lächelte.

»Das ist ein Wort für Babys«, warf Pirah ein.

»Schweig still, Kind!«, wies Fiyala das Mädchen an.

»Ich habe früher immer hier draußen gesessen, als ich noch klein war«, ließ Chrysanthe Pirah wissen. »Genau wie du. Auch ich habe hier Enten gerupft.«

»Nicht genau wie ich«, widersprach Pirah. »Du hast keine Enten rupfen *müssen*.«

Plötzlich spürte Chrysanthe, wie sich irgendetwas veränderte, als hätte der Wind gedreht, und Röte brannte ihr in den Wangen.

»Habe ich dir nicht gesagt, dass du still sein sollst!«, blaffte Fiyala. »Entschuldige dich bei der Dame. Und danach hältst du den Mund!« Sie drehte sich wieder zu Chrysanthe um. »Sie weiß nicht, was sie redet.«

»Nein, das ist nicht wahr«, antwortete Chrysanthe. »Sie weiß es sehr wohl. Es ist nur so, dass ich …« Plötzlich bemerkte sie, dass sie weinte, und schämte sich dafür. Es war alles zu viel auf einmal.

Fiyala ließ ihr Messer fallen und nahm Chrysanthe fest in die Arme. Sie roch nach selbst gemachtem Rosenwasser und Rauch.

»Quayquay«, murmelte sie. »Liebes Kind, was ist passiert? Hast du einen schlimmen Tag gehabt? Was kann ich für dich tun?«

Du kannst mich hier sitzen lassen, als wäre ich wieder ein kleines Mädchen, das sich deine Geschichten anhört, und ich kann dir beim Kochen helfen. Ich kann wieder das Gefühl haben hierherzugehören, ein letztes Mal.

Das war es, was sie gern gesagt hätte.

Aber Pirah hatte recht. Sie hatte immer nur so getan, als gehörte sie in den Küchenbau, und es waren weniger die Worte des kleinen Mädchens, die sie verletzt hatten, als Fiyalas Reaktion. Als fürchtete sie – obwohl sie nun in dritter Generation den Nevelons diente – immer noch, sie könnte entlassen werden, wenn ihre Enkeltochter etwas Falsches sagte. Sie gehörte fast schon zur Familie. Das hatte Chrysanthe immer so empfunden.

Aber lag sie damit wirklich richtig? Was würde aus Fiyala werden, wenn sie zu alt zum Kochen war? Würde sie eine Rente bekommen? Chrysanthe erinnerte sich an Luciens Bemerkung, dass die Angestellten ihres Vaters kaum besser dran seien als Sklaven. In dem Moment hatte sie es als eine eigennützige Schutzbehauptung abgehakt.

Doch jetzt …

»Es ist nichts«, ließ sie Fiyala wissen. »Es ist nicht deine Schuld. Tut mir leid. Ich muss gehen.«

Ich muss gehen.

Siebtes Kapitel

Im Pechtopf

Leicht ist es, den Weg zur Coste de Sucre zu finden,
Zu ihren grünen sonnengetüpfelten Ufern,
Ihren farbenfrohen Häfen, mit Musik, Gelächter,
Ihrem süßen, reichlich fließenden Rum.
Viel schwerer ist es fortzugehen.

Das Gedicht war fast hundert Jahre alt, aber jeder kannte es. In der Schule hatte Crespin das ganze Gedicht auswendig lernen müssen, aber er erinnerte sich nur noch an einzelne Bruchstücke davon.

An diese Zeilen erinnerte er sich immer, wenn er von zu Hause fortging, denn sie hatten eine doppelte Bedeutung.

Besucher der Coste de Sucre – darunter auch der Dichter, der diese Worte niedergeschrieben hatte – hatten einen schönen, angenehmen Ort vorgefunden. Das hatten vor allem jene so empfunden, die aus Ländern mit kühlerem Klima kamen. Sie hatten oft nicht wieder fortgewollt, und tatsächlich waren viele von ihnen geblieben.

Zumindest bei seiner ersten Reise in die Ferne war Crespin das Fortgehen ebenfalls schwergefallen, und das aus vielen Gründen.

Das mit dem Fortgehen und wie schwer dies war, hatte darüber hinaus noch eine andere, wortwörtliche Bedeutung. Die Küste lag mitten im Pechtopf, dem großen Bereich des

Meeres, wo oft Flaute herrschte und der Wind immer unberechenbar war. Es war möglich, dass man Tage oder gar Wochen im Pechtopf festhing.

Sie waren vor zwei Tagen aus dem Hafen ausgelaufen, und noch immer konnte er über das allzu stille Meer hinweg die fernen Umrisse von Mesembria ausmachen. Hinter dem Land verfärbte sich der dunkel rotgelbliche Himmel allmählich orange.

Er ging mehrfach über die ganze *Leucothea* auf und ab und grüßte die diensthabende Besatzung. Viele der Matrosen antworteten nur mit minimaler Höflichkeit, doch er machte ihnen nicht wirklich einen Vorwurf daraus. Er selbst wäre nicht sonderlich erbaut darüber gewesen, wenn man plötzlich den Sohn eines Admirals zum Ersten Offizier eines Schiffes ernannt hätte, auf dem er schon seit Jahren diente.

Es gab auch Soldaten an Bord, schwer bewaffnete Xelonen und leichte Infanteristen, die ihnen der Kaiser zur Verfügung gestellt hatte. Aber diese Leute gehörten nicht zur Marine, und die Beziehungen zwischen den Navioren und den Armeeeinheiten, die sich nun an Bord ihrer Schiffe befanden, waren seit jeher ein wenig angespannt. Die Soldaten blieben unter sich und verbrüderten sich weder mit den einfachen Matrosen noch mit den Offizieren, und das schloss auch Crespin mit ein.

So verständlich die Einstellung der Matrosen auch war, sie erschwerte ihm seine Arbeit – was seinem Vater bestimmt klar war –, und seine Dienststunden gestalteten sich dadurch sehr ruhig und schweigsam.

Zumindest gab ihm das die Möglichkeit, das Schiff näher kennenzulernen.

Die *Leucothea* war nicht für den Krieg gebaut, sondern für Schnelligkeit und das Überbrücken weiter Entfernungen. Normalerweise transportierte sie große Mengen an Zucker und Rum ins ferne Modjal, nahm dort Gewürze und Seide auf, die in den von Menschen wimmelnden Häfen rund um

Mesogeios und das Mer de Typhon verkauft wurden, und kehrte dann mit Laderäumen voller teurer Ware wie feinem Tafelgeschirr und Brokatstoff für wohlhabende Plantagenbesitzer nach Mesembria zurück.

Für ein Schiff von ihrer Größe war die *Leucothea* unglaublich leicht zu lenken und konnte um sämtliche Piratenschiffe, deren Flaggen sich am Horizont zeigten, einen großen Bogen machen. Lang und schmal gebaut, wirkte die *Leucothea* aus der Ferne so, als bestünde sie fast nur aus Segeln.

An Waffen verfügte sie nur über vier relativ kleine Quilainen, die mit dicht verdrehten Seilen große Bolzen oder Steine abfeuerten. Die *Pelerin*, Crespins altes Schiff, hatte sechzehn Quilainen an Bord gehabt, und schwere Plankenwände hatten als Schutz gedient. Doch dafür besaß die *Leucothea* etwas, was die *Pelerin* nicht hatte: gewaltige Frachträume. Nur waren sie diesmal nicht mit Gewürzen und Seide gefüllt, sondern enthielten Proviant in Überfülle, außerdem Munition für die Quilainen, Pfeile, Pech, Holz, Rum, Seile und hundert andere Dinge, um die Vorräte der Kriegsflotte aufzufüllen.

Die meisten anderen Schiffe der Handelsflotte ähnelten der *Leucothea*, wiewohl es einige wenige schwerere Schiffe gab, die zugunsten von zusätzlichem Frachtraum auf Manövrierfähigkeit verzichteten. Aber fast keines dieser Schiffe verfügte über Galeerenruder wie Kriegsschiffe, hatte die Flotte seines Vaters doch hauptsächlich die Aufgabe, die Kampfschiffe zu bevorraten, und das Kämpfen stand erst an zweiter Stelle.

Sein Vater hatte so seine Theorien darüber, wie die Schiffe seiner Flotte in der Schlacht eingesetzt werden könnten, und anscheinend war es ihm gelungen, den Kaiser von seinen fragwürdigen Ideen zu überzeugen.

Da sie nicht gerudert werden konnten, waren die Handelsschiffe ohne Wind hilflos. Anders als die Schiffe der Drehhu, die von Dämonen angetrieben wurden, sodass es für sie ganz egal war, ob Wind wehte oder nicht.

Crespin näherte sich zum dritten Mal dem Heck und sah dort eine Frau stehen. Sie lehnte an der Plankenwand und trug ein schlichtes Gewand aus hellblauem Leinen. Ihr Gesicht konnte er nicht sehen.

»Danesele«, sagte er im Bemühen, sich bemerkbar zu machen, ohne sie zu erschrecken.

Ihr Blick wandte sich langsam vom Meer ab, und sie sah ihn über ihre Schulter an. Ihre Haut war hell, ihr Haar strohfarben, ihre Augen waren grau. Ihr Gesicht war nett anzusehen, war vielleicht sogar hübsch, aber nicht wirklich schön zu nennen.

»Guten Morgen«, grüßte sie und wandte sich wieder dem Meer zu.

Er trat an die Reling und warf einen Seitenblick auf die Frau. »Wir wurden einander noch nicht vorgestellt. Ich bin Crespin.«

»Ich weiß, wer Ihr seid.« Aus der Art, wie sie das sagte, glaubte er herauszuhören, dass sie ihn schon jetzt in irgendeiner Weise als unangenehm empfand.

»Das ist gut für Euch«, sagte er. »Ich selbst habe diesen Vorteil nicht.«

»Kalliope.« Sie hatte einen Akzent, den er nicht zuordnen konnte.

»Ich hatte gedacht, schon alle an Bord des Schiffes kennengelernt zu haben.«

»Mir gefällt der Sonnenaufgang«, erwiderte sie. »Und die Nacht. Aber die Sonne ist nicht mein Ding.« Sie sah ihn direkt an. »Ihr seid bisher noch nicht früh genug auf gewesen, um mich kennenzulernen«, fügte sie hinzu.

»Nun, dann bin ich froh, dass diesmal ich die Wache ab Mitternacht hatte.«

»Nein.«

»Nein, was?«

»Ich bin seit einem Jahr und zwanzig Tagen auf diesem Schiff«, ließ sie ihn wissen. »Es hat eine Besatzung von fünfundachtzig Personen, einschließlich der Soldaten, die wir in Ophion Magne aufgenommen haben. Davon sind sieben Frauen, darunter ich. Ich bin sehr gut darin geworden, ›Nein‹ zu sagen. Selbst wenn das Nein dem Sohn des Admirals gilt.«

»Ich wollte nur freundlich sein, mehr nicht.« Er fühlte sich gekränkt. Wer war sie, so mit ihm zu reden? Sie kannte ihn überhaupt nicht. »Ich habe nicht darum gebeten, auf diesem Schiff mitreisen zu dürfen«, fuhr er fort. »Ich war bei der Kaiserlichen Marine und hatte dort gute, verlässliche Kameraden. Jetzt bin ich hier, was ich den Launen meines Vaters zu verdanken habe, an ebendem Ort, von dem ich mein Leben lang zu fliehen versuchte.« Mit Entsetzen hörte er, wie die Worte nur so aus ihm hervorsprudelten, und bedauerte im selben Moment, sie ausgesprochen zu haben.

»Er hat Euch damit einen Gefallen getan«, erklärte sie.

»Inwiefern soll das hier ein Gefallen sein? Jeder auf diesem Schiff hat etwas gegen mich. Euch eingeschlossen, wie es scheint.«

»Es muss ja so schlimm für Euch sein«, erwiderte sie.

Einen Moment lang dachte er, sie würde Mitleid mit ihm empfinden. Dann erkannte er an ihrem Gesichtsausdruck, dass es Spott war.

»Die Sonne ist aufgegangen.« Sie deutete mit dem Kopf zum Horizont, und ohne ein weiteres Wort richtete sie sich auf und schritt davon.

Er sah ihr einen Moment lang wutschnaubend nach.

Hector gesellte sich ein wenig später zu ihm. Der Groll nagte immer noch an Crespin.

»Was ist passiert?«, fragte Hector.

»Ich bin einer ziemlich widerborstigen Frau begegnet.«

»Kalliope?« Hector grinste. »Ja, ich hatte neulich auch das Vergnügen. Sie begleicht offene Rechnungen sehr schnell.«

Crespin erinnerte sich daran, was sie darüber gesagt hatte, eine Frau an Bord eines Schiffes voller Männer zu sein, und seufzte.

»Diese Frau ist gefährlich«, warnte ihn Hector.

»Wie meinst du das? Wer ist sie überhaupt?«

»Ach, das weißt du nicht? Sie ist eine Strixe.«

Crespin starrte ihn einen Augenblick lang an. »Natürlich ist sie das.« Er stöhnte. »Ich habe wohl einfach erwartet, dass …« Er brach ab.

»Dass so eine Frau alt und hässlich ist?«, führte Hector seinen Satz zu Ende.

»Ja. Nicht, dass Kalliope allzu hübsch wäre …«

Hector unterbrach ihn mit einem Lachen. »Gib uns ein paar Monate auf See«, meinte er, »und dann wollen wir noch einmal auf diese Bemerkung zurückkommen.« Eine plötzliche Bö zerzauste ihm das Haar. »Teufel noch mal, ist das jetzt endlich etwas Wind?«

Kleine Rotbartäffchen huschten durch die weit verzweigten Äste der gigantischen alten Feigenbäume, die sich über den Steinweg durch den alten Jadegarten wölbten, wo Chrysanthe mit Penelope au Leu spazieren ging. Penelope war allerliebst, und Chrysanthe kannte sie schon fast seit ihrer Geburt. Sie gingen Hand in Hand, so wie sie es auch als Kinder getan hatten.

Aber irgendetwas hatte sich zwischen ihnen verändert. Penelopes Auftreten war nicht mehr so unbekümmert wie einst, und ihr spitzbübisches Lächeln blitzte nur noch gelegentlich auf. Sie wirkte nervös.

»Ich bin froh, dass du bei mir vorbeigeschaut hast«, begann Penelope. »Es ist eine Ewigkeit her.«

»Fast ein Jahr«, gestand Chrysanthe. »Ich hatte nie vor, so lange wegzubleiben.«

»Ich weiß«, erwiderte Penelope. »Wir sind beide sehr beschäftigt gewesen, nicht wahr? Ich war überaus erstaunt, als ich von Luciens Untaten erfahren habe.«

Chrysanthe zuckte mit den Schultern. »Er wäre ohnehin nicht der Richtige für mich gewesen, aber er hätte sich eine Tracht Prügel ersparen können.«

»Der bloße Gedanke an diese armen Kinder!«

»Lucien fand, sie würden ohnehin schon fast wie Sklaven leben, und da würde es für sie keine Rolle spielen, wenn sie tatsächlich versklavt würden.«

»Was für eine absurde Einstellung!«, schimpfte Penelope.

»Vielleicht ist es einfach eine Frage der Perspektive«, gab Chrysanthe zu bedenken.

»Hier geht es um Tatsachen«, beharrte Penelope. »Das Kind eines Sklaven kann seinen Eltern weggenommen und verkauft werden wie ein Ballen Stoff. Das ist bei unseren Arbeitern anders.«

»Ja, das zumindest entspricht der Wahrheit.«

»Du wirkst bedrückt«, stellte Penelope fest. »Und was dich beschäftigt, ist mehr als nur irgendeine Ausrede, die Lucien zu seiner Verteidigung vorgebracht hat.«

»Du kennst mich gut.«

»Sehr gut«, bekräftigte Penelope leise und drückte ihre Hand. »Dieser Krieg.« Sie seufzte. »Wenn nur dieser Krieg nicht wäre.«

»Das wünsche ich mir auch«, sagte Chrysanthe, »aber den Krieg wird jetzt nichts mehr aufhalten können, fürchte ich.«

»Ich würde lieber mit den Männern gehen, wenn ich könnte«, sagte Penelope. »Es wäre besser, als hier zu warten und nicht zu wissen, ob sie tot sind oder am Leben. Ob sie jemals zurückkehren werden.«

»Dann geht also auch dein Bruder fort?«

»Ja. Und … mein Verlobter.«

Für einen kurzen Moment war sich Chrysanthe sicher, sich verhört zu haben, und einen weiteren Moment lang glaubte sie, Penelope habe einen Scherz gemacht, aber dann wurde ihr klar, dass nichts von beidem zutraf.

»Du bist verlobt? Das wusste ich nicht.«

»Es ist auch gerade erst dazu gekommen.«

»Und wer ist der Glückliche?«

»Florent Laval.«

»Florent?«

»Ich kenne diesen Tonfall«, sagte Penelope brüskiert. »Du bist dagegen!«

»Nein, das ist es nicht. Ich meine nur ... Hast du nicht mal gesagt, er sei der langweiligste Mann, den du kennst?«

»Ja, stimmt, und das ist er immer noch«, räumte Penelope ein. »Aber er ist nett. Und eine sichere Wahl.«

Sicher. Das Wort drängte sich zwischen sie beide, und Chrysanthe spürte, wie sich der Griff von Penelopes Fingern lockerte und ihre Freundin versuchte, ihre Hand aus ihrer zu lösen.

Chrysanthe fasste fester zu. »Darf ich mir nicht etwas mehr für dich wünschen?«

Penelopes Blick schweifte in die Ferne, dann jedoch richtete er sich wieder direkt auf Chrysanthe. »Nein, meine teuerste Freundin. Ich fürchte, das darfst du nicht.«

Für einen Moment verschlug es Chrysanthe den Atem. Als dann wieder Luft in ihre Lunge strömte, drückte sie fest Penelopes Hand. »Dann muss ich dir alles Glück wünschen, das du in deiner Situation finden kannst.«

Als sie vier Tage später im Innenhof saß und las, hörte sie das Klappern einer Kutsche. Chrysanthe legte das Buch auf die Bank und trat ans Fenster, um hinauszuschauen, auch wenn sie instinktiv wusste, wer es war. Und so überraschte es sie auch nicht, dass die Kutscher die Rüstung des Kaisers trugen.

Sie klopfte ihr Kleid ab und ertastete ihre Unterwäsche darunter und das kleine Kästchen, das dort in einer Tasche verborgen war. Auf einem Schiff konnte man nie wissen, wer einen Blick in ihr Gepäck warf, und so hatte sie beschlossen, das Kästchen immer bei sich zu tragen, sicher und versteckt.

»Ich darf doch wohl davon ausgehen, dass du alles gepackt hast?«, ließ sich eine Stimme hinter ihr vernehmen.

»Mutter?« Sie fuhr herum, und da stand sie vor ihr. »Du hast es gewusst?«

»Natürlich habe ich es gewusst. Wer sonst hätte es so einrichten können, dass du zum Schiff gebracht wirst, während deine Brüder praktischerweise gerade alle aus dem Haus sind?«

»Sie werden fuchsteufelswild sein.«

»Das werden sie«, bekannte ihre Mutter, »aber damit werde ich schon fertigt.« Sie inspizierte Chrysanthe eingehend.

»Schade, dass ich ihnen nicht Lebewohl habe sagen können«, meinte Chrysanthe. »Ich habe jedem einen Brief geschrieben. Wenn du sie bitte für mich übergeben könntest. Sie liegen auf meinem Bett.«

»Das mache ich gerne.«

»Danke.«

Es folgte eine verlegene Pause, der ihre Mutter schließlich ein Ende machte. »Ich habe noch ein paar Extrasachen für dich eingepackt«, erklärte sie. »Für den Hof angemessenere Kleider. Ein paar Düfte ...«

»Du weißt, dass ich mich mit solchen Dingen nicht abgebe«, schnitt ihr Chrysanthe das Wort ab.

Das Gesicht ihrer Mutter lief rot an. »Du wirst dich aber damit abgeben müssen, Chrysanthe Nevelon. Du wirst dich in jeder Hinsicht wie eine Dame benehmen – von dem Moment an, in dem du diesen Männern dort draußen gegenübertrittst, bis genau zu der Sekunde, da du wieder in dieses Haus zurückkehrst. Hast du mich verstanden?«

Es war zu viel für Chrysanthe. »Mutter, ich gehe als Geisel für unsere Familie fort und nicht, um mich auf die Suche nach dem Ehemann zu machen, den du dir so verzweifelt für mich wünschst. Ich weiß, du denkst an kaum mehr als an den äußeren Schein und an Beziehungen und daran, wie ein Tisch richtig gedeckt werden sollte. Aber ich bin nicht so. Ich werde nicht als verheiratete Frau zu dir zurückkehren.«

»Chrysanthe Nevelon«, begann ihre Mutter mit blitzenden Augen, »ich bete nur darum, dass du überhaupt zu mir zurückkehrst. Was wahrscheinlich nicht der Fall sein wird, wenn du nicht die dir zugewiesene Rolle spielst.«

Chrysanthe bemerkte zu ihrem Schreck, dass Tränen aus den Augen ihrer Mutter rannen, und ihr schnürte sich die Kehle zu. Sie machte einen Schritt nach vorn und nahm sie in die Arme. »Entschuldige bitte, Mama. Ich wollte dich nicht … Es ist nur … Ich habe Angst.«

Für eine ganze Weile sagte ihre Mutter kein Wort, sondern hielt sie nur fest in den Armen, hielt sie, wie sie das nicht mehr getan hatte, seit Chrysanthe ein kleines Mädchen gewesen war.

»Die solltest du auch haben«, sagte sie schließlich. »Ich *will*, dass du Angst hast.« Dann ließ sie ihre Tochter los und wischte sich die Tränen weg. »Du musst mir zuhören, Chrysanthe. In Ophion Magne wirst du auf Menschen treffen, die nett und angenehm scheinen, doch während sie freundlich tun, suchen sie zugleich nach dem besten Weg, dich zugrunde zu richten. Dann gibt es andere, die vielleicht deine Beschützer werden könnten. Den Unterschied zwischen beiden zu erkennen wird sehr schwer sein. Daher darfst du niemandem ein Messer an die Hand geben, das er oder sie dir dann in den Rücken rammen kann. Dein Äußeres und dein Benehmen müssen über jeden Tadel erhaben sein.«

»Ich verstehe.«

»Das glaubst du vielleicht, aber es gibt Dinge, die dir zuwiderlaufen, über die du keine Kontrolle hast. Wir gehören zum Reich, aber Ophion Magne ist nicht Mesembria. Alles an dir, von deinem Akzent bis zur Farbe deiner Haut, wird dich in ihren Augen bestenfalls als jemanden aus der Provinz kennzeichnen und schlimmstenfalls als ungebildeten Bauerntölpel. Du musst ihnen beweisen, dass sie sich irren. All die

Dinge, die ich dir beigebracht habe – auch wenn du sie jetzt als völlig nutzlos betrachtest –, diese Dinge sind die Rüstung und das Schwert, die du unbedingt brauchen wirst.« Sie schloss für eine Sekunde die Augen, dann öffnete sie sie wieder. »Du musst begreifen, was auf dem Spiel steht. Was du riskierst. Es geht nicht nur um dich selbst und deine eigenen Zukunftsaussichten. Nicht nur um unsere Beziehungen als Familie. Es geht um *alles* hier. Alles, was du siehst.«

Chrysanthe versuchte, ihre Worte zu verstehen. Mutter übertrieb gerne und oft – vielleicht sogar meistens –, doch diesmal ging von ihr ein verzweifelter Ernst aus, der Chrysanthe durch und durch aufrichtig erschien.

Und dann begriff sie. »Sprichst du von dem Freibrief?«

»Genau davon spreche ich, ja. Es gibt nichts im Reich, was im Grunde nicht dem Thron gehört.«

»Aber diese Privilegien stehen uns seit über hundert Jahren zu«, wandte Chrysanthe ein. »Dies hier ist schon seit Generationen unser Land, unsere Heimat.«

»Und wenn der Kaiser uns als dessen nicht würdig erachtet, kann es morgen jemand anderem gehören«, erklärte ihre Mutter. »Viele brennen darauf, das Land an sich zu reißen, da kannst du dir sicher sein. Tatsächlich hat Lucien als Entschädigung für die Prügel, die er von deinen Brüdern bezogen hat, bereits eine Übertragung des Freibriefs verlangt.«

»Er kann doch nicht ernsthaft glauben, dass …«

»Im Moment?«, fiel ihr ihre Mutter ins Wort. »Nein. Es gibt keinen besseren Namen im Reich als den der Nevelons, darum ist er mit seinem Gesuch nicht weit gekommen. Aber sollte unser Name jemals in Misskredit geraten – und sei es auch nur ein klein wenig –, könnte sich das ändern. Lucien könnte ein erneutes Gesuch bei Hof einreichen, oder ein Dutzend andere könnten das tun. Wenn dein Vater nicht lebend aus Basilisk zurückkehrt, wird mit Sicherheit irgendwer versuchen, Tycho sein Erbe zu entreißen, und wenn es dazu kommt, müssen wir ohne Fehl und Tadel dastehen.«

Einen Moment lang lastete ein Gefühl der Schwere auf Chrysanthe, so niederdrückend, dass sie nicht mehr atmen, sich nicht mehr bewegen, überhaupt nichts mehr tun konnte. Warum hatte Vater ihr nichts davon gesagt?

Weil er geglaubt hatte, dass sie es bereits wusste. Dass sie begriffen hatte, welche Last er da auf ihre Schultern gelegt hatte. Und sie hätte es auch begreifen *müssen*, denn Chrysanthe kannte die Geschichte ihrer Familie. Aber sie hatte es für selbstverständlich gehalten, dass alles so weitergehen würde wie zuvor, was immer auch geschähe.

Sie hob den Blick und sah ihrer Mutter in die Augen. »So weit wird es nicht kommen, Mama!«

Für eine geraume Weile sagte keine der beiden Frauen ein Wort. Dann nickte ihre Mutter. »Ich bin ein wenig aus der Fassung geraten. Ich muss einen schrecklichen Anblick bieten.« Sie nahm Chrysanthes Hände in ihre und bedachte sie mit einem matten Lächeln. »Aber da du selbst das Thema Ehemann angeschnitten hast … Wer weiß, es könnte sich für dich in der Tat die Gelegenheit ergeben, eine gute Partie zu machen. Gutes Betragen wird dir dabei auf keinen Fall schaden.«

Chrysanthe drückte fest die Hände ihrer Mutter. »Ich hab dich auch lieb, Mama.«

Achtes Kapitel

Mit dem Wind

Der Wind war launisch, aber es gelang ihnen, den Pechtopf zu verlassen und in die berechenbareren südlichen Malfé-Winde hineinzusegeln. Diese wehten fast beständig von Südosten her, was wiederum ein eigenes Problem darstellte, denn Südosten war genau die Richtung, in die sie fahren mussten. Die Meeresströmung war hilfreich, aber nur begrenzt, da sie sich in südwestlicher Richtung bewegte.

Das war jedoch ein altes Problem und vor ungefähr einem Jahrhundert gelöst worden. Wenn sie mit der Strömung nach Südwesten segelten, entfernten sie sich erst einmal von ihrem Ziel. Irgendwann würden sie dadurch jedoch ins südliche Argestae gelangen, von wo der Wind und die Strömung sie zurück nach Osten bringen würden, um Kap Haparis herum und dann weiter auf ihr Ziel zu. Die kürzere Route wäre gewesen, der Küste in genau südlicher Richtung zu folgen, aber das hätte bedeutet, direkt gegen den Wind und die Strömung zu segeln, wodurch sie viel, viel langsamer vorangekommen wären.

Es fiel Crespin schwer, über Kalliopes gehässige Worte hinwegzukommen, und nach einer Weile begriff er, warum dem so war. Er stand noch vor Sonnenaufgang auf und fand sie an derselben Stelle vor.

»Ihr hattet recht«, bemerkte er.

»Das verhält sich meistens so«, antwortete sie. »In welcher Beziehung?«

»Der stolzeste Tag meines Lebens war der, als ich meinem Vater mitgeteilt habe, dass ich zur Marine gehen würde. Ich habe mich wie ein Mann gefühlt, als hielte ich mein Schicksal selbst in der Hand. Aber auf diesem Schiff hier zu sein, unter seinem Kommando – dadurch bin ich mir wieder wie ein kleiner Junge vorgekommen. Als wäre mir all das genommen worden. Ich habe über meinen Vater gejammert, statt deswegen etwas zu unternehmen. Es tut mir leid, dass ich Euch dem ausgesetzt habe.«

»Das ist auch nicht viel besser«, entgegnete sie, aber dann lächelte sie leise. »Ein *wenig* besser, nun, vielleicht. Was habe ich Besonderes an mir, dass Ihr glaubt, Eure Probleme würde mich interessieren?«

Diese Frage verschlug ihm für einen Moment die Sprache, und ihm kam der Gedanke, dass er höchstwahrscheinlich niemals etwas sagen könnte, was zu hören sie als lohnenswert erachten würde. Dann begriff er, dass das daran lag, dass er immer über sich selbst redete.

»Ihr werdet nichts mehr von meinen Sorgen zu hören bekommen.«

»Ich nehme das als ein Versprechen«, erwiderte sie und schloss die Augen. »Die Sonne wird gleich aufgehen.«

Er hatte das Gefühl, dass er am besten gehen sollte, aber irgendetwas hielt ihn an Ort und Stelle fest.

»Wie ist es so?«, fragte er. »Zu machen, was Ihr macht?«

»Es ist großartig«, antwortete sie, »und erbärmlich. Und notwendig.«

Schließlich kam der Moment, als Crespin eine leise gemunkelte Bemerkung zu viel hörte. Der Tropfen, der das Fass zum Überlaufen brachte, war eine Äußerung aus dem Mund eines hageren *Marinier* namens Grefin.

Grefin hatte immer jede Menge zu sagen, für gewöhnlich in Form eines Scherzes oder einer Beschwerde oder einer Kombination von beidem. Diesmal ging es in die Richtung, dass selbst ein Affe noch ein Offizier sein könne, wenn nur sein Vater der Schiffseigner sei, und er sagte es in solcher Lautstärke, dass zu viele es hören konnten.

Crespin sah gerade ins Kielwasser des Schiffes hinaus. Er schloss für einen Moment die Augen, öffnete sie wieder und drehte sich um.

Eine kleine Gruppe von Männern hatte den Blick in seine Richtung gewandt.

Wären diese Männer kaiserliche Navioren gewesen, hätte eine solche Bemerkung die Peitsche zur Folge gehabt – und tatsächlich hätte er Grefin auspeitschen lassen können. Aber diese Männer waren keine Navioren. Sie waren Marinier – Seeleute, aber Zivilisten –, und er wusste, dass es seine Situation ganz und gar nicht verbessern würde, wenn er einen von ihnen auspeitschen ließ.

Daher nahm er sich, als er sich umdrehte, nun nicht direkt Grefin vor, sondern deutete stattdessen mit dem Zeigefinger auf Alkaios. Anders als Grefin redete Alkaios nicht viel und kümmerte sich im Allgemeinen um seine eigenen Angelegenheiten, dennoch war auch er oft genug das Ziel von Grefins dümmlichen Sprüchen. Außerdem war er der größte Mann auf dem Schiff. Seine Brust war gewaltig, und seine Arme hätten aus den Sehnen eines Elefanten gemacht sein können.

»Was hast du da gerade gesagt?«, herrschte Crespin ihn an.

»Was?« Alkaios wirkte verwirrt. »Nichts, Sir.«

»Zuerst nennst du mich einen Affen, und jetzt lügst du deshalb? Was für ein Mensch bist du eigentlich?«

»Ich lüge nicht, Sir,« entgegnete Alkaios.

Ein Grinsen hatte sich über Grefins Züge gelegt.

»Nun ja,« fuhr Crespin fort, »ich sage, genau das tust du.« Dann spuckte er ihn an.

»Das war ich nicht, Sir«, beteuerte der Mann, doch seine Züge verfinsterten sich allmählich vor Ärger.

»Und wer war es dann? Wen willst du beschuldigen?«

Der große Mann bedachte Grefin mit einem grimmigen Blick, gab jedoch keine Antwort.

»Sir«, sagte ein anderer Mann; er hieß Remi. »Das hier ist nicht die Marine.«

»Ach«, versetzte Crespin, »was du nicht sagst. Glaub mir, ich bin mir sehr wohl im Klaren darüber, dass das hier nicht die Marine ist. Wenn es die Marine wäre, hätte man euch Armleuchter allesamt schon lange als Futter für die Haie über Bord geworfen. Aber wie die Dinge liegen, ist es eben das, was ich hier vor mir habe.« Er machte eine ruckartige Kopfbewegung in Richtung Alkaios. »Irgendwer von euch hat es jedenfalls gesagt, und ich behaupte, dass du es warst. Also, bist du ein Kämpfer, oder soll ich anfangen, dir schwülstige Gedichte vorzulesen?«

Das war endlich genug – Alkaios stürzte sich auf ihn.

Crespin wich geschickt zur Seite aus und versetzte ihm einen Schlag aufs Ohr, doch es war wie ein Hieb gegen eine Steinwand. Der große Mann brüllte zwar auf, allerdings vor Zorn, und schwang die Faust nach ihm.

Crespin duckte sich und versetzte ihm einen Kinnhaken, um sofort wieder aus seiner Reichweite zu springen. Aber diesmal war er nicht schnell genug, Alkaios erwischte ihn am Arm. Es tat nicht besonders weh, aber Crespin taumelte zur Seite, als litte er starke Schmerzen.

Ermutigt stürzte sich der Marinier erneut auf ihn.

Crespin ließ sich auf die Seite fallen, trat mit dem Bein aus und brachte seinen riesenhaften Gegner zu Fall, sodass er mit einem lauten Aufschlag auf dem Deck landete. Dann wartete er, bis sich der Seemann wieder hochgerappelt hatte und erneut auf ihn zukam, nun ein wenig vorsichtiger geworden.

Crespin trat ihm entgegen und schlug zu.

Alkaios ließ sich davon nicht beirren und versetzte ihm einen Hieb ins Gesicht. Es fühlte sich an wie ein Treffer mit einem Vorschlaghammer, und ehe er sichs versah, lag Crespin auf dem Deck.

Er stemmte sich auf die Arme, Blut strömte ihm aus der Nase.

Alkaios packte ihn mit einem Klammergriff und drückte ihm die Luft ab. Crespin schlug ihm auf beide Ohren und spürte, wie sich der Griff des anderen lockerte, und als seine Füße wieder fest auf dem Deck standen, versetzte er Alkaios einen Hieb direkt unterhalb des Brustbeins und einen zweiten in die Achselhöhle.

Der große Mann keuchte auf und sackte in sich zusammen, als ihm die Luft aus der Lunge wich. Crespin sah zu, wie er zusammenbrach.

Ihm selbst war schwindelig, doch während er sich das Blut von der Nase wischte, blaffte er: »Nennt mich sonst noch jemand einen Affen?«

»Was ist hier los?«

Als Crespin aufschaute, sah er seinen Vater aus dem Offiziersquartier kommen.

»Nichts, Sir«, antwortete Crespin und streckte die Hand aus, um Alkaios aufzuhelfen. »Wir sind gestolpert.«

Der Admiral musterte ihn einen Moment lang. »Ich erwarte, dass ihr von jetzt an auf eure Füße aufpasst«, versetzte er dann. »Ihr alle!«

»Admiral.«

Alle drehten sich um, als sie die Frauenstimme hörten. Kalliope stand im Schatten der Luke, die Augen zu schmalen Schlitzen verengt.

»Was gibt es, Fräulein?«, wollte Crespins Vater wissen.

»Ich habe es von der Strixe auf der *Balaine* gehört«, antwortete sie. »Von Südosten her nähert sich eine Sturmbö.«

Jetzt, da sie auf dem offenen Meer waren, hatte sich die Flotte zu einer ungeordneten Kolonne formiert, mit der *Leucothea* an der Spitze. Die *Balaine* war das allerletzte Schiff und würde dem Sturm damit als Erstes ausgesetzt sein.

Crespin blickte nach Südosten, konnte aber keine Anzeichen von schlechtem Wetter erkennen. Allerdings sah er sehr wohl das Leuchtmuster, das vom Lucnographen des nächsten Schiffes hinter ihnen ausging und die gleiche Meldung machte wie Kalliope.

Crespin wischte sich erneut über die noch blutende Nase. So viel Vorwarnung zu haben war gut. Es gab ihnen jede Menge Zeit, sich darauf vorzubereiten, vor dem Sturm zu segeln. Daher rechnete er damit, dass sein Vater sofort den entsprechenden Befehl erteilen würde, aber stattdessen zögerte der Admiral.

»Admiral?«, fragte er.

Sein Vater wandte sich an Kalliope. »Alle Schiffe östlich der *Salaminia* sollen beidrehen, die Segel einholen und unter Sturmsegel gegen das Unwetter kreuzen. Alle Schiffe westlich davon sollen unter vollen Segeln auf Südkurs gehen.«

Crespin war verwirrt. Das war Wahnsinn!

»Kapitänleutnant«, wandte sich sein Vater an Crespin, »übermittelt die Befehle dem Mann am Lucnographen und lasst sie an die Kolonne weitergeben.«

»Aber, Sir ...«

»Sorgt dafür, dass die Quilainen und alle anderen schweren Gegenstände im Frachtraum gut festgebunden werden«, befahl der Admiral. Er lehnte sich näher zu Crespin und senkte die Stimme zu einem Flüstern. »Und verprügle nicht noch mal einen meiner Männer.«

Neuntes Kapitel

Das Hochland

Sie folgten dem Tal Richtung Südosten und kamen am ersten Tag mühelos voran. Die dichten Wälder wurden durch vereinzelte Baumgruppen und hohes Grasland abgelöst. Bracke behielt Ruß immer im Auge, hoch oben vor dem Hintergrund des blauen Himmels. Wenn der Rabe etwas Gefährliches sah, vollführte er für gewöhnlich als Warnung einen kleinen Tanz in der Luft.

Die Reiter unterhielten sich miteinander in einer Sprache, die Bracke nicht verstand, obwohl er bis zum Ende des Tages einige Worte aufgeschnappt hatte: *Merde* zum Beispiel bedeutete, da war er sich ziemlich sicher, so viel wie »Scheiße«. Martin und Selene hatten ganz klar das Sagen, doch die drei Männer in den Rüstungen schienen nicht allzu froh darüber zu sein. Die anderen Männer sprachen diese drei mit »Chevalier« an und waren ihnen recht offensichtlich untergeben. Jeder Chevalier hatte das Kommando über fünf Mann.

Sie schlugen ihr Lager im Freien auf. Bracke fand einen guten Baum, auf dem er schlafen konnte, und am nächsten Morgen setzten sie ihre Reise fort.

Die Sonne war halb den Himmel hinaufgestiegen, als Ruß sein Tänzchen aufführte. Es wäre gar nicht nötig gewesen, denn Bracke hatte die kreisenden Geier bereits ausgemacht. Niemandem sonst in der Gruppe schienen sie aufgefallen zu sein, dann aber waren sie nahe genug heran, um das Aas zu riechen.

Zwischen Martin und einem der Chevaliers brach daraufhin ein Streit aus. Kurz darauf wandte sich der Chevalier an Bracke.

»Was hältst du davon?«, fragte er in holprigem Velesanisch.

»Dort drüben ist irgendetwas Totes.«

»Vielleicht haben Löwen etwas getötet.«

»Vielleicht«, räumte Bracke ein.

Der Chevalier nickte, wendete sein Pferd in die entsprechende Richtung und trieb es zum Galopp an. Seine Männer folgten ihm.

»Ariston!«, brüllte Martin ihm nach.

»Wenn Ihr diese Männer braucht,« meinte Bracke, »solltet Ihr sie am besten begleiten.« Dann lief er selbst hinter den Reitern her.

Martin fluchte in seiner Sprache und folgte ihnen, wie auch die Übrigen.

Sie fanden den Chevalier inmitten einer Baumgruppe, wo er eine Ansammlung von halb aufgefressenen Tieren anstarrte. Eins davon war ein Hirsch mit drei Geweihstangen, die meisten anderen waren bis zur Unkenntlichkeit verstümmelt. Wo Knochen sichtbar waren, waren diese gebrochen. Eine Wolke schwarzer Fliegen summte über dem unappetitlichen Anblick, und der Geruch von Fäulnis drohte Bracke fast zu erschlagen.

Er sprang in die oberen Zweige einer Magnolie hinauf, um sich den kommenden Spaß mit anzusehen.

Ariston bemerkte es.

»Welches Tier macht so was?«, forderte er zu wissen.

»Ein Höllenschwein«, erklärte Bracke.

»Was ist ein Höllenschwein?«

Bracke deutete in die Bäume. »Das da!«

Was zunächst nur wie vereinzelte durch die Blätter fallende Sonnenstrahlen gewirkt hatte, befand sich plötzlich in wildem Aufruhr.

»*Merde!*«, heulte der Chevalier auf, als das Schwein hinab auf die Lichtung sprang, um sein gräuliches Vorratslager zu verteidigen. Und es war ein großes Schwein, an der Schulter anderthalb mal so groß wie ein hochgewachsener Mensch.

Bevor irgendjemand anders als mit Flüchen reagieren konnte, hatte das Ungetüm schon eines der Pferde am Hals gepackt und malmte ihm mit seinen gewaltigen Kiefern das Leben aus dem Leib. Der Mann, der auf dem armen Tier saß, heulte auf, als er zu Boden geschleudert wurde.

Man musste Ariston zugutehalten, dass er seine Schockstarre im nächsten Moment abgeschüttelt hatte, die Lanze hob und das Ungetüm angriff. Er traf die Muskelmasse direkt hinter dem Schädel.

Das Schwein kreischte auf, riss den Kopf zurück und zerschmetterte den hölzernen Lanzenschaft, um dann seinen Peiniger anzugreifen.

Der Chevalier ließ sein Pferd herumwirbeln und zückte seinen Degen. Das scharfe Schnalzen von Armbrüsten erfüllte die Luft, doch das Höllenschwein schien gar nicht zu bemerken, dass es von den Bolzen getroffen wurde. Es schnappte nach Aristons Pferd, das mit einem gewaltigen Satz zurücksprang, woraufhin der Chevalier durch die Luft flog und mit einem Scheppern seiner Rüstung zwischen den verwesenden Kadavern landete.

Das Wildschwein stieß ein ohrenbetäubendes Quieken aus, als ihm ein anderer Reiter einen Speer in den Leib rammte, diesmal in die Seite, direkt hinter seinem Vorderbein. Die Waffe versank tief im Fleisch des Tieres, und die Wucht von Pferd, Reiter und Speer brachte es ins Taumeln.

Doch das Schwein fasste sich wieder und stürmte auf seinen neuen Angreifer zu. Dann aber drehte es sich ganz plötzlich zu Selene um.

Bevor sie sich rühren konnte, stand auch schon Martin vor

ihr, breitbeinig und mit fest in den Boden gestemmten Füßen. Seine bloße Hand schoss so schnell vor, dass man es fast nicht sehen konnte. Er traf das Wildschwein seitlich am Kopf, während er schon wieder davonwirbelte, sodass das Tier ihn nur streifte, statt ihn frontal zu rammen. Das Höllenschwein taumelte zur Seite, und Bracke sah, dass dort, wo zuvor eines der Augen gewesen war, ein blutiges Loch klaffte.

Mit einem weiteren Kreischen brach es zusammen. Es versuchte noch einmal, sich hochzustemmen, aber die Krieger hatten es umringt und hackten und stachen mit ihren Waffen auf das Schwein ein.

Martin schaute zu Bracke in seinem Baum auf, eine kleine Falte zwischen den Brauen. Seine rechte Hand war bis über das Handgelenk blutverschmiert.

Er hat das Höllenschwein mit bloßer Hand besiegt. So etwas hatte Bracke noch nie gesehen. Vielleicht würde diese Reise weitaus interessanter werden, als er gedacht hatte.

In dieser Nacht schlugen sie ihr Lager in den Hügeln östlich des Tals auf. Sobald das Feuer brannte und alles gerichtet war, tauchte Martin unter dem Baum auf, in dessen Geäst es sich Bracke bequem gemacht hatte.

»Du hast gewusst, um was für ein Tier es sich handelte!«, beschwerte sich Martin. »Schon lange bevor wir dort angekommen sind!«

»Ja«, gab Bracke zur Antwort. »Bei allen anderen Tierarten – Aristons Löwen zum Beispiel – hätten die Geier zumindest versucht, etwas von all dem Fleisch zu erhaschen.« Er legte den Kopf schräg. »Warum war er so begierig darauf, einen Löwen zu erledigen?«

»Chevaliers!« Martin stieß einen schweren Seufzer aus. »Sie sammeln Trophäen und reden schon von Löwen, seit wir aufgebrochen sind.«

»Höllenschweine fressen Löwen«, sagte Bracke. »Sie fressen so ziemlich alles.«

»Inzwischen ist mir das auch klar«, antwortete Martin. »Warum hast du uns nicht gewarnt?«

Bracke lächelte. »Ich wollte sehen, was Ihr tun würdet, und ich wurde nicht enttäuscht. Die Sache, die Ihr mit Eurer Hand gemacht habt … Jetzt verstehe ich, warum Ihr keine Waffen bei Euch tragt. Ist das eine Art Magie?«

»Was die Ungebildeten Magie nennen, ist nicht mehr als die Unterwerfung der Welt unter den eigenen Willen«, erklärte Martin.

»Ich bin mir nicht sicher, ob das eine Antwort ist.«

»Wir haben ein Pferd verloren«, setzte Martin hinzu. »Es hätte genauso gut auch ein Mensch sein können. Warne uns das nächste Mal.«

Sie drangen tiefer in die Berge vor. Bracke führte sie an Löwen und Panthern vorbei, ohne dass Ariston je auch nur ahnte, dass sie da waren. Sie wichen zwei Jagdtrupps der Kansa aus. Es bestand nur eine geringe Wahrscheinlichkeit, dass die Stammesleute eine so gut bewaffnete Gruppe angreifen würden, aber bei den Kansa konnte man nie wissen.

Drei Reisetage lang folgten sie geschlängelten Pfaden und nutzten Pässe, um die unteren Vereshalm-Berge zu durchqueren, dann ging es wieder hinunter in die Täler. Das Grasland wich üppigem, aber lichtem Wald. Hier war es kühler, daher zog Bracke die Hirschlederkleidung an, die ihm Großmutter geschenkt hatte.

Die Expedition führte jede Menge Proviant auf den zusätzlichen Pferden mit sich, aber dieses Essen war nicht nach Brackes Geschmack, und so jagte er unterwegs kleine Tiere, während ringsum die Berge immer höher und höher wurden. Er unterhielt sich auch mit Selene, die ihm von ihrem Zuhause in Ophion erzählte und Städte beschrieb, die so groß waren, dass er sich fragte, ob sie ihm etwas vorlog, einfach nur um festzustellen, ob er ihr Geflunker glauben würde. Im Laufe der Tage lernte er immer mehr von ihrer Sprache.

Nach zwei Wochen überschritten sie die Grenzen seiner bisherigen Reisen, aber er erinnerte sich recht gut an Großmutters Anweisungen und vermutete, dass sie in zwei oder drei weiteren Tagen in Sichtweite das Gipfels gelangen würden, zu dem sie unterwegs waren. Eines Nachmittags, als die anderen das Lager aufschlugen, kletterte Bracke einen steilen Hang hinauf und erklomm den zerklüfteten Steingrat, der zum kahlen Gipfel des Berges führte. Der war nicht besonders hoch, aber die Aussicht war atemberaubend. Die Berge stachen in allen Richtungen hinauf in den Himmel. Am niedrigsten waren sie im Westen, wo die Sonne gerade den Horizont in Flammen setzte.

Er schloss die Augen, spürte den Wind auf der Haut, die Weite um ihn herum und den Himmel selbst. Als er die Augen wieder öffnete, schaute er in die Richtung, aus der sie gekommen waren, und fand die Orientierungspunkte, die ihn nach Hause führen würden. Über ihm zog Ruß träge und sorglos seine Kreise am Himmel.

Als er gerade den Abstieg beginnen wollte, erregte eine Bewegung seine Aufmerksamkeit. Er konzentrierte seinen Blick und versuchte zu verstehen, was er da sah. Nachdem ihm dies gelungen war, stieg er zum Lager hinab und hielt Ausschau nach Martin und Selene.

»Irgendwer folgt Euch«, berichtete er ihnen. »Zu Pferd. Vermutlich sind es doppelt so viele wie ihr. Aus dieser Entfernung lässt sich das schwer erkennen.«

Martin runzelte die Stirn. »Bist du dir sicher, dass sie uns folgen?«

»Was sonst sollten sie hier oben wollen?«

»Wer könnte das sein?«, fragte Selene. »Was hat das zu bedeuten?«

»Es bedeutet«, antwortete Martin grimmig, »dass wir verraten wurden. Sie haben keinen Führer wie wir, sonst hätten sie sich nicht auf unsere Fährte gesetzt. Sie können den Ort nur finden, indem sie uns dorthin folgen.«

»Dann sollten wir nicht weiterziehen«, schlussfolgerte Selene.

Martin pflichtete ihr bei. »Wir sollten ihnen hier oder irgendwo in der Nähe auflauern. Zumindest haben wir das Überraschungsmoment auf unserer Seite.«

»Sie befinden sich fast eine Tagesreise hinter uns«, erklärte Bracke. »Deshalb hielt Ruß sie nicht für eine Gefahr und hat uns nicht vor ihnen gewarnt.« Er stand auf, reckte sich und ließ den Hals knacken. »Wir sehen uns morgen früh.« Dann begab er sich zu jenem Baum, auf dem er seine Sachen zurückgelassen hatte.

Als es dunkel genug war, sammelte er seine wenigen Habseligkeiten ein, weckte Rose aus ihrem Schlummer und machte sich auf den Rückweg nach Hause.

Zehntes Kapitel

Der Expirator

Der Sturm näherte sich viel zu schnell, eine schwarze Wand an ihrer Backbordseite. Crespin sah zu ihr hin und fragte sich immer noch, was sich sein Vater wohl dachte, und war nach wie vor wütend über dessen letzte Worte. Der Admiral musste wissen, in welche Situation er Crespin gebracht hatte, und ihm musste klar sein, dass sein Sohn irgendwann etwas hatte unternehmen müssen, um sich als Offizier durchzusetzen. Aber statt ihn zu unterstützen, hatte er Crespin auch noch getadelt. Es war unfassbar.

Der Wind frischte auf, und Crespin verlagerte seine Überlegungen darauf, die Logik seines Vaters zu entschlüsseln – noch etwas, was er, wie er fand, eigentlich nicht nötig haben sollte. Ein Erster Offizier sollte in die Pläne des Kapitäns eingeweiht sein. Auf der *Pelerin* jedenfalls war das immer so gewesen.

Es gab zwei Methoden, einen solchen Sturm zu überstehen. Man konnte das Schiff gegen die Wellen steuern, dann konnte man direkt in sie hineinfahren, wie es der Admiral den Schiffen hinter ihnen befohlen hatte, oder man konnte sich von ihnen tragen lassen, was im Allgemeinen die sicherste Herangehensweise war. Stattdessen lag ihr Schiff aber quer zum herannahenden Sturm, und schon die erste große Welle konnte sie zum Kentern bringen. Ein solches Manöver ergab vielleicht Sinn, wenn sich in ihrer Nähe Land oder Untiefen oder ein Riff befunden hätten, aber sie waren auf offenem Meer.

Es sei denn …

Crespin eilte nach unten in den Kartenraum und besah sich die Seekarten, die sein Vater dort ausgebreitet hatte, um ihre Position zu bestimmen – und dabei fiel sein Blick auf die blutrote Linie am Rand der Karte.

Der Expirator.

Crespin fühlte sich in seinen eigenen seemännischen Fähigkeiten erschüttert. Er war davon ausgegangen, dass sie noch viele Seemeilen vom Expirator entfernt waren, aber es waren in Wirklichkeit gerade einmal sieben.

Der Expirator verlief von Norden nach Süden, lag aber schräg zu ihrem Kurs. Wenn sie direkt nach Norden fuhren, würden sie ihm schnell näher kommen. Wenn sie sich nach Süden wandten, würden sie Abstand gewinnen. Letztendlich würden sie so oder so in den Sturm hineinfahren müssen, und er würde sie in Richtung Expirator blasen. Daher versuchte sein Vater, den Abstand zu vergrößern.

Gratuliere, Crespin, alter Junge, dachte er bitter. *Du hast dich gerade vor deinem Vater als Idiot bewiesen.*

Er ging wieder an Deck und starrte verdrossen nach Osten, wo sich die dunklen Wolken ballten. Er bemerkte kaum, dass Renost neben ihn trat und sich an die Reling lehnte.

»Warum Alkaios?«, fragte sein Freund. »Du weißt ganz genau, dass Grefin es war, der sich derart abfällig über dich geäußert hat.«

»Grefin ist zu klein«, erklärte Crespin. »Mit ihm hätte ich meine Position nicht klarmachen können.«

»Aber jetzt ist Alkaios …«

»Er wird für ein oder zwei Wochen die doppelte Ration Rum erhalten, und vielleicht wird er dafür sorgen, dass Grefin seine Meinung von nun an für sich behält.«

»Du meinst, falls wir so lange überleben«, bemerkte Renost und machte das Zeichen gegen das Böse in Richtung Sturm.

»Der Admiral weiß, was er tut«, gab Crespin zurück.

»So weit südlich sollte es eigentlich keine Stürme geben«, fügte Renost hinzu, »nicht um diese Jahreszeit. Das kommt mir falsch vor.«

»Es ist nur ein Sturm«, beharrte Crespin.

Renosts Blick richtete sich auf einen Punkt hinter Crespin. Der drehte sich um und sah Kalliope näher kommen. Sie schaute weder zu ihnen noch zum Sturm hin, sondern blickte nach Westen über die Steuerbordseite hinaus, dorthin, wo die Sonne tief am Himmel stand. Kalliope wirkte noch bleicher als sonst – und ein wenig unsicher auf den Beinen.

»Dort«, sagte sie mit seltsam träumerischer Stimme.

Einen Moment lang verstand Crespin nicht, was sie meinte, aber dann sah er es. Auch wenn die Sonne noch ein oder zwei Stunden davon entfernt war, den Horizont zu erreichen, wurde sie am unteren Rand flacher. Das Meer selbst schien sich nicht so weit zu erstrecken, sondern alles verschwand vielmehr in einem undeutlichen Grau.

»Der Expirator«, sagte Kalliope. »Ich bin ihm noch nie zuvor nahe genug gewesen, um ihn zu sehen.« Sie drehte sich um, und er bemerkte erstaunt goldene Einsprengsel in ihren Augen. Ihr Blick wirkte verschwommen.

»Ich auch nicht«, erwiderte er und bemühte sich, sie nicht anzustarren. »Und ich verspürte auch keinerlei Wunsch danach.«

Es gab alle möglichen Spekulationen hinsichtlich des Expirators. Manche waren der Ansicht, dass dahinter der Rand der Welt lag, weil die Strömungen in seine Richtung so stark waren. Andere glaubten, dass im Nebel riesige Schlangen lauerten, die jedes Schiff, das in ihr Gebiet vordrang, in die Tiefe rissen. Wieder andere waren der Ansicht, dass es sich dabei um eine Mauer handelte, die Gott selbst errichtet hatte, um die irdische Welt vom Paradies zu trennen. Doch niemand wusste wirklich, was der Expirator war, nur dass er sich in einem gewaltigen Kreis um die ganze Welt zog, und kein Schiff, das hineingefahren war, war je zurückgekehrt.

»Ihr werdet womöglich noch einen genaueren Blick darauf werfen können«, sagte Renost zu Kalliope und richtete den Blick wieder Richtung Sturm.

Crespin tat es ihm gleich und versuchte die Entfernung abzuschätzen. Er hatte ein flaues Gefühl im Magen, denn er glaubte nicht, dass sie ausreichend Abstand zum Expirator gewinnen konnten, bevor der Sturm sie darauf zutrieb.

»Danesele«, erklang die Stimme seines Vaters hinter ihm, »Ihr solltet besser unter Deck gehen.«

»Admiral«, grüßte Kalliope, dann hob sie eine kleine Flasche an die Lippen und nahm einen Schluck. Crespin roch Rum.

»Renost«, fuhr der Admiral fort, »würdet Ihr die junge Dame bitte nach unten geleiten?«

»Ja, Sir«, antwortete Renost.

Er bot Kalliope seinen Arm, doch sie beachtete ihn nicht, bis sie ein wenig ins Stolpern geriet – dann hielt sie sich für die nächsten paar Schritte an ihm fest.

Als er mit seinem Sohn allein war, fragte der Admiral mit sanfter Stimme: »Hast du einen Grund dafür, meine Befehle vor den Männern in Zweifel zu ziehen?«

»Nein, Sir«, erwiderte er.

»Du hast nicht gewusst, wie nah wir dem Expirator sind, nicht wahr?«

»Nein, Sir. Ich war dumm, Sir.«

»Das wäre verzeihlich. Doch du warst unaufmerksam und hast deine Pflichten vernachlässigt. Du hältst dich für einen Navior und den Dienst auf einem bloßen Handelsschiff für unter deiner Würde.«

Crespin konnte es gar nicht ausstehen, wenn sein Vater recht hatte, und noch mehr hasste er es, das zugeben zu müssen.

»Warum hast du mir das auch angetan?«, blaffte er. »Ich bin ein guter Seemann. Oder zumindest ist man bei der Marine dieser Ansicht. Ich sollte dort sein, wo ich hingehöre, auf der *Pelerin.*«

»Aber da bist du nicht«, entgegnete der Admiral. »Du bist hier. Und ich brauche dich hier, Crespin, als Mann und als Offizier. Du musst der Mann sein, für den ich dich immer gehalten habe. Vor uns liegt viel Schlimmeres als dieser Sturm.«

Crespin hätte ihm gern eine verärgerte Antwort gegeben, doch ihm fiel nichts Sinnvolles ein, also nickte er nur.

»Gut«, sagte sein Vater. »Jetzt geh zurück auf deinen Posten. Sieh zu, dass wir auf ein Wendemanöver vorbereitet sind.«

»Ja, Sir.«

Die *Leucothea* verfügte über zwanzig Segel verschiedener Art, und sie hatte gegenwärtig alles Tuch gesetzt, damit das Schiff so schnell wie möglich fuhr. Wenn der Sturm sie erreichte, würden sie alle Segel einholen müssen, und das sehr schnell.

Crespin suchte jene Mitglieder der Besatzung auf, die für diese Aufgabe zuständig waren, und erklärte ihnen, was genau geschehen musste, sobald sein Vater den Befehl gab. Die ganze Zeit über raste der Sturm auf sie zu, und Blitze zuckten in seinen Tiefen, als würden Dämonen dort Krieg führen.

Die Zeit schien sich zu verlangsamen. Crespin hatte das Gefühl, dass der Befehl längst überfällig war, und das machte ihn nervös. Auf der *Pelerin* hätte er gewusst, wann sie die Segel einholen mussten, aber die hatte auch viel weniger Segel als die *Leucothea*. Er hatte noch kein Gefühl für dieses Schiff entwickelt.

Das Wasser wurde immer bewegter. Der Wind frischte auf. Crespin sah seinen Vater neben Blacon stehen, dem Steuermann.

»Beidrehen!«, kommandierte sein Vater schließlich.

»Beidrehen!«, wiederholte Crespin mit der ganzen Lautstärke, die seine Lunge zustande brachte, und versuchte, nicht nervös zu zappeln, als sich das Schiff widerstrebend drehte, den entgegenkommenden Wellen entgegen.

Er warf einen Blick hinter sich. In der Ferne war der Expirator gerade eben sichtbar.

Sein Vater nickte ihm zu, und Crespin brüllte, den Wind im Gesicht: »Alle Segel einholen!«

Die Worte waren kaum heraus, da wurden die großen Tücher auch schon auf ihre Spieren hochgezogen, eingerollt und teilweise abgeschlagen und verstaut.

»Sturmsegel setzen!«, befahl er.

Der Wind hatte sie nun gänzlich erreicht, und die Wellen hoben den Bug in die Höhe und ließen ihn wieder fallen.

Crespin verfolgte den Tanz der Männer in der Takelage, wo sie die weiße Wolke aus voller Betakelung durch vier kleine dreieckige Segel ersetzten. Sie bestanden aus schwererem Tuch und waren dunkelblau, um sich die Fürsprache der Jungfrau zu erflehen. Unter vollen Segeln wären sie womöglich gekentert oder hätten Mastbruch erlitten, doch ganz ohne Segel würden sie nicht verhindern können, dass sich das Schiff längsseits drehte. Die Sturmsegel würden es ihnen ermöglichen, den Sturm gegen sich selbst einzusetzen.

Ein unerwartetes Gefühl des Stolzes stieg in ihm auf. Diese Männer wussten, was sie taten, und sie taten es schnell. Es war keine falsche Bescheidenheit, wenn sein Vater ihnen den Erfolg seiner Reisen zuschrieb. Auch wenn sie nicht dem Militär angehörten, vollrichteten sie ihre Arbeit höchst diszipliniert.

Dann packte sie der Sturm.

Die *Leucothea* stieg eine Welle hinauf, die so hoch war, dass ihr Bugspriet halb in den Himmel zeigte. Sie hing oben am Wellenkamm, und Crespin spürte zu seinem Entsetzen, dass das Schiff zu gieren begann und dann nach Backbord rollte, wobei sich das Deck schräg neigte. Über das Brüllen des Windes und das Toben der Wellen hinweg hörte er ein Kreischen, als jemand aus den Masten herabfiel. Wer immer es war, stürzte auf das Deck und schlitterte über den Boden, bis er von den Plankenwänden aufgehalten wurde. Als das Schiff dann über den Wellenkamm glitt, auf der anderen Seite in die Tiefe sank und hinab ins Wellental krachte, wurde der Mann Richtung Bug geschleudert, während eine gewaltige Woge aus Gischt über das Deck spritzte.

Crespin dachte keine Sekunde lang nach, was er als Nächstes zu tun hatte.

Er ließ den Mast los, an dem er sich festgehalten hatte, und stolperte über das sich hebende und senkende Deck. Die nächste Welle baute sich vor ihnen auf und hob bereits wieder ihren Bug an, und er sah durch den Regen und die Gischt die Gestalt des Mannes, der, bereits über dem Meer hängend, von der anderen Seite her die Reling umklammerte.

Crespin eilte auf ihn zu, griff ihm unter die Achseln und wuchtete ihn hoch, während sie sich abermals dem vom Sturm verdunkelten Himmel entgegenhoben. Blitze zuckten in das schwarze Wasser hinab, und Regen, vermischt mit Hagel, trommelte auf die Planken des Decks.

Crespin schaffte es, den Mann aufs Schiff zu ziehen, aber dann brandete eine neue Welle übers Deck, und er spürte, wie das Wasser ihn von den Füßen hob. Während ihm der Matrose entglitt, wusste er, dass er selbst gerade über Bord gespült wurde.

Da packte jemand so fest seinen Arm, dass er vor Schmerz aufschrie. Einen Moment lang erschien es so, als würde das Meer den Sieg davontragen, dann aber wurde er zurück aufs Deck gezerrt.

Er blinzelte sich die Gischt aus den Augen und sah, dass es Alkaios war, der ihn gerettet hatte.

Er nickte dem Mann zum Zeichen seines Dankes zu, dann stapfte er auf wackligen Beinen zum Ruder zurück.

Der Steuermann kreuzte gegen den Wind, aber sie wurden

immer noch zurückgedrückt. Der Expirator war nun nicht mehr zu sehen, doch Crespin wusste, dass er da war. Er spürte ihn wie ein Messer an seinem Rücken, umklammerte die Reling und versuchte, seinen Blick weiter in die Ferne zu zwingen. Dann hörte er jemanden schreien, und plötzlich wurde durch den Sturm hindurch ein riesiger Schatten sichtbar.

»Ah, *sacre merde*!«, stieß er mit erstickender Stimme hervor.

Es war ein anderes Schiff – welches, konnte er nicht sagen, denn es war gekentert und rollte mit den Wellen direkt auf sie zu.

Wie erstarrt stand er da und hörte seinen Vater rufen: »Ruder hart backbord!«

Es schien ihm unmöglich. Sie hatten keine Zeit …

Die *Leucothea* begann ihr Wendemanöver, weg von dem gekenterten Schiff, doch sie brachte es nicht zu Ende. Der Zusammenstoß riss Crespin von den Füßen, und er krachte mit voller Wucht gegen irgendetwas.

Eine gigantische Welle traf das Schiff seitlich, und die Marinier regneten regelrecht aus der Takelage herab. Das Deck neigte sich schräg, während das Schiff zu rollen versuchte, und in diesem Augenblick glaubte Crespin schon, es sei um sie geschehen.

Dann jedoch drehte sich das Schiff irgendwie wieder gegen den Wind.

Er bahnte sich über das stampfende Deck einen Weg zu seinem Vater.

Kurze Zeit später ließ der Sturm nach, und am Himmel erschienen die Sterne. Der Zusammenstoß war in Wirklichkeit nur ein Streifen gewesen. Ihr Rumpf war unversehrt geblieben und der Wind zu einem Seufzen abgeklungen. Er gab den Befehl, die Segel wieder zu hissen, was einige Zeit in Anspruch nahm, und sie versuchten weiterhin, gegen die Strömung Richtung Südost zu kreuzen.

Als die Sonne aufging, füllte der Expirator den Himmel im Westen völlig aus, und im Licht des frühen Morgens sah Crespin, wie eines ihrer Schiffe – die *Gorgon*, die ihren Hauptmast verloren hatte – in den Expirator hineingetrieben wurde und verschwand. Wenige Momente später trug der Wind aus der Ferne einen Chor von Schreien herüber.

»Das wären beinah wir gewesen«, bemerkte Renost.

»Es könnte uns immer noch treffen«, stellte Crespin klar.

Renost nickte, dann gab er Crespin mit den Augen ein Zeichen. Crespin schaute hinter sich und sah seinen Vater an der Plankenwand stehen und mit undeutbarer Miene dem verschwundenen Schiff nachschauen.

Elftes Kapitel

Sonderbare Hunde

Bracke passierte die zweite Gruppe von Menschen unbemerkt mit einem Abstand von nur einem Steinwurf und hatte seinen Rückweg zu Großmutters Höhle schon ein gutes Stück fortgesetzt, als ihn die Neugier überwältigte. Er kehrte um und fand eine erhöhte Stelle, von der aus er beobachten konnte, wer da Selene und Martin folgte.

Sie plauderten in derselben Sprache wie Martins Gruppe miteinander und waren auf ganz ähnliche Weise bewaffnet und gepanzert. Die Gruppe war allerdings wesentlich größer – seiner Zählung nach umfasste sie zweiundfünfzig Personen –, und einen der Männer kannte er.

Es war der Menschenjäger. Wo sein Ohr gewesen war, trug er einen Verband. Wahrscheinlich hatte er das Fährtenlesen übernommen.

In dieser Gruppe gab es keine Frauen, dafür hatten sie Tiere bei sich, die wie Hunde aussahen, doch keinem Hund ähnelten, den Bracke je gesehen hatte. Sie waren grau mit schwarzen Streifen, hatten lange Beine und spitze Ohren. Sie hatten ihn jedoch nicht bemerkt, also war ihr Geruchs- und Gehörsinn offensichtlich nicht allzu ausgeprägt. Vielleicht waren sie eher zum Kämpfen da als für die Fährtensuche. Er zählte zehn dieser Tiere, und jedes schien einem der Männer zugeordnet.

Selbst wenn Selenes Gruppe aus einem Hinterhalt heraus

angriff, würden ihre Verfolger sie höchstwahrscheinlich niedermetzeln, und das fand Bracke irgendwie bedauerlich. Er mochte Selene.

Nun gut, es wäre sicher interessant zuzusehen, wie Martin gegen Armbrustbolzen und Schwerter kämpfte. Aber doch nicht interessant genug, dass Bracke der Verfolgertruppe nachschleichen wollte, um sich das anzusehen. Daher setzte er seinen Weg in nordwestlicher Richtung fort.

Zumindest für eine Weile, aber dann kam ihm ein neuer Gedanke, etwas, das vielleicht lustig zu werden versprach. Also machte er sich erneut auf den Weg nach Südosten.

Er tötete den Ersten, als sie einen Fluss überquerten, einen Chevalier, der seinen Helm nicht trug. Die Reiter neben ihm sahen, wie ihr Gefährte im Sattel schwankte und ins Wasser fiel, aber erst als das Blut stromabwärts floss, wurde ihnen klar, dass sie angegriffen wurden. Da hatte Bracke bereits noch zwei weitere mit seiner Steinschleuder getroffen, und eilig suchten die anderen Deckung. Sie wussten nicht einmal, aus welcher Richtung sie attackiert wurden.

Jetzt waren es noch neunundvierzig. Grinsend sprang Bracke davon.

Danach wurde es ein klein wenig schwieriger, denn sie trugen nun ihre Helme, aber bis Sonnenuntergang schaffte er es, vier weitere zu erledigen, zwei Handgelenke zu zerschmettern und einem der Burschen ein Auge auszuschießen. Es beunruhigte ihn jedoch ein wenig, dass er den Menschenjäger nicht mehr unter ihnen ausmachen konnte. Bracke hatte überlegt, ihn als Ersten umzubringen, aber dann war ihm in den Sinn gekommen, dass ihm das vielleicht das ganze Spiel verderben würde. Die Frage war, ob der Kerl noch einmal versuchen wollte, sich ihn zu schnappen, oder ob er seine neuen Arbeitgeber im Stich gelassen hatte.

Er warf Rose einen Blick zu. »Bleib in der Nähe«, flüsterte er. »Pass auf, dass mir nichts passiert.«

Der Mond war noch nicht aufgegangen, als Rose ein Knurren von sich gab, einen tiefen, kehligen Laut. Bracke wusste, was das bedeutete – irgendjemand oder irgendetwas war in der Nähe, etwas, das Rose nicht gefiel.

Langsam erhob er sich von der Stelle, wo er sich in der Gabelung eines Baums zusammengerollt hatte, ließ den Tomahawk aus seinem Gürtel gleiten und bemühte sich, in der Dunkelheit etwas zu erkennen.

Einen Moment später hörte er ein leises, langsames Tappen unten auf dem Laub. Da ging etwas auf vier Beinen, und kurz darauf vernahm er viele weitere solche Wesen. Er glaubte, die Umrisse des Geschöpfs, das ihm am nächsten war, auszumachen. Das ließ sich allerdings nur schwer sagen, denn das Ding bewegte sich nicht mehr. Keines von ihnen bewegte sich.

Es mussten die Hunde sein, aber sie benahmen sich nicht wie Hunde, zumindest nicht wie die, die er kannte. Wenn sie Jagd auf ihn machten, warum hatten sie ihn dann noch nicht angegriffen? Er vermutete, dass sie ihn umzingelt hatten, und wenn sie so waren wie Rose, sahen sie nachts genauso gut wie am Tag, wenn nicht sogar besser.

Er aber konnte nachts nicht sehen, nicht ohne den Mond und hier unter den Bäumen vielleicht nicht einmal mit ihm. Er konnte nicht weglaufen. Rose mochte mehrere von ihnen töten können, und er würde, wenn er Glück hatte, ebenfalls den einen oder anderen erwischen. Aber zehn waren zu viele.

Und wenn er wartete, bis es hell wurde, würde er es nicht nur mit den Hunden zu tun bekommen.

Bracke hatte diese Leute unterschätzt – sträflich unterschätzt.

Er rief sich ins Gedächtnis, was er über das Gelände ringsum wusste. Hinter seinem Rücken stieg das Land sanft an. Vor ihm, auf der anderen Seite dieses sumpfigen Tals und ebenfalls auf höher gelegenem Grund, befand sich das Lager des Verfolgertrupps. Die Hunde waren vermutlich direkt durch dieses Tal gekommen, aber gepanzerte Männer würden damit Probleme haben und mussten womöglich einen Bogen um das Sumpfland schlagen. Brackes beste Möglichkeit war es, sich bergauf zu wenden, um es dann hoffentlich über den Hügel hinweg und hinunter zum Fluss zu schaffen.

Nun gut, dachte er und machte es sich wieder auf seinen Schlafplatz bequem.

Der Mond ging auf, zu drei Vierteln gefüllt, und so konnte er sie sehen, wie sie dahockten und warteten. Er konnte den Boden ringsum und die groben Umrisse der Landschaft ausmachen. Das Gleiche musste auch bei den Männern der Fall sein, die er auf einmal durch den Wald stapfen hörte.

»Bereit, Rose?«, flüsterte er.

Er blickte hügelaufwärts und entdeckte die drei Hunde, die in dieser Richtung warteten. Er schoss mit seiner Schleuder auf jeden von ihnen einen Stein ab. Er konnte zwar nicht sehen, wo genau er sie traf, aber sie alle stimmten ein ohrenbetäubendes Kläffen an, das so ganz anders klang als das, was er je von Hunden gehört hatte.

Den Tomahawk in der Hand sprang er vom Baum und rannte los. Ein dunkler Schatten schoss auf ihn zu, und er wich ihm aus, während er zugleich seine Waffe auf den Kopf des Geschöpfs niedergehen ließ.

Rose drehte sich um und stellte sich den Hunden hinter ihm entgegen.

»Bleib bei mir, Rose!«, rief er. Dann hatte er nicht mehr genug Atem zum Sprechen, benötigte alle Luft fürs Laufen. Rose gehorchte und rannte neben ihm her.

Die Baumstämme waren deutlich genug zu erkennen, dass er ihnen ausweichen konnte, aber Äste peitschten ihm ins Gesicht und gegen die Brust. Die Hunde hielten mühelos mit ihm Schritt, waren ihm direkt auf den Fersen oder eilten zu beiden Seiten neben ihm her, und er begriff zu seinem Entsetzen, dass sie ihn vor sich hertrieben wie ein Reh und ihn zurück zu den herannahenden Männern jagten. Überdies klang ihr Geheul nicht mehr völlig beliebig, sondern mehr wie eine

Art von Sprache. Was waren das für Geschöpfe? Er hatte geglaubt, alles zu kennen, was im Wald lebte

Er wirbelte abrupt nach links und warf sein Kriegsbeil, dessen Schneide im Kopf eines Hundes versank, und das Tier stürzte zu Boden. Bracke rannte an dem Leichnam vorbei, bückte sich und riss die Axt aus dem noch zuckenden Kadaver, ohne aus dem Schritt zu geraten, dann verdoppelte er seine Anstrengungen und versuchte vor dem Hund seitlich von ihm zu gelangen.

Rose begriff, was er vorhatte, wechselte auf seine linke Seite und schnappte nach dem Tier.

Bracke rannte nun bergab und wusste, dass der Fluss nicht mehr weit entfernt war, sah ihn aber erst, als er die steile Uferböschung erreichte. Im Wissen, dass er keine andere Wahl hatte, sprang er, so weit er konnte, und hoffte, nicht gegen einen Fels oder gegen einen Baumstumpf im Wasser zu prallen.

In dem Moment, als seine Füße den Boden verließen, traf ihn etwas am Bein – *mit Wucht* – und wirbelte ihn halb herum. Er erhaschte einen kurzen Blick auf den Menschenjäger, sein Gesicht in wilder Raserei verzerrt, während er bereits den nächsten Pfeil in seinen Bogen einlegte.

Dann landete Bracke im Wasser, und tobender Schmerz durchzuckte ihn. Er schwamm stromabwärts und versuchte dabei, möglichst unter Wasser zu bleiben.

Das Nächste, woran er sich erinnerte, war, dass Rose an seinem Hemd zerrte und ihn eine schlammige Uferböschung hinaufschleifte. Er spuckte Wasser, schüttelte den Kopf, um seine Benommenheit loszuwerden, dann zerrte er an dem Pfeil in seinem Bein, der sich jedoch nicht herausziehen ließ, und der Schmerz war so gewaltig, dass er beinahe erneut ohnmächtig geworden wäre.

Rose zerrte noch einmal an ihm, drängender, und Bracke nahm Rufe von weiter flussaufwärts war. Fackeln flackerten zwischen den Bäumen, und ihre Flammen krümmten sich im Wind, während ihre Träger auf der Suche nach ihm durch die Nacht stürmten.

Er zwang sich, aufzustehen und weiterzurennen, obgleich es jetzt eher ein schnelles Humpeln war.

Als die Sonne aufging, näherte er sich dem Pass, hinter dem er Selene und ihre Gruppe zurückgelassen hatte, doch er zweifelte sehr daran, dass er ihn jemals erreichen würde. Das Überqueren des Flusses hatte ihm einen Vorsprung verschafft, aber er hatte nicht mehr viel Kraft, und sein Bein pochte, und ihm brannte die Lunge.

Er schaffte es bis zur Öffnung des Passes und entschied, dass er am Ende war. Jetzt konnten sie nur noch aus einer Richtung über ihn herfallen, und so suchte er Zuflucht hinter einem herabgefallenen Felsblock und wickelte sich die Schleuder vom Arm. Dann wartete er auf ihre Ankunft.

Rose blieb bei ihm, wachsam und mit steifen Beinen. Er bemerkte Ruß hoch oben am Himmel. Von dort hatte der Rabe sicherlich eine gute Sicht auf das Geschehen.

Als er ein Stück bergab ein Geräusch hörte, ließ er einen Stein in diese Richtung peitschen und wurde mit einem jaulenden Schmerzensschrei belohnt. Daraufhin schlugen ein halbes Dutzend Bolzen gegen den Stein, hinter dem er Zuflucht gefunden hatte, und als er wieder hinausspähte, waren sie nah genug herangekommen, dass er sie sehen konnte, aber sein nächstes hastig geschleudertes Geschoss traf keinen von ihnen.

Er schoss noch einen weiteren Stein ab, dann sah er den Menschenjäger auf sich zurennen. Sein Stein verfehlte abermals das Ziel, und er ging wieder in Deckung und griff nach seinem Tomahawk.

»Los geht's, Rose!«

Doch dann passierte etwas Seltsames. Der Menschenjäger kam in Sicht, den Pfeil eingelegt. Aber er war von etwas wie einer gelblichen Wolke umgeben und wirkte verwirrt. Er fuhr herum und begann, in schneller Folge Pfeile auf die Männer unter ihm abzuschießen. Er hatte schon vier Pfeile von der Sehne seines Bogens schnellen lassen, als die Männer, die eben noch seine Verbündeten gewesen waren, den Beschuss erwiderten. Er schoss einen Pfeil nach dem anderen ab und wirbelte dabei hin und her, und für einen ewig lange wirkenden Augenblick schien es, als würde er jedem Bolzen ausweichen, der auf ihn zugeflogen kam. Aber schließlich fand doch einer den Weg in seine Brust, und ein weiterer traf ihn in den Hals. Noch im Zusammenbrechen legte er einen weiteren Pfeil ein und schoss ihn ab.

Die goldene Wolke, die ihn umgeben hatte, hob sich und trieb davon. Bracke erkannte, dass ihr Ziel weiter oben im Pass war, doch wo genau konnte er nicht ausmachen.

Unter sich hörte er jemanden schreien. Als er wieder aus seinem Versteck lugte, hatte einer der Krieger gerade den Mann an seiner Seite enthauptet und säbelte jetzt auf einen anderen ein.

»Strixe!«, schrie jemand.

Dann schien die Hölle loszubrechen. Armbrustbolzen kamen plötzlich von den Klippen über Bracke herabgeflogen, außerdem allerlei kleinere Felsen.

Martin, begriff er.

Da er selbst nicht mehr unter Beschuss lag, nahm Bracke seine eigenen Angriffe wieder auf. Die verbliebenen Krieger rannten los und versuchten, bergab zu fliehen – wo sie Ariston, den anderen Chevaliers sowie Martin regelrecht in die Arme liefen.

Als es vorüber war, gab es unter ihren Verfolgern keine Überlebenden mehr, weder Hund noch Mensch.

Martin fand Bracke hinter dem Stein auf dem Boden liegend vor.

»Gut gemacht«, lobte er. »Du hast sie direkt in die Falle geführt.«

»Ja«, pflichtete Bracke ihm bei. »Genau das habe ich gemacht.«

»Es war dumm von dir, es allein mit ihnen aufzunehmen«, hörte er Selene sagen.

Er sah auf, bereit, eine schnippische Bemerkung zu machen, aber ihr Aussehen erschreckte ihn so sehr, dass es ihm die Sprache verschlug. Ihr Blick war verschwommen, und ihre Augen zeigten einen leuchtenden Gelbton. Wundsekret tropfte ihr aus der Nase, ebenfalls gelb, und ihr ganzer Leib schimmerte ein wenig, wie jemand, den man an einem sehr heißen Tag über die Steppe hinweg betrachtet. Sie zuckte und schien ihre Gliedmaßen kaum unter Kontrolle zu haben.

Das Beunruhigendste war ihr Gesicht – es sah aus, als wäre sie seit mindestens einem Tag tot.

»Es war unklug von Euch herzukommen«, sagte Martin zu ihr und hielt sie fest, als ihre Knie unter ihr nachgaben.

Ihr Kopf wackelte ein wenig auf und ab, und sie bemühte sich zu lächeln. Es wirkte eigenartig dümmlich, wie das Lächeln eines kleinen Mädchens. »Wollte … ihn sehen«, brachte sie hervor. »Unseren Helden.«

Sie hatte keine Ahnung, begriff Bracke, dass er sie in Wirklichkeit ihrem Schicksal hatte überlassen wollen. Sie alle dachten, es sei seine Absicht gewesen, ihnen zu helfen.

»Das bin dann wohl ich«, verkündete er.

Zweites Buch

der Preis der Durchfahrt

Erstes Kapitel

Die Rote Stadt

Über fünf angespannte Tage lang entfernten sie sich in quälend langsamer Geschwindigkeit vom Expirator, bis die Flotte endlich in einen günstigen Wind geriet. Mit vollen Segeln und nun endlich von der Strömung getragen, flogen sie der aufgehenden Sonne entgegen. Als sie das Kap der Winde umrundeten, das seinem Namen alle Ehre machte, gerieten sie in einen Sturm, der viel gewaltiger war als ihr erster, aber da sie sich nun nicht mehr des Expirators wegen zu sorgen brauchten, war es viel leichter, ihm zu trotzen.

Sie erreichten die Insel Banaraq, was ihnen die Gelegenheit bot, sich einen Überblick über die eigene Lage zu verschaffen. Sie hatten nur vier Schiffe verloren, aber der größte Teil der Flotte hatte auf die eine oder andere Weise Schaden davongetragen. Vielen der Schiffe – die *Leucothea* eingeschlossen – war es gelungen, die Reparaturen bereits auf See durchzuführen, doch etwa fünfzehn Schiffen fehlten die hierfür notwendigen Mittel und Materialien, und sie würden die Überfahrt über den Kohadal-Ozean wahrscheinlich nicht überstehen – und erst recht nicht die Schlacht, die sie hinterher erwartete. Gerieten sie in einen weiteren Sturm, würde das die Situation noch verschlimmern. Vor allem brauchten sie Bauholz und Pech und einiges an Proviant.

Während sie an der Westküste der großen Insel entlangfuhren, verbrachte Crespin einen Großteil seiner Zeit auf

Deck. Den Blick auf das Ufer gerichtet, studierte er die fremdartigen Bäume dort. Ab und an sah er kleine Dörfer mit strohgedeckten Hütten und die Segel kleiner Boote. Der größte Teil der Insel wurde angeblich von Kannibalen bewohnt, die einander ständig bekriegten, und genauso feindselig verhielten sie sich gegenüber jedem, der als Schiffbrüchiger an ihren Gestaden landete.

Auf den Seekarten war nur ein einziger Hafen mit einer größeren Stadt verzeichnet, wo sie sich womöglich mit den benötigten Vorräten versorgen konnten. Zamir, die Rote Stadt. Crespin hatte von ihr gehört. In vergangenen Zeiten hatte sie etlichen Piratenbanden als Heimathafen gedient.

Sie erreichten die Randbereiche des Hafens am frühen Morgen, und Crespin, Renost und der Admiral sahen Zamir im Licht der Morgendämmerung vor sich auftauchen.

»Die Stadt hat wirklich die Farbe von Blut«, bemerkte Renost. »Ich habe gehört, dass jeder Stein für einen Mord stehen soll.«

»Die Steine kommen von den Bergen im Norden«, wusste der Admiral zu berichten. »Er hat diese Farbe bereits, wenn sie ihn im Steinbruch abbauen.«

»Wenn ich mir den Einwurf erlauben darf, Sir«, entgegnete Renost, »ist das eine viel weniger interessante Geschichte.«

»Die am wenigsten interessante Erklärung entspricht für gewöhnlich der Wahrheit«, erwiderte der Admiral. »Dennoch ist in diesem Fall Vorsicht angeraten. Modjal hat diese Piratenstadt vor einem Jahrzehnt einem Gouverneur unterstellt, aber es gibt Gerüchte, dass hier noch immer Schiffe verschwinden.«

Crespin zählte die Schiffe im Hafen. »Ich glaube nicht, dass sie uns die Stirn bieten können, Sir.«

»Wenn wir kämpfen müssen nicht, aber wir wollen keinen Kampf, sondern ein Geschäft tätigen. Wir werden ein einzelnes Schiff mit einem Gesandten hinschicken, um zu verhandeln.«

»Warum schickt Ihr ihnen nicht einfach eine Nachricht über den Lucnographen, Sir?«

»Das werden wir, aber nur um anzukündigen, dass ein Gesandter unterwegs ist. Je unbedeutender ein Ort ist, desto wichtiger möchte man sich dort vorkommen. Sie sind wahrscheinlich ohnehin bereits beunruhigt wegen unserer Anwesenheit hier. Die Sache dürfte glatter vonstattengehen, wenn wir mit ihnen direkt verhandeln.«

»Und welches Schiff soll ich schicken, Sir?«, fragte Crespin.

Der Admiral warf ihm einen Seitenblick zu. »Deine diplomatischen Fähigkeiten sind noch unerprobt.«

»In Anbetracht meines Rangs und meiner Stellung in der Flotte wäre ich der passende Kandidat«, beharrte Crespin.

»Dessen bin ich mir bewusst, und ich habe nicht gesagt, dass du diese Aufgabe nicht übernehmen sollst.« Er machte eine kurze Pause. »Es sollte ohnehin eine reine Formalität sein. Nimm die Panther und wähl dir einen Stab von Offizieren aus.«

»Ich glaube, da liegt ein Irrtum vor, Sir«, sagte Alkaios zu Crespin, als er hinter Renost und Hector an Bord der Panther ging.

Crespin schüttelte den Kopf. »Es ist kein Irrtum. Ich habe dir übel zugesetzt, und trotzdem hast du mir das Leben gerettet. Ich brauche einen Mann, dem ich vertrauen kann.«

»Ich bitte um Verzeihung, Sir, aber woher wollt Ihr wissen, dass ich Euch nicht nur um meiner selbst willen gerettet habe?«

»Der Gedanke ist mir gar nicht gekommen«, gestand Crespin. »War das denn der Fall?«

»Nein«, sagte der riesenhafte Kerl. »Und ich bin auch dahintergekommen, warum Ihr das mit mir gemacht habt. Aber, bei Christus, Sir, wie habt Ihr gelernt, so zu kämpfen?«

»Während meiner Ausbildung bei der Marine«, antwortete Crespin.

»Ich hätte nichts dagegen, ein wenig davon selbst zu lernen.«

»Und ich hätte nichts dagegen, es dir beizubringen«, sagte Crespin, »aber jetzt liegt erst einmal das hier vor uns.« Er machte eine Kopfbewegung zur Stadt hin.

»Piraten, alle durch die Bank«, murrte Alkaios. »Aber ich komme mit Euch, Sir.«

Die Panther hatte ihren Kapitän an den Sturm verloren, als dort das Großstag gerissen war und der fallende Mast ihn über Bord geschleudert hatte. Jetzt war die Panther das erste Schiff, über das Crespin das Kommando hatte, wenn auch nur für kurze Zeit. Sie war kleiner und hatte weniger Tiefgang als die Leucothea. Vom Kapitän abgesehen hatte fast die gesamte Besatzung überlebt, einschließlich ihrer Strixe.

Als sie in den inneren Hafen einfuhren, kam ihnen eine Galeere entgegen. Ihre Ruder tauchten rhythmisch in die Wellen. Als das andere Schiff nah genug herangekommen war, ließ Crespin die Panther beidrehen, sodass sie fast bewegungslos im Wasser lag. Die Galeere kam immer näher, bis ihr Bug fast den ihren berührte.

Der Kapitän des Schiffes aus Zamir trug einen blau-grünen Sarong. Seine Jacke aus Leopardenfell wurde von einer Schärpe mit Markierungen zusammengehalten, die die Vermutung nahelegten, dass er zum Stab des Gouverneurs gehörte. Er schien auf irgendetwas zu warten. Crespin vermutete, dass er als Erster das Wort ergreifen musste.

»Ich bin Kapitän Crespin Nevelon von der Marine seiner Kaiserlichen Majestät Ambrosios des Dritten. Mit wem habe ich die Ehre?«

»Ich bin Karadi der Schwertbrecher, Dhenqay des Schleiers von Zamir. Aus welchem Grund bringt Ihr eine Kriegsflotte in unser Land?« Sein Akzent war so stark, dass Crespin nicht heraushören konnte, ob er entrüstet oder beunruhigt war.

»Wir sind keine Kriegsflotte«, log Crespin. »Wir sind eine Handelsflotte. Wir benötigen Material für Reparaturen und sind hier, um Handel zu treiben.«

»Eine Handelsflotte«, wiederholte Karadi und ließ seinen zweifelnden Blick über die lange Reihe von Schiffen schweifen. »Dann nehme ich an, Ihr verfügt auch über die dafür erforderlichen Zahlungsmittel?«

»Selbstverständlich«, versicherte Crespin.

»Dann müsst Ihr mit dem Schleier verhandeln, in seinem Palast«, erklärte Karadi. »Bis dahin darf kein anderes Schiff den Hafen anlaufen.«

»Einverstanden«, erwiderte Crespin.

Der »Palast« des Gouverneurs war eine Festung, die sich über dem Hafen erhob, erbaut aus dem gleichen roten Stein wie alles andere in Zamir, was keine Lehmhütte war – die, wie sich bei näherem Hinsehen erwies, jedoch einen Großteil der Stadt ausmachten. Aus der Ferne war das nicht zu erkennen, weil diese bescheideneren Gebäude in Imitation der Steinhäuser rot angestrichen waren.

In den Bau der Festung selbst hatte man offensichtlich keine großen Mühen investiert. Das zentrale Gebäude war im Wesentlichen ein Würfel, umgeben von einer zweiten Mauer, die älter schien – wahrscheinlich die Verteidigungsanlage der Piraten, die zuvor hier ansässig gewesen waren. Im Innern befand sich ein Durcheinander enger Gänge, die offenbar ohne ein besonderes System angelegt worden waren. Das Ganze erinnerte Crespin an die sich windenden Wildpfade seines Heimatlandes.

Was einst wahrscheinlich ein zentraler Innenhof gewesen war, wurde jetzt überwiegend von mehrere Stockwerke hohen, baufällig wirkenden Bauten aus Holz und Stein ausgefüllt. Stege verbanden die oberen Etagen und dienten vermutlich zugleich als Stützen.

Der Schleier begrüßte sie in einem Raum, der zweifellos beeindrucken sollte, sowohl durch seine Größe als auch durch die ausgestopften Tiere, mit denen er ausstaffiert war: Löwen, Dolchkatzen, Fleckenbären und einem einzelnen, traurig aussehenden Elefanten.

Der Schleier selbst saß auf einer lackierten Meeresschildkröte von erstaunlicher Größe. Er war ein kleiner Mann mit schwarzem Vollbart und trug ein langes Gewand aus Pfauenfedern. Auf seiner Stirn prangte ein goldenes Diadem, das ein einzelner großer Smaragd zierte.

Eine kleine Armee von Höflingen in ähnlich protziger Kleidung begleitete Crespin und seine Männer in den Saal. Er und Renost verneigten sich vor dem Schleier und präsentierten ihm eine schmale Urne, die ein kleines Vermögen an Safran enthielt.

»Ein Zeichen unserer Wertschätzung«, erklärte Crespin.

Der Schleier nickte und machte eine knappe Handbewegung. Musik begann zu spielen, irgendeine Art von Zither, dazu Trommeln, eine Fiedel und eine Flöte.

Eine junge Frau griff unvermittelt nach Crespins Arm und zog daran, und er sah, dass alle zu tanzen anfingen. Auch Renost und Hector hatten Partnerinnen, während Alkaios nur zuschaute und ein wenig besorgt wirkte.

Trotz der eigenartigen Instrumentierung erkannte Crespin in der Melodie eine ländliche carole furet, die als ein händchenhaltender Kreis begann und dann komplizierter wurde: Frauen schossen hin und her, schnappten sich neue Partner und nahmen dann ihre Plätze im Kreis wieder ein. Es dauerte nicht lange, und Crespin begann seinen Spaß an dem Ganzen zu haben.

Eine junge Frau mit ebenholzschwarzen Locken und grünen Augen nahm ihn seiner ursprünglichen Partnerin weg. Eine schmucke Schönheit mit einem Hauch von Silbergrau im Haar schnappte sich ihn als Nächstes. Der Tanz ging ohne Unterbrechungen immer weiter, eine Melodie folgte unmittelbar auf die andere.

Als er sich eine Pause gönnte, drückte ihm eine Frau mit rundem Mondgesicht und hundert gefetteten Zöpfen einen Krug in die Hand. Das Getränk brannte wie Rum und schmeckte ein wenig nach Banane. Eine andere junge Frau kam zu ihm und bot ihm dunkelrotes und hellgrünes Obst an, dann wurde er wieder in den Tanz zurückgezogen.

So ging es eine ganze Weile weiter – zurück in den Tanz, neue Getränke, Platten mit gebratenen Fischen und Kalmaren, Obst, frittierten Bananenscheiben, Reiskuchen und Fleischbällchen, die mit Kümmel, Koriander, Knoblauch und Kardamom gewürzt waren. Es war lange her, seit er etwas anderes als Schiffskost zu sich genommen hatte. Der Alkohol, der ihm gereicht wurde, entspannte ihn und machte ihn locker, sodass er fast schon vergessen hatte, weshalb er hier war, bis Karadi zu ihm kam und ihn zum Schleier geleitete.

»Ich hoffe, mein bescheidener Versuch, gastfreundlich zu sein, ist Euch willkommen«, begann der Schleier.

»Mehr als willkommen«, betonte Crespin. »Ich finde alles ganz wunderbar.«

»Das freut mich«, erwiderte der Schleier. »Doch nun lasst uns reden.«

»Gern, mein Herr. Man hat Euch über unser Problem in Kenntnis gesetzt?«

»Ja, und ich will Euch da sehr gerne entgegenkommen. Meine Männer können Euch bei den Reparaturen helfen, wenn Ihr es wünscht. Lasst Eure Matrosen ihren Lohn in unseren Tavernen ausgeben – aber nicht zu viele gleichzeitig, müsst Ihr verstehen. Es wird uns allen zugutekommen.«

»Das ist sehr freundlich von Euer Gnaden. Ich werde den Admiral unverzüglich davon in Kenntnis setzen.«

»Ich werde ihm mein Einverständnis mit dem Lucnographen übermitteln«, erklärte der Schleier. »Ihr und Eure Gefährten könnt so lange weiterhin unsere Gastfreundschaft genießen.«

Crespin war bemüht gewesen, sich nicht zu betrinken,

und wurde ein wenig misstrauisch. Aber andererseits, was konnte der Schleier schon tun? Ihn umbringen oder ihn als Geisel nehmen? In beiden Fällen würde sein Vater in den Hafen einfahren und Zamir in Schutt und Asche legen. Das war, wie allgemein bekannt, die gängige Reaktion der kaiserlichen Flotte, wenn man sich an deren Offizieren vergriff.

Die erste Frau packte ihn erneut und versuchte ihn in den Tanz zurückzuziehen.

Er war schon seit einer geraumen Weile auf See ...

Sie hieß Saja. Sie war braunhäutig, gelenkig und lustig, und sie kannte ein paar Tricks, die neu für ihn waren. Sie lagen nebeneinander auf einem Bett mit Steppdecke in einem kleinen Dachgarten. Der Wind war salzig und warm, und die Sterne über ihnen glitzerten wie Diamanten.

»Das war sehr schön«, meinte er und strich mit einem Finger über die Innenseite ihres Oberschenkels.

»Fand ich auch.«

»Können wir hier oben schlafen?«

»Nein«, sagte sie. »Wir haben Dinge zu erledigen.«

»Ich bin müde«, bekannte er, »aber ich würde es schon gern noch mal machen.«

Sie lachte leise. »Nein, das meine ich nicht. Komm mit, zieh dich an.«

»Wohin gehen wir?«

»Weg von hier«, antwortete sie. »Ich will dir etwas zeigen.«

Sie stand auf, eine ansprechende Figur vor dem Hintergrund der Sterne, und griff nach einem Bündel, das ihm bisher nicht aufgefallen war. Sie machte sich daran, sich anzukleiden, schlüpfte aber nicht in den Sarong und das Hängekleid, woraus er sie vor gar nicht langer Zeit erst herausgeschält hatte. Stattdessen streifte sie sich eine Hose, ein Hemd und eine Lederweste über. Verwirrt machte er sich auf die Suche nach seinen eigenen Kleidern.

»Er ist in Wirklichkeit gar nicht der Schleier, verstehst du«, eröffnete ihm Saja, als er angezogen war. »Komm mit. Suchen wir deine Freunde auf.«

»Ich habe keine Ahnung, wo sie sind.«

»Ihnen sind Quartiere zugewiesen worden«, antwortete sie. »Eine Vertraute hatte die Aufgabe, sie dorthin zu führen.«

Renost und Alkaios lagen tief schlafend auf je einer Matte. Crespin stupste sie beide mit der Stiefelspitze an. »Steht auf, ihr zwei!«

Renost öffnete ein Auge. »Das ist aber ein unfreundlicher Streich«, versetzte er. »Ich habe eben erst die Augen geschlossen. Es kann noch nicht Morgen sein.«

»Ist es auch nicht«, antwortete Crespin, »aber auf uns wartet Arbeit.« Er machte eine Kopfbewegung zu Saja hin.

»Deine belle de la nuit?«, murmelte Renost. »Was ist mit ihr?«

»Komm einfach mit. Du auch, Alkaios«, wies er den großgewachsenen Mann an, der ebenfalls wach geworden war.

Sie fanden Hector im Nebenzimmer, zusammen mit der grünäugigen Frau vom Tanz. Er war bereits wach und stand auf, ohne seine Gefährtin im Schlaf zu stören.

»Wir müssen jetzt leise sein«, flüsterte Saja.

Sie führte sie durch enge Korridore hinaus aus der Festung. Am Stadtrand legte sie ein Versteck von Säbeln und Repetierarmbrüsten frei.

»Käpt'n«, raunte Renost, »auf ein Wort.«

Crespin nickte Saja zu und ging mit seinem Freund einige Schritte beiseite.

»Wer ist diese Frau?«, wollte Renost wissen. »Und was genau machen wir hier?«

»Sie hat mir versichert, dass es etwas Wichtiges für mich zu sehen gebe«, erwiderte Crespin, »und dass der Schleier nicht der ist, als der er sich ausgibt. Irgendetwas stimmt hier nicht, und ich habe die Absicht herauszufinden, was es ist.«

»Ach, sie hat es dir versichert?«, blaffte Renost. »Und du vertraust ihr unser Leben an? Warum?«

»Wir sind ihr gegenüber in der Mehrzahl, Renost.«

»Jedenfalls soweit du weißt. Was nicht einmal so weit ist, wie ich Alkaios werfen kann.«

»Seit wann bist du so vorsichtig, Renost?«

»Ich kenne dich«, gab Renost zurück. »Sobald eine Frau im Spiel ist, funktioniert dein Verstand nicht mehr ganz richtig. Hast du dich auch schon in sie verliebt? Wundern würde es mich nicht. Schließlich kennt ihr euch schon beinahe ... zwei Stunden?«

»Bleib ruhig hier, wenn du willst«, gab Crespin zurück. »Ich gehe mit ihr.«

Renost ließ daraufhin nur ein unwilliges Knurren vernehmen.

Sie bewaffneten sich, während Saja Fackeln anzündete. Dann machten sie sich auf den Weg durch den dunklen Dschungel. Er war bestimmt genauso dicht wie der Wald daheim, doch die Pflanzen waren Crespin völlig fremd. Das Licht der Fackeln wurde von Hunderten leuchtender Augen reflektiert, doch zu welchen Kreaturen sie auch immer gehörten, sie verschwanden mit einem Rascheln, sobald sie näher kamen.

»Jetzt können wir reden«, verkündete Saja nach einer Weile.

»Wenn er nicht der Schleier ist, wer ist er dann?«, wollte Crespin wissen.

»Sein Name ist Kol«, antwortete sie. »Er gehörte einst zur Garde des Schleiers. Sie haben sich wegen irgendetwas gestritten, und daraufhin erdolchte er den Schleier. Dann schaffte er den Leichnam beiseite und ließ verlautbaren, der Schleier sei nach Modjal gerufen worden und habe ihm die Befehlsgewalt übertragen.«

»Woher weißt du das alles?«

»Der Schleier wacht über Zamir – aber irgendjemand muss über den Schleier wachen.«

»Dann bist du also eine Spionin aus Modjal.«

»Das bin ich. Oder war ich. Diese Aktion hier wird wahrscheinlich meine Tarnung auffliegen lassen.«

Crespin fühlte sich plötzlich alles andere als geschmeichelt. Dass sie ihn verführt hatte, hatte rein professionelle Gründe gehabt.

»Du verstehst, dass wir uns nicht in die örtlichen Angelegenheiten hier verwickeln lassen dürfen«, sagte er. »Wir können versuchen, eine Nachricht nach Modjal zu übermitteln, aber davon abgesehen …«

»Ich bin nicht davon ausgegangen, dass du mir rein auf mein Wort hin glauben wirst«, unterbrach ihn Saja. »Kol weiß, dass man ihn irgendwann zur Rechenschaft ziehen wird. Also hat er Pläne geschmiedet. Du musst dir das ansehen.«

Crespin konnte jetzt die Wellen des Meeres hören, wie sie sich an den Felsen brachen. Der Pfad führte den Hang hinauf, und nach vielleicht einer weiteren halben Stunde erreichten sie eine steil abfallende Klippe mit Blick auf einen Naturhafen. Die Morgendämmerung brach an, und im frühen Licht sah er dort vor Anker liegende Schiffe sowie eine Zeltstadt am Strand. Im ersten Moment dachte er, dass es Schiffe der Flotte seines Vaters seien.

Doch diese Schiffe waren ihm unvertraut. Es handelte sich nicht um lang gestreckte Handelsschiffe, sondern um Galeeren, Koggen, Fregatten und beles de guerres.

Eine Kriegsflotte.

Außer den hölzernen Segelschiffen lagen etwas abseits sechs weitere Schiffe im Hafen. Sie hatten keine Segel und bestanden mehr aus Metall als aus Holz. Ihre Umrisse hatten etwas Unheimliches.

Schiffe der Drehhu.

Zweites Kapitel

La Montaigne del Sorcier

Es dauerte einige Tage, bis sich Selene wieder so weit erholt hatte, um die Reise fortsetzen zu können, was Bracke durchaus recht war. Martin hatte ihm zwar den Pfeil aus dem Bein gezogen und die Wunde mit der rot glühenden Spitze eines Messers ausgebrannt, aber Bracke war nicht nach längeren Fußmärschen zumute.

Als sie aufbrachen, ging er jedoch wieder zu Fuß, obwohl er noch humpelte. Beharrlich weigerte er sich weiterhin, sich auf eines der großen, plumpen Tiere zu setzen, auch wenn ihm das wiederholt angeboten wurde. Rose hielt sich näher an seiner Seite als sonst, als glaubte sie, ihn notfalls tragen zu können, wenn es sein musste.

Die Chevaliers und ihre Männer waren in gehobener Stimmung, nachdem sie ohne eigene Verluste eine fast doppelt so große feindliche Gruppe niedergemacht hatten. Das Pferd, das sie an das Höllenschwein verloren hatten, war durch ein neues ersetzt worden, und sie hatten noch mehrere weitere erbeutet.

Einen nicht geringen Anteil des Verdienstes an ihrem Erfolg schrieben sie Bracke zu.

Auch Selene verhielt sich ihm gegenüber fürsorglicher, was ihm gefiel. Sie wirkte immer noch ein wenig wacklig auf den

Beinen, doch ihre natürliche Farbe war zurückgekehrt, und von dem seltsamen Gold in ihren Augen waren nur kleine Einsprengsel geblieben.

»Wer waren diese Leute?«, fragte er, als sie am Rand einer Hochlandwiese haltmachten, wo eine kleine Gruppe von hornlosen Rhinozerossen graste. »Warum wollten sie euch umbringen?«

Sie strich sich ihr von goldenen Strähnen durchsetztes Haar aus dem Gesicht und sah ihn nachdenklich an.

»Wir – Martin, ich und die Übrigen –, wir versuchen, etwas ganz Besonderes zu tun. Etwas sehr Wichtiges, aber die Sache ist kompliziert. Es gibt einige Menschen, die versuchen würden, uns aufzuhalten, wüssten sie, was wir vorhaben. Wir dachten aber, unser Unterfangen sei geheim. Anscheinend haben wir uns geirrt. Jetzt mache ich mir Sorgen, dass noch weitere auftauchen und uns angreifen könnten.«

»Das glaube ich nicht«, warf Bracke ein. »Sie sind Eurer Fährte gefolgt. Sie wussten nicht, wo Ihr hinwolltet.«

»Ich hoffe, du hast recht.« Sie lächelte ihn an. »Wir können von Glück reden, dass du beschlossen hast, uns zu helfen. Du hast uns sogar mehr geholfen, als wir anfänglich dachten.«

Er fragte sich, was sie wohl gesagt hätte, hätte sie gewusst, was er eigentlich vorgehabt hatte.

»Wie habt Ihr es gemacht?«, wollte er wissen. »Das, was Ihr da getan habt?«

»Ich bin eine Strixe«, erwiderte sie, als wäre das alles, was an Erklärung nötig war.

»Ich habe jemanden dieses Wort sagen hören«, ließ er sie wissen. »Genau genommen hat er es geschrien. Ich weiß nicht, was es bedeutet.«

Sie schwieg für einen Moment. »Ich kann mir Zugang in das Innere von Wesen und Dingen verschaffen«, erklärte sie schließlich. »Ich kann direkt in sie eindringen, kann sie verändern.«

»Der Menschenjäger«, erinnerte er sich. »Der Mann mit

dem Bogen. Ihr seid in ihn eingedrungen und habt ihn dazu gebracht, seine eigenen Gefährten zu töten.«

»Er hatte nicht viel übrig für sie, darum war es einfach. Er war nur mit ihnen zusammen, weil er sich an dir rächen wollte.«

»Wie macht Ihr das? Kann ich es lernen?«

»Nein.« Sie schüttelte den Kopf. »Oder zumindest ist es unwahrscheinlich. Nur wenige – sehr wenige – männliche Wesen sind dazu in der Lage. Die meisten sind es nicht. Was die Frage betrifft, wie ich so etwas mache, muss ich dir leider sagen, dass das mein Geheimnis ist.«

»Könnt Ihr in jedes lebende Wesen eindringen?«

»Und auch in viele Dinge, die nicht leben.«

»Aber es tut Euch weh, wenn Ihr das macht?«

Sie schenkte ihm ein mattes Lächeln und tätschelte ihm die Schulter. »Das ist jetzt erst mal genug zu diesem Thema.«

Als Bracke fünf Tage später als Späher vorausging, entdeckte er den Berg mit den drei Gipfeln. Gegen Ende des nächsten Tages erreichten sie ein Tal, an dessen gegenüberliegender Seite sich der Berg erhob. Bevor sie jedoch ihren Abstieg ins Tal begannen, besah sich Bracke einen aufrecht stehenden Stein. Auch wenn der von Flechten bedeckt war, fielen ihm die Symbole auf, die in den Stein eingeritzt oder eingemeißelt waren.

Martin näherte sich dem Stein vorsichtig, und als er ihn berührte, zog er schnell die Hand wieder zurück, als wäre der Stein glühend heiß. Als jedoch nichts weiter geschah, strich er das Moos beiseite, dann murmelte er einige Wörter in einer Sprache, die Bracke noch nie gehört hatte.

»Quel?«, fragte einer der Chevaliers.

»La Montaigne del Sorcier«, antwortete Martin.

»Was bedeutet das?«, erkundigte sich Bracke.

»Es bedeutet, dass wir am richtigen Ort sind«, ließ Selene ihn wissen.

Bracke nickte. Ihm war aufgefallen, das noch etwas in den Stein geritzt worden war, vor nicht allzu langer Zeit – die einfache Strichzeichnung eines Mannes mit einem kleinen Oval als Körper, einem Kreis als Kopf und Strichen als Arme und Finger. Er hatte nur ein einziges sehr langes Bein, das mehr wie ein Schwanz aussah.

Er hatte das Symbol schon einmal gesehen, auf einem Stein ganz ähnlich wie diesem, an der Grenze von Großmutters Wald. Die Kansa hinterließen dieses Zeichen als Warnung davor, ungebeten in ihr Gebiet einzudringen.

»Ein gefährlicher Ort«, bemerkte Bracke.

Sie nickte grimmig.

Das Tal war recht schön, voller Wild und ohne das geringste Anzeichen menschlicher Gegenwart. Selbst in der Wildnis, die sie durchquert hatten, waren sie gelegentlich auf die Pfade von Jägern gestoßen. Doch kein Pfad führte zum Berg, und im Tal gab es überhaupt keine Wege.

Als sie den Fuß des Berges erreichten, war es Nachmittag. Der Himmel war klar, aber in der Ferne hörte Bracke etwas, das wie Donnergrollen klang, und der Boden unter ihm erbebte, als würde sich unter der Oberfläche etwas wahrhaft Gewaltiges bewegen.

Martin zuckte sichtlich zusammen und spähte zu den Hängen über ihnen hinauf, und alle Männer legten die Hände auf ihre Waffen. Es vergingen mehrere lange Augenblicke des Schweigens, bis sie sich halbwegs wieder entspannten und sich daranmachten, das Lager zu errichten.

Alle wirkten bedrückt. Trotz der vertrauten Tätigkeiten wie dem Sammeln von Holz und dem Striegeln der Pferde spürte Bracke eine große Unsicherheit bei ihnen.

Er ruhte sich für ein Weilchen aus, dann humpelte er ein Stück den Hang hinauf, um einen besseren Blick auf das Tal zu haben. Er war noch nicht sehr weit gekommen, als er in den Bäumen eine Bewegung wahrnahm.

Er kauerte sich hinter eine Kiefer und sah drei berittene Männer hinter einer Anhöhe hervorkommen. Offenbar war ihr Ziel Selenes Gruppe. Alle drei trugen Kettenhemden und Brustpanzer, und sie hatten kegelförmige Helme auf dem Kopf, die mit Rabenfedern geschmückt waren. Jeder führte eine Lanze und ein Schwert mit sich, aber keiner hielt eine der Waffen in der Hand.

Er griff nach einem Stein und legte ihn in seine Schleuder.

Martin und Selene gingen den Reitern entgegen. Bracke konnte sie reden hören, verstand jedoch nicht, was sie sprachen. Nach einigen Augenblicken sagte Martin etwas zu den Chevaliers, und ihre Männer packten wieder alles zusammen. Eine Weile später saßen sie auf und folgten den Neuankömmlingen.

Bracke war einen Moment lang unentschlossen, dann aber gewann seine Neugier die Oberhand, und er machte sich auf den Weg den Hang hinunter, um sich den anderen wieder anzuschließen. Doch gerade als er aus dem Schatten der Kiefer trat, sah er Selenes Gesicht, das in seine Richtung gewandt war. Sie schüttelte den Kopf, ein klares Nein, und bedeutete ihm mit einer knappen Handbewegung, zu bleiben, wo er war.

Er kauerte sich wieder hin und fragte sich, was genau hier eigentlich los war. Es war die Rede von einer Bezahlung für ihn gewesen, und auch wenn er verächtlich darüber gelacht hatte, war er doch davon ausgegangen, dass sie ihm etwas anbieten würden, wenn er seine Aufgabe erfüllt hatte – zumindest mit einem Lebewohl zum Abschied hatte er gerechnet. Je mehr er über die Sache nachdachte und sich dabei Selenes Geste und den Ausdruck auf ihrem Gesicht vor Augen führte, umso mehr wuchs seine Überzeugung, dass sie nicht wollte, dass die Neuankömmlinge von ihm erfuhren. Nur für den Fall, dass …

Tja, für den Fall, dass was?

Er wartete noch eine Weile und machte sich dann an die Verfolgung.

Ihr Weg führte um die Ausläufer des Berges herum, und bei Einbruch der Nacht machten sie nicht halt. Auch Bracke rastete nicht, sondern verließ sich auf Roses Geruchssinn. Die Luft war kühl und feucht, und das Geäst über ihm war erfüllt vom schrillen Gekicher der Eulenschwalme. Eine Finstereule schrie ganz in der Nähe, und Ruß, der auf Brackes Schulter saß, scharrte nervös mit den Krallen.

Die Dorfbewohner, erinnerte sich Bracke, glaubten, dass Finstereulen ein böses Omen für besonders schweres Unglück seien, für gewöhnlich für Krankheit oder Tod.

Gegen Mitternacht ertönte ein ohrenbetäubendes Donnerkrachen, doch es folgte kein Blitz, und der Himmel war klar. Wieder bebte die Erde. Bracke dachte an das ferne Geräusch vom Nachmittag zurück. Rose stieß ein tiefes, kehliges Knurren aus.

Er beschleunigte seine Schritte, brauchte jedoch nicht mehr weit zu gehen. Der Mond war aufgegangen und fast voll, daher konnte Bracke erkennen, dass die Spuren in eine schalenförmige Vertiefung im gewachsenen Fels des Hochlandes hineinführten. Aber es kamen keine Spuren mehr heraus.

Selene und die Übrigen waren einfach verschwunden.

Er kniete sich hin, um die Senke genauer zu untersuchen. Sie war seltsam regelmäßig, und es befand sich absolut nichts darin, nicht einmal ein Blatt. Er griff nach einem herabgefallenen Zweig und warf ihn hinein. Der Zweig blieb einfach liegen, ohne dass irgendetwas geschah.

Bracke streckte die Hand aus, um den Boden der Mulde zu berühren. Der Stein warso glatt, als hätte man ihn poliert.

»Was ist das hier, Rose?«, rätselte er mit leiser Stimme.

Er stand auf, ging um die Mulde herum – und blieb dann stehen, als er einen tief herabhängenden Ast erreichte, der einige Schritte vor dem Rand des Kreises endete. Die Astspitze war abgeschnitten und das dadurch entstandene Astende so glatt wie der Stein, aber das abgeschnittene Stück befand sich nicht im Inneren des Kreises.

Er schaute nach oben. Auch dort waren Äste abgetrennt. Ihm wurde klar, dass, was immer die Kuhle im Fels hinterlassen hatte, die Form einer großen Kugel gehabt hatte, und dass alles, was sich darin befunden hatte, verschwunden war – Steine, Äste, Selene.

Aber verschwunden wohin?

Tat das wirklich etwas zur Sache? Oder war es an der Zeit, nach Hause zurückzukehren?

Nein. Wenn er nicht herausfand, was hier passiert war, würde ihn das in den Wahnsinn treiben, das wusste er.

Er suchte sich einen Baum, in dem er ein wenig schlafen konnte.

Am nächsten Morgen schickte er Ruß aus, um nach Selene und Martin zu suchen – oder nach irgendjemandem sonst im Bereich des Berges –, während er selbst und Rose sich auf die Suche nach etwas Essbarem zum Frühstück machten. Er war überrascht, als der Rabe kurz nach Mittag zurückkehrte und mit dem Schnabel klapperte und krächzte, als Zeichen, dass er etwas entdeckt hatte. Bracke wartete, während Ruß in dem herumpickte, was von dem Hirschkadaver noch übrig war, dann machten sie sich auf den Weg.

Er folgte dem Vogel in die Richtung zurück, aus der sie in der vergangenen Nacht gekommen waren, passierte den verlassenen Lagerplatz und wanderte weiter. Er stieg einen langen Felsenkamm hinauf, der sich an der Seite des höchsten Gipfels nach oben zog, doch mit seinem verletzten Bein fiel ihm das schwer, sodass er immer wieder kurze Pausen einlegen musste. Schließlich wurde er von einer steilen Felswand aufgehalten, die doppelt so hoch war wie sein weitester Schuss mit der Schleuder.

Ruß flog weiter und immer höher und höher hinauf, bis er sich dort oben auf irgendetwas niederließ. Der Vogel war für Bracke nur noch ein winziger Fleck, und er hätte ihn gar nicht bemerkt, wenn er Ruß nicht die ganze Zeit über im Auge behalten hätte.

Zuerst dachte Bracke, das da oben sei nur eine Felsspalte im Gestein, aber dann fiel ihm auf, wie regelmäßig die Umrisse waren. Ja, sie waren sogar bogenförmig. Und nachdem er diesen Bogen ausgemacht hatte, entdeckte er einen zweiten von der gleichen Größe und Form und dann noch mehrere weitere.

Irgendjemand hatte Fenster in den Berg gehauen.

Was lag dahinter?

Er setzte sich auf den Boden, um über die Sache nachzugrübeln.

Drittes Kapitel

Das erste Gefecht

Die Schiffe der Drehhu waren noch seltsamer, als Crespin sie sich vorgestellt hatte. Sie waren geformt wie große Boote, mit spitzem Bug und flachem Heck, aber sie waren von ihren Proportionen her breiter als die Schiffe, die er kannte. Der Rumpf oberhalb der Wasserlinie war von runden Löchern durchsetzt, sechs oder sieben pro Seite. Dahinter, das wusste er, befanden sich Waffen.

Zudem hatten die Schiffe weder Segel noch Masten, und es gab an Deck nur einen einzigen langen, geschlossenen Raum. Das Dach dieser Kabine war flach, wodurch es eine Art Oberdeck bildete. Weiter hinten auf den Schiffen ragten Röhren oder Metallspiralen aus dem Deck. Crespin war sich nicht sicher, doch offenbar handelte es sich um eine Art technisches Gerät.

»Warum sind sie hier?«, fragte er. »Ich verstehe, warum der falsche Schleier sie hierhergebeten hat, aber welchen Vorteil versprechen sich die Drehhu von diesem abgelegenen Ort?«

»Die Drehhu wissen von dem Angriffsplan der drei Reiche«, erwiderte Saja.

Für einen Moment hatte Crespin das Gefühl, in eine Falle getappt zu sein. Wer war Saja überhaupt? Eine Spionin aus Modjal oder eine Verbündete der Drehhu, die versuchte, Informationen aus ihm herauszuholen? Vielleicht hatte Renost ja recht. »Wovon sprichst du da?«

Sie verdrehte die Augen. »Du glaubst doch nicht im Ernst, dass ein so riesiges Unternehmen unbemerkt bleiben könnte, oder?«

Tatsächlich hatte Crespin das sehr wohl geglaubt, aber jetzt begriff er, wie naiv dieser Gedanke war. Die Drehhu verfügten über gewaltigen Reichtum, und fraglos unterhielten sie mit einem kleinen Teil davon ein Informationsnetzwerk innerhalb der drei Reiche. Bei den Tausenden von Menschen, die an der Planung beteiligt waren, gab es ohne Frage jede Menge Gerede. Er selbst hatte in Port Bellschiff ganz freimütig über dieses Vorhaben gesprochen, denn niemand hatte ihm gesagt, dass die Unternehmung geheim bleiben sollte, und er war auch nie auf die Idee gekommen, dass es in seiner Heimatstadt Spione der Drehhu geben könnte.

»Sie bauen neue Schiffe«, erklärte Renost und wies auf eine Stelle hinter den Zelten. Dort befanden sich in der Tat weitere von den unheimlichen Wasserfahrzeugen in verschiedenen Baustadien. Viele waren schon fast fertig.

Die Drehhu konnten unmöglich Schiffe ohne Schmieden bauen, ohne Sägeanlagen, Metall und was immer sie sonst für ihre Maschinen und Waffen benötigten. Zamir musste ihnen das meiste davon zur Verfügung stellen, ebenso wie den Großteil der eigenen Flotte, deren Schiffe er hier vor sich sah.

»Die Schiffe aus Ophion Magne müssen den Pechtopf passieren, genau wie wir, um die Winde zu erreichen, die sie nach Osten bringen«, grübelte Crespin. »Wenn sie dort in einer Flaute festsitzen, sind sie leichte Beute für die Schiffe der Drehhu, die keinen Wind brauchen.« Er wandte sich an Saja. »Wie lange befinden sie sich schon hier?«

»Seit vier Monaten. Wie Ihr sehen könnt, haben sie ihre Zeit gut genutzt.«

Crespin besah sich die eigenartigen Schiffe und die Wesen darauf. Die meisten waren Menschen. Die Drehhu waren als Volk nicht zahlreich, aber sie hatten reichlich Sklaven, die den Großteil sowohl ihrer Arbeitskräfte als auch ihres Militärs ausmachten. Die Handvoll Sklavenherren dort unten waren leicht als solche zu erkennen, denn sie waren anderthalbmal so groß wie selbst der größte Mensch, ihre Schultern extrem breit und Beine und Arme länger als die von Menschen. Manchmal bewegten sie sich auf allen vieren fort, dann hatten sie etwas Spinnenartiges an sich.

Keiner von ihnen war nah genug, dass Crespin ihre Gesichtszüge hätte ausmachen können.

»Merde!«, schimpfte Renost. »Wir sollten umgehend zurückkehren und dem Admiral Bericht erstatten.«

»Sie machen sich bereit zum Auslaufen«, erkannte Crespin. Seine Hand deutete nicht auf die Gefährte der Drehhu, sondern auf die große Zahl der herkömmlicheren Schiffe, auf denen emsiges Treiben herrschte.

»Wir haben noch Zeit«, ließ Saja ihn wissen und wies nach Osten, wohin sich die Arme der Bucht ausbreiteten. »Sie werden eine ganze Weile brauchen, um den Hafen zu verlassen, und um eure Flotte anzugreifen, müssen sie um die Landzunge herumfahren. Bei hellem Tageslicht können wir in weniger als einer Stunde wieder in Zamir sein.«

Während sie durch den Wald zurückrannten, hoffte Crespin inbrünstig, dass ihnen tatsächlich genug Zeit blieb. Die Flotte von Mesembria würde inzwischen mit eingeholten Segeln im Hafen vor Anker liegen.

Glücklicherweise waren sie nicht so weit von der Stadt entfernt, wie er gedacht hatte. In der Dunkelheit waren sie nur langsam vorangekommen, darum war ihm der Weg länger vorgekommen. Schon bald tauchte Zamir vor ihnen auf.

Crespin wollte schon seinem Glücksstern danken, als ein Pfeil seinen Arm streifte, sein Hemd sauber aufschlitzte und einen blutigen Kratzer hinterließ.

Renost stieß einen Warnruf aus, und sie alle gingen hinter den Bäumen in Deckung.

Eine Gruppe von vielleicht fünfzehn Männern hatte ihnen

aufgelauert. Irgendjemand verfluchte denjenigen, der zu früh geschossen hatte.

Crespin nahm seine Armbrust von der Schulter, und die anderen taten es ihm gleich. Sie war übertrieben kunstvoll verziert, jedoch in der typischen Bauweise von Repetierwaffen der Marine konstruiert. Seine linke Hand hielt den langen Bogen gerade, während er die Stütze gegen die Schulter presste, und der Zeigefinger seiner rechten Hand lag am Abzug. Auf der Unterseite der Waffe befand sich eine Spannvorrichtung aus Metall. Mit ihr wurde die Bogensehne nach hinten gezogen und der Bolzen geladen. Die Armbrust konnte siebenmal abgefeuert werden, bevor man sie nachladen musste.

Er schaute zu Renost hinüber, der ihm ein diebisches Grinsen zuwarf. Dann sprang sein Freund aus der Deckung und rannte auf ihre Angreifer zu, wobei er sich immer wieder links und rechts zwischen den Bäumen hindurchschlängelte.

»Ihr wollt mich erschießen?«, rief er. »Ha, ich werde heute Abend eure Witwen flachlegen!«

»Merde!«, murrte Crespin. Er sah einen der Bogenschützen auf Renost zielen und schoss einen Bolzen auf ihn ab. Der Kerl wurde nach hinten geworfen, als ihn der Bolzen in die Brust traf.

Auch Crespin sprang auf und versuchte, sein nächstes Ziel auszumachen. Da sah er, wie ein weiterer Feind zu Boden ging, was entweder Saja oder auch Hector zu verdanken war.

Auch Alkaios griff nun an, stürmte Renost direkt hinterher. Crespin entdeckte einen anderen Bogenschützen und schoss einen weiteren Bolzen ab, der den Oberschenkel des Gegners durchschlug.

Renost hielt im Laufen inne, richtete sich auf, zielte und schoss. Dann ließ er die Armbrust fallen und zog seinen Säbel.

Crespin zielte auf den nächsten Mann, schoss und rannte den anderen hinterher. Als er den Feind erreichte, war nur noch einer der Bogenschützen am Leben. Der Mann versuchte, auf Renost anzulegen, der sich gerade mit drei Schwertkämpfern ein Tänzchen lieferte. Sein Säbel schien in alle Richtungen gleichzeitig zu wirbeln.

Crespin hob die Armbrust, doch da traf bereits ein Bolzen von Saja den letzten Bogenschützen in den Bauch.

Der Soldat krümmte sich zusammen und stolperte davon.

Crespin ließ die Armbrust fallen, zog seinen Säbel und rannte auf Alkaios zu, der von vier Feinden mit blankgezogenen Klingen umringt war. Der Marinier drehte sich immer wieder im Kreis und wartete darauf, dass einer der vier angriff. Ein Gegner stürzte sich in dem Moment auf ihn, als Crespin bei ihm eintraf, und ein weiterer brüllte eine Warnung.

Zwei der Feinde ließen von Alkaios ab, um sich Crespin zuzuwenden.

Der jedoch ließ nicht zu, dass sie von rechts und links über ihn herfielen. Er täuschte eine Attacke auf den Mann zu seiner Rechten vor, dann stach er brutal auf jenen ein, der von links um ihn herumkam. Der überraschte Mann schaffte es noch, seine Waffe zu heben, um einen auf seinen Kopf gezielten Hieb zu parieren – aber auch dieser Angriff war nur eine Finte. Mit einer Drehung seines Handgelenks stieß Crespin seine Klinge stattdessen durch die Armbeuge des Feindes. Der Unterarm sackte schlapp herab und hing nur noch an einem dünnen Gewebestrang.

Crespin wäre fast gestürzt, als er nun von dem anderen Kerl wegsprang. Verzweifelt wollte er seinen Säbel nach oben reißen, um den ungestümen Angriff abzuwehren, aber sein Bauchgefühl sagte ihm, dass ihm dazu keine Zeit mehr blieb.

Da geriet der Mann ins Straucheln und griff sich an den Hals, in dem plötzlich ein Armbrustbolzen steckte. Er versuchte, ihn herauszuziehen, und gab ein seltsames Gurgeln von sich. Crespin rammte ihm die Klinge in den Leib.

Hinter sich vernahm er ein Aufkeuchen, und als er herumfuhr, sah er einen anderen Mann vor sich, der ihn mit offenem Mund anstarrte, über dem Kopf ein Krummmesser erhoben. Crespin riss seinen Säbel hoch, doch der Mann brach zusammen, und hinter ihm kam Hector zum Vorschein, der gerade seinen eigenen Säbel aus dem Rücken des Meuchelmörders zog.

Crespin kroch ein kalter Schauer über den Rücken. Wenn Hector nicht gewesen wäre …

»Vielen Dank!«

»Keine Ursache«, antwortete Hector und wischte seine Klinge am Hemd des Toten ab. »Der hat sich durchs Unterholz geschlichen wie eine Natter.«

»Dann ist es ja gut, dass ich meine Manguste bei mir hatte«, antwortete Crespin.

Der Kampf schien vorüber zu sein. Alkaios hatte zwei Schnittwunden an den Armen davongetragen. Renost lehnte keuchend an einem Baum.

»War es das?«, wollte er wissen.

Saja kam aus dem Wald. »Einer ist noch übrig«, berichtete sie. »Ich habe ihn zwar getroffen, aber er lebt noch.«

Bevor Crespin etwas erwidern konnte, verschwand sie zwischen den Bäumen und kehrte kurz darauf zurück.

»Das war's jetzt«, erklärte sie.

Plötzlich fragte Renost: »Riecht ihr das auch? Das ist Rauch!«

Grauschwarzer Dunst lag über dem Hafen.

Christus von Ophion, sie haben während der Nacht unsere Schiffe in Brand gesteckt, dachte Crespin.

Dann ging ihm auf, dass nicht die Schiffe brannten – Zamir brannte. Die Flotte aus Ophion befand sich nicht mehr am Rand des Hafens, sondern hatte sich in Schussweite der Stadt zusammengezogen und ließ mit ihren Quilainen Brandgeschosse auf sie niedergehen.

Unten an den Docks tobte ein Kampf. Die Panther lag immer noch dort, zusammen mit zwei weiteren Schiffen, und eine Truppe von Xelonen war von Bord gegangen und drängte gegen eine große Zahl von Zamirern landeinwärts.

»Sieht nach genau dem Kampf aus, bei dem wir mitmischen sollten!«, rief Renost.

Crespin warf einen Seitenblick zu Alkaios. Jemand hatte seine Arme mit Stoffstücken von seinem Hemd verbunden.

»Alles bestens mit mir, Sir«, brummte er.

»Guter Mann«, lobte Crespin und richtete das Wort dann an alle: »Verteilt euch hinter der linken Flanke und nutzt alles, was nicht brennt, als Deckung! Dann nehmen wir sie von dort aus unter Beschuss! Brüllt aus Leibeskräften! Lasst es so erscheinen, als wären mehr von uns hier, als es tatsächlich der Fall ist!«

Er wartete, bis sie alle ihre Stellungen bezogen hatten, dann stieß er ein Kriegsgeheul aus und warf sich ins Gedränge.

Einen Moment lang hielt die feindliche Linie, aber als die Männer begriffen, dass sie auch von hinten bedrängt wurden, gerieten sie in Panik, flohen oder versuchten, ihre neuen Angreifer auszumachen. Das gab den Xelonen die Gelegenheit, die gegnerische Flanke aufzurollen und die Piraten zu umzingeln, die offenbar nur unzureichend ausgebildet waren.

Kurz darauf traten die Zamirer einen ungeordneten Rückzug an. Der Weg zur Panther war frei.

Crespin und seine Gefährten eilten weiter Richtung Hafen. An den Docks stieß er auf D'Arza, den Kapitän der Seeadler.

»Es befindet sich eine Flotte des Feindes vor Ort!«, ließ Crespin ihn wissen. »Gleich die Küste hinauf, und sie sind schon auf dem Weg hierher! Darunter sind auch Drehhu-Schiffe!«

D'Arzas Augen weiteten sich. Dann wandte er sich an seinen Leutnant. »Warnt den Admiral per Lucnographen!«, wies er ihn an und drehte sich wieder zu Crespin um. »Was meint Ihr, wie viel Zeit bleibt uns noch?«

Crespin wandte sich Saja zu.

»Die meiste Zeit eines Tages«, antwortete sie. »Hängt vom Wind ab.«

Der Leutnant rannte auf den Lucnographen zu.

»Was geht hier vor sich?«, erkundigte sich Crespin.

D'Arza zeigte ein grimmiges Lächeln. »Nachdem der Mond untergegangen war, haben sie Ruderboote ausgesandt und versucht, unsere Schiffe mit Pech in Brand zu stecken. Aber Euer Vater ließ die Strixe Wache halten, und die hat es bemerkt – obschon es ihnen gelungen ist, die Melisande in Brand zu setzen. Wir mussten natürlich Vergeltung üben, denn ...« Er wirkte, als fühlte er sich ein wenig unbehaglich. »Wir mussten davon ausgehen, dass Ihr getötet oder eingekerkert worden seid, daher ...«

»Schon gut, ich verstehe«, unterbrach ihn Crespin. »Ich kenne mich mit kaiserlicher Politik aus, das kann ich Euch versichern.«

Einen Moment später kehrte der Leutnant zurück und machte D'Arza Meldung. Der wandte sich sodann wieder an Crespin. »Wir brechen auf und werfen uns der Flottille von Zamir entgegen. Ihr, Kapitän, habt weiterhin das Kommando über die Panther. Berichtet dem Admiral, was immer Ihr an Informationen zur Größe der feindlichen Streitmacht habt.«

»In Ordnung«, antwortete Crespin und wandte sich wieder an Saja. »Ich danke dir«, sagte er. »Was wirst du jetzt tun? Wenn Kol weiß, dass du ihn verraten hast, bist du in ernster Gefahr. Du kannst mit uns kommen, aber das ist vielleicht auch nicht sicherer.«

Sie trat zu ihm hin – und küsste ihn. »Ich schaffe das schon«, versicherte sie ihm. »Aber ich habe hier noch etwas zu erledigen.«

„Ungeduldig darauf bedacht, möglichst schnell aufzubrechen, ging Crespin auf dem Deck der Panther auf und ab und drängte die Besatzung zur Eile. Die Leucothea und einige der Schiffe weiter draußen hatten bereits Segel gesetzt. Der Wind war günstig, aber die Panther würde sich fraglos in der Nachhut der Flotte befinden.

Crespin rief nach der Strixe des Schiffs und trommelte seine Männer zusammen. Wie den meisten anderen Handelsschiffe der Flotte waren auch der Panther Soldaten der Großkaiserlichen Armee zugeteilt worden, und es gab zwei Truppengattungen – die Xelonen und die Infanterie. Die Xelonen waren von Kopf bis Fuß gepanzert, hatten Schilde aus Stahl von der Größe und Form von Türen und waren mit langen, stabilen Speeren bewaffnet und zudem mit Kurzschwertern für den Fall, dass ein Speer abbrach oder im Körper eines Feindes stecken blieb. Sie wurden meistens bei der ersten Welle einer Landung auf feindlichem Boden eingesetzt, fanden aber auch an Bord der Schiffe selbst Verwendung.

Die Infanteristen trugen nur spärliche Rüstung, waren überwiegend mit Bogen und Enterhaken ausgestattet und begaben sich in die Takelage, um von Pfeil und Bogen besser Gebrauch machen zu können. Die Xelonen gingen im Bug Schild an Schild in Aufstellung, während die Infanteristen ihre Bogen bespannten.

Nun machte sich der Mangel an militärischer Erfahrung bei der Besatzung der Handelsschiffe bemerkbar. Wenn es darum ging, ihr eigenes Schiff zu befehligen, waren die Kapitäne genauso tüchtig wie jeder militärische Kommandant, aber Handelsschiffe reisten für gewöhnlich allein, und die meisten der Kapitäne hatten nicht viel Erfahrung, mit anderen Schiffen in Formationen zu segeln – erst recht nicht hinsichtlich der Formation, die seinem Vater vorschwebte und die anders war als alles, was Crespin je gesehen hatte.

Statt sich in einer parallelen Linie zu sammeln, um sich wie eine bewegliche Mauer dem Feind zu stellen, teilte der Admiral die Schiffe in vier Kolonnen auf. Die Panther war ganz hinten, an der Spitze befand sich die Leucothea.

Sie hatten den Hafen noch nicht ganz verlassen, als die feindlichen Schiffe auftauchten. Die größten bildeten bereits eine lange Reihe, und die sechs Schiffe der Drehhu waren gleichmäßig unter ihnen verteilt, wobei je eines rechts und links das Ende der Reihe bildete.

»Ich frage mich, was das wird«, murmelte Renost, als er und Hector neben Crespin traten.

»Was auch immer kommt«, meinte Hector, »ich habe den Verdacht, dass da Arbeit auf mich wartet.«

»Hast du alles, was du brauchst?«, erkundigte sich Crespin.

»Die Behandlungsstube ist nicht so gut ausgestattet wie die auf der Leucothea«, antwortete Hector, »aber ich werde das schon hinbekommen.«

Im Gegensatz zu vielen ruhmreichen Geschichten, wie sie in Romanen und Liedern Verbreitung fanden, machten die Handbücher der Marine unmissverständlich klar, dass keine Flotte der Drehhu je besiegt worden war, solange ihr nicht mindestens die vierfache Anzahl von Gegnern entgegengestellt wurde. Die Schlachten gegen diesen Gegner waren nie durch Strategie oder gar Heldentaten gewonnen, sondern durch gewaltige Opfer an Menschenleben schwer erkauft worden. Menschen lebten nicht so lange wie die Drehhu, doch dafür vermehrten sie sich schneller. Im Laufe der Jahrhunderte hatte sich das als Vorteil erwiesen, aber beim direkten Kampf Mann gegen Mann war ein Mensch einem Drehhu immer unterlegen.

Einige von ihnen setzten große Hoffnungen auf die Strixe, doch Crespin hatte so seine Zweifel. Zumindest waren die meisten der Schiffe, mit denen sie es zu tun bekommen würden, herkömmliche, von Menschen erbaute Seefahrzeuge.

Er beobachtete, wie die Flotte von Zamir rasch Bogenform annahm. »Sie wollen uns umzingeln. Das ist Wahnsinn.«

Plötzlich wogten Flammen und Rauch aus den Scharten in den Schiffen der Drehhu. Eine Sekunde nach dem gleißenden Aufleuchten lärmte Donner über die Wellen, dumpf und durchdringend und vor allem überraschend laut. Zwei der Schiffe an den Spitzen ihrer Kolonnen – die Souverän und die Bastard – gingen plötzlichen in Flammen auf. Oder genau genommen waren es ihre Segel, die Feuer fingen.

Keines der mesembrischen Schiffe erwiderte das Feuer. Der Feind war immer noch zu weit entfernt und außerhalb ihrer Schussweite.

Die Leucothea hatte die erste Salve unversehrt überstanden und fuhr auf das Schiff zu, das sich im Bogen der Drehhu am weitesten östlich befand. Das feindliche Schiff spie erneut Rauch aus seiner Seite aus, und einige Sekunden später hörte Crespin den Knall. Er sah nur das Heck der Leucothea und wusste daher nicht, welchen Schaden das Schiff seines Vaters genommen hatte, doch es fuhr weiter, mitten in die nächste Salve hinein.

Jetzt war überall Feuer, und mindestens drei Schiffe ihrer Flotte schienen leckgeschlagen. Sie standen kurz davor, von einer Flottille besiegt zu werden, die nur über einen Bruchteil ihrer Größe verfügte.

Und dann – explodierte das Schiff der Drehhu, das der Leucothea am nächsten war! Sein hinteres Deck schoss plötzlich nach oben, Flammen und Rauch wogten in einem Ball gen Himmel, und Feuerzungen leckten aus den Schießscharten.

Spiere schwangen auf der Leucothea herum, als sie den Kurs änderte, um sich dem nächsten Feindschiff zu nähern. Sie wurde von einer weiteren donnernden Salve empfangen, doch dann explodierte auch dieses Drehhu-Schiff.

Daraufhin entfernte sich die Leucothea mit würdevollem Schwung von der feindlichen Linie. Sie lag leicht schräg im Wasser, und mehrere ihrer Segel standen in Flammen.

Einen Moment lang sah Crespin sprachlos hinüber.

»Was war das denn?«, quiekte Renost, genauso erstaunt wie sein Kapitän und Freund.

»Die Strixe«, erklärte Crespin. »Kalliope.«

»Seinte Merde«, fluchte Renost.

Mittlerweile waren sie in die Reichweite weniger mysteriöser Waffen vorgedrungen. Wie Schwärme von Schwarzsperlingen flogen Pfeile von beiden Flotten her in den Himmel und passierten einander auf ihren tödlichen Bahnen, dann folgten die größeren Geschosse der Quilainen, von denen einige rauchende schwarze Spuren hinter sich herzogen, die von dem brennenden Pech stammten, mit dem sie bestrichen waren.

Das war nun zumindest eine Art der Kriegsführung, die Crespin verstand, aber mehr und mehr musste er feststellen, dass die Strategie seines Vaters auch hier sehr wirksam war. Er selbst hatte stark an diesem Plan gezweifelt, als sie ihn miteinander besprochen hatten. Jetzt entpuppte es sich nur als ein weiterer Punkt, bei dem er falschgelegen hatte.

Die schwerbewaffneten Schiffe von Zamir versuchten, längsseits ihrer Gegner zu gelangen, um ihre Quilainen besser einsetzen zu können. Die mesembrischen Schiffe verfügten über viel weniger solche Waffen, und die waren am Bug konzentriert. Der Zweck davon war, dass die Schiffe eine viel kleinere Angriffsfläche boten, wenn sie mit den Quilainen schießend direkt auf den Feind zufuhren.

Vom Wind unabhängig, verließen die verbliebenen Schiffe der Drehhu ihre Position in der feindlichen Flotte und griffen die Schiffe des Admirals von der Seite her an, wobei sie im Näherkommen einen unglaublichen Schaden anrichteten, Segel in Brand setzten und Rümpfe bersten ließen. Zwei Schiffe vor Crespin lösten sich aus der Reihe, um das östlichste der Drehhu-Schiffe abzufangen, und Crespin befahl seinem Steuermann, sich ihnen anzuschließen.

Nun erschien endlich auch die Strixe der Panther auf Deck. Crespin war ihr nur kurz begegnet, als er das Kommando übernommen hatte. Sie sah aus wie um die dreißig, hatte tiefliegende gelbe Augen und glattes braunes Haar mit stumpfgoldenen Strähnen. Er wusste nicht mehr, von woher sie kam, aber sie hieß Elpis.

Als sie an Deck auftauchte, war die Panther vom Feind aus gesehen das dritte Schiff in ihrer Kolonne, aber schon bald waren sie das zweite, nachdem die Kraken den Waffen der Drehhu zum Opfer gefallen war. Mit geborstenem Hauptmast und brennenden Segeln trudelte sie sichtlich leckgeschlagen fort von der Schlacht. Die Nerrea, das nächste Schiff in der Reihe, beschoss die Drehhu-Schiffe mit brennenden Quilainen-Bolzen, konnte aber dem metallenen Rumpf der merkwürdigen Schiffe nichts anhaben. Die vereinzelten Brände, entfacht von den Bolzen, erloschen allzu schnell, ohne irgendeinen sichtbaren Schaden angerichtet zu haben. Der Feind schien gegen sämtliche Waffen gefeit.

Die Strixe war nun, wie Crespin mit verbissener Miene begriff, ihre einzige Hoffnung.

»Seid Ihr bereit?«, fragte er sie.

»Bereit, Sir«, antwortete Elpis. Sie war von der gleichen träumerisch-abwesenden Aura umgeben wie Kalliope am Tag des Sturms. Sie wirkte sogar noch wackliger auf den Beinen, und ihre Augen schienen außerstande, sich auf irgendeinen speziellen Punkt zu konzentrieren.

»Ihr wisst es, sobald wir nah genug heran sind?«

Sie nickte. »Für jede von uns ist es anders«, erklärte sie. »All die kleinen Mädchen, so ähnlich und doch so unterschiedlich. Regenbögen mit lauter falschen Farben. Von Tag zu Tag anders, je nach Strömung und Zeit.« Offenbar entging ihr nicht seine Verwirrung, denn sie fügte hinzu: »Ich werde es wissen, dafür habe ich gesorgt.«

Etwas tropfte aus ihrem linken Nasenloch. Er hätte es für Blut gehalten, doch die Substanz hatte die Farbe von Safran.

Elpis begann, eine sich stetig verändernde groteske Melodie zu summen, und stieß dabei gelegentlich einzelne Wörter hervor, denen er keinen Sinn abzuringen vermochte.

Die Drehhu schossen eine weitere Salve ab, die auf die Nerrea gezielt war. Crespin spürte die Wucht der Treffer ebenso, wie er sie hörte, und sah, wie eins der Segel der Nerrea Feuer fing.

Im nächsten Moment aber explodierten mehrere der Waffen der Drehhu auf ihren Lafetten. Das rätselhafte Schiff kam dennoch immer näher, und seine verbliebenen Waffen spuckten abermals Feuer und Rauch, ließen ihre Geschosse in die Nerrea donnern.

Zum Untergang verdammt, schleppte sich das Schiff aus Mesembria in Richtung Süden, wobei es tiefer und tiefer im Wasser lag.

Nur noch die Panther hielt nun die Ostflanke.

Die feindliche Linie war in der Mitte durchbrochen, und die Flotte von Mesembria versuchte von dort aus und von beiden Enden her die Zamirer zu umzingeln. Gut zwei Drittel der feindlichen Schiffe waren verschwunden. Was die Verluste Mesembrias anging, hatte Crespin keinen Überblick.

Zuerst glaubte er, das Schiff der Drehhu würde nun die Flucht ergreifen, aber das war reines Wunschdenken. Stattdessen fuhr es direkt auf sie zu und wollte sie rammen.

»Kurs halten!«, wies Crespin den Steuermann an.

Das feindliche Schiff hatte zwei Waffenlöcher im Bug, und aus ihnen quoll Rauch hervor. Irgendetwas krachte in die Reihe der Xelonen an der vorderen Reling. Crespin sah mit einer Mischung aus Verblüffung und Entsetzen, wie einer der Männer halb herumwirbelte und dann einfach – in Stücke zerfiel!

Die Gefährten des toten Kriegers schlossen die Lücke, während zwei Infanteristen die Überbleibsel seines Körpers beiseitezerrten.

»Jetzt kommt meine Arbeit«, verkündete Hector und eilte

davon, um festzustellen, wer verletzt und wem nicht mehr zu helfen war.

Crespin zwang sich, den Blick abzuwenden, und richtete ihn stattdessen auf Elpis. Ihre Augen waren geschlossen, und sie schien sich in einer nicht vorhandenen Ecke halb umgedreht zu haben. Er konnte sie nicht richtig sehen, nicht vollständig, hätte aber auch nicht zu erklären vermocht, warum dem so war und was genau er da nicht sehen konnte. Ein gelber Nebel drang zwischen ihren Lippen und unter ihren Lidern hervor, stieg selbst aus den Poren ihrer Haut auf.

Während das Schiff der Drehhu sein Tempo beschleunigte, streckte sich die gelbe Wolke in seine Richtung aus.

»Jetzt!«, seufzte Elpis.

»Ruder steuerbord!«, rief Crespin.

Die Waffen feuerten erneut, und ein Schuss traf die Panther unter ihrem Bugspriet, während ein anderer eine Rahe zerfetzte.

Elpis' Lied verwandelte sich mehr und mehr in ein Stöhnen. Ihr Leib krampfte sich zusammen, und sie drehte den Kopf auf groteske Weise nach hinten.

Das dämonische Schiff kam immer näher. Ein Drehhu stand im Bug, und Crespin konnte sein Gesicht sehen. Es war breiter als das eines Menschen, fast quadratisch, und tiefe Verachtung schien in seiner Miene zu liegen, als der Drehhu irgendeine Art von Waffe hob und damit auf sie zielte. Das Ding ähnelte einem Blasrohr, aber der Drehhu nahm es nicht in den Mund.

Was es auch immer war, die Waffe zerbarst in seiner Hand, was den Drehhu zurücktaumeln ließ. Dabei schrie er mit einer Stimme, die angesichts seiner Größe überraschend schrill klang.

Doch er schrie nicht lange, denn das ganze Schiff explodierte in einem Feuerball, genau wie all die anderen zuvor.

Die Strixe streckte sich, sodass sie nur noch mit den Zehen

auf dem Deck stand, und ihr Haar wallte auf, als befände sie sich unter Wasser.

Noch eines, flüsterte sie. Er glaubte es jedenfalls, doch ihre Lippen hatten sich nicht bewegt. Vielleicht hatte er die Worte auch nur … in seinem Kopf gehört?

Er unterdrückte ein Schaudern und befahl, die Panther auf das verbliebene Schiff der Drehhu zuzusteuern. Es war weiter entfernt, doch es hielt ebenfalls auf sie zu. Vielleicht wollte es aber auch an ihnen vorbei aufs offene Meer hinaus.

Der gelbe Nebel streckte sich weiter übers Wasser hinweg aus, und Flammen und Rauch stiegen von ihrem Angreifer auf.

Elpis stellte sich wieder mit beiden Füßen aufs Deck. Goldene Tränen quollen ihr aus den Augenwinkeln. Sie öffnete den Mund, als wollte sie sprechen, aber stattdessen übergab sie sich, und eine gelbe Sturzflut ergoss sich vor ihren Füßen.

Sie sah zu ihm auf.

»Oh«, sagte sie.

Und dann brach sie zusammen und sank in die goldene Lache hinab.

Viertes Kapitel

Besucher

»Orra«, begann Veulkh, ließ sich zurück in sein Kissen sinken und streichelte ihre Seite, »erinnerst du dich an Hala?«

»Die Zauberin von Nachtbrimm«, antwortete Ammolit. »Wir haben sie einmal besucht, vor langer Zeit.«

»Ja«, sagte er. »Ich habe gerade erfahren, dass sie tot ist. Sie haben es mir erzählt.«

»Ach«, meinte sie, »das tut mir leid.«

»Nun, sie war immer ein wenig unvorsichtig«, meinte er. »Es war ihr allzu wichtig, Aufmerksamkeit auf sich zu lenken. Sie mochte es, gesehen zu werden.«

»Was ist mit ihr passiert?«

»Das kann ich nicht sagen«, erwiderte er und seufzte, dann richtete er sich auf und streckte die Beine über die Bettkante. »Da fällt mir ein«, fügte er hinzu, »ich hab noch etwas zu erledigen.«

»Bitte, lass mich nicht allein, Liebster.«

Er lächelte, dann aber veränderte sich etwas in seinem Blick. »Machst du dich etwa über mich lustig?«

Sie griff nach seiner Hand. »Niemals würde ich das tun.«

Seine Züge wurden sanfter, doch er stand auf und griff nach einem Morgenrock. »Es wird sicher spät. Du brauchst nicht auf mich zu warten.«

Während Ammolit zusah, wie er den Raum verließ, überlief sie ein warmer Schauder, und ihr Äußeres veränderte sich.

Sie stand schnell auf, ging zum Waschbecken und schrubbte sich am ganzen Körper gründlich ab, im Bemühen, seinen Geruch loszuwerden. Dann schlüpfte sie in ein langes Gewand aus schwarzer Seide und verließ sein Gemach. Es gab keinen Ort, der ihr verhasster war, und jede Sekunde, die sie nicht darin verbringen musste, war ihr kostbar.

Ihr war schon vor langer Zeit der Gedanke gekommen, dass der Wein etwas mit ihrer Verwandlung zu tun haben könnte. Er wurde ihr jeden Abend gereicht, und schon ein klein wenig davon genügte, aber sie konnte alles leichter ertragen, wenn sie viel davon trank. Manchmal, so wie in dieser Nacht, verspürte sie das Bedürfnis, sich hinterher noch ein wenig davon zu genehmigen. Manchmal, wenn sie reichlich trank, erinnerte sie sich am nächsten Tag überhaupt nicht mehr an den vorangegangenen Abend.

Sie ging zum Tisch, schenkte sich ein Glas ein, leerte es gierig und füllte es dann erneut. Sie nahm ein wenig Fleisch von ihrem Essen, das sie bisher nicht angerührt hatte, und hüllte es in eine Stoffserviette. Dann trat sie auf ihren Balkon hinaus.

Veulkh war heute schon am frühen Abend zu ihr gekommen, und es war draußen noch hell. Sie sah sich den Sonnenuntergang an und versuchte, sich auf das Spiel der Farben am Himmel zu konzentrieren, auf den frischen Wind auf ihrem Gesicht und den schwachen Tannenduft der Thujas, die sich in die Felsspalten schmiegten.

Sie hörte das Flattern von Flügeln und sah voller Entzücken, dass ihr Freund, der Rabe, zurück war. Er war einige Tage zuvor erstmals aufgetaucht, und sie hatte es sich zur Gewohnheit gemacht, Küchenreste an ihn zu verfüttern.

Sie nahm das Fleisch aus der Stoffserviette und hielt es ihm hin. Er legte den Kopf schief, krächzte und gab dann ein leises Klappern von sich.

»Du vertraust mir immer noch nicht.« Sie seufzte und legte das Essen neben ihm auf die Balustrade, auf der er gelandet war. Der Rabe wartete, bis sie sich ein wenig entfernt hatte, dann pickte er nach dem Fleisch.

Ammolit beugte sich ein wenig nach vorn, blickte hinab und fragte sich, wie lange wohl ein Sturz hinunter auf den Talboden dauern würde. Sie nahm an, dass sie es würde herausfinden können, indem sie etwas über die Balustrade warf und dann die Sekunden zählte, aber ihr wurde bewusst, dass sie es gar nicht wissen wollte. Trotzdem versuchte sie, sich den Sturz vorzustellen, den Wind, wie er um sie herumwehte, sie ergriff und sie hochhob, sodass sie wie ein Vogel, wie ihr Freund, der Rabe, davonfliegen konnte, weit, weit weg.

Es war vielleicht ihre einzige Fluchtmöglichkeit. Denn ihre Hoffnung, Veulkhs geheimes sterbliches Herz zu finden, es zu vernichten und ihn auf diese Weise zu töten, hatte sie inzwischen aufgegeben. Jahre des Suchens und des Lesens hatten ihr keinerlei neue Hinweise geliefert. Sie zweifelte allmählich daran, dass dieses Herz überhaupt existierte. Veulkh war Hunderte, vielleicht sogar Tausende von Jahren alt. Vielleicht war er wirklich unsterblich.

Im Gegensatz zu ihr.

Sie konnte in den Limbus entfliehen.

Sie hörte hinter sich ein leises Geräusch und drehte sich um, in Erwartung, einen der Diener dort zu sehen.

Er war jung, vielleicht noch jünger als sie, mit einem wilden Schopf kastanienbraunen Haars, nur mühsam von einem Pferdeschwanz gebändigt. Er trug Kleidung aus bestickten Tierhäuten, und in seinem Gürtel steckte eine kleine Axt. Seine Augen waren mandelförmig und die Iris fast schwarz. Sie hatte ihn noch nie gesehen.

Der Rabe flatterte zu ihm hinüber und ließ sich auf seiner Schulter nieder.

»Ich hoffe, du schreist jetzt nicht«, sagte der Junge.

Ammolit wurden zwei Dinge gleichzeitig bewusst. Sie war ziemlich betrunken, und dieser Junge gehörte nicht hierher. Wie der Rabe kam er von außerhalb.

»Warum sollte ich schreien?«

»Vielleicht jage ich dir ja Angst ein«, antwortete er. »Keine Ahnung.«

Ziemlich unvermittelt nahm in ihr ein Gedanke Gestalt an. Sie wusste, dass Veulkh Sicherheitsmaßnahmen getroffen hatte, um zu verhindern, dass irgendjemand Unwillkommenes sein Anwesen betrat. Wie war dieser Junge hierhergekommen? Verfügte er über irgendeine machtvolle Magie, die vielleicht ein rivalisierender Zauberer über ihn gelegt hatte?

»Bist du … bist du hier, um Veulkh zu töten?«, fragte sie.

»Ich kenne niemanden dieses Namens«, erklärte er. »Und was das Töten betrifft … das hängt ganz von der Situation ab.«

»Weshalb bist du dann hier?«

»Ich heiße Bracke«, stellte er sich vor, dann sah er sie einfach nur erwartungsvoll an. Er wollte offensichtlich, dass sie etwas sagte, aber sie kam nicht darauf, was er hören wollte.

Warum hatte er ihr seinen Namen genannt, anstatt ihre Frage zu beantworten?

»Und du bist …?«

»Ach so«, murmelte sie und kam sich dumm vor. »Ich bin …«

Einen schrecklichen Augenblick lang war der einzige Name, der ihr einfiel, Orra. Veulkh hatte sie seit Jahren bei keinem anderen Namen mehr genannt, und sonst sprach niemand je mit ihr. Dann erinnerte sie sich wieder.

»Ammolit«, sagte sie. »Ich bin Ammolit.«

»Der Name gefällt mir. Stammst du von hier, Ammolit?«

Der Klang ihres Namens war ein Klingen wie eine goldene Glocke. Er verschlug ihr den Atem.

»Was ist denn los?«

»Es ist nur … Noch nie hat mich jemand nach meinem Namen gefragt. Es ist lange her, seit ihn jemand auch nur ausgesprochen hat.«

Er grinste und wiederholte den Namen dann: »Ammolit.«

Ihr war schwindelig, und sie musste den Blick von seinen dunklen Augen lösen.

»Ich bin nicht hier geboren worden«, erklärte sie, »aber ich erinnere mich an keinen anderen Ort.«

»Leben deine Eltern hier?«

»Ich habe meine Eltern nie kennengelernt. Veulkh sagt allerdings, meine Mutter habe mich ihm verkauft.«

»Dich verkauft?«

»Ich bin eine Sklavin.«

Einen Moment lang wirkte er ein wenig verwirrt. »Ach«, murmelte er nur und machte eine kurze Pause. »Ich habe meine Mutter und meinen Vater auch nicht gekannt«, erklärte er dann. »Das haben wir gemeinsam.«

»Offensichtlich«, meinte sie und fragte sich, warum so etwas wichtig genug war, um es auszusprechen.

»Dann ist also dieser … dieser Veulkh? Er ist dein Herr?«

»Ja«, sagte sie.

»Und es gibt noch andere Leute hier?«

»Ja. Andere Sklaven und die Raben …«

»Raben?«

»Oh!« Sie lächelte. »Ich meine Männer, nicht Vögel. Seine Wachen. Er nennt sie nur Raben.«

»Ach …«

»Wie bist du hier hereingekommen, Bracke?«, hakte sie nach.

»Ich bin geklettert.«

»Das … erscheint mir unmöglich.«

»Nun, es war mühsam und hat lange gedauert«, gestand er ein.

Sie warf einen Blick die Steilwand hinab und fragte sich, ob er wohl die Wahrheit sagte. Irgendwie war er ja schließlich hier aufgetaucht.

»Warum?«, fragte sie.

»Ich bin auf der Suche nach ein paar Leuten«, berichtete

er. »Nach einer Frau namens Selene, einem Mann namens Martin und anderen Männern in Rüstung und mit Schwertern.«

»Ich kenne diese Namen nicht«, antwortete sie, »aber andererseits kenne ich hier auch nicht alle beim Namen.« Tatsächlich kannte sie kaum irgendjemanden beim Namen, aber es wäre ihr peinlich gewesen, ihm das zu verraten.

»Diese Menschen wären neu hier, erst vor wenigen Tagen eingetroffen.«

»Ich habe niemanden Neues gesehen«, versicherte sie, »aber ich könnte mich ja mal umschauen, wenn du möchtest.«

»Darüber würde ich mich sehr freuen.« Er lächelte sie an. »Weißt du, mir ist noch nie so jemand wie du begegnet.«

»Wie meinst du das?«

»Na ja, das ist eben so. Weißt du denn, woher du kommst?«

»Nein«, bekannte sie. »Veulkh behauptet, mich an einem Ort namens Basilisk gekauft zu haben, aber er hat auch gesagt, dass ich nicht von dort stamme.« Ihr Blick wanderte zu dem Raben hin. »Ist das dein Vogel?«

»Ruß? Er ist niemandes Vogel, aber er hilft mir ab und an. Als Gegenleistung bekommt er gut zu fressen.« Er warf einen Blick auf das Stofftuch in ihrer Hand. »Obwohl es so aussieht, als hätte er eine neue Freundin.«

»Das habe ich auch geglaubt«, antwortete sie. »Aber er hat wohl nur darauf gewartet, dass du hier heraufgeklettert kommst.«

»Ich nehme an, sonst hast du wohl nichts mehr zu essen, oder? Ich hab in letzter Zeit nicht viel gegessen.«

Ammolit musterte ihn einen Moment lang. Sie wusste, dass sie eigentlich nicht mit ihm reden sollte. Es war schwer zu sagen, was Veulkh tun würde, wenn er es erfuhr. Aber sie wollte noch mehr mit ihm sprechen. Viel mehr.

»Bleib hier«, bat sie. »Wenn du irgendjemanden siehst oder hörst, und ich bin es nicht, dann versteck dich.«

Sie hatte Angst, dass er verschwunden war, als sie mit dem Essen zurückkam, aber er war immer noch da und hatte auf sie gewartet.

Zwischen den einzelnen Bissen erzählte er ihr etwas von seinen Reisen und von der Welt draußen. Sie lauschte fasziniert seiner unvertrauten Stimme. So wie er sie ansah, würde er irgendwann genug vom Reden haben, ihr die Kleider vom Leib reißen und sich auf sie legen, wie Veulkh das machte, aber sie hoffte, dass sie ihn noch für ein Weilchen am Reden halten konnte, bevor es so weit war. Also stellte sie ihm jede Frage, die ihr in den Sinn kam, und ein Gedanke nahm in ihr Gestalt an.

Wenn Bracke einen Weg hierherauf kannte, würde er auch den Weg hinunter kennen, und den konnte er ihr zeigen. Und dann …

Sie wusste nicht, was dann. Aber alles würde besser sein als ihr Dasein hier.

Ammolit verriet Bracke diesen Gedanken jedoch nicht, denn in den dunkleren Winkeln ihres Bewusstseins befürchtete sie, dass Bracke eine Art Beschwörungszauber von Veulkh sein könnte, mit dem er ihre Treue auf die Probe stellte. Oder er könnte Veulkh selbst sein, in einer Verkleidung, der sich auf ihre Kosten einen Spaß machte.

Irgendwann gähnte Bracke und hörte auf zu reden, und sie machte sich auf das gefasst, was kommen würde.

»Ich will mir einen Platz zum Schlafen suchen, und morgen treffen wir uns dann wieder hier«, ließ Bracke sie wissen. »Wenn du mich sehen willst, lass Ruß irgendeine Nachricht überbringen.«

Dann verschwand er.

Sie stand noch eine Weile da, allein und verwirrt.

Am nächsten Morgen erwachte sie mit Kopfschmerzen, stellte aber erleichtert fest, dass sie allein im Bett lag. Veulkh war nicht zurückgekommen.

Sie nahm ein Bad, dann zog sie sich an. Sie fühlte sich nun ein wenig besser, und so machte sie sich auf die Suche nach Brackes Freunden. Sie glaubte nicht, dass sie sie finden würde. Veulkh bekam niemals Besuch, zumindest nicht, soweit sie wusste.

Viele Leute nahmen zwar seine Dienste in Anspruch, wie er ihr erzählt hatte, aber die Anfragen – und die Bezahlung – kamen über seine Raben. Freilich gab es vieles, was sie nicht wusste, und Veulkhs Anwesen war riesig, zog sich durch einen Großteil des Berges, sodass sich dort durchaus Besucher aufhalten mochten, ohne dass Ammolit sie zu Gesicht bekam. Er hatte ihr erzählt, dass seine Festung einst wie eine kleine Stadt gewesen sei, mit Hunderten von Sklaven und Dienern, doch das war lange her. Sie hatte den Eindruck, dass die Zahl der Leute in seinen Diensten selbst schon zu ihren Lebzeiten geringer geworden war.

Dann erinnerte sie sich wieder an seine Bemerkung hinsichtlich Halas Tod. Wenn er gerade erst Kunde davon erhalten hatte, musste sie ihm jemand überbracht haben. Es konnte natürlich einer der Raben gewesen sein, keine Frage, aber da war etwas an der Art und Weise gewesen, wie er es ausgedrückt hatte – er hatte die Überbringer der Nachricht vage als »sie« bezeichnet, Mehrzahl. Normalerweise drückte er sich wesentlich konkreter aus. »Kos hat mir mitgeteilt …«

Auf dem Weg durch die alten Flure, in die sich niemand mehr verirrte, passierte sie einen von einem winzigen Lichtstrahl weit, weit über ihr erhellten Innenhof. Ein Gewirr wild wachsender Ranken reckte sich vergeblich der fernen Öffnung entgegen. Ihre Wurzeln hatten die grotesk gemusterten Bodenfliesen zerbrochen. Als sie klein gewesen war, war sie abends oft hergekommen, um zuzusehen, wie die Fledermäuse bei Sonnenuntergang ausschwärmten.

Sie ging weiter, wanderte durch Galerien mit verstaubten Gemälden, Statuen aus Bronze und Marmor und Sammlungen von Glasgegenständen der unterschiedlichsten Art.

Der nächste Saal war leer, ein höhlenartiger Raum, in dem ihre Schritte eine Art Musik aus Echos hervorbrachten.

Allmählich wurde ihr klar, wie sinnlos ihre Suche war.

Veulkh vertraute niemandem. Er glaubte, dass es viele Menschen gab, die ihn ermorden wollten, und schützte sich gut. Er würde keine Besucher in den verlassenen und vergessenen Bereichen seiner Festung unterbringen, sondern sie in seiner Nähe haben wollen, unter seiner Kontrolle, wahrscheinlich irgendwo an einem Ort, zu dem nur er Zugang hatte und den sie niemals würde finden können.

Und dann wusste sie, wohin sie gehen musste.

Sie kehrte in seine Gemächer zurück und traf ihn in seiner Hexerklause. Er tat offenbar nichts, starrte einfach nur ins Leere.

Sie ging wieder nach unten und zog ein Kleid an: ein neues aus feinem dunkelgrünem Brokat mit sieben Knöpfen auf jedem Ärmel und fünfzig vorne. Dann trank sie ein Glas Wein und begab sich wieder zu ihm.

Als er sie sah, runzelte er die Stirn, aber dann spürte sie, wie Orra in sie hineinschlüpfte und sie ausfüllte, und er lächelte.

»Was gibt es, meine Liebe?«, fragte er.

»Ich habe dich vermisst«, antwortete sie. »Du bist gestern Nacht nicht wieder ins Bett gekommen.«

»Nein«, sagte er, »das stimmt wohl.«

»Ist etwas nicht in Ordnung? Kann ich irgendetwas tun?«

Er schüttelte den Kopf.

Sie trat näher. »Ich mag es, dich in deiner Hexerklause zu bewundern«, erklärte sie, »in all deiner Macht.«

»Ich habe überall Macht, wo ich hingehe«, entgegnete er.

»Aber hier bist du die Macht«, betonte sie. »Von hier aus erfüllst du die Herzen von Königinnen mit Furcht. Von hier aus gebietest du den Winden.« Sie legte ihm ihre Hand auf die Wange.

»Wenn du versuchst, mich abzulenken«, sagte er, »dann

machst du deine Sache gut.« Er griff nach ihrer Hand und wollte sie zurück zur Treppe führen.

»Nein«, flüsterte sie ihm ins Ohr. »Hier. In deiner Hexerklause. Lass es uns hier tun.«

Ein wildes Licht trat in seine Augen, und er zog sie an sich, grober als gewöhnlich.

Der Stein war hart unter ihrem Rücken, bisweilen so sehr, dass sie ihre Schmerzensschreie als ein geheucheltes Stöhnen der Lust tarnen musste. Aber es war viel schneller als sonst vorbei, und dann lag er keuchend über ihr, einen unvertrauten Ausdruck in den Augen.

»Orra«, stöhnte er, »wenn es doch nur …« Er brach ab, und für einen Moment war sein Blick völlig leer, dann richteten sich seine Augen mit schrecklicher Intensität auf sie. »Ich kann nicht ohne dich leben«, bekannte er.

In diesem Moment kam es ihr so vor, als redete er nicht mehr mit Orra, sondern mit ihr, und vor ihrem nächsten Atemzug verspürte Ammolit eine Sehnsucht in sich, die sie nicht benennen konnte und die ihr völlig unbekannt war.

»Das wirst du auch niemals müssen«, antwortete sie und versuchte, zuversichtlich zu klingen, so wie Orra. »Ich werde immer dein sein.«

Er erschauderte, dann stemmte er sich von ihr hoch, stand auf, kehrte ihr den Rücken zu und ging einige Schritte auf und ab. Ammolit erschien es, als wäre der richtige Moment gekommen – und dass er schnell verstreichen würde, wenn sie nicht handelte.

»Geht es um Hala?«, fragte sie. »Haben sie weitere schlimme Neuigkeiten überbracht?«

»Sie sind gekommen, um mich in ihre Dienste zu nehmen«, sagte er leise.

Und da war es heraus. Ihre Brust schnürte sich zusammen, und sie fragte sich, was er tun würde, sobald ihm klar wurde, was er ihr gerade verraten hatte, wie sie ihm erklären sollte, woher sie wusste, dass er Besuch hatte.

Jetzt war nicht der richtige Zeitpunkt, um zu zaudern.

»Du bist, was du bist«, sprach sie. »Kaiser werfen dir Gold zu Füßen. Lass sie um das betteln, was sie von dir wollen. Lass sie vor dir im Staub kriechen. Das würde ich gerne sehen.«

Er musterte sie einen Moment lang.

»Meinst du etwa, ich fürchte mich vor ihnen?«, fragte er missmutig, ja, zornig. »Ist es das, was du glaubst?«

»Nein«, antwortete sie hastig.

»Zieh dich an!«, trug er ihr auf.

Er sah ihr beim Ankleiden zu und schlüpfte dann in sein eigenes Gewand. Anschließend griff er nach ihrer Hand und führte sie durch die Hexerklause hin zu jener größeren Tür, die immer verschlossen war. Er legte die Hand darauf, und sie sah, wie sich alle Muskeln in seinem Arm anspannten. Es schien, als stemmte er sich gegen den kompakten Stein. Seine Züge verschwammen, und ein Kribbeln überzog ihre nackte Haut. Seine Atmung wurde krampfhaft, und die Adern an seinen Schläfen und auf seiner Stirn traten hervor.

Dann öffnete sich die Tür mit einem leisen Klacken und schwang weit auf.

Dahinter lag eine weitere große Halle. Er führte sie an Räumen vorbei, in denen sich Säcke mit Getreide, Salz, Gewürzen, konserviertem Fleisch und Stoff türmten. Ihr war noch nie in den Sinn gekommen, sich zu fragen, woher ihr Essen und ihre Kleider kamen, und die Antwort blieb ihr auch weiterhin verwehrt, denn diese Dinge wurden hier nur gelagert. Woher sie stammten und auf welchem Weg sie hierher gelangten, war nach wie vor ein Rätsel.

Es folgten weitere Lagerräume, voller Schwerter, Speere, Pfeile, Rüstungen und mit Dingen, die sie überhaupt nicht kannte. Hin und wieder zweigten schmalere Gänge von jenem ab, dem sie folgten, aber Veulkh schenkte ihnen keine Beachtung und führte sie direkt zu einer weiteren großen Tür.

Zu beiden Seiten standen steinerne Statuen, jede einzigartig und so ausgerichtet, dass sie alle Näherkommenden im Blick hatte. Es waren insgesamt vier solche Statuen. Eine war ganz eindeutig männlichen Geschlechts, der nackte Körper von einem Schuppenmuster überzogen. Die Arme der Figur waren Schlangen, und Hörner ragten ihr aus der Stirn. Dem Mann gegenüber stand eine Frau mit Sternen als Augen und mit den Giftzähnen einer Viper. Die nächste Statue, ebenfalls männlich, schien aus Flammen und Rauch geformt, und die letzte, wiederum eine Frau, erhob sich aus einer Wasserfontäne, und aus ihrer Stirn wuchsen Flügel.

Diese Tür ließ sich mühelos öffnen.

Dahinter lag ein großer Saal mit einem langen, kunstvoll gemusterten Teppich, der zu einem aus irgendeinem dunkelgrünen Stein gemeißelten großen Stuhl führte. Der Stuhl war mit magischen Zeichen und Symbolen überzogen, wie Ammolit sie in Veulkhs Büchern gesehen hatte. Außerdem befanden sich Kos und vier weitere Raben in dem Raum.

Veulkh schritt auf den Thron zu, doch sein Ziel war ein Bildteppich dahinter, der die acht Winde als gefiederte Drachen zeigte. Er hob den Rand des Wandteppichs und legte eine kleine Tür dahinter frei, durch die sie in eine kleine Kammer gelangten, gerade groß genug, dass ein Mensch darin stehen konnte.

»Bleib hier!«, wies er sie an. »Und mach keine Geräusche!«

Sie stand reglos da, während er wieder hinausging und die Tür hinter sich schloss.

Es war dunkel in der Kammer, und da dennoch Licht in den Raum fiel, entdeckte sie rasch ein kleines Guckloch. Sie presste ein Auge dagegen und sah und hörte Veulkh, wie er Kos Anweisungen gab. Der Rabe verschwand, und Veulkh nahm auf seinem Thron Platz. Ammolit konnte nur noch seinen linken Arm sehen.

Nach einer Weile kam Kos mit einem Mann zurück, begleitet von zwei weiteren Raben. Der Mann war nackt, der erste Mensch, den sie je unbekleidet sah, von Veulkh und ihr selbst im Spiegel einmal abgesehen. Er war von ganz ähnlicher Statur wie Veulkh, aber er war irgendwie überall dicker, und sein Körper war über und über von Narben bedeckt, vor allem an Armen und Beinen. Er hatte eine Art Grübchen im Kinn. Er stand hoch erhobenen Hauptes da, und in seinen Augen war keine Angst.

»Lord Veulkh …«, begann der Mann.

»Kniet nieder!«, blaffte Veulkh.

Der Mann legte den Kopf schief, zuckte dann mit den Schultern und sank auf ein Knie.

»Auf beide Knie!«, verlangte Veulkh.

Der Mann gehorchte.

»Sagt mir, warum Ihr hier seid«, herrschte Veulkh ihn an.

»Wie ich Euch gestern bereits erklärt habe, benötigen wir Eure …«

»Warum seid Ihr hier?«, fiel Veulkh dem Fremden ins Wort. »In meinem Haus? Es gibt Möglichkeiten, sich mit mir in Verbindung zu setzen, gängige Wege, sich meine Hilfe zu erbitten. Aber Ihr seid in mein Haus gekommen! Warum?«

»Weil wir«, antwortete der Mann, »diesen Wegen nicht trauen können. Nicht jetzt. Nicht in einer so wichtigen Angelegenheit.«

»Ich entscheide, was wichtig ist«, stellte Veulkh klar. »Nicht die Kryptarchia. Ich!«

»Der Erzmystai war der Überzeugung, das sei die einzige Möglichkeit, sich mit Euch in Verbindung zu setzen, ohne Aufmerksamkeit zu erregen«, erklärte der Mann. »Die Feinde der Kryptarchia sind auch Eure Feinde.«

»Wenn sie es zuvor nicht gewesen sind, so sind sie es jetzt«, versetzte Veulkh. »Wie habt Ihr mich gefunden?«

»Ich weiß nicht, wie sie Euch gefunden haben«, antwortete der Mann, »aber es ist ihnen gelungen, was bedeutet, dass auch andere dazu in der Lage sind. Das wäre sehr ungünstig für Euch, will mir scheinen.«

»Wollt Ihr mir drohen?«

»Lord Veulkh, wie könnte ich Euch drohen? Ich stehe unter Eurer Macht. Ich habe meine Kameraden und mich Euch auf Gnade und Verderben ausgeliefert. Doch ich glaube, dass Ihr ein Mann von Prinzipien seid, ein Mann, der seine Schulden begleicht und seinen Verpflichtungen nachkommt. Erfüllt diese eine Bitte, und die Kryptarchia wird Euch nie wieder behelligen und jedes Wissen um Euren Aufenthaltsort auslöschen.«

Der Mann sprach zwar recht unterwürfig, aber Ammolit wurde klar, dass Veulkh recht hatte – er wurde hier bedroht. Dieser Mann war hergekommen, um zu beweisen, dass Veulkh verwundbar war, und zwischen seinen Worten deutete er an, dass man diese Verwundbarkeit durchaus zu nutzen bereit war.

Veulkh schwieg für einen Moment.

»Was ist das für eine Angelegenheit, deretwegen Ihr mich belästigt?«, hakte er schließlich nach.

»Spricht irgendeiner Eurer Diener Logos?«

»Natürlich nicht«, antwortete Veulkh.

Daraufhin begann der Mann, in einer Sprache zu sprechen, die Ammolit noch nie vernommen hatte, wiewohl ihr nach einem Moment der Gedanke kam, es könnte sich um eine Sprache handeln, die sie vielleicht zu lesen gelernt hatte. Dennoch konnte sie dem merkwürdigen Bittsteller nicht folgen. Er sprach mehrere Minuten lang ohne Unterbrechung, dann verstummte er.

Für eine gefühlte Ewigkeit geschah gar nichts. Dann erhob sich Veulkh von seinem Thron und verließ wortlos den Raum. Die Raben führten den Mann davon, und kurz darauf kam auch einer zu Ammolit und brachte sie zurück in ihre Gemächer.

Fünftes Kapitel

Die Beute

Crespin kniete neben Elpis und tastete nach ihrem Puls. Doch da war keiner, und als er ihr den Handrücken über Mund und Nase legte, war auch ein Atem zu spüren.

»Käpt'n!«, rief Renost.

Crespin schaute auf und blickte über die Wellen hinaus. Das Schiff der Drehhu näherte sich ihnen weiterhin. Es war stark beschädigt, aber nicht zerstört.

Bevor er einen Befehl erteilen konnte, sprachen die Waffen der Drehhu – es war die Feuersprache der Drachen. Der Hauptmast der Panther wurde getroffen, Holz splitterte, und das Segel ging in Flammen auf.

Der Feind ging längsseits, und er war ihnen so nah, dass seine nächste Salve unmöglich ihr Ziel verfehlen konnte. Die Panther verfügte immer noch über Segel, doch Crespin wurde mit einem schnellen Rundumblick klar, dass sie unmöglich so weit abdrehen konnten, dass sich ein fraglos verheerender Angriff noch vermeiden ließ.

Zumindest aber hatten sie den Wind auf ihrer Seite.

»Haltet direkt auf sie zu!«, rief er. »Und Enterhaken bereithalten!«

Während die beiden Schiffe aufeinander zusteuerten, traf die Besatzung der Panther ihre Vorbereitungen. Die Xelonen bildeten mit ihren schweren Schilden einen Wall, hinter dem die Bogenschützen in Stellung gingen.

»Sie hätten uns besser aus der Ferne den Rest gegeben!«, rief Crespin seinen Männern zu. »Sorgen wir dafür, dass sie bereuen, es nicht getan zu haben!«

»Hoi!«, rief Alkaios, und die Männer stimmten mit Gebrüll ein.

»Bogenschützen, sobald ihr so weit seid …«

Auf sein Zeichen hin stieg eine Wolke gefiederter Geschosse in die Luft und flog in einem Bogen auf das feindliche Schiff zu. Fast im selben Moment waren wieder die Waffen der Drehhu zu vernehmen, und diesmal krachte etwas gegen den Rumpf. Etwas an der Art des Treffers, das hohle Dröhnen des Decks unter seinen Füßen, verriet Crespin, dass die Panther tödlich verwundet worden war. Die Drehhu dachten dies wohl ebenfalls, denn sie drehten ab.

»Enterhaken!«, befahl Crespin.

Ihre Quilainen sangen und schleuderten zwei große Metallhaken, die Ketten hinter sich herrissen. Beide durchschlugen die Plankenschutzwände des feindlichen Schiffes. Die Enterhaken hielten, und rasch zogen die Marinier die Ketten fest, drehten mit aller Kraft die Spills und zogen die beiden Schiffe immer näher aneinander.

Sklaven der Drehhu und eine Handvoll ihrer Herren standen drüben an der Reling, viele mit jenen langen Rohren bewaffnet, die nun zu spucken und zu knallen begannen und ihre geheimnisvolle Munition in die Reihen der Xelonen feuerten. Deren schwere Schilde hielten den unsichtbaren Geschossen jedoch erfolgreich stand. Crespins Bogenschützen erwiderten den Beschuss, und viele der ungerüsteten Sklaven brachen zusammen.

Dann hatten die beiden Schiffe einander erreicht.

Für einen Moment starrten beide Seiten einander an, als würde keine von ihnen recht begreifen, wie sehr sich die Situation verändert hatte. Dann widmeten sich die Drehhu hektisch ihren Waffen, vielleicht um sie für die nächste Salve bereitzumachen.

»Für den Kaiser!«, rief Crespin und zog seinen Säbel.

Die Xelonen erhoben sich alle zugleich.

Die Panther lag ein wenig höher im Wasser als das Schiff der Drehhu, und das war ein enormer Vorteil für die Xelonen. Die Lanzenträger stießen ihre Waffen nach unten in die Reihen der Drehhu, und ihre langen Speere bohrten sich in den Feind, während Crespin seine Männer beharrlich antrieb. Es folgte eine neue Salve der Dämonenwaffen, und etwas Heißes streifte Crespins Oberschenkel, aber er beachtete es nicht. Er ließ seinen Säbel über die Köpfe der Xelonen hinwegstreichen, die jetzt niederknieten, um eine Mauer zu bilden.

Die Drehhu und ihre Sklaven ließen von ihren geheimnisvollen Waffen ab und kämpften mit riesigen, hässlich wirkenden Kurzsäbeln. Damit droschen sie eine Lücke in die Linie der Schilde, aber Crespin und Alkaios waren zur Stelle, um sie zu schließen, bis sich die Lanzenträger neu formiert hatten.

Sie drängten weiter vor, einen blutigen Zoll nach dem anderen. Die Drehhu befanden sich in der Minderzahl, aber sie kämpften wie die Teufel, die sie angeblich waren. Wann immer seine Männer eine Luke passierten, schickte Crespin ein paar seiner Kämpfer nach unten, damit der Feind nicht plötzlich hinter ihnen auftauchte. Feuer und Rauch hatten ihnen bereits einen Großteil der Arbeit abgenommen, wie sich herausstellte, aber nach den Kampfgeräuschen zu urteilen, die heraufdrangen, waren noch genug Feinde unter Deck verblieben, gegen die seine Männer verbissen vorgingen.

Das Deck begann sich zur Seite zu neigen, mehr und mehr, da die im Sinken begriffene Panther das Schiff der Drehhu mit sich in die Tiefe zu ziehen drohte.

Crespin nahm Renost beiseite. »Wo ist Hector?«

»Unten. Versucht, die Verwundeten wieder hoch an Deck zu bringen.«

»Schick Männer zu ihm, die ihm dabei helfen. Dann

nimm einige der Bogenschützen und löse die Enterhaken. Stell sicher, dass zuvor alle, die noch dazu in der Lage sind, herübergekommen sind. Das hier ist jetzt unser Schiff, sonst haben wir gleich gar keins mehr. Die Panther ist am Ende.«

Die Drehhu kapitulierten nicht, was, wie Crespin wusste, typisch für sie war. Der Letzte von ihnen starb durch Selbstmord, schlitzte sich selbst die Kehle auf, als Crespins Männer im Begriff standen, ihn zu überwältigen. Einige wenige der Sklaven überlebten und streckten die Waffen. Crespin ließ sie fesseln und unter Deck bringen.

Was immer an diabolischen Gerätschaften das Schiff angetrieben hatte, war zerstört worden, und so waren sie steuerlos den Wellen überlassen. Die Strömung zog sie zusammen mit den Überresten der Panther fort von der Insel Banaraq.

Die Schlacht war vorüber, und was von der Flotte Zamirs übrig war, verschwand bald im Osten hinter dem Horizont. Nicht viel später ging im Westen die Sonne unter, doch bevor es ganz dunkel wurde, machte Crespin die Umrisse eines Schiffes aus, das offenbar gegen den Wind auf sie zukam.

»Sucht etwas Brennbares!«, befahl er. »Wir wollen ein Leuchtfeuer anzünden!«

Im Innern war das Schiff der Drehhu nicht ganz so fremdartig wie von außen. Trotz allem war es schließlich ein Schiff, und die Besatzung brauchte zu essen und Schlafquartiere. Diese Erkenntnis war für Crespin eine gewisse Erleichterung, denn über lange Zeit hinweg hatte er die Drehhu für jenseitige Ungeheuer gehalten, die sich dunkler Künste bedienten. Doch sie waren nicht nur sterblich, sondern in mancher Hinsicht ganz gewöhnlich. Ihre Hängematten waren größer, aber ansonsten genau wie seine eigene.

Es war jedoch nicht alles vertraut. Ein großer Teil des hinteren Schiffsteils beherbergte wahre Teufeleien – Geräte aus Metallrohren und Zahnrädern, mit Formen, für die er keine Worte hatte. Ein großer Zylinder sah aus, als wäre etwas aus seinem Inneren herausgebrochen, vielleicht der Dämon, der das Schiff angetrieben hatte.

Sie fachten das Leuchtfeuer an und versammelten sich auf Deck, während Crespin eine Liste der Toten und der Lebenden erstellte. Die Besatzung der Panther hatte ursprünglich aus vierzig Frauen und Männern bestanden, das militärische Personal und die Strixe eingeschlossen. Dreizehn von ihnen waren noch auf den Beinen, und für weitere fünf tat Hector alles, was er konnte. Und dabei waren sie noch weit weg von Basilisk, vom echten Krieg.

Wie viele weitere Männer und Frauen würden unter seinem Kommando sterben?

Das herannahende Schiff stellte sich als die Prokyon heraus. Ihr Kapitän – ein vergnügter Kerl mit beginnender Glatze namens La Joulier – hieß sie an Bord willkommen und wies seine Männer an, alles an Vorräten, was sie vom Schiff der Drehhu mitnehmen konnten, herüberzuholen und das Schiff dann zu versenken.

»Warum nehmen wir es nicht ins Schlepptau?«, wandte Crespin ein. »Es könnte sich noch anderes Nützliches an Bord befinden als nur Nahrungsmittel.«

Die Strixe der Prokyon, eine zierliche junge Frau mit kurz geschnittenem schwarzem Haar, die bisher nur schweigend in der Nähe gestanden hatte, schüttelte den Kopf. »Es befindet sich nichts auf dem Schiff, was Ihr benutzen dürft. Euer Vertrag mit der Kryptarchia verbietet es.«

»Aber Holz ist Holz, Metall ist Metall,«, gab er zu bedenken. »Wir haben viele Schiffe zu reparieren, die …«

»Nicht damit!«, unterbrach ihn die Strixe. »Es muss hinab in die Tiefe.«

Crespin gab nach, aber es schien ihm dennoch eine Verschwendung. Und die Sache nagte an ihm. Wäre die Anweisung vom Kaiser selbst gekommen, wäre es etwas anderes gewesen. Aber dass sich sogar der Kaiser der Kryptarchia beugte, kam ihm falsch vor.

Natürlich waren die Herrscher von Velesa und Modjal dadurch ebenfalls an die Weisungen der Kryptarchia gebunden, und Crespin fragte sich, wessen Krieg genau er da eigentlich ausfocht.

Sein Vater bedachte ihn mit nicht mehr als einem schwachen Nicken, als Crespin an Bord der Leucothea zurückkehrte, dann drehte er sich wieder um, um mit seinen anderen Offizieren zu sprechen, während er Crespin warten ließ.

Nach einer kurzen Weile winkte ihn der Admiral zu sich. »Komm, trinken wir einen Kaffee.«

Als Crespin ein kleiner Junge gewesen war, hatte er Kaffee mit Sahne und Sirup bevorzugt, aber Sahne hielt sich an Bord eines Schiffes nicht lange, und er hatte gelernt, seinen Kaffee nach der Manier der Marinier zu genießen – kalt, mit einem Schuss Rum, Orangensaft, Gewürznelken und Zimt. Während er hin und wieder daran nippte, erstattete er Bericht. Einige Details dessen, was in Zamir geschehen war, ließ er allerdings aus – etwa wie er Saja kennengelernt hatte.

»Du hattest Glück«, meinte sein Vater. »Was wäre gewesen, hätte es sich bei der Frau um eine Spionin der Drehhu gehandelt? Dann wärst du jetzt ihr Gefangener.«

»Aber sie war keine Spionin der Drehhu, Sir. Hätte sie mich gefangen nehmen wollen, dann …« Er brach ab, die Sache war ihm peinlich.

»Ich verstehe«, sagte sein Vater. »Umso schlimmer. Du hattest wirklich Glück.«

»In dem Punkt pflichte ich dir bei.«

Sein Vater musterte ihn für einen Moment mit gerunzelter Stirn, dann zuckte er mit den Schultern. »Wie auch immer, die Sache wäre für uns viel schlimmer ausgegangen, hätten uns die Piraten und ihre verbündeten Drehhu überrumpelt. Die Warnung, die du uns hast zukommen lassen, kam genau rechtzeitig.«

Crespin hätte es fast den Atem verschlagen. Den Tadel

hatte er erwartet, aber die letzte Äußerung seines Vaters klang fast nach einem Lob, und für einen Moment fiel ihm keine Antwort darauf ein.

»Deine Strategie ist aufgegangen«, sagte er schließlich. »Die Art, wie du die Strixe eingesetzt hast.«

»Ach ja?«, knurrte sein Vater. »Wir haben durch eine gegnerische Streitmacht, die nur einen Bruchteil unserer Größe hatte, siebzehn Schiffe verloren, und viele weitere sind beschädigt. Eines der Drehhu-Schiffe ist zudem entkommen, und es ist recht unwahrscheinlich, dass es abgefangen werden kann, bevor es Basilisk erreicht. Zudem besteht die Möglichkeit, dass sie wie wir über größere Entfernungen hinweg miteinander kommunizieren können. Ihren Hexenmeistern sind unsere Fähigkeiten womöglich längst bekannt, auch wenn sie vielleicht nicht wissen, wie groß die Reichweite unserer Kommunikation ist. Wir könnten sie also noch ein weiteres Mal überraschen.«

»Wie meinst du das?«

»Die Strixe verfügen über unterschiedlich starke Kräfte«, erläuterte der Admiral. »Manche können über eine größere Entfernung hinweg wirken. Ich habe die Schiffe mit den Strixen, die über die größte Reichweite verfügen, absichtlich in der Nachhut untergebracht – mit Ausnahme meiner eigenen.«

Crespin nahm das mit einem gewissen Erschrecken zur Kenntnis. »Du hast die Vorhut geopfert!«

Die Miene seines Vaters veränderte sich nicht. »Das hier ist Krieg, Crespin. Wir tun, was wir tun müssen. Die meisten unserer Vorteile – wenn man es denn überhaupt so nennen kann – haben wir jetzt verloren. Wenn wir in Basilisk eintreffen und sie unsere genaue Reichweite kennen, werden wir für jedes einzelne ihrer Schiffe, das wir versenken, sieben eigene verlieren, vielleicht mehr.« Er machte eine Pause und fügte dann hinzu: »Ich sage dir das nur, weil mir etwas zustoßen könnte. Einige andere wichtige Offiziere werde ich auch ins

Bild setzen. Niemand sonst darf davon erfahren. Hast du das verstanden?«

»Ja, Sir.«

»Gut.« Er beendete die Sache mit einer knappen Handbewegung und wechselte dann das Thema. »Einige unserer Schiffe müssen dringend repariert werden, und zwar mehr als zuvor schon.«

»Die Werft der Drehhu ...«, begann Crespin.

»Ja, daran habe ich auch schon gedacht«, unterbrach ihn der Admiral. »Doch die Kryptarchia hat klargemacht, dass wir uns ihr nicht nähern dürfen. Wir müssen Zamir sichern.«

»Was weitere Kämpfe bedeutet«, warf Crespin ein.

»Vielleicht nicht«, antwortete sein Vater. »Als die Kunde von unserem Sieg die Stadt erreichte, ist der Schleier – vielmehr wohl der falsche Schleier – offenbar geflohen. Jedenfalls hat in der Stadt niemand mehr das Sagen, soweit ich erfahren habe, und keiner dort ist mehr auf einen Kampf aus. Hinzu kommt, dass sie an uns verdienen können. Aber wir müssen dort irgendeine Art von Ordnung herstellen.« Er lehnte sich auf seinem Stuhl zurück. »Sieh zu, dass du diese Frau findest, diese Spionin aus Modjal. Vielleicht kann sie helfen, eine Art von Stadtrat einzurichten.«

Einige Stunden später legten sie an. Crespin ging zusammen mit Renost und einem Trupp von Xelonen an Land, um sich auf die Suche nach Saja zu machen. Seine Nachforschungen blieben allerdings erfolglos, und er machte sich zunehmend Sorgen, dass Kols Männer sie gefangen genommen oder ermordet haben könnten.

Sein Vater hatte hinsichtlich der Zamirer recht gehabt – sie schienen jedes Interesse am Kampf verloren zu haben. Die Reparaturen der beschädigten Schiffe, darunter die Leucothea, wurden sehr schnell in Angriff genommen.

Am nächsten Morgen stand Crespin vor Anbruch der Dämmerung auf. Wie er gehofft hatte, traf er Kalliope am

Deck der Leucothea an. Sie stand an der Reling, den Blick nach Osten gerichtet, wo es nun allmählich lichter wurde.

»Guten Morgen«, grüßte sie, als sie ihn bemerkte. Das Licht war immer noch ziemlich schwach, aber es sah aus, als wären einige Strähnen ihres Haares golden geworden, so wie es auch bei Elpis gewesen war. Allerdings waren es bei Kalliope nicht annähernd so viele, und vielleicht spielte ihm auch nur das Morgenlicht einen Streich.

»Ich hoffe, Ihr seid wohlauf«, bemerkte er.

»Einigermaßen.« Aber sie wirkte sehr müde und sprach mit leicht verwaschener Stimme, und selbst aus einigen Schritten Entfernung roch er Rum.

»Tut es weh?«, erkundigte er sich. Er dachte an Elpis, die halb in der Luft gehangen und irgendwie nicht wirklich anwesend gewirkt hatte.

Sie antwortete nicht sogleich.

»Ich habe von Elpis auf der Panther gehört«, sagte sie schließlich.

»Ja«, erwiderte er. »Ich war dabei, als sie starb.« Er blickte betrübt zu Boden. »Ich würde gern wissen, was da passiert ist. Was hat sie umgebracht?«

»Hat sie geschrien oder laut geweint? Schien sie Schmerzen zu haben?«

»Nein«, antwortete er.

Sie sah ihn direkt an, und ihm fielen wieder die goldenen Einsprengsel in ihren Augen auf.

»Es tut nicht weh«, sagte sie schließlich mit leiser Stimme. »Es … Nein, es tut nicht weh. Aber wenn es aufhört, dann …« Tränen liefen ihr mit einem Mal übers Gesicht, und sie zitterte.

Ohne auch nur einen Moment lang darüber nachzudenken, nahm er sie in die Arme. Sie schien an seiner Brust dahinzuschmelzen, und sie kam ihm plötzlich ganz winzig vor.

»Ist schon gut«, raunte er, ohne zu wissen, was er damit eigentlich meinte. Er drehte ihren Kopf und wischte ihr die

Tränen vom Gesicht. Der Rum in ihrem Atem war wie Parfüm, und er küsste sie.

Für einen kurzen Moment ging sie auf seinen Kuss ein, dann aber stieß sie ihn von sich.

»Nein!«, versetzte sie und eilte unter Deck.

Das Wetter an diesem Abend war angenehm, also spannte Crespin nach seiner Wache seine Hängematte auf Deck auf, in einer Ecke hinten am Heck. Die Männer ließen ihn in Ruhe.

Er war unermesslich müde, aber der Schlaf wollte sich einfach nicht einstellen. Die Schlacht beschäftigte ihn weiterhin, genau wie die Erinnerung an Elpis und an den seltsamen leisen Laut, den sie im Sterben von sich gegeben hatte.

Und er dachte daran, wie töricht er sich Kalliope gegenüber verhalten hatte.

Er trank eine ordentliche Menge Rum, aber das schien es nur noch schlimmer zu machen.

Einige der Sterne hörten auf zu leuchten, und ihm wurde bewusst, dass, ohne dass er es bemerkt hatte, jemand herbeigekommen war und nun über ihm stand.

»Ich habe gehört, du hast nach mir gesucht.«

Er kannte die Stimme.

»Saja«, sagte er.

»Dein Freund Hector hat mir verraten, wo ich dich finden würde.«

»Die Sache hätte bis zum Morgen warten können.«

»Vielleicht«, erwiderte sie, »aber für das, was mir vorschwebt, ist jetzt gleich ideal.«

Sie beugte sich zu ihm herab, und ihre Lippen fanden die seinen. Dieser erste Kuss dauerte ein Weilchen, und Crespin musste feststellen, dass er – seiner inneren Beklommenheit zum Trotz – durchaus ein wenig Begeisterung empfand.

Dann aber kam ihm ein unangenehmer Gedanke, und er sagte: »Das ist nicht notwendig.«

»Nein«, räumte sie ein, »aber wenn du einfach den Mund hältst und mir ein wenig Platz machst, könnte es schön werden.«

Es war in der Tat schön, und anschließend fand er endlich Schlaf.

Am nächsten Tag wachte er eng mit Saja umschlungen in der Hängematte auf. Seine Decke war über sie beide gezogen, dennoch blickte er sich ein wenig verlegen um.

Kalliope stand ein paar Meter entfernt an der Reling und schaute übers Wasser. Er betrachtete ihr Gesicht im Profil und fragte sich, was er sagen sollte, da drehte sie ihm mit einer langsamen Bewegung den Rücken zu und ging davon.

Sechstes Kapitel

Die Übereinkunft

Ein Stück über dem Balkon fand Bracke einen ausreichend großen Felssims, um darauf zu schlafen. Er wachte auf, als der Himmel gerade grau zu werden begann, und vernahm Geräusche unter sich aus Ammolits Gemach.

Er schlüpfte nach unten und klammerte sich außen an der Balustrade fest, sodass er in den Raum schauen konnte, ohne selbst gesehen zu werden, wenn man nicht auf ihn achtete. Er hatte zwar nur einen kleinen Ausschnitt des Gemachs im Blick, aber kurze Zeit später schritt Ammolit durch sein Gesichtsfeld.

Sie war nackt, was sein Interesse an dem, was sie gerade tun mochte, sogleich verdoppelte. Er rutschte ein kleines Stück weiter, um eine bessere Sicht zu haben, und sah gerade rechtzeitig, wie sie in ein Wasserbecken stieg, um zu baden.

Er überlegte, ob er sich ihr bemerkbar machen sollte, kam aber zu dem Schluss, dass er sie noch eine Zeit lang betrachten sollte. Als sie mit ihrem Bad fertig war und den Raum verließ, schlüpfte er lautlos hinein und stahl sich ins Badezimmer, um von dort aus einen Blick durch den Türspalt in einen Korridor zu werfen, der sich in drei Richtungen verzweigte. Während er wartete und herauszufinden versuchte, welchen Weg sie genommen hatte, tauchte sie wieder auf – zu seinem großen Verdruss nun voll bekleidet – und durchquerte sein Blickfeld von der linken Seite her, um dann nach rechts zu verschwinden.

Er gab ihr ein wenig Zeit, dann folgte er ihr und ließ sich mittels ihres Duftes von Seife und Rosenblättern durch die gewundenen Korridore des Gebäudes führen.

Da sie sich von den Fenstern entfernten, ging er davon aus, dass es ringsum dunkler werden würde, aber dann bemerkte er, dass die Mauern selbst leuchteten, an manchen Stellen nur schwach, an anderen regelrecht strahlend, in den Farben eines dunklen Regenbogens.

Er musste sich mehrmals verstecken, um anderen Bewohnern des Hauses auszuweichen, und verlor dadurch Ammolits Spur. Als sie unerklärlicherweise kehrtmachte, hätte sie ihn fast ertappt.

Sie ging in ihre Gemächer zurück, zog sich um und machte sich erneut auf den Weg.

Während er sie weiterhin beschattete, wurde er Zeuge von etwas, das selbst für seine Maßstäbe seltsam war.

Ammolit veränderte ihre Gestalt!

Sie suchte einen Mann auf, der, wie er annahm, Veulkh war, und begab sich dafür in einen Raum, bei dem es sich wohl um den Unterschlupf des Zauberers handelte.

Der Mann zog sie aus und paarte sich mit ihr, wie Tiere es taten, wenn sie brünstig waren. Als die Sache vorbei war, zogen sie sich wieder an, und der Mann führte sie zu einer großen Tür und öffnete sie mit einiger Anstrengung. Die beiden gingen hindurch und waren nicht mehr zu sehen.

Die Tür aber blieb offen.

Bracke wartete ein Weilchen und grübelte über das nach, was er gerade gesehen hatte. War Ammolit wie Großmutter in der Lage, nach Belieben jede Gestalt anzunehmen? Oder hatte der Hexer sie mit einem seiner Zauber verwandelt? Sie hatte sich erst verändert, als sie sich ihm genähert hatte.

Schließlich machte sich Bracke daran, den Raum zu durchqueren. Nach nur wenigen Schritten spürte er ein Kribbeln auf der Haut. Ihm fiel auf, dass der Boden nach unten ausgewölbt war, genauso wie die Senke am Fuß des Berges. Ähnliches galt für die nach oben gewölbte Decke: Auch bei ihr hatte es ganz den Anschein, als wäre da einst eine riesige Kugel gewesen und dann verschwunden, um einen Hohlraum zu hinterlassen. Er hatte den Eindruck, dass es da irgendeine Art von Verbindung geben musste.

Der Raum war an seinem einen Ende zum Himmel hin offen. Bracke stellte sich Selene und die Übrigen vor, wie sie in eine Art kugelförmige Kutsche stiegen – wie die Seifenblasen der Dorfkinder, nur viel größer –, um dann hier heraufgeweht zu werden.

Er erreichte die Tür, spähte hindurch, ohne jemanden zu sehen, und folgte dem Flur. Nach einer Weile hörte er Schritte und schlüpfte in einen Nebenraum. Als er hinauslugte, sah er zwei Männer, genauso bekleidet wie diejenigen, die Selene und die anderen weggeführt hatten. Martin war bei ihnen, und er war nackt. Sie gingen an Bracke vorbei und durch die Tür am Ende des Gangs.

Statt ihnen zu folgen, beschloss er, weiter nach Selene zu suchen, und schlich sich durch den Flur in die Richtung, aus der die Männer gekommen waren. Schon bald traf er auf eine Tür.

Sie war verschlossen, also kehrte er zurück und schlug diesmal die Richtung ein, in die die Männer mit Martin verschwunden waren. Da hörte er Schritte, die sich ihm näherten, und er schlüpfte in einen anderen Flur.

Der Zauberer ging an ihm vorbei, und einige Momente später folgten ihm Martin und die beiden Männer.

Bracke verharrte noch ein Weilchen lautlos, was sich als sein Glück erwies, denn kurz darauf kam auch Ammolit vorbei, in Gewahrsam von einem der bewaffneten Männer.

Nachdem genug Zeit vergangen war, dass er sich einigermaßen sicher fühlte, ging er in die Richtung, aus der Martin geführt worden war, und fand eine offene Tür vor.

Bracke holte seine Schleuder hervor und legte einen Stein ein, bevor er durch den Saal schritt und danach einen runden Raum erreichte, in dem drei andere Gänge zusammenliefen. Aus einem davon hörte er erneut Schritte und die Stimmen von Männern, daher nahm er einen der beiden anderen Gänge, bog um eine Ecke und blieb stehen, um zu warten.

Er hörte, wie die Tür geschlossen wurde, gefolgt von einem Knirschen.

Das bedeutete wahrscheinlich nichts Gutes.

Er schlich ganz vorsichtig zurück, aber es war niemand mehr da. Doch wie befürchtet war die Tür, die hinausführte, abgeschlossen, daher schlug er den mittleren Gang ein, denjenigen, aus dem die Männer gekommen waren.

Dieser Gang führte in einen großen, gut beleuchteten Raum. Anders als im Rest des Anwesens, wo das Licht aus den Wänden drang, kam es hier von hoch oben, und es schien sich um echtes Sonnenlicht zu handeln, das durch Löcher in der Decke herabfiel. Ein Moosteppich bedeckte den Boden, und hohe, schlanke Bäume mit filigranen Blättern reckten sich dem Licht entgegen.

Rings um den Raum herum erhoben sich Steinblöcke bis an die Höhe seiner Hüfte, durch Zwischenräume von Armesbreite voneinander getrennt. Viele waren leer, aber auf anderen befanden sich Gestalten in Menschenform, eingesponnen in die federförmigen grünen Blätter von Ranken, die vom Boden in die Höhe wuchsen. Einer der menschlichen Körper war nicht völlig verdeckt, und Bracke trat näher heran.

Es war Martin. Seine Augen waren geschlossen, und noch während Bracke hinsah, bewegten sich die Ranken weiter, um sich sanft um ihn zu schlingen.

Etwas streifte seinen Knöchel, und als er sah, dass es sich dabei um eine der Pflanzen handelte, riss er das Bein zurück. Plötzlich verspürte er ein taubes Gefühl in seinem Fuß, und eine tiefe Lethargie erfüllte ihn. Es gelang ihm, einige weitere Schritte wegzutaumeln, bis er wieder auf Stein stand, außer

Reichweite der tastenden Ranken, und die Taubheit und das Verlangen nach Schlaf ließen nach.

Der Zauberer hielt Selene und Martin – zusammen mit den Chevaliers und ihren Dienern – eingesponnen und schlafend hier fest. Bracke konnte sie nicht befreien, ohne selbst gefangen zu werden. Doch die Wachen hatten Martin irgendwie von hier fort- und wieder zurückgebracht, ohne dass der Zauber auch auf sie gewirkt hätte.

Bracke sah sich sorgfältig im Raum um, fand jedoch nichts, was zu erklären vermochte, wie die Wachen das angestellt hatten. Was immer es ermöglicht hatte, sie mussten es mit sich genommen haben. Er grübelte über seine nächsten Schritte nach. Gelang es ihm, die Gefangenen zu wecken, wären sie vielleicht in der Lage, sich einen Weg hinaus freizukämpfen, wenngleich es nicht so aussah, als wären ihre Rüstungen und ihre Waffen zusammen mit ihnen eingesponnen worden.

Martin war nackt gewesen.

Das Gleiche galt wahrscheinlich für Selene …

Bracke wusste immer noch nicht, was hier vor sich ging, und er wollte nicht in diesem Raum überrumpelt werden. Er musste einen anderen Weg nach draußen finden.

Er brauchte nicht lange dazu. Einer der Bäume war bis ganz hinauf zur Decke gewachsen und stieß seine Äste durch die Öffnungen dort oben. Unten am Stamm des Baumes waren zwar Ranken, aber sie schienen die Bäume nicht zu mögen und kletterten nicht an ihnen hinauf. Natürlich war es möglich, dass sich auch die Bäume als gefährlich entpuppten, immerhin war dies hier der Garten eines Zauberers, aber das war ein Risiko, das Bracke bereit war einzugehen.

Nachdem er die Entfernung abgeschätzt hatte, trat er so weit zurück, wie er konnte, um Anlauf zu nehmen – dann rannte er los.

Die Ranken waren zu langsam. Er tanzte zwischen ihnen hindurch, und als sie zu dicht wurden, machte er einen großen Satz hin zum Baum. Er umfasste den Stamm, der ungefähr den Durchmesser seines Oberschenkels hatte. Zu seinem Entsetzen krümmte er sich unter seinem Gewicht und neigte sich alarmierend herab. Wenn der Stamm barst oder sich etwas von der Decke über ihm löste …

Langsam schwang der Baum in eine aufrechte Position zurück.

Eine Ranke berührte Bracke sachte am Knöchel, und er kletterte, so schnell er konnte. Die Äste des Baums hatten sich durch etwas hindurchgekämpft, das, wie er jetzt sah, direkt in den Stein gebohrte Löcher waren. Schlimmer noch, es waren weniger Löcher als vielmehr Schächte, die ungefähr doppelt so lang waren wie er groß.

Und wirklich, wirklich schmal.

Während er im Baum balancierte, zog er seine Hose und sein Hemd aus, wickelte seinen Tomahawk und seine Schleuder hinein und band das Ganze mit seinem Gürtel zusammen. Das andere Ende des Gürtels knotete er sich um den Knöchel. Um durch einen der Schächte zu gelangen, würde er die Schultern verrenken und seine Arme ausgestreckt über den Kopf ausstrecken müssen. Dazu musste er sich zuerst von dem Ast abstoßen, der einer der Öffnungen am nächsten war, und sich dann hindurchwinden und sich mit den Armen nach oben ziehen.

Es gelang ihm, doch seiner Lunge fehlte der Platz, um sich ganz zu füllen, daher ging seine Atmung schnell und flach, und er machte sich zunehmend Sorgen, dass sich der Schacht nach oben hin womöglich verengen könnte.

Ihm brach der Schweiß aus, was den glatten Stein glitschig machte. Das erleichterte es ihm zwar, sich nach oben zu winden, doch zugleich konnte er es nicht wagen, auch nur einen Moment zu pausieren, aus Angst, dass er dann hinunterrutschte. All seine Muskeln mussten stets angespannt sein.

Er hätte nicht sagen können, wie viel Zeit vergangen war, als seine Finger den oberen Rand des Schachts fanden. Es kam ihm so vor, als habe es Jahre gedauert. Die Sache war damit jedoch noch nicht vorbei – er konnte erst dann von seinen Armen Gebrauch machen, wenn seine Ellbogen aus dem Schacht heraus waren.

Bracke kam auf einer Kuppel aus unbehauenem Naturstein hoch oben über dem Tal ans Licht. Die Sonne näherte sich bereits dem westlichen Rand der Welt, was bedeutete, dass er einen großen Teil des Tages damit zugebracht hatte, eine Strecke zurückzulegen, die kaum mehr als das Doppelte seiner eigenen Körperlänge maß. Und warum? Wofür machte er das?

Für Selene? Weil er wollte, dass sie eine gute Meinung von ihm hatte? Was kümmerte ihn das? Warum ging er nicht einfach davon und machte, was immer ihm in den Sinn kam, dann, wenn es ihm in den Sinn kam? Welche Belohnung erwartete er?

Er seufzte, dann stieß er einen Pfiff aus und schnalzte ein paarmal mit der Zunge. Kurz darauf wiederholte er den Ruf.

Ein wenig später tauchte Ruß auf. Er trug einen Fetzen Papier im Schnabel.

Bracke nahm ihm den Zettel ab, starrte für einen Moment darauf und warf ihn dann weg.

»Ich kann nicht lesen«, bekannte Bracke.

Ammolit zuckte beim Klang seiner Stimme zusammen, dann wirbelte sie herum, um ihn anzusehen.

»Ach«, sagte sie, »das wusste ich nicht.« Sie lächelte schwach. »Ich glaube, ich habe einen deiner Freunde gesehen.«

Er hörte wortlos zu, während sie ihm von Martin und seinem Gespräch mit dem Zauberer berichtete. Er glaubte nicht, dass sie log, aber vielleicht ließ sie etwas aus.

»Hat Veulkh dir gesagt, was Martin gewollt hat?« fragte er.

Sie schüttelte den Kopf. »Es ist irgendetwas, das er nicht

tun will. Er ist in seiner Hexerklause.« Sie runzelte leicht die Stirn, als sie das sagte, und konnte ihm nicht recht in die Augen schauen.

Er wollte sie fragen, wie es möglich war, dass sie sich verwandelt hatte, und warum sie es getan hatte, wollte aber noch nicht verraten, dass er ihr gefolgt war. »Weißt du etwas darüber, wie er seine Gefangenen festhält?«

»Nein«, antwortete sie. »Wenn er schon zuvor einmal Gefangene gehabt hat, habe ich jedenfalls nie davon erfahren. Warum glaubst du, dass deine Freunde Gefangene sind?«

»Wegen deiner Beschreibung, wie sie ihn zu diesem Zauberer gebracht haben. Nackt und bewacht.«

»Veulkh ist vorsichtig«, erklärte sie. »Er hat Feinde, und Kleider können Waffen verbergen.«

Martins Hände waren seine Waffen. Warum hatte er sie nicht eingesetzt? Bracke wurde bewusst, dass er nicht viel über Zauberer wusste, nicht verstand, was sie zu den Dingen trieb, die sie taten.

»Dein Freund machte nicht den Eindruck, als wäre er besorgt«, fügte Ammolit hinzu. »Er wirke vielmehr sogar ziemlich selbstbewusst.«

»Ja, so ist Martin.«

Darauf antwortete sie nicht, sondern stand einfach nur da und sah ihn an.

Ihre Augen waren blass, fast weiß. Er erinnerte sich an den flüchtigen Blick, den er auf ihren nackten Leib erhascht hatte, und dann dachte er an seine erheblich längere Betrachtung der Frau, in die sie sich verwandelt hatte. Er fragte sich, was wohl passierte, wenn er sie küssen würde. Ihr Gesicht schien ihm auf einmal das Einzige auf der Welt zu sein.

Er machte Anstalten, auf sie zuzugehen.

Sie kam ihm zuvor. Ihre Lippen berührten seine, ganz sachte zuerst, dann erfüllt von hungriger Leidenschaft. Er zog sie an sich und spürte ihre Wärme. Ihre Küsse bewegten sich zu seinem Ohr, seiner Halsbeuge. Leste hatte ihn nie auf diese Weise geküsst. Sie war genauso unbeholfen gewesen wie er. Ammolit war nicht unbeholfen. Sie trieb ihn in den Wahnsinn, und es gefiel ihm sehr.

Gerade als er schon glaubte, er könne es keine Sekunde länger ertragen, löste sie sich von ihm.

»Ich muss nach Veulkh sehen«, sagte sie. »Mich davon überzeugen, dass er immer noch in der Hexerklause ist. Dann können wir uns vielleicht an einem meiner geheimen Orte verstecken.«

Er nickte atemlos, und seine Beine waren ganz weich. Dann war sie fort.

Bracke war draußen auf dem Balkon, sah in die letzten Strahlen des Sonnenuntergangs hinaus, und fragte sich gerade, wo sie blieb, als er hinter sich etwas wahrnahm. Schnell drehte er sich um.

Da stand Veulkh.

Bracke setzte dazu an, zu dem Sims über sich hinaufspringen, aber seine Füße verließen gar nicht erst den Boden. Es war, als wären sie zu Stein geworden, Teil des Balkons selbst.

Er löste die Schleuder vom Handgelenk, griff schnell nach einem seiner Steine, aber plötzlich bekam er keine Luft mehr. Zwar hob und senkte sich seine Brust, doch kein Atem gelangte in seine Lunge, und er hatte ein Gefühl, als wäre sein ganzer Körper von irgendetwas gestochen worden.

Schwarze Punkte tanzten vor seinen Augen.

Dann war da nichts mehr.

Als er erwachte, lag er flach auf dem Rücken in der Hexerklause, nackt, außerstande, sich zu bewegen. Veulkh schritt in seinem Blickfeld auf und ab.

»Du hast ungebeten mein Haus betreten«, begann der Zauberer zu sprechen. Er klang jedoch nicht zornig. »Warum?«

Würde der Zauberer es bemerken, wenn er log? Was hatte

das Mädchen ihm erzählt? Und was konnte er selbst sagen? Dass er drei Tage damit zugebracht hatte, einen Berg hinaufzuklettern – nur so zum Spaß?

»Ich habe nach ein paar Freunden von mir gesucht.«

»Beschreibe mir diese Freunde.«

Bracke tat wie geheißen, und Veulkh setzte sein Verhör fort – wollte alles über Martin, Selene, die Chevaliers und ihre Reise zu diesem Berg wissen.

»Warum warst du nicht bei Ihnen, als meine Männer sie hergebracht haben?«

»Meine Aufgabe war es, sie zum Berg zu führen«, antwortete er, »und nicht weiter.«

»Und doch bist du weitergegangen. Und hast dafür erhebliche Mühen auf dich genommen.«

»Ich habe ein Geräusch gehört, das wie Donner klang. Die Spuren der anderen führten bis zu einem bestimmten Ort und waren dann plötzlich verschwunden. Das hat mich neugierig gemacht.«

Veulkh nickte. »Wie geht es ihr?«, erkundigte er sich.

»Ich weiß nicht, von wem Ihr sprecht.«

»Von Elmekije«, sagte er. »Wie geht es ihr? Hatte sie eine Nachricht für mich?«

Ein kleiner Ruck durchfuhr Bracke. Das war der Name, den Martin für Großmutter gebraucht hatte.

»Ja«, log er. »Sie möchte, dass Ihr weder mir noch meinen Gefährten ein Leid antut.«

»Also nein«, schloss Veulkh aus seiner Antwort. »Daher nehme ich an, du bist die Nachricht.« Er beugte sich dicht an ihn heran. »Du bist auf meinem Balkon gewesen«, fuhr er fort. »Hast du noch jemand anders als mich gesehen?«

»Nein.« Vielleicht hatte Ammolit ihn verraten, aber wenn nicht, wollte er sie nicht in Schwierigkeiten bringen.

Veulkh starrte ihn weiterhin forschend an. Dann trat ein Ausdruck in seine Züge, der wohl Erleichterung war. Also konnte der Zauberer eine Lüge nicht immer erkennen.

Veulkh warf einen Blick zu einem seiner Wachposten. »Holt Martin und Selene. Sorgt dafür, dass sie gewaschen und angezogen sind. Das gilt auch für den hier. Wir wollen gemeinsam im Saal zu Abend essen.«

Bei den meisten der Speisen wusste Bracke nicht recht, worum es sich handelte, aber das war ihm egal. Es gab irgendeine Art von Fleisch in einer süßen Soße und etwas, das möglicherweise eine gebratene Paste aus gemahlenem Fisch war. Dazu eine Suppe, die nach Lauch und Knoblauch roch, aber wie Feuer schmeckte.

Auch die Menschen in Berze stellten mit ihrem Essen allerlei merkwürdige Dinge an, aber das hier ging weit darüber hinaus. Es war, als hätte derjenige, der es gekocht hatte, nicht gewollt, dass es sich überhaupt als etwas Essbares wahrnehmen ließ.

Trotzdem war die Mahlzeit sättigend, und manche Gerichte waren ganz interessant, und der Wein verlieh ihm ein erheblich besseres Gefühl in Bezug auf alles.

Einmal abgesehen von dem Diener, der die Mahlzeit hereinbrachte, befanden sich im Speisesaal nur der Zauberer, Martin, Selene und Bracke. Er fragte sich, wo Ammolit wohl war.

Selene hatte aufrichtig erfreut gewirkt, Bracke zu sehen, aber von der knappen Begrüßung abgesehen hatte niemand viel gesprochen, auch während des Mahls nicht.

Als alle Speisen abgeräumt waren, brachte ein Diener eine Flasche mit einem hellgrünen Inhalt und schenkte jedem von ihnen etwas davon in einen kleinen durchsichtigen Becher. Bracke schnupperte daran. Das Zeug roch nach Kiefernnadeln.

»Das, worum Ihr mich bittet«, begann Veulkh und starrte in sein Trinkgefäß, »ist keine Kleinigkeit.«

»Dessen sind wir uns bewusst«, räumte Selene ein.

»Es ist weniger die spezielle Aufgabe, auch wenn ich verstehe, warum Ihr mich deshalb aufgesucht habt. In diesen liederlichen Zeiten bin ich wahrscheinlich der einzige Verbliebene, der zu ihrer Erfüllung imstande ist. Was mir zu schaffen macht, ist, dass ich dafür reisen muss, was ich nicht gerne tue.«

»Wir werden Euch natürlich begleiten, um Eure Sicherheit zu gewährleisten«, meldete sich Martin zu Wort.

»Meine Raben werden mir das Geleit geben«, erklärte Veulkh. »Was ich von Euch und Euren Männern gesehen habe, empfiehlt Euch nicht gerade als meine Leibwachen.«

»Bei allem Respekt, Lord Veulkh«, warf Selene ein, »wir haben uns Euren Männern freiwillig gefügt, dann habt Ihr uns, sobald wir eingetroffen waren, unserer Sinne beraubt. Das sagt nichts über unsere Fähigkeit aus, Euch zu verteidigen.« Sie machte eine kurze Pause. »Man gab uns den Auftrag, für Eure Sicherheit zu sorgen, Herr.«

»Ich weiß, was Ihr seid«, verkündete Veulkh. »Eure Fähigkeiten sind im Vergleich zu den meinen kaum der Erwähnung wert.«

»Ich habe gar nicht versucht zu verbergen, was ich bin«, versetzte sie, »und meine Fähigkeiten, wie immer Ihr sie auch einschätzen mögt, stehen Euch zur Verfügung.«

»Man reiche der Sonne eine Fackel, damit sie ihren Weg sehen kann«, spottete Veulkh.

Selene Antwort darauf bestand nur aus einem gezwungenen Lächeln.

»Was hat Eure Meinung geändert?«, wollte Martin wissen. »Ihr schient zuerst gegen diese Unternehmung zu sein.«

»Die Angelegenheit ist kompliziert«, antwortete Veulkh, »und es ist gut möglich, dass sie selbst meine Fähigkeiten übersteigt. Aber dann ist ein Junge meinen Berg herauf- und durch ein Fenster hereingeklettert, und dadurch ist mein Einwand nichtig geworden.«

Martin sagte darauf nichts. Er schien nicht zu wissen, worauf der Zauberer mit dieser Bemerkung hinauswollte.

Das Gleiche galt für Bracke. Oder ging es bei der »Unternehmung«, von der die anderen sprachen, um einen Berg, den es zu besteigen galt. Für ihn völlig unerwartet hatten sich alle Blicke auf ihn gerichtet.

»Ihr meint, Ihr braucht Bracke, um die Sache zu bewerkstelligen«, riet Selene.

»Ja«, sagte Veulkh.

»Was ist, wenn ich nicht mitgehen will?«, wandte Bracke ein.

»Bracke«, mahnte ihn Selene, »es ist wichtig.«

»Nicht für mich.«

»Und doch bist du eine Felswand hinaufgeklettert, nachdem wir verschwunden waren, um herauszufinden, wo wir abgeblieben waren.«

»Ich würde Euch immer noch gerne mal nackt sehen.«

Sie schürzte die Lippen, vielleicht als erwöge sie seine Bitte nun ernsthaft.

»Wenn du nicht mitkommst«, ergriff der Zauberer wieder das Wort, »kann die Sache nicht vollbracht werden.« Er sah Martin an. »Die Kryptarchia wird dann davon ausgehen, dass ich mich querstelle und mich Eurem Ansinnen verweigere, nicht wahr?«

»Ja«, antwortete Martin.

»Was dann faktisch bedeutet, dass ich mich im Krieg mit der Kryptarchia befinden würde. In diesem Fall müssen sich meine Interessen wieder allein auf meine Sicherheit richten, und ich werde alles in meiner Macht Stehende tun, dass niemand sonst je diesen Ort findet.«

Warum musste Veulkh nur alles auf die denkbar komplizierteste Weise ausdrücken?, fragte sich Bracke. Der Zauberer war genauso wie das Essen hier. Wer brauchte schon eine Soße, auch noch eine süße, damit ihm Fleisch schmeckte?

»Ihr meint, Ihr werdet uns dann töten«, schloss Bracke.

»Nicht unbedingt«, entgegnete Veulkh, »aber ihr würdet mein Heim nicht mehr verlassen.«

Bracke dachte an die Schlafranken. Das schien ihm nicht viel besser als der Tod.

»Dann komme ich mit«, entschied Bracke. »Aber die beiden ebenfalls.« Er deutete auf Martin und Selene. »Und ich brauche Rose.«

Veulkh wirkte verwirrt.

»Sein Hund«, erklärte Martin. »Ein sehr brauchbares Tier.«

Veulkh saß stirnrunzelnd da, aber schließlich nickte er. »Na schön«, sagte er, »darauf kann ich eingehen. Die zusätzlichen Schwerter könnten sich dort, wo wir hingehen, als nützlich erweisen, und es dürfte ein Vorteil sein, über Sendboten zu verfügen, die nicht irgendwie von früher her mit mir in Verbindung stehen.« Er griff nach seinem Glas und hob es. »O orkos Kryptarchias.«

»O orkos«, wiederholten Martin und Selene.

Dann tranken sie.

Bracke folgte ihrem Beispiel. Das Zeug schmeckte tatsächlich ein wenig wie mit Feuer vermischte Kiefernnadeln.

Siebtes Kapitel

Ophion Magne

Quintent d'Othres sah nicht aus wie eine Schlange. Er hatte ein ausgeprägtes Kinn, eine hübsch geschwungene Nase und hohe Wangenknochen. Sein Gesicht hätte womöglich sogar das Modell für eine Marmorstatue sein können.

Als er den Blick seiner braunen Augen auf Chrysanthe richtete, trat ein freundliches Lächeln auf seine Züge. Er war etwa drei Zentimeter größer als sie.

Wahrscheinlich war er der bestaussehende Mann, der ihr je begegnet war.

Daher vertraute sie ihm nicht im Mindesten.

Die Seereise war die längste, die sie je gemacht hatte. Sie hatte von dem Moment, als sie an Bord gegangen war, bis zu dem, da sie den riesigen Kai von Ophion Magne betrat, ganze dreiundvierzig Tage gedauert. Dreimal hatten sie unterwegs Häfen angelaufen, zuerst den von Chaharam, einer ausgedehnten Stadt voller Türme und Kuppeln, die alle aus dem gleichen sandfarbenen Stein erbaut waren. Die Menschen indes trugen Gewänder, die so leuchtend und bunt waren, dass sie aus der Ferne wie Papageien, Eisvögel oder Regenbogenspötter gewirkt hatten. Und aus der Nähe hatte Chrysanthe sie nicht zu sehen bekommen, da sie das Schiff nicht hatte verlassen dürfen.

Ihre zweite Zwischenstation war die Stadt Drome auf den

Isles des Seismoi. Die Stadt war nichts Besonderes, aber als sie sich den Inseln näherten, schien es, als stünde der Horizont in Flammen, und schwarze Rauchwolken ballten sich hoch oben in der Luft zusammen. Sie musste an ihren Vater und ihren Bruder denken, beide auf dem Weg zu einem viel größeren Gebirgszug von Vulkanen – den Salamandra –, und rief sich vor Augen, in welcher Gefahr sich beide befanden.

Ihr vorletztes Ziel war die Schiffsinsel direkt hinter den Pforten des Atlas gewesen, wo die milchweißen Gebäude übereinanderzuklettern schienen, sodass die Stadt wie ein gigantischer Termitenhügel wirkte. Von da an waren sie in Küstennähe weitergesegelt, vorbei an den großen Städten von Mesogia, die wie Terrakotta aussahen, und dann in das Meer von Ophion, das Cor de la Monde, mit seinen anmutigen pastellfarbenen Städten und Türmen wie aus einer Märchenwelt.

Und schließlich waren sie zur Insel Ophion mit ihrer sagenumwobenen Stadt der hundert Türme gelangt.

Chrysanthe hatte gewusst, das Ophion Magne riesig war. Während der Reise hatte sie wenig mehr zu tun gehabt, als zu lesen, und sie hatte so viele Bücher wie möglich eingepackt, die meisten davon über die Geschichte Ophions und die Wiedereroberungskriege. Doch die Stadt dann mit eigenen Augen zu sehen, im Nebel vor ihr ausgebreitet, war einfach atemberaubend.

Sie legten in einem Hafen an, in dem allein es schon mehr Menschen gab, als sie je an einem einzigen Ort gesehen hatte. Vielleicht hundert Schiffe lagen dort vor Anker, und ein wahrhafter Wald von Masten drängte sich bis an einen riesigen gepflasterten Platz. Gewaltige Lagerhäuser aus zitronenfarbenem Backstein mit steil abfallenden Dächern aus kaffeeschwarzem Schiefer umgaben die andere Seite des Platzes und versperrten ihr die Sicht auf die eigentliche Stadt. Überall sah sie Kaufleute in schrill gemusterten kurzärmligen Jacken, die an der Hüfte eng zusammenliefen und dann gebauscht bis knapp über die Knie herabfielen.

Diese Kaufleute befehligten Arbeiter – wahrscheinlich Sklaven –, die reichlich eintönige Hemden und knielange Hosen in Beige, Braun oder Grau trugen. Hier und da machte sie auch Männer von unklarem Rang aus, die nach der Manier von Modjal oder in den für Velasa typischen Woll- und Samtstoffen gekleidet waren. Und da waren auch Frauen – einige sahen nicht älter aus als dreizehnjährige Mädchen –, die auf eine abstoßende Weise in Gewänder gekleidet waren, die mehr enthüllten als sie verdeckten. Chrysanthe glaubte zu wissen, wozu diese Frauen hier waren, und bei dem Gedanken wurde ihr ein wenig übel.

Wie in allen anderen Häfen, die sie je kennengelernt hatte, stank es auch hier nach Teer und verwesendem Fisch. Es gab keine Soldaten, keine Navioren, keine Schiffe mit militärischen Flaggen. Die waren alle auf hoher See.

»Danesele Nevelon?«, sprach ein Mann sie an. »Ihr müsst es einfach sein. Die Gerüchte von Eurer Schönheit werden Eurem tatsächlichen Aussehen kaum gerecht. Ich bin Quintent d'Othres. Stets zu Euren Diensten. Ich hoffe, wir werden Freunde.«

Sie suchte nach dem Stachel in seinen Worten. Wollte er andeuten, dass es Gerüchte gab, sie sei hässlich, oder dass das Gerede über ihre Schönheit übertrieben sei? Doch sosehr sie sich bemühte, sie konnte nichts Verräterisches in seinem Auftreten entdecken. Vielleicht wollte er wirklich einfach nur freundlich sein.

Dennoch ließ sie die ansteckende Paranoia ihrer Mutter nicht los.

»Ich bin in der Tat Chrysanthe Nevelon«, stellte sie sich vor.

Er war wie für einen Ausritt gekleidet, trug grüne Kniehosen, die in hohen Stiefel endeten, und einen ziemlich schlichten braunen Mantel, der ihm bis an die Knie reichte und am Rücken sowie an den Seiten mit Schlitzen versehen war.

»Es ist mir eine große Freude, Euch kennenzulernen, Danesele. Man hat mich hierhergeschickt, um Euch nach Roselant zu begleiten.«

Chrysanthe trat einen kleinen Schritt zurück. »Es war vereinbart, dass ich bei meinen Cousinen und Cousins in Vaudin wohnen soll.«

Quintent zog ein Papier aus seiner Manteltasche und reichte es ihr. Das Schreiben war mit dem Siegel des Kaisers verschlossen und in einem blumigen Stil verfasst. Die Sprache war nicht leicht zu verstehen, aber der Inhalt der Nachricht war im Wesentlichen, dass ihr der Herr von Roselant für die Dauer ihres Aufenthalts seine Gastfreundschaft erweisen wolle und dass der Kaiser ihm die Erlaubnis dazu gegeben habe.

»Ich kenne diese Leute nicht«, bekannte sie. »Roselant?«

»Nun, ich bin einer von ihnen«, erwiderte er. »Der Herr von Roselant ist mein Onkel.«

Sie starrte wieder auf das Dokument. Ihr Vater hatte das hier nicht geplant, dessen war sie sich sicher. Was bedeutete das?

Trotz all ihrer Vorbehalte konnte sie nichts dagegen unternehmen, oder? Es war niemand da, an den sie sich hätte wenden können, und zudem trug der Brief das Siegel des Kaisers. Ihr blieb nichts anderes übrig, als mit diesem Mann zu gehen, auf der Hut zu sein und nicht den Kopf zu verlieren. Vielleicht fand sich ja ein Weg, Vaudin aufzusuchen, um zu erfahren, was da geschehen war.

»Na dann gut, Sir«, antwortete sie.

Er wedelte mit der Hand, und einige Männer, die ihr zuvor nicht aufgefallen waren, kamen herbei, sammelten ihr Gepäck ein und trugen es zu einer Kutsche mit vier vorgespannten Pferden. Fünf zusätzliche reitfertige Pferde warteten in der Nähe, daneben zwei Männer, die ganz ähnlich gekleidet waren wie Quintent.

»In welchem Teil der Stadt befindet sich Roselant?«, erkundigte sie sich.

»Es liegt nicht in der Stadt«, erklärte Quintent. »Roselant liegt außerhalb auf dem Land, was Euch sicherlich erfreuen wird, etwas mehr als einen Tagesritt von hier entfernt.« Er lächelte. »Das Westtor, das wir passieren müssen, befindet sich ganz in der Nähe, sodass Ihr Euch überhaupt nicht lange in der Stadt aufzuhalten braucht.«

»Aber jetzt habe ich schon mal die ganze weite Reise hierher auf mich genommen«, protestierte sie. Sie würde gar keine Gelegenheit bekommen, ihre Verwandtschaft zu besuchen, um herauszufinden, was hier vor sich gehen mochte, begriff sie. »Ich freue mich schon über einen Monat lang darauf, Ophion Magne zu sehen.«

»Gewiss doch habt Ihr die Stadt bei Eurer Ankunft gesehen«, versetzte er. »Die Aussicht vom äußeren Hafen aus ist sehr gut.«

Nun war sie es, die ihn anlächelte. »Habt Ihr nicht eben die Hoffnung geäußert, wir könnten Freunde werden?«

»Aha, ich verstehe«, meinte er. »Nun ja, wenn es so ist … wir haben es nicht sonderlich eilig. Wenn Ihr die Stadt zu sehen wünscht, kann ich Euch mit Freuden von der Kutsche aus eine Führung geben.«

Sie bogen in eine Straße ein, die zwischen zwei Lagerhäusern hindurchführte, und passierten kurz darauf ein riesiges Tor, das mit widderköpfigen Schlangen und geflügelten Stieren geschmückt war.

Daraufhin befanden sie sich in der eigentlichen Innenstadt, auf der breitesten Straße, die Chrysanthe je gesehen hatte – wenngleich auch diese nicht genug Platz für die gewaltige Zahl an Menschen bot, die hier unterwegs waren. Drei- und vierstöckige Gebäude erhoben sich an ihren Seiten. Vor sich konnte Chrysanthe – durch den Dunst, der die Straßen erfüllte – gerade eben noch die goldene Kuppel einer Basilika ausmachen.

Die Kutsche glich fast schon einem Boot, das versuchte,

in einem Fluss stromaufwärts zu fahren. Die Menschenmenge teilte sich nur widerstrebend vor ihnen. Und was für ein Strom das war! Männer und Frauen in ihrem schönsten Festtagsstaat, andere in Lumpen und Kinder mit braunen Flecken auf Kleidern und Wangen …

Und der Geruch. Er traf sie wie ein Schlag in den Magen, und fast musste sie würgen.

An erster Stelle war da der Gestank von Fäkalien – von Pferden, Hunden und mit Sicherheit auch von Menschen. Als sie den Kopf zum Fenster hinausstreckte und nach unten blickte, sah sie, wie sich die Räder der Kutsche durch etwas gruben, das sie zuerst für Schlamm hielt.

Da war auch der deutliche Gestank von Fäulnis und Verwesung, von madigem Fleisch – und jetzt erkannte sie, dass das, was sie für Nebel gehalten hatte, in Wirklichkeit der beißende Rauch aus Tausenden von Schornsteinen war.

»Es gibt doch nichts Erfrischenderes als eine Fahrt durch die Stadt«, bemerkte Quintent.

Chrysanthe wischte sich über ihre tränenden Augen. »Wie können Menschen nur so leben?«

»Wenn man nur genug Zeit hier verbringt, gewöhnt man sich daran, so sagte man mir. Ich hätte nie gedacht, dass ich diese Theorie einmal selbst auf die Probe würde stellen müssen.«

»Das verstehe ich nicht«, bekannte sie. »Schon bevor die Drehhu diese Stadt eroberten, verfügte Ophion Magne über eine Kanalisation, Aquädukte und alle möglichen anderen Annehmlichkeiten.«

»Nun ja, in den vergangenen zwei Jahrzehnten hat sich die Bevölkerung hier fast verdoppelt, da viele Menschen aus den Kolonien und den ländlichen Gebieten auf der Suche nach Arbeit herzogen. Ihr werdet kaum je einen Sklaven in der Stadt zu sehen bekommen, denn es ist billiger, einen dieser armen Tröpfe einzustellen.«

»Gut, ich verstehe jetzt, wovor Ihr mich zu bewahren versucht habt«, räumte sie ein, »aber ich bin trotzdem froh darüber, die Stadt zu sehen.«

Er wirkte skeptisch. »Habt Ihr irgendein bestimmtes Ziel im Sinn?«

»Ich würde gern Li Jardil del'Empire sehen«, begann sie aufzuzählen, »und natürlich den Palast. Und …«

»Behaltet bitte im Auge«, mahnte Quintent, »dass wir irgendwann unsere Fahrt nach Roselant antreten müssen.«

»Natürlich müssen wir das«, antwortete sie. »Aber müssen wir denn heute schon abreisen?«

»Ich habe keinerlei Absprachen hinsichtlich eines Quartiers getroffen.«

»Vaudin«, sagte sie. »Meine Verwandten werden uns bestimmt mit Freuden bei sich aufnehmen – und wenn ich so weit außerhalb auf dem Land leben soll, sollte ich zumindest zuvor bei ihnen vorbeischauen.«

Er dachte kurz darüber nach.

»Wir wollen ihnen einen Besuch abstatten«, entschied er dann. »Es scheint mir nur recht und billig, schließlich seid Ihr ja davon ausgegangen, dass Ihr bei ihnen wohnen würdet.«

»Danke«, sagte sie. »Vielen Dank.«

»Sind wir jetzt Freunde?«, fragte er.

»Wir befinden uns jedenfalls auf dem Weg dazu.«

Vaudin war ein schmuckes zweistöckiges Haus in der Mitte eines von Mauern umfriedeten Gartens. Es war nicht so prächtig wie das Haus ihres Vaters, aber mit seinem Spitzdach und den Treppengiebeln hatte es seinen ganz eigenen Charme.

Ein Diener empfing die beiden Besucher an der Tür, und schon bald erschien eine Frau von ungefähr vierzig Jahren in einem Hausmantel aus Brokat, um sie zu begrüßen. Chrysanthe erkannte sie.

»Cousine Daphne«, grüßte sie.

Die Frau sah sie mit ausdruckslosem Blick an.

»Erinnerst du dich nicht an mich?«, fragte Chrysanthe. »Von deinem Besuch in Bellschiff?«

Die Brauen der Frau zuckten in die Höhe, und ein Lächeln breitete sich auf ihrem Gesicht aus. »Santh? Die kleine Santh? Da schau mal einer an.« Sie trat vor und umarmte Chrysanthe. Als sie sich wieder von ihr löste, wirkte sie verwirrt. »Man hat uns gesagt, dass du in Roselant einquartiert würdest.«

»Dem ist auch so«, antwortete Chrysanthe, »aber Herr d'Othres war so freundlich, mich zu einem Besuch herzubringen.«

Daphnes Blick huschte an ihr vorbei, dorthin, wo Quintent wartete. Wieder wirkte sie verblüfft. »Dam d'Othres«, sagte sie und machte einen kleinen Knicks. »Entschuldigt bitte, ich hätte es wissen sollen. Kommt doch herein, alle beide, wenn unser Haus nicht gar zu bescheiden ist.«

Chrysanthe sah Quintent nun in einem neuen Licht. Auch wenn es in Mode gekommen war, eine unverheiratete Frau mit »Danesele« anzusprechen, sei sie nun adliger Herkunft oder nicht, traf das Gleiche auf »Dam« und die weibliche Form »Dame« nicht zu, denn diese Titel waren ausschließlich Männern und Frauen von edler Geburt vorbehalten.

»Euer Haus ist recht prächtig«, antwortete er. »Und ich würde mich über Eure Gesellschaft sehr freuen.«

Daphne führte sie in ein Wohnzimmer mit mehreren kleinen Sofas, einer Harfe und verschiedenen Porträts an den Wänden. In einem erkannte sie ein Gemälde des gemeinsamen Urgroßvaters von Daphne und ihr.

Kurz nachdem sie Platz genommen hatten, erschien eine junge Frau ungefähr in Chrysanthes Alter, die ein Tablett mit einer Kaffeekanne, Tassen und irgendeiner Art von Gebäck hereinbrachte. Sie bediente sie, machte einen Knicks und verschwand wieder.

»Ich hoffe, es ist nach eurem Geschmack«, sagte Daphne.

Nach Chrysanthes Geschmack war der Kaffee ein wenig

dünn, und um das wettzumachen, war etwas zu viel Sahne darin. Außerdem wurde er heiß serviert, während sie daran gewöhnt war, ihn im kühlen Brunnenhaus kalt zu trinken – oder, bei seltenen Gelegenheiten, mit Eis. Doch das Gebäck war gut: gewürzt mit Ingwer, Nelken und weißem Pfeffer.

»Es ist ganz wunderbar«, erklärte sie. »Es ist über einen Monat her, seit ich das letzte Mal einen anständigen Kaffee getrunken habe, und der war ganz ohne Sahne.«

»Sehr angenehm«, pflichtete ihr Quintent bei.

»Komm, du musst mir alles erzählen«, drängte Daphne. »Was ist mit deiner Mutter? Geht es ihr gut?«

Chrysanthe versuchte sich ihre Ungeduld nicht anmerken zu lassen und begann zu berichten, was bei ihr zu Hause alles so passiert war, wobei sie sich bemühte, sich eine schlaue Methode auszudenken, um das Gespräch in die von ihr gewünschte Richtung zu lenken. Doch in Quintents Anwesenheit wusste sie nicht, wie das möglich sein sollte, ohne dass er alles mithörte.

Sie brach ab, als ein Mann in den Raum trat. Sein dichtes Haar war völlig weiß geworden, und dazu passend hatte er ein runzliges, aber freundliches Gesicht.

»Sieh mal einer an!«, rief er aus. »Da haben wir sie ja, noch dazu zu einer hübschen Dame herangewachsen! Lass dich von deinem alten Vetter drücken, Chrysanthe.« Er streckte die Arme aus.

Sie erhob sich und trat zu ihm hin.

»Wie schön, dich zu sehen, Vetter Leon«, begrüßte sie den alten Mann, der sie in die Arme schloss, vielleicht eine Spur fester, als ihr lieb war.

»Später«, flüsterte er ihr so leise ins Ohr, dass sie fast zweifelte, ob sie denn richtig gehört hatte. Leon ließ sie los, drehte sich um und verbeugte sich vor Quintent. »Dam d'Othres«, grüßte er, »was für eine Freude und welch schöne Überraschung, dass Ihr Chrysanthe zu einem Besuch zu uns gebracht habt. Als uns die Nachricht von der Planänderung erreicht hat, haben wir schon befürchtet, sie nicht zu sehen.«

»Selbstverständlich könnt Ihr sie in Roselant besuchen«, erwiderte Quintent. »Ja, Ihr müsst es sogar unbedingt.«

»Das ist sehr freundlich von Euch, Herr«, sagte Leon Nevelon. »Vielleicht werde ich auf Euer Angebot zurückkommen, und – das versteht sich ja von selbst – ich hoffe doch sehr, dass Ihr heute Nacht bei uns Quartier nehmen werdet.«

»Ich will mich auf keinen Fall aufdrängen«, antwortete Quintent. »Ich habe Pferde bei mir sowie einige Diener.«

»Sie sind alle herzlich willkommen«, versicherte Leon. »Und es ist alles andere als eine Aufdringlichkeit, es wäre vielmehr ein wahrer Segen.«

»Bitte, ja?«, bettelte Chrysanthe. »Ihr habt ja eingeräumt, dass wir es nicht besonders eilig haben.«

Quintent wirkte ein wenig verunsichert, schließlich aber nickte er. »Wie könnte ich zu einer solchen Gastfreundlichkeit Nein sagen?«

Zur Abendessenszeit war auch der Rest des Haushaltes eingetroffen, darunter Daphnes Bruder, ein junger Mann mit Frau und zwei Kindern, von denen eines noch nicht laufen konnte. Daphnes Mann war verstorben, doch zuvor hatte sie fünf Kinder zur Welt gebracht, von denen zwei inzwischen ihre eigenen Familien hatten. Leons Frau lebte schon lange nicht mehr.

Sie waren alle sehr von Quintent beeindruckt und von Chrysanthe kaum minder – wahrscheinlich färbte die hohe Meinung, die sie von ihm hatten, auf sie ab. Er seinerseits war höflich und respektvoll, auch wenn sie keinen Zweifel hatte, dass alle Anwesenden, sie selbst eingeschlossen, gesellschaftlich weit unter ihm standen.

Das Essen war, wie zuvor schon der Kaffee, ein wenig fade. Es wurde in mehreren Gängen serviert – einer Fasanenleberterrine folgte gekochtes Rindfleisch in einer Soße, die mehr Ingwer und Pfeffer hätte vertragen können sowie jede Menge Kardamom. Die grüne Soße für den Fisch war eine Spur besser, mit viel Knoblauch und scharf auf der Zunge. Als Nächstes kam gebratenes Kalbsbries auf den Tisch, gefolgt von einem Zichoriensalat und – zum Abschluss – einem würzigen Weichkäse mit etwas, das wie Brombeeren aussah, nur dass die Früchte rot, rosa und hellgelb waren statt rotschwarz. Dazu wurde ein süßer Wein gereicht, der nach Honig schmeckte.

Überhaupt war der Wein hervorragend, was eine Art rosigen Glanz über den Abend warf. Es kam Chrysanthe vor, als wäre ein ganzes Jahr und nicht nur anderthalb Monate vergangen, seit sie das letzte Mal mit ihrer Familie auf der Terrasse gesessen hatte. Das hier war ein Erlebnis anderer Art, aber es war ein geselliges Beisammensein, und es war schön.

Später, auf ihrem Zimmer, war sie weniger begeistert. Draußen vor ihrem Fenster war Ophion Magne schwarz, eine so vollkommene Abwesenheit von Licht, wie sie sie noch nie erlebt hatte. Nicht einmal die Sterne waren zu sehen. Kein Windhauch ging, kein Trällern von Nachtvögeln war zu hören, kein leises Schnaufen der Nilpferde im Fluss.

Stattdessen vernahm sie Bruchstücke von Gesprächen, Hufgeklapper, Hundegeheul und einen fernen Schrei, der noch lange, nachdem das Geräusch verstummt war, in ihrem Kopf widerhallte. Es war, als wäre sie im tiefsten Kreis der Hölle gelandet, umringt von den Seelen der Verdammten.

Sie versuchte sich abzulenken, indem sie einige Zeilen über den vergangenen Tag niederschrieb, aber das beschäftigte sie nicht lange, da sie auf der Reise fast ihre gesamten Papiervorräte aufgebraucht hatte. Wie immer schrieb sie in der »Geheimsprache«, dem Code, den sich Crespin und sie als Kinder ausgedacht hatten. Es war eine Angewohnheit, der sie niemals entwachsen war, wenn sie etwas für sich selbst aufschrieb.

Als das Papier bis zum Rand vollgekritzelt war, legte sie es zum Trocknen beiseite.

Sie blickte zur Kerze am Bett und fragte sich gerade, ob sie wohl den Mut aufbringen würde, sie zu löschen, als jemand leise an ihre Tür klopfte. Sie schlüpfte in ihren Morgenrock und zog die Tür einen Spaltbreit auf.

Es war die junge Frau, die ihr nach ihrer Ankunft den Kaffee gebracht hatte. Ihr Haar wurde immer noch von einem schwarzen Schal zusammengehalten, und sie trug auch immer noch ihre schwarz-graue Uniform – aber alles wirkte nicht sehr ordentlich, als hätte sie es sich hastig übergeworfen. Sie hielt eine Kerze in der Hand. »Ihr sollt bitte mit mir kommen, Danesele.«

»Wohin?«

»Jemand möchte mit Euch reden.«

Jemand. Das Mädchen war eine Dienerin. Wenn es Leon war, der nach ihr schickte, warum nannte sie dann nicht einfach seinen Namen oder sprach von ihrem »Herrn«? Was jedoch war, wenn es sich gar nicht um ihren Vetter handelte? Was, wenn es Quintent war? Er hatte nur allzu schnell in ihre Wünsche eingewilligt. Was war, wenn er der Ansicht war, ihm stehe dafür irgendeine Art von Belohnung zu?

»Wer will mich denn sprechen?«, hakte sie nach.

»Das darf ich wirklich nicht sagen.«

Es musste einfach Leon sein, und sie durfte sich diese Gelegenheit nicht entgehen lassen. Sollte jene andere Möglichkeit eintreten, so wusste sie sehr gut, wie sie einen unerwünschten Annäherungsversuch abwehren konnte.

Aber dann wurde ihr etwas bewusst.

Ihre Brüder waren nicht hier. Würden ihre Verwandten sie gegen einen hohen Adligen aus Ophion verteidigen?

Chrysanthe begutachtete sich noch einmal und überzeugte sich davon, dass ihr Morgenrock geziemend verschlossen war, dann nahm sie einen breiten Schal, der neben dem Bett gelegen hatte, und zog ihn sich um die Schultern. Solcherart gerüstet folgte sie dem Mädchen, das sie durch die verdunkelten Flure führte, bis sie eine Tür im Ostflügel erreichten. Ihr Puls beschleunigte sich, denn sie waren immer noch im zweiten Stock, auf dem sich überwiegend die Schlafquartiere zu befinden schienen. Vielleicht war ja hier irgendwo ein Salon versteckt oder eine kleine Bibliothek.

Doch das war nicht der Fall. Die Tür öffnete sich in ein Schlafzimmer. Halb auf dem Bett ausgestreckt, halb auf einen Stapel von Kissen gestützt, lag da ein Mann, den sie noch nie gesehen hatte.

Achtes Kapitel

Synapsen

Veulkhs Blick schien auf einen Ort jenseits der Welt gerichtet. Es machte den Eindruck, als würde sein Körper dahinschwinden, als würde er irgendwie weniger wirklich werden.

Die bloße Atmosphäre ließ ein Kribbeln über Brackes Haut rieseln, als wären da Termiten, und einen Moment lang verspürte er etwas Vertrautes, als erinnerte er sich an einen Geruch oder einen Geschmack, aber es war nichts von beidem. Es war vielmehr etwas, das er tiefer in sich wahrnahm, in seinen Nerven und seinem Knochenmark. Und es erinnerte ihn an Großmutter, war ihm aber zugleich recht fremd.

Dann war da ein lautes Klatschen in der Luft, und Bracke hatte ein Gefühl, als würde er von innen nach außen gestülpt. In seinen Ohren knackte es schmerzhaft, und es war wie das Läuten von Glocken, während er inmitten eines Wirbels aus Grün- und Brauntönen auf die Knie sank. Im Bemühen, sich nicht zu übergeben, schloss er die Augen und spürte glatten Stein unter seinen Händen.

Als die Welt um ihn herum aufhörte, sich zu drehen, wusste er, wo er war – in der Senke im Wald, wo Selene und die anderen verschwunden waren.

Und wo er jetzt aufgetaucht war.

Mit Sicherheit war er nicht in einer riesigen Seifenblase heruntergeweht worden. War er geflogen? Wie ein Wurfspieß in die Tiefe geschleudert worden? Aber er erinnerte sich an keinen Sturz. Er war dort gewesen, und jetzt war er hier.

Ein richtig guter Trick.

Außerdem erklärte es, wie Veulkh ohne Straßen oder Treppen an seine Vorräte gelangte. Vielleicht gab es noch einen Ort wie diesen, möglicherweise sehr weit von seinem Berg entfernt. Er sandte seine Raben aus, um herbringen zu lassen, was er brauchte, dann holte er sie auf diese wundersame Weise wieder in seine Felsenfestung, ohne dass eine Spur zurückblieb, der jemand hätte folgen können, kein Hinweis darauf, wo er sich aufhielt.

Bracke rappelte sich auf und machte sich auf die Suche nach Rose.

Veulkh hatte gemeint, sie würden auf Reisen gehen. Wie weit würden sie weggehen? Vielleicht sehr weit. Möglicherweise an einen so fernen Ort, dass er nicht mehr von allein den Weg zurückfinden konnte. Dieser Moment hier und jetzt könnte seine letzte Gelegenheit sein, fortzugehen.

Er wusste, dass er es nicht tun würde.

Er war zu neugierig, und Ammolit ... Er wollte sie noch einmal küssen, noch länger. Er fragte sich, ob sie ihn verraten hatte, ob sie ihm mit ihren Lippen die Sinne genommen und Veulkh dann informiert hatte, wo er ihn finden würde. Doch selbst wenn sie etwas dergleichen getan hatte, selbst wenn Ammolit ihm nicht freundlich gesinnt war ... Ihm behagte der Gedanke nicht, Selene könnte den Tod finden oder bis zum Ende ihres Leben in den Ranken schlafen müssen.

Es dauerte einige Stunden, aber dann fand ihn Rose von sich aus, und gemeinsam kehrten sie dorthin zurück, von wo Bracke aufgebrochen war. Die Hündin knurrte, und sie legte angespannt den Kopf in den Nacken, aber sie folgte ihm hinein in die Senke.

Ammolit starrte auf das leere Bett, als sie ein Knurren aus der Ecke des Raumes hörte. Sie schnappte nach Luft und machte einen Schritt zurück, weil da plötzlich eine Art von Ungeheuer war, eng an Bracke geschmiegt.

»Ammolit?«, flüsterte Bracke und setzte sich auf.

»Was ist das da?«, fragte sie.

»Das ist Rose«, antwortete er. »Eine Freundin.«

»Deshalb hat Veulkh dich also weggeschickt«, begriff sie. »Um ihn zu holen.«

»Sie«, berichtigte Bracke, »aber ja, das stimmt. Und sie tut dir nichts. Sie ist nur für meine Feinde gefährlich.«

Warf er ihr irgendetwas vor? Glaubte er, sie habe ihn verraten?

»Es tut mir leid«, sagte sie. »Ich konnte nichts machen. Er ist auf mich zugekommen und hat mir befohlen, in seinem Zimmer zu bleiben. Ich dachte, du würdest dich verstecken.«

»Das hätte ich wohl tun sollen.« Er grinste leicht verlegen. »Ich war allzu abgelenkt.«

»Es ist heller Tag«, meinte sie, »und er hat schrecklich viel zu tun. Möchtest du, dass ich dich noch einmal ablenke?«

Er musterte sie, immer noch misstrauisch, zögernd. Sie spürte, wie ihr Atem sich beschleunigte. Sie wollte, dass er sie gernhatte, dass er sie gern genug hatte, um ihr bei der Flucht zu helfen, deshalb hatte sie ihn geküsst, und sie hatte gemerkt, dass es ihm gefallen hatte. Für sie war es … seltsam gewesen. Sie hatte bisher immer nur ein einziges Paar Lippen geküsst, nur einen einzigen Körper gekannt. Bracke machte sie neugierig.

»Also?«, murmelte sie.

Er stand auf und nickte.

»Nicht hier«, erwiderte sie. »Einfach sicherheitshalber. Ich kenne einen guten Platz dafür.«

Als sie ihn aus dem Raum führte, stand Rose auf, um ihnen zu folgen.

»Es wäre mir lieber, wenn sie nicht mitkommen würde«, bekannte Ammolit.

Er nickte und sagte etwas in einer Sprache, die sie nicht kannte. Das Tier legte sich wieder auf den Boden.

Es ging alles sehr schnell mit Bracke, und sie hatte Mühe, nicht über seine begeisterte Hingabe und seine aufrichtige, freudvolle Überraschung zu lachen.

»Ich mag es, wie du aussiehst«, ließ Bracke sie anschließend wissen, während sie auf dem Bett in ihrem Kinderzimmer lagen. Für viele Jahre war sie der einzige Mensch gewesen, der hierhergekommen war. Jetzt stand der ganze Flügel verlassen da.

Ammolit schaute an sich hinunter und begriff, dass Bracke von ihr sprach – von ihrem Gesicht, ihrem Körper, nicht von Orras Aussehen. Das war ihr mit Veulkh natürlich nie passiert. Ja, insgeheim hatte sie sich sogar gefragt, ob ihr echter Körper überhaupt tun konnte, was sie gerade miteinander gemacht hatten. Aber es hatte sich alles gleich angefühlt – die Unterschiede waren allein darauf zurückzuführen, dass Bracke ein anderer Mensch war.

Und darauf, dass er sie ansah. Sie fühlte sich plötzlich schüchtern und zog ein Laken über sich.

»Warum tust du das?«, fragte er.

»Es ist nur … ich bin es nicht gewohnt«, erklärte sie. »Es ist ein seltsames Gefühl, so betrachtet zu werden.«

»Aber wir haben gerade …«

»Ich weiß«, unterbrach sie ihn. »Ich kann es nicht erklären.«

»Also gut. Soll ich mich auch bedecken?«

»Nein, das ist nicht notwendig.«

Bracke nickte. Sie dachte einen Moment lang darüber nach.

»Ich mache das immer mit Veulkh«, erklärte sie, »aber er bedient sich seiner Zauberei, damit ich aussehe wie … eine andere. Eine Frau, in die er verliebt gewesen ist. Ich glaube, inzwischen ist sie tot.«

In Brackes Züge trat ein seltsamer Ausdruck.

»Ich bin dir gefolgt«, bekannte er nach einer Weile. »Ich habe dich in seinem Unterschlupf gesehen – seiner Hexerklause.«

»Ach.« Für einen Moment verschlug es ihr die Sprache. Er hatte zugeschaut, er hatte Orra gesehen.

Zum ersten Mal seit Jahren musste sie weinen.

»Das gefällt dir nicht?«, fragte Bracke. »Sie zu sein?« Er wischte ihr sanft die Tränen vom Gesicht.

»Genau.« Sie zuckte mit den Schultern. »Und ich mag ihn nicht. Ich habe sogar schon daran gedacht, mich vom Balkon zu stürzen. Ich habe gerade mit dem Gedanken gespielt, als ich dir das erste Mal begegnet bin, und dann habe ich mir überlegt ...« Ihre Stimme verlor sich.

»Dass ich dich von hier fortbringen würde?«

»Ja.«

Er schwieg für einen Moment. »Hast du mich deshalb geküsst? Ist das der Grund, warum wir ...«

»Zuerst habe ich das geglaubt, ja«, fiel sie ihm ins Wort. »Jetzt bin ich mir nicht mehr so sicher. Veulkh sagt, wir würden auf eine lange Reise gehen. Er sagt, ich müsse während der ganzen Zeit Orra bleiben. Er will nicht sagen, warum.«

»Aber ich habe dich gesehen«, wandte Bracke ein. Er grinste. »Alles von dir.«

»Das darf er nie erfahren«, flehte sie. »Niemals. Sonst sind wir beide in schrecklicher Gefahr.«

Bracke schwieg lange, und ihr wurde plötzlich bewusst, wie gefährlich ihre Situation tatsächlich war. Sie kannte Bracke schließlich überhaupt nicht. Und er hatte irgendeine Art von Übereinkunft mit Veulkh geschlossen. Jetzt befand sie sich völlig in Brackes Hand.

»Ich kann dich nicht auf meinen Rücken nehmen und den Berg hinunterklettern«, stellte er schließlich fest. »Wir werden mit ihnen gehen und so tun müssen, als würden wir einander nicht kennen, bis ich eine gute Möglichkeit finde. Verstehst du?«

Sie nickte und fühlte sich etwas erleichtert.

War es möglich? Würde er es tun?

Konnte er es tun?

»Wie bewegt er Dinge?«, erkundigte sich Bracke. »Ich meine das, was er mit mir gemacht hat.«

»Wovon genau redest du?«

Sie hörte zu, ließ ihn das Geschehene erklären, und begriff, dass all die Jahre der Lektüre von Veulkhs Büchern nicht umsonst gewesen waren.

»Hast du gewusst, dass alle Gewässer der Welt tief unter der Erde miteinander verbunden sind?«, fragte sie ihn schließlich, wartete jedoch seine Antwort nicht ab. »Es gibt keine einzelnen Seen oder Flüsse oder Meere, sondern nur einen einzigen Ozean. Würde man wie ein Fisch unter dem Wasser leben, könnte man überall hinreisen, wohin das Wasser reicht.«

»Das wusste ich nicht, aber es scheint mir durchaus einleuchtend«, entgegnete Bracke, während er sie wie gebannt ansah. »Erzähle weiter.«

»Auch alle Luft ist miteinander verbunden«, fuhr sie fort. »Der Himmel, der Wind, der Atem in deiner Lunge. Vögel reisen durch die Luft. Und dann ist da die Erde, die ihre eigenen Strömungen hat – manche davon kalt und träge, andere schnell und extrem heiß. Ich habe einige seiner Bücher zu diesen Themen gelesen, aber ich verstehe das alles nicht so gut wie er. Ich weiß nur, dass es besondere Orte gibt – und solche Orte können sogar künstlich erschaffen werden –, wo sich diese verborgenen Wege in Luft und Erde oder Wasser kreuzen. Man nennt sie ›Synapsen‹. Einige sind groß, andere klein. Seine Hexerklause ist eine der großen Synapsen – er hat sein Anwesen drum herum gebaut. Die Synapse am Fuß des Berges ist wahrscheinlich kleiner. Er könnte sie sogar eigens dort angelegt haben, für den Fall, dass er jemanden hinunterschicken muss. Bestimmte Zauber ermöglichen es einem, dass man über diese geheimen Wege reisen kann.«

Er verstand ihre Ausführungen nicht so ganz und beschloss, das Thema zu wechseln.

»Weißt du, wohin wir gehen oder aus welchem Grund wir das machen?«

»Nein«, bekannte sie. »Kannst du nicht deine Freunde fragen?«

Er schüttelte den Kopf. »Sie wollen es mir nicht sagen, aber wir brechen morgen auf.« Er griff nach ihrem Laken. »Es könnte lange dauern, bis ich dich das nächste Mal so zu sehen bekomme.«

Sie senkte den Blick und war ein wenig erschrocken über das, was sie da sah.

»Wirklich?«, wunderte sie sich. »Jetzt schon wieder?«

Sein Lächeln wurde noch breiter.

Neuntes Kapitel

Li Baud

»Ah«, sagte der Mann, »da seid Ihr ja.«

Er nahm einen großen Schluck Wein direkt aus einer Flasche und stellte sie auf den Nachttisch neben seinem Bett. Dann musterte er Chrysanthe von Kopf bis Fuß, und als ihre Blicke sich trafen, grinste er.

Sie spürte, wie sie ein Ruck durchlief, und wusste, dass sie errötete. Sein Verlangen war so unverhohlen, so dreist offensichtlich, dass ihr das Atmen schwerfiel.

Er war kein sonderlich gut aussehender Mann, vielleicht zwanzig Jahre älter als sie, und es sah aus, als hätte er den Hauptteil dieser Zeit damit zugebracht, übermäßig zu essen und zu trinken. Der lange Seidenrock war nicht annähernd in der Lage, seinen Schmerbauch zu verbergen, und sein licht werdendes kastanienbraunes Haar war ungepflegt.

Ohne sich die Mühe zu machen, seine Haltung zu korrigieren, drehte er sich auf die Seite und klopfte neben sich auf das Bett. Einen schrecklichen Moment des Unglaubens lang dachte sie schon, er bedeute ihr, dort Platz zu nehmen. Aber das Dienstmädchen ging zu ihm hinüber, setzte sich dort hin und lehnte sich lasziv gegen seine Brust. Er strich ihr übers Haar.

»Bitte«, sagte er, »nehmt Platz.« Er deutete auf das Fußende des Bettes.

Mit immer noch heiß glühendem Gesicht mühte sie sich,

die Fassung zu wahren. »Ich muss darauf bestehen zu erfahren, wer Ihr seid und was Ihr von mir wollt.«

»Klug«, antwortete er. »Vorsichtig und klug. Wenn es Euch beruhigt, meinen Namen zu wissen, könnt Ihr ihn ruhig erfahren. Ich bin Anaxagoras Bonaventure. Aber in vielen Kreisen bin ich besser bekannt als Li Baud.«

Für einen Moment war sie so erstaunt, dass sie kein Wort herausbrachte.

Das hier war Bonaventure? Li Baud, »der Lüsterne«? Das war der Mann, den ausfindig zu machen ihr Vater ihr aufgetragen hatte?

»Ich verkehre nicht in diesen Kreisen, Sir«, unterstrich sie, »noch bin ich mit einer solchen Sprache vertraut.«

»Warum errötet Ihr dann?«, fragte er und drohte ihr mit dem Zeigefinger wie einem unartigen Mädchen. »Und ›diese Kreise‹? Gerade eben habt Ihr sie betreten.« Er griff nach der Weinflasche. »Auch 'nen Schluck?«, bot er ihr an.

»Nein danke.«

Mit einem Schulterzucken reichte er die Flasche dem Mädchen, das in einem langen Zug daraus trank und sie dann Bonaventure zurückgab.

»Ihr seid hier«, hob er an, »um für Euren Vater zu spionieren.«

»Ich bin hier, weil der Kaiser es verlangt«, konterte sie.

»Das stimmt natürlich auch«, räumte Bonaventure ein, »aber es ist nicht jene spezielle Wahrheit, die uns beide betrifft. Nehmt Platz«, wiederholte er.

Chrysanthe war ohnehin schwindlig geworden, daher gehorchte sie, versuchte aber, sich so weit wie möglich von dem alten Wüstling fernzuhalten.

»Euer Vater hat Euch sicherlich nicht in die Einzelheiten eingeweiht«, fuhr er fort. »Das wäre auch unklug gewesen, selbst wenn er über alles Bescheid wüsste, was nicht der Fall ist.«

»Wie kommt es, dass Ihr Euch im Haus meines Vetters

befindet?«, verlangte sie zu erfahren, »und eine seiner Dienerinnen begrapscht?«

Er verdrehte die Augen. »Luce, wessen Dienerin bist du?«

»Nur Eure allein, mon Baud«, antwortete Luce und bedachte Chrysanthe mit der Andeutung eines spitzbübischen Grinsens.

»Was die andere Angelegenheit betrifft«, griff Bonaventure den Faden wieder auf, »ich bin ein Gast Eures Vetters. Als ich vernommen habe, Ihr wäret unerwarteterweise hier, habe ich die Gelegenheit genutzt, dieses Gespräch in meiner Planung ein wenig vorzuziehen. Ursprünglich hatte ich vor, Euch irgendwie in Roselant aufzusuchen.«

»Mein Vater wollte eigentlich, dass ich hier wohne.«

»Stimmt«, antwortete Bonaventure, »aber das Spiel hat eine andere Wendung genommen. Und nur damit Ihr Bescheid wisst, es war mein Vorschlag, dass Ihr in Roselant wohnen solltet.«

Sie gab sich alle Mühe, eine ausdruckslose Miene zu wahren. »Und warum das?«

Er nahm einen weiteren Schluck aus der Flasche. »Habt Ihr gewusst, dass es vor drei Tagen in der Stadt einen nächtlichen Aufstand gegeben hat?«

»Nein«, sagte sie, »das hat mir gegenüber niemand erwähnt.«

»Und es ist auch nicht der erste gewesen«, fuhr er fort. »Es gab gelegentlich kleinere Gruppen von Menschen, die Lagerhäuser und dergleichen angegriffen haben, aber diesmal hat sich die Meute den Palast vorgenommen. Viele haben dabei ihr Leben gelassen, was die Sache nur verschlimmert. Die ganze Stadt ist ein einziger Kessel, der im Begriff steht überzukochen. Und irgendjemand steckt dahinter.«

»Ich habe gesehen, unter welchen Bedingungen die Menschen hier leben«, erwiderte sie. »Wäre das nicht schon Erklärung genug? Wenn Menschen Hunger leiden und im Schmutz leben, kann sie das leicht zu Gewalttaten treiben.«

»Natürlich«, räumte er ein, »aber es gibt reichlich Beweise dafür, dass jemand den leise gärenden Zorn des Pöbels gezielt entfacht und gegen den Kaiser lenkt. Es hat aufwiegelnde Flugblätter und andere Propaganda gegeben. In der Regel machen sie das neue Abenteuer des Kaisers gegen die Drehhu für die Verschlimmerung der Zustände hier in der Hauptstadt verantwortlich.«

»Und ist dem denn so?«

»Nein«, stellte er klar. »Die Hungernden würden mit oder ohne diesen Krieg hungern. Es geht mehr darum, dass der Kaiser den Kontakt zum Volk verloren hat und lieber Abenteuern in fremden Ländern nachgeht, als sich für seine Untertanen einzusetzen und die Zustände hier ein wenig zu verbessern. Und dem stimme ich zu. Um es schlicht und ergreifend zu sagen, der Kaiser ist ein Idiot.«

Chrysanthe war so geschockt, dass er etwas Derartiges sagte, dass ihr dazu nichts einfiel. Statt irgendetwas zu stammeln, schwieg sie lieber.

»Trotz allem«, meinte Bonaventure, »ist er mein Idiot, und die Lage würde sich nicht bessern – für niemanden –, würden die Elanthoi an die Macht kommen.«

Das war nun endlich zumindest ein Name, den sie kannte. Mehrere Kaiser vergangener Zeiten entstammen dieser Familie, und die Elanthoi waren nach wie vor mächtig.

»Ihr glaubt also, dass die Elanthoi hinter alledem stecken?«

»Sie stecken mit Sicherheit dahinter«, bekräftigte er. »Sie begehren den Thron, seit sie ihn vor einem Jahrhundert verloren haben. Aber ich kann es nicht beweisen. Ihr vielleicht schon.« Er sah sie erwartungsvoll an.

Alles an dem Mann stieß sie ab. Schon allein durch seine bloße Anwesenheit fühlte sie sich besudelt. Es schien ihr unmöglich, dass der Kerl vor ihr ein Mensch sein konnte, dem ihr Vater vertraute oder mit dem er auch nur sprechen würde – und als noch empörender empfand sie es, dass niemand sie davor gewarnt hatte, was für ein Mensch er war. Ihrer Ansicht nach konnte Bonaventure genauso gut der Feind sein und beabsichtigen, dass sie sich selbst und die Familie Nevelon zerstörte.

Falls dieser Mann denn überhaupt derjenige war, als der er sich ausgab.

Doch wenn das, was er sagte, der Wahrheit entsprach, würde ihr Vater wollen, dass sie alles in ihrer Macht Stehende tat, um den Kaiser auf seinem Thron zu halten. Auch wenn es der Krieg des Kaisers war, über den Näheres herauszufinden ihr Vater sie ausgeschickt hatte.

»Haben sich die Elanthoi für den Krieg ausgesprochen?«

»Ja«, antwortete er, »aber der eigentliche Impuls ist nicht aus dieser Richtung gekommen. Er kam von der Kryptarchia. Wer sonst könnte die drei Reiche dazu bewegen, im Einklang zu handeln?«

»Begünstigt die Kryptarchia die Elanthoi?«, fragte sie. »Ich dachte, sie wäre über politische Angelegenheiten erhaben.«

Er sah sie eine Sekunde lang mit einem Gesichtsausdruck der reinsten Überraschung an. Dann begann er dröhnend zu lachen. Sie spürte, dass sie erneut errötete.

Er schnappte nach Luft und wischte sich eine Träne aus dem Auge.

»Die Kryptarchia ... über politische Angelegenheiten erhaben?«, wiederholte er schließlich. »Höchstens in dem Sinne, dass sie die Politik direkt unter sich haben. Die Männer und Frauen der Kryptarchia sind durch und durch politische Ränkeschmiede, deren Treuepflichten nur ihnen selbst gelten und nie irgendeinem bestimmten Reich. Was die Kaiser verärgert. Insbesondere der unsere hatte mit den Kryptarchen Meinungsverschiedenheiten in Hülle und Fülle. Also, ja, es könnte gut sein, dass sie die Elanthoi unterstützen, und sei es nur, um einen fügsameren Kaiser auf den Thron zu setzen.«

»Was glaubt Ihr denn, dass ich in Roselant bewirken könnte?«, erkundigte sie sich. »Wie Ihr seht, habe ich nicht die leiseste Ahnung von all diesen verwirrenden, undurchschaubaren Angelegenheiten.«

»Mag sein, aber Ihr habt das Vertrauen Eures Vaters und damit auch das meine. Roselant hat den Kaiser um das Recht gebeten, Euch beherbergen zu dürfen. Ich habe dazu geraten, dieser Bitte stattzugeben, weil ich glaube, dass es Verbündete der Elanthoi und der Kryptarchia unter den Bewohnern von Roselant gibt. Die Elanthoi sind ein gieriger, korrupter Haufen, immer darauf bedacht, sich mit welchen Mitteln auch immer einen Vorteil zu verschaffen. Roselant könnte ebender Ort sein, wo die Fäden zusammenlaufen – und Ihr seid bald genau dort.«

»Mein Vater hat mir geraten, niemandem zu vertrauen.«

»Ein hervorragender Ratschlag«, erwiderte Bonaventure. »Vertrauen hindert einen Menschen daran, klar zu sehen. Ihr müsst jedoch klar sehen können.«

»Und Euch dann berichten, was ich sehe – einem Mann, dem ich nicht vertraue?«

Erneut ein Schulterzucken. »Wenn es an der Zeit ist, werdet Ihr wahrscheinlich herausfinden, was Ihr tun müsst. Oder auch nicht. Bildet Euch nicht ein, dass ich allein auf Euch baue. Ich habe noch andere Werkzeuge zur Verfügung.«

Sie fühlte sich wie benommen – so verblüfft war sie über die absolute Ungebührlichkeit dieses Mannes, dieses Raums, dieser Situation. Es erschien ihr alles völlig unwirklich.

Als sie sah, wie Bonaventures Hand um Luce herumgriff, um ihre Brust zu streicheln, wurde ihr alles endgültig zu viel.

»Ich muss mich verabschieden«, sagte sie. »Ich gehe jetzt.«

»Ihr habt vorläufig auch erst einmal genug erfahren«, fand Bonaventure. »Ich melde mich bei Euch.«

»Luce«, wandte sie sich an die Dienerin, »würdest du mich bitte zurück auf mein Zimmer begleiten?«

»Ich glaube, Danesele, Ihr könnt Euch selbst begleiten«, entgegnete das Mädchen. Dann legte sie den Kopf in den Nacken, damit Bonaventure sie küssen konnte.

Chrysanthe drehte sich eilig um und ergriff die Flucht.

Zehntes Kapitel

Der Palast

Sie hoffte, aufzuwachen und festzustellen, dass alles nur ein Traum gewesen war, aber Chrysanthe konnte gar nicht erst einschlafen und lag ruhelos in ihrem Bett. Schließlich stand sie mit dem ersten Licht des Tages auf und wusch sich mit dem Schwamm und dem sauberen Wasser in dem Becken, das man ihr bereitgestellt hatte. Sie erledigte das schneller als sonst, aus Angst, Bonaventure könne sie irgendwie sehen und ihren Leib mit seinen gierigen Augen schänden.

Sollte sie Leon berichten, was für ein Ungeheuer er in sein Haus gelassen hatte? Dass Luce Bonaventures Spionin in seinem Heim war?

Oder wusste Leon das womöglich bereits?

Wenn ja, war sie mit Sicherheit verloren, denn keiner der Menschen, die sie kannte, war dann das, was er zu sein vorgab. Vielleicht nicht einmal ihr Vater.

Das Frühstück war eine zwanglose Angelegenheit, und die Mitglieder der Familie erschienen nacheinander, sobald sie aufgewacht waren. Ihr graute davor, Bonaventure die Treppe herunterkommen zu sehen, und sie fragte sich, wie sie sich in seiner Anwesenheit verhalten würde. Doch er kam nicht.

Luce hingegen war zur Stelle und sah so sittsam und gepflegt aus wie bei Chrysanthes erster Begegnung mit ihr. Nichts in ihrem Betragen deutete darauf hin, dass sie in der

Nacht zuvor etwas anderes getan hatte, als ruhig und fest zu schlafen, allein in ihrem eigenen Bett.

Leon und Daphne plauderten entspannt miteinander, und keiner von ihnen erwähnte den sogenannten »Li Baud«.

Sie verzichtete darauf, das Thema zur Sprache zu bringen.

Quintent gesellte sich zu ihnen, und sie stellte fest, dass es ihr eine verzweifelte Freude bereitete, ihn zu sehen. Er war der einzige Mensch im Haus, bei dem sie sich ziemlich sicher sein konnte, dass er in keiner direkten Beziehung zu Bonaventure stand. Zudem hatte er sich zuerst gegen ihre Idee gesträubt, ihren Verwandten einen Besuch abzustatten. Natürlich, wenn das, was sie gehört hatte, der Wahrheit entsprach, konnte Quintent durchaus Teil einer Verschwörung sein, den Kaiser zu stürzen. Doch im Moment erschien ihr das verzeihlicher, als an der Situation beteiligt zu sein, in die sie in der Nacht zuvor hineingeraten war.

Quintent unterhielt sich für einen gebührenden Zeitraum höflich mit den Leuten am Tisch, dann verkündete er in einem Ton, als widerstrebte es ihm zutiefst, dass es für sie an der Zeit sei aufzubrechen.

Diesmal erhob Chrysanthe keine Einwände.

Aus der Kutsche heraus sah sie nun die Stadt mit anderen Augen vorbeiziehen. Sie sah die Grüppchen von finster blickenden Männern, die sich vor den Schenken versammelten und mit gedämpften Stimmen schimpften, und ihr entgingen nicht die feindseligen Blicke, die ihr und ihrer Begleitung zugeworfen wurden. Am Tag zuvor hatte sie noch geglaubt, es sei aus Gleichgültigkeit, dass die vielen Menschen auf der Straße ihnen allzu langsam aus dem Weg gingen, nun argwöhnte sie darin eine Form von passivem Widerstand.

»Wohin fahren wir?«, fragte sie.

»Ihr habt gemeint, dass Ihr Euch den Palast ansehen wollt«, antwortete Quintent. »Dazu haben wir noch genügend Zeit.«

»Ja«, erwiderte sie angenehm überrascht. »Danke vielmals.«

Als sie sah, wie sich die berühmte Spiralfestung über den Dächern erhob, hob sich auch ihre Laune ein wenig. Doch dann bogen sie auf den weitläufigen Place del Palais ein, und dort hatte sich eine Menschenmenge versammelt, Männer und einige Frauen in grober Kleidung. Eine kleinere Gruppe von Soldaten mit Piken, Schwertern und Armbrüsten hatte sich zwischen der aufgebrachten Meute und dem Palast postiert. Von lautstarkem Geschrei einmal abgesehen, passierte im Moment nichts weiter.

Dann aber krachte jemand gegen die Kutschentür, streckte die Hand hinein und packte Chrysanthe. Kurz sah sie ein Gesicht voller Verachtung und Zorn, einen Mund, in dem nur noch die Hälfte der Zähne vorhanden war, und borstiges schwarzes Haar. Der Mann schrie irgendetwas, brach aber jäh ab, als einer von Quintents Leuten mit einem Knüppel auf ihn einschlug. Er verschwand außer Sichtweite, und sie saß da, während ihr Herz derart hämmerte, als wollte es ihr aus der Brust springen.

»Ich …«, brachte sie hervor, mehr nicht.

»Das tut mir sehr leid«, sagte Quintent, als die Kutsche stehen blieb. »Ich hätte vorausreiten sollen, um sicherzustellen, dass keine Gefahr für Euch besteht.«

Sie nickte und atmete tief durch.

»Es ist jetzt vielleicht nicht der beste Zeitpunkt für eine Stadtrundfahrt«, meinte Quintent.

»Werden wir erwartet?«, fragte sie.

»Ich habe eine kurze Audienz beim Kaiser arrangiert«, eröffnete er ihr, »aber wir können uns auch bei ihm entschuldigen.«

Sie sah sich nach allen Seiten um. Die von den Wachen zurückgetriebene Menge schien sich zu zerstreuen, und der Platz gewann wieder einen Anschein von Ordnung. Sie dachte an die Worte ihrer Mutter und an den Freibrief, der ihrem

Vater seine Ländereien und seinen Lebensunterhalt zusicherte. Entschuldigte man sich, wenn man eine Verabredung mit dem Kaiser hatte? Konnte so etwas sie und ihre Familie nicht womöglich alles kosten?

Es kam ihr durchaus wahrscheinlich vor.

Sie war beunruhigt, ja, aber sie war kein Kind mehr.

»Nein«, entschied sie. »Es ist alles in Ordnung mit mir. Wir nehmen unseren Termin wahr.«

»Wenn Ihr es so wünschst«, antwortete Quintent. Er nickte dem Kutscher zu, und der Wagen setzte sich wieder in Bewegung.

Der Place del Palais war geräumt worden, und eine Schlange von Kutschen drängte sich vor dem vorderen Tor, aber ihr Gefährt reihte sich nicht dort ein. Stattdessen wies Quintent seinen Fahrer an, seitlich um den Palast herumzufahren.

Nach wenigen Minuten gelangten sie in einen von emsiger Betriebsamkeit erfüllten Bereich, wo sich in einer langen Reihe die größten Ställe befanden, die Chrysanthe je gesehen hatte, außerdem kleine, dicht aneinandergedrängte Wohnungen, bei denen es sich, wie sie vermutete, um Dienstbotenquartiere handelte.

Es war wie ein kleines Dorf für sich, inklusive Verkäufer mit Schubkarren, die die darin befindlichen Waren anpriesen – Meeresfrüchte, Brote, Käse und Obst. Warum sie diesen Weg zum Palast gewählt hatten, war ihr ein Rätsel, aber Chrysanthe beschloss, ihre Fragen für sich zu behalten, um nicht zu erkennen zu geben, wie ahnungslos und mit ihrer Situation überfordert sie war.

Ihr Fahrer überließ Kutsche und Pferde den Stallburschen, und Quintent geleitete Chrysanthe zu einer ramponierten Holztür, durch die man in einen großen, niedrigen, verqualmten Raum gelangte, dessen Ausmaße jedoch so riesig waren, dass sie einen Moment brauchte, um zu erkennen, dass sie sich in einer Küche befanden. Der Qualm kam von mehreren Kohleherden und der Dampf aus gewaltigen Kesseln.

Einige der Dienstboten warfen ihnen aus dem Augenwinkel einen Blick zu, widmeten sich dann aber schnell wieder ihrer Arbeit.

Von der Küche aus gelangten sie in ein Labyrinth aus Fluren, die sie schließlich zu einem Raum führten, in den Licht durch große Deckenfenster hineinfiel. Ein Dutzend junger Männer und Frauen huschte um breite Tische herum, auf denen alle möglichen sagenhaft schönen Stoffe ausgebreitet waren. Es gab auch Regale voller Tuchballen und Ankleidepuppen in halb fertigen Gewändern.

Ein Mann in den mittleren Jahren, der über das nur mit knapper Not geordnete Chaos zu walten schien, blickte bei ihrem Eintritt auf. »Quintent«, grüßte er. »Wie nett von Euch vorbeizukommen.« Sein Blick wanderte schnell zu Chrysanthe hin.

»Maistre Anthién, es ist mir eine große Freude, Euch Chrysanthe Nevelon vorstellen zu dürfen.«

»Diex vos sait, Danesele«, sagte Anthién. »Was machen die Provinzen?«

Chrysanthes Gesicht wurde heiß, und sie strengte sich an, nicht auf ihre Kleidung hinabzuschauen. »Ist das so offensichtlich?«

»Maistre, seid nett«, rügte Quintent.

»Versteht mich nicht falsch«, antwortete Anthién. »Ich bewundere die Mode von … Es ist Mesembria, nicht wahr? Vielleicht die Coste de Sucre?«

Chrysanthe nickte.

»Die Freiheit der Konturen, der ungezügelte Einsatz der Farben, die zeitlose Machart. Ich wünschte, ich wäre selbst so frei. Stattdessen muss ich mich streng an die absurdesten Details einer geist- und freudlosen Abfolge von Schrullen halten. Und daher entschuldige ich mich schon im Voraus.«

»Wofür, Maistre?«, fragte Chrysanthe und versuchte, sich ihre erneue Verwirrung nicht anmerken zu lassen.

»Nun, ich vermute, dass Quintent Euch hergebracht hat, damit ich Euch einkleide.« Er legte den Kopf schräg, dann winkte er eins der Mädchen herbei. »Nimm ihre Maße«, wies er sie an und wandte sich dann wieder ihnen zu. »Ich nehme an, es muss heute noch fertig werden?«

»Bis zu den frühen Nachmittagsstunden«, bestätigte Quintent.

»Natürlich. Da bleibt keine Zeit, um irgendetwas aus dem Nichts zu zaubern, aber ich glaube, ich habe etwas, das bis dahin für sie angepasst werden kann. Ihr könnt wiederkommen, wenn die Uhr eins schlägt.«

»Wenn Ihr so freundlich sein würdet, mich zu begleiten, Danesele?«, bat das Mädchen. Die Kleine war blond und sommersprossig und wahrscheinlich nicht älter als neun.

Sie führte Chrysanthe in einen kleinen Raum mit einem Sofa, einem Tisch mit einer Kerze und einem schmalen Regal voller Bücher. »Ihr müsstet bitte ausziehen, was Ihr tragt«, eröffnete sie ihr.

»Darf ich deinen Namen erfahren?«

»Ich heiße Nicole, Danesele.«

»Danke, Nicole. Darf ich meine Unterwäsche anbehalten?«

»Sicher«, antwortete Nicole.

Chrysanthe zog ihr Kleid aus und wartete, während das Mädchen mit einem Maßband ihre verschiedenen Proportionen bestimmte.

»Wie habt Ihr das hinbekommen, dass Eure Haut von einem solch dunklen Braun ist?«, wollte das Mädchen wissen. »Ich hätte schrecklich gern eine solche Haut. Ist es irgendeine Art von Farbstoff?«

»Ich habe die braune Haut von meinem Vater«, erklärte Chrysanthe, »und der ist sogar noch ein wenig dunkler. Meine Mutter ist fast so hellhäutig wie du.«

»Ihr seid so zur Welt gekommen?«

»Ja.«

»Ach«, murmelte das Mädchen. Sie klang enttäuscht. Einen Moment später war sie mit ihrer Aufgabe fertig und eilte davon.

Es waren noch mindestens drei Stunden bis Mittag. Chrysanthe trat an das Regal und schaute sich die Bücher an. Die meisten waren Liebesromane über Beziehungen am Hof oder auf dem Land und interessierten sie nicht. Dann entdeckte sie die Autobiografie eines Marquis de Priv. Doch nach nur einigen wenigen Seiten der Lektüre wurde ihr klar, dass es sich auch hierbei um ein erfundenes romanhaftes Werk handelte. Der »Marquis« war als Frau geboren worden, sie hatte ihrem Vater jedoch geschworen, als Mann zu leben, mit allen Komplikationen, die das mit sich brachte und von denen die meisten komisch sein sollten.

Das Buch war allerdings durchaus unterhaltsam, daher setzte Chrysanthe ihre Lektüre über den jungen »Mann« und seine Missgeschicke fort. Sie war ziemlich tief in der Geschichte versunken, als die Tür geöffnet wurde und eine weitere junge Frau eintrat.

»Oh«, entfuhr es Chrysanthe. Ihr war nur zu bewusst, dass sie nur ihre Unterwäsche am Leib trug, während die neu in den Raum gekommene Frau in ein Gewand aus leuchtendem Purpurrot gehüllt war, mit mehr Knöpfen am Mieder, als Chrysanthe jemals an einem Ort gesehen hatte. Ein steifer Kragen schmiegte sich eng um ihren Hals. Es sah unbequem aus.

»Ich bitte um Entschuldigung«, sagte Chrysanthe. »Man hat mir gesagt, dass ich hier warten soll.«

»Ja, das habe ich gehört«, antwortete die junge Frau. »Würdet Ihr mir bitte etwas Platz auf dem Sofa machen? Ich möchte mich gern setzen.«

»Natürlich«, sagte Chrysanthe und rutschte zur Seite.

Die junge Frau setzte sich. Chrysanthe schätzte sie auf sechzehn oder höchstens siebzehn.

»Und das lest Ihr tatsächlich?«, fragte die Fremde, sobald sie saß.

»Es ist von allen Büchern hier noch das am wenigstens anstößige«, antwortete Chrysanthe.

»Darf ich es einmal sehen?«

Chrysanthe reichte ihr das Buch.

»Ach«, meinte die junge Frau, »es ist eins von denen.«

»Eins wovon?«

»Ein Liebesroman. Eine Kostümromanze.«

»Ich kenne alle möglichen Arten von Liebesromanen«, meinte Chrysanthe, »aber von Kostümromanzen habe ich noch nie gehört.«

»Nun ja, versteht Ihr, bei diesen Büchern gibt es in jeder Geschichte irgendeinen Grund, warum sich ein Mädchen wie ein Mann kleiden und als Mann leben muss. Irgendwann findet sie dann heraus, dass sie auch den Geschmack eines Mannes hat – versteht Ihr? Und sie verliebt sich in eine andere Frau. Genauso gut kann es auch um einen Mann gehen, der sich als Frau verkleiden muss. Die Ergebnisse sind genauso vorhersehbar.«

»Es gibt da eine ganze Literaturgattung?«

»Ja, und es ist eine sehr frivole.« Sie legte den Kopf schräg. »Ihr stammt aus einer der Provinzen, nicht wahr? Dann kann Euch das hier wohl nicht im Mindesten schockieren.«

»Wie meint Ihr das?«

»Stimmt es denn nicht? Dass Mädchen dort bei Mädchen liegen und Jungen mit Jungen schlafen?« Sie lächelte. »Ach ja, und ich bin übrigens Emeline.«

Einen Moment lang konnte Chrysanthe nur verwundert blinzeln, während sie versuchte, sich wieder zu fassen.

»In unserer Kindheit«, begann sie schließlich, »wird uns beigebracht, unsere Zuneigung auf Menschen des eigenen Geschlechts zu richten. Das ist bei uns nichts Ungewöhnliches.«

»Ihr meint, um Schwangerschaften zu vermeiden«, warf Emeline ein.

Chrysanthe runzelte die Stirn. »Zuneigung und ... was Ihr da andeutet sind nicht zwangsläufig dasselbe.«

»Ich stelle fest, dass Ihr Ausflüchte macht«, kommentierte Emeline.

»Mache ich nicht«, widersprach Chrysanthe, »aber ich gebe zu, dass ich mich mit dem Thema unbehaglich fühle.«

»Findet Ihr denn mich attraktiv?«

»Ich fühle mich immer unbehaglicher.«

»Vielleicht ganz gut so«, meinte Emeline. »Ich bin übrigens verlobt. Aber nur damit Ihr Bescheid wisst: Was in einem unzüchtigen Buch unterhaltsam oder in einer entlegenen Provinz hinnehmbar sein mag, ist hier in Ophion Magne – in der Wirklichkeit – bizarr fantastisch und schlichtweg gefährlich.«

»Ich will Euch gerne glauben«, antwortete Chrysanthe. Sie konnte es gar nicht erwarten, das Thema ad acta zu legen. »Seid Ihr ebenfalls zu einer Anprobe hier?«

Emeline lächelte. »Nein. Ich hatte einfach Lust, Euch kennenzulernen, das ist alles.«

»Wieso wisst Ihr überhaupt von mir?«

»Von der Geisel aus Mesembria? Der Tochter von Admiral Nevelon? Wie könnte ich denn nicht davon wissen?«

»Wirklich?«

»Wirklich.« Sie stand auf. »Und jetzt muss ich leider verschwinden, sonst macht bald das Gerücht die Runde, Ihr hättet Euch über mich hergemacht. Als eine verlobte Frau kann ich mir ein solches Gerede nicht leisten. Bis ein andermal. Wir sehen uns bestimmt wieder.«

Und dann war Emeline auch schon verschwunden, und Chrysanthe hatte mehr denn je das Gefühl, in tiefen, unbekannten Gewässern zu kentern.

Den Glockenschlägen der Uhr draußen zufolge war es gut zwei Stunden später, als einige junge Frauen mit einem Gewand für ihre letzte Anprobe erschienen. Bis dahin hatte

Chrysanthe genug von dem Liebesroman gelesen, um zu wissen, dass Emeline mit ihren Vermutungen völlig richtiggelegen hatte. Der »Marquis« hatte die willige Tochter des Comte de Telier »entführt«, und nach einer Reihe lustiger Verwirrungen aufgrund falscher Annahmen in puncto geschlechtlicher Identität waren die beiden nun fest miteinander verbunden, auch was die körperliche Liebe anging.

Während ihr das Kleid angepasst wurde, überlegte Chrysanthe, ob es für sie nicht vielleicht besser gewesen wäre, vorzugeben, sie sei ein Sohn von Admiral Nevelon statt seine Tochter. Es war ein lächerlicher Gedanke – in der fantastischen Welt eines Liebesromans konnte alles zu einem glücklichen Ende führen, aber in der Wirklichkeit verschworen sich Hunderte Faktoren dagegen, dass man mit einer solchen List durchkam.

Und trotzdem – vielleicht hätte sie doch eine Chance gehabt, wäre sie als Mann an Bord des Schiffes gegangen und als solcher an diesem Ort angekommen. Aber selbst wenn so etwas möglich gewesen wäre, war es jetzt leider schon viel zu spät dafür. Und außerdem schienen alle in Ophion zu wissen, wer sie war, und sie wussten überhaupt viel zu viel über sie.

Wenn es je einen Zweifel an ihrem weiblichen Geschlecht gegeben hätte, dieses Kleid machte dem ein Ende. Es war ziemlich eng, wenn auch nicht unbehaglich eng, und schmiegte sich vom Hals bis knapp unterhalb ihrer Hüften auf eine ungehörige Weise an sie, ohne Reifen oder Rückenbänder, um ihre Körperformen zu verbergen. Von der Hüfte bis zu den Knöcheln fiel es dann recht gerade herab. Eine Art von lockerem Sarong war um die breiteste Stelle ihrer Hüfte geschlungen und wurde durch einen Gürtel festgehalten. Der Stoff war farbenfroher, als sie eigentlich erwartet hätte; das Kleid selbst war safranfarben, den Gürtel zierte ein Muster in Rostrot und Braun, und der seltsame Überrock war von einem duftigen Orange. Die Mädchen wickelten ihr zudem noch einen kleinen Turban aus roter Seide ums Haar und steckten einen Federbusch hinein.

Als alles fertig war, kehrte Maistre Anthién zurück, um sein Werk zu begutachten, und nahm hier und da noch einige kleine Korrekturen vor.

»Der Stoff ist bunter, als ich erwartet hätte«, bemerkte Chrysanthe.

»Nun ja, Ihr stammt aus Mesembria, und da erwartet man von Euch, dass Ihr einen exotischen Eindruck macht«, antwortete Anthién.

»Niemand aus Mesembria zieht sich so an«, entgegnete sie. »Meine eigenen Kleider wären da deutlich repräsentativer.«

»Kind«, sagte er seufzend, »stellt meine Geduld nicht allzu sehr auf die Probe. Das passt so, kann ich Euch versichern.«

Sie fanden Quintent draußen in dem größeren Raum, wo er auf sie wartete.

»Seid Ihr die ganze Zeit über hier gewesen?«, erkundigte sie sich.

»Nein«, antwortete er. »Ich habe die Gelegenheit genutzt, ein paar Dinge zu erledigen, und bin gerade erst zurückgekehrt. Seid Ihr auf Eure Audienz beim Kaiser vorbereitet?«

Sie schaute an ihrem Gewand hinab.

»Ja?«, antwortete sie fragend.

»Ja«, bestätigte Quintent und machte eine kleine Verbeugung an Anthiéns Adresse. »Maistre, ich danke Euch. Ihr habt mich noch nie enttäuscht.«

»Illusionen sind mein Gewerbe«, antwortete der ältere Mann. »Und ich bin stolz darauf.«

Quintent ging dicht neben ihr her, ließ nur einen fingerbreiten Abstand zwischen ihnen. Er eilte ihr niemals voraus, und doch konnte sie es stets erkennen, wenn er im Begriff stand, in einen der vielen Nebenkorridore abzuzweigen, denn er machte dann jeweils eine winzige Pause und schaute in die

Richtung, in die sie zu gehen hatten. Für einen oberflächlichen Beobachter, ging es ihr durch den Kopf, müsste es den Anschein erwecken, als würden sie beide den Weg auswendig kennen.

Sie empfand es als eine Freundlichkeit seinerseits. Hätte sie einen unsicheren Eindruck gemacht oder hätte er sie direkt am Arm genommen, um sie zu führen, hätte das recht unziemlich gewirkt.

Nach einem halben Dutzend Abzweigungen erreichten sie einen viel prachtvolleren Flur, und bald schon betraten sie den größten Raum, den sie je gesehen hatte. Der Boden war mit vielfarbigen Steinfliesen belegt, die poliert worden waren, bis sie hell glänzten, und die Decke erhob sich zu einer hohen Kuppel, die mit Juwelen besetzt war, sodass sie dem Nachthimmel samt Sternbildern ähnelte. Nach kurzer Betrachtung wurde ihr klar, dass die Decke keineswegs einen echten Anblick des Himmels abbildete.

Sie blieb kurz stehen, um sich zu vergewissern.

Quintent wartete geduldig.

»Das dort ist die Harfe«, erklärte sie und deutete mit dem Kopf auf eines der Sternbilder. »Sie ist nur ganz weit unten im Süden am Himmel zu sehen. Und trotzdem ist dort auch der Streitwagen, der in den Norden gehört. Diese beiden Sternbilder kann man niemals zusammen sehen.«

»Richtig«, antwortete Quintent. »Das dort oben ist der Himmel, der auf das ganze Reich Ophion hinabschaut, wo immer die einzelnen Länder auch liegen mögen, aus denen es sich zusammensetzt.«

Sie löste ihren Blick von der Decke und ließ ihn zu den Bildteppichen an der Wand schweifen und zu den beiden hohen Stühlen auf einem erhöhten Podest am anderen Ende des Raums.

»Das hier ist der Sale di li Trone«, raunte sie.

»Ja«, antwortete er.

»Und hier findet meine Audienz beim Kaiser statt?«

»Natürlich nicht. Er verabscheut diesen Saal und benutzt ihn nur für hohe Staatsakte. Doch ich habe mir gedacht, dass Ihr ihn vielleicht trotzdem gerne sehen würdet.«

Elftes Kapitel

Der Kaiser

Der Kaiser sah seinen Bildnissen durchaus ähnlich. Jedenfalls waren da die geschwungene Nase und die grünen Augen, und sein Kinn war gebührend kantig, fast als hätte man ihm einen Amboss in den Schädel gestoßen. Sein Haar jedoch war dünner, die Geheimratsecken waren ausgeprägter, und er war generell viel … aufgedunsener als auf seinen Porträts.

Sein Schnurrbart war so dünn, als hätte man ihn auf sein Gesicht gezeichnet, und dasselbe galt für seine Brauen. Er trug ein langes weißes Hemd, darüber einen bunt geblümten seidenen Morgenmantel und lag bequem zurückgelehnt auf einer Art Couch. Chrysanthe fühlte sich unangenehm an Bonaventure erinnert, wie er in dem Bett im Haus ihres Cousins gelegen hatte.

Während der Kaiser eher unordentlich gekleidet war, galt dies freilich nicht für die anderen Menschen in seinem Gemach. Chrysanthe zählte insgesamt zwölf Personen, ein bunter Mix aus Männern und Frauen, dazu ein kleiner Junge. Keines der Kleidungsstücke im Raum ähnelte auch nur annähernd denen, die sie selbst trug. Alle standen, bis auf den Jungen, der auf einem kleinen Hocker saß. An die Brust des Kaisers schmiegte sich ein winziger goldbrauner Hund.

Der Kaiser hob den Blick von dem Hund, als ein Lakai zuerst Quintent und dann Chrysanthe vorstellte. Sie lächelte breit.

»Wen siehst du da, Minister Bossu?«, fragte er.

Chrysanthe lächelte unverdrossen weiter, gespannt darauf, zu sehen, welcher der versammelten Gäste der Minister war. Aber niemand ergriff das Wort. Ihre Brust schnürte sich zusammen, die Blicke der Männer und Frauen im Raum waren wie Stiche auf ihrer Haut.

»Ja«, sagte der Kaiser. »Ja, ich glaube, das ist sie wirklich. Hast du gehört, wie sie angekündigt wurde?«

An diesem Punkt wurde Chrysanthe klar, dass der Kaiser mit seinem Hund sprach.

Was soll das denn?, wunderte sie sich.

»Du sagst, du hast es nicht verstanden?«, sprach der Kaiser weiter. »Nein wirklich, wie konnte ich das vergessen? Du kennst ja kein einziges verdammtes Wort, nicht wahr, Minister Bossu?«

Plötzlich lachten alle. Der Kaiser ließ den Blick über die Höflinge schweifen und nickte dann.

Er gab dem Hund einen Stups unters Kinn. »Ach, Bossu«, sagte er und sah dann zu Chrysanthe auf. »Aber er hat recht, oder? Ihr seid die Geisel der Nevelons, oder?«

Chrysanthe fiel das Atmen schwer. Das hier war der Kaiser. Wie sollte sie reagieren? Sie erinnerte sich an die Warnungen ihrer Mutter. Wenn sie hier etwas Falsches sagte und sich die Geringschätzung des Kaisers zuzog, konnte dies den Ruin ihrer Familie bedeuten. Nach der Art zu urteilen, wie die Höflinge sie musterten, schien ihr das durchaus möglich.

»Minister Bossu ist recht scharfsinnig«, sagte Chrysanthe schließlich. Sie erwartete ein Lachen als Antwort, aber im Raum herrschte Totenstille. Ein Anflug von Panik beschlich sie.

»Nun ja, Ihr braucht ihm nicht zu schmeicheln«, versetzte der Kaiser. »Ich habe nur einwandfrei nachgewiesen, dass er nichts von alledem, was er hört, verstehen kann.«

Wieder füllte sich der Raum mit erzwungener Fröhlichkeit.

»Ja, Eure Kaiserliche Majestät«, erwiderte sie. »Wie dumm von mir.«

Der Kaiser blinzelte und legte den Kopf schräg. Dann weiteten sich seine Augen. »Bei den Sternen, Eure Stimme ist wahrhaft liebreizend. Der Akzent ist melodisch. Ich kann mir richtiggehend vorstellen, auf einem großen Schiff auf dem Fluss Nihar zu sein, von einem Gespann aus stapfenden Wasserpferden gezogen. Wisst Ihr, allein Eure Stimme entführt mich schon dorthin. Und Euer Kleid, Euer Teint – wie liebreizend schön bringt Ihr Farbe in unsere trostlose Welt.« Er setzte sich ein klein wenig auf. »Schwelgt mit mir in meiner Fantasie. Wenn ich auf einem solchen Flussschiff in Eurer Kolonie unterwegs wäre, welcher Wunder würde ich gewahr?«

Chrysanthe versuchte einen tieferen Atemzug zu nehmen, ohne es sich anmerken zu lassen, wiewohl ihr Kleid so eng war, dass ihr jede derartige Bemühung anzusehen sein musste. War das irgendeine Art von Prüfung? Der Nihar war tatsächlich ein Fluss ihres Heimatkontinents, doch er befand sich viele Hunderte von Meilen von Port Bellschiff entfernt. Sie hätte viel länger gebraucht, um ihn zu erreichen, als sie für ihre Reise nach Ophion Magne benötigt hatte. Sie war noch nie dort gewesen.

Sie nahm an, dass er mit den Wasserpferden Flusspferde meinte. In puncto schlechte Ideen war das allererste Wahl. Doch der Kaiser erwartete sichtlich irgendetwas von ihr, und das war sicherlich nicht, dass sie seine geografischen Kenntnisse berichtigte. Er hatte sie nach einer Fantasie gefragt, richtig? Dann würde sie eben in einer schwelgen und auf das Beste hoffen.

»Gut«, sagte sie. »Über den Fluss wölben sich die ausgebreiteten Äste der Fieberbäume, überall federzarte Blätter und Blüten wie cremefarbene Kugeln. Bunte Vögel huschen umher. Seht mal, dort ist ein Regenbogenspötter, und jetzt fliegt da ein Viridianpapagei, der grüner ist als jedes Blatt. Ein lila Nashornvogel, groß wie ein Kind, wandert auf langen, geschuppten Beinen durch das Unterholz. Honigfänger, die nicht größer sind als Hummeln, schießen zwischen den großen trompetenförmigen Blüten im seichten Wasser umher, durch das auch riesige Flamingos und ein Alabasteribis waten, für die Tamanja die Inkarnation eines Gottes.«

Einmal durchatmen …

»Dort drüben ist ein Affe, sein Kopf so rot wie eine Rose, der sich an Armen durch die Zweige schwingt, die länger sind als sein gesamter übriger Leib. Ein goldener Denger mit dem Leib eines Eichhörnchens und dem Gesicht eines Fuchses mustert Euch mit schräg gelegtem Kopf, und was an den Ufern liegt und wie unbehauene Baumstämme aussieht, stürzt sich plötzlich in die trüben Fluten und kommt auf unser Schiff zugeschwommen. Es sind Krokodile mit gähnenden Mäulern und Zähnen wie Dolche. Und dahinter im Wald weiße Steinhaufen, teils von Moos und Ranken bewachsen, die Ruinen eines vorzeitigen Volkes, einst eine Metropole, nun vom Dschungel verschlungen …«

»Haltet ein!«, ging der Kaiser dazwischen. »Olivier, komm mal her.«

Ein junger Mann im hinteren Teil des Raumes löste sich aus der Menge und wäre fast gestolpert.

»Kaiserliche Majestät«, sagte er.

»Hast du das gehört? Mit nur wenigen Worten und ganz ohne Instrumente hat sie deine jüngsten Bemühungen weit in den Schatten gestellt. Schreibt mir ein divertissement in zwei Akten … Nein, lasst es drei sein! Die junge Nevelon hier kann Euch hinsichtlich der Instrumentierung beraten. Ihr könnt Euch mit ihr besprechen, wenn wir hier fertig sind.«

»Natürlich, Kaiserliche Majestät«, antwortete der junge Mann.

Der Kaiser nickte. Dann legte er den Kopf schief und sah den Hund an. »Na schön, ich werde sie fragen.« Dann richtete er den Blick wieder auf Chrysanthe. »Minister Bossu wünscht zu erfahren, wie unsere oberste Staatsangelegenheit in Mesembria aufgenommen wird. Unser heiliger Kreuzzug gegen die Drehhu.«

»Wir unterstützen ihn alle«, beteuerte sie.

Der Kaiser runzelte die Stirn, dann hob er den Zeigefinger. »Und gibt es dort – wir wollen uns einmal ein mögliches Beispiel vorstellen – Banden von Unzufriedenen, die gegen diese vordringlichste kaiserliche Unternehmung protestieren?«

»Nein, Kaiserliche Majestät, es gibt da nichts dergleichen.«

»Drucken sie Pamphlete voller dreister Lügen bezüglich unserer Sache?«

»Wenn es so wäre, sollte ich davon wissen, Majestät, und es gibt nichts Dergleichen.«

»Ich verstehe«, antwortete er und legte das Gesicht kurz in zornige Falten, doch dann glätteten sich seine Züge wieder, und er blickte erneut auf Minister Bossu hinab. »Unsere Kolonien schicken uns ihre Kinder als Beweis ihres guten Willens. Ihrer Treue. Aber hier, in den sogenannten ›zivilisierten‹ Ländern, werden wir von undankbaren und unhöflichen Unterstellungen belästigt, und es erhebt sich ein Gejammer der treulosesten Art.«

»Es sind nur eine Handvoll Unzufriedener«, warf ein Mann mit einer großen, von roten Adern durchzogenen Nase ein. »Das Volk steht hinter Euch.«

»Ich bin ihr Kaiser«, unterstrich er. »Inwiefern kann die Frage ihrer Treuepflichten überhaupt auch nur eine Frage sein?«

»Sie werden es verstehen, wenn der Kampf ein Ende gefunden hat«, erwiderte der Mann.

»Bossu vertritt die gleiche Meinung«, pflichtete ihm der Kaiser bei, »und doch ist er ein Hund, nicht wahr?«

»Das … ist er, Majestät.«

»Dann sagt es ihm, Rhidon.«

»Minister Bossu«, setzte Rhidon an, »Ihr seid fürwahr nur ein Hund.«

»Rhidon«, rügte ihn der Kaiser, »seht zu, dass Ihr Euch wieder in den Griff bekommt. Haben wir nicht genau heute und zu ebendieser Stunde unter Beweis gestellt, dass er kein verdammtes Wort von dem verstehen kann, was Ihr da sagt?«

Schweigen.

Dann folgte Gelächter.

»Ach, Rhidon«, fuhr der Kaiser fort, »ist es da ein Wunder, dass ich Bossus Rat dem Euren vorziehe?«

Das Gelächter wurde nur noch lauter. Der Kaiser zwinkerte Chrysanthe zu. Dann nickte er, und alle verstummten, während er seine Aufmerksamkeit wieder dem Hund zuwandte.

Chrysanthe stand weiterhin einfach da und fragte sich, was sie tun sollte. Als sich Quintent verbeugte, folgte sie seinem Beispiel, und danach führte der Kammerherr sie hinaus. Als sie den Flur erreichten, stolperte Chrysanthe.

Quintent griff schnell nach ihrem Arm.

»Alles in Ordnung«, beteuerte sie.

»Ihr habt wohl vergessen zu atmen, glaube ich.«

»Es war auch wirklich beängstigend«, flüsterte sie. »Wie konnte ein Freund nur zulassen, dass ich derart unvorbereitet da hineingegangen bin?«

»Ich könnte mich nicht entsinnen, dass Ihr eingeräumt hättet, wir seien Freunde«, entgegnete Quintent.

»Dann dürfte die Schuld also bei mir liegen«, antwortete sie. Verärgerung wallte in ihr auf, aber sie rief sich ins Gedächtnis, dass sie besser von niemandem irgendetwas erwarten sollte. Quintent machte einen freundlichen Eindruck, jedenfalls die meiste Zeit über. Er war genau der Typ Mensch, vor dem ihre Mutter sie gewarnt hatte.

Sie zog es vor, ihr Schweigen in der Luft hängen zu lassen, statt sich eine Blöße zu geben.

Kurz darauf ergriff Quintent wieder das Wort. »Ihr habt Eure Sache sehr gut gemacht«, lobte er. »Jeder Versuch, Euch vorzubereiten, hätte nur Eure eigenen guten Instinkte beeinträchtigt. Außerdem weiß nie jemand, wie der Kaiser irgendetwas auslegen wird.«

»Und doch sagt Ihr, ich hätte meine Sache gut gemacht.«

Er zuckte mit den Schultern. »Ich glaube, zumindest er mag Euch.«

Sie sah zu ihm auf. »Was heißt?«

»Dass alle anderen, die im Raum waren, Euch wahrscheinlich jetzt verachten.«

»Ach«, murmelte sie. »Nun gut, dann ist es wahrscheinlich ganz gut, dass wir nicht in der Stadt bleiben.«

»Ich glaube, das wird sich zu Euren Gunsten auswirken«, bestätigte er. Dann schaute er an ihr vorbei. »Ach ja, Ihr solltet Euch möglichst noch mit ihm dort unterhalten.«

Sie drehte sich um und sah Olivier auf sie zukommen.

»Danesele«, sprach er sie an. »Wenn ich einen Moment Eurer Zeit beanspruchen dürfte …«

»Trommeln«, sagte sie, »und eine Leier und Rohrflöten. Glockenspiele, sowohl aus Holz als auch aus Messing.«

»Danesele …«

»Wir müssen jetzt aufbrechen«, ging Quintent dazwischen.

»Ich kann Euch noch eine ausführlichere Liste zukommen lassen«, erbot sich Chrysanthe.

»Sehr freundlich«, sagte Olivier. »Ich bin der Kanteor des Kaisers. Wenn Ihr Euer Schreiben entsprechend adressiert, kommt es bei mir an.«

»Das werde ich«, versicherte sie ihm.

»Beeilt Euch bitte«, drängte Olivier, verneigte sich und kehrte mit gesenktem Kopf in die Gemächer des Kaisers zurück.

Als Quintent sie zurück zur Kutsche geleitete, merkte Chrysanthe, wie sie der Mut verließ. Sie versuchte, nicht mehr an die Audienz zu denken, aber das rief nur die Erinnerung in ihr wach an das, was sich zuvor ereignet hatte – der Aufruhr, der Mann, der sich an ihre Kutsche geklammert hatte. Ihre Mutter hatte sie vor diesem Ort gewarnt, aber es war alles viel schlimmer, als Chrysanthe es sich vorgestellt hatte. Und dabei war sie gerade erst hier angekommen.

Wieder in der Kutsche, war sie drauf und dran, in Tränen auszubrechen. Es war ihr peinlich, sie wollte nicht, dass Quintent sie so sah, und sie ärgerte sich über sich selbst.

Warum fühlte sie sich so schwach? Sie hatte schon Schlimmeres erlebt. Als ihr Lucien seinen Degen an die Kehle gehalten hatte, hatten keine Tränen zu fließen gedroht. Andererseits aber war da nur ihr eigenes Leben bedroht gewesen, nicht das Wohlergehen aller, die ihr lieb und teuer waren.

Sie konnte es einfach nicht unterdrücken und begann leise zu weinen. Quintent schaute höflich weg und tat so, als würde er es nicht bemerken. Die Tränen versiegten erst, als die Stadtmauern hinter ihnen lagen und sie draußen auf dem Land waren.

Sobald sie aus der Stadt waren, wurde die Umgebung rasch freundlicher. Wälder wechselten sich mit von langen dunkelgrünen Hecken unterteilten Gras- und Kleewiesen ab, auf denen Schafe, Kühe und Pferde weideten. Die schmucken kleinen Bauernhäuser aus Fachwerk machten ganz den Eindruck, als wären sie direkt aus der Erde gewachsen. Sie bemerkte ein Herrenhaus auf einem hohen Hügel und sah darunter ein kleines Dorf mit dem aufragenden Turm einer Basilika, und Chrysanthe fragte sich, ob das wohl Roselant war, aber der Kutscher bog an der Wegkreuzung nicht ab.

Die Nacht brach herein, und eine bleiche Mondsichel schien ihnen zu folgen. Ein Nachtvogel trällerte träge ein Lied und hörte sich fast so an wie ein Windkollerer von daheim, da war nur ein kleiner Unterschied in Tonhöhe und Dauer der Trillerlaute. Die kühle Luft wehte Düfte von Blumen und Gras herbei, rein vom Gestank der Stadt.

Sanft von der Bewegung der Kutsche gewiegt, schlief Chrysanthe ein.

Sie erwachte beim ersten Licht des Morgens und fand ihren Kopf auf etwas Weichem ruhend. Ihr wurde klar, dass es sich um Quintents Schulter handelte, und sie zuckte erschrocken zusammen. Er wiederum war seitlich gegen die Kutschenwand gesackt. Schamerfüllt hob sie behutsam den Kopf und hoffte, dass er nicht aufwachen würde und nicht wach gewesen war, als sie im Schlaf ihre Position verlagert hatte. Sicherlich hatte sie sich doch an die Tür auf ihrer Seite gelehnt, als Hypnos sie in den Schlaf hatte sinken lassen.

Ein zarter Dunst lag über den Feldern, wurde aber rasch lichter, als die Sonne aufging, und der Nebel hatte sich schon fast aufgelöst, als sie ein Städtchen erreichten, einen malerischen kleinen Ort mit einer einzigen Basilika aus weißem Stein, die aussah, als wäre sie gut drei- oder vierhundert Jahre alt. Die Häuser waren überwiegend aus dem gleichen weißen Stein erbaut, es fanden sich aber auch Fachwerkgebäude darunter, ähnlich den Bauernhäusern zuvor.

Kinder winkten der Kutsche zu, als sie durch die Straßen fuhr, Handwerker blickten von ihrer Arbeit auf, und einige von ihnen wechselten ein paar Worte mit den Reitern, die die Kutsche begleiteten. Chrysanthe fiel auf, dass die Menschen alle die gleiche helle Haut hatten und ihre Kleidung relativ eintönig war, als wären die einzigen Farben, die man hier kannte, diejenigen von Wolken, Asche und Lampenruß.

Sie hörte ein leises Geräusch und drehte sich um. Quintent war aufgewacht und rieb sich mit dem Handrücken die Augen.

»Guten Morgen«, sagte er und blickte nach draußen. »Ah, wir sind fast da.« Er wandte sich zu ihr um. »Habt Ihr gut geschlafen?«

»Sehr gut«, antwortete sie und hielt Ausschau nach irgendeinem Anzeichen dafür, dass er davon wusste, dass er für eine Weile ihr Kissen gewesen war.

»Das freut mich«, erwiderte er. »Ich persönlich habe Schwierigkeiten, in der Stadt zu schlafen.«

»Ich habe die gleiche Erfahrung gemacht.«

»Ich glaube, in Roselant werdet Ihr sehr gut schlafen«, meinte er.

Das Anwesen Roselant begann dort, wo die Stadt endete. Die Straße führte erst durch lichten Wald, dann durch architektonische Gärten, in geometrischen Mustern angelegt und großzügig mit Statuen antiker Götter und Helden geschmückt. Sie legten fast eine Meile zurück, bis sie das eigentliche Chastel erreichten.

Das Herrenhaus war riesig und stellte das ihres Vaters bei Weitem in den Schatten. Das halbkreisförmig gebaute Gebäude hatte mehr Fenster, als sie je bei einem Haus gesehen hatte, und der Hauptbau in der Mitte erhob sich fünf Stockwerke hoch, während die Flügel rechts und links nur drei hatten. Insgesamt wirkte es wie ein sehr annehmlicher Ort, um dort gefangen zu sein.

»Seid Ihr hier aufgewachsen?«, wandte sie sich an Quintent.

»Nein«, erwiderte er. »Ich bin im Haus meines Vaters in Othres groß geworden, aber ich habe in meiner Jugend viele schöne Tage hier verbracht. Der Herr dieses Hauses ist Nicolas d'Othres, dessen Vater mein Urgroßvater Gui war, also ist er mein Großonkel, und ich bin eine Art Vetter für die meisten Bewohner dieses Hauses.«

»Werdet Ihr hierbleiben, nachdem ihr mich abgeliefert habt?«

»Natürlich«, antwortete er. »Zumindest für ein Weilchen. Wie sonst sollten wir unsere Freundschaft vertiefen?«

Sie lächelte. »Es heißt, Freundschaft würde sich am nachhaltigsten aus der Ferne entwickeln, durch eine gedankenvolle beiderseitige Korrespondenz. Aber ich freue mich darüber, dass ein vertrautes Gesicht in der Nähe sein wird.«

»Drei Tage, und ich bin bereits vertraut? Wie bald bin ich dann so wohlgeduldet wie der Fisch von vergangener Woche?«

»Das«, gab sie zurück, »liegt allein bei Euch.«

Als sie das Haus erreichten, waren die Familie und das Personal bereits auf die Neuankömmlinge aufmerksam geworden und kamen, um sie zu begrüßen.

Nicolas d'Othres war ein spindeldürrer Mann in fortgeschrittenen Jahren mit unstetem Blick. Ysabel, seine Frau, war viel jünger, in den Fünfzigern, wie Chrysanthe schätzte.

Dann war da die Schar ihrer Kinder, Enkel und Urenkel. Chrysanthe gab sich alle Mühe, den Gesichtern, die sie sah, Namen zuzuordnen. Margot – groß, jung, bernsteinfarbenes Haar, höflich, aber zurückhaltend. Tristan – mit großen staunenden Augen, graue Strähnen in seinem kastanienbraunen Haar, ein leichtes Hinken. Nicolas der Jüngere, ungefähr in ihrem Alter, mit kupferroten Zöpfen, wollte ihr nicht in die Augen sehen, aber sie ertappte ihn dabei, wie er ein wenig tiefer an ihr hinabsah …

Sie zählte insgesamt dreiundzwanzig. Niemand schien, oberflächlich betrachtet, der Typ zu sein, der einen Kaiser stürzen wollte. Plesance, Tristans Tochter und Nicolas' Enkelin, schien sofort eine Abneigung gegen sie zu empfinden, aber Chrysanthe hatte den Eindruck, dass das vielleicht auch etwas mit der Art zu tun hatte, wie die junge Frau Quintent ansah. Chrysanthe fand heraus, dass Plesance seine Cousine dritten Grades war, für eine Heirat kein völlig außergewöhnlicher Verwandtschaftsgrad, vor allem wenn adeliges Blut im Spiel war.

Quintent ging ihr in der Menge verloren, und schon bald wurde sie auf ihr Zimmer geleitet. Ein hübscher Raum im dritten Stock mit Blick über die Gärten.

Eine vielleicht fünfzehnjährige Dienerin namens Orenge half ihr beim Auspacken und Verstauen ihre Kleider. In

Chrysanthe regte sich sogleich der Verdacht, dass auch dieses Mädchen ein Instrument Bonaventures sein mochte und womöglich wie Luce bereits in den Genuss seiner widerwärtigen Aufmerksamkeit gekommen war. Nun, dieser Verdacht war vielleicht aus der Luft gegriffen, andererseits hatten ihr mittlerweile schon drei Menschen eingeschärft, dass ein gesundes Misstrauen eine ihrer wenigen Waffen war.

Als die Dienerin nach getaner Arbeit ging, war Chrysanthe endlich allein. Sie wusste nicht, wie lange das so bleiben würde, denn alle, Plesance eingeschlossen, hatten darauf bestanden, ihr so bald wie möglich eine Führung durch das Haus oder über das Grundstück zukommen zu lassen, zumindest einem Teil davon.

Ihr Fenster lag nach Westen hinaus. Sie öffnete es, um die Abendluft hereinzulassen, und sah Helios lange Schatten über die Gärten werfen, während er langsam hinter die fernen Bäume sank. Dies hier war nicht ihr Zuhause, aber zumindest war es ruhig und still.

Sie dachte an ihre Begegnung mit der Familie zurück, ging die geführten Gespräche im Geist noch einmal durch, vergegenwärtigte sich Eigenarten und Gesichtsausdruck der einzelnen Personen und fragte sich, wie ihre Zeit hier wohl werden würde. Hatten sie sich alle verschworen, sie ins Verderben zu stürzen, so wie es ihre Mutter prophezeit hatte?

Jemand klopfte leise an die Tür. Sie öffnete, und draußen stand Orenge, die ihr mit einem kleinen Knicks einen Brief reichte. Chrysanthe nahm ihn, verwirrt, dass er das Siegel der d'Othres trug, dann öffnete sie das Schreiben vorsichtig.

Danesele,

mir wurde unlängst gesagt, Freundschaft entwickle sich am nachhaltigsten durch eine gedankenvolle beiderseitige Korrespondenz. In diesem Sinne verfasse ich diesen Brief. Ich fürchte, Ihr könntet bislang einen nicht gerade vorteilhaften Eindruck von unserem Land erhalten haben, und würde daher gern einige Argumente zu seinen Gunsten vortragen. Das Erste ist, dass jetzt Ihr Euch darin befindet …

Sie musste lachen, zum ersten Mal seit geraumer Zeit, dann las sie weiter.

Wenn Quintent eine Schlange war, vermochte er dies gut zu verbergen. Was im Übrigen auch bei allen anderen d'Othres der Fall war. Der einzige wirklich unangenehme Mensch, den sie in diesem Land bislang getroffen hatte, war Bonaventure, und ihrem Vater zufolge war ausgerechnet er gerade derjenige, dem sie vertrauen sollte.

Vielleicht verbarg Quintent tatsächlich sein wirkliches Gesicht. Ohne Frage hatte das für Lucien gegolten, obgleich sie ihn schon sehr früh in Verdacht gehabt hatte, dass er etwas Unrechtes trieb. Doch sie hatte sein Vergehen nicht aufgedeckt und seine Schuld bewiesen, indem sie ihn gemieden hatte, sondern indem sie ihn vielmehr ermuntert hatte, ihre Nähe zu suchen.

Mit Quintent würde sie genauso verfahren. Wenn er nicht ehrlich war, würde sie das herausfinden. Wenn doch – nun, das wäre eine erfreuliche Überraschung. Letztlich war er kein Mann nach ihrem Geschmack, aber ein harmloser Flirt der Sache willen konnte, solange die Umstände schicklich blieben, nicht schaden und wäre vielleicht sogar ein angenehmer Zeitvertreib.

»Man muss gerade dem gegenüber, was man gern glauben möchte, besonders skeptisch sein«, pflegte ihr Vater zu sagen. »Kein Schwindler ist überzeugender als die eigene Treuherzigkeit.«

Sie öffnete ihre Reisetruhe und nahm das kleine Kästchen aus Drachenholz heraus, in dem sie ihre Feder und ihre Tinte aufbewahrte, um ihr Antwortschreiben an Quintent zu verfassen, solange es das schwindende Licht noch zuließ. Da jedoch fiel ihr ein, dass sie am Abend zuvor das letzte ihrer Blätter aufgebraucht hatte.

Sie ging zum Schminktisch, einem recht kleinen Pult, das man aufklappen konnte, sodass ein Spiegel sowie zahlreiche Fächer und Schubladen zum Vorschein kamen. Sie brachte den Spiegel in Position und war ein wenig über ihr eigenes Gesicht erschrocken: Wie dunkel es wirkte, nachdem sie in Gesellschaft so vieler sehr blasser Menschen gewesen war. Auch ihr Haar war ein wenig in Unordnung, und auch wenn sie das normalerweise nicht sonderlich störte, verstärkte es nun ihre Besorgnis über den Eindruck, den sie bei der Familie hinterlassen hatte.

Doch was passiert war, war nun einmal passiert.

Während sie, in der Hoffnung, auf etwas Papier zu stoßen, in den Schubladen des Tischleins herumstöberte, wurde ihr klar, dass es bereits in wenigen Minuten zum Schreiben zu dunkel sein würde. Daher würde sie auch eine Kerze finden müssen. Doch in dem Tisch fand sich jede Menge Puder und Parfüm, aber kein Papier.

Plötzliches helles Licht erschreckte sie, ein silberner Schimmer, und in diesem Licht nahmen die Konturen eines Gesichtes Gestalt an wie die Spiegelung auf einem Teich in einer mondhellen Nacht. Ein Gesicht mit einem schmalen, langen Kinn, hohen Wangenknochen und dünnen, leicht geöffneten Lippen. Ein Geist?

Chrysanthe war so erschrocken, dass sie aufsprang. Ihre Knie schlugen gegen den Tisch und ließen ihn umkippen. Sie wirbelte mit hämmerndem Herzen herum und hielt mit verstörtem Blick im Raum hinter sich Ausschau.

Wenn das hier wirklich ein Geist war, so war er ganz und gar nicht vergleichbar mit dem der Kapelle daheim. Er rief bei Chrysanthe Angst hervor, ein Entsetzen, wie sie es noch nie verspürt hatte.

In der Tür stand Orenge und hielt eine flackernde Kerze in der Hand. Sie wirkte geschockt und bestürzt.

»Es tut mir unglaublich leid, Danesele«, entschuldigte sie sich. »Ich wollte Euch nur ein wenig Licht bringen. Die Tür war offen. Ich wollte Euch nicht erschrecken.«

Chrysanthes Herz hämmerte immer noch in ihrer Brust. Vielleicht hatte es keinen Geist gegeben. Die Kerze, ein Spiegel, dessen Glas vom Alter her zweifellos gewellt war. Vielleicht war es nur das Spiegelbild des Mädchens gewesen, das sie gesehen hatte. Doch Orenge hatte ein fast rundes Gesicht und einen breiten Mund mit vollen Lippen …

Und Chrysanthe war sich sicher, dass sie die Tür geschlossen hatte.

»Schon gut«, versicherte sie. »Es ist nicht deine Schuld.«

»Lasst mich Euch mit dem Schminktisch helfen«, erbot sich das Mädchen.

»Das kriege ich schon hin.« Chrysanthe nahm Orenge die Kerze ab. »Vielen Dank dafür.«

Das Mädchen machte einen Knicks und ging, und Chrysanthe schloss die Tür hinter ihr und stellte die Kerze in einen kleinen Kerzenständer auf dem Tisch neben dem Bett. Dann richtete sie ihre Aufmerksamkeit auf den umgekippten Schminktisch.

Er war nicht besonders schwer, und zu ihrer Erleichterung war das Glas nicht gesprungen. Sie wollte ihn gerade schließen, als sie in dem flackernden gelben Licht bemerkte, dass eines der Fächer jetzt tiefer zu sein schien als zuvor. Sie holte die Kerze und schaute sich die Sache genauer an.

Was sie für den Boden gehalten hatte, war ein wenig verrutscht und ließ eine schmale Öffnung darunter erkennen. Und in diesem Zwischenraum steckte etwas, bei dem es sich um Papier zu handeln schien.

Sie schob den falschen Boden weiter heraus und stellte fest, dass es sich bei dem Gegenstand darunter um eine Art Buch handelte. Es war mit keiner Aufschrift versehen. Sie holte es hervor und schlug es in der Mitte auf. Es war von Hand geschrieben, und offenbar handelte es sich dabei um ein Notiz- oder Tagebuch, doch es war in einer Sprache verfasst, die sie nicht kannte, zumindest konnte Chrysanthe sie auf den ersten Blick nicht zuordnen. Die meisten der Buchstaben waren ihr vertraut, aber in einigen Wörtern tauchten Zahlen auf sowie Buchstaben aus dem Alphabet von Modjal.

Unvermittelt ging ihr auf, dass es gar keine fremde Sprache war. Genau wie bei der Schrift, die sie und Crespin erfunden hatten, handelte es sich um eine Art Code.

Bei der Erinnerung an das Gesicht im Spiegel und seine düsteren Augenhöhlen überlief sie ein kalter Schauder.

Zwölftes Kapitel

Sular Bulan

Erneut fand sich Bracke auf allen vieren wieder, und es war, als wollte sich ihm das Hirn aus dem Schädel herauswirbeln. Dieses Mal war es schlimmer, viel schlimmer, und er brauchte länger, um sich davon zu erholen, und noch bevor er wieder klar sehen konnte, wusste er, dass er sich diesmal an einem ganz anderen Ort befand. Die erschrockenen Vogelrufe klangen exotisch, die Luft stank nach verrottenden Pflanzen und Salz, und sie war so feucht, dass er zuerst befürchtete, gleich ertrinken zu müssen. Zudem war es so heiß, dass ihm sofort Schweiß auf der Haut perlte.

Ein Mann schrie und wollte gar nicht mehr damit aufhören. Bracke hörte, wie jemand versuchte, den Kerl zu beruhigen, worauf aus dem Kreischen ein Stöhnen wurde, dann ein gequältes Keuchen, bis er schließlich still war.

»Für manche Menschen ist diese Art des Reisens tödlich«, wandte sich Veulkh an Martin. »Aber das habe ich Euch gesagt.«

Die Senke in der Erde war genau wie die beiden, die Bracke zuvor bereits gesehen hatte, doch lag diese inmitten von Ruinen. Die Fundamente der Mauern aus grauweißem Stein standen noch und ragten an manchen Stellen höher auf, als Bracke groß war. Dahinter war der Boden mit dem gleichen Stein gepflastert, wenngleich sich riesige Bäume durch das Pflaster zwängten, glatte Stämme, die unglaublich hoch emporragten und erst in ihren Wipfeln Äste und Blätter ausbreiteten, die den größten Teil des Sonnenlichts schluckten. Mit Farnen und Moos überwucherte Schutthügel erstreckten sich überall ringsum.

Bracke vernahm tief in seinen Ohren eine Art leises Summen.

»Wo sind wir?«, fragte Martin.

»Seht Ihr das nicht?« Der Zauberer wirkte müde und ein wenig wackelig auf den Beinen. »Ihr befindet Euch inmitten von Sular Bulan.«

Martin warf Selene einen fragenden Blick zu. Sie antwortete ihm mit einem Schulterzucken.

»Schön und gut«, antwortete Martin. »Aber wo liegt Sular Bulan? Sind wir in Haparis? In Kaman?«

»Das braucht Ihr nicht zu wissen«, versetzte Veulkh, »es reicht, wenn ich weiß, wo wir sind.«

Das Summen wurde schlimmer, und ein Kitzeln rieselte Bracke über den Rücken.

»Wir sollten nicht hier sein«, murrte er. »Hier ist irgendetwas. Irgendwas Böses.«

Veulkh nickte anerkennend. »Ja, du kannst ihn spüren, nicht wahr? Kannst du erkennen, aus welcher Richtung er kommt?«

»Es ist überall um uns herum«, murmelte Bracke.

»Aber es muss eine bestimmte Richtung geben, in der er dir stärker erscheint – oder weniger stark.«

Bracke kniete sich hin, legte die Handflächen auf die Erde und schloss die Augen.

Einen Moment lang fühlte er nichts anderes als das Summen, das er ohnehin schon in den Ohren hatte. Dann jedoch bewegte sich etwas unterhalb der Erdoberfläche, etwas Gigantisches. Es verlagerte sich nur ein ganz kleines bisschen, aber Bilder tanzten unter Brackes Augenlidern. Ölige schwarze Schlingen, die sich im Wechsel zusammen- und auseinanderzogen.

»Wir sollten von hier fortgehen«, erklärte er. »Auf der Stelle. Dieser Ort ist im Besitz von ... irgendetwas.«

Der Zauberer hatte von einem Er gesprochen, erinnerte er sich.

»Und in welche Richtung?«, fragte Veulkh.

Bracke tastete über den Boden, versuchte eine Antwort zu finden. Rose fand sie vor ihm und trottete davon. Die Haare an ihrem Nacken standen ihr zu Berge, und sie hatte den Schwanz eingezogen.

»In diese Richtung!«, sagte Bracke und wies mit ausgestrecktem Arm dorthin.

Er ging unbehaglich auf und ab, während sich die Chevaliers und Raben für den Aufbruch rüsteten. Sie luden ihr Gepäck auf die Pferde und stiegen in die Sättel. Er warf Ammolit in ihrer Gestalt als Orra einen Blick zu, dem sie jedoch auswich.

Nach einer Zeitspanne, die ihm allzu lange erschien, machten sie sich auf den Weg, und die Hufe der Pferde klapperten über das weiße Pflaster. Sie passierten Statuen, deren Gesichtszüge die Elemente unkenntlich gemacht hatten oder die von Moos überwuchert waren, kamen an runden Senken vorbei, von Steinen umrahmt und von einer dicken Schicht aus Schlamm und Ablagerungen bedeckt, sowie an gezwirbelten Granittürmchen. Das Ruinenfeld schien sich weit über das Land zu erstrecken.

»Schwer zu glauben, dass es je eine so große Stadt gegeben hat«, bemerkte er an Selene gewandt. »Verfallene Bauwerke, so weit das Auge reicht.«

»Da solltest du erst mal Ophion Magne sehen«, entgegnete sie. »Oder Savor. Es gibt auf der Welt auch heute noch Städte, die so groß oder noch größer sind, von Menschen wimmelnd.«

»Ich weiß nicht recht, ob mir das gefallen würde«, meinte er. »Zu viele Menschen.«

Sie schaute lächelnd zu ihm herab. »Ich glaube, du hast

uns schon wieder gerettet. Ohne dich wäre Veulkh nicht mitgekommen.«

»Vielleicht denkt Ihr ja noch mal über meine Bitte nach.« Nachdem er bei Ammolit gelegen hatte, hätte er gern erfahren, wie ähnlich – und wie anders – Selene sein würde. Wie sie sich unter ihm anfühlen würde.

Für einen Moment schwieg sie.

»Weißt du über die Liebe Bescheid?«, erkundigte sie sich dann.

Zuerst glaubte er, dass sie von dem körperlichen Akt sprach, und jähe Hoffnung flackerte in ihm auf. Dann machten ihm ihr Tonfall und ihr Gesichtsausdruck deutlich, dass sie etwas Ernsteres meinte, daher dachte er über ihre Worte nach.

»Ich habe einmal geglaubt, verliebt zu sein«, begann er. »Es war ein Gefühl, als hätte ich etwas verschluckt, das wehtat, das ich aber in mir behalten musste. Es hat schlimmer geschmerzt, wenn ich von ihr getrennt gewesen bin, und überhaupt nicht, wenn ich mit ihr zusammen war.«

»Das klingt nach Liebe«, meinte sie. »Was ist passiert?«

»Da war ein Mann, den ich für meinen Freund gehalten habe. War er aber nicht. Wir haben das Mädchen beide von Kindesbeinen an gekannt, aber er kam aus der Stadt und ich nicht. Er war der Sohn eines Barons und ich nicht. Als er uns zusammen gefunden hat, hat er alle möglichen Dinge behauptet. Hat den Leuten Sachen erzählt, die eigentlich hätten geheim bleiben sollen. Und so hat er sie jetzt bei sich in seiner Burg, während ich immer noch hier draußen bin.«

»Was wollte denn sie?«, fragte Selene.

Bracke wollte eigentlich nicht darüber reden. Es war keine Erinnerung, die ihm lieb war, aber Selene schien sich aufrichtig dafür zu interessieren.

»Ich bin einmal zu seiner Burg gegangen, als er nicht da war, und hab mich in ihr Zimmer geschlichen. Ich habe ihr gesagt, dass ich sie fortholen würde und dass wir zusammen sein könnten. Sie hat mir geantwortet, dass sie mich liebe, und dann hat sie gesagt, sie könne so nicht leben – ohne ihre Familie, ohne die Stadt. Sie hat mich abgewiesen. Also bin ich fortgegangen.«

»Das tut mir leid«, sagte Selene. »Die erste Liebe ist häufig schwierig.«

»Und die danach sind dann leichter?«

Sie lächelte dünn. »Das weiß ich nicht.«

Das Dröhnen in seinem Schädel wurde immer lauter und lauter und klang mehr und mehr wie Worte in einer Sprache, die er nicht verstand. Der Wald kam ihm wie eine Schlinge vor, die sich um sie herum zusammenzog, und die Erde schien unter seinen Füßen wegzurutschen und ihn zurück in die Richtung zu ziehen, aus der sie gekommen waren.

Einen Moment später starrten sie auf die Stelle, wo sie zuvor angekommen waren.

»Wir bewegen uns im Kreis!«, erkannte Martin.

»Bracke, übernimm du die Führung!«, befahl Veulkh. »Und kein Geplauder mehr!«

Tief im Bauch hatte Bracke das unbestimmte Gefühl, dass es bereits zu spät war. Er erinnerte sich an den Mann, der einst gegen den Wunsch seiner Großmutter in ihren Wald eingedrungen war. Dort war er ziellos umhergeirrt, bis er verhungert war.

Dieser Ort hier war genauso, aber hier war Bracke der Fremde. Er gehörte ebenso wenig hierher wie seine Begleiter.

Sobald er – das Ding unter der Erde – wach war, völlig aufgewacht, würde sie das gleiche Schicksal ereilen wie damals den Eindringling in Großmutters Wald.

Aber noch war er nicht wach. Noch nicht.

Bracke stieß einen Pfiff aus, und einen Moment später ließ sich der Rabe auf seiner Schulter nieder.

»Bring uns von hier weg, Ruß«, forderte er den Vogel auf.

Ruß krächzte und flog davon.

Erneut machten sie sich auf den Weg und marschierten

durch die verlassene Stadt. Der Rabe verschwand über dem Blätterdach, tauchte aber ab und an wieder auf, um ihnen die Richtung zu weisen.

»Warum gerade hier?«, wollte Martin wissen. »Warum an einem solchen Ort?«

»Es gab noch eine andere Möglichkeit, eine Synapse, die sicherer war«, erklärte Veulkh. »Wir hätten vielleicht immer noch die Möglichkeit, uns dorthin zu begeben. In diesem Fall aber dürften wir ein halbes Jahr oder noch länger brauchen, um unser Ziel zu erreichen.«

»Das ist zu lange«, entschied Martin. »Wir haben bestenfalls etwas mehr als einen Monat Zeit.«

»Ja – jetzt könnt Ihr mein Widerstreben verstehen.«

Sie erreichten eine Mauer, die die Pferde nicht passieren konnten, darum zogen sie daran entlang, auf der Suche nach einem Weg, der hindurchführte.

Bracke konnte ihn jetzt an seinen Füßen spüren, als würde er durch die Erde nach ihm greifen und versuchen, seine Knöchel zu packen.

Zwei Pferde stolperten gleichzeitig.

Bracke ging voraus. Alles schien sich zur Seite zu neigen und steiler zu werden; es war, als versuchte er, aus einem Loch zu klettern, während die Umgebung doch fast völlig eben war. Er hörte Entsetzensschreie hinter sich, weigerte sich aber, sich umzudrehen. Was immer dort vor sich ging, was immer dort war, es war besser, es nicht zu sehen.

»Nicht hinschauen!«, schrie Martin, der offensichtlich den gleichen Gedanken hatte. »Um Gottes willen, schaut nicht hin!«

Ruß kam im Tiefflug herbeigeflattert, kreischte aufgeregt, schoss vorbei, hüpfte über den Boden und erhob sich dann erneut in die Lüfte.

Bracke entdeckte einen Spalt in der Mauer, aber seine Beine waren plötzlich schwer und erschöpft, und er musste seine letzten Kräfte zusammennehmen, um auch noch die letzten paar Schritte zu bewältigen. Dann lag die Mauer hinter ihm.

Sofort waren seine Füße wieder unbeschwert, und er rannte davon wie ein wildes Tier. Er blieb erst stehen, als er ihn kaum mehr spüren konnte. Erst dann blickte er hinter sich, um festzustellen, wer ihm noch folgte.

Da waren Veulkh und auch Ammolit, Martin und Selene mit einem verstörten Ausdruck im Gesicht.

Martin zählte die Gruppe durch. Der Chevalier Nicanor fehlte, außerdem zwei der Raben.

Niemand erwog auch nur mit einem Wort die Möglichkeit, zurückzugehen, um nach ihnen zu suchen.

Drittes Buch

Das Handels-abkommen

Erstes Kapitel

Lacrime

Orenge brachte Chrysanthe ein aus Kaffee und Biskuitkuchen bestehendes Frühstück aufs Zimmer. Es war eine ziemliche Überraschung für sie; zu Hause war das Frühstück im Allgemeinen eine Angelegenheit, die vor Sonnenaufgang gemeinsam am Tisch erledigt wurde und die nicht nur die Familie mit einschloss, sondern auch die Vorarbeiter und je nach Jahreszeit andere Beschäftigte auf der Plantage, denn am Tisch wurde die Arbeit für den Tag besprochen und was sonst noch anfiel. Es war die wichtigste und im Allgemeinen auch die gehaltvollste Mahlzeit des Tages.

Hier schien das Frühstück eher eine vernachlässigbare Nebensache zu sein.

Unsicher, was sie nach dem Essen tun sollte, schlüpfte Chrysanthe in ein bernsteinfarbenes Gewand und richtete ihre Aufmerksamkeit dann auf das Buch, das sie am Abend zuvor entdeckt hatte. Die Handschrift war filigran geschwungen, aber nicht übertrieben verschnörkelt. Sie wirkte weiblich, aber das stand keineswegs fest. Die Einträge waren allesamt mit etwas überschrieben, das wohl das Datum war, denn diese Überschriften waren in einer Abfolge von »Wörtern« verfasst, die sich bis auf ein oder zwei Zeichen glichen.

Nachdem sie für eine Weile darüber gerätselt hatte, wurde ihr klar, dass jeder Eintrag in der Manier von Modjal entweder mit einer oder mit zwei Ziffern begann. Zuerst dachte sie, es könnte sich vielleicht um Monats- oder Tagesangaben handeln, aber die Folge ergab keinen Sinn. Ein Eintrag begann mit 6, genau wie im direkten Anschluss noch einige weitere, aber dann kam eine Abfolge, die mit 9 anfing, gefolgt von 7/2 und dann 8/2. Trotzdem schien ihr etwas an dem Muster quälend vertraut – auf 8/2 folgte 8/3, dann 7/1, 8/1, 4/1, 5, 3, 4/2, 4/3 und dann kam wieder 6, erneut gefolgt von 9, 7/2. Die Reihe wiederholte sich.

Sie zählte die Abfolge von Ziffern und stellte fest, dass es zwölf Variationen gab. Also handelte es sich wahrscheinlich um die Monate. Sobald sie das herausgefunden hatte, ging alles gleich viel schneller – 7/1 war Jenvier, ein Monat mit sieben Buchstaben, das /1 unterschied ihn vom Octobre, einem Monat ebenfalls mit sieben Buchstaben, also war 4/1 Marz, 4/2 June und 4/3 Juil und so weiter. Jeder Monat wurde durch die Buchstabenzahl seines Namens sowie seine Position im Jahr bezeichnet. Die Namen der Tage herauszufinden war etwas schwieriger, denn sie schienen im geheimen Alphabet des Verfassers ausgeschrieben zu sein, wie in »einunddreißig«. Doch sollte es ihr gelingen, auch nur einen dieser Tage zu entschlüsseln, wäre sie einer Auflösung auch der übrigen Schreibungen gleich erheblich näher.

Wahrscheinlich handelte es sich um nichts sonderlich Interessantes – sie führte selbst ein verschlüsseltes Tagebuch, aber nur wenig von dem, was sie darin notierte, war es tatsächlich wert, geheim gehalten zu werden.

Zumindest bisher.

Das Gesicht im Spiegel verfolgte sie in ihren Gedanken immer noch. Geister waren etwas Reales, immerhin war der Limbus überfüllt, und an manchen Stellen war der Schleier zwischen den Welten dünn geworden. Aber Chrysanthes Erfahrung nach waren diese Stellen selten, und die Wahrscheinlichkeit, gleich an ihrem ersten Abend an einem bestimmten Ort zufällig auf eine solche Stelle zu stoßen, erschien ihr reichlich gering. Wenn sie tatsächlich einen Geist gesehen hatte, dann, so vermutete sie, war das kein Zufall, sondern der Geist hatte es so gewollt.

Oder es hatte sich tatsächlich nur um eine Sinnestäuschung durch das Licht und ihre eigene überreizte Wahrnehmung gehandelt.

Ein wenig später klopfte jemand an, und sie wurde aus ihrer Konzentration gerissen. Sie öffnete und sah sich Margot und Plesance gegenüber.

»Ach«, sagte sie. »Guten Morgen.«

»Ebenfalls einen guten Morgen«, grüßte Margot. Plesance musterte sie von Kopf bis Fuß mit geweiteten Augen.

»Du bist nicht angezogen«, bemerkte Plesance tadelnd.

Chrysanthe blickte an ihrem bernsteinfarbenen Gewand hinab. »Ich … denke schon.«

»Nicht für einen Spaziergang«, entgegnete Plesance.

Jetzt erst bemerkte Chrysanthe, dass die beiden jungen Frauen olivgrüne Kleider mit Ärmeln trugen, die an ihren Ellbogen endeten. Ihre Säume waren etliche Zentimeter höher, als es Chrysanthe schicklich erschien, sodass darunter ihre geschnürten braunen Stiefel zu sehen waren. Ihr eigener Saum berührte den Boden, und sie trug darunter seidene Pantoffeln.

»Gut, da hast du wohl recht«, räumte sie ein. »Mir war nicht bewusst, dass wir einen Spaziergang machen wollen.«

»Aber ich habe es dir doch gestern gesagt«, entgegnete Plesance.

Margot legte ihrer Cousine die Hand auf die Schulter. »Sie ist gestern mit allem Möglichen überschüttet worden.«

»Das stimmt«, entschuldigte sich Chrysanthe. »Ich habe eure Einladung als ganz allgemein aufgefasst, terminliche Festlegung später. Tut mir sehr leid.«

»Schon gut«, sagte Plesance mit leicht verkniffenen Lippen. »Hast du etwas anzuziehen?«

»Ich werde bestimmt etwas finden.«

»Wir warten so lange«, erwiderte sie.

Beide traten ins Zimmer und schlossen die Tür hinter sich. Chrysanthe stutzte. Wollten sie etwa zusehen, wie sie sich umzog?

Wenn sie versuchten, sie damit in Verlegenheit zu bringen, so entschied Chrysanthe, würde sie sich nicht anmerken lassen, dass sie damit Erfolg hatten.

Unter den Kleidern, die ihre Mutter ihr eingepackt hatte, fand sie eins mit ähnlichen Ärmeln und kürzerem Saum, außerdem ein Paar wadenhoher Stiefel, die sie darunter tragen konnte.

Ihre Mutter hatte dies also vorausgesehen. Natürlich.

»Gut, das ist besser«, erklärte Plesance. »Vor allem für einen Spaziergang im letzten Jahr – oder, besser noch, im vorletzten.«

»Plesance«, rügte Margot, »sei nicht so unfreundlich. Sie ist unser Gast.«

»Sie ist unsere Gefangene.«

»Plesance!«

»Na ja, ist doch wahr«, gab Plesance zurück. »Auch wenn man ein Tuch über den Käfig mit dem Gockel hängt, hört man ihn immer noch krähen.«

Margot seufzte und legte Chrysanthe die Hand auf den Arm. »Entschuldige vielmals. Du hast ja keine Ahnung, wie es ist, sie ständig um sich zu haben.«

Plesance lächelte. »Na ja, das wird sie schon noch lernen. Wir werden bestimmt beste Freundinnen, denke ich, Miss Nevelon.«

»Ganz ohne Zweifel«, antwortete Chrysanthe.

Sie schritten durch die Gärten von Roselant und weiter zu offenen Feldern und hübschen gewellten Hügeln, buttergelb vom blühenden Löwenzahn. Plesance plapperte die ganze Zeit und unterhielt Chrysanthe mit plastischen Berichten über mindestens die Hälfte der Mitglieder des Haushalts,

Geschichten, die alle etwas von Rufmord hatten. Ab und an drängte Margot sie zur Mäßigung, aber ihre Bemühungen wirkten halbherzig.

Zwei junge Dienerinnen von etwa vierzehn Jahren begleiteten sie. Beide trugen schwere Rucksäcke. Die kleine Gruppe erreichte schließlich die Kuppe eines Hügels, und Chrysanthe war angenehm überrascht, unter ihnen das Meer zu sehen.

»Hier ist eine gute Stelle«, meinte Margot. »Unter dem Apfelbaum dort.«

Die Dienstmädchen steuerten den Baum an, breiteten eine große Decke aus und verteilten darauf alles, was es für ein Picknick brauchte.

»Wie wunderschön!«, schwelgte Chrysanthe in dem Ausblick.

»Das stimmt«, pflichtete ihr Plesance bei. »Hier gibt es zwar keine Paviane oder wilde Eingeborene oder Krokodile, wie Ihr es vielleicht gewohnt seid, aber es ist trotzdem recht hübsch.«

Chrysanthe setzte ein falsches Lächeln auf und sah zu, wie die beiden Mädchen das Essen richteten. Einige der Speisen waren ihr nicht vertraut.

»Mein Zimmer ist sehr hübsch«, erklärte sie, als die drei es sich auf der Decke gemütlich machten. »Ich hoffe, niemand musste wegen mir dort ausziehen.«

»Ach was, es stand frei«, erklärte Plesance. »Schon seit einigen Monaten.« Ihr Grinsen wurde noch bösartiger. »Das allein ist schon ein Skandal für sich.«

»Plesance …!«, seufzte Margot.

»Na ja, sie hat gefragt«, versetzte Plesance. »Warum sollte ich es ihr denn nicht sagen?«

Margots Antwort war die Andeutung eines Schulterzuckens.

»Versucht mal das da.« Plesance zeigte auf einen grauen Block von irgendetwas, dann schnitt sie sich mit einem kleinen Messer ein Stück davon ab. Das Zeug erzitterte sichtlich, bevor es Plesance auf eine Scheibe Brot verteilte, die sie Chrysanthe reichte.

Sie nahm einen kleinen Biss. Es schmeckte nach Fisch und war gallertartig und kalt.

»Aal in Aspik«, erklärte Plesance.

»Interessant«, antwortete Chrysanthe und fragte sich, warum, um alles auf der Welt, irgendwer eine Speise fabrizieren sollte, der es derart an Würze mangelte.

»Sie hieß Sandrine d'Ospios«, nahm Plesance den Faden wieder auf. »Die Frau, die als Letztes den kleinen Nachttopf bewohnt hat, wo Ihr jetzt schlaft. Eine alte Jungfer von vielleicht vierundzwanzig Jahren, zumindest haben wir das gedacht. Sie war ursprünglich als Kindermädchen für den Schwarm kleiner Bälger eingestellt worden, die kennenzulernen du bereits das Pech hattest.«

Plesance nahm einer der Dienerinnen einen kleinen Kelch mit einer bernsteinfarbenen Flüssigkeit ab. Das andere Mädchen reichte Chrysanthe ihren Kelch. Der Wein darin schmeckte süß und blumig.

Plesance schnitt eine Grimasse. »Der stammt von unseren eigenen Trauben«, erklärte sie und sah das Mädchen eindringlich an. »Habe ich nicht um den Vin Clere gebeten?«

»Da hat sich keiner finden lassen, Danesele«, entschuldigte sich das Mädchen.

»Tja, wie ärgerlich.«

»Ich finde ihn ziemlich gut«, warf Chrysanthe ein.

Plesance zog eine Braue hoch. »Wird in den Tropen viel Wein hergestellt?«

»Nein«, antwortete Chrysanthe. »Trauben wachsen dort nicht gut. Was wir an Wein haben, wird eingeführt.«

»Daher also deine Meinung.« Plesance nahm einen Schluck und verzog das Gesicht. »Aber er tut's.« Sie legte die Stirn in Falten. »Was trinkt Ihr denn dann bloß? Neben dem, was Ihr an ›Wein‹ importiert?«

»Nun ja …« Chrysanthe gab sich alle Mühe, freundlich zu

bleiben. »Da wäre natürlich Rum, für gewöhnlich gemischt mit verschiedenen Obstsäften, und dann haben wir Injirab, der aus Ingwer gewonnen wird.«

»Du meine Güte«, meinte Plesance. »Wie exotisch.« Sie wischte sich über die Nase, als säße dort eine Fliege, wiewohl Chrysanthe dort nichts dergleichen hatte bemerken können.

»Also dann«, fuhr Plesance fort, »zurück zu dieser Sache mit Sandrine d'Ospios. Sie hatte eine gewisse Begabung für Zahlen, wie es scheint, und sie hat unserer Großmutter bei der Buchführung für den Haushalt geholfen. Dadurch bekam sie Kontakt zu Ferrand Severin, unserem Großboursier, der die Gelder verwaltet. Ihr Interesse an Zahlen hat sich dadurch sogleich multipliziert, könnte man sagen.« Sie lachte. »Multipliziert, versteht Ihr?«

»Ich habe den Witz schon verstanden«, sagte Chrysanthe. »Ihr wollt also andeuten, dass der Boursier und d'Ospios eine Affäre miteinander hatten?«

»Das sind alles nur Gerüchte«, warf Margot ein. »Weder er noch sie haben es je zugegeben.«

»Nein, natürlich nicht«, räumte Plesance ein, »aber Severin hat früher nie gelächelt, doch in diesen Tagen hat er es getan, und einmal soll er sogar einen Witz erzählt haben. Und dann war unsere liebe Miss d'Ospios plötzlich verschwunden, nicht wahr? Jetzt brütet Severin in seinem Kontor vor sich hin, spricht mit niemandem auch nur ein Wort und ist sogar noch verdrießlicher, als er es schon war, bevor er sie kennenlernte.«

»Für mich klingt das nach einer einsamen Seele«, bemerkte Chrysanthe. »Vielleicht hat zwischen den beiden ja nur eine unschuldige Freundschaft bestanden.«

»Klar. Genauso wie eine Gans auch ein Hund sein könnte«, versetzte Plesance, »wären da die Federn nicht. Aber das spielt kaum eine Rolle. Sobald ein solches Gerücht einmal in die Welt gesetzt worden ist, kann es genauso gut auch wahr sein. Der Ruf ist bereits durch die Anschuldigung beschädigt, und der Ruin ist unvermeidlich.« Sie lächelte, vielleicht um sicherzustellen, dass ihre Andeutungen auch verstanden wurden.

Chrysanthe verstand sie natürlich. Plesance unterstrich, wie prekär Chrysanthes eigene Situation war, wie leicht ihr Ruf ruiniert werden konnte, sobald sich Plesance in den Kopf gesetzt hatte, genau dies zu tun. Daheim war Chrysanthes Charakter und Wesensart wohlbekannt, und es hätte mehr als ein Gerücht oder ein beiläufig fallen gelassenes Wort gebraucht, um sie in Misskredit zu bringen. Hier jedoch war das nicht der Fall. Wenn ihre Mutter recht hatte – und in solchen Dingen lag sie selten daneben –, konnte selbst etwas, das wie eine alberne Kleinigkeit erscheinen mochte, sie alle ins Verderben stürzen. Ihr Vater und Crespin könnten aus dem Krieg heimkehren und plötzlich ohne Land oder ein Zuhause dastehen.

»Wohin ist sie verschwunden, diese Miss d'Ospios?«, hakte Chrysanthe nach.

»Keine Ahnung«, antwortete Plesance. »Sie ist fortgegangen, das ist alles, ohne mit irgendjemandem auch nur ein Wort zu sprechen. Ich bezweifle, dass sie jetzt noch eine Anstellung finden wird. Wahrscheinlich ist sie Hure geworden oder etwas dergleichen.«

»Und Severin?«

»Tja, er ist unentbehrlich«, erklärte Plesance. »Wie gesagt, sein gesamtes Tun beschränkt sich auf ständiges Schmollen und das Führen der Geschäftsbücher. Ich gehe davon aus, dass er durchaus ein wenig Reue verspürt – er ist zu einem Stammgast in der Basilika geworden. Geht sogar jeden Abend dorthin.«

Chrysanthe nahm noch einen Schluck Wein. Konnte das Tagebuch vielleicht Sandrine d'Ospios gehört haben? Doch wenn, warum hätte sie es zurücklassen sollen?

Mehr denn je war sie jetzt entschlossen, es zu entziffern. Und mehr über Severin in Erfahrung zu bringen, den Boursier.

Nicht nur dem Aspik mangelte es an Geschmack, sondern dem ganzen Picknick. Schon die Abendessen im Haus ihres Vetters waren ein wenig fad gewesen, obwohl einige Gewürze zur Anwendung gekommen waren. Diese Speisen hier jedoch enthielten kaum auch nur eine Prise Salz.

Sie suchte nach einer Möglichkeit, sich höflich danach zu erkundigen, hatte sich aber noch keine angemessene Frage zurechtgelegt, als Margot auch schon von ihr wissen wollte, ob sich das Essen in Mesembria denn sehr von dem hiesigen unterschied.

»Ja«, antwortete sie, »daheim nimmt man eine Menge Gewürze.«

»Aber klar doch«, bemerkte Plesance. »Die Gewürze kommen schließlich aus jenem Teil der Welt, nicht wahr? Sie müssen dort sehr billig sein. Sehr alltäglich. Selbst in der Stadt Ophion, habe ich gehört, ist der Preis für Pfeffer und Gewürznelken im Laufe der vergangenen Jahre stark gesunken, und doch machen sich manche Leute immer noch vor, dass händeweise rohen Kardamom oder Zimt in ein Gericht hineinzuwerfen Beweis ihres Wohlstands und ihres gesellschaftlichen Rangs sei. Dabei handelt es sich um nicht mehr als irgendwelche kleinen Holzstückchen.«

Chrysanthe begann, Plesances kleiner Seitenhiebe bezüglich ihrer provinziellen Herkunft zunehmend überdrüssig zu werden.

»Es ist mehr als nur das«, stellte sie richtig. »Gewürze verstärken nicht nur den Geschmack, sie helfen auch, die Körpersäfte ins richtige Gleichgewicht zu bringen. Dieser Aal in Gelee zum Beispiel – er ist von einer sehr kalten, feuchten Natur. Wird das nicht mit etwas von heißem Charakter – wie etwa Pfeffer – ausgeglichen, besteht da ein Gesundheitsrisiko. Zum Beispiel das einer Lungenentzündung.«

»Das weiß ja jedes Kind«, versetzte Plesance. »Aber ist es denn möglich, dass Ihr wirklich Lacrime nicht kennt?«

Chrysanthe wälzte das Wort in ihrem Kopf hin und her.

Es bedeutete »Träne«, aber das war gewiss nicht das, was Plesance mit dem Ausdruck meinte.

»Offenbar nicht«, bekannte sie.

Plesance griff in die eine kleine Tasche seitlich an ihrer Hüfte und zog ein kleines Fläschchen hervor. Das reichte sie ihr. »Ein einziger Tropfen genügt. Auf Eure Zunge.«

Chrysanthe nahm das Fläschchen entgegen und musterte es für einen Moment. Wenn Plesance vorhatte, sie zu vergiften, hätte sie das Gift in ihr Essen oder ihren Wein geben können. Also entkorkte sie das Fläschchen und stellte fest, dass der Verschluss mit einer kleinen goldenen Pipette versehen war, an der eine durchsichtige Perle irgendeiner Flüssigkeit haftete. Sie ließ sich den Tropfen auf die Zunge fallen.

Für einen Moment spürte sie nur Kälte wie von einem Stückchen Eis, aber einen Herzschlag später schien das Eis in Flammen aufzugehen. Sie schnappte nach Luft, und ihre Nasennebenhöhlen und die Lunge füllten sich mit Hitze. Doch nach dem ersten Schock blieb der Schmerz aus. Die Wärme strömte von ihrem Inneren nach außen, ihre Haut fühlte sich an, als würde sie Funken sprühen, und alles, was sie sah, schien in rosigem Licht gebadet.

Plesance lachte, aber es klang kühl und wie von weit weg. Unwillkürlich musste Chrysanthe an die warme, feuchte Überraschung ihres ersten Kusses denken, und dann überkam sie – urplötzlich – die Vorstellung, wie Margot sie an den Armen fasste und sie an ihre Lippen zog.

»Oh«, hauchte sie und schloss die Augen. Der Ansturm von Empfindungen ließ nach, aber es vergingen mehrere Minuten, bis sie ihre Fassung so weit wiedergefunden hatte, um sprechen zu können.

Unterdessen hatten auch Plesance und Margot je einen Tropfen genommen.

»Verstehst du jetzt?«, fragte Plesance, und erst später wurde sich Chrysanthe bewusst, dass sie zum vertraulichen Du überging.

»Nein«, antwortete Chrysanthe und gab sich alle Mühe, Plesance nicht offen anzustarren. »Ich meine, was war das?«

»Lacrime«, antwortete Plesance mit leicht träumerischer Stimme.

»Es heißt, jeder Tropfen sei das Destillat von etwa zehn Pfund Gewürzen«, erklärte Margot. »In diesem Fall Zimt.«

»Aber ich schmecke rein gar nichts, erst recht keinen Zimt.«

»Das ist ja das Schöne daran«, sagte Plesance. »Und jetzt brauchst du dir auch keine Sorgen mehr zu machen, dass dieser Aal dich unpässlich machen könnte. Seine kalte Natur ist nun ausgeglichen worden.«

»Na ja, wenn überhaupt, dann war es eher des Guten zu viel«, widersprach Chrysanthe. Sie glühte immer noch, war außer Atem und konnte die Gedanken an Küsse nicht aus ihrem Hirn verbannen. Es war allgemein bekannt, dass Zimt sinnliche Erregung hervorrufen konnte, wenn man zu viel davon zu sich nahm. Sie hatte seine Wirkung schon zuvor gespürt, aber nie auch nur ansatzweise so stark wie jetzt.

Als sie über eine Stunde später auf dem Rückweg nach Roselant waren, begegneten sie Quintent, der über eine Wiese geritten kam. Chrysanthes Glieder waren noch immer warm von dem Lacrime, und sie spürte, wie sich ein breites, dümmliches Lächeln über ihr Gesicht legte. Entsetzt versuchte sie, es durch eine gleichgültige Miene zu ersetzen.

Warum war er hier?

Hatte er nach ihr Ausschau gehalten?

»Dachte ich's mir doch«, hörte sie Plesance mit gedämpfter Stimme murmeln. Dabei sah sie Chrysanthe an, als könnte sie ihre Gedanken lesen. War es denn derart offensichtlich?

Die junge Frau hob die Stimme, als Quintent näher kam. »Guten Tag, Cousin! Wie schön, dich zu sehen. Was für ein glücklicher Zufall, dass unsere Wege sich kreuzen.«

»Kein Zufall«, stellte Quintent richtig. »Ich wurde vielmehr geschickt, um nach euch zu sehen. Mir scheint, ihr zwei habt unseren Gast allzu sehr für euch in Beschlag genommen. Eure Großmutter möchte beim nächsten Schlag der Uhr mit ihr Kaffee trinken.«

»Sind wir zu lange fort gewesen?«, fragte Plesance mit Unschuldsmiene. »Ist es schon drei?«

»Fast«, antwortete Quintent. »Ihr wisst, dass sie es nicht mag, wenn man sie warten lässt.«

»Wie dumm von mir«, sagte Plesance. »Ich habe gar nicht mehr daran gedacht. Wir haben kaum noch Zeit, die Verabredung einzuhalten, oder?«

Chrysanthe bezweifelte stark, dass Plesance wirklich vergessen hatte, wie spät es war. Viel wahrscheinlicher war, dass sie versuchte, ihre erste Zusammenkunft unter vier Augen mit der Herrin vom Roselant zu hintertreiben.

»Ihr reitet am besten mit mir«, bot er Chrysanthe an. »Damit Ihr Euch nicht verspätet.«

»Ich …« Sie wusste, dass sie rot wurde.

»Ist irgendetwas nicht in Ordnung?«

»Nein, nein«, antwortete sie. »Es wäre mir in der Tat lieber, sie pünktlich zu treffen.«

Kurze Zeit später galoppierten sie auf Roselant zu. Sie hielt die Arme fest um seine Hüfte geschlungen. Jetzt stellte sie sich vor, ihn zu küssen, und sie musste sich einschärfen, dass er gar nicht nach ihrem Geschmack war. Dennoch versuchte sie verzweifelt, sich abzulenken, indem sie an Warzen dachte, an verdorbenes Fleisch und an Bücher mit einem traurigen Ende.

Sie würde es sich sehr genau überlegen, bevor sie das nächste Mal irgendetwas von Plesance annahm, so viel stand fest.

»Vielen Dank für den Brief«, hörte sie es aus sich herausplatzen. »Ich fand ihn sehr lustig. Das war lieb von Euch.«

»Solltet Ihr Euch das nicht für den Brief aufheben, den Ihr mir zurückschreibt?«

»Ja, natürlich.«

»Ist alles in Ordnung?«, erkundigte er sich. »Seid Ihr mit Eurer Unterbringung zufrieden?«

»Ja«, antwortete sie. »Auch wenn das Zimmer Plesance zufolge kaum mehr ist als ein Nachttopf. Die letzte Bewohnerin des Zimmers war eine Art Kindermädchen.«

»Ihr meint sicher Miss d'Ospios. Ich bin ihr einmal begegnet. Sehr höflich und kultiviert. Ihr Vater war Offizier in der Armee, im Stab eines Botschafters. Wenn ich mich recht erinnere, hat sie viele ihrer frühen Jahre mit ihm auf seinem Standort in Modjal verbracht.« Er drehte sich halb um, um sie anzusehen. »Plesance hat Euch ganz bestimmt etwas über die Umstände ihres Abschieds von hier erzählt.«

»Das hat sie, ja«, antwortete Chrysanthe. »Sie scheint dergleichen Dinge zu genießen.«

Plötzlich waren ihre Gedanken in ihrem Zimmer, bei dem Tagebuch. Was war, wenn es sich bei der verschlüsselten Sprache um Modjali handelte? Das würde einen gewaltigen Unterschied machen, und sie verfügte über eine ausreichende Kenntnis dieser Sprache.

»Ich frage mich ...«, überlegte sie laut.

»Wie bitte?«

»Das Tagebuch«, sagte sie. »Vielleicht ...« Dann brach sie mit glühenden Ohren ab. Was machte sie da? Hatte sie völlig den Verstand verloren? »Ich meine, mein Tagebuch«, setzte sie hinzu. »Ich darf nicht vergessen, es heute Abend auf den neuesten Stand zu bringen.«

»Das glaube ich gern«, meinte er. »Ein Picknick mit diesen beiden sollte mehr als nur einer kurzen Notiz würdig sein.«

Zwischen den Bäumen tauchte Roselant auf, und schon bald hatten sie das Haus erreicht, volle fünf Minuten vor dem Schlag der Uhr. Quintent saß zuerst ab und half ihr dann aus dem Sattel.

»Danke«, sagte sie.

»Sehr gern geschehen«, antwortete er. »Vielleicht werden

wir bei unserem nächsten Ausritt ja jeder ein Pferd haben.« Er lächelte. »Oder vielleicht auch nicht.«

Zu ihrer Erleichterung hatte sie sich inzwischen wieder unter Kontrolle.

»Eines Abends in naher Zukunft würde ich sehr gerne mal der Basilika einen Besuch abzustatten«, fiel ihr ein. »Wenn Ihr Zeit und Lust habt, würde ich mich freuen, wenn Ihr mit mir dorthin reiten würdet.«

»Natürlich.«

»Und bitte mit zwei Pferden.«

Ysabel d'Othres lehnte sich in etwas zurück, das man diplomatisch als einen etwas übergroßen Sessel bezeichnen konnte und mit etwas mehr Ehrlichkeit als einen kleinen Thron. Das Ding war mit gestepptem, perlenbesetztem Samt gepolstert und mit einem ein klein wenig dunkleren Garn bestickt. Sie trug ein kaffeebraunes Gewand, und Chrysanthe fand, dass sie einer Venusmuschel in einer Schale ähnelte, die viel zu groß für sie war.

»Wie hat Euch die umliegende Landschaft gefallen?«, erkundigte sich die ältere Frau.

»Sie ist recht schön«, antwortete Chrysanthe.

»Ganz anders als das, was Ihr gewohnt seid, vermute ich.«

»Ja, Ma Dame«, bekannte Chrysanthe.

»Ich habe Mesembria einmal einen Besuch abgestattet, zusammen mit meinem Onkel. Wir waren sogar in Eurer Provinz, in Laham, denn mein Onkel hatte geschäftlich mit Eurem Großvater zu tun. Das war natürlich vor Eurer Geburt, aber Eure Eltern waren recht freundlich zu mir, und anschließend kam es mir so vor, als hätte ich eine Art Abenteuer erlebt. Und jetzt, da ich die Möglichkeit habe, den Gefallen zu erwidern, tue ich das mit Freuden.«

»Vielen Dank, Ma Dame«, sagte Chrysanthe. »Ich bin sehr froh, hier zu sein.«

Ysabel nickte. »Ich weiß, dass Euch die besonderen Umstände Eures Aufenthalts bei uns durchaus bekannt sind, aber ich möchte auch, dass Ihr versteht, dass diese Umstände rein formeller Natur sind. Wir alle beten dafür, dass dieser Krieg bald zu Ende sein wird und wir alle zu unseren eigentlichen Beschäftigungen zurückkehren können. Doch solange Ihr hier seid, möchte ich, dass Ihr Euch einfach nur als einen Ehrengast betrachtet, der unter unserem Schutz steht. Ich könnte Eurem Vater nie wieder in die Augen sehen, sollte Euch hier ein Unglück widerfahren – daher darf das nicht passieren.«

»Vielen Dank, Ma Dame, das beruhigt mich«, antwortete Chrysanthe brav.

Ysabel lächelte wohlgesonnen. »Wie ich Eure Mutter kenne, würde sie es als eine freundliche Geste betrachten, wenn ich mich ein wenig um eine gute Partie für Euch bemühe.«

Chrysanthe erwiderte ihr Lächeln. »Ihr kennt meine Mutter in der Tat sehr gut, aber es besteht keinerlei Notwendigkeit für Eheanbahnung.«

»Ach, gäbe es da vielleicht schon einen geeigneten Kandidaten?« Ysabel klang nicht direkt verärgert, aber sie wirkte ein wenig kühler.

»Ich wollte nur sagen, dass ich gegenwärtig nicht auf der Suche nach einem Ehemann bin.«

»Nun, das mag schon sein, aber wenn ich nicht zumindest so tue, als würde ich es versuchen, wird mir Eure Mutter das niemals verzeihen.«

»Ich bin immer gerne bereit, neue Freunde zu finden.«

»Gewiss doch hattet Ihr daheim Verehrer.« Die alte Dame ließ nicht locker.

»Den einen oder anderen«, räumte Chrysanthe ein und dachte an Lucien.

Ihr Missfallen war ihr offenbar anzusehen, denn Ysabel erwiderte: »Hier werden wir es besser machen. Ich denke, ich werde Euretwegen einen kleinen ländlichen Tanzabend veranstalten. Ihr seid ein hübsches Mädchen, so viel steht fest, wenn auch ein wenig … exotisch.« Sie legte den Kopf schief. »Was meint Ihr, wie groß der Reichtum Eures Vaters wohl ist? Das könnte mich in meiner Wahl der Gäste beeinflussen.«

Chrysanthe blinzelte. »Ich bin mir nicht sicher, ob ich über solche Dinge sprechen sollte.«

»Sprechen sollte oder sprechen kann?«

Das traf sie ein wenig. »Ich helfe meinem Vater bei der Buchführung, daher bin ich mit seinen Geschäften durchaus vertraut. Aber ich fühle mich nicht wohl dabei, solche Dinge ohne seine ausdrückliche Erlaubnis zu erörtern.«

»Ihr wisst, wie man Buch führt?«, hakte Ysabel nach. »Nur wenige junge Frauen können dies.« Ihre Stimme hatte sich nicht verändert, aber alles Übrige schien plötzlich anders geworden zu sein. Das Licht im Raum leuchtete anders. Chrysanthe hörte in weiter Ferne einen Hund bellen.

»Mein Vater erwartet von all seinen Kindern, dass sie sich nützlich machen«, erklärte sie und versuchte, sich ihren Verdruss nicht anmerken zu lassen. Sie war schon seit ihrer Ankunft in Ophion ein wenig aus dem Lot. Es war alles zu viel: der unerwartete Wechsel der für sie bürgenden Familie, der ungezwungene Charme Quintents, der obszöne Bonaventure, die Unruhen auf der Straße, die bizarre Begegnung mit dem Kaiser, das Gesicht im Spiegel und nun ein Tag der Reizüberflutung und der versteckten Drohungen – das alles hatte ihre Vernunft unter einem Ansturm von Gefühlen begraben.

Das musste aufhören. Ihr Scharfsinn war ihr einziges Verteidigungsmittel.

»Ein vernünftiger Mann, Euer Vater«, lobte Ysabel. »Eine gebildete Tochter ist immer von Nutzen.« Für einen Moment verhärteten sich ihre Züge. Dann lächelte sie und wirkte wieder ganz aufgeräumt. »Ihr habt einen langen Tag hinter Euch«, fuhr sie fort, »und ich habe nicht die Absicht, ihn noch länger zu machen. Ruht Euch vor dem Abendessen ein wenig aus.«

»Vielen Dank, Ma Dame.«

Chrysanthe konnte es gar nicht erwarten, auf ihr Zimmer zurückzukehren, da war es natürlich unvermeidlich, dass sie auf dem Weg dorthin erst der Hälfte der Frauen im Chastel begegnen musste, die alle darauf brannten, mit ihr über irgendwelche ihrer männlichen Freunde zu sprechen. Anscheinend war Dame Ysabel nicht der einzige Mensch, der danach trachtete, Chrysanthe unter die Haube zu bringen.

Sie blieb höflich und gab sich alle Mühe, stets zu lächeln, aber während all dessen dachte sie an nichts anderes als an das Tagebuch.

Was immer hier vor sich ging, was immer sie Bonaventures Vorstellungen zufolge hier womöglich entdecken sollte, sie war inzwischen fest davon überzeugt, dass es in direkter Verbindung mit der verschwundenen Miss d'Ospios stand. Hatten sie und der Boursier miteinander eine Affäre gehabt? Vielleicht, doch dies war nicht die eigentlich relevante Frage. Sandrine d'Ospios hatte gut rechnen können und musste etwas in den Geschäftsbüchern entdeckt haben, das die Familie geheim halten wollte.

Aber was? Hatten sie Waffen gekauft, die gegen den Kaiser eingesetzt werden sollen? Chrysanthe wusste nicht einmal, welcher Art von Geschäften der Herr von Roselant nachging, und sie konnte nicht einfach jemanden danach fragen. Ysabel war nicht dumm – wenn sie nicht schon zuvor gewusst hatte, dass Chrysanthe für ihren Vater spionierte, so wusste sie es jetzt.

Chrysanthe musste sich Einblick in die Bücher des Boursiers verschaffen.

Wie, um alles in der Welt, sollte sie das anstellen?

Bereits als sie die Tür zu ihrem Zimmer öffnete, wusste sie, dass etwas nicht stimmte. Es herrschte das reinste Chaos, und ihr erster Gedanke war, dass Orenge mitten im Saubermachen weggerufen worden war. Aber jemand hatte ihren Schrank geleert, und alle ihre Kleider lagen auf dem Boden übereinander, wofür es keinerlei Erklärung gab. War

Plesance hier gewesen, um ihr irgendeine Art von Streich zu spielen?

Der Vorhang bewegte sich, und jemand trat hinter dem Stoff hervor. Der Mann trug einen langen braunen Mantel und einen Hut mit breiter Krempe, und eine Maske verdeckte sein Gesicht mit Ausnahme der Augen. Er hob die Hand in ihre Richtung, und sie erblickte einen langen, sehr gefährlich aussehenden Dolch darin.

Zweites Kapitel

Sonderbare Sprachen

»Ich kann ihn immer noch spüren«, ließ Bracke den Zauberer wissen, als die zuvor so tief verstörten Expeditionsteilnehmer allmählich ihre Fassung wiedergewannen.

»Das war vorherzusehen«, meinte Veulkh. »Je wacher er wird, umso größer ist seine Reichweite. Sobald wir aber das Tal hinter uns haben, sollten wir ihn los sein, zumindest im unmittelbaren Sinne.« Er blickte sich um, dann wandte er sich wieder an Bracke. »Es hat hier einst eine Straße gegeben, die nach Südosten führte. Stell fest, ob du sie finden kannst.«

Das war nicht weiter schwer, denn wie die Straßen in der Stadt war auch diese gepflastert. Bald schlängelte sie sich einen Hang hinauf, der so steil war, dass die Reisenden nur langsam vorankamen, dennoch gelangten sie rechtzeitig oben an, um noch vor Sonnenuntergang ihr Lager aufzuschlagen.

Veulkhs Raben errichteten ein schwarzes Zelt, das viel größer war, als es Bracke eigentlich notwendig schien. Als sie fertig waren, verschwanden Veulkh und Ammolit darin, und nach einiger Zeit wurde sich Bracke bewusst, dass er das Zelt unwillkürlich im Auge behielt, weil er sich fragte, was wohl im Innern vor sich ging.

Er kam zu dem Schluss, dass er seine Zeit besser damit verbringen sollte, ihre Umgebung zu erkunden.

Das Hochland war mehr nach Brackes Geschmack als unten das Tal. Es war kühl und neblig, und die Bäume waren hier nicht annähernd so hoch und mächtig. Es gab Pflanzen, die er kannte, zumindest einige davon, Lorbeer und Eichen zum Beispiel und eine bemerkenswerte Vielzahl von Kannenpflanzen.

Allerdings würden sie nicht lange im Hochland bleiben.

Er erreichte den Bergkamm und blickte auf eine Reihe von Hügeln hinab, die in eine grüne Fläche übergingen, ein scheinbar endloses Meer von Baumwipfeln. Hier und dort war die Biegung eines Flusses zu sehen, eine kupferrote Schleife im Licht der Abenddämmerung.

Er fühlte sich eigentlich zu aufgewühlt, um schlafen zu können, dennoch rollte er sich neben Rose auf einem Felsvorsprung zusammen. Kurz vor Sonnenaufgang stupste die Hündin ihn an, um ihn zu wecken. Sie war aufgeregt und schnupperte.

»Schauen wir mal nach, was los ist«, flüsterte Bracke.

Die Hündin führte ihn zurück ins Lager. Drei Männer standen an einem kleinen Feuer Wache, einer von ihnen Martin. Die Übrigen schliefen unter ihren Decken – die Raben auf der einen Seite des Lagers, die Chevaliers und ihre Männer auf der anderen.

Rose lief zu den Chevaliers.

Bracke folgte ihr, gespannt, was ihn da erwartete. Zuerst wusste er nicht, was er da vor sich sah. Er sah die Stiefel eines Mannes und seine Beine und einen Teil seines Bauchs, aber über den Rest schien jemand eine Art Tasche oder Blase gestülpt zu haben – eine durchaus hübsche Tasche mit einem Ringelmuster in Gelb, Grün und Schwarz.

Dann bemerkte er, dass die Tasche Augen hatte und zudem einem langen Schwanz, so dick wie der Stamm einer Pappel, aber zusammengerollt, und ihm schauderte, denn er hatte solch einen Anblick schon einmal gesehen hatte, nur dass es sich damals um eine Maus gehandelt hatte, nicht um einen

Menschen, und um eine Schlange von gewöhnlicher Größe. Diese Schlange hier war um ein Vielfaches größer. Vor seinen Augen zog sie ihre Muskeln zusammen und zerrte den toten Mann ein wenig tiefer hinein in ihren Schlund.

Bracke ging Martin holen.

»Warum hat er nicht geschrien?«, wunderte sich Martin. Die Männer von beiden Seiten des Lagers hatten sich versammelt.

»Das ist Alont«, sagte jemand.

»Das war Alont«, korrigierte der Chevalier Ariston. »Jetzt ist er Schlangen-merde.«

»Er hat nicht geschrien, weil ihm die Luft dazu gefehlt hat«, erklärte Bracke. »Sie hat sich um ihn gewunden, während er noch schlief, und danach hat er nie auch nur einen weiteren Atemzug getan.«

»Wir sollten sie töten«, schlug einer der Raben vor, und allgemeine Zustimmung folgte.

»Nein«, sagte Veulkh und trat aus dem Zelt. Ammolit stand in ihrer anderen Gestalt direkt hinter ihm. »Der Mann ist bereits tot, und es bringt Unglück, Schlangen zu töten. Vor allem eine solche Schlange und an einem Ort wie diesem. Wenn wir Glück haben, gibt er sich vielleicht damit zufrieden und schläft wieder ein.«

Bracke spürte ihn immer noch, und dieses Gefühl wurde sogar stärker, wenn er sich nach Nordosten wandte. Aber er sah keine Veranlassung, das auszusprechen. Je eher sie aufbrachen, umso besser.

Lange nachdem die Nachwirkungen ihrer Reise bei Bracke und den anderen abgeebbt waren – Tage nachdem sie jener namenlosen Bedrohung in der alten Stadt entkommen waren, was auch immer sie gewesen sein mochte –, war Ammolit immer noch schwindelig. Allerdings nur von Zeit zu Zeit, und sie fragte sich, ob das wohl daran lag, dass sie schon so lange in Orras Gestalt verblieben war, oder ob es etwas mit all dem offenen Land zu tun hatte, da sie Mauern und Wände um sich herum gewohnt war und eine Decke über ihrem Kopf.

Draußen auf ihrem Balkon hatte sie manchmal ähnliche Schwindelanfälle gehabt, aber dort war hinter ihr immer noch Veulkhs Felsenfestung gewesen. Hier dagegen schien sich das weite Land bis in alle Ewigkeit zu erstrecken. Nicht einmal die Erde war hart und fest oder flach und glatt. Von der Hexerklause abgesehen waren die Böden im Anwesen des Zauberers alle eben. Hier gab es überall Unebenheiten, Hänge, Vorsprünge, liegende Baumstämme und Steine.

Trotz all der Weite um sie herum kam sie sich mehr denn je wie eine Gefangene vor. Nachts in Veulkhs Zelt ging alles so weiter wie stets. Beim ersten Mal hatte sie Angst gehabt, er könnte irgendwie herausfinden, was sie mit Bracke getan hatte, aber das war nicht der Fall, und beim näheren Nachdenken wurde ihr bewusst, dass ja Orra niemals das Lager mit Bracke geteilt hatte, das hatte nur Ammolit getan.

Jetzt war sie beständig Orra und konnte Veulkh nicht mehr in der Gestalt Ammolits für ein paar Stunden oder auch nur Minuten entfliehen, um für sich zu sein. Selbst wenn sie sich erleichtern musste, blieben entweder Veulkh oder Kos in ihrer Nähe. Sie war nie mehr als drei, vier Meter von einem der Männer entfernt, und wenn irgendwer sonst es wagte, sie auch nur anzusprechen, wurde er dafür gerügt.

Zuerst hatte ihr das Reiten Schmerzen bereitet, aber mit der Zeit war es besser geworden. Bei jener ersten wilden Flucht hatte sie mit Veulkh zusammen im Sattel gesessen und sich an ihm festgeklammert, aber später hatte er darauf bestanden, dass sie lernte, allein zu reiten.

Bracke bestieg niemals ein Pferd, sondern lief neben ihnen her und unterhielt sich für gewöhnlich mit der Frau namens Selene. Ammolit mochte sie nicht und fragte sich oft, ob sie und Bracke sich wohl bei Nacht miteinander vereinigten, während sie selbst bei Veulkh war. Wenn nicht, so schien es sich Bracke doch fraglos zu wünschen.

Selene machte nicht den Eindruck, als wäre sie eine Sklavin, daher war es gut möglich, dass sie sich mit überhaupt niemandem vereinigte, ein Gedanke, bei dem Ammolits Abneigung gegenüber der Frau sogar noch wuchs.

Außerdem fragte sie sich, ob Bracke womöglich sein Versprechen vergessen könnte, ihr bei der Flucht zu helfen. Allerdings hätte es bisher ohnehin nur eine einzige Gelegenheit dazu gegeben, nämlich in der Verwirrung jenes ersten Tages.

Der Dschungel schien endlos, und er war voller widerwärtiger Dinge, deren schlimmste sich bei Nacht bemerkbar zu machen schienen. Nicht nur war da die Schlange gewesen, die dem Chevalier das Leben aus dem Leib gepresst hatte. In der dritten Nacht war einer der Raben im Schlaf gebissen worden, und sein Arm hatte sich daraufhin schwarz verfärbt. Ammolit hatte schon geglaubt, dass er sterben würde, aber man hatte ihm unter Veulkhs Anleitung und Aufsicht den Arm abgeschnitten und die Wunde ausgebrannt. Auch wenn er immer noch schwach war, schien es dem Mann allmählich wieder besser zu gehen.

Zehn Tage nachdem sie die Ruinen von Sular Bulan hinter sich gelassen hatten, überquerten sie einen Fluss, und plötzlich surrte ein Pfeil heran und traf einen der Chevaliers. Der Pfeil prallte zwar von seiner Rüstung ab, und der Mann blieb unverletzt, aber alle beeilten sich, das andere Ufer des Flusses zu erreichen.

Hätte der Pfeil Ammolit getroffen, das war ihr klar, hätte er sie wahrscheinlich getötet, denn sie trug ja keine Rüstung.

Veulkh hatte offenbar den gleichen Gedanken. Er rief Bracke herbei, der Ammolit einen flüchtigen Blick zuwarf. Sie spürte, wie ihr Gesicht zu glühen begann, und sie hoffte, dass es ihrem Herrn nicht auffiel.

»Lady Orra«, grüßte Bracke, »ich hoffe, Ihr seid wohlauf.«

»Du brauchst dich nicht um ihre Gesundheit zu kümmern«, fuhr Veulkh ihn an, »das unterliegt meiner Zuständigkeit!«

Sie fragte sich, was Bracke wohl vor seinem geistigen Auge sah – Ammolit in einer Verkleidung, oder betörte Orra auch ihn?

»Wer schießt da auf uns?«, begehrte Veulkh zu erfahren.

»Ich kenne die Namen dieser Leute nicht«, antwortete Bracke mit einem Grinsen, und seine Dreistigkeit beeindruckte sie.

»Nach ihren Namen habe ich nicht gefragt!«

»Ich schätze, es sind nur sechs bis acht Mann. Wir befinden uns wahrscheinlich in ihrem Jagdrevier. Oder es handelt sich vielleicht um einen Kriegstrupp, der auf Trophäenjagd ist. Die Kansa machen so etwas, vor allem im Winter, wenn es für sie sonst nicht viel zu tun gibt.«

»Sie sind genau wie du«, warf Martin ein. Er und Selene waren auf sie zugetreten. »Sie werden uns auch weiterhin belästigen, aber wir werden sie niemals zu Gesicht bekommen.«

»Mag sein«, räumte Bracke ein.

»Könntest du losziehen und sie ein wenig dezimieren?«, schlug Martin vor. »Das genügt vielleicht schon, damit sie uns in Ruhe lassen.«

»Das hier ist ihr Land, nicht meins«, wandte Bracke ein. »Ich kenne diesen Wald mit seinen Riesenschlangen und Spinnen von Eichhörnchengröße nicht. Anstatt sie zu verscheuchen, wäre ich ihnen wahrscheinlich auf Gedeih und Verderb ausgeliefert.«

»Oh, das habe ich nicht bedacht«, gestand Martin. »Vergiss meinen Vorschlag.«

Bracke warf Selene einen Blick zu. »Ich will dennoch sehen, was ich tun kann.« Damit verschwand er auch schon zwischen den Bäumen, und sein Hund und sein Rabe folgten ihm.

Hatte da nicht kurz ein Hauch von Triumph auf Selenes

Zügen gelegen?, fragte sich Ammolit. Oder war es etwas anderes gewesen?

Die Expeditionsteilnehmer setzten ihren Weg ohne Bracke fort. Seit sie in das schwüle, heiße Tiefland vorgedrungen waren, hatten viele der Kämpfer ihre Helme nicht mehr getragen, aber jetzt setzten sie alle wieder auf.

Bracke stieß wieder zu ihnen, als sie gerade ihr Lager aufschlugen. Er hielt einen Speer in der Hand.

»Ich habe zwei getötet«, berichtete er. »Die Übrigen sind nach Südwesten verschwunden.« Er warf Martin etwas Blutiges zu, und der fing es auf. Für Ammolit sah es aus wie menschliche Ohren, mit Löchern versehen und auf einem Lederband aufgereiht.

»Sie sind ziemlich klein, ungefähr meine Größe«, fuhr Bracke fort. »Und sie tragen nicht viel mehr am Leib als hübsche Federn und Tätowierungen. Außerdem haben sie Speere wie diesen hier sowie Knüppel. Einer von ihnen hatte auch ein Schwert. Sie sind recht schlau. Ich hatte Glück.«

»Meinst du, dass sie zurückkommen?«

Bracke zuckte mit den Schultern. »Keine Ahnung.«

Fünf Tage verstrichen ohne jeden Zwischenfall. Das Gelande wurde flacher und bestand zum Großteil aus fauligem Schwarzwassersumpf, der sie zu größeren Umwegen zwang. Nicht nur, um nicht darin zu versinken, dort im Wasser lauerten auch riesige echsenartige Ungeheuer, die Veulkh und Martin Krokodile nannten.

Ständig wurde sie von schwarzen Fliegen und Moskitos gestochen, und Veulkh mischte nun ihrem Wein Pfeffer und Zimt bei, damit die ständige Feuchtigkeit sie nicht krank machte.

Am nächsten Tag blieb Bracke plötzlich stehen und erstarrte.

»Sie sind zurück«, verkündete er, »und es sind jetzt viel mehr als zuvor.«

Die Raben saßen ab und ließen ihre Pferde rasch einen Kreis um Veulkh und Ammolit herum bilden. Zuerst wunderte sie sich darüber, dann begriff sie, dass die Tiere, wenn nötig, als Schutzschilde dienen sollten.

Die Chevaliers blieben in den Sätteln, aber auch sie formierten sich zu einem Ring, um einen Angriff in allen Richtungen abwehren zu können, doch abgesehen vom Schnauben der Pferde lag der Dschungel vollkommen still.

Dann aber erklangen Hörner, und rings um sie herum waren Bewegungen zwischen den Bäumen auszumachen. Einen Moment später kamen sieben Männer aus dem Dschungel geschritten. Sie wirkten völlig furchtlos.

Wie Bracke schon gesagt hatte, trugen sie nicht viel am Leib. Sie waren schlank, muskulös, und ihre Körper waren über und über mit spiralförmigen und gezackten Tätowierungen bedeckt. Der Mann, der offensichtlich der Anführer war, trug zudem einen kunstvollen Kopfschmuck aus violetten, grünen und roten Federn. Im Gegensatz zu den anderen hielt er keinen Speer in der Hand, aber in einer Scheide auf seinem Rücken steckte ein reich mit Perlen verziertes Schwert.

»Na reh su«, sagte der Mann. Sie wusste nicht recht, ob es eine Frage oder eine Forderung war.

Martin trat vor. »Ich verstehe Euch nicht«, erwiderte er auf Velesanisch. Als er keine Antwort erhielt, wechselte er in jene Sprache, in der er sich mit den Chevaliers unterhielt – zumindest klangen die Laute für Ammolit gleich –, und dann wieder in eine andere.

Bei seinem vierten Versuch merkte der Anführer auf und begann stockend zu sprechen.

»Er heißt Tang«, übersetzte Martin. »Er ist eine Art Unterhäuptling aus dem Volk der Ngachok. Er will wissen, wer wir sind und was wir auf seinem Hoheitsgebiet zu suchen haben. Er sagt, man wisse, dass wir in einem Ort namens Rong Lah waren, was verboten sei. Er fragt, ob wir rajn sind.«

»Was sollen wir sein?«, fragte Selene.

Martin wandte sich wieder an den Häuptling. Der kämpfte für einen Moment um Worte, schließlich sagte er: »Dzunu.«

»Dzunu«, wiederholte Martin. »Ich glaube, er meint Dämonen.«

»Fragt ihn, ob er je von Sular Bulan gehört hat«, verlangte Veulkh.

Martin stellte die Frage, und trotz seiner dunklen Haut schien Tang, der Anführer des Eingeborenentrupps, zu erbleichen. Dann begann er wieder zu sprechen, nun sehr hastig. Martin lauschte aufmerksam und übersetzte dann.

»Er sagt, dass die … irgendein anderer Stamm es so nennen oder so ähnlich. Seine Leute sprechen diesen Namen nicht aus, aus Angst, ihn zu wecken. Also nennen sie ihn Rong Lah.«

Veulkh trat vor. »Sulavulan?«

Tang machte einen Schritt zurück und malte eine Art Zeichen in die Luft. Die anderen Eingeborenen wichen ebenfalls nach hinten.

»Isu kuas?«, fragte Veulkh.

»Ao«, antwortete Tang.

Veulkh begann daraufhin in einer Sprache zu sprechen, die Martin zuvor nicht ausprobiert hatte und offenbar auch nicht kannte. Tang hörte zu, zuerst mit großen Augen, aber dann wirkte er zunehmend skeptisch. Er sagte etwas, das Veulkh verärgerte, sodass er plötzlich die Fäuste ballte. Die Adern an seinem Kopf traten hervor, und die Schatten der Bäume vertieften sich.

Dann bebte die Erde unter ihren Füßen.

Ammolit kreischte auf, und sie war nicht die Einzige. Der Wald hallte von Entsetzensschreien wider, menschlichen wie nicht menschlichen.

Die Erde kam wieder zur Ruhe. Das Licht der Sonne kehrte zurück.

Tang stand immer noch da und versuchte, stolz zu wirken,

aber sein Blick huschte umher, als hielte er Ausschau nach etwas Schrecklichem.

»Isu Vajah?«, fragte Veulkh.

»Vajah«, versicherte Tang. Dann verließ er die Lichtung. Der Wald raschelte, als die Krieger überall um sie herum verschwanden, ohne sich noch die Mühe zu machen, sich heimlich zu verhalten.

»Was hatte das alles zu bedeuten?«, wollte Martin wissen.

»Ich habe ihm gesagt, wir seien Dämonen aus Sular Bulan, und sollten sie uns behelligen, würden wir die Männer von einer Seuche dahinraffen lassen und ihre Kinder bei lebendigem Leib vertilgen.«

»Er hat die Sprache der Drehhu gesprochen«, verkündete Martin, sobald Veulkh außer Hörweite war.

»Wer?«, fragte Selene. »Veulkh?«

»Nein«, antwortete Martin. »Ich habe keine Ahnung, was das für eine Sprache war. Ich meine Tang, den Häuptling – die Sprache, in der ich mich mit ihm unterhalten habe, war Drehhu.«

»Ja und?«, fragte Bracke.

»Du hast noch nie von den Drehhu gehört?«, wunderte sich Selene.

»Nein«, bekannte er. »Zumindest kenne ich diese Bezeichnung nicht.«

»Sie haben früher den größten Teil der Welt beherrscht«, erklärte sie.

»Und jetzt nicht mehr?«

»Nein. Als sie damals mit ihren Eroberungszügen angefangen haben, verfügten sie über dämonische Waffen, die sie unbesiegbar machten. Und ihre Schiffe brauchten weder Wind noch Strömung.«

»Warum haben ihre Feinde nicht ebenfalls solche Schiffe und Waffen hergestellt?«

»Dafür gibt es zwei Gründe«, antwortete Martin. »Der

erste ist, dass das nicht so einfach war. Die Drehhu haben ihre Geheimnisse gut gehütet und ihre Waffen lieber zerstört, als zuzulassen, dass sie ihren Gegnern in die Hände fielen. Wenn sie den Verdacht hatten, dass jemand ihr magisches Wissen erlernte oder es anderen lehrte, haben Meuchelmörder ihm den Garaus gemacht. Aber der eigentliche Grund ist, dass diese Dinge böse waren und immer noch böse sind.«

Bracke zog seinen Tomahawk aus dem Gürtel. »Wie kann eine Waffe denn böse sein?«, fragte er. »Sie tut doch nur das, was derjenige will, der sie in Händen hält.«

»Die Waffen der Drehhu sind anders«, ließ Selene ihn wissen. »Sie verderben jeden, der von ihnen Gebrauch macht. Die Drehhu wurden vor langer Zeit zu Ungeheuern durch jene Mächte, derer sie sich bedienten. Hätten unsere Vorfahren mit den Waffen der Drehhu gekämpft, wären auch wir jetzt solche finsteren Geschöpfe.«

»Woher wisst Ihr das?«

»Das ist die Aufgabe der Kryptarchia«, erklärte sie. »Zu wissen. Herauszufinden, was hinnehmbar ist und was nicht. Im Laufe der Zeit hat immer mal wieder jemand versucht, die Magie der Drehhu für seine eigenen Ziele einzusetzen, oft sogar aus hehren Absichten, vielfach aber auch nicht. Es ging nie gut für denjenigen aus, genau wie für die Drehhu nicht.«

»Dann gibt es sie heute also nicht mehr, diese Drehhu?«

»Einige sind übrig geblieben«, antwortete Martin. »Sie wurden in die fernen Länder zurückgetrieben, aus denen sie einst kamen. Über fast ein Jahrhundert hinweg herrschte Frieden zwischen den drei Reichen und ihnen. Oder zumindest gab es keinen Krieg.«

»Was hat es zu bedeuten, dass Tang ihre Sprache spricht?«

»Früher einmal haben alle diese Sprache gesprochen«, sagte Martin. »Oder jedenfalls fast alle. Denn es war die Sprache, die jeder Sklave der Drehhu beherrschen musste. Aus diesem Grund wurde sie allgemein verachtet, und als die verschiedenen Gebiete befreit wurden, sind deren Bewohner in der Regel zu ihren Muttersprachen zurückgekehrt oder haben die ihrer Befreier übernommen. Wahrscheinlich waren Tangs Vorfahren entflohene Sklaven, sodass er sich an die Sprache erinnert.«

»Er spricht sie jedoch nur gebrochen«, warf Bracke ein. »Es ist nicht seine Muttersprache.«

»Genau«, antwortete Martin. »Das bedeutet, dass er eine gewisse Verwendung dafür hat, aber keine sehr wichtige.«

»Die Kansa haben eine Handelssprache, um sich mit anderen Völkern zu verständigen«, bemerkte Bracke.

»Ich verstehe, worauf du hinauswillst, und das ist ein kluger Gedanke«, meinte Martin. »Ja, es wäre möglich, dass wir uns hier in der Nähe der Heimat der Drehhu befinden, sodass man ihre Sprache zu Handelszwecken spricht oder um Verhandlungen zu führen. Womöglich gehört dieses Gebiet sogar zu dem, was von ihrem Königreich noch übrig geblieben ist.«

Bracke erinnerte sich daran, dass Martin den Zauberer gefragt hatte, wo sie sich überhaupt befanden, doch Veulkh hatte sich geweigert, es ihm zu sagen.

»Glaubt Ihr, Veulkh würde uns verraten?«, fragte Selene an Martin gerichtet. »An die Drehhu?«

»Er hat die Sprache verstanden«, unterstrich Bracke. »Als Ihr mit dem Häuptling gesprochen habt, wusste er, was Ihr gesagt habt. Und dann war er in der Lage, sich mit den Ngachok zu verständigen.«

»Er ist alt«, grübelte Selene. »Sehr alt, und es ist nicht alles über seine Vergangenheit bekannt. Womöglich hat die Kryptarchia mit ihm eine schlechte Wahl getroffen.«

»Sie konnte gar nicht wählen«, erwiderte Martin. »Er war der Einzige, der infrage kam. Und vielleicht habt Ihr recht, und er führt uns direkt in eine Falle der Drehhu. Trotzdem müssen wir die Sache fortsetzen. Wir müssen einfach unsere Augen offen halten.«

Drittes Kapitel

Der Mann im braunen Mantel

Chrysanthe wich zur Tür zurück, aber der Mann hatte sie mit drei langen Schritten erreicht. Sie drehte sich um, um wegzurennen, aber er hielt sie fest und legte ihr die Hand auf den Mund, um ihren Schrei zu ersticken. Im nächsten Moment spürte sie, dass er ihr einen Dolch an den Hals hielt.

»Still«, flüsterte er durch seine Maske hindurch. »Sei still, oder ich bringe dich für immer zum Schweigen.«

Chrysanthe fühlte ihren Herzschlag im ganzen Körper. Noch hat er mich nicht getötet, dachte sie.

Sie nickte.

»Braves Mädchen. Ich nehme jetzt die Hand von deinem Mund, und du sagst mir, wo es ist. Wenn du irgendetwas anderes machst und vor allem, wenn du schreien solltest, werde ich dir die Kehle aufschlitzen, und ich werde längst wieder zum Fenster hinaus sein, ehe jemand auftaucht, um zu sehen, was los ist. Nicke, wenn du einverstanden bist.«

Sie nickte. Langsam ließ er die Hand sinken.

»Wo ist es?«, wiederholte er.

In diesem Moment bemerkte Chrysanthe aus dem Augenwinkel eine andere Bewegung; jemand trat hinter dem Kleiderschrank hervor. Der Mann sah es ebenfalls, aber da war die andere Person bereits an der Tür und riss sie auf.

»Wer immer Ihr seid«, sagte Margot mit leiser Stimme, »Ihr solltet jetzt besser verschwinden, sonst werde ich schreien und ... Vielleicht werdet Ihr auch mich ermorden, aber es wird sehr viel schwerer für Euch sein zu entkommen. Unsere Männer werden Euch finden. Also, lasst Chrysanthe los!«

Einen Moment lang rührte sich der Mann nicht von der Stelle. Das Messer blieb, wo es war, dann spürte Chrysanthe, wie sich die Spitze von ihrer Haut löste.

»Bis später«, flüsterte der Mann. Dann war er fort.

Sie drehte sich nicht um, aber nur einen Augenblick später eilte Margot an ihr vorbei. Chrysanthe hörte das Fenster zuschlagen, dann folgte das Klacken der eingehakten Riegel.

Ihre Knie zitterten ein wenig. Margot tauchte wieder neben ihr auf.

»Gnädige Jungfrau, seid Ihr verletzt?«, fragte sie. »Hat er Euch wehgetan?«

»Nicht körperlich«, antwortete Chrysanthe. Sie sah zu dem geschlossenen Fenster zurück, dann schweifte ihr Blick durch das verwüstete Zimmer. »Ich will weg von hier«, flüsterte sie.

»Natürlich«, antwortete Margot. »Wir müssen es jemandem melden. Wir müssen ...«

»Nein«, schnitt Chrysanthe ihr das Wort ab. »Ich muss erst nachdenken.«

Margot nickte. Sie trat vor die Tür und schaute im Flur nach links und rechts, bevor sie raunte: »Dann kommt mit mir!«

Sie griff nach Chrysanthes Hand, führte sie aber nicht in den Flur hinaus, sondern trat stattdessen an den Kleiderschrank und schlüpfte dahinter. Sie drückte gegen die Wand, und ein Teil davon öffnete sich, sodass dahinter ein Gang sichtbar wurde.

»Was ist das?«, fragte Chrysanthe. »Wo kommt man von hier aus hin?«

»Der Gang verläuft entlang der Außenwand zu einem anderen Zimmer.« Margot lächelte unsicher. »Wisst Ihr, ich bin hier aufgewachsen, und wir hatten als Kinder jede Menge Spaß mit diesen Geheimgängen.«

Immer noch benommen ließ sich Chrysanthe von ihr durch den engen Gang führen, bis sie eine weitere Geheimtür erreichten. Margot drückte die Tür auf, und sie gelangten in ein bescheidenes Wohnzimmer mit einem Sofa, mehreren Sesseln, einem Tisch, einer kleinen Harfe und einem Regal mit ein paar Büchern. Zu ihrer Rechten befand sich eine ganz gewöhnliche Tür. Der Raum verfügte über ein einziges Fenster, das verschlossen und verriegelt und obendrein sehr schmal war, zu klein, als dass ein Mensch hätte hindurchschlüpfen können.

»Genügt das hier?«, fragte Margot. Nach einer kurzen Pause fuhr sie fort: »Wir könnten weitergehen, an einen Ort, wo mehr Leute sind.«

»Wohin führt diese Tür?«

»In einen Flur, der parallel zu demjenigen verläuft, in dem auch Euer Zimmer liegt. Ich glaube, hier sind wir sicher vor Eindringlingen.«

»Meinst du?«, fragte Chrysanthe, und es war zum Großteil ihrem Schrecken und dem Schock zuzuschreiben, dass sie zum Du überging, es lag aber auch daran, dass sie Margot nun als Verbündete betrachtete, zumindest in dieser Angelegenheit.

Die junge Frau hatte sich seit ihrem Picknick umgezogen, trug ein hellrosa Kleid und Pantoffeln in der gleichen Farbe.

»Stimmt etwas nicht?«, erkundigte sich Margot.

»Es stimmt überhaupt nichts«, versetzte Chrysanthe. »Jemand hat gerade mein Leben bedroht.«

»Ich war mit dabei«, rief ihr Margot ins Gedächtnis.

»Genau«, gab Chrysanthe zurück. »Und das verlangt eine Erklärung.«

Margots schmale Augenbrauen zuckten in die Höhe. »Ich war nicht mit ihm zusammen dort«, sagte sie. »Ich stecke nicht unter einer Decke mit … wer immer das war.« Sie wirkte gekränkt.

Chrysanthe merkte, dass ihre Atmung sich nun endlich allmählich wieder beruhigte. »Bitte entschuldige, wenn ich dich beleidigt haben sollte«, sagte sie, »aber dieser Zufall, dass du und mein Angreifer beide zur gleichen Zeit in meinem Zimmer gewesen seid …«

Margot wurde rot und schaute zu Boden. »Ich wollte zu dir«, gestand sie. »Ich wollte mich entschuldigen. Für Plesances Verhalten und dafür, dass ich dich nicht vor dem Lacrime gewarnt habe. Ich bin durch die Geheimgänge gekommen, und dann habe ich ihn in deinem Zimmer herumpoltern gehört. Ich hatte Angst, und so bin ich zunächst stehen geblieben und habe gewartet, weil ich nicht wusste, was ich tun sollte. Dann hörte ich dich hereinkommen und habe gedacht … Na ja, ich musste ja irgendetwas tun.«

Chrysanthe musterte Margots Miene. Sie wirkte ernst und aufrichtig.

»Das ist sehr mutig von dir gewesen«, bemerkte sie. »Du hast mir wahrscheinlich das Leben gerettet.«

»Was wollte er denn? Warum hat er dein Zimmer durchsucht?«

»Ich weiß es nicht«, antwortete Chrysanthe, obgleich sie sich sehr gut denken konnte, was er wohl gewollt hatte. »Aber … danke.«

Margot nickte. Dann verschränkte sie die Hände. Für einige lange Atemzüge herrschte Stille im Raum.

Schließlich ergriff Margot wieder das Wort. »Ich bin nicht mutig. Ich habe gehandelt, ohne nachzudenken. Ich wollte nicht … ich wollte nicht, dass dir etwas zustößt. Ich hab mir gedacht, wenn ich erst Hilfe hole, käme sie zu spät.«

»Das klingt aber durchaus nach Nachdenken«, meinte Chrysanthe, »und nach geistesgegenwärtigem Handeln.« Sie lächelte Margot an. »Du hättet leicht selbst verletzt werden können. Aber verrate mir eins – warum wolltest du mein

Zimmer heimlich betreten, statt einfach durch die Tür auf dem Gang hereinzukommen?«

Margot schloss kurz die Augen und öffnete sie dann wieder. »Ich hatte Angst, jemand könnte mich sehen. Ich hatte Angst, es würde Gerede geben.«

»Gerede worüber?«

Margot trat näher heran. »Mir ist aufgefallen, wie du mich angesehen hast«, sagte sie leise, »dort am Meer. Ich kann mich nicht geirrt haben – zumindest habe ich das gedacht. Ich bin hergekommen, um mir Klarheit zu verschaffen.«

Chrysanthe öffnete den Mund, stellte aber fest, dass sie nichts zu erwidern wusste. Margot interpretierte ihre Reaktion als etwas anderes und streckte die Hände nach ihr aus.

»Margot«, sagte sie, »bitte.« Chrysanthe machte einen Schritt zurück.

Die junge Frau blieb stehen, und ihre Augen weiteten sich. »Habe ich mich also geirrt? Ich habe das von den Kolonien gehört. Über die Dingen, die dort passieren.«

»Anscheinend hat jeder davon gehört«, gab Chrysanthe zurück. »Jeder außer mir.«

»Dann hat es also nicht gestimmt, was ich zu sehen glaubte.«

Chrysanthe seufzte. »Nein«, sagte sie. »Ich meine, ja. Du hast dich nicht total geirrt. Ich fühle mich seit jeher zu meinem eigenen Geschlecht hingezogen, und ich gebe zu, dass mir dein Auftreten gefällt.«

»Du findest mich attraktiv?«

»Du bist reizend«, antwortete Chrysanthe. »Das Lacrime … hatte meine Sinne entflammt, und ich habe keine Erfahrung darin, solch plötzliche und starke Gefühle unter Kontrolle zu halten.«

»Ich schon«, erwiderte Margot, »aber meine Reaktion war die gleiche. Ich wollte, dass du mich küsst, dass du mich in den Arm nimmst …«

Margot trat einen Schritt vor, und wiederum wich Chrysanthe zurück.

»Ja«, antwortete sie, »ich räume ein, dass wir ein gegenseitiges Gefühl der Anziehung empfinden mögen. Aber da wird nichts laufen zwischen uns.«

»Warum nicht? Wir sind allein hier, niemand wird etwas davon wissen.«

»Ich schon. Wir kennen einander kaum, und ich bin nicht annähernd so leichtfertig, wie ihr es euch alle auszumalen scheint. Außerdem, egal, wie heimlich wir die Sache auch halten würden, irgendwann würde schon jemand davon erfahren. Und was würde dann passieren?«

»Darüber will ich jetzt nicht nachdenken.«

»Aber ich muss darüber nachdenken, verstehst du?«, antwortete Chrysanthe. »Was immer du von den Kolonien denken magst und infolgedessen auch von mir, ich treffe mich nicht heimlich für ein Stelldichein. Selbst wenn ich es mit einem Mann täte, würde es meinen Ruf gründlich ruinieren. Hier, in Ophion Magne, mit einer anderen Frau?« Sie schüttelte den Kopf.

»So etwas kommt vor«, warf Margot ein. »Es werden Bücher darüber geschrieben.«

»Diese albernen Kostümromanzen? Und wer von uns soll sich als Mann verkleiden? Es ist bereits allenthalben bekannt, dass wir beide Frauen sind.«

Margot nickte und machte einen Schritt zurück. »Du hast natürlich recht. Wenn wir ertappt würden …«

»Und irgendwer würde uns ertappen.«

»Ich habe mich immer für vernünftig gehalten«, fuhr Margot fort. »Ich muss leider zugeben, dass ich es heute nicht gewesen bin. Es ist gut, dass du klug genug für uns beide bist. Aber ich kann mich wohl damit trösten, dass du niemandem vom meinem peinlichen Verhalten erzählen wirst.«

»Da kannst du ganz beruhigt sein«, beteuerte Chrysanthe.

Margot lächelte knapp. Sie hob die Hand und deutete auf die Tür. »Na dann … dann werde ich jetzt wohl …«

»Einen Moment noch«, warf Chrysanthe ein. »Der Mann. Hast du irgendeine Ahnung, wer es gewesen sein könnte?«

»Nicht die geringste.«

»Na gut«, sagte Chrysanthe.

Margot nickte und trat auf die Tür zu.

»Margot?«, sagte Chrysanthe.

»Ja?«

»Ich fühle mich in der Tat geschmeichelt.«

»Verstehe«, antwortete Margot. »Kann ich den Wachen jetzt berichten, was passiert ist?«

Chrysanthe dachte eine geraume Weile darüber nach. »Nein«, entschied sie schließlich. »Sag bitte niemandem etwas davon.«

»Aber was ist, wenn der schreckliche Kerl zurückkommt? Du musst ein anderes Zimmer bekommen, eins ohne Fenster.«

Chrysanthe schüttelte den Kopf. »Ein anderes Zimmer würde auch nicht helfen. Behalte die Sache bitte für dich.«

»Ich kann dafür sorgen, dass ein Wachmann näher an deinem Zimmer postiert wird. Ich kenne einen, der weder Fragen stellen noch ein Problem daraus machen wird.«

»Das wäre gut«, meinte Chrysanthe. »Aber mehr nicht.«

Margot nickte und ging.

Als Margot fort war, ging Chrysanthe in ihr Zimmer zurück. Sie setzte sich mit einem tiefen Seufzer aufs Bett und sah sich das Chaos um sich herum an. Dann stand sie auf und blickte aus dem Fenster, durch das der Mann hinausgeklettert war.

Margot hatte angenommen, dass er auch über diesen Weg hereingekommen war, aber Chrysanthe erinnerte sich daran, dass das Fenster verschlossen und verriegelt gewesen war. Viel wahrscheinlicher war es, dass er durch die Tür hereingekommen war oder sogar durch den Geheimgang, den auch Margot benutzt hatte.

Was sie Margot gesagt hatte, entsprach gleichwohl der Wahrheit: In einem anderen Zimmer wäre sie auch nicht sicherer, noch wäre es hilfreich, die anderen Bewohner des Hauses auf ihre Notlage aufmerksam zu machen.

Als Vorsichtsmaßnahme verschob sie den Schrank, sodass er die Geheimtür versperrte. Ansonsten gab es kaum etwas, was sie tun konnte. Dem Mann war eher daran gelegen gewesen, etwas zu finden, das er suchte, als sie zu ermorden, auch wenn sie nicht bezweifelte, dass er ihr die Kehle aufgeschlitzt hätte, sobald er das Gesuchte gefunden hatte.

Aber wonach hatte er gesucht?

Sie ertastete die innere Tasche ihres Kleides mit dem kleinen Kästchen, das ihr Vater ihr gegeben hatte. Es war immer noch da. War es das gewesen, was der Eindringling gewollt hatte? Aber dann kam ihr ein anderer Gedanke. Sie fasste unter das Bett, wo sie das Tagebuch versteckt hatte.

Es war weg!

Wie konnte irgendwer überhaupt gewusst haben, dass sie es gefunden hatte?

Dann fiel es ihr wieder ein. Mit von Lacrime benebelten Sinnen hatte sie etwas ausgeplaudert, als sie mit Quintent geritten war. Quintent besaß einen braunen Mantel und einen Hut.

Sie wollte es nicht glauben.

Wollte es wirklich nicht glauben.

Aber selbst wenn sie davon ausging, dass Quintent eine Maske aufgesetzt hatte, in ihr Zimmer eingedrungen war, ihre Sachen nach dem Tagebuch durchsucht und sie mit vorgehaltenem Messer bedroht hatte, war da trotzdem etwas, was nicht zusammenpasste.

Wonach auch immer er gesucht hatte, er hatte es nicht gefunden. Und doch war das Tagebuch nicht mehr da.

Für den Rest des Tages agierte sie völlig mechanisch, war

gar nicht richtig anwesend. Sie hoffte, Quintent zu sehen, und hatte gleichzeitig Angst davor, aber er tauchte nicht auf, nicht einmal zum Abendessen. In jeder Hinsicht erschöpft, kehrte sie in ihr Zimmer zurück und hoffte auf ein wenig Ruhe. Am nächsten Morgen würde ihr Verstand vielleicht wieder besser funktionieren.

Falls sie überhaupt aufwachte.

Nach einer Weile gab Chrysanthe den Versuch auf, einzuschlafen. Obwohl sie sich in einem fremden Zimmer in einem unvertrauten Haus befand, hatte sie es sich bisher einzureden vermocht, in ihrem Bett sicher aufgehoben zu sein. Diese Illusion ließ sich nicht mehr aufrechterhalten. Jemand war unbemerkt vom Rest des Hauses in ihr Zimmer eingedrungen, und er konnte es wahrscheinlich wieder tun.

Wer konnte sich unbemerkt im Herrenhaus bewegen? Die Bewohner. Und die Hausdiener. Aber schon jemand, der zum Beispiel aus den Ställen kam, würde auffallen.

Quintent konnte es tun.

Er war von adliger Geburt. Niemand würde ihm Fragen stellen. Nach allem, was sie wusste, könnte Isabel persönlich den Mann geschickt haben. Chrysanthe konnte niemandem hier vertrauen.

Und das Tagebuch war verschwunden.

Ohne das Tagebuch, was hatte sie da noch in der Hand? Ihre Nachforschungen waren am Ende.

Viertes Kapitel

Die Basilika

Als der Morgen endlich dämmerte, fühlte sie sich optimistischer. Auch ohne das Tagebuch war da ja immer noch der Boursier.

Bis Orenge mit dem Frühstück hereinkam, hatte Chrysanthe das Zimmer so ordentlich aufgeräumt, als wäre es nie durchwühlt worden.

Das Mädchen brachte nicht nur das Frühstück, sie brachte auch einen Brief von Quintent.

Meine allerverehrteste Chrysanthe,
mit tiefstem Bedauern muss ich unser Vorhaben, Euch in die Basilika zu begleiten, in die nahe Zukunft verschieben. Ich habe mich um die Erledigung einer ziemlich lästigen, aber notwendigen Angelegenheit zu kümmern und bin für voraussichtlich mehrere Tage unterwegs. Es ist für mich ein schmerzlicher Verlust, Eurer Gesellschaft beraubt zu sein, aber ich weiß auch um die Unannehmlichkeiten, die meine Abwesenheit für Euch mit sich bringt.
Ich habe meinen Diener Jean angewiesen, Euch zum Gottesdienst und überall sonst hin, wonach immer Euch der Sinn stehen mag, zu begleiten. Er ist ein einfacher Kerl, aber treu und loyal, und er kennt sich gut im Städtchen aus. Ich denke, Ihr werdet in ihm einen freundlichen Führer finden.

Quintents Versuch, sich poetisch auszudrücken, ging noch ein gutes Stück weiter, doch nach der Lektüre des Schreibens verblieb ein bitterer Geschmack in ihrem Mund. Sicherlich gab es viele Männer mit braunen Mänteln, aber dass Quintent plötzlich wegbeordert worden sein sollte, erschien ihr als ein allzu großer Zufall.

Sie hatte geglaubt, es sei klug von ihr, ihm so lange zu vertrauen, bis er ihr einen Grund für das Gegenteil gab, aber jetzt wurde ihr klar, wie wichtig es ihr geworden war, Quintent als ihren Freund zu betrachten. Sie erinnerte sich an den Ratschlag ihres Vaters, sich vor der eigenen Treuherzigkeit zu hüten, und schämte sich. Sie hatte geglaubt, ihre Skepsis reiche aus, um sie zu beschützen. Sie hatte sich geirrt.

Vielleicht war Quintent unschuldig, vielleicht auch nicht. So oder so, sie konnte sich von ihm nicht davon abbringen lassen zu tun, was sie ihrem Vater versprochen hatte.

»Orenge«, sagte sie, als das Mädchen hereinkam, um das Frühstücksgeschirr abzuräumen, »der Diener von Dam d'Othres, Jean. Kennst du ihn?«

»Allerdings«, antwortete das Mädchen.

»Lass ihn bitte wissen, dass ich eine Begleitung zur Basilika benötige, ja?«

Die Architektur der Basilika spiegelte die Ordnung des bekannten Universums wider, und jedes Detail sollte den Gläubigen an die letzten Wahrheiten erinnern. Der Steinboden repräsentierte die Welt, auf der sie wandelten – in diesem Fall ganz buchstäblich, denn die Kontinente waren dort mosaikartig nachgebildet: roter Marmor für Land und weißer für das Meer. Eine erhöhte Bank aus schwarzem Stein zog sich an den Rändern des runden Bodens entlang und stellte den Expirator dar, die horizontale Grenze der materiellen Welt.

Die Basilika erzählte die Geschichte eines endlichen Universums, vom vorzeitlichen Sieg der Materie über den Geist.

Nur in der erhöhten Decke konnte man einen Blick auf die Unendlichkeit erhaschen. Dort symbolisierten goldene und silberne Sterne auf einem azurblauen Gewölbe den grenzenlosen Himmel Gottes, das strahlende Reich der Unsterblichkeit, das die Herren des Bösen, die es jetzt regierten, der Menschheit verwehrten. Die Welt war ein Gefängnis, der Himmel das Fenster zu der absoluten und unbegrenzten Freiheit.

Jede Seele eines je auf Erden Verstorbenen wartete sehnsuchtsvoll im Limbus, einem Stern, der danach strebte, wieder Teil des Himmels zu werden, aus dem er nach seiner Entstehung verstoßen worden war, und der allein durch die Gebete und Opfergaben der Lebenden existent blieb. Doch einst würde der Zeitpunkt kommen, an dem die Jungfrau und ihre Kinder – die Christusse von Ophion, von Modjal, von Velesa, Tamanja und all die anderen Hohen Verbannten – für die finale Schlacht zur Rückeroberung des verlorenen Paradieses bereit waren. Die Frommen konnten nur die Geister ihrer Toten bewahren und sich selbst als würdig erweisen, bis die glorreiche Schar die Herren des Bösen endlich vernichten würde, woraufhin die materielle Welt zerbarst wie ein Ei und die darin gefangenen Seelen endlich frei sein konnten.

Bis dahin war die Erde gleichzeitig Zuflucht und Kerker für jene, die auf ihr lebten.

»Hübsch, nicht wahr?«, bemerkte ihr Begleiter, als sie eintraten.

Jean war genauso, wie Quintent ihn beschrieben hatte. Auch er war jung, nur ein klein wenig älter als Chrysanthe selbst, und er war hier geboren und aufgewachsen und kannte fast jeden, dem sie begegneten. Das stellte er ihr auch fleißig unter Beweis und erzählte ihr, um wen es sich bei den Menschen handelte, die ihnen über den Weg liefen, auch wenn sie nur mit halbem Ohr zuhörte, denn in den meisten Fällen interessiere es sie nicht.

In der Basilika leistete ihr sein Wissen jedoch gute Dienste. Dort befand sich unter anderem ein Mann mit gekrümmter Nase, der eine graue Kutte und Kniehosen trug und bereits ein wenig über die mittleren Jahre hinaus war, und Jean erzählte ihr sogleich, dass es sich dabei um Ferrand Severin handle.

Das Objekt ihrer Nachforschungen.

Severin befand sich im zweiten Kreis des Hauptschiffs, der für die Credenten reserviert war, und trug einem der Parfaits seine Litanei vor.

»Du brauchst mir nicht weiter zu folgen, wenn du nicht willst«, ließ sie Jean wissen.

»Ich habe den Auftrag, ein Auge auf Euch zu haben.«

»In der Basilika bin ich fraglos sicher«, erwiderte sie. »Aber wenn du mich in den Zweiten Kreis begleiten möchtest, würde ich mich über deine Gesellschaft freuen.«

»Ach, Danesele«, sagte er, »dafür bin ich nicht gebildet genug. Ich bin ein einfacher Mann und komme nur hierher, um Kerzen für meine bele-mere anzuzünden und dergleichen.«

»Also gut«, meinte Chrysanthe. »Ich werde nicht lange brauchen.«

»Wie Ihr meint, Dan'sel.«

Sie trat an den kleinen Altar neben demjenigen, wo Ferrand Severin im Flüsterton mit dem jungen Parfait sprach, und kniete sich hin. Chrysanthes Fürsprecherin, eine betagte Frau, deren strahlend grüne Augen aus einem tief zerfurchten Gesicht leuchteten, nickte ihr zu. »Welches Mysterium möchtet Ihr sprechen?«

»Das Mysterium von Ourania«, antwortete Chrysanthe.

»Dann fang an, Tochter.«

Es war lange her, seit Chrysanthe ein Mysterium gesprochen hatte, aber von ihrem zwölften bis zu ihrem vierzehnten Lebensjahr hatte sie in der Basilika von Bellschiff jeden Tag Mysterien gelernt und vorgetragen. Fast ohne Zögern fiel ihr alles wieder ein.

Sie war noch nicht einmal halb fertig, als Severin zum

Ende kam, der Parfait ihm einen Schlüssel reichte und er seiner Wege ging.

Als Chrysanthe mit dem Aufsagen des Mysteriums fertig war, nickte die alte Frau anerkennend. »Ihr beherrscht Logos sehr gut.«

»Ich danke Euch, Mutter«, erwiderte Chrysanthe.

Der Zweite Kreis war durch eine Wand vom ersten getrennt, und dort befanden sich auch zahlreiche kleine Kapellen. Einige waren für Gruppen gedacht, andere für Einzelpersonen, und einige waren sogar mit einem Schloss und Riegel versehen.

Chrysanthe bat um einen Schlüssel wie den, den sich der Boursier hatte geben lassen, und entrichtete die kleine Gebühr, die dafür fällig war.

Ferrand Severin befand sich in einer der Gemeinschaftskapellen. Chrysanthe ging ebenfalls dorthinein und zündete Kerzen für den Vater ihrer Mutter und beide Eltern ihres Vaters an, außerdem für Hesh, einen Freund von ihr, der am Sturmfieber erkrankt und in sehr jungen Jahren gestorben war. Aus dem Augenwinkel sah sie, dass Severin sie bemerkte und ihr zunickte, aber sie erwiderte den Gruß nicht. Als er sich erhob, richtete sie es so ein, dass sie mit ihm zusammenstieß.

»Ich bitte vielmals um Entschuldigung«, sagte er und wirkte verlegen.

Aus der Nähe betrachtet war er nicht direkt gut aussehend, aber er war auch nicht wirklich unattraktiv. Der eben noch nach innen gekehrte Blick seiner dunklen Augen suchte ihren, und als er ihr nun seine Aufmerksamkeit schenkte, empfand sie das irgendwie als eine Art Ehre.

»Wie ungeschickt von mir«, entgegnete sie und sagte dann: »Ich habe Euch doch schon einmal gesehen, nicht wahr? Im Chastel?«

Sofort wurde er misstrauisch. »Möglich.«

»Ich bin Chrysanthe Nevelon«, stellte sie sich vor, »erst

jüngst aus Mesembria hier eingetroffen. Ich wohne bei den d'Othres.«

»Ah«, sagte er. »Ja. Ich muss mich bei Euch entschuldigen. Es war mir nicht möglich, Euch bei Eurer Ankunft zusammen mit den anderen willkommen zu heißen.«

»Dafür begegnen wir uns ja jetzt«, erwiderte sie freundlich.

»Ja«, meinte er. »Stimmt wohl.« Er starrte auf seine Füße hinab. »Gut, ich habe hier noch etwas zu erledigen. Es war mir ein Vergnügen.«

»Ach ja, natürlich«, antwortete sie, »das Gleiche gilt auch für mich. In den Privatkapellen, aber ich bin neu hier und weiß nicht, wo sie sind. Wisst Ihr zufällig, wo ich sie finde?«

Er legte leicht die Stirn in Falten. »Dort gehe ich auch hin. Ich könnte euch dorthin geleiten, wenn Ihr möchtet.«

»Oh, danke«, sagte sie, »das wäre sehr galant.«

Er führte sie um eine Biegung und dann durch ein kleines Labyrinth von Räumen mit geschlossenen Türen.

»Ich konnte nicht umhin, Euch vorhin am Altar zu hören«, begann er schließlich. »Ihr müsst eine gute Erziehung genossen haben. Man vernimmt nur selten eine so exakte Aussprache.«

»Danke schön«, antwortete sie. »Ich hatte einen sehr guten Lehrer. Rafael de Marzement. Vielleicht habt Ihr von ihm gehört?«

»Nein, ich fürchte nicht.« Er schien es zu bedauern, überhaupt das Wort ergriffen zu haben, und setzte die Unterhaltung nicht fort.

Sie gingen weiter, und einen Moment später blieb er stehen und deutete auf eine Reihe von Türen. »Euer Schlüssel passt in jedes der Schlösser.«

»Danke«, sagte sie.

Er nickte, dann schloss er eine der Türen auf. Während er eintrat, steuerte sie eine Tür weiter hinten an, aber sobald er außer Sicht war, ging sie zurück und wählte den Raum neben seinem. Sie verriegelte die Tür hinter sich, trat zum Altar und entfachte die Kerzen.

In deren Licht unterzog sie den Raum einer raschen Untersuchung, in der Hoffnung, dass er so gebaut war wie die Gebetszellen daheim. Zu ihrer Freude stellte sie fest, dass dem tatsächlich so war. Der kleine Raum benötigte eine Belüftung, vor allem der brennenden Kerzen wegen, und so waren die einzelnen Kammern mit ihren dicken Mauern durch kleine Luftschächte miteinander verbunden.

Chrysanthe wickelte sich ihren Umhang um die Brust, um ihr Gewand zu schonen, kletterte auf den Altar und zog sich von dort aus weit genug hoch, um den Kopf, die Schultern und dann auch den gesamten Oberkörper in den Schacht zu zwängen.

In ihrer Kindheit hatte sie die Basilika zu Hause häufig auf die gleiche Weise entweiht, um den Schwestern de Sarade und einigen anderen nachzuspionieren. Weil sie niemals etwas von dem verriet, was sie belauschte, hatte sie sich eingeredet, keine Sünde zu begehen. Jetzt wurde ihr bewusst, dass sie sich die Sache nur schöngeredet hatte, und was sie nun tat, war noch um einiges zweifelhafter.

Schon bevor sie sich in den Schacht schob, hörte sie Severin flüstern, und schließlich konnte sie sogar einen Teil seines Gesichts sehen, sah die Tränen, die ihm über die Wangen rannen. Er sprach zu der Kerze, und obschon sein gedämpftes Schluchzen seine Worte undeutlich machte, konnte sie einen Teil davon verstehen.

»Liebste, meine Geliebte, teuerste kleine Sandra, mein liebes Zahnrädchen …« Und mehr dergleichen. Dann wurde, was er vortrug, etwas zusammenhängender. Er hielt etwas in der Hand, und ihr wurde klar, dass er von einem Blatt Papier ablas.

»Teuerster Ferrand«, begann er, »ich weiß nicht weiter, bin ein Marinier ohne Steuerruder und Segel. Ich bin ein Schwan, der nicht weiß, wo Norden und Süden sind, ein Baum, der auf seinen ausgestreckten Blättern keine Sonne verspürt. Dass wir uns jeden Tag ein Zimmer und Bücher und die Pflichten des Hauses teilen, macht es umso schlimmer. Ich sehne mich nach dem Tag, an dem wir uns in unserem Valugudil unter dem Qarumalil wiedersehen. Meine Erinnerung ist so hell und so dunkel wie der Tolatolil, in dem wir zusammen gebadet haben. Ich hoffe auf glücklichere Zeiten, mein Liebster.

Für immer dein, dein Zahnrädchen,

Sandrine.«

Er war gerade fertig, als ein Aufleuchten sein Gesicht erhellte, und sie bemerkte erschrocken, dass er den Brief in Brand gesteckt hatte. Er blickte weiter auf das Schreiben hinunter, während das Licht heller wurde und dann wieder schwächer, bis es erlosch.

»Ich werde morgen mit deinem nächsten Brief herkommen«, versprach er, dann drückte er den Docht der Kerze aus. Einen Moment später hörte sie, wie sich die Tür seiner Gebetszelle öffnete und wieder schloss.

Vorsichtig wand sie sich wieder aus dem Luftschacht. Ihre eingeschlafenen Gliedmaßen prickelten. Dass jemand in der Basilika Briefe verbrannte, war an sich nichts Ungewöhnliches, aber das tat man, um die Korrespondenz zurück zum Verfasser zu schicken, der im Limbus wartete.

Severin ging also nicht davon aus, dass Sandrine d'Ospios verbannt worden war oder eine Stellung in einem anderen Haus angenommen hatte.

Er glaubte, dass sie tot war.

Womöglich wusste er es auch mit Sicherheit.

In ihr Zimmer zurückgekehrt, beschloss Chrysanthe, alles von dem Brief aufzuschreiben, was sie in Erinnerung behalten hatte. Die beiden Wörter, die ihr die größten Schwierigkeiten machten, waren natürlich die wichtigsten. Sie glaubte, dass es sich beide Male um Begriffe aus dem Modjali handelte.

Der erste Teil des ersten Wortes – »Qaru« – war ihr aus einer Kinderfibel bekannt, die ihr einst ihr Vater geschenkt hatte. Es bedeutete »Brücke«. Sie erinnerte sich auch daran, dass Kotai Qaril, eine bedeutende Stadt in Modjal, übersetzt »Festung an der Brücke« bedeutete. Das Wort »Valugudil« war ihr in all seinen Teilen unbekannt, außer der Endung »il«, was etwa so viel bedeutete wie »bei«.

Was immer das für Orte waren, es schien klar, dass Severin und Sandrine dort geheime Zusammenkünfte gehabt hatten und dass sich Sandrine gezwungen gefühlt hatte, die Namen der Örtlichkeiten zu verschleiern.

Severins Räume und sein Büro befanden sich in einem Teil des Chastels, den Chrysanthe nicht aufsuchen konnte, ohne Verdacht zu erregen, und so verbrachte sie den nächsten Morgen damit, jene Bereiche des riesigen Gebäudes zu erkunden, die ihr zugänglich waren. Zu ihrer Freude entdeckte sie eine recht ansehnliche Bibliothek. Die meisten der Bücher waren ihr vertraute Klassiker, unter denen sie auch d'Aubrys Lexikon der modjalischen Sprache fand. Sie verbrachte die meiste Zeit des Vormittags mit dessen Studium.

Es war nicht gerade hilfreich, dass die Grundlage ihrer Nachforschungen die Erinnerung an zwei Wörter waren, die Severin ausgesprochen hatte, der selbst wahrscheinlich kein Modjali beherrschte. Wenn sie daran festhielt, dass »Qaru« »Brücke« bedeutete, mochte der Begriff als Ganzes vielleicht Bergbrücke, Brücke des Sterbens, Schlafende Brücke, Bebende Brücke, Fruchtbare Brücke oder etliches mehr bedeuten. Die Möglichkeiten schienen ihr nahezu unendlich.

Andererseits konnte »Qaru« auch »schwarz« bedeuten, »Zahn«, »Ärger«, »schmelzen« oder »Stock«.

»Valugudil« war noch schlimmer. Es konnte »lauter Donner« meinen, »steinerne Kapelle« oder »kleines Netz«, aber es konnte auch so etwas bedeuten wie »Liebesnest«, wozu Chrysanthe aus naheliegenden Gründen am ehesten neigte. »Tola« konnte »fließen« oder »morgen« oder »tot« heißen.

Unter den verschiedenen Karten an den Wänden fand sie eine von Roselant und dem umliegenden Bezirk. Mehrere Gewässer flossen durch die Umgebung, doch auf der Landkarte waren nur ein gutes Dutzend Brücken verzeichnet. Die meisten waren nicht mit Namen versehen, und bei den wenigen, bei denen es der Fall war, gab es keinerlei Ähnlichkeit mit dem, was Chrysanthe bisher an Etymologischem hatte in Erfahrung bringen können.

Gegen Mittag hörte sie ein leises Geräusch an der Bibliothekstür und stellte fest, dass Plesance sie von dort beobachtete.

»Ich hätte gleich mit dem langweiligsten Raum im Haus anfangen soll«, meinte die junge Frau. »Da hätte ich eine Menge Zeit gespart.«

»Guten Tag, Plesance!«

»Ja, wirklich ein guter Tag, nicht wahr?« Chrysanthe registrierte, dass Plesance versuchte, ein Grinsen zu unterdrücken. Wusste sie von ihrem Treffen mit Margot? Eigentlich konnte sie sich nicht vorstellen, dass Margot irgendjemandem davon erzählt hatte, aber sie und Plesance standen sich trotz ihrer sehr unterschiedlichen Persönlichkeiten offenbar nahe. Und was, wenn dies alles eine Art Verschwörung gewesen war, um Chrysanthes Tugendhaftigkeit auf die Probe zu stellen?

Plesance trat neben sie und warf einen Blick auf die Landkarte. »Ach je, wenn du versuchst, da drauf etwas Interessantes zu finden, wird es dir nicht gelingen, fürchte ich.«

»Ich bin nur neugierig«, verteidigte sich Chrysanthe. »Da ich hier wohne, sollte ich auch etwas über die Gegend lernen.«

»Da kannst du auch mich fragen, Dummchen«, versetzte Plesance. »Was weiß eine alte Landkarte schon? Und es ist nicht einmal eine gute. Die Hälfte der Dörfer darauf gibt es gar nicht mehr.«

Chrysanthe schalt sich innerlich, dass sie sich keinerlei

Gedanken über das Alter der Karte gemacht hatte. Aber jetzt, da man sie darauf hingewiesen hatte, bemerkte sie eine Inschrift nahe dem Nordpfeil, an der abzulesen war, dass die Karte über hundert Jahre alt war.

»Oh«, antwortete sie. »Verstehe.«

»Wie auch immer«, sagte Plesance, »du musst mit mir kommen. Ich habe eine wunderbare Überraschung für dich.«

Chrysanthe war eigentlich der Ansicht, wahrlich genug von Plesances Überraschungen zu haben, aber es wäre unhöflich gewesen – und schlimmer noch verdächtig –, hätte sie darauf bestanden, in der Bibliothek zu bleiben.

»Also gut«, meinte sie. »Brauche ich für dieses neuerliche Abenteuer wieder irgendwelche speziellen Kleider?«

» Ich denke, was du anhast, passt prima. Und jetzt komm mit.«

Plesance hatte inzwischen von dem Ball erfahren, den ihre Großmutter plante, und Chrysanthe musste sich, während sie durch die Flure schritten, eine ganze Menge Ratschläge über richtiges Betragen anhören und welchen Männern sie aus dem Weg gehen sollte.

Schließlich erreichten sie ein Wohnzimmer ganz am Ende des Ostflügels. Jemand spielte dort Harfe, das Stück »Faer« des Komponisten Millot. Es war eine Lieblingsmelodie ihrer Schwester Phoebe, und für einen Moment fühlte sich Chrysanthe auf angenehme Weise in ihr Zuhause in Mesembria zurückversetzt.

Kurz danach verstärkten sich diese Gefühle noch, allerdings nicht auf positive Weise, denn im Raum saß ein Mann, in die Musik vertieft und ein Glas Wein in der Hand.

Wie auch die Melodie war er ihr wohlbekannt.

Es war Lucien de Delphin.

Seine Augen weiteten sich, als er sie sah. Sein Gesicht war immer noch von den Prügeln ramponiert, die er von Renost bezogen hatte. In seiner rostroten Jacke und mit dem zitronenfarbenen Schal, den er sich unter dem Kinn verknotet hatte, wirkte er durchaus modisch, aber die Art, wie er seine Kleidung trug, hatte etwas leicht Achtloses, das so gar nicht zu dem stets sauberen und ordentlichen Erscheinungsbild passte, das er früher zur Schau gestellt hatte.

Sein Blick ging rasch von Chrysanthe zu ihrer Gefährtin hinüber. »Plesance, was hast du getan?«

»Ich habe dir eine alte Freundin von fremden Gestaden mitgebracht«, antwortete Plesance. »Ich dachte, du würdest dich freuen. Ihr müsst euch sehr viel zu erzählen haben.«

Verspätet erhob sich Lucien von seinem Platz, und sein Wein schwappte gefährlich in seinem Glas. »Danesele Chrysanthe und ich haben kaum etwas zu bereden.«

Die Musik brach ab, und die junge Frau, die gespielt hatte, erhob sich. Chrysanthe erkannte auch sie. Emeline aus dem Nähzimmer im Palast.

»Wer ist das denn, Lucien?«, erkundigte sich Emeline unschuldig, als wären Chrysanthe und sie sich nie begegnet.

Er wirkte in die Enge gedrängt, errötete und machte ganz den Eindruck, als würde er am liebsten die Flucht ergreifen, aber dann gewannen reflexhaft seine Manieren die Oberhand.

»Das ist Chrysanthe Nevelon«, stellte er sie vor, »vom Gut der Nevelons in Bellschiff, Laham, Mesembria. Danesele Nevelon, dies ist Emeline de Delphin, meine Schwester.«

Emeline trat vor. »Ich freue mich sehr, Euch kennenzulernen.«

Weil sie nicht wusste, was sie sonst tun sollte, beschloss Chrysanthe, bei der Farce mitzuspielen. »Genauso wie es mich freut, Euch kennenzulernen.«

»Ihr und mein Bruder seid in Mesembria Freunde gewesen, nehme ich an?«

»Wir haben einander gekannt«, erwiderte Chrysanthe, ließ sich von dem Mädchen einen Kuss auf die Wange geben und erwiderte die Geste. »Ich wusste gar nicht, dass er mit den d'Othres befreundet ist.«

»Genau genommen sind wir miteinander verwandt«, stellte Emeline klar. »Die Dame des Hauses hier ist unsere Grandame mütterlicherseits.«

»Davon habe ich nichts gewusst«, gestand Chrysanthe, und ihr wurde ein wenig schwindlig. Plötzlich erhielt ihre Unterbringung bei den d'Othres eine komplett neue Dimension. Ging es etwa darum, dass die Familie Rache an ihr üben wollte? Oder darum, Lucien einen weiteren Vorwand zu liefern, Anspruch auf den Freibrief ihres Vaters zu erheben?

»Werdet Ihr lange in Roselant bleiben?«, erkundigte sich Chrysanthe.

»Einige Zeit, denke ich, ja«, erwiderte Emeline.

»Dieser Tage ist es im Umkreis der Städte nicht sicher«, warf Plesance ein. »Die niederen Klassen haben offenbar den Verstand verloren, und ohne die Armee vor Ort, um Unruhen niederzuschlagen, sind sie ziemlich lästig geworden.«

Lucien war sichtlich nervös, sein Mund zu einem schmalen Strich zusammengepresst. »Bitte verzeiht meine Ungeselligkeit«, sagte er unvermittelt, »aber ich fühle mich schon den ganzen Morgen über nicht recht wohl. Wenn mich die Damen entschuldigen mögen, würde ich mich gerne zurückziehen.«

Und mit diesen Worten ergriff er nun doch die Flucht.

»Tja, das war nun ziemlich unhöflich«, kommentierte Plesance. »Ich muss mich für meinen Cousin entschuldigen.«

»Ich glaube, dass deinen Cousin in diesem Punkt keine Schuld trifft«, meinte Chrysanthe.

»Mir tut es auch leid«, meldete sich Emeline zu Wort, »aber wie Ihr wisst, Danesele Chrysanthe, hat mein Bruder in Eurem Land schrecklich leiden müssen. Räuber haben ihn überfallen, und er hatte Glück, dass er mit dem Leben davonkam.«

»Er hat tatsächlich großes Glück gehabt«, erwiderte Chrysanthe. Und das galt auch für den Richter, der über ihn geurteilt hatte. Der hatte Lucien nach Hause geschickt, statt ihn seinem Verbrechen entsprechend zu bestrafen, und so konnte er nun hier in Freiheit sein Unwesen treiben.

Sie fragte sich, ob Lucien wohl einen braunen Mantel und Hut besaß.

Und was trieb Emeline für ein Spiel? Warum sollte ihr Bruder nicht wissen, dass sie beide sich bereits begegnet waren?

Fünftes Kapitel

Der Krieg jenseits der Morgendämmerung

Zwei Wochen nach der Seeschlacht tauchten Schiffe aus Modjal im Hafen von Zamir auf und wurden von müden Fanfarenklängen begrüßt. Zimbeln und Trompeten erklangen, bunter Rauch stieg in flüchtigen Fahnen auf, und eine abgerissene Menschenmenge versammelte sich, um die Ankunft des neuen Schleiers zu bejubeln.

Es waren fünf Schiffe an der Zahl, die sich aus der Kriegsflotte von Modjal gelöst hatten. Mittels der Kommunikation zwischen den Strixen hatte Modjal deutlich gemacht, dass die Kontrolle über seine aufmüpfige Provinz unbedingt wiederhergestellt werden müsse.

Crespin besuchte die Feierlichkeiten nicht, sondern blieb auf der Leucothea und überwachte die Reparaturarbeiten.

Es war fast Mitternacht, als Saja ihn aufsuchte. Er empfing sie zurückhaltend.

»Du hattest anscheinend nicht vor, mir Lebwohl zu sagen«, klagte sie ihn an. Als er zu lange für eine Antwort brauchte, lächelte sie. »Ja«, fuhr sie fort, »ich weiß, dass du bei Sonnenaufgang in See stechen wirst. Du brauchst mich deshalb nicht zu ermorden. Es ist ein schlecht gehütetes Geheimnis.«

»Das mag sein. Und doch ist es meine Aufgabe, es zu hüten.«

»Gut, du weißt, wie man mir den Mund stopft.«

Er wusste es, und sie verbrachten ungefähr eine Stunde auf sehr angenehme Weise damit.

»Woran denkst du gerade?«, fragte sie, als sich Wolken vor die Sterne schoben und ein kühler Wind aufkam.

An Land war der Lärm fast völliger Stille gewichen, wenngleich aus der Festung noch immer die leisen Klänge von Flöten und Trommeln drangen. Etwas näher bei ihnen begleitete das nasale Gebrumm einer Oboe eine Gruppe betrunkener Seeleute, die ein zotiges Lied über einen Landgang sangen und dazu Strophen improvisierten, die eigene Abenteuer wiedergaben, seien sie nun wirklich erlebt oder erfunden.

»Ich denke daran, dass ich dich sehr ins Herz geschlossen habe«, antwortete er.

»Inwieweit?«

»Als Gefährtin«, erklärte er. »Du bist in so gut wie jeder erdenklichen Hinsicht mehr als nur fähig.«

»Das ist eine sehr höfliche Art, es auszudrücken«, entgegnete sie.

»Das habe ich nicht gemeint. Du bist viel schlauer als ich. Gut im Kampf. Unabhängig. Leidenschaftlich. Ich habe noch nie jemanden wie dich kennengelernt.«

»Ich klinge ja richtig umwerfend«, meinte sie.

»Genau das trifft es.«

»Ich kann dich nicht begleiten. Ich habe Dinge zu erledigen.«

»Ich habe dich nicht gefragt …«

»Vielleicht nicht«, fiel sie ihm ins Wort. »Schließlich liebst du mich nicht, so viel ist klar, und ich liebe dich im Übrigen auch nicht. Wenn es denn überhaupt so etwas wie Liebe gibt. Aber wir kommen gut miteinander aus, nicht wahr?«

»Ja«, antwortete er.

»Gut. Dann lass uns in Zuneigung auseinandergehen, und vielleicht werden wir uns eines Tages wiedersehen.«

»Das würde mich freuen.«

»Dann sieh zu, dass du in Basilisk überlebst. Danach werden wir sehen. Die Welt ist so weit wie der Himmel und so klein wie ein Dorf. Und was diese Frau betrifft, die Hexe – mach dich bei ihr nicht zum Narren.«

»Von wem sprichst du?«

»Von Kalliope«, antwortete sie.

»Bist du eifersüchtig?«

»Nein«, erwiderte sie, »nur um einen Freund besorgt.«

Am ersten Tag auf See versammelte Admiral Alastor Nevelon seine Offiziere zu einer Besprechung.

»Der Angriff auf Basilisk beginnt in zehn Tagen.«

Zuerst glaubte Crespin, sich verhört zu haben. Nach ihrem Mienenspiel zu urteilen, ging es einigen der anderen genauso.

»Selbst mit optimalem Wind brauchen wir fünfundzwanzig Tage, bis wir dort sind«, entgegnete Crespin.

Sein Vater zuckte mit den Schultern. »Einige der hier anwesenden Herrschaften werden einwenden, dass wir nicht genug Zeit für die Reparaturen haben, und dem stimme ich zu. Zwei oder drei Monate wären angemessen, noch mehr Zeit wäre ideal, aber zwei Wochen sind alles, was wir haben.«

»Trotzdem werden wir uns verspäten«, gab Crespin zu bedenken.

»Wir waren nie dazu vorgesehen, die vorderste Front zu bilden«, betonte sein Vater. »Unsere Aufgabe ist der Nachschub von Versorgung und Munition, und bis wir dort eintreffen, werden sie den auch brauchen, das steht fest. Wie die Dinge liegen, gibt es keinen Grund zur Besorgnis, nur müssen wir dort heil ankommen, und Sie alle, meine Herren, müssen Ihren Teil dazu beitragen.«

Dann wechselte er das Thema und begann über die Aufstellung der Flotte zu sprechen.

»Die Schiffe Seiner Majestät haben sich gestern mit der

Hauptmacht der velesanischen Kampfverbände zusammengeschlossen. Die Flotte von Modjal wird binnen vielleicht dreier Tage zu ihnen stoßen. Solcherart vereint, werden sie die Drehhu im Süden bei Syleme und im Norden in Hhark überwältigen. Wenn wir eintreffen, sollte der Angriff auf Anvvod schon in vollem Gange sein, und sie werden dort die Vorräte und die Entlastung, die wir ihnen bringen, benötigen …«

Crespin verließ das Treffen mit einem Gefühl der Dringlichkeit, an den folgenden Tagen jedoch vermochte er dieses Gefühl nicht aufrechtzuerhalten. Der Wind war auf ihrer Seite, aber eine hohe Welle folgte der nächsten, sodass sie nicht allzu schnell vorankamen, und die Tage dehnten sich in die Länge. Helios war ein grelles Feuer am Firmament, ohne Wolken, die ihn umschleierten. Jede Nacht leuchteten hell die Sterne, sodass jede Dunkelheit weit entfernt schien, selbst wenn kein Mond am Himmel stand.

In vielen Nächten sah er Kalliope an der Reling stehen und nach Osten starren, aber er konnte sich nicht dazu durchringen, sie anzusprechen. Was immer zwischen ihnen zu wachsen begonnen hatte, schien an der Wurzel vergiftet, und das war wahrscheinlich auch gut so. Er war noch nicht geneigt, sich eine Frau zu suchen, und selbst wenn er es gewesen wäre – was für eine Art von Ehefrau konnte eine Strixe sein?

Alle Strixe waren ohnehin in gewisser Weise bereits verheiratet, und zwar mit der Kryptarchia, und nach allem, was er wusste, führten sie kein besonders langes Leben. Eine Tändelei mit ihr mochte für kurze Zeit befriedigend sein, aber das wenige, was bereits zwischen ihnen vorgefallen war, hatte sie zu schlechten Schiffskameraden gemacht, und als Offizier konnte er sich derlei kaum leisten. Saja hatte recht daran getan, ihn vor dieser Dummheit zu warnen.

Sie einfach in Ruhe zu lassen, das war seine Parole. Und doch verspürte er bei jeder ihrer Begegnungen, wie ihn ein leichtes Hochgefühl beflügelte, eine Gefühlsregung, die er nicht verstand.

Der Himmel nahm eine eigenartige Farbe an, ein dunkleres Blau, und die Sonne schien sich jeden Morgen in die Höhe kämpfen zu müssen, als wäre da etwas, das versuchte, sie zurück nach unten zu ziehen. Die Morgendämmerung war außergewöhnlich schön, aber sie wirkte auch gefährlich, als würde sich etwas Finsteres hinter ihrem rosigen Gewand verstecken.

Immer noch weit vor ihnen hatte der Krieg begonnen, und jeden Abend trafen sich sein Vater und er bei den Karten, markierten die Positionen der Flottenverbände und zählten die Verluste, die ihnen die Strixe meldeten. Die Opferzahlen waren beängstigend, aber die Flotte rückte dennoch weiter vor. Die Festung in Syleme fiel und dann auch Hhark, und alles, was noch blieb, war Anvvod.

Um die Stadt zu erreichen, mussten sie das Kolossostor durchqueren, jene schmale Durchfahrt zwischen steilen Kippen, in deren Fels sich teuflische Waffen verbargen.

Doch bis sie dort waren, so begriff Crespin, konnte durchaus schon alles vorbei sein.

Sechstes Kapitel

Ein Bündnis

Chrysanthe rührte langsam Sahne in ihren Kaffee und sah zu, wie sich zuerst Strömungen und Wirbel bildeten, dann kleine Strudel und sich kräuselnde Formen, die manchmal etwas von der Schrift einer eleganten Hand hatten. Am Ende waren die Sahne und der Kaffee natürlich nicht mehr voneinander zu unterscheiden und als Beobachtungsobjekt uninteressant geworden, darum richtete sie ihren Blick durch das Fenster auf die Gärten hinaus und hin zum Waldrand in der Ferne, und sie fragte sich, ob sich der Mann in dem braunen Mantel wohl irgendwo direkt außerhalb ihrer Sichtweite versteckte.

Wahrscheinlicher ist, dass er sich im Nebenzimmer befindet, dachte sie, von wo aus er seinen nächsten Angriff plant.

Ihr Zimmer war wieder aufgeräumt, das Chaos beseitigt, aber wann immer sie sich in ihrem Gemach umsah oder auch nur einen Blick hineinwarf, befürchtete sie, dass er wieder dort stand. Vielleicht hätte ihr Margot doch ein anderes Quartier beschaffen sollen.

Sie schob den Gedanken beiseite. Vielleicht hatte der Mann ihr wirklich Böses gewollt. Vielleicht aber hatte er sie auch nur erschrecken wollen. So oder so, sie konnte sich nur auf ihre nächste Begegnung vorbereiten, sollte es dazu kommen. Sie hatte sich angewöhnt, ihren Dolch wieder bei sich zu tragen, wie sie es auch in Mesembria getan hatte. Und sie behielt das kleine Kästchen, das ihr Vater ihr mitgegeben hatte, ständig bei sich, in jener Tasche in ihren Untergewändern versteckt.

Die einzige Bedeutung, die der Mann in dem braunen Umhang für sie haben sollte, so nahm sie sich vor, war sein Anteil an dem Rätsel, das sie zu entschlüsseln suchte.

Chrysanthe hatte sich immer für gut im Lösen von Rätseln gehalten. Sie schien dafür den geeigneten Verstand zu haben, hatte ein Talent, die verschiedenen Hinweise, die sich ihr boten, richtig einzuordnen und zusammenzusetzen. Am besten funktionierte diese Naturbegabung offenbar in Momenten, in denen sie gar nicht bewusst über das Problem nachdachte, wenn sie sich von Licht und Geräuschen, Geschmack und Gerüchen ablenken ließ.

Auch wenn sie sich ihre Fähigkeiten gerne als besonderes Verdienst anrechnete, glaubte sie insgeheim doch immer, dass es eine Art Neigung war, mit der sie eben geboren worden war. Es stimmte, dass sie diese Befähigung seit Kindestagen trainiert hatte, sodass selbst Erwachsene manchmal zu ihr gekommen waren, wenn es ein Rätsel zu lösen galt. Sie hatte außerdem viel über die Themenbereiche Logik, Vernunft und Recherche gelesen, und dennoch war sie sich oft nicht sicher, was genau der Ursprung gerade ihrer bedeutsamsten Einblicke war.

Wie auch immer, diese Fähigkeit war der Grund, warum ihr Vater sie hergeschickt hatte. Er war überzeugt, dass irgendeine geheime Verschwörung oder sogar hochverräterische Umtriebe seine Sicherheit, die von Crespin und vielleicht sogar die des Reichs von Ophion bedrohten. Bonaventure hatte die gleiche Vermutung, und er hatte dafür gesorgt, dass sie hierher nach Roselant kam, wo sie fast sofort ein tief im Haus d'Othre vergrabenes Rätsel entdeckt hatte.

Aber war es auch das richtige Rätsel? Was konnten ein Boursier und seine Geliebte mit dem Krieg zu tun haben, mit dem Kaiser und der Kryptarchia?

Hatte sie den falschen Weg eingeschlagen?

Möglicherweise. Und vielleicht befand sie sich auf einer Straße ins Nirgendwo.

Die Orte, die in d'Ospios' Brief erwähnt worden waren, blieben für sie ein Mysterium. Stunden in der Bibliothek hatten keine weiteren Fortschritte gebracht.

Aber …

Sandrine d'Ospios hatte ein Geheimnis gekannt. Worum es sich auch immer dabei handelte, es schien, als stünde es mit Ferrand Severin in Verbindung, der für das Haus d'Othres die Bücher führte. Möglicherweise ging es dabei um etwas, das in ebendiesen Büchern vermerkt war, irgendetwas, was das Haus gegen die Krone unternommen hatte oder etwas ähnlich Belastendes.

Und Sandrine d'Ospios war tot!

Jede logische Schlussfolgerung und jeder ängstliche Traum am Rand des Einnickens brachte sie immer wieder zu derselben Schlussfolgerung – dass Sandrine wegen etwas ermordet worden war, das sie gewusst hatte.

Chrysanthe hatte keine Ahnung, worum es sich dabei handelte, doch es war offensichtlich, dass gewisse Leute den Verdacht gehegt hatten, dass sie im Besitz irgendwelcher wichtiger Informationen gewesen war. Zum Beispiel der Mann im braunen Mantel. Vielleicht hatte er Sandrine d'Ospios ermordet.

Ihr Zimmer bot Chrysanthe keinerlei Sicherheit, so viel stand für sie fest. Sie hatte niemanden als möglichen Beschützer, auf den sie sich verlassen konnte, Quintent eingeschlossen. Und selbst wenn es anders gewesen wäre, war er doch aus undurchsichtigen Gründen verschwunden.

Chrysanthe war immer noch am Leben – wahrscheinlich deswegen, weil sie absolut keine Ahnung hatte, warum Sandrine hatte sterben müssen. Doch sie arbeitete jeden Tag daran, das Rätsel zu enthüllen, und sobald ihr das einmal gelungen war, würde sie wahrscheinlich das gleiche Schicksal erleiden. Was immer das für ein Geheimnis war, jemand hielt es für wichtig genug, um Morde zu begehen, damit es nicht ans Licht kam.

Zum ersten Mal, seit sie ihn kennengelernt hatte, wünschte sie, Bonaventure wäre hier. Er war ein Lüstling, ein sittlich verkommener Mensch und überhaupt ein durch und durch abscheulicher Kerl, aber ihr Vater vertraute ihm, und er schien die trügerische Welt zu durchschauen, in der sie sich seit ihrer Ankunft in Roselant befand.

Doch sie hatte nicht den leisesten Schimmer, wie sie sich mit ihm in Verbindung setzen könnte.

Während sie sich sehr allein gelassen und sehr weit weg von zu Hause fühlte, kam ihr der Gedanke, dass sie vielleicht überleben würde, wenn sie einfach alles vergaß – wenn sie das Tagebuch vergaß, Severins verbrannten Brief, all das –, wenn sie sich allein darauf beschränkte, zu essen, sich gut anzuziehen, zu flirten und zu tratschen, all die Dinge, die Plesance so machte, wenn sie nicht gerade Unschuldigen mit ihren Gehässigkeiten zusetzte.

Dann dachte sie an Crespin, an Renost, an ihren Vater – an all die Männer aus ihrer Stadt, ihrem Land, ihrem Reich, die mit ihren Schiffen mitten in das Feuer und die Flammen der Salamandra und damit des Krieges hineinfuhren. Sie erinnerte sich daran, wer sie war und dass der Tod kein zu großer Einsatz für sie war. Bis jetzt waren all ihre kleinen Intrigen, all die Rätsel, die zu lösen sie versuchte, nur Spielerei. Sie war nie in echter Gefahr gewesen, nicht einmal durch Lucien.

Sie hatte sich stets für mutig gehalten.

Jetzt bot sich ihr die Gelegenheit, wirklich mutig zu sein.

Am nächsten Tag unternahm sie etwas, dem sie lange aus dem Weg gegangen war. Sie vereinbarte noch einmal mit Jean, dass er sie in die Basilika begleitete. Womöglich verbrannte der Boursier fast jeden Tag dort einen Brief. Irgendwann würde er aber keine mehr haben, und dann gab es keine Möglichkeit mehr, etwas von ihm zu erfahren.

Es war Abend, neblig und grau. Ein leichter Nieselregen kam und ging, während sie dem Weg ins Städtchen folgten. Chrysanthe versuchte, Erinnerungen an die Sonne von Laham in sich wachzurufen, an die klaren, blauen Himmel dort und sogar an die sintflutartigen Regengüsse, nur um sich ein wenig aufzumuntern. Die Entfernung zwischen ihr und ihrem Heimatland erschien ihr jedoch unvorstellbar groß. Ihr Vater hatte ihr einmal gesagt, dass viele Seeleute den Tod fanden, weil sie sich an den falschen Glauben klammerten, man könne denselben Ozean zweimal überqueren, und erst jetzt verstand sie, was er damit meinte.

Es war besser, auch im Geiste dort zu sein, wo der Körper war.

Wie erhofft, besuchte Severin auch an diesem Tag die Basilika, aber als sie sich dem Zweiten Kreis näherte, um ihre Mysterien aufzusagen, bemerkte sie Emeline, die offenbar den Tränen nahe war. Das Mädchen hatte sie noch nicht entdeckt, und Chrysanthe hoffte, ihr vielleicht unbemerkt davonschlüpfen zu können.

»Chrysanthe?«

Sie hätte es besser wissen sollen.

Severin war immer noch zu sehen, doch nun hatte sie sich wohl erst einmal um diese Angelegenheit zu kümmern.

»Emeline«, begann sie und ging auf die junge Frau zu. »Haben wir mal wieder eine unserer ersten Begegnungen?«

»Ach, das«, antwortete Emeline. »Entschuldige, das tut mir leid. Mein Bruder wäre über die Maßen erzürnt, wüsste er, dass ich Euch im Palast aufgesucht habe. Er führt etwas gegen Eure Familie im Schilde, müsst Ihr wissen. Es ist einer der Gründe, warum ich mich mit Euch treffen wollte.«

Chrysanthe musste diese Information erst einmal verarbeiten. »Dass Ihr und er jetzt hier seid, ist ein ziemlicher Zufall«, bemerkte sie schließlich.

»Für meinen Bruder ist es das, ja. Ich habe vorgeschlagen, die Großstadt zu verlassen, um uns ein wenig hier bei unseren Verwandten zu erholen. Mir kam zu Ohren, dass Ihr herkommen würdet, aber Lucien, der arme Tropf, hat nichts davon gewusst. Hätte er das, hätte er mich nicht begleitet.«

»Ich verstehe«, antwortete Chrysanthe. »Also war es ganz allein Eure Idee hierherzukommen.«

Emeline nickte und verschränkte die Finger ihrer Hände. »Doch ich bin Euch nicht hierher in die Basilika gefolgt«, fügte sie hinzu. »Dass wir uns hier treffen, ist tatsächlich Zufall. Lucien hat mich hierhergeschleppt, und natürlich hat er mich im Stich gelassen.«

»Euch im Stich gelassen?«

»Er ist ein Initiierter des Dritten Kreises, daher hat er kaum Zeit für einfache Leute wie mich, Schwester hin oder her. Ich kenne diesen Ort nicht und … bin nicht gern allein.«

Das überraschte Chrysanthe. In seiner Zeit in Mesembria hatte Lucien kaum einmal an einem Gottesdienst teilgenommen. Eine Initiation in den Dritten Kreis erforderte ein beträchtliches Maß an religiöser Überzeugung und auch an Fleiß, und beides traute sie ihm eigentlich nicht zu.

Sie widerstand der Versuchung, zu Severin hinüberzublicken, der mit seinen Vorbereitungen bereits halb fertig war. Wenn sie hier weiter herumstand, würde die Gelegenheit verstreichen, ihn noch einmal belauschen zu können, und es war vielleicht ihre letzte Chance.

»Würdet … Ihr mich begleiten?«, bat Emeline.

Die junge Frau wirkte ganz anders als bei ihrer ersten Begegnung, als hätte sie jegliche Selbstsicherheit verloren. Vielleicht aber war sie auch sehr geschickt darin, ihr Auftreten an die jeweilige Situation anzupassen, um ihr Ziel zu erreichen. So oder so, Chrysanthe konnte sich ihrer Bitte nicht verweigern, ohne Verdacht zu erregen.

»Ja«, sagte Chrysanthe, während Severin davonschritt,

»natürlich.« Sie konnte nur hoffen, dass der Boursier mehr als nur einen weiteren Brief übrig hatte.

Sie geleitete Emeline in die Halle des Lichts, wo sie gemeinsam Kerzen anzündeten.

»Danke«, sagte Emeline anschließend.

»War mir eine Freude.«

»Lucien wird noch länger brauchen.«

»Darf ich Euch dann weiterhin Gesellschaft leisten?«

»Das wäre lieb von Euch.«

Sie saßen schweigend nebeneinander draußen auf der Treppe, unter dem Säulenvorbau. Jean stand geduldig wartend in der Nähe. Es hatte aufgehört zu regnen, doch der Himmel war immer noch bedeckt. Kerzen erhellten einige Fenster im Dorf, und einige Menschen waren mit Laternen unterwegs. Davon abgesehen herrschte inzwischen tiefe Nacht, die zudem noch sehr dunkel war.

»Ich habe gehört, dass Grandame Euch zu Ehren einen Ball ausrichtet«, nahm Emeline das Gespräch wieder auf. »Seid Ihr deswegen aufgeregt?«

Chrysanthe zuckte mit den Schultern. »Ich tanze gern«, antwortete sie. »Erheblich weniger bin ich daran interessiert, eine gute Partie zu machen, was jedoch, wie es scheint, der eigentliche Grund für die ganze Sache ist.«

Eine kleine Falte tauchte zwischen den Brauen des Mädchens auf.

»Was habt Ihr denn?«

»Stimmt es, dass Ihr verantwortlich für Luciens Prügel wart?«, fragte Emeline.

Und da haben wir's, dachte Chrysanthe. Fast fühlte sie sich erleichtert.

»Hat er Euch das gesagt?«

»Nein«, antwortete Emeline. »Ich habe es erst gestern gehört, im Chastel, aber sie sagen es alle. Dass Ihr ihn hinters Licht geführt hättet, und dann haben Eure Brüder ihn fast umgebracht.«

Chrysanthe dachte einen Moment lang nach.

»Ich halte es für das Beste, wenn Ihr Euren Bruder selbst danach fragt«, meinte sie dann ausweichend.

»Das habe ich. Und jetzt frage ich Euch.«

Chrysanthe holte tief Luft. »Ihr müsst wissen, dass ich keine sehr gute Meinung von ihm habe.«

»Nach dem, was ich vernommen habe, habt Ihr auch keinen Grund dafür«, erwiderte das Mädchen, »aber Ihr müsst verstehen, dass Lucien eigentlich kein schlechter Mensch ist. Doch man verleitet und treibt ihn dazu, üble Dinge zu tun, und meistens stecken unser Vater und andere dahinter, die sich in sein Leben einmischen. Und doch weiß er tief in seinem Innern, dass er Euch unrecht getan hat. Ich höre es in jedem seiner Worte, wenn er von Euch spricht.«

»Das würde ich gern glauben«, sagte Chrysanthe, doch sie zweifelte erheblich daran. »Aber letztendlich beurteile ich einen Menschen nach seinen Taten.«

»So wie ich«, stellte Emeline klar, »nur bei Lucien verhält es sich anders.« Sie schaute zu Chrysanthe auf. »Er ist immerhin mein Bruder, versteht Ihr.«

»Ja«, sagte Chrysanthe. »Ich weiß, wie es ist, Brüder zu haben.«

Emeline nickte. Irgendwo in der Ferne brülle ein Mann einen Frauennamen, erntete zur Antwort aber nur Gelächter.

»Es geht gar nicht darum, Euch zu helfen, eine gute Partie zu machen, müsst Ihr wissen«, sagte Emeline unvermittelt.

»Wie bitte?«

»Der Ball. Man will Euch damit diskreditieren.«

»Dieser Gedanke ist mir auch schon gekommen«, räumte Chrysanthe ein. »Was allerdings voraussetzt, dass ich auch zulasse, dass man mich diskreditieren kann.«

»Schön, wenn Ihr so denkt«, erwiderte Emeline, »aber es geht nicht darum, wie Ihr selbst dazu steht. Grandame hat Edelleute vom Hofe eingeladen, die beabsichtigen, Euch ins Verderben zu stürzen.«

»Wie kann mich ein alberner Ball denn ins Verderben stürzen?« Aber noch während sie den Satz aussprach, machte sich ein grausiges Gefühl in Chrysanthe breit. War das nicht genau das, wovor ihre Mutter sie gewarnt hatte?

»Ihr habt ein recht unschuldiges Gemüt«, meinte Emeline.

»Ihr seid noch ein Jahr jünger als ich, wenn nicht noch mehr«, entgegnete Chrysanthe und versuchte, es unbekümmert und freundlich klingen zu lasse.

»Und wie viele dieser Jahre, die Ihr mir voraushabt, habt Ihr am Hof des Kaisers verbracht?«, konterte Emeline. »Oder in den hohen Häusern?«

»Kein einziges«, gestand Chrysanthe.

Emeline schenkte ihr ein Lächeln. »Es ist so ein Gefühl, das ich in Bezug auf Euch hege. Ich mag mich irren und hoffe, dass dem nicht so ist. Ich weiß, sie haben vor, Euch und Eure Familie zu zerstören. Euch den Freibrief für den Besitz Eures Vaters wegzunehmen, sei es durch meinen Bruder oder durch irgendjemanden sonst, sodass ihr alle ohne ein Zuhause und ohne Einkommen dasteht. Deshalb seid Ihr hier.« Sie seufzte und blickte auf ihre Schuhe hinab. »Und sie versuchen, auch mich ins Verderben zu stürzen. Ich bin mir nicht ganz sicher, wie, aber ich weiß es in meinem tiefsten Innern.« Sie sah Chrysanthe direkt an. »Wir sollten Freundinnen sein, Ihr und ich.«

»Und wenn wir Freundinnen wären, wie würdet Ihr mir dann helfen?«

»Sie wollen Euch als eine linkische Landpomeranze hinstellen, deren Moral zudem noch allzu locker ist«, erklärte Emeline. »Sie wollen sowohl Euer Betragen als auch Eure Tugend infrage stellen.«

»Ich weiß, wie man tanzt, und ich weiß, wie ich mich benehmen muss.«

»Ihr wisst, wie man tanzt?«, hakte Emeline nach. »Ich nehme an, Ihr kennt alle möglichen Gavotten, Carolen, Rundtänze und den einen oder anderen niederen Tanz …«

»Natürlich«, bekräftigte Chrysanthe.

»Und die Corsacors? Seid Ihr mit denen auch vertraut?«

»Nein, das muss ich leider eingestehen«, erwiderte Chrysanthe. »Diese Tänze kenne ich nicht.«

»Es gibt insgesamt fünf als Corsacors bekannte Tänze«, dozierte Emeline. »Der letzte, der Dreh-Corsacor, ist erst seit einem Jahr in Mode.«

»Ich verstehe. Und wenn ich diese Tänze nicht kenne, hält man mich für provinziell.«

»Oder für etwas noch viel Schlimmeres«, erklärte die junge Frau. »Bei den Corsacors halten der Mann und die Frau einander umschlungen, während sie tanzen. Sie halten sich nicht bei den Händen, wohlgemerkt. Ihr und Euer Tanzpartner umarmt einander, und wenn Ihr Euch zu eng an ihn klammert oder Euch in die falsche Richtung dreht oder Euer Busen seinen Oberkörper streift, gilt das als wollüstig und Ihr als liederliche Person ohne Selbstbeherrschung. Aber wenn man zu weit von seinem Partner entfernt tanzt – nun, das ist unbeholfen und wird als Mangel an Courage ausgelegt.«

»Klingt nicht gerade nach Spaß.«

»Es soll auch kein Spaß sein.«

»Tja«, erwiderte Chrysanthe, »ich frage mich, ob es da wohl jemanden gibt, der mir all diese Tänze beibringen könnte?«

»Ich könnte das«, erbot sich Emeline. »Für eine Freundin, für eine Verbündete.«

»Wollen wir uns darauf die Hand geben? Und von nun an Du zueinander sagen?«

Auf dem Rückweg nach Roselant setzte der Regen wieder ein, und diesmal sehr heftig. Jean überließ ihr seinen Umhang, aber sie war trotzdem tropfnass, bevor sie die kleine Stadt auch nur verlassen hatten. Die Hufe ihrer Pferde versanken im Schlamm, und der strömende Regen dämpfte das Licht von Jeans Laterne so sehr, dass sie nahezu nutzlos war.

Chrysanthes Entschlossenheit, es mit allem aufzunehmen, womit sie es zu tun bekam, geriet ins Wanken. Sie fragte sich, was wohl passieren würde, wenn sie ihr Pferd einfach wendete, die Straße verließ und davonritt. Jean würde ihr Verschwinden vielleicht erst bemerken, wenn es zu spät war, und in der Dunkelheit wäre sie unmöglich zu finden. Sie konnte sich verstecken, vielleicht in die Berge reiten oder einen kleinen Hafen suchen, von wo sie ein Schiff nach Hause bringen konnte oder sonst irgendwohin, Hauptsache, weit weg von ihren Problemen.

Ein leiser Fluch aus Jeans Mund unterbrach ihr Sinnieren. Er griff ihr in die Zügel.

»Was ist?«, fragte sie, aber dann sah sie es selbst. Ein Sturzbach lief quer über die Straße, breiter, als ihre Pferde lang waren. Es ließ sich schwer sagen, wie tief das Wasser war.

»Ich erinnere mich gar nicht daran, dass hier ein Fluss war«, scherzte sie.

»Er verläuft eigentlich schon lange nicht mehr hier«, erklärte Jean. »Er floss hier entlang, als mein Großvater noch ein kleiner Junge war, doch dann ist der Fluss oben bei Loel versandet, und der Cendel hat sein Bett verlagert.«

»Bei Loel?« Sie erinnerte sich an den Namen von der Landkarte in der Bibliothek, ein hübsches kleines Dorf an der Küste.

»Jawohl«, sagte er. »Damals war dort so einiges los. Mein Großvater kannte so manche Geschichte über diesen kleinen Flecken, aber als sich der Flusslauf nach Norden verlagert hat, sind ihm auch die Menschen gefolgt und haben dort Neapol gegründet. Loel liegt jetzt im Tiefschlaf.«

Ein leiser Schrecken durchfuhr Chrysanthe. »Was meint Ihr mit ›Tiefschlaf‹?«

»Oh, so sagt man hier. Wenn es heißt, etwas liege im Tiefschlaf, bedeutet dies, dass es am Ende ist und seinen Lauf genommen hat.«

Die schlafende Brücke, dachte sie. Wo immer sich Severin und d'Ospios getroffen hatten, es konnte nicht weit entfernt sein, und wenn der Fluss einst von Loel hierher verlaufen war, musste es dann nicht irgendwo eine Brücke geben, die hinübergeführt hatte? Eine Brücke, die jetzt ihren Zweck verloren hatte? Die »im Tiefschlaf« lag?

Höchstwahrscheinlich hätte Jean es ihr sagen können, aber sie wollte ihn nicht fragen, um keinen Verdacht zu erregen. Doch wenn sie richtiglag, grenzte dies ihre Suche erheblich ein. Sie konnte auf der Landkarte nach der Brücke suchen, vielleicht morgen früh.

Jean kam zu dem Entschluss, dass das Wasser in dem einst leeren Flussbett noch nicht zu tief war, um es mit den Pferden zu durchqueren. Bald schon waren sie auf der anderen Seite und setzten ihren Weg fort.

An nächsten Morgen begab sie sich dann aber doch nicht in die Bibliothek, denn Emeline kam sie früh abholen und hatte einen Frühstückskorb dabei. Auf gewundenen Pfaden durchquerten sie die Gärten, bis sie einen von einem Schlehendickicht umgebenen, steingepflasterten Hof erreichten.

»Ein Platz zum Freilufttanz?«, wunderte sich Chrysanthe, als sie die gepflasterte Fläche sah.

»Er ist für Handtellerball gedacht«, erklärte Emeline. »Du weißt schon, mit dem gefiederten Ball?«

»Ach so, natürlich. Aber wir spielen das auf dem Rasen.«

»Ich erinnere mich noch, wie ich als kleines Kind hier Leute spielen gesehen habe«, berichtete Emeline, »aber Handtellerball ist seit etwa fünf Jahren aus der Mode, daher nehme ich an, dass wir hier nicht gestört werden, es sei denn von Gärtnern.«

»Warum hier? Warum nicht im Chastel? Es gibt dort viele Räume, die kaum benutzt werden.«

»Ich halte es für uns beide für das Beste, wenn niemand bemerkt, dass ich dir helfe. Ich glaube, es wäre sogar besser, wenn ich dich in Gesellschaft anderer schneide. Ich hoffe, du verstehst das?«

»Ich denke schon.«

»Dann war es heute das letzte Mal, dass man uns zusammen gesehen hat, wenn das in Ordnung wäre. Ich werde das Gerücht verbreiten, ich würde dich vulgär und langweilig finden. Wir werden uns zwar jeden Tag hier treffen, aber auf verschiedenen Wegen herkommen.«

»Wenn du es so möchtest.«

»Gut«, sagte Emeline. »Also, kennst du die Schritte für eine Troipé?«

Chrysanthe verneinte.

»Na schön«, meinte Emeline. »Fangen wir damit an.«

»Umarmen wir uns also?«

»Noch nicht. Zuerst die Schritte.«

Emeline führte ihr die Tanzschritte vor, und Chrysanthe begriff fast sofort, wie ahnungslos und überfordert sie war. Die Tänze, mit denen sie aufgewachsen war, waren lebhaft, und nur selten berührten dabei beide Füße gleichzeitig den Boden. Es wurde viel herumgehüpft und gelegentlich sogar richtig gesprungen, aber Emeline bewegte sich, als wäre der Boden aus brüchigem Eis. Dennoch schien sie mit müheloser Eleganz über die Steine zu gleiten, und ihre Füße verursachten dabei nicht das leiseste Geräusch.

»Das war sehr schön«, lobte Chrysanthe, als Emeline stehen blieb.

»Jetzt versuch du es. Komm, ich geb dir das Tempo vor, damit du es fühlen kannst.« Sie klatschte in die Hände und summte eine Melodie, aber Chrysanthe stellte ihre Füße beständig beim falschen Schlag auf und kam sich vor wie ein humpelndes Nashorn, das herumzuhüpfen versuchte. Noch nie zuvor in ihrem Leben hatte sie sich derart unbeholfen gefühlt, und es war keine angenehme Erfahrung.

»Das alles muss ich in wenigen Wochen lernen?«, fragte sie schließlich. »Das scheint mir unmöglich.«

»Ist es nicht«, beteuerte Emeline. »Du bewegst dich gut, und du hast eine elegante Figur. Es geht für dich mehr darum zu vergessen, als zu lernen. Komm, lass mich dir zeigen, wie es mit einem Partner geht. Ich bin der Mann.« Sie trat dicht vor Chrysanthe hin und legte ihr eine Hand ins Kreuz, während sie mit der anderen nach ihrer griff. Dann zog sie Chrysanthe näher an sich heran, sodass ihre Bäuche nur eine Fingerbreite voneinander entfernt waren.

»Das ist nicht dein Ernst!«, rief Chrysanthe und trat ein kleines Stück zurück.

Emeline folgte ihr und hielt den Zwischenraum weiterhin winzig klein. »Doch, ich meine es ernst. Das macht man eben so.«

»Wie können wir uns so bewegen, ohne uns … ähm, aneinander zu reiben?«

Emeline lächelte. »Darin besteht eben die Herausforderung. Umso mehr, weil die meisten Männer es sich zur Aufgabe machen werden, genau das zu erreichen. Du musst ihnen ausweichen, ohne dass man es dir anmerkt.«

»Es erscheint mir … ungehobelt.«

»Hast du dich noch nie an einem Mann gerieben?«, fragte Emeline. »Vielleicht sogar an meinem Bruder?«

»Das ist ja noch unschicklicher!«, protestierte Chrysanthe. »Aber wenn du es wissen willst, dein Bruder hat, mit zwei Ausnahmen, mir gegenüber stets den perfekten Herrn gespielt, anständig und aufmerksam. Und eine dieser Ausnahmen war nicht … amouröser Natur.« Sie löste sich von Emeline. »Und was ist mit dir? Bitte sag mir, dass du in deinem Alter noch nicht …«

Emeline zuckte mit den Schultern. »Ich denke, wir haben unterschiedliche Erwartungen, du und ich.«

»Aber das ist ja schrecklich!«

Emeline stemmte die Fäuste in die Hüften. »Ich bin nicht hergekommen, um mich beleidigen zu lassen. Ich bin hier, um dir zu helfen.«

»Tut mir leid«, sagte Chrysanthe und meinte es ehrlich. »Nun gut, ich bin jetzt so weit. Wenn du es mir bitte zeigen möchtest?«

Als Chrysanthe sich später im Schatten ausruhte und eine Birne verspeiste, nagte die Enttäuschung an ihr.

»Du magst das vielleicht anders sehen, aber du machst deine Sache gut«, versicherte Emeline.

»Du bist eine sehr geduldige Tanzlehrerin«, erwiderte Chrysanthe.

»Ich hatte selbst einen guten Lehrer.« Emeline nahm einen Schluck von ihrem Wein. »Natürlich war ich ziemlich verliebt in ihn.«

»Du meine Güte!«

»Ja. Ich war neun, als wir angefangen haben. Als ich dreizehn war, wollte ich ihn heiraten. Deshalb wurde er in die Verbannung geschickt.«

Chrysanthe blinzelte verwundert. »Entschuldige bitte. Hast du gerade gesagt, man habe ihn in die Verbannung geschickt?«

»Weit weggeschickt, ja«, bestätigte Emeline. »Tatsächlich sogar sehr weit weg – nach Nihar in der Wüste. Ich wollte ihm einen Brief zukommen lassen, aber meine Gouvernante hat ihn entdeckt, und das war dann das Ende vom Lied.«

»Tut mir leid, das zu hören.«

»Ich weiß jetzt, dass es einfach so kommen musste«, erklärte Emeline. »Ich bin schon bei meiner Geburt jemandem versprochen worden.«

»Oh«, flüsterte Chrysanthe. Sie aß den letzten Bissen von ihrer Birne und warf das Kerngehäuse in die Schlehenhecke.

»Du klingst, als würdest du mich bemitleiden«, sagte Emeline, »aber das ist nicht nötig. Ich habe meinen Verlobten inzwischen kennengelernt, und er ist ein Mann mit vielen hervorragenden Eigenschaften. Ich kann von Glück reden.«

»Davon bin ich überzeugt«, antwortete Chrysanthe.

»Aber genug davon«, entschied Emeline. »Du hast lange genug gefaulenzt. Komm, ich zeig dir jetzt den Antilios.«

»Natürlich.« Chrysanthe stand auf und klopfte sich den Staub vom Kleid.

Emeline stellte sich vor sie hin und griff erneut um ihre Hüfte. Chrysanthe schaute der jungen Frau in die Augen und dachte daran, dass sie noch vor wenigen Tagen keinen blassen Schimmer von ihrer Existenz gehabt hatte. Wie konnte das hier Luciens Schwester sein? Und müsste sie nicht eigentlich finstere Rachepläne für die üble Behandlung ihres Bruders schmieden? Was, wenn sie ihr alles genau falsch beibrachte?

»Ich weiß deine Hilfe zu schätzen«, meinte Chrysanthe, »aber du hast bisher kein Wort darüber verlauten lassen, wie ich dir helfen kann.«

Emeline runzelte kurz die Stirn. »Es gibt keine Freunde bei Hof«, verkündete sie. »Jeder versucht dort beständig, alle anderen zu übervorteilen, und hier ist es nicht anders, vielleicht sogar noch schlimmer. Würde ich in einem Sumpf versinken, würde jede Cousine und jeder Cousin meinen Kopf als Trittstein benutzen, um über ihn das trockene Ufer zu erreichen.«

Sie schwieg kurz, und in diesem Moment glitt ein Schatten über Emelines Gesicht. Sie sah mit einem Mal traurig und verängstigt und sehr jung aus. Ein Mädchen, das in die Schuhe einer Frau gezwungen worden war.

Emeline ergriff wieder das Wort. »Ich habe ein Gespür für Menschen, und in dir spüre ich etwas, was ich hier noch nicht angetroffen habe. Ich vertraue dir nicht rückhaltlos, aber ich misstraue dir auch nicht. Und das wenige, was mein Bruder über dich erzählt hat …« Sie verstummte erneut.

»Ich kann mir nicht vorstellen, dass Lucien eine gute Meinung von mir hat.«

»Das ist nicht der Punkt, sondern dass du offenbar ein Mensch mit Skrupeln bist. Meiner Erfahrung nach ist das ungeheuer selten. Ich gebe stets auf mich acht, aber manchmal reicht das einfach nicht. Was ich brauche, ist eine Freundin, die mir hilft, auf mich selbst aufzupassen. Jemanden, der mich nicht in den Sumpf stößt und dann auf meinen Kopf tritt. Vorzugsweise jemanden, der mich warnt, bevor das jemand anders tut.«

»Das ist das Mindeste, was ich für dich tun werde«, versprach Chrysanthe.

»Das sind nur Worte«, entgegnete Emeline. »Ich habe in meinem Leben schon viele schöne Worte gehört. Denk daran, was du über Taten gesagt hast.«

»Ich habe es noch klar und deutlich im Kopf«, versicherte Chrysanthe.

Siebtes Kapitel

Die Salamandra

Die Salamandra zeigte sich zunächst als eine Linie grün gefärbter Wolken am Horizont. Als die Leucothea näher kam, tauchten die dunklen Umrisse von Land auf, eine ungeordnete Silhouette, von einer Kette von Bergen in den Himmel gezogen, die aussahen, als hätte ein Riese ihre Gipfel mit dem Schwert abgesäbelt. Von einigen der Berge wehte Nebel auf, und hoch oben im Norden konnte Crespin einen Berg ausmachen, der in einer grauen Wolke Rauch ausspie. Der Anblick erinnerte ihn an die Isles de Seismoi in einem anderen Meer, über eine halbe Welt weit entfernt.

Sie kamen nur langsam voran, da sie das Schiff durch gefährliche Riffe steuern mussten, und als sie die schlimmsten Untiefen hinter sich hatten, entdeckten sie immer häufiger Wrackteile. Balken und Fässer und zerschmetterte Planken. Und Leichen. Im Wasser wimmelte es nur so von Haien und aasfressenden Fischen, und zweimal sichteten sie die immense Gestalt eines Xiphodons, eines Riesenhais, der manche Schiffe an Größe übertraf. Glücklicherweise schien es genug Aas im Wasser zu geben, um ihn zufriedenzustellen.

Es brauchte fast einen ganzen Tag, bis sie aus dem Gefahrenbereich heraus waren und ihre Position sicher bestimmt hatten, dann steuerten sie Anvvod an. Am Mittag des nächsten Tages kam die Meerenge in Sicht, das Kolossostor.

Crespin hatte bisher nur Stiche von diesem Ort gesehen,

auf denen die beiden Seiten der Meerenge als turmhohe Klippenwände abgebildet waren, von den stählernen Kolossi bewacht. Eine der Statuen fehlte nun gänzlich, und von der anderen waren nur die Beine bis hinauf zu den Knien erhalten. An der Größe der Schiffe in der Meerenge ließen sich ihre Dimensionen abmessen, und Crespin wurde regelrecht schwindelig bei der Vorstellung, wie gewaltig sie einst gewesen sein mussten.

Die Klippen selbst waren niedriger, als sie auf den Stichen, die er kannte, dargestellt wurden. Es waren nicht die hohen natürlichen Festungsmauern, die er erwartet hatte, aber sie hatten trotzdem beträchtliche Ausmaße. Sie waren durchsetzt von dunklen Löchern, von denen er wusste, dass es Geschützstellungen für teuflische Waffen waren, doch sie blieben finster und still. Der Krieg war hier bereits weitergezogen. Crespin fragte sich, wie viele Leichen von Drehhu und ihren Sklaven in diesen Felswänden lagen und verwesten.

Die Meerenge war von Wrackteilen verstopft, und der Leichengeruch war schier unerträglich. Schwärme von Möwen und Seekrähen schwebten am Himmel, zankten sich um ihre Beute, taten sich an dem Festmahl gütlich und ließen ihren Kot auf die Flotte von Mesembria niederregnen.

Ein kleines Kontingent von Schiffen war als Nachhut zwischen den Klippen verblieben – stolze Galeeren aus Modjal unter dem Banner der Haubenschlange. Der Rest der vereinten Flotte war bereits weitergezogen und belagerte die Stadt Basilisk selbst.

Die Handelsflotte traf wahrlich spät ein, und noch später hätte sie wirklich nicht kommen dürfen. Die Besatzungen einiger Marineschiffe hatten seit zwei Wochen mit Viertelrationen auskommen müssen, und der halben Flotte waren sowohl die Munition für die Quilainen als auch die Pfeile ausgegangen.

Galeeren kamen von Anvvod herübergefahren, um sich mit Nachschub zu versorgen und sich dann wieder in die

Schlacht zu stürzen. Die Männer auf diesen Schiffen wirkten erschöpft und geschunden, aber die Ankunft der Schiffe aus Mesembria schien neue Hoffnung in ihnen zu wecken, dass Basilisk bald fallen würde.

Nur wenige Menschen von außerhalb waren je durch die Straßen der Drehhu-Hauptstadt gewandelt, und die Seeleute spekulieren darüber, was sie dort wohl vorfinden würden – ob die Wege dort vielleicht mit Rubinen gepflastert waren oder ob es dort Sklavinnen gab, gezüchtet mit ganz speziellen Geschlechtsmerkmalen.

Den Handelsschiffen schien bei alldem ein langweiliges Los zuzufallen – das zumindest dachte Crespin bis zum dritten Tag, an dem eine neue Flotte auftauchte, und zwar von Süden. Eine Flotte ohne Segel.

Bei gutem Wetter und günstigem Wind, da war Crespin sich sicher, wäre die Leucothea schneller als diese offenbar vom Teufel angetriebenen Schiffe. Aber der Wind wehte für gewöhnlich immer nur aus einer Richtung, und wollte man nicht in genau diese Richtung, war Höchstgeschwindigkeit unmöglich. Die Flotte der Drehhu hatte den Vorteil, ohne Rücksicht auf den Wind in jede Richtung fahren zu können.

Crespin hielt den Blick ungeduldig auf die herannahenden Schiffe gerichtet, während die Schiffe seiner Flotte die Segel hissten und zu kreuzen begannen. Sein Vater stand nicht weit von ihm entfernt und besah sich die auf sie zukommende Flotte, so wie sich jemand einen eigenartigen Witterungsumschwung anschauen würde.

Kalliope kam an Deck. Ihr Gang war bereits schwankend, und der Blick ihrer Augen mit den goldenen Einsprengseln wanderte hin und her.

»Damit war nicht zu rechnen«, erklärte sie. »Die Belagerer von Basilisk sind gegen einen Angriff von See weitgehend ungeschützt.«

Sein Vater nickte. »Die Drehhu müssen die Hälfte ihrer

Flotte nach Timur entsandt haben.« Seine Stirn kräuselte sich leicht, das erste Zeichen von Besorgnis, das er sich anmerken ließ. »Jetzt kommt sie zurück, während sich die meisten unserer Schiffe im Hafen befinden, wo sie nicht manövrieren können.«

»Wie kann das sein?«, schaltete Crespin sich ein. »Das Ganze ist jetzt schon seit über einem Jahr geplant. Wie kann es sein, dass unsere Informationen so fehlerhaft sind?«

Sein Vater zuckte schwach mit den Schultern. »Spielt das jetzt eine Rolle? Wir müssen sie auf dieser Seite der Meerenge halten, bis die Kriegsschiffe den Hafen verlassen und hier eintreffen können, sonst ist alles verloren. Wir müssen Kolonnen bilden, wie wir es in Zamir getan haben.«

Zamir war zumindest eine gute Übung gewesen, doch dort hatten sie den Wind auf ihrer Seite gehabt, und die meisten feindlichen Schiffe waren gewöhnliche Galeeren gewesen und nicht von dämonischen Mächten angetrieben worden.

Trotz der unheimlichen Schnelligkeit der nahenden Flotte und des Gegenwinds gelang es den Mesembriern jedoch, Formation anzunehmen, während sich im Osten die Nacht herabsenkte. Die Schiffe der Drehhu glühten auf, als hätte das Licht der ersterbenden Sonne sie in Brand gesteckt. Als ihre Waffen zu sprechen begannen, tauchten bereits die ersten Sterne am wolkenlosen Himmel auf.

»Wir wollen die Hoffnung nicht aufgeben«, hörte Crespin seinen Vater murmeln, als das erste ihrer Schiffe in Flammen aufging. Dann wandte sich Alastor Nevelon an Kalliope. »Fangt an!«

Sie nickte und schloss die Augen.

Crespin sah hilflos zu, wie die gleißenden Feuerbälle der Feinde den Raum zwischen den Flotten überwanden, auf dem Wasser explodierten oder gegen Holz und in die Segel schlugen. Es war, als würde der Himmel selbst herabbrechen, und in gewisser Weise war es ebenso schön, wie es beängstigend war.

Sie waren immer noch zu weit weg, als dass die Handelsschiffe ihre eigenen Waffen hätten einsetzen können. Ärger regte sich in ihm. Hätten sie Waffen wie die Drehhu besessen ... Warum verbot ihnen die Kryptarchia solche Waffen? Eine Magie war doch sicherlich so gut wie die andere.

Drüben über dem Wasser blühte auf einmal eine gleißende Blume auf und dann noch eine, und im nächsten Moment war es fast helllichter Tag, als Schiff um Schiff der Drehhu in Flammen aufging.

Er sah zu seinem Vater hin, und es fiel ihm auf, wie zufrieden er wirkte.

»Sie haben die Reichweite unserer Kommunikation falsch eingeschätzt«, bemerkte Crespin. »Du hattest recht. Das Opfer unserer Vorhut in Zamir war es wert.«

»Vielleicht«, gab sein Vater zurück, »vielleicht auch nicht. Sie wissen, dass sie das Mere de Basilisk erreichen müssen, bevor sich unsere Kriegsschiffe gesammelt haben. Möglicherweise sind sie dafür selbst zu Opfern bereit.«

Bis zum frühen Morgen hatte der Beschuss aufgehört, aber das Ergebnis ließ sich schwer abschätzen. Die Strixe waren alle erschöpft, und Kalliope zufolge hatten viele den Tod gefunden. Anhand der Zahl der Feuer und der Berichte, die mittels Lucnographen kamen, gingen sie davon aus, dass über die Hälfte der Handelsschiffe zerstört worden war. Was immer von der Flotte der Drehhu übrig geblieben sein mochte, war nicht zu sehen.

Sie wendeten mit dem Wind und fuhren auf das Kolossostor zu, wo sie ihre Schiffe zu einer Mauer formierten und auf die Morgendämmerung warteten.

Dann, als sich Eos in ihrem rosigen Rock aufrichtete, sahen sie den Feind, etwa anderthalbmal so viele Schiffe wie ihre, weit draußen am Horizont, doch sie kamen unverkennbar auf sie zu. Crespin eilte über das Deck und rief den Männern zu, dass sie sich bereithalten sollten, sprach mit dem

Mann, der den Lucnographen bediente, und ging dann zu seinem Vater zurück.

»Bis unsere eigenen Kriegsschiffe uns erreichen, wird es noch etliche Stunden dauern«, meldete er. »Die Galeeren der Modjal sind aus Hhark eingetroffen und steuern unsere Flanken an, aber wir sind trotzdem in der Unterzahl.«

Sein Vater nickte. »Uns bleibt noch ein wenig Zeit. Komm mit nach unten, trinken wir eine Tasse Kaffee.«

Crespin strich sich gerade Butter auf einen Zwieback, als die Leucothea leicht erbebte, sodass die Porzellantassen und Unterteller auf dem Tisch klapperten und Staub von den Deckenbalken rieselte.

»Ich glaube, sie sind fast in Reichweite«, bemerkte er.

Auf der anderen Seite des Tisches hob der Admiral seine Kaffeetasse und nahm einen Schluck.

»Fast«, pflichtete er seinem Sohn bei.

»Dann sollte ich jetzt besser nach oben gehen«, meinte Crespin, »und alles vorbereiten.«

»Trink erst mal deinen Kaffee aus«, beschied ihn der Admiral. »Dann gehen wir zusammen.«

Crespin hob seine Tasse. Sie war durchscheinend, fast wie Glas, ganz anders als das Geschirr aus der Messe.

Alastor bemerkte seinen Gesichtsausdruck. »Die habe ich in Li Teal mitgenommen. Recht hübsch, nicht wahr?«

Crespin nickte, nahm einen Schluck und genoss den gewürzten Kaffee, in dem sich auch ein Schuss Rum befand. Er stellte die Tasse ab, gerade als eine weitere Explosion das Schiff noch heftiger schaukeln ließ als beim letzten Mal. Die Tassen und Unterteller wurden vom Tisch geschleudert, doch die Messe war mit einem dicken Teppich aus Modjal ausgelegt, sodass sie nicht zerbrachen. Was von Crespins Kaffee noch in der Tasse gewesen war, sickerte in das kunstvolle Gewebe.

»Kaffeepause beendet«, murrte er, dann jedoch zauderte

er einen Moment. Er wollte das Offensichtliche nicht aussprechen, doch angesichts seines Rangs musste er dies wohl.

»Die Strixe …«, setzte er an.

»Nein«, fiel ihm der Admiral ins Wort. »Sie hat für heute ihre Arbeit getan.«

»Also gut, Sir.«

Der Admiral nickte, seine blaugrünen Augen morgenhell, während sein Gesichtsausdruck wie gewöhnlich bewusst ausdruckslos blieb. »Na denn, es ist Zeit.« Er stand auf und griff nach dem Gürtel mit seinem Säbel, der über die Rückenlehne seines Stuhls gehängt war. »Danke für deine Gesellschaft, Crespin.«

»Es war mir ein Vergnügen, Sir«, antwortete dieser und spürte einen leichten Kloß in der Kehle.

Der Admiral schnallte sich seine Waffe um und bedachte ihn mit einem angedeuteten Lächeln. »Geben wir unser Bestes, um mit ein wenig Würde zu sterben.«

Crespin erwiderte das schwache Grinsen und versprach: »Ja, ich werde mein Bestes geben, Vater.«

»Natürlich wirst du das«, betonte der Admiral. »Du bist schließlich ein Nevelon.«

Crespin beugte sich zu Boden, hob die Tasse auf und stellte sie wieder auf den Tisch. Eine seltsame Ruhe erfüllte ihn.

Es war eine lange Reise gewesen, aber jetzt war sie vorbei.

Crespin schnallte sich seinen Säbel um und schickte sich an, seinem Vater aufs Deck zu folgen, zögerte dann aber und schritt stattdessen den Flur entlang zu der Tür am anderen Ende. Er klopfte an.

»Was ist?«

Er öffnete die Tür. Der Raum dahinter war für eine Schiffskabine recht groß. Er enthielt ein schmales Bett, einen Kleiderschrank, einen Stuhl und einen kleinen Schreibtisch mit mehreren Schubladen.

Kalliope lag auf dem Bett, der Länge nach ausgestreckt, in

der Hand eine Flasche Rum. Ihre Augen hatten die Farbe von Zitronen, und ihr Gesicht war bleich und wirkte abgespannt. Sie trug nur ein Hemdkleid, dessen Ärmelaufschläge voller gelber Flecken waren.

Ihr Blick schien durch ihn hindurchzugehen.

»Wer ist da?«, fragte sie.

»Crespin«, antwortete er.

»Ach«, murmelte sie, und ein mattes Lächeln legte sich über ihre Züge. »Ist das, was Ihr seht, das, was Ihr Euch erträumt habt?«

»Ich wollte mich nur nach Eurem Befinden erkundigen.«

Nun endlich richtete sie den Blick auf ihn. »Und wie ist mein Befinden?«

Er bemerkte, dass ihr Akzent anders war, stärker. Er erinnerte mehr an das, was man in den dunkleren Straßen von Ophion Magne zu hören bekam statt in einem vornehmen Gesellschaftszimmer.

»Ich gehe wieder«, erklärte er.

»Wartet!«, blaffte sie und stemmte sich hoch, um dann zunächst einen langen, hastigen Schluck aus der Flasche zu nehmen, bevor sie sagte: »Noch nie zuvor seid Ihr hierher zu mir gekommen. Was ist los?«

»Nichts«, antwortete er. »Ruht Euch aus.«

Er schloss die Tür hinter sich und begab sich eiligst an Deck.

Achtes Kapitel

Die Tsau Dadan

Als Bracke begriff, dass sie umzingelt waren, war es bereits zu spät. Er war so perplex, dass es ihm kaum noch gelang, Alarm zu schlagen, bevor die Feinde aus den Bäumen geschwärmt kamen.

Sie erinnerten ihn an Paviane, Affen seines Heimatlandes, doch waren sie viel größer und schwerer und hatten eher menschliche Gestalt, wenn auch mit beängstigend langen Armen. Sie rannten auf allen vieren oder schwangen sich durch die Bäume. Ihr Fell war wie das von Rehkitzen gesprenkelt und verschmolz förmlich mit dem Zwielicht des Dschungels, und ihre großen wulstigen Köpfe saßen direkt zwischen ihren Schultern, ohne nennenswerte Hälse, und sie hatten weit hervorspringende Kiefer.

Ihre Zähne waren groß und viereckig, bis auf zwei spitze, die markant herausstachen.

Die Angreifer sprangen die Chevaliers auf ihren Pferden an, rissen sie aus ihren Sätteln und warfen sie zu Boden. Die Pferde schrien vor Panik, und die Hölle brach los.

Bracke gelang es, den Ersten, der sich auf ihn stürzte, zu töten, indem er den Tomahawk zwischen dessen Augen versenkte, aber bevor er seine Waffe aus dem Schädel des Ungetüms reißen konnte, packte ihn ein weiterer von hinten, schlang Arme wie Eichenwurzeln um ihn und warf Bracke mit seinem erdrückenden Gewicht zu Boden.

Rose hieb ihre Zähne in den Angreifer, riss ihm Fleisch aus dem Leib, und Bracke bekam wieder Bewegungsspielraum. Er kämpfte sich frei und kletterte schnell einen Baum hinauf, während ihm zwei der Affenwesen folgten. Dem einen versetzte er einen Tritt unters Kinn, und die Kreatur stürzte herab, direkt auf die andere, was Bracke die wenigen Momente gab, die er brauchte, um seine Schleuder vom Handgelenk zu wickeln. Die Knochen ihrer Schädel waren dick, aber an den Schläfen doch nicht dick genug – er tötete beide und kletterte dann höher.

Als er nach unten schaute, sah er Martin Fausthiebe austeilen, die zerschmetterte Leiber in alle Richtungen um ihn davonwirbeln ließen, während es den Chevaliers gelungen war, sich zu einem ungeordneten Karree zu formieren. Bracke unterstützte sie von oben mit seiner Steinschleuder.

Eine Bewegung in seinem Augenwinkel stellte sich als ein weiterer Tiermensch heraus, der sich von Ast zu Ast hangelte. Bevor Bracke auch nur einen Stein in seine Schleuder bekommen konnte, hatte ihn das Geschöpf auch schon von seinem Platz oben im Baum geschleudert. Äste flogen an ihm vorbei, dann fand er sich unten am Boden wieder. Er versuchte wegzukriechen, aber es war ihm, als wäre er nicht mehr mit seinem Körper verbunden, als hätte ihm der Aufprall nicht nur den Atem aus der Lunge gequetscht, sondern auch die Seele aus dem Leib.

Das Ungetüm landete neben ihm und hob beide Fäuste.

Zwei Armbrustbolzen schlugen dem Affenwesen in die Brust. In seinen Augen zeigte sich Überraschung, dann wurden sie stumpf, und das Geschöpf sackte zu Boden. Einen Moment später war Selene an Brackes Seite.

»Helft mir hoch!«, brummte er.

»Schon gut«, gab sie zurück. »Sie haben das Interesse an uns verloren.«

Er setzte sich auf, und langsam kehrte das Gefühl in seine Glieder zurück.

»Stimmt«, antwortete Martin. »Sie haben bekommen, was sie wollten.«

Zuerst wusste Bracke nicht, was er meinte, aber dann verstand er. Veulkh, die Raben und Ammolit waren nirgends mehr zu sehen.

Ammolit blickte zurück in die Richtung, aus der sie gekommen waren, aber das Kampfgeschehen konnte sie nicht mehr sehen, der dichte Wald hatte sich dazwischengeschoben. Sie hoffte, dass Bracke noch lebte. Alle Übrigen waren ihr egal.

»Was sind das für Wesen?«, fragte sie Veulkh und machte eine Kopfbewegung zu ihrem seltsamen Geleittrupp hin. Sie, Veulkh und die Raben saßen nach wie vor in den Sätteln. Die Ungeheuer hatten sie umringt, machten aber keine Anstalten, anzugreifen.

»Hände von den Waffen!«, hatte Veulkh seinen Männern befohlen. »Wenn wir uns von ihnen führen lassen, werden sie uns nichts tun.«

Und so ritten sie nun die Hänge eines Berges hinauf, von den grotesken Tiermenschen angeführt.

»Man nennt sie die Tsau Dadan«, erklärte er, »sie haben aber auch noch andere Namen. Und angeblich sind sie ausgestorben.«

Zwei Krieger waren tot, beiden war das Genick gebrochen worden. Einer von ihnen hatte in Diensten des Chevaliers Ariston gestanden, und der war außer sich vor Wut. Bracke hatte seine Sprache inzwischen gut genug gelernt, um ihm folgen zu können, auch wenn er einige der Kraftausdrücke nicht kannte.

»Er hat uns verraten!«, brüllte Ariston. »Der verdammte Zauberer hat uns in eine Falle gelockt!«

»Das kann ich mir nicht vorstellen«, wandte Selene ein. »In seinem Berg waren wir ihm auf Gedeih und Verderb ausgeliefert. Er hätte uns gleich dort umbringen können, ohne sich erst so viel Mühe zu machen.«

»Ich weiß, was ich gesehen habe«, beharrte Ariston. »Die Untiere haben sie nicht angerührt.«

»Irgendwer hat Veulkh von uns trennen wollen«, meinte Martin, »so viel steht fest, und mehr wissen wir nicht. Ob Veulkh in die Sache eingeweiht war, können wir zum gegenwärtigen Zeitpunkt nicht sagen, und es nutzt uns nichts, Spekulationen anzustellen. Wir müssen ihnen folgen. Ohne Veulkh ist unsere Mission zum Scheitern verurteilt. Also verbindet eure Wunden und sammelt eure Waffen ein. Wir brechen noch im Laufe der nächsten Stunde auf.«

»Guyote und Kyros verdienen ein Begräbnis«, gab Ariston zu bedenken.

»In der Tat«, gestand Martin ein, »aber dafür ist jetzt keine Zeit.«

»Vielleicht seid Ihr nun nicht mehr der Anführer dieser Expedition«, versetzte Ariston.

Martin blickte ihn an.

Ariston sah ihm lange unverwandt in die Augen, dann wanderte sein Blick hinunter zu Martins blutverschmierten Fäusten. »Ich … gehöre nicht zu den Männern, die ihren Eid brechen.«

»Davon bin ich auch ausgegangen«, entgegnete Martin und ließ den Blick über die anderen schweifen.

»Im Laufe der nächsten Stunde«, wiederholte er.

Sie waren vor dem Auftauchen der Tsau Dadan schon mehrere Tage in den Bergen unterwegs gewesen, und das Land war fremdartiger geworden. Einmal hatten sie von einem hohen Gebirgskamm aus einen fernen Gipfel sehen können, der die Form eines großen Kegels hatte und von dem Wolken aus schwarzem Rauch aufstiegen, als würde in ihm ein Feuer brennen. Ascheteilchen ließen sich in ihrem Haar und auf ihren Schultern nieder. Die Erde unter ihren Füßen bebte häufig, meist nur ein wenig, manchmal aber mit solcher Gewalt, dass es Bracke fast von den Beinen riss.

Sie stießen auf keine weiteren Spuren der Ngachok-Krieger noch überhaupt auf Hinweise auf irgendein menschliches Wesen. Es regnete jeden Tag, manchmal den ganzen Tag lang, und jetzt auch noch das. Bracke erinnerte sich, dass Martin sie ermahnt hatte, die Augen offen zu halten, aber offensichtlich waren sie dennoch nicht aufmerksam genug gewesen.

Er war nicht aufmerksam genug gewesen.

Es war ein seltsamer Gedanke, aber Bracke war der Ansicht, dass er Martin und Selene nun nicht mehr im Stich lassen konnte, denn er fühlte sich für sie und ihr Schicksal verantwortlich.

Ganz allmählich wich der hohe Dschungel feingliedrigen Lorbeerbüschen, zarten Farnen und filigranen grünen Ranken, die über den Boden und die Bäume hinaufkrochen. Als sie höher kamen, wurde diese Vegetation wiederum durch kümmerliche moosähnliche Pflanzen ersetzt, die sich an kaum mehr als den nackten schwarzen Stein klammerten.

Jetzt, da keine Bäume mehr seine Sicht einschränkten, war für Bracke offensichtlich, dass sie den Hang eines hohen Bergs hinaufstiegen, aber anders als die Steilhänge und Felskämme der Vereshalm-Berge war dieser sehr regelmäßig geformt – wie der brennende Kegel, den sie einige Tage zuvor gesehen hatten. Es gab jedoch keinen Rauch, stattdessen erhob sich ein wolkenähnlicher weißer Dunst von irgendwo vor ihnen in den Himmel.

Die Hitze des Tieflands war verschwunden und durch klamme Kühle ersetzt worden.

Der Berg hatte keinen echten Gipfel, sondern einen Trichterrand, als hätte irgendein Gott die Spitze abgebrochen und eine schalenförmige Vertiefung in den Berg gegraben. Sie befanden sich hoch über dem Dschungel, und Bracke sah, dass der Berg Teil einer Kette war, die sich nach Norden und Süden fortsetzte. Die nächstgelegenen Berge sahen genauso aus wie dieser: geköpfte Kegel. Im Osten sah er eine riesige blaue Wasserfläche, bei der es sich um das Meer handeln musste.

Die runde talartige Vertiefung war halb mit Wasser gefüllt, aus dem sich jene Dunstwolke erhob, die Bracke bereits zuvor bemerkt hatte. Dort unten wuchsen keine Bäume, nur verkrüppelte Büsche, Moose und Farne, doch in der Mitte des Sees befand sich eine Insel, und auf der erhob sich eine Kuppel aus schwarzem Stein, die zu regelmäßig wirkte, um natürlichen Ursprungs zu sein.

Ein Pfad führte hinunter zu dem kahlen Fels am Ufer, und dort angekommen, bemerkte Bracke eine weitere glatte Senke.

»Da sind sie hingegangen«, verkündete er.

Martin schaute zu der schwarzen Kuppel hinüber, dann trat er ans Wasser, tauchte einen Finger hinein und zog ihn schnell wieder heraus. »Es kocht beinahe!«

»Dann werden wir wohl nicht hinüberschwimmen können«, bemerkte Bracke.

Ein weiteres Mal erlebte Ammolit jenes intensive Gefühl von verwirrter Desorientierung. Ihre Knie wollten sie nicht mehr tragen, und ihr war so schwindelig, dass sie die Augen schloss. Starke Arme griffen nach ihr, damit sie nicht stürzte. Erschöpfung erfüllte sie, und sie versank in seltsamen Farben und undeutlichen Stimmen.

Sie erwachte auf einem Bett in einem Raum, der von einem vertrauten opalisierenden Licht erhellt wurde, und für einen Moment glaube sie schon, sie sei wieder daheim und das ganze seltsame Abenteuer nur ein Traum gewesen. Aber das Bett war ihr unvertraut, und die Decke, auf der sie lag, war steif und staubig.

Der Raum war nicht minder fremd und ziemlich klein. Veulkh stand an ihrem Bett.

»Schnell!«, wies er sie an, griff nach ihren Händen und legte sie sich an die Schläfen.

»Was ist los?«, fragte sie.

»Sei nicht so begriffsstutzig. Du hast dein Scheinbild verloren. Vielleicht ist es schon zu spät, aber wenn nicht, müssen wir uns beeilen.«

»Oh.« Jetzt begriff sie, dass dem tatsächlich so war. Zum ersten Mal seit Wochen sah sie ihre eigenen Hände.

Doch Orra war bereit und wartete, und schon bald hatte sich Ammolit wieder verwandelt.

Veulkh nahm sie an Ort und Stelle, auf dem vermodernden Bett. Danach lag er da und starrte zur Decke hinauf, als versuchte er sie mit seinem Blick zu durchbohren.

Ammolit lag neben ihm und bemerkte, dass da ein langer feiner Riss in der Wand war, der den oberen Teil des Raums vom unteren trennte. Sie folgte dem Riss um den Raum herum und stellte fest, dass die Ecken nicht säuberlich ineinanderpassten, als wäre der Raum wie ein Tontopf zerbrochen und dann nicht ganz richtig wieder zusammengesetzt worden. Die Tür stand offen.

»Ich habe das erwartet«, murmelte Veulkh. Seine Stimme klang seltsam gedämpft. »Und trotzdem …«

»Ich verstehe nicht«, bekannte sie.

»Es hätte niemand hier sein sollen«, fuhr er fort. »Der letzte Zauberer, der hier lebte, war Chalicon, doch dieser Ort hat ihn umgebracht. Meinesgleichen sind fast alle tot, und die wenigen, die es noch gibt, haben wehrhafte Festungen, die nicht so … belastet sind wie dieser Unterschlupf.«

»Ihr wolltet hierherkommen«, wurde ihr klar.

»Ja. Um eine bestimmte Sache zu erledigen, auch wenn sie sehr gefährlich ist. Doch ich bin vorbereitet und habe alle Eventualitäten eingeplant.«

»Aber die Tsau Dadan … die hattet Ihr nicht eingeplant, nicht wahr? Doch sie haben uns in Ruhe gelassen. Und sie haben den Raben gestattet, ihre Waffen zu behalten.«

Er nickte. »Wer immer hier ist, hat mich als das erkannt, was ich bin, und er weiß vielleicht sogar, wer ich bin. Ich glaube, man hat mir eine Art Höflichkeit erwiesen.«

»Dann sind wir also in Sicherheit?«

»Nein«, widersprach er, »das sind wir ganz und gar nicht.« Er setzte sich im Bett auf, stützte die Ellenbogen auf die Knie und presste sich die Fäuste an die Stirn. »Die Tsau Dadan …«, murmelte er.

»Was sind das für Wesen?«, erkundigte sie sich.

»Sie waren schon vor uns hier«, erklärte er, »oder jedenfalls ihre Vorfahren. Vor den Drehhu. Bevor es Ophion, Veles, Modjal, Helios, Taman, Okeanos und alle ihresgleichen gab. In der untergegangenen Stadt, in der wir dieses Land betreten haben, Sular Bulan, wurden sie als Sklaven gezüchtet. Doch irgendwann haben sie sich gegen ihre Herren aufgelehnt, und in den Kämpfen, die daraufhin ausbrachen, gingen Meister und Sklaven gleichermaßen zugrunde, und die Stadt wurde aufgegeben. So zumindest wurde mich das gelehrt. Offensichtlich haben jedoch einige von ihnen überlebt, und nicht nur das: Irgendjemand hat sich daran erinnert, wie man sie befehligt, oder hat es irgendwie in Erfahrung gebracht.«

»Wer könnte das sein?«

»Kein lebendes Wesen«, antwortete er. »Eine Strixe könnte einen oder zwei von ihnen für eine kurze Zeit kontrollieren, aber was wir gesehen haben, verlangt … nun ja, etwas Spezielles.«

»Was ist mit Martin und den Übrigen?«, fragte sie. Sie hatte das Bedürfnis, das Thema zu wechseln. »Glaubt Ihr, sie sind tot?«

»Ich würde keinen weiteren Gedanken an sie verschwenden.«

»Das wäre am besten so«, pflichtete ihm eine dritte Stimme bei, die sich anhörte wie die eines Kindes oder eine hohe Frauenstimme sein mochte.

Durch die offene Tür sah Ammolit die Umrisse eines Menschen im Flur, gleich hinter der Lichtquelle. Plötzlich wurde sie sich ihrer Nacktheit bewusst und griff nach ihrer Kleidung, um sie sich vor den Leib zu halten.

Die Gestalt trat näher, herein in das Dämmerlicht.

Ihr Gesicht war mehr Mädchen als Frau, blass und hübsch und mit großen dunklen Augen. Das schwarze Haar floss ihr in Locken bis über die Taille. Sie war zierlich und trug ein schwarzes Gewand mit kleinen Silberschnallen an der Vorderseite.

»Sie ist schüchtern, die Frau, die Ihr da bei Euch habt«, sagte die Fremde.

Ammolit fragte sich, wie lange sie wohl schon dort gestanden hatte. Hatte sie ihnen beiden zugesehen, als sie es getan hatten?

Veulkh schien es tatsächlich die Sprache verschlagen zu haben. Er starrte die Frau ungewöhnlich lange an, bis er schließlich leise sagte: »Marnora.«

Ein freudiges Lächeln erschien auf ihren Zügen. »Dann erkennt Ihr mich also?«

»Ja, ich erkenne Euch.«

»Nun, das ist großartig. Ich war mir nicht sicher. Es ist lange her, seit wir einander das letzte Mal begegnet sind.«

»Jahrhunderte.«

»Ihr habt ein gutes Gedächtnis.« Sie strahlte sie beide einen Moment lang an. Dann winkte sie mit einer Hand. »Kommt mit. Zieht Euch an oder nicht, mir ist es gleich – doch kommt mit mir.«

Natürlich zogen sie sich an, während Marnora mit einer Art unschuldigem Interesse zusah. Es schien arglos, aber trotzdem raste Ammolits Herz. Sie fühlte sich auf eine Weise entblößt, wie das seit der Nacht, als Veulkh sie das erste Mal ausgezogen hatte, nicht mehr der Fall gewesen war.

Als sie fertig waren, drehte sich Marnora um und führte sie durch schwach schimmernde Flure in einen Raum mit einem großen runden Tisch. Darauf standen eine Karaffe mit dunkelrotem Wein und drei Kelche.

»Lasst uns zunächst eine Erfrischung zu uns nehmen.«

Sie nahmen auf hohen Stühlen Platz, die so angeordnet waren, dass sie einander in einem Dreieck gegenübersaßen. Über ihnen erschien ein goldenes Licht, das von einer Kristallkugel kam mit den Symbolen von Helios Megistos, Pozdu Nalna und Rahh Hamakurya sowie noch einigen anderen, die Ammolit jedoch nicht kannte.

Jetzt, da der ganze Raum erhellt war, ging eine Art herbstlicher Glanz von ihm aus. Die Wände waren mit Blattgold überzogen, und die Kuppeldecke aus irgendeinem dunklen Stein war mit Symbolen der Nacht verschönert worden, die die Reise der Sonne hinter dem Horizont in all ihrer theologischen und metaphorischen Komplexität erzählten.

Der Wein war trocken und blumig und erinnerte Ammolit an die Frühlingswinde, die vom Tal unter Veulkhs Felsenfestung aufstiegen. Er brachte außerdem eine überraschende Erkenntnis mit sich.

Sie hatte sich ohne Veulkhs Wein in Orra verwandelt. Das war noch nie zuvor passiert. Jahrelang hatte sie geglaubt, der Wein sei eine entscheidende Zutat für das magische Geschehen. Jetzt wusste sie, dass dem nicht so war. Sie verstand nicht, was das bedeutete, aber je mehr sie wusste, umso besser waren ihre Möglichkeiten, ihr Schicksal irgendwie zu ändern.

Plötzlich begannen die Gläser auf dem Tisch zu klappern und zu tanzen. Dann begriff Ammolit, dass nicht die Gläser sich bewegten, sondern der Tisch und der Boden unter ihren Füßen. Marnora schien es gar nicht wahrzunehmen, und das Beben hielt nur wenige Momente an.

Marnora hob ihr Glas und machte mit der anderen Hand eine ausladende Bewegung durch den Raum, in dem sie saßen. »Es ist ein wenig eintönig hier, nicht wahr? Erinnert Ihr Euch noch an dieses Anwesen, die Burg von … ach, wie hieß er noch gleich? Pleur?«

»Der Seepalast«, antwortete Veulkh. »Hineingehauen in ein uraltes Korallenriff.«

»Hundert glitzernde Becken«, ergänzte sie, »und die Springbrunnen. Der Innenhof war aus Ammolit. Erinnert Ihr Euch noch?«

Ammolit? Es schreckte sie auf, ihren Namen in einem so gänzlich anderen Zusammenhang zu hören, vor allem, da der Einzige andere, der ihn seit Jahren ausgesprochen hatte, Bracke gewesen war. Sie dachte daran, wie sie sich geküsst, wie sie sich vereinigt hatten. Es war mit ihm auch nicht annähernd so unangenehm gewesen wie mit Veulkh. Und er war lustig gewesen.

»Ich erinnere mich«, erwiderte Veulkh.

»Was mag nur aus Pleur geworden sein?«, sinnierte sie.

»Die Erde hat gebebt, die See hat sich erhoben. So schön sein Palast gewesen sein mag, sicher war er nicht.« Er sah sich mit bedeutungsvoller Miene im Raum um.

»Nein, da habt Ihr recht«, räumte Marnora mit einem leichten Stirnrunzeln ein. »Es ist dort wohl nicht sonderlich sicher gewesen. Das sind leider nur sehr wenige Orte, aber ich habe trotzdem liebgewordene Erinnerungen an Pleur und seine Burg.«

»Ich auch«, sagte Veulkh.

»Die Vergangenheit ist wie eine große dunkle Höhle«, fuhr sie fort. »Nur von einigen verstreuten Edelsteinen beleuchtet. Oder … nein, wartet. Ich habe da noch eine viel bessere Idee. Eine endlose dunkle Nacht, in der nur eine Handvoll Sterne funkeln.«

Veulkh nickte, und er machte auf Ammolit den Eindruck, als würde etwas Schweres auf ihm lasten.

»Hier wären wir also«, ergriff Marnora erneut das Wort, stützte einen Ellenbogen auf den Tisch und bettete das Kinn in die Hand. »Ich habe nicht oft Gäste oder überhaupt Besucher. Es ist so … überraschend, wenn sich jemand hierher verirrt. Wenn es dann doch einmal passiert, verzichte ich gemeinhin auf die Annehmlichkeiten der Konversation. Ich bin froh, dass ich diesmal eine Ausnahme gemacht habe.«

»Nun, ich auch«, entgegnete Veulkh.

Ammolit hatte noch nie erlebt, dass er sich einem anderen Menschen gegenüber so ehrerbietig zeigte. Es war fast, als hätte er Angst vor ihr.

Eine verlegene Stille machte sich breit und zog sich in die Länge, bis Ammolit das Gefühl hatte, etwas sagen zu müssen. »Befinden wir uns ... in einem Vulkan?«

Marnora wirkte erfreut. »Ihr seid also nicht ganz ungebildet.«

»Ich habe davon gelesen«, berichtete sie, »und auf dem Weg hierher haben wir einen gesehen, der Flammen gespuckt hat ...«

»Daraus entnehme ich, dass Ihr von Norden gekommen seid.«

Ammolit wurde plötzlich bewusst, dass sie vielleicht zu viel verraten hatte.

Marnora schien nicht unbedingt eine Antwort zu erwarten. »Ihr wisst, was ein Vulkan ist«, sprach sie weiter. »Eine Synapse aus Erde, Feuer und Luft und manchmal auch aus Wasser.«

»Ja«, antwortete Ammolit, »das habe ich gelesen.«

Marnora zog ein wenig die Brauen hoch. »Ihr kommt mir irgendwie bekannt vor. Wir sind uns doch nicht etwa schon einmal begegnet, oder?«

Ammolit spürte ein Engegefühl in der Kehle. Veulkh hatte sehr viel über sein Leben mit Orra erzählt. Er hatte von Freunden und Feinden aus uralten Zeiten gesprochen, aber sie war sich ganz sicher, dass er nie jemanden namens Marnora erwähnt hatte.

»Ja, ich erinnere mich tatsächlich an Euch.« Sie schnippte mit den Fingern. »Die Hexe von Fahlspiegl.«

Ammolit bemühte sich um einen ausdruckslosen Gesichtsausdruck.

»Orra Speklonduma«, sagte Veulkh. »Sie ist es in der Tat.«

»Das ist … sehr seltsam«, bemerkte Marnora. »Ich dachte viele Jahre lang, ich hätte Euch getötet.«

Neuntes Kapitel

Basilisk

Was von der mesembrischen Handelsflotte übrig war, verstopfte die Meerenge von Anvvod. Einige der Schiffe aus Modjal hatten das Kolossostor bereits erreicht, und ein paar waren der Leucothea so nah, dass es Crespin vorkam, als könne er mit einem kräftigen Anlauf von einem Schiff aufs nächste springen.

Die Drehhu dagegen hatten sich zu einem Keil formiert und schossen auf sie zu wie die Spitze eines Riesenspeers. Das hier würde keine Schlacht durchdachter Manöver und kluger Taktiken werden.

Wie die anderen Schiffe hatte die Leucothea Anker geworfen und die Segel eingeholt. Sie waren jetzt kein Schiff mehr, sondern nur eine Planke in einer Sperrwand. An der Reling drängten sich die Xelonen hinter ihren Schilden, während die Bogenschützen bereit waren, ihre erste Salve von den Sehnen schnellen zu lassen. Crespin hoffte, dass die Schiffe der Drehhu sie rammen würden, was zuerst auch so schien. Zumindest würde er dann mit der Waffe in der Hand sterben.

Stattdessen näherten sich die Schiffe des Feindes wie befürchtet nur bis zu einem Punkt kurz außerhalb der Reichweite ihrer Quilainen und drehten dann bei, sodass sie ihre Waffen optimal einsetzen konnten.

Während einer Zeitspanne, die Crespin sehr lang erschien,

passierte überhaupt nichts. Dann schossen die Drehhu ihre erste Salve ab.

Crespin warf einen Blick zu seinem Vater, der nicht einmal zusammenzuckte. Heillose Schreie erhoben sich über die ganze Reihe der Schiffe hinweg, als die übernatürlichen Waffen Arme, Beine und Seelen davonrissen, und Rauch und Flammen schienen überall gleichzeitig aufzusteigen. In der Pause zwischen den Salven ließ Crespin mit klingelnden Ohren den Blick über das Schiff wandern. Er sah, dass ein Marinier namens Barie und ein Seemann, den er nicht kannte, aus dem Rigg gefallen waren und jetzt mit zertrümmerten Gliedern mittschiffs auf Deck lagen, und gut ein Dutzend Xelonen waren in blutige Stücke gerissen worden, die quer über das Deck verteilt lagen.

Eine einzelne Möwe saß auf der Backbordreling, als wäre nichts passiert.

Die Drehhu feuerten abermals.

Diesmal erfolgte ein Einschlag ganz in der Nähe. Crespin nahm einen schrecklichen Schmerz entlang seiner Rippen wahr und taumelte nach vorn, die Hand auf seine Seite gepresst, die Zähne zusammengebissen, bemüht, nicht laut aufzuschreien. Er sah seinen Vater den Säbel aus der Scheide ziehen, auch wenn da nichts war, worauf er sich damit hätte stürzen können. Rauch brannte in Crespins Lunge, als er seine eigene Klinge zog.

Er blickte an sich herab und sah, wie seine Uniform dunkel von Blut wurde. Dann umfasste jemand plötzlich seinen Arm, und Renost stand grinsend vor ihm.

»Bereit, mon vieil?«, rief er Crespin ins Ohr, doch er klang trotzdem wie aus weiter Ferne.

»Nein«, erwiderte Crespin, »aber wir sind trotzdem zur Stelle.« Er schlug seinem Freund auf die Schulter und richtete den Blick wieder auf die feindliche Flotte.

»Sacre merde!«, fluchte Renost.

Zuerst ging Crespin davon aus, dass sein Freund mit diesem Ausruf einfach seinen Frieden machen wollte, auf seine eigene gotteslästerliche Weise, aber dann schritt Kalliope an ihm vorbei in Richtung Bug. Ihr Gesicht wirkte irgendwie strahlend, auch wenn sie kein Licht verströmte. Trotzdem konnte er sie nicht ansehen, ohne die Augen zusammenkneifen zu müssen.

Ranken aus glühendem Nebel wanden sich durch die Luft und hefteten sich ihr an die Haut, und in der nächsten Sekunde sah er, dass sie von den anderen Schiffen kamen, wie körperlose Seile, die über das Meer geschleudert wurden.

Sein Vater trat einen einzigen großen Schritt vor, die Hand nach ihrem Arm ausgestreckt, aber dann erhob sich die Strixe in die Luft wie eine Feder im Wind. Sie erbrach eine goldene Wolke, und es wollte überhaupt kein Ende nehmen, barst ihr auch aus den Augen, aus den Nasenlöchern, selbst aus den Poren der Haut. Plötzlich verdrehte sie sich irgendwie, war nicht mehr ganz wirklich, eine Skizze aus Linien und Farben, die Anmutung einer Frau, ohne tatsächlich eine zu sein.

Fast wie eine Flüssigkeit strömte das Gold aus ihr heraus, nicht aber hin zu den feindlichen Schiffen, sondern hinein ins Meer.

Und wieder feuerten die Drehhu.

Diesmal verlor Crespin den Halt und stürzte zu Boden. Als er sich wieder aufrappelte, sah er, dass der größte Teil der Reling am Bug des Schiffes weggesprengt worden war – genau dort, wo Kalliope gestanden hat. Darüber trieb noch immer etwas, ein Riss im Himmel, eine eitrige Wunde im Universum, aus der es in das tiefe Wasser hineinblutete.

Dann begann sich das Deck zu neigen.

Zuerst dachte Crespin, sie würden sinken, aber es ging zu schnell, und die anderen Schiffe in der ersten Verteidigungslinie gingen ebenfalls in Schräglage. Nicht sie gingen unter, vielmehr stieg das Meer zu einer gewaltigen Woge, und irgendetwas brach aus der Welle hervor.

Crespins linke Hand war feucht von Blut, und mit der

rechten umklammerte er immer noch Renosts Schulter. Alles erschien ihm unwirklich, selbst der Schmerz, der seine Sinne zu übermannen drohte.

Es kam aus dem Meer gestiegen, ein wenig einem Menschen ähnlich, aber in sämtlichen Dimensionen falsch, ein Hohn auf die menschliche Gestalt. Dunkel, mit Seepocken verkrustet, das Gesicht nicht als solches zu erkennen. Das Ding stand bis zur Hüfte im Wasser und ragte doch höher auf als der höchste Mast in der Flotte.

Der vorzeitliche Kolossos der Drehhu hatte sich erhoben, und Crespin war sich sicher, dass ihr Untergang besiegelt war.

Das Ungetüm taumelte weg von der Leucothea und hin zum nächsten Schiff der Drehhu, seine titanischen Hände ausgestreckt. Weiterer Rauch erhob sich von der feindlichen Flotte, und für einen Moment verbargen eine Flammenwand und schwarze Rauchwolken den Kolossos. Dann konnte ihn Crespin durch die Dunstglocke hindurch wieder sehen und wie er ein Schiff der Drehhu wie Spielzeug emporhob.

Immer höher und höher hob das Geschöpf das Schiff, und plötzlich gleißte der Kolossos auf wie eine blauweiße Sonne. Ein Blitz zuckte aus ihm hervor, sprang bogenförmig von Schiff zu Schiff und hüllte die Flotte der Drehhu in ein Netz von Explosionen. Dampf kochte aus dem Wasser in die Höhe, und ein heißer Wind verbrannte Crespins Gesicht.

Er taumelte, streckte die Hand nach irgendetwas aus, woran er sich festhalten konnte, und stellte fest, dass Renost immer noch da war.

Kalliope stürzte wie eine zerbrochene Puppe aufs Deck. Crespin sah den Admiral zu ihr eilen und sie in die Arme nehmen, sah den Ausdruck auf dem Gesicht seines Vaters.

Natürlich, schoss es ihm durch den Kopf. Wieso habe ich es nicht längst schon geahnt? Weiß Mutter davon?

Verschwommen nahm er wahr, wie Renost, der ihn festgehalten hatte, ihn aufs Deck sinken ließ. Die Sonne verdüsterte sich, als eine riesige Wolke aus dem Meer emporwirbelte, bis er nur noch höchstens zwei Meter weit sehen konnte.

Einige Stunden später stand er wieder, allerdings mit beiden Händen auf die Reling gestützt. Seine Seite schien in Flammen zu stehen, und jedes Mal, wenn er die Augen schloss, fiel es ihm danach schwerer, sie wieder zu öffnen.

Er glaubte nicht, dass er noch lange durchhalten würde, aber solange sein Vater unter Deck war, hatte er das Kommando. Er nahm die eintreffenden Berichte über die Toten entgegen und hakte deren Namen im Logbuch ab, und wo nötig, verteilte er Aufgaben neu.

Die Flotte der Drehhu war besiegt, aber es gab immer noch viel zu tun. Der Schaden, den die Leucothea davongetragen hatte, war enorm, aber sie hatte nur ein einziges Leck unterhalb der Wasserlinie, und behelfsmäßige Reparaturen waren bereits im Gange.

Über die Hälfte der anderen Schiffe hatte weniger Glück gehabt. Noch immer wurden Überlebende aus dem Wasser gezogen.

Ein Schiff näherte sich ihnen von der anderen Seite des Kolossotors. Es hatte das Banner Ophions gehisst, und bald darauf konnte er auch Uniformen sehen.

»Die Karkinos«, vermeldete Renost. »Das ist Kapitän Peleas.«

Mithilfe ihrer Ruderer war das Schiff bald schon auf Rufweite heran. Der Mann, der an die Reling trat, um mit ihnen zu sprechen, war jedoch nicht Kapitän Peleas. Er war jung und blond und wäre ein gutes Stück größer gewesen, hätte er nicht einen aus irgendeinem Grund gekrümmten Rücken gehabt.

»Aubin, alter Hund!«, rief Renost zu dem jungen Mann hinüber. »Wo ist Euer Käpt'n?«

»Mein Kapitän ist jetzt nur noch ein Stück Ladung in unserem Frachtraum«, antwortete Aubin, »genau wie der Kapitänleutnant und der Oberleutnant. Jetzt muss wohl leider ich ran, fürchte ich.« Er ließ den Blick über die Leucothea schweifen. »Bei Euch scheint auch ein ziemliches Durcheinander zu herrschen. Ist der Admiral …?«

»Er ist wohlauf«, erklärte Crespin. »Er ist unter Deck.«

»Dennoch muss ich sagen, Ihr habt auch schon besser ausgesehen.«

»Wir kommen schon klar«, antwortete Crespin. »Was gibt's Neues?«

Aubin zögerte. »Habt Ihr irgendwelche Schiffbrüchigen aus Modjal aufgenommen?«

Crespin schüttelte den Kopf. »All unsere Schiffbrüchigen gehören zur Marine unseres Kaisers.«

»Wunderbar. Dann habe ich für Euch den folgenden Befehl des Erzadmirals: Bringt alle Eure Schiffe nach Basilisk, und zwar auf der Stelle!«

»Wir sind nicht in der Verfassung, eine Belagerung durchzuführen«, wandte Crespin ein.

»Wir brauchen Eure Vorräte, nicht Eure Waffen«, erwiderte Aubin. »Die Belagerung ist zu Ende, das Mere de Basilisk ist unser, und die Xelonen sind vor einer Stunde gelandet!« Er straffte sich kaum merklich und richtete den Blick an Crespin vorbei.

»Admiral!«, grüßte Crespin.

»Sie sind von Ihren Dienstpflichten entbunden, Kapitänleutnant!«

»Es ist alles bestens mit mir, Sir«, antwortete Crespin.

»Begib dich auf der Stelle zum Wundarzt!«

»Sir, Hector muss sich sicherlich um Männer kümmern, die ihn dringender brauchen.«

»Dann ruh dich aus und geh so bald wie möglich zu ihm!«

Crespin nickte und versuchte, einen Schritt zu machen. Es klappte nicht sonderlich gut, und Renost fing ihn auf – wieder einmal.

»Ein Besuch beim Arzt würde mir wahrscheinlich wirklich nicht schaden«, brachte Crespin hervor. Er suchte den Blick seines Vaters. »Wird sie überleben?«

Das Gesicht des Admirals zeigte keinerlei Gefühlsregung. »Das ist ungewiss.«

Crespin war schon bei seinem vierten Becher Rum, als Hector endlich Zeit fand, sich um ihn zu kümmern. Wie Crespin vermutet hatte, gab es viele Männer, die schwerer verletzt waren als er.

Der Arzt wirkte erschöpft, und sein einst weißes Hemd hatte jetzt überwiegend die Farbe von Blut in verschiedenen Alterungsstufen, einige der Flecken fast braun, andere so leuchtend rot, als wäre das Blut gerade frisch aus einer Arterie gespritzt.

Crespin hatte zwei Handvoll Splitter in der Seite, einige so lang und breit wie ein Finger, ein paar sogar noch länger. Sie hatten seine Jacke und sein Hemd in das Fleisch um seine Rippen herum gebohrt.

»Du kannst dich glücklich schätzen«, meinte Hector. »Einer dieser Splitter hätte um ein Haar deine Lunge erreicht.«

Crespin warf einen Blick zu dem Patienten unmittelbar neben sich, dem ein Bein fehlte. »Ich nehme jedes Glück, das ich kriegen kann.«

»Trink noch etwas Rum«, riet ihm Hector. »Es dürfte schmerzen, die Dinger rauszupuhlen.«

»Hast du auch schon nach Kalliope geschaut?«, erkundigte sich Crespin.

Hector nickte. »Ich kann nicht viel für sie tun. Sie sollte eigentlich gar nicht mehr am Leben sein. Was sie da gemacht hat … Ich habe noch nie von einer Strixe gehört, die etwas auch nur ansatzweise so Beeindruckendes vollbrachte und es überlebt hat.«

»Beeindruckend ist das richtige Wort dafür«, pflichtete

Crespin ihm bei. »Sie hat die Flotte der Drehhu ganz im Alleingang vernichtet.«

»Ich glaube, sie hatte Hilfe.«

»Wie meinst du das?«

»Manchmal kann eine Strixe die Kräfte mehrerer anderer auf sich vereinen. Zwei, drei, vielleicht noch mehr.«

»Es fällt mir schwer zu glauben, dass selbst vier von ihnen in ihrem gegenwärtigen Zustand so etwas zuwege gebracht haben könnten.«

»Ganz deiner Meinung«, entgegnete Hector. »Ich glaube, sie hat sie alle unter sich vereint. Und jetzt halt still.«

Wie der Wundarzt es vorausgesagt hatte, schmerzte es.

Keuchend konzentrierte sich Crespin ganz auf seinen Rum.

Als er am nächsten Morgen erwachte, befanden sie sich in den ruhigen Gewässern des Mere de Basilisk unter einem aquamarinblauen Himmel. Anvvod lag in weiter Ferne im Westen. Viel näher erhob sich eine gebirgige Insel mitsamt einer Stadt, die anders war als alles, was er jemals außerhalb der Seiten eines Bilderbuchs gesehen hatte.

Die Stadt lag an den unteren Hängen eines Berges. Die Mauer, die Basilisk umgab, war nicht besonders ungewöhnlich, denn ihre vielen sternförmigen Winkel kopierten Menschen seit Jahrzehnten beim Bau ihrer eigenen Festungen. Aber die Stadt hinter der Mauer war … überwältigend!

Ophion Magne und die Hauptstadt von Modjal hatten Türmchen und Türme, von denen einige weit in die Höhe ragten, aber Basilisk bestand ganz und gar aus Türmen.

Die meisten waren kegelförmig, gewaltig an ihrem Fuß und dann allmählich schmaler werdend, bis sie weit oben in grazilen Nadeln ausliefen, mit Hunderten von Balkonen und Fenstern. Einige der größten Gebäude erhoben sich aber auch in immer steiler werdenden Terrassen, doch sie wurden noch überragt von Kuppeln, so groß wie manche Burg.

Das Erstaunlichste waren die Farben, denn woraus immer die Stadt erbaut worden war, es ähnelte Edelstein oder Glas. Selbst wenn man nur kurze Zeit hinschaute, machte man doch irgendwo jede dem Auge bekannte Farbe aus. Und doch bissen sich die Farben nicht; die einzelnen Schattierungen verschmolzen ganz allmählich ineinander, sodass es unmöglich war, die Grenzen zwischen den verschiedenen Farbtönen auszumachen.

Während Crespin hinübersah, schienen sich die Farben der Stadt ganz langsam zu verändern. Er hatte gehört, dass dies an der Bewegung der Sonne liege.

Es dauerte Tage, bis Crespin wieder bei Kräften war. Innerhalb der Stadt tobten weiterhin Kämpfe, aber vom Schiff aus, das zu seinem Krankenlager geworden war, nahm er nur selten Anzeichen dafür wahr.

Schließlich, nachdem das Licht des Tages sechsmal gekommen und gegangen war, fühlte er sich wieder so weit bei Kräften, dass er die Nachtwache übernehmen konnte, und als der Mond aufging, sah er die wahre Schönheit von Basilisk. Die Stadt schimmerte wie ein phosphoreszierendes Meer, wie die glühenden Himmelsschleier des fernen Nordens, das stille Spiel von Blitzen in einer Gewitterwolke am Horizont.

»Die Drehhu waren das von Nyx auserwählte Volk«, ließ sich eine leise Stimme hinter ihm vernehmen.

Er mühte sich, sich von seinem Sitz an der Reling zu erheben.

»Nein«, mahnte Kalliope, »bleibt sitzen. Ich will mich zu Euch gesellen. Meine Beine tragen mich nicht.«

»Ihr solltet überhaupt nicht auf sein«, protestierte er, als sie sich neben ihn auf die Bank sinken ließ.

»Ich habe tagelang geträumt«, erklärte sie. »Ich brauche einfach Luft.«

»Ich wusste gar nicht, dass Ihr wieder bei Bewusstsein seid.«

»Doch, bin ich«, antwortete sie. »Aber ich bin erst heute Morgen wieder wach geworden.«

Er nickte. »Nyx?«, wiederholte er dann fragend. »Ich hätte nicht gedacht, dass die Drehhu überhaupt irgendeinen Gott anerkennen.«

»Sie haben die Existenz der Göttin eingeräumt, sich aber schon vor langer Zeit von ihr abgewandt. Sie ist einer der ältesten Götter und vor Erschöpfung schon vor langer Zeit in den Schlaf gesunken. Daraufhin haben sich die Drehhu für frei von allen Herren erklärt und beschlossen, sich selbst zu Göttern der Welt aufzuschwingen. Jetzt ist auch ihre Zeit zu Ende gegangen, doch welche Schönheit sie geschaffen haben.« Sie deutete hinaus auf die Stadt.

Kalliope sah nicht gut aus. Ihr Gesicht war ausgemergelt, und jede ihrer Bewegungen ließ auf Schwäche schließen. Die stolz emporgereckte Haltung ihrer Schultern war verschwunden, und ihr Haar war inzwischen mehr als zur Hälfte gelb, genau wie ihre Augen jetzt dauerhaft goldene Einsprengsel zeigten.

»Ihr habt uns alle gerettet«, bemerkte er.

»Ich kann mich kaum daran erinnern.« Sie zuckte mit den Schultern. »Ich habe getan, was ich tun musste.«

»Um meinen Vater zu retten.«

Sie schloss die Augen. All ihre frühere Kampflust schien sie verlassen zu haben.

»Ja«, bekannte sie.

»Wie lange schon?«

Sie schlug die Augen wieder auf, und eine winzige Falte erschien zwischen ihren Brauen. »Das geht Euch nichts an.«

»Entschuldigt. Ich wollte Euch nicht zu nahe treten.«

»Fast schon von Anfang an«, beantwortete sie seine Frage aber dann doch. »Er war zuerst so zurückhaltend, so beherrscht. Wir haben uns über alle möglichen Dinge unterhalten, versteht Ihr? Ich wusste, was ich empfand, glaubte aber, dass er meine Gefühle in keiner Weise erwiderte. Und dann, eines Tages …« Erneut schaute sie über die Stadt hinaus. »Ich würde sterben, um ihn zu schützen.«

»Ihr wärt um ein Haar gestorben«, stellte er klar. »Hector meinte, was Ihr getan habt, hätte noch nie jemand zuvor vollbracht.«

Sie hob die Hand, als wollte sie seine Bemerkung wegscheuchen.

»Ich muss mit ihm reden«, erklärte sie.

»Er befindet sich auf der Vanax, zusammen mit den anderen Admiralen.«

»Kommt er bald zurück?«

»Ich kann ihm eine Nachricht zukommen lassen.«

»Dann will ich Euch vertrauen. Ihr werdet es ihm ausrichten. Mir geht es … Ich bin längst noch nicht wohlauf. Mein Herz regt sich ganz seltsam in meiner Brust, und manchmal vergesse ich zu atmen. Ich habe vielleicht nicht mehr lange zu leben, Crespin.«

Jetzt verstand er den Ausdruck in ihren Augen. Es war Verzweiflung.

»Ihr seid wach«, wandte er ein. »Es muss Euch besser gehen.«

»Nein. Im Schlaf war ich geschützt. Wach muss ich mich den Konsequenzen dessen stellen, was ich getan habe.«

»Dann legt Euch wieder schlafen.«

»Ich will es versuchen, aber da ist etwas … Ich muss noch etwas erledigen. Daher müsst Ihr Bescheid wissen, für den Fall des Falles. Als sich der Kolossos erhoben hat, habe ich das nicht allein getan. Ich bin immer mit den anderen Strixen verbunden, doch an jenem Tag, in all meiner Verzweiflung, meiner Entschlossenheit … habe ich Kraft in meinen Schwestern gefunden. Jede für sich waren wir alle zu erschöpft, aber miteinander verbunden ist es mir gelungen, dieses Ding zu erwecken und die Gewalt der Blitze zu entfesseln, die noch in ihm verblieben war.«

Crespin nickte und erinnerte sich an Hectors Überlegungen. »Sie haben Euch auf ihre Kräfte zugreifen lassen.«

Sie schüttelte den Kopf. »Ich habe sie mir genommen«, erwiderte sie. »Ich wusste nicht, ob es überhaupt möglich war, aber in dem Moment habe ich sie alle gespürt, in allen drei Flotten. Und darüber hinaus. Ich habe in die Herzen vieler geblickt, nicht nur in die der Strixen. Ich habe die Schatten der Tage gesehen, die kommen werden.«

»Die Zukunft?«

»Nicht die unbekannte Zukunft«, erklärte sie. »Nur das, was geplant ist. Was Euer Vater befürchtet.«

»Und was ist das?«

»Drei Flotten von drei Nationen, und sie alle kämpfen gegen den gemeinsamen Feind. Alle vereint in einem Bündnis, dessen Vereinbarungen über tausend Jahre hinweg eingehalten wurden. Aber schon bald, wenn Basilisk besiegt ist, wird dieses Abkommen gebrochen werden.«

»Und wer wird es brechen?«

»Alle«, flüsterte sie.

Wieder schloss sie die Augen, und er wartete darauf, dass sie noch etwas hinzufügte, doch stattdessen geriet sie ins Schwanken und sank zu Boden.

»Kalliope!«, stieß Crespin hervor.

Einen grauenvollen Augenblick lang glaubte er schon, sie sei in den Limbus hinübergegangen, dann jedoch sah er, dass sie noch atmete. Er hob sie hoch, entsetzt, wie leicht sie war, und trug sie zurück zu ihrem Bett. Er schickte einen Marinier, nach Hector zu suchen.

Der Wundarzt erschien wenige Minuten später. Er wirkte erschöpft, eilte aber rasch an Kalliopes Seite, sobald Crespin ihn ins Bild gesetzt hatte.

»Sie ist aufgestanden?«, fragte er Crespin.

»Ja, sie war an Deck.«

»Und sie hat gesprochen?«

»Ja.«

Hector seufzte. »Ihr Herzschlag ist schwach und unregelmäßig. Sie braucht Ruhe. Jemand muss sie daran hindern, noch einmal ihr Lager zu verlassen.«

»Ich werde jemanden finden, der das übernimmt«, versicherte Crespin.

Er hielt Wort, dann wartete er ungeduldig auf die Rückkehr seines Vaters. Schließlich näherte sich ein Langboot. Crespin trat an die Reling, um ihn zu empfangen.

»Auf ein Wort, Admiral?«

»Worum geht es?« Wie gewöhnlich verrieten die Gesichtszüge seines Vaters nicht viel, aber Crespin hatte den Eindruck, dort etwas Neues zu bemerken. Als hätte ihn bei dem Treffen irgendetwas aufgeregt und als wäre er noch immer kaum in der Lage, seine Erregung zu verbergen.

»Ich denke, wir sollten unter vier Augen reden.«

Der Admiral nickte. »Das müssen wir ohnehin. Gehen wir in mein Quartier.«

Crespin berichtete seinem Vater von Kalliope, und der wirkte in keiner Hinsicht überrascht.

Als sein Sohn zum Ende kam, holte Alastor Nevelon tief Luft und atmete langsam aus. »Sie hat natürlich recht«, sagte er. »Wir haben gerade neue Befehle vom Kaiser erhalten. Wir sollen Basilisk um jeden Preis halten.«

»Die Drehhu sind bereits besiegt.«

»Ich glaube, du verstehst, was ich sage.«

»Dass wir das Bündnis mit Modjal und Velesa brechen müssen?«

»Genauso, wie sie es uns gegenüber machen werden«, gab sein Vater zurück. »Und untereinander.« Er rieb sich die Stirn und strich sich das Haar aus dem Gesicht.

»Hast du gewusst, dass das passieren würde?«, fragte Crespin mit scharfer Stimme. »Die ganze Zeit über?«

»Nein, das war kein Teil des Plans, mit dem ich mich einverstanden erklärt habe.«

»Aber bestimmt hattest du einen Verdacht oder eine Ahnung. Kalliope hat gemeint, du hättest genau das hier befürchtet.«

Sein Vater blickte ihm einige Sekunden lang direkt in die Augen, dann nickte er. »Tatsächlich habe ich es befürchtet.«

»Aber du hast es nicht für nötig erachtet, es mir zu sagen?«

Der Admiral legte die Stirn in Falten, und ein stechender Ausdruck trat in seine Augen. »Wieso hätte ich das tun sollen? Ich hatte gehofft, dass es nicht so weit kommen würde. Ich hatte gehofft, die drei Reiche würden die Situation mittels Vernunft und Diplomatie in den Griff bekommen. Meinen Offizieren irgendetwas von meinem unbegründeten Verdacht vorzuschwafeln hätte nicht das Geringste gebracht.«

»Aber …«

»Crespin, du hast aus deinem militärischen Hintergrund so ziemlich das Bestmögliche gemacht. Als du in der Marine dientest, hast du da deine Befehle in Zweifel gezogen? Hast du die Beweggründe deiner Vorgesetzten hinterfragt? Hast du Rechenschaft von ihnen verlangt und sie gefragt, was in ihren Köpfen wirklich vor sich geht? Hast du darauf bestanden, dass sie jeden ihrer Gedanken mit dir teilen?«

Die Worte seines Vaters verfehlten die beabsichtigte Wirkung nicht. Crespins wachsender Zorn fiel in sich zusammen, als hätte er sein Fundament verloren.

»Nein«, räumte er ein.

»Nein«, wiederholte sein Vater. »Genauso wenig kannst du dergleichen von mir erwarten. Der Kaiser hat einen Befehl erteilt, und ich werde ihn befolgen, ganz gleich, wie ich selbst zu der Angelegenheit stehe. Genauso wie deine sind auch meine Gefühle hier ohne Belang.«

Merde, dachte Crespin. Er hat recht. Wieder einmal.

»Verstanden«, sagte er. »Aber was jetzt? Greifen wir sie sofort an?«

Sein Vater schüttelte den Kopf. »Nein. Bisher hat kein Schiff des Bündnisses irgendein anderes angegriffen. Wir sollen uns bereithalten und warten, bis uns die Schiffe aus Modjal oder Velesa einen Grund liefern zu handeln – oder bis wir neue Befehle erhalten.«

Crespin nickte. »Ich hatte gedacht, wir hätten gewonnen«, sagte er. »Aber wir haben nur einen Krieg gegen einen anderen eingetauscht.«

»Noch nicht«, korrigierte sein Vater. »Es besteht immer noch die Hoffnung, dass die drei Reiche einen Kurs der Vernunft einschlagen. Lass uns darauf hoffen und uns dennoch auf das Schlimmste vorbereiten.«

Zehntes Kapitel

Ein Treffen im Wald

Chrysanthe setzte sich auf eine Bank und sah Emeline hinterher, wie sie durch die Gärten davonging, bis sie schließlich außer Sicht war. Dann blickte sie sich sorgfältig um, um sicherzustellen, dass niemand sonst in der Nähe war, schlüpfte aus ihren Schuhen und massierte ihre schmerzenden Füße.

Emeline hatte beteuert, dass sie im Tanzen besser werde. Chrysanthe wusste nicht recht, ob sie ihr glauben sollte. Inzwischen vertraute sie niemandem mehr um sich herum. Sie fragte sich, ob sie dieses allgemeine Misstrauen je wieder loswerden würde.

Falls sie überhaupt überlebte.

Bisher wusste offenbar niemand, dass Emeline ihr half. Sie hoffte es zumindest. Sollten ihre Feinde den Verdacht hegten, dass sie lernte, bei ihrem Spiel mitzuspielen, würden sie zweifellos die Regeln ändern.

Sie nahm eine Bewegung am Rand ihres Gesichtsfeldes wahr, ein Aufflackern von Blau, und begriff, dass genau das Misstrauen, das ihr zunehmend zuwider wurde, sie gewarnt hatte. Jemand beobachtete sie.

Sie tat so, als hätte sie nichts bemerkt, griff nach dem Buch, das sie mitgebracht hatte, und starrte hinein, während sie den Rand ihres Gesichtsfelds auf wen auch immer konzentrierte. War es lediglich ein Spion oder jemand, der hergeschickt worden war, sie zu ermorden? War es der Mann in dem braunen Mantel?

Kurze Zeit später trat die Gestalt aus ihrem Versteck.

Chrysanthe nahm die rechte Hand vom Buch und legte sie auf ihr Gewand, genau dorthin, wo sie ihren Dolch versteckte.

»Danesele«, flüsterte jemand.

Sie schaute auf und sah vor sich einen Jungen von vielleicht elf Jahren mit flachsblondem Haar, das direkt unterhalb seiner Ohren abgeschnitten worden war. Er trug eine himmelblaue Weste und sah aus wie einer aus der kleinen Armee von Bediensteten, die die Gärten pflegten.

»Ja?«, antwortete sie.

Der Junge sah sich vorsichtig um, dann trat er ein wenig näher heran. »Jemand möchte Euch sprechen, Dan'sel. Ich soll Euch zu ihm bringen.« Er deutete mit dem Kopf auf den Wald im Westen.

Einem Fremden in den Wald folgen? »Nein«, beschied sie ihn. »Ich fühle mich genau hier sehr wohl.«

»Es geht um Euren Vater Alastor Nevelon. Mein Herr sagt, Ihr solltet weder mich noch ihn fürchten, und diesmal sei er anständig gekleidet.«

Bonaventure?, überlegte sie.

»Hat dein Herr einen Namen?«

Der Junge sah sie unglücklich an. »Er hat mir gesagt, man würde ihn in einer Sprache, die Ihr vielleicht kennt, Abul nennen.« Als sie nicht darauf reagierte, fügte er hinzu: »Es könnte auch eher so was wie Ha-Bool gewesen sein.«

»Oh!« Chrysanthe schnappte nach Luft. »Das ist ... du solltest nicht ...« Sie schüttelte den Kopf. Das Wort, das der Junge auszusprechen versuchte, war die tasmanjanische Entsprechung von Li Baud, »Der Lüsterne«, Bonaventures Spitzname, wobei der tasmanjanische Begriff noch etwas direkter war und sich auf einen speziellen Teil der männlichen Anatomie bezog. »Wie weit ist es?«

»Nicht weit«, antwortete der Junge. »Ich werde Euch beschützen.«

Sie zögerte. Es konnte ein Trick sein. Und selbst wenn es sich tatsächlich um Bonaventure handelte, warum sollte sie ihm vertrauen? Aber wenn es wirklich um ihren Vater ging, wie konnte sie da ablehnen?

Unentschlossenheit war an sich schon eine Form der Folter. Hätten ihre Feinde sie tot sehen wollen, wäre sie dies wahrscheinlich längst. Sie durfte nicht zulassen, dass die Angst jeden ihrer Gedanken und all ihr Handeln bestimmte.

»Geh voran«, forderte sie den Jungen auf.

Selbst nachdem sie die Gärten hinter sich gelassen hatten, wirkte der Wald noch zahm und kultiviert. Die Bäume standen in gleichmäßigen Abständen voneinander, und außerdem gab es kein Unterholz, das ihr im näheren Umkreis die Sicht versperrte. Das beruhigte sie.

Als sie ein Stück weiter vor sich eine Kutsche sah, kehrte ihr Unbehagen zurück, und als sie sich dem Gefährt näherte, schob sie die Hand in die Tasche mit ihrem Dolch.

Der junge Fahrer sah sie kommen, die Zügel von vier Pferden schlaff auf seinem Schoß.

Ungefähr dreißig Schritt entfernt blieb sie stehen und trug dem Jungen auf: »Geh und richte deinem Herrn aus, er möge bitte den Kopf aus der Kutsche strecken.«

Der Junge nickte und lief auf die Kutsche zu, als sich die Tür öffnete und Bonaventure bereits ausstieg. Diesmal trug er zwar keine Bettgewänder, doch sein Äußeres war skandalös ungepflegt. Seine Weste war nur halb zugeknöpft, die Manschetten seines weißen Hemdes voller lila Weinflecken, und er trug weder Jacke noch Mantel.

»Kommt, kommt«, drängte er. »Gererd, geh und halte Wache.«

Der Junge nickte und verschwand in der Richtung, aus der sie gekommen waren.

Chrysanthe trat näher an den Mann heran und musste erneut ertragen, wie sein lüsterner Blick über sie hinwegglitt.

»Ihr scheint Euch bester Gesundheit zu erfreuen, Danesele«, bemerkte er.

»Was wollt Ihr von mir, Dam Bonaventure?«, versetzte sie. »Der Junge hat gesagt, es gehe um meinen Vater.«

»Steigt in die Kutsche«, forderte er.

»Wir können uns hier draußen unterhalten.«

Er seufzte. »Ich kann Euch wohl keinen Vorwurf machen. Dann lasst es uns kurzhalten. Teilt mir mit, was Ihr seit Eurer Ankunft in Roselant herausgefunden habt, falls es da überhaupt etwas mitzuteilen gibt.«

»Tja, sie wollen mich dazu bringen zu tanzen«, antwortete sie.

»Das ist allgemein bekannt, sogar in der Hauptstadt. Es ist einer der Gründe, warum ich hier bin. Ich hoffe, da gibt es noch mehr.«

»Ich bin wegen Neuigkeiten über meinen Vater hergekommen«, erwiderte sie. »Ich werde Euch nichts sagen, bis ich sie gehört habe.«

»Na schön«, sagte Bonaventure. »Ihr solltet wissen, dass der Krieg in Basilisk begonnen hat und dass die Drehhu kurz vor einer Niederlage stehen.«

Sie blinzelte. Der nächste Atemzug schien ihr irgendwie leichterzufallen als der zuvor. Vielleicht hatte ihr Vater sich geirrt. Vielleicht gab es gar keine heimliche Verschwörung, und diese ganze Angelegenheit war damit zu Ende. Doch womit hielt Bonaventure hinterm Berg?

»Und mein Vater? Crespin?«

»Sie sind beide nach wie vor am Leben.«

Sie schloss für einen Moment die Augen, im stummen Gebet an die Jungfrau. Als Chrysanthe sie wieder öffnete, sah Bonaventure sie versonnen an. »Bedeutet das ... ist es vorbei?«, erkundigte sie sich. »Kann ich nach Hause zurückkehren?«

»Was?«, entfuhr es Bonaventure. »Nein, natürlich nicht. Es bedeutet vielmehr, dass Euch die Zeit davonrennt.«

»Ich verstehe nicht.«

»Der Krieg mit den Drehhu ist zu Ende, aber die Schlacht um Basilisk hat noch nicht einmal begonnen. Die drei Reiche haben sich gegeneinander gewandt.«

»Wie kann das sein? Das Bündnis ...«

»Hat seinen letzten Atem ausgehaucht, wie ein alter Gaul.«

»Hat mein Vater gewusst, dass das passieren würde?«

»Er hat es vielleicht geahnt, der Befehl ist jedoch erst ergangen, nachdem die Drehhu besiegt waren.«

»Aber der Kaiser hat es die ganze Zeit über geplant.«

»Natürlich«, bestätigte Bonaventure. »Obwohl der ursprüngliche Plan besser gewesen ist, denn nach dem sollten sich Modjal und Ophion gegen Velesa verbünden. Doch Modjal hat sich im letzten Moment aus der Sache zurückgezogen, vermutlich damit sich zunächst Ophion und Velesa aneinander die Zähne ausbeißen. Die Kryptarchia hat laut meinen Quellen Modjal bei dieser Entscheidung beeinflusst, doch das kann ich nicht beweisen.«

»Ist es das, wovon mein Vater gehofft hat, ich würde es aufdecken?«

»Das denke ich nicht, nein«, antwortete Bonaventure. »Ich glaube, da ist noch etwas anderes im Busch. Die Kryptarchia hält wegen irgendetwas den Kopf sehr hoch. Strahlt einen selbstgefälligen, fast herablassenden Stolz aus. Sie scheinen dort etwas zu wissen, was sonst niemand weiß, und sich fest darauf zu verlassen, doch ich habe keine Ahnung, worum es sich handelt. Ich hoffe, dass Ihr es wisst.«

»Ich weiß es auch nicht«, bekannte Chrysanthe.

»Was habt Ihr dann hier überhaupt gemacht?«

»Nun ja, gehen wir es mal durch«, begann sie. »Mein Zimmer ist durchsucht worden, und ein Mann hat mich angegriffen und mit dem Tod bedroht. Jeder Mensch, den ich kennengelernt habe, ist womöglich ein Feind und plant, meine Familie und mich zu vernichten, und jetzt muss ich an einem schrecklichen Ball teilnehmen, der, wie man mir gesagt hat, allein darum abgehalten wird, um meine Ehre und meinen guten Namen in den Schmutz zu ziehen.«

»In diesem Punkt zumindest hat Euch jemand die Wahrheit gesagt. Aber zuzuschreiben habt Ihr Euch das ganz allein.«

»Was, bitte schön, meint Ihr damit?«

»Ihr habt den Kaiser kennengelernt, nicht wahr? Und einen guten Eindruck auf ihn gemacht. Er hat noch tagelang über Euren offensichtlich hervorragenden Charakter und die viel besseren Sitten der Menschen in den Kolonien gegenüber den ›verkommenen Herrschaften‹ bei Hof schwadroniert. Also hat jemand – und zwar der Duc de Margerie, um ihn beim Namen zu nennen – den Kaiser zu einer Wette herausgefordert. Er hat darauf gesetzt, dass man Euch öffentlich bei einem Tanz kompromittieren kann. Dass sich da Eure lüsterne mesembrische Natur zu erkennen gäbe. Der Kaiser nahm die Wette an, man trug es an die Dame d'Othres weiter – muss ich eigens erwähnen, dass sie eine Cousine des Duc de Margerie ist? –, und jetzt gibt es diesen Ball ›zu Euren Ehren‹. Wenn der Kaiser seine Wette verliert, ist das eine Demütigung für ihn, und Ihr und Eure Familie werdet dann dafür büßen. Die ganze Sache wird durch Eure Stellung als Geisel noch verschlimmert. Ihr könntet vielleicht sogar eingesperrt werden, bis Euer Vater Euch irgendwann freikaufen kann – wozu er allerdings nie fähig sein wird, da er, sollte dies alles eintreffen, nicht mehr über die nötigen Ländereien und Mittel verfügen wird.«

»Das sind ja prächtige Neuigkeiten«, meinte Chrysanthe. »Die Begegnung mit Euch hat meinen Tag gleich viel angenehmer gemacht.«

»Ganz ohne Frage«, erwiderte Bonaventure. »Jetzt, da Ihr wisst, was Euch womöglich erwartet, werdet Ihr Euch dieser Aufgabe zweifellos gewachsen zeigen. Aber diese Durchsuchung Eures Zimmers … Wonach ist da gesucht worden?«

Chrysanthe war den Tränen nah, hielt sie aber, wenn auch mühsam, zurück. Bonaventure war ein abscheulicher Kerl, aber soweit sie es einzuschätzen vermochte, war er ihr gegenüber immer aufrichtig gewesen, und ihr Vater schien sogar eine gewisse Hochachtung vor ihm zu haben.

Sie war in ihren Nachforschungen nicht weitergekommen, was vor allem daran lag, dass sie vorrangig mit dem bevorstehenden Ball beschäftigt war, und dies offenbar aus gutem Grund.

Vielleicht konnte Bonaventure helfen.

Also erzählte sie ihm, was sie herausgefunden hatte – über den Boursier, über Sandrine d'Ospios und ihr mutmaßliches Tagebuch und ihre eigenen Mutmaßungen.

Als sie fertig war, nickte Bonaventure. »Ich werde zusehen, was ich darüber in Erfahrung bringen kann. Ein Boursier … Wofür haben die d'Othres Geld ausgegeben – oder es eben nicht ausgegeben –, dass es jemand geheim halten will? Ich werde schauen, was ich tun kann.« Er lächelte knapp. »Ich schlage vor, dass Ihr unterdessen Euer Tanzstudium fortsetzt.«

Damit wandte er sich um und wollte zu seiner Kutsche zurückkehren.

»Einen Moment noch!«, bat sie.

»Ja?«, fragte er, ohne sich umzudrehen.

»Quintent d'Othres«, begann sie. »Was wisst Ihr über ihn?«

Bonaventure antwortete nicht sofort, wandte sich aber wieder ihr zu. Er kratzte sich die Bartstoppeln an seinem Kinn und richtete den Blick gen Himmel. »Gute Frage«, sagte er. »Was ist mit ihm?«

»Arbeitet er für Euch?«

Wieder schwieg Bonaventure für einen Moment. Diesmal wirkte er ein wenig … verlegen?

»Ich glaube ja«, antwortete er schließlich.

»Was soll das heißen, Ihr glaubt es?«

»Es ist kompliziert.«

»Das sind viele Dinge – bis sie erklärt sind.«

Bonaventure seufzte. »Na schön. Quintent führt eine Art Doppelleben, versteht Ihr? Er ist schon seit Langem Mitglied der Kryptarchia. Ich weiß das seit vielen Jahren, darum habe ich zu ihm eine freundschaftliche Beziehung aufgebaut, und ich bilde mir etwas darauf ein, dass ich ihn zu meiner Sichtweise habe bekehren können, sodass er mir seit einiger Zeit als Spion in ihrer Mitte dient. Über Quintent habe ich viele meiner Informationen bezüglich der Kryptarchia erhalten, auch wenn er dort keine sehr hohe Stellung innehat und nicht in ihre tieferen Geheimnisse eingeweiht ist. Er war derjenige, der vorgeschlagen hat, Euch in Roselant unterzubringen.«

»Doch jetzt seid Ihr Euch seiner nicht mehr ganz so sicher.«

Bonaventure warf die Hände in die Luft. »Ich bin vielleicht allzu zuversichtlich gewesen. Mag sein, dass ich es war, der hier getäuscht wurde, und dass er Spion der Kryptarchia in meinem politischen Lager ist. Wie dem auch sei, er ist offenbar verschwunden.«

»Das habe ich gemerkt«, sagte Chrysanthe. »Und zwar direkt nachdem mich ein Mann in einem braunen Mantel und mit einer Maske mit dem Tod bedrohte.«

Bonaventure verschränkte die Hände hinterm Rücken. »Tja, im Moment lässt sich da nicht viel machen. Nicht, solange er nicht wieder aufgetaucht ist. Doch dann solltet Ihr seinen Ratschlägen vielleicht mit Skepsis begegnen.«

»Ach ja?«, meinte Chrysanthe.

»Sarkasmus steht Euch nicht zu Gesicht, meine Liebe.«

»Wie praktisch, dass es mich nicht im Geringsten kümmert, was mir Eurer Meinung nach steht oder nicht«, blaffte sie.

»Seid versichert, dass ich dieser Angelegenheit nachgehen

werde«, versprach Bonaventure. »Aber wenn Ihr ihn seht, lasst es mich wissen.«

»Wie?«

»Über den Jungen. Gererd. Er arbeitet hier auf dem Gelände des Anwesens. Gebt ihm einen Brief für mich, aber achtet darauf, dass es keiner sieht. Er wird mich finden.«

Bonaventure stieg wieder in die Kutsche und schloss die Tür hinter sich. Der Fahrer griff nach den Zügeln, und einen Moment später rollte das Gefährt zwischen den Bäumen davon.

Elftes Kapitel

Dinge im Innern

Marnora nahm noch einen Schluck Wein, während ihr Mordgeständnis noch in der Luft hing.

»Es handelt sich um keine Angelegenheit von großer Bedeutung«, fügte sie schließlich hinzu. »Ich kann mich ehrlich gesagt gar nicht mehr daran erinnern, auf welche Weise Ihr damals meinen Unmut erregt habt. Es ist einfach nur so, dass Menschen, die ich töte, üblicherweise auch tot bleiben. Also bin ich durchaus neugierig, wie es kommt, dass Ihr jetzt hier vor mir sitzt.«

Ammolit wünschte sich verzweifelt, jetzt einen raschen Blick hin zu Veulkh werfen zu können, um festzustellen, ob ihr irgendetwas in seinem Betragen einen Hinweis darauf gab, wie sie antworten sollte. Doch schon allein das hätte eine Art Eingeständnis bedeutet. Sie wusste nicht das Geringste von der ganzen Sache. Sie öffnete den Mund, ohne dass sie wusste, was sie sagen sollte.

Glücklicherweise kam Veulkh ihr zuvor. »Sie ist natürlich nicht dieselbe Orra«, erklärte er. »Wie Ihr Euch vielleicht erinnert, neige ich bisweilen zur Sentimentalität. Die Frau, die Ihr vor Euch seht, ist nur ein Mädchen, das mir in irgendeinem Dorf aufgefallen ist, weil es eine flüchtige Ähnlichkeit mit der Hexe von Fahlspiegl hatte. Ich habe sie gekauft und ihren Namen geändert, und sobald sie herangewachsen war, habe ich einige geringfügige körperliche Verwandlungen vorgenommen, damit sie meiner alten Freundin noch mehr ähnelt. Gewiss doch spürt ihr ihre Jugend? Ihren Mangel an Zaubermacht?«

Marnora zog die Brauen zusammen, und auf einmal wirkte sie überhaupt nicht mehr kindlich. Ihr Blick war fast zu viel für Ammolit. Sie konnte sich nur mit Mühe dazu zwingen, nicht wegzuschauen.

Schließlich sah Marnora wieder Veulkh an. »Verstehe«, sagte sie. »Aber hier handelt es sich nicht um Sentimentalität. Das ist der reinste Fetischismus.«

Veulkh zuckte mit den Schultern. »Mag sein«, räumte er ein. »Auch wenn es seltsam ist, wenn gerade Ihr das kritisiert.«

»Es wäre vielleicht das Beste für Euch, würde auch der hier der Garaus gemacht werden.«

»Da bin ich anderer Meinung. Ich erfreue mich an ihr.«

»Verstehe.« Marnora nickte. »Nun ja, wir brauchen alle etwas, das uns ab und an erheitert.«

»Ja«, antwortete er. »Ich nehme an, Ihr seid recht einsam hier, wo Ihr nur die Tsau Dadan zur Gesellschaft habt.«

Marnoras gute Laune schien zurückgekehrt zu sein. Sie lachte, und es klang fast wie ein Glockenspiel. Dann drohte sie Veulkh spielerisch mit dem Zeigefinger. »Ihr habt Euch noch nicht bei mir dafür bedankt, dass ich Euch diese Quälgeister von der Kryptarchia vom Hals geschafft habe.«

»Dafür habt Ihr ganz gewiss meinen Dank«, versicherte Veulkh.

»Und ich habe es ganz gewiss gern für Euch getan«, sagte sie und hob ihr Glas. »Wie es scheint, sind wir uns völlig einig. Auf uns!«

»Wir sind uns völlig einig«, bestätigte Veulkh. »Auf uns!«

Alle tranken sie. Danach schwieg Marnora für einen langen Moment.

»Und?«, fragte sie plötzlich. »Wollt Ihr es dann also sehen?«

»Wenn das Euer Wunsch ist.«

»Ihr habt deswegen immerhin eine lange Reise hinter Euch gebracht.« Sie stand auf, und er tat es ihr gleich. »Da ist es das Mindeste, dass Ihr es zu sehen bekommt.«

Ammolit machte Anstalten, sich ebenfalls zu erheben, doch Marnora schüttelte den Kopf, woraufhin Veulkh ihr gebot: »Du gehst auf dein Zimmer zurück.«

Ammolit sah Veulkh an. Er hielt seine Miene bewusst gleichgültig, aber da war etwas in seinem Blick, das ihr Angst einjagte.

»Geh jetzt!«, befahl er ihr. »Ich bin bald wieder bei dir.«

»Nehmt die hier mit.« Marnora zog die Blumen aus der Vase und hielt sie Ammolit hin.

Bracke döste gerade unter einem Baum, als er hörte, wie sich ihm Selene näherte. Inzwischen kannte er Klang und Rhythmus ihres Gangs, und auch wenn er sich sicher war, dass sie es war, kam ihm irgendetwas an ihrem Schritt seltsam vor. Als er die Augen öffnete, sah er den Grund dafür.

Sie hatte ihre schwere Kleidung gegen einen leichten Rock und Reithosen eingetauscht. Ihre Augen waren gelb, wie sie es auch schon nach dem Kampf auf dem Pass gewesen waren. Sie streckte ihm die Hand hin.

»Komm mit«, forderte sie ihn auf.

Er ergriff ihre Hand, verwirrt, aber auch zunehmend erregt. Sie verströmte einen Duft, den er nicht kannte, eine Art Moschusgeruch.

Sie führte ihn von ihrem Lager am Berghang zum Kraterrand, von wo aus man einen Blick über den See und die Insel hatte. Mit jedem Schritt schien sie langsamer zu werden, um schließlich an der Abbruchkante zu verharren. Ihr Gesichtsausdruck wirkte geradezu verzückt – sie schien glücklicher zu sein, als er sie je erlebt hatte. Gelber Nebel begann von der nackten Haut ihrer Arme emporzuwogen. Sie öffnete den Mund, und ein noch dickerer safranfarbener Dunst quoll heraus und trieb über das Tal hinaus.

Ihr Griff um seine Hand wurde fester, aber gleichzeitig war es, als drohte ihre Hand ihm zu entgleiten, als drückte er einen überreifen Pfirsich. Als er sie ansah, wirkte sie irgendwie seltsam und schien ihn überhaupt nicht mehr wahrzunehmen – was wohl für überhaupt alles galt, was nicht im Innern ihres Kopfes vor sich ging, was immer das sein mochte.

Nach einer Weile zog sie die Mundwinkel zu einem dümmlichen Lächeln in die Höhe.

»Ah«, sagte sie.

»Was?«

»Ich habe es gefunden«, sagte sie träumerisch, drehte sich um und sah ihn an. Ihr Blick wirkte unfokussiert und verschwommen. Und dann … küsste sie ihn.

Er war überrascht, aber nicht so überrascht, dass er vor ihr zurückgewichen wäre. Ihr Atem war heiß, und der Moschusduft war noch stärker geworden.

Ihm wurde schwindelig, alles verschwamm ihm vor den Augen. Er hatte das Gefühl, als würde er emporgewirbelt wie ein Blatt, wie ein von einem Lagerfeuer aufsteigender Funke. Der Berg, der See, die Insel … alles schrumpfte unter ihm zusammen.

Sie war in ihm, und ihre schwer zu fassenden Gedanken verschlangen sich mit seinen. Daraufhin versuchte er doch, sich von ihr zu lösen, vermochte es aber nicht. Seine Glieder, sein Atem, selbst das in seiner Brust schlagende Herz … all das gehörte nicht mehr ihm. Es gehörte alles ihr. Es war beängstigend, aber gleichzeitig erfüllte ihn eine Art diffuse Ekstase.

Endlich ließ sie von ihm ab, und er musste gegen seine Tränen ankämpfen, denn er wollte nicht, dass sie ihn verließ. Er wollte, dass es weiterging – für immer, wenn möglich.

Auch sie weinte, pollenfarbene Ströme rannen ihr übers Gesicht. »Bitte entschuldige«, flüsterte sie. »Das wollte ich nicht …«

»Macht es noch einmal«, bat er.

»Nein«, sagte sie. »Du glaubst, es von mir zu wollen. Bitte glaub mir, wenn ich dir sage, dass du es nicht willst.«

Diese Worte schienen sie all ihre Kraft zu kosten. Sie sackte in sich zusammen, doch er fing sie auf, bevor sie fallen konnte. Er ließ sie zu Boden sinken und bettete ihren Kopf auf seinen Schoß. Saß bei ihr, während ihr Lächeln verschwand und ihre Augen zurückrollten und kleine Laute der Qual ihre Kehle heraufkrochen. Er fragte sich, ob er Martin holen sollte, aber allmählich wurde ihre Atmung regelmäßiger, und sie kam wieder zu sich.

»Verzeih mir«, raunte sie. »Meine Berührung hätte eigentlich viel sanfter sein sollen, aber manchmal kann ich nicht ...« Sie sah unsicher auf. »Hast du es mitbekommen?«

Zuerst war Bracke sich nicht sicher, was sie meinte, aber dann begriff er.

»Ja«, antwortete er. »Ich sehe den Weg hinein.«

»Und du kannst uns hinbringen?«

»Das kann ich«, bekräftigte er, »aber ...«

»Sobald ich mich wieder erholt habe«, schnitt sie ihm das Wort ab. »Morgen früh.«

Sie mühte sich aufzustehen. Bracke half ihr auf die Beine.

»Wollt Ihr Euch hier nicht noch ein Weilchen länger ausruhen?«

»Nein«, entschied sie. »Martin sollte so bald wie möglich davon erfahren, damit er sich vorbereiten kann.« Ein Beben durchlief sie.

»Selene?«, fragte er.

»Es gibt da etwas, was ich dir nicht gezeigt habe«, bekannte sie. »Veulkh und die anderen sind dort drinnen, aber da ist noch jemand – oder etwas. Etwas Schreckliches.«

»Was immer es ist, ich werde es für Euch töten.«

Bracke wartete, bis der Mond hoch am Himmel stand, bevor er wieder aufstand. Er stupste Rose an, und sie richtete sich lautlos auf. Gemeinsam machten sie sich erneut auf den Weg zum Rand des Abgrunds.

Als sie ihn erreichten, stand dort eine einsam wartende Gestalt.

»Martin«, grüßte Bracke.

»Ich frage mich, was du hier zu tun gedenkst.«

»Ich gehe Veulkh suchen«, gab Bracke zurück.

»Ganz allein?«

»Es ist die einzige Möglichkeit.«

Es war hell genug, dass er das Stirnrunzeln auf Martins Gesicht sehen konnte.

»Erklär es mir.«

Einen Moment lang rang Bracke mit sich. Er würde einen Kampf gegen Martin vermutlich nicht gewinnen, aber er wäre vielleicht in der Lage, an ihm vorbeizugelangen. Veulkh hatte ihm das Versprechen abgenommen, niemandem etwas davon zu verraten, aber er empfand dem Zauberer gegenüber keine allzu große Verpflichtung, und Versprechen waren ihm ohnehin nie sonderlich wichtig gewesen.

»Erinnert Ihr Euch nicht?«, fragte Bracke. »Veulkh hat es abgelehnt mitzukommen, wenn ich nicht auch mitkomme.«

»Er hat nie einen Grund dafür genannt«, erwiderte Martin, »aber ohne dich wären wir nicht aus Sular Bulan herausgekommen, und ich nahm an, dass er dich dafür brauchte.«

»Das dachte ich auch, aber vor einigen Tagen hatten wir ein Gespräch, und da hat er mir von diesem Ort hier erzählt und davon, was ich hier tun soll.«

»Und was wäre das?«

»Als ich in seinen Palast hinaufgeklettert bin, wusste Veulkh nicht, dass ich da war. Eigentlich spürt er es, wenn jemand seine Festung betritt oder verlässt – es ist wohl Teil seiner magischen Macht. Er hat es ja auch gemerkt, als Ihr Euch seinem Berg genähert habt, aber von mir wusste er erst, als er mich mit eigenen Augen sah.«

»Warum?«, wollte Martin wissen.

»Es hat irgendwie damit zu tun, dass ich so lange in Großmutters Nähe gelebt habe. Veulkh hat es nicht weiter erklärt, aber er meinte, er müsse wissen, ob sich irgendwer an diesem Ort aufhält, und wenn ja, müsse er wissen, wer es ist und was dieser Jemand im Schilde führt. Der Plan sah eigentlich vor, dass ich allein herkomme, weil jeder andere Alarm auslösen würde. Dann ist etwas schiefgegangen. Er glaubte, wir hätten noch einen weiteren Tag, bis uns jemand bemerken würde, und er hat offenbar nichts von diesen Affendingern gewusst.«

»Die Tsau Dadan«, sagte Martin geistesabwesend. Dann sah er Bracke fest in die Augen. »Ich glaube … ich glaube, ich vertraue dir«, erklärte er. »Geh hinein und finde heraus, wer sich dort aufhält und was dort geschieht. Bring dich nicht in größere Gefahr als notwendig, und wenn du kannst, finde irgendeinen Weg, wie wir Übrigen hineingelangen können, ohne bemerkt zu werden.«

»So hatte ich es vor.«

Martin nickte. »Wir werden warten. Jedenfalls eine Weile lang. Wenn du nicht in ein paar Tagen zurück bist, müssen wir versuchen, irgendwie allein hineinzugelangen.«

Während Bracke um den Kraterrand ging und nach einem geeigneten Weg den Berg hinab suchte, bebte die Erde erneut, was ein seltsames Spiel sich kräuselnder Wellen auf dem See verursachte. Bracke sah es sich eine Weile an, bevor er weiterging. War dort unten irgendetwas? Ein schlafender Riese? Etwas wie das Ding in Sular Bulan?

Was es auch war, es würde ihm sicherlich nicht gefallen.

Ruß landete auf seiner Schulter.

Der Rabe machte sich ihm mit einer Art Sprache verständlich, einer Mischung aus Gesten und Posen, Klack- und Krächzlauten. Bracke verstand Ruß recht gut, zumal das, was Ruß zu sagen hatte, im Allgemeinen auch recht unkompliziert war. Doch jetzt machte der Vogel ganz den Eindruck, als wäre er in einer besonderen Gemütslage, und er versuchte etwas auszudrücken, das Bracke zuerst nicht begriff.

Als Bracke schließlich den dichteren Wald an den unteren Hängen des Bergs erreichte, kam der Rabe wieder angeschossen, landete auf einem Ast in Augenhöhe vor ihm und klapperte seine Entsprechung eines energischen Neins.

Da verstand Bracke. Ruß konnte es nicht besser ausdrücken, aber er war zerknirscht. Er hatte Bracke nicht vor dem Angriff der Tiermenschen gewarnt, und er war darüber sehr betrübt.

»Mach dir keine Sorgen, Ruß«, sagte er. »Wie viele Male hast du mich schon vor einer drohenden Gefahr gewarnt? Öfter, als ich zählen kann, selbst wenn ich eine Strichliste geführt hätte. Hinter diesem Hinterhalt hat mehr gesteckt als nur ein Haufen übergroßer Affen. Nichts bewegt sich so leise. Es war Zauberei im Spiel, da bin ich mir sicher.«

Ruß musterte ihn einen Moment, dann deutete er mit einen Schnabelzucken bergab.

»Richtig«, sagte Bracke. »Es war klar, dass sie nicht unter der Erde leben, denn sie müssen schließlich essen und trinken. Ja, sie hausen offenbar dort, wo unser Weg in den Berg hineinführt, und das ist sicher kein Zufall.« Er kraulte Rose im Nacken. »Gehen wir vorsichtig und leise weiter. Mehr können wir nicht tun.«

Ruß schien der Ansicht, dass es jede Menge andere Möglichkeiten gab und Wege in nahezu allen Richtungen, aber als Bracke weiterging, fügte er sich.

Ob es nun Zauberei oder eine natürliche Fähigkeit war, sich lautlos zu bewegen, was es den Tiermenschen zuvor ermöglicht hatte, sich an ihn heranzuschleichen, diesmal hörte Bracke sie genau, denn sie johlten und blafften einander an – zuerst in der Ferne, dann immer näher –, und das Knacken von Ästen und das Rascheln von Blättern begleitete sie, wenn sie sich oben durch die Bäume bewegten. Er fragte sich, ob sie in irgendeiner Art von Häusern lebten oder ob sie einfach in den Ästen schliefen.

Bis zu seinem Ziel war es nicht mehr weit. Es war ein fast ebenmäßig rundes Loch im Berghang, weitgehend von herabhängendem Moos und Kletterranken verdeckt. Es befand sich auf ungefähr einem Viertel des Weges vom Fuß zum Gipfel des Berges. Der umliegende Dschungel war dicht und bestand zum großen Teil aus Bäumen mit dicken Ästen, die für Bracke wie Feigenbäume aussahen.

In diesen Bäumen hatten die Tsau Dadan aus miteinander verwobenen Ästen und Zweigen Hochterrassen gebaut. Streifen verschiedenfarbiger Rinde bildeten die Dächer, zu kunstvollen Mustern verflochten, wobei zumeist bereits vorhandene Baumäste als Firstbalken genutzt wurden. Unter diesen Dächern hingen Körbe und Netze, und Letztere enthielten überwiegend Obst und Blätterbündel.

Weitere Bauteile aus geflochtener Rinde sahen aus, als könnten sie herabgelassen werden, um dann als Schutz gegen Wind und Regen zu dienen, aber im Moment waren sie alle an Seilen hochgezogen. Die einzelnen Wohnbauten waren durch schmale Seilbrücken, die von Baum zu Baum führten, miteinander verbunden. Weitere Seile hingen bis zum Boden herab, viele davon in der Nähe des Höhleneingangs, wo ein Rinnsal von Wasser aus dem Berg sickerte und dann den Hang hinablief.

Im Bereich um den Höhleneingang waren die Baumhäuser besonders zahlreich. Im Näherkommen war Bracke an mehreren vorbeigeschlichen, wenn auch nicht nahe genug, um genaue Einzelheiten ausmachen zu können. Wie viele der Geschöpfe hier lebten, konnte er nicht sagen, aber er vermutete, dass es mindestens hundert waren, vielleicht noch mehr.

Zuerst ungeduldig, doch schließlich voller Interesse beobachtete er das Treiben der Affen, während die Sonne am Himmel aufstieg und sich dann wieder senkte. Soweit er es hatte erkennen können, hatte es sich bei ihren Angreifern ausschließlich um erwachsene Männchen gehandelt. Hier sah er die kleineren, schlankeren Weibchen und auch Junge. Er beobachtete, wie sie Nahrung heranschafften, vorwiegend Wurzeln und verschiedene Arten von Obst. Die Wurzelknollen zerstampften sie in großen, ausgehöhlten Steinen auf dem Boden, dann fügten sie Wasser hinzu und fertigten einen Brei an. Das Obst verzehrten sie entweder sogleich oder verstauten es in den Netzen, die unter ihren Firstbalken hingen.

Die meisten der großen Männchen waren offenbar abwesend, wahrscheinlich auf der Jagd oder etwas dergleichen. Er hatte vorgehabt, bis zum Einbruch der Nacht zu warten, doch nun verwarf er den Gedanken. Bis dahin wären alle Männchen wieder da, und vielleicht würden einige von ihnen nachts Wache halten, um nachtaktive Räuber zu vertreiben oder vor ihnen zu warnen.

Bracke wagte sich noch etwas näher heran. Er würde den Höhleneingang nicht erreichen können, ohne bemerkt zu werden, und auch wenn die Weibchen etwas kleiner waren, glaubte er doch nicht, dass es gut für ihn ausgehen würde, wenn er versuchte, sich seinen Weg zwischen ihnen hindurch freizukämpfen.

Auf einmal erhob sich eine Abfolge von lauten Rufen – ein lang gezogenes, seltsames Gejohle, das ihm einen Schauer über den Rücken jagte. Es klang nach Alarmgebrüll, und die Affen am Boden reagierten, indem sie eilig die Seile hinaufkletterten.

Irgendetwas nahte.

Einen Moment später sah Bracke, was es war. Zuerst dachte er, es sei ein Löwe, aber das Geschöpf war größer als jede Raubkatze, die er je gesehen hatte, und ihm fehlten die langen Säbelzähne. Auf den zweiten Blick ähnelte es einer Kreuzung zwischen einer Hyäne und einem Bären. Seine Vorderbeine waren länger als die Hinterbeine, und unter den gewaltigen Schultern befand sich ein riesiger Kopf, der größtenteils aus einem gigantischen Maul zu bestehen schien. Das Geschöpf war an den Flanken gesprenkelt, ganz ähnlich wie die Affen, aber der hohe Kamm auf seinem Rücken war gestreift.

Die Tsau Dadan hatten offensichtlich großen Respekt vor dem Tier. Sie kletterten die Bäume so hoch sie konnten.

»Das ist unsere Gelegenheit, Rose«, verkündete Bracke mit leiser Stimme.

Er bewegte sich schnell und hielt sich dabei im Unterholz. Da die Blicke aller Affen auf den riesigen Hyänenbären gerichtet waren, war die Wahrscheinlichkeit groß, dass sie ihn gar nicht bemerkten, was ideal wäre. Sobald er in der Höhle war, würde er seinen Weg finden müssen, und das wäre mit einem Haufen dieser Geschöpfe auf den Fersen viel schwerer.

Er hatte schon über die Hälfte seines Weges zurückgelegt, als er über sich das Krachen von Ästen hörte und etwas am Rand seines Gesichtsfelds auf ihn zuschoss. Er wich zur Seite und hörte ein dumpfes Aufschlagen, gefolgt von einem Schmerzensschrei.

Er riss seinen Tomahawk hervor, überzeugt, dass er angegriffen wurde, aber dann sah er, dass es sich um einen der Affen handelte – ein kleiner, wahrscheinlich noch nicht einmal halb ausgewachsen. Für einen kurzen Moment stand Bracke wie gebannt da, während ihn das Äffchen aus großen Augen anstarrte.

Dann teilte sich das Gebüsch, und alles, was er sah, war ein riesiges Maul mit unzähligen Zähnen.

Ohne nachzudenken, sprang er auf und hieb in die Mitte des gewaltigen Schädels. Sein Kriegsbeil traf mit voller Wucht und blieb stecken.

Das gewaltige Raubtier riss den Kopf zur Seite, und Bracke sprang ihm auf den Rücken, klammerte sich an dem Fell fest. Das Ungetüm konnte ihn in dieser Position nicht beißen, die Frage war nur, wie lange er sich würde dort halten können.

Es gelang ihm, die Beine fest um den gewaltigen Hals des Ungetüms zu schlingen. Da warf sich die Bestie auf den Rücken und zerquetschte ihn fast mit ihrem Gewicht. Hätte sie über hinreichend Verstand verfügt, wäre sie einfach auf ihm liegen geblieben, dann wäre es wahrscheinlich um ihn geschehen gewesen.

Stattdessen rollte sich das Biest wieder auf die Füße und schoss mit ihm durchs Unterholz davon. Bracke griff nach dem Stiel seiner Streitaxt, deren Schneide sich daraufhin aus dem Schädel des Monsters löste, und plötzlich flog Bracke vom Rücken des Untiers, rollte sich unbeholfen ab und sprang auf die Beine.

Seiner gewaltigen Masse ungeachtet war der Hyänenbär sehr schnell. Bracke wusste, wenn er sich umdrehte und davonlief, würde ihn die Bestie binnen weniger Atemzüge einholen, daher stellte er sich ihr entgegen, den Tomahawk in der Hand. Das Ungeheuer beäugte ihn vorsichtig und trat dann einen bedächtigen Schritt nach vorn.

In diesem Moment sprang Rose aus dem Unterholz und versenkte ihre Zähne im riesigen Hals des Hyänenbären. Der stieß ein Heulen aus, schüttelte sich und schlug mit einer seiner Krallenpfoten nach dem Hund. Bracke nutzte die Gelegenheit, um auf das Geschöpf zuzustürzen und nach einem seiner Augen zu hacken. Der Hyänenbär traf ihn mit einer seiner riesigen Pfoten, sodass er gegen einen Fels geschleudert wurde, wobei ihm seine Axt entfiel.

Als er wieder stand, griff ihn das Tier erneut an. Er spannte alle Muskeln seiner Hand an, wie er es Martin hatte tun sehen, und rammte sie dem Untier in das andere Auge, als es sich auf ihn stürzte.

Zähne gruben sich in seine Schulter. Die Bestie schüttelte ihn heftig, und alles ringsum schien weiß zu werden. Er hatte ein Gefühl wilder Bewegung, als würde er durch eine lange Folge von Wasserfällen stürzen.

Dann übergab er sich.

Zwölftes Kapitel

Eine Wende der Geschichte

Crespin erwachte Stunden vor der Morgendämmerung und ging hinauf aufs Deck, um seinem Vater Gesellschaft zu leisten. Die Marinier waren bereits emsig bei der Arbeit, hissten die Segel, spannten die Quilainen und machten das Schiff kampfbereit.

»Ist irgendetwas passiert?«, erkundigte sich Crespin.

Die Anspannung war schon seit Tagen stetig gewachsen. Als am Vorabend die Nacht hereingebrochen war, hatte er die velesanischen Schiffe in der Ferne Manöver durchführen sehen und beobachtet, wie sie auf dem reglosen Wasser des Mere de Basilisk in Formation gingen und sich wieder daraus lösten. Es war nicht ungewöhnlich, dass eine Flotte auf solche Weise den Ernstfall durchexerzierte – ohne die Zerstreuungen eines Landgangs suchten die Seeleute häufig Ärger an Bord, und es war das Beste, sie beschäftigt zu halten.

Doch nach allem, was ihm Kalliope und sein Vater berichtet hatten, kam es Crespin sehr verdächtig vor. Eine Flotte, die Manöver durchführte, war eine Flotte, die sich zum Kampf bereithielt.

Die Mesembrier hingegen hatten seit Tagen keine Segel gesetzt, und viele ihrer Schiffe waren an den großen Kais festgemacht, um Fracht zu entladen.

»Ich bin überzeugt, dass die Schiffe aus Velesa uns am Morgen angreifen werden«, erklärte sein Vater. »Doch ich habe nicht die Absicht, ihnen die Gelegenheit dazu zu geben.«

»Ich hatte gedacht, sie würden zumindest warten, bis die Schlacht zu Land gewonnen ist.«

»Sie ist praktisch gewonnen«, eröffnete ihm sein Vater. »Die Drehhu weigern sich zu kapitulieren, aber wir haben eine Bresche in die innere Zitadelle geschlagen.«

»Und die Schiffe aus Modjal?«

»Ich rechne damit, dass sie erst mal abwarten, wie unser Kampf ausgeht, und dann werden sie es mit dem Gewinner aufnehmen. Wir werden sehen.«

»Noch haben sie das Bündnis nicht gebrochen«, betonte Crespin.

»Aber sie haben es vor«, entgegnete sein Vater. »Wenn wir weiter abwarten, wären wir ihnen auf Gedeih und Verderb ausgeliefert. Unter den gegebenen Umständen können wir sie vielleicht überraschen.«

»Ich dachte, wir hätten den Befehl zu warten.«

»Die Lage hat sich geändert. Der Kaiser fürchtet, dass unsere Vorräte in die Hände der Velesaner fallen. In diesem Punkt teile ich seine Ansicht. Wir sollen in See stechen, zusehen, das wir nach Hhark kommen, und das Kämpfen der Marine überlassen.«

»Aber sie sind überall. Welche Chance haben wir ohne Kalliope?«

Sein Vater sah ihn an. »Die Kryptarchia hat nicht die Absicht, Partei zu ergreifen. Die Strixe werden sich also ohnehin nicht an der Sache beteiligen.«

»Das macht alles nur noch schlimmer«, war Crespin überzeugt. »Das hier ist eine Handelsflotte. Die Velesaner sind besser bewaffnet als wir, und sie haben ihre Ruder, die ihnen das Manövrieren erleichtern. Sie werden uns zu Kleinholz verarbeiten.«

»Wir fahren mitten durch sie hindurch«, erklärte sein Vater. »Wir werden bei ihnen maximale Verheerungen anrichten und dann weiterfahren. Wenn sich ihre Reihen dann auflösen, werden die Galeeren Ihrer Majestät angreifen.«

Von einem schwachen, aber günstigen Wind getrieben, krochen sie in östlicher Richtung durch die Nacht. Die im Hafen vor Anker liegenden Schiffe blieben, wo sie waren, um den Anschein zu erwecken, dass die ganze Flotte immer noch an Ort und Stelle war. Der Wind flaute ab, kehrte aber beim ersten Anzeichen der Morgenröte am Horizont zurück, und als er dann auffrischte, blies er nach Westen, genau wie jeden Morgen.

Als sie durch einen leichten Nebel fuhren, die aufgehende Sonne im Rücken, stießen sie auf die velesanischen Schiffe, deren Absicht es gewesen war, in den Hafen einzudringen und über die kaiserlichen Kriegsschiffe aus Ophion herzufallen. Sie wurden jedoch selbst überrumpelt, als die ersten schwarzen Pfeile und Geschosse der Quilainen auf sie herabregneten.

Vor ihnen durchteilten zwei große Gallavanten das Wasser, deren Ruder soeben aus ihren Öffnungen hervorkamen und kraftvoll ins Wasser tauchten. Crespin hörte die Trommeln das Schlagtempo vorgeben, das sich beschleunigte, während die Schiffe zu wenden versuchten. Es gelang ihnen nur zur Hälfte, dann schrammte die Leucothea am Rumpf des ihnen am nächsten liegenden Schiffes entlang und zerbrach alle Ruder auf dieser Seite, während sie gleichzeitig das Deck und die Segel mit den Geschossen ihrer Kriegsmaschinerie und den Pfeilen ihrer Bogenschützen beharkte.

Die Velesaner erwiderten den Beschuss. Marinier, die die Flammen und den Schrecken der Drehhu überlebt hatten, erlagen den Waffen ihrer ehemaligen menschlichen Bundesgenossen.

Crespin verspürte einen furchtbaren, hohlen Schmerz in sich, als ihm in diesem Moment klar wurde, dass die gesamte

Geschichte nun eine grundlegende Wende genommen hatte. Es hatte immer Piraten gegeben, abtrünnige Städte und alle möglichen Meinungsverschiedenheiten, die geklärt werden mussten. Die Streitmacht der Drehhu bestand zum großen Teil aus Sklaven, daher waren im Laufe der Jahre jede Menge Menschen von Menschen getötet worden.

Aber über all die Jahrhunderte moderner Geschichte hinweg hatte sich nie eine Armee oder Flotte einer menschlichen Nation gegen eine andere gewandt. Jetzt war es passiert, und er befand sich auf dem Schiff, das den ersten Schuss abgegeben hatte. Was immer hier passierte, man würde sich an die Leucothea und ihre Mannschaft erinnern – wenngleich vielleicht nicht mit Wohlwollen.

In all dem Lärm und wogenden Chaos schob er diese Gedanken beiseite und konzentrierte sich allein darauf, den Sieg davonzutragen.

Ein weiteres Schiff ragte vor ihnen auf, feuerte eine Breitseite, und die Leucothea erbebte unter dem Angriff. Nach den teuflischen Waffen der Drehhu erschienen die vertrauten Waffen der Menschen vergleichsweise klein und schwach, aber das war eine Täuschung. Pfeile und Bolzen mit Stahlspitzen nahmen Menschen genauso mühelos das Leben wie die Dämonenwaffen, auch wenn der Schaden für das Schiff nicht ganz so groß war.

Zu allem Unglück gelang es der Besatzung des velesanischen Schiffs obendrein, ihre Enterhaken schneller zu werfen, als seine Marinier die daran befestigten Seile durchtrennen konnten. Sie hinderten die Leucothea daran, ins offene Meer durchzubrechen, wo ihre überlegenen Segelfähigkeiten sie aus der Gefahrenzone gebracht hätten.

Die Galeere war halb so groß wie ihr eigenes Schiff, aber sie hatte doppelt so viele Männer und Kriegsmaschinerie an Bord. Es gelang ihnen, unter Segel zu bleiben, aber das Kriegsschiff hing an ihnen fest, und es dauerte nicht lange, bis die ersten velesanischen Kämpfer über die seitlichen

Schutzwände an Bord der Leucothea kletterten. Doch Xelonen standen bereit, und über eine lange Zeit hinweg schafften sie es, die Angreifer zurückzuhalten. Nur kamen immer mehr Velesaner, und sie stiegen über die Leichen ihrer toten Landsleute, bis sich die Schildwand der Xelonen auflöste und das Deck der Leucothea geradezu überrannt wurde.

Ergrimmt zog Crespin seinen Säbel. Er war immer noch geschwächt, aber zumindest war es seine linke Seite, die er schonen musste, während er von seinem gesunden rechten Arm uneingeschränkt Gebrauch machen konnte.

Ein stämmiger Bursche mit einer Stahlkappe und einem einschneidigen Hackbeil von Schwert erreichte ihn als Erster und hatte wahrscheinlich vor, sich den Weg zum Steuerrad freizukämpfen. Crespin ging einige Schritte auf ihn zu, stoppte aber, als der Mann einen Satz nach vorn machte, um ihn niederzustrecken, und fing seine Waffe mit seinem Säbel ab. Es war ein schrecklich kräftiger Hieb, und Crespin ging eigentlich davon aus, dass der Mann das Gleichgewicht verlieren würde. Das tat er jedoch nicht, vielleicht seiner kurzen Beine wegen. Er parierte vielmehr Crespins Hieb, der auf seinen Kopf gezielt war, und kam noch näher heran.

Crespin hatte nur einen Meter Platz, um zurückzuweichen, doch er nutzte diesen Raum, um seinen Säbel zu schwingen und die Klinge über den Schwertarm des Mannes zu ziehen. Es war kein sehr wuchtiger Hieb, aber Crespins Säbelklinge schlitzte die Jacke des Gegners auf, ebenso die Haut und das Fleisch darunter und durchtrennte die Sehnen. Der zweite Angriff des Mannes kam auf halbem Weg zum Erliegen, und Crespins nächster Hieb trennte seinem Widersacher den Kopf halb vom Rumpf.

Aber nach ihm kamen weitere, und Crespin konnte nirgendwohin mehr zurückweichen außer in Richtung Steuerrad. Er parierte den Angriff des nächsten Mannes, stolperte und versuchte blind vorauszusagen, wo der nächste Hieb landen würde, damit er ihn abwehren konnte.

Renost ersparte ihm die Mühe, indem er den Angreifer mit seiner Klinge durchbohrte und mit einem lauten Aufschrei und einer seiner wilden Attacken die nachfolgenden Gegner zurückschlug.

Weitere von Crespins Männern bahnten sich einen Weg zu ihm, um die Brücke zu verteidigen, und das Schlachtenglück wendete sich erneut. Die Velesaner wurden auf ihr eigenes Schiff zurückgezwungen. Nachdem sie beim Versuch, die Leucothea zu entern, so viele ihrer Männer verloren hatten, war für sie nun jeder zahlenmäßige Vorteil unwiederbringlich dahin.

Die Leucothea steuerte erneut auf das Kolossostor und die offene See zu, das velesanische Schiff hinter sich herziehend und gefolgt von den verbliebenen mesembrischen Handelsschiffen. Hinter ihnen lieferte sich die Kriegsflotte von Ophion einen Kampf mit den Velesanern, doch diese neue Schlacht um Basilisk war nun nicht mehr ihre Sache.

Das velesanische Schiff trug den Namen Kamor. Statt sie zu versenken oder einfach loszuschneiden, beschloss Crespins Vater, die Kamor zu ihrer Kriegsbeute zu machen. Einige Stunden nachdem sie das Kolossostor passiert hatten, kam der Kommandeur der Kamor, der ebenfalls den Dienstrang eines Admirals bekleidete, an Bord der Leucothea, um Alastor Nevelon zum Zeichen der Niederlage seinen Säbel zu reichen. Der ließ ihm die Klinge und lud ihn stattdessen unter Deck auf einen Kaffee ein. Crespin setzte sich zu ihnen.

Der velesanische Admiral hieß Morjebor. Er war schlank und sah etwas kränklich aus, aber in seinem Gesicht lag ein kluger Ausdruck. Seine blutbespritzte Uniform war waldgrün mit roten Säumen und einer Doppelreihe großer Messingknöpfe auf der Weste. Auf seinem Zweispitz prunkte eine Hutfeder aus Rosshaar, eine bei velesanischen Offizieren häufig zu findende Manieriertheit und eine Anspielung auf die Geschichte des Landes als ein Reich, das auf der besten Kavallerie der Welt gegründet war.

Crespin erinnerte sich an ein Wandgemälde, das er einmal in der Stadt Ostroh gesehen hatte. Es hatte einen velesanischen Großangriff zu Pferd gezeigt, Reiter, die während der Schlacht von Wherna mitten in das Feuer und den Donner der Waffen der Drehhu hineingeprescht waren. Bei dieser Schlacht hatte über die Hälfte ihrer Kämpfer das Leben gelassen, bevor sie auch nur die Mauern der Stadt erreicht hatten. Ein durchaus tapferes Volk, die Velesaner.

Morjebor nippte behutsam an seinem Kaffee und wirkte, als wollte er etwas sagen, aber er verkniff es sich. Schließlich brach der Admiral das unbehagliche Schweigen.

»Eure Männer haben gut und tapfer gekämpft«, erklärte er. »Eure Kapitulation war eine Gnade für uns alle.«

»Besten Dank«, antwortete der Velesaner.

»Wir befinden uns in unerkundeten Gewässern«, fuhr Crespins Vater fort. »Ich bin mir nicht recht sicher, was ich mit Euch machen soll.«

»Das verstehe ich«, erwiderte Morjebor. Er zögerte, dann sagte er: »Ich weiß es zu schätzen, dass Ihr mir gestattet, meine Waffe zu behalten.« Er beugte sich ein Stück vor. »Admiral Nevelon, darf ich Euch eine Frage stellen, von Offizier zu Offizier?«

»Nur zu.«

»Seid Ihr einverstanden mit dem, was hier passiert? Mit dieser ungeheuerlichen Sache, in der wir mitten drinstecken?«

Alastor Nevelon nahm sich einen Moment Zeit für seine Antwort. »Das bin ich nicht«, erwiderte er schließlich. »Ich bin der Auffassung, dass die Abkommen des Bündnisses Gesetz sind und dass wir diesem Gesetz unterstehen sollten. Aber ich bin auch der Diener meines Kaisers.«

»So wie ich der Diener des meinen bin«, entgegnete Morjebor, »wiewohl ich genauso empfinde. Daher fürchte ich, dass ich Euch nicht versprechen kann, was Ihr, wie ich vermute, von mir verlangen werdet. Wenn Ihr mich gehen lasst, werde ich den Kampf fortführen.«

»Ich verstehe«, antwortete Alastor Nevelon. »Also werde ich Euch nicht gehen lassen. Zumindest jetzt noch nicht. Euer Schiff wird entwaffnet, ebenso Eure Männer, aber man wird Ihnen kein Leid zufügen. Wenn diese Sache endet – wie auch immer sie enden wird und welche Abmachungen auch immer unsere Nationen treffen oder nicht treffen werden –, werde ich Euch freilassen. Bis dahin bleibt Ihr bei unserer Flotte. Ist das für Euch hinnehmbar?«

»Es geht in Ordnung«, antwortete der velesanische Offizier. »Ihr seid mehr als nur gerecht, Admiral.«

»Wollen wir hoffen, dass diese Angelegenheit bald geklärt ist«, meinte der Admiral.

Der Himmel war in dieser Nacht sehr eigenartig. Schwarze Wolken hingen tief über dem Wasser, und ein linsenförmiger Fleck, bleich und purpurrot, hing über den Salamandra.

Sie segelten wie angewiesen zu der Festung von Hhark. Sie war fest im Griff von Ophion, und viele Kriegsschiffe lagen dort vor Anker – Schiffe, die nur noch neue Vorräte brauchten, um sich kampfbereit zu machen.

In Hhark entdeckten sie fünf Schiffe aus Modjal, die die Festung belagerten, aber bei ihrer Ankunft kapitulierten sie, ohne einen einzigen Schuss abzugeben.

Die Kapitulation war ein glücklicher Umstand, schon da sie einen ihrer bisherigen Vorteile verloren hatten: Sie hatten sich so lange in so vielem auf die Strixe verlassen, sodass es ihnen jetzt schwerfiel, nicht mehr auf deren Dienste zurückgreifen zu können. Nicht nur würden die Strixe fortan nicht mehr an Kämpfen teilnehmen, sie weigerten sich auch, Nachrichten von Schiff zu Schiff weiterzugeben. Deswegen und weil keine Schiffe erübrigt werden konnten, um eine Kette zu bilden, die lang genug wäre, um sich mittels Lucnographen in Verbindung setzen zu können, wusste man auch nicht, was im Mere de Basilisk geschah. Dieses Problem würde hoffentlich bald gelöst werden, da verschiedene kleine Schiffe und Boote, die sich nicht zum Kampf eigneten, umgebaut wurden, um mit ihrer Hilfe eine Kommunikationslinie zu ermöglichen.

Bis dahin jedoch konnten sie nichts anderes tun, als ihre Stellung zu halten und zu hoffen, dass sie eine Nachricht erreichte in Gestalt eines Kurierschiffs statt einer siegreichen Flotte aus Modjal oder Velesa.

Sie beschlagnahmten die Schiffe aus Modjal, entwaffneten deren Besatzungen und brachten sie zusammen mit der Mannschaft der Kamor in einem leer stehenden Teil der Festung unter. Für die Verwundeten wurde ein Lazarett errichtet, in das man auch Kalliope brachte. Die Ärzte konnten nicht sagen, ob sich ihr Zustand verbesserte oder verschlechterte. Sie war während dieser Tage die meiste Zeit bewusstlos.

Hhark war einst eine regelrechte Großstadt gewesen, aber diese Tage waren lange vorbei. Was übrig geblieben war, waren Ruinen und die in die Klippenwand gehauene Festung. Es gab keine gefangenen Drehhu, aber viele ihrer Sklaven hatten die Schlacht überlebt. Sie waren noch immer in ihren Quartieren untergebracht, die die Drehhu ihnen zugewiesen hatten. Irgendwann würde sie auf die Sklavenmärkte gebracht und verkauft werden, als Beitrag zur Begleichung der Kriegskosten des Reichs.

Crespin fragte sich, wie viele Sklaven es wohl noch immer in Basilisk gab und wie viele von ihnen überleben würden. Wer immer als Sieger aus dem Kampf hervorgehen würde, diese Menschen würden wahrscheinlich das Schicksal der Sklaven aus Hhark teilen. Er fand es widerwärtig. Er war ohne Sklaven aufgewachsen, und die Praxis der Sklaverei war ihm zuwider. Allerdings war er genug im Reich herumgekommen, um zu wissen, dass einige Sklaven ein besseres Leben führten als so manche freien Männer.

Doch das schien ihm kaum ein Argument zugunsten der Sklaverei zu sein.

Dreizehntes Kapitel

Ein Handel

Als er wieder zu Bewusstsein kam, befand sich Bracke nicht mehr auf dem Boden, sondern auf einer der geflochtenen Terrassen, auf denen die Tsau Dadan lebten. Drei der Geschöpfe umringten ihn, eines davon ziemlich groß und mit reichlich Silber in seinem schwarzen Fell.

Bracke versuchte sich aufzusetzen, aber eines der jüngeren Affenwesen drückte ihn nach unten. Der alte Tsau Dadan blaffte etwas in einer Sprache, die Bracke nicht verstand. Unten hörte er den Hyänenbären durchs Gestrüpp brechen.

»Rose!«, rief er.

Auch nach mehreren Rufen antwortete sie nicht.

Schon bald versammelten sich über ein Dutzend der Affen um ihn, die ihn neugierig musterten, ihn anstupsten und in ihrer Sprache durcheinanderplapperten. Der größere, alte Affe – ein Weibchen, wie Bracke jetzt merkte – saß schweigend da.

Nach einer Weile brachten sie ein junges Weibchen herein und setzten es vor ihn hin. Einer der Affen reichte ihr eine Schale mit etwas Gelblichem darin. Während sie angestrengt trank, würgte sie das eine oder andere Mal. Dann saß sie nur da und starrte Bracke an. Der Augenblick schien ihm endlos lange. Schließlich streckte sie den Arm aus und griff nach seiner Hand. Ihre seltsamen, allzu langen Finger waren knorrig und von Schwielen überzogen.

In dem Moment, als sie ihn berührte, durchlief es Bracke wie ein Schock, und es war, als wäre etwas sehr Heißes in seinem Kopf ausgegossen worden. Ihm wurde wieder schwindelig, aber es war kein wirklich unangenehmes Gefühl, mehr so wie nach einigen Gläsern Wein, und es ähnelte ein wenig dem, was er empfunden hatte, als Selene ... in ihn gegangen war.

Das ältere Affenwesen begann wieder zu sprechen. Die Sprache hörte sich nicht anders an als zuvor, es war immer noch eine sonderbare Abfolge von Grunz- und Klacklauten und Trillern, die aus dem hinteren Teil der Kehle drangen. Aber auf einmal klangen die Worte ... vertraut.

»Du verstehst?«

»Ja«, antwortete er.

»Ich bin Knote«, stellte sich das Affenweibchen vor.

»Hallo, Knote«, sagte Bracke.

»Du hast unsere Krieger getötet«, fuhr Knote fort.

»Sie haben mich angegriffen«, verteidigte sich Bracke. »Was haben sie da anderes erwartet?«

Knote musterte ihn, dann zog sie leicht die rechte Schulter hoch. »Warum hast du das Junge vor den Hyänenbären gerettet?«

Bracke blinzelte verwundert. So mochte es wohl ausgesehen haben. Außerdem fiel ihm auf, dass auch sie von einem »Hyänenbären« gesprochen hatte, das Wesen also so benannt hatte wie er selbst in seinen Gedanken. Es lag sicher daran, dass sein Verstand ihre fremde Sprache seinen Gedanken entsprechend übersetzte, vermutete er.

»Ich sah den Kleinen stürzen«, behauptete er, »und bin davon ausgegangen, dass er ohne Hilfe nicht überleben würde. Also habe ich ihm geholfen.«

»Er ist niemand aus deinem Volk. Warum sollte dir etwas daran liegen, was aus ihm wird?«

Bracke zuckte die Achseln. »Ich mache, was ich will.«

»Du willst in den Berg gelangen, oder nicht? Um deine

Leute zu finden. Hättest du das Junge sterben lassen, hätten wir dich vielleicht gar nicht erst bemerkt.«

»Das könnte wohl sein«, räumte Bracke ein. »Ich habe euch einen Dienst erwiesen. Vielleicht können wir ja Freunde werden.«

Das alte Affenweibchen ging vor ihm in die Hocke. »Du kannst von Glück sagen, dass die Männer bei ihr sind«, meinte Knote. »So musst du deinen Handel nur mit einer alten Frau abmachen.«

»Einen Handel?«

»Ja. Die Männer müssen dich angreifen, verstehst du? Sie müssen tun, was sie verlangt. Wenn sie zurückkommen, werden sie dich entweder töten oder dich ihr übergeben. Wenn du dann noch hier bist.«

»Also sollte ich dann vielleicht besser nicht mehr hier sein.«

»Vielleicht besser nicht«, pflichtete Knote ihm bei. Sie kratzte sich am Kinn, dann klopfte sie sich mit einem langen, behaarten Finger aufs Knie. »Wir könnten dich gehen lassen«, fuhr sie fort, »aber dann musst du etwas für uns tun.«

»Und das wäre?«

»Wir sind ihr seit vielen Jahren unterworfen. Wir sollten frei sein.«

»Ich weiß nicht einmal, wer ›sie‹ ist«, wandte Bracke ein.

»Sie ist diejenige, die unser Herz in ihrer Macht hat«, erklärte Knote. »Finde unser Herz und befreie uns.«

»Na gut«, sagte Bracke. »Lasst mich gehen, und dann mache ich das für euch.«

»Wir haben also einen Handel«, erwiderte Knote. Bracke war sich nicht sicher, ob es eine Frage oder eine Feststellung war.

»Wir haben einen Handel«, bekräftigte er. Natürlich hatte er nicht den leisesten Schimmer, wovon Knote da sprach, und er hatte auch nicht die Absicht, seinen Teil der Abmachung einzuhalten. Aber er war bereit zu sagen, was immer er sagen musste, um von den Affenwesen wegzukommen. »Dieses Herz«, erkundigte er sich. »Wie sieht es aus?«

Knote zog erneut die Schulter hoch. »Sie sei einst unser Herz gewesen, heißt es. Unsere Königin, die große Mutter von uns allen. Sie ist in irgendetwas verwandelt worden, heißt es. Meine Großmutter sagte, sie sei ein echtes Herz, gesalzen und getrocknet. Andere meinen, sie erscheine als ein wunderschönes Juwel oder als ein kleines Tier, was immer sie sein will.«

»Das klingt nach einer Herausforderung«, meinte Bracke. »Aber ich will tun, worum du mich bittest. Ich werde euer Herz finden.«

»Dann geh«, sagte Knote. »Bevor die Männer zurückkehren.«

Bracke stand vorsichtig auf, bewegte ebenso vorsichtig seine Gliedmaßen und überzeugte sich davon, dass nichts gebrochen war.

Ruß verfolgte das Geschehen aus der Sicherheit eines Baumes in einiger Entfernung. Rose ließ sich noch immer nicht blicken.

»Ich hatte eine Freundin bei mir«, begann er. »Eine Hündin …«

»Der Hyänenbär hat sie verletzt«, ließ ihn Knote wissen. »Wir werden für sie sorgen und ihr helfen, ihre Wunden zu heilen, bis du zurück bist.«

»Oh«, sagte Bracke. »Ich verstehe.« Das war ein kleiner Dämpfer für seine neu gewonnene Zuversicht. Die Affen waren nicht ganz so schlicht und vertrauensselig, wie er gedacht hatte. »Nun, das ist lieb von euch.«

»Du hast unser Junges gerettet, also zeigen wir uns dafür erkenntlich. Jetzt geh und beeil dich.«

Die Höhle war nicht so verschlungen wie manch andere, die Bracke in der Vergangenheit kennengelernt hatte, nur ein langer Tunnel, der direkt in den Berg führte. Er krümmte sich nur gerade genug, dass das Licht schon bald verschwunden war. Bracke hatte nichts bei sich, womit er Feuer hätte machen können, und so tastete er sich langsam im Dunkeln vor.

Immer schwerer schien der Berg von allen Seiten auf ihm zu lasten, während Bracke tiefer in sein Inneres vordrang. Die Wände waren glatt, es gab aber regelmäßig steinerne Auswülstungen, die Bracke wie riesige Rippen vorkamen. Es ließ ihn an Sular Bulan denken und an das Beben der Erde, und er fragte sich, ob er sich womöglich in den Überbleibseln eines vorzeitlichen Wesens befand, das irgendwie zu Stein geworden war, statt zu verwesen.

Der Geruch der Tsau Dadan hing über seine gesamte Länge hinweg schwer in der Luft, und schließlich mündete der Tunnel in eine Höhle, durch die er einen Fluss fließen hörte. Er wusste nicht, wie tief oder wie breit das Wasser war, aber nachdem er sich für eine Weile weiter vorangetastet hatte, stellte er fest, dass von der Höhle zumindest noch ein weiterer Tunnel abzweigte, der in Windungen nach oben führte und definitiv nicht natürlichen Ursprungs war, denn Stufen waren in regelmäßigen Abständen in das Gestein gehauen. Er stieg sie empor und sah schließlich vor sich ein schwaches orangenes Licht.

Als er weiter darauf zuging, gelangte er in einen großen offenen Raum.

In den Tunneln und der Höhle war es kühl gewesen, beinahe kalt, aber hier war die Luft warm und hatte einen seltsamen Geruch, der ihm in der Nase kitzelte und ein Kratzen in der Kehle verursachte. Der Boden war heiß, als hätte jemand ein Feuer gemacht und dann Steine darübergelegt. Die Beleuchtung kam aus den Wänden, denen eine Art eigenes Licht innezuwohnen schien, wie es auch bei den Wänden in Veulkhs Festung gewesen war, auch wenn sich die Farben hier überwiegend auf Rot- und Gelbtöne beschränkten.

Er schritt durch den riesigen Höhlenraum mit aus dem

gewachsenen Fels gehauenen Gewölbekammern, die mit in den Stein gemeißelten Totenschädeln, Rosen, Mondsicheln und seltsamen Symbolen verziert waren, deren Bedeutung er nicht verstand. Er hielt sich so weit wie möglich von ihnen fern.

Von dort aus gelangte er in ein Labyrinth aus Gängen, von denen die meisten seit Langem ungenutzt wirkten, aber schließlich erreichte er einen Korridor, in dem er die Gerüche von Veulkh, den Raben und vor allem von Ammolit erschnuppern konnte.

Er gelangte zu einer Verzweigung, wo Ammolit und Veulkh in die eine Richtung gegangen waren und Kos und seine Krieger in die andere. Bracke brauchte nicht lange, um eine Entscheidung zu fällen.

Der Duft führte ihn zu einem Bett, in dem sie mit Veulkh gelegen hatte. Aber sie war nicht mehr dort.

Ammolit hatte die Tsau Dadan, die in der Halle warteten, nicht gesehen, aber sobald sie aus dem großen Raum heraus war, nahmen zwei sie in Empfang und führten sie lautlos durch die Gänge.

Schon nach wenigen Schritten wusste sie, dass man sie nicht zurück in den Raum brachte, in dem sie zuvor mit Veulkh gewesen war. Stattdessen begaben sich die Tsau Dadan mit ihr tiefer ins Berginnere, Treppen und abfallende Gänge hinunter, wo der Steinboden ihre Füße durch ihre Schuhe hindurch wärmte.

Jetzt verstand sie den Ausdruck, den sie in Veulkhs Augen gesehen hatte. Er war davon überzeugt, sie nicht wiederzusehen, weil sie in den Tod ging. Vielleicht bangte er auch um sein eigenes Leben. Er hatte Angst vor Marnora, daran konnte es keinen Zweifel geben. Ammolit kannte ihn zu gut, als dass er es vor ihr hätte verbergen können.

Sie fragte sich, ob sie den Wachen der Tsau Dadan entfliehen konnte, aber dann rief sie sich ins Gedächtnis, wie stark sie waren. Hätte sie doch nur auf irgendeine Weise Magie wirken können, aber so viel sie auch über die Prinzipien der Zauberei wusste, sie hatte keinerlei Ahnung, wie man sich ihrer bediente. Jedwede praktische Anwendung ging weit über ihre Fähigkeiten hinaus.

Trotz all ihrer Sucherei hatte sie Veulkhs magisches Herz nie finden können und auch nicht gelernt, sich ein eigenes zu schaffen. Vielleicht hatte der Zauberer sich deshalb nie Sorgen wegen ihrer Erkundigungen gemacht. Ohne das Wissen, wie man Synapsen schuf, war alles, was sie gelernt hatte, nutzlos.

Während sie weitergingen, wuchs die Angst in ihr.

Sie bringen mich einfach nur woandershin, versuchte sie sich einzureden. Vielleicht haben sie ja doch nicht meinen Tod im Sinn. Vielleicht wollten die Tsau Dadan sie nur als Geisel, als Druckmittel, damit sich Veulkh auf irgendeinen Handel mit Marnora einließ.

Ihre Schritte wurden stockend, aber die Affen erlaubten ihr nicht, das Tempo zu verlangsamen. Sie schoben sie grob vor sich her und machten damit all ihre Illusionen zunichte.

Das hier war ihr Ende.

Sicher, es hatte für sie Zeiten gegeben, in denen sie den Frieden des Todes herbeigesehnt hatte, doch inzwischen verhielt sich das anders. Sie wollte fort von diesem Ort, an dem sie das Gefühl hatte, ersticken zu müssen. Sie brauchte Luft. Sie spielte mit dem Gedanken, sich ihren Bewachern zu widersetzen, aber was war, wenn sie sie dann auf der Stelle umbrachten? Höchstwahrscheinlich war der einzige Grund, warum sie noch atmete, der, dass die Tsau Dadan nicht ihre Leiche tragen wollten, denn sie bewegten sich ja meist auf allen vieren. Ihren Leichnam zu tragen oder ihn hinter sich herzuschleifen wäre für sie eher mühsam gewesen.

Viel früher, als ihr lieb war, erreichten sie einen Türbogen mit Wachen auf beiden Seiten. Bei ihnen schien es sich um Menschen zu handeln, nicht um Tsau Dadan. Im Näherkommen sah sie, dass es einst Menschen gewesen waren – wahrscheinlich vor sehr langer Zeit. Jeder von ihnen steckte in einer Rüstung, aber zwischen den Halsbergen und den Helmen waren ihre Gesichter zusammengeschrumpelt, nur noch Fetzen getrockneter Haut, die am Schädel klebten. Jemand hatte ihre Augenhöhlen mit gelben Blumen verziert.

Der Raum hinter der Tür war ebenfalls mit Blumen verschönert – einige frisch, einige welk, andere fast zu Staub zerfallen. Die meisten der frischen Blumen steckten in den leeren Totenschädeln der Bewohner des Raums, von denen es viele gab – mehr, als Ammolit auf die Schnelle zählen konnte. Einige saßen auf Stühlen, andere lagen auf Sofas oder schmalen Betten. Die meisten von ihnen waren Frauen oder zumindest so gekleidet, in seltsam wunderlichen bunten Gewändern mit Bändern, Schleifen, Federn und glitzernden Steinen, und sie nahmen lebensechte Posen ein – die eine musizierte auf einer Laute, vier andere saßen um einen kleinen Tisch herum und spielten Karten, und zwei waren in inniger Umarmung versunken.

Die Tsau Dadan schoben und zerrten Ammolit weiter bis zu einem frisch bezogenen Bett mit einer bestickten Decke. Sie stand da, starrte auf das Bett und war sich nur zu bewusst, dass eines der Geschöpfe direkt hinter ihr stand. Sie drehte sich zu dem Affenmann um, und ihr Herz trommelte ihr geradezu in der Brust.

Einst, als sie vierzehn gewesen war, hatte jemand in Veulkhs Festung Äpfel für sie auf den Tisch gelegt. Sie hatte sie essen wollen, jedoch feststellen müssen, dass mehrere davon voller Würmer waren, und sie gegen eine Steinwand geworfen, wobei sie ihre Freude an dem befriedigenden feuchten Zerplatzen der Äpfel gefunden hatte.

Das Geräusch, das sie jetzt hörte, war etwas ganz Ähnliches.

Der Tsau Dadan wirkte verwirrt. Sie bemerkte, dass eine seiner Pupillen riesig und die andere ganz klein war. Er gab ein leises Glucksen von sich, das aus den Tiefen seiner Kehle drang, und kippte um. Als sich der andere daraufhin umdrehte, barst sein Kopf an der Schläfe, und Blut spritzte aus der klaffenden Wunde. Er taumelte vorwärts, die Hände nach ihr ausgestreckt, da hörte sie erneut dieses berstende Klatschen und sah, wie das Geschöpf zu seinem Gefährten auf den Boden sank.

Ammolit blickte über die toten Tsau Dadan hinweg.

»Bracke?«, stammelte sie atemlos.

Er war blutverschmiert und übel zugerichtet, aber er war es ohne Zweifel.

»Wie hast du mich gefunden?«

»Ich bin einfach dem Duft der Blumen gefolgt.«

»Oh!« Sie schaute auf ihre Hände und stellte fest, dass sie noch immer die Blüten hielt, die Marnora ihr gegeben hatte. Jetzt verstand sie, was der Zweck dieser Blumen gewesen war – sie hätten ihren Leichnam schmücken sollen.

Sie schaute wieder auf. »Kennst du den Weg nach draußen?«

»Ja.« Er lächelte. »Es ist schön, dass du wieder wie du selbst aussiehst.«

Sie fragte sich, was er damit meinte, dann bemerkte sie, dass sie nun nicht mehr Orra war. Sie war sich nicht sicher, wann sie sich zurückverwandelt hatte.

»Ja«, antwortete sie und nickte.

»Aber hör mal«, fuhr er fort. »Was geht hier eigentlich vor sich?«

»Keine Zeit. Wir müssen auf der Stelle weg von hier, bevor noch weitere von ihnen kommen. Bevor sie kommt. Reden können wir später.«

»Wer ist sie?«, hakte er nach und klang dabei ein wenig gereizt.

»Sie hatten vor, mich zu töten, Bracke, mich zu einer von all den anderen hier zu machen. Bitte, wir müssen verschwinden.«

Während sie sprach, sah er sich im Raum um, dann fragte er: »Hast du hier ein Herz gesehen? Oder etwas wie ein Herz?«

»Ein Herz? Was weißt du über Herzen?«

»Nun, ich soll das Herz eines alten Weibchens der Tsau Dadan finden. Damit kontrolliert irgendwer die Tsau Dadan. Wenn ich es finde und es ihnen zurückbringe, sind sie frei. Aber jetzt sag mir: Wer ist sie, und was geht hier vor sich?«

Ammolit versuchte mit Mühe, ihre panische Todesangst zurückzudrängen, damit sie wieder klar denken konnte. Bracke redete über die gleiche Art »Herz«, wie Veulkh eins haben sollte. Dieses Herz war es, nach dem sie über Jahre hinweg gesucht hatte – eine Synapse, aus einer Seele geformt. Er meinte zwar nicht Veulkhs Herz, aber es war für sie seit langer Zeit der erste Fingerzeig in diese Richtung.

»Marnora«, sagte sie. »So heißt sie. Eine Zauberin, und ich weiß nicht, was sie im Schilde führt. Veulkh könnte inzwischen bereits tot sein.«

»Es wäre nicht schade um ihn.«

Sie musste dieses Rätsel lösen, aber nicht hier, nicht jetzt. Es könnten jederzeit weitere Affen kommen – oder, schlimmer noch, Marnora selbst. Sie musste Bracke dazu bringen, von hier fortzugehen.

Ammolit ging schnell auf ihn zu, nahm ihn in die Arme und küsste ihn. Kostete seine Überraschung für die wenigen Sekunden aus, die er brauchte, um zu reagieren, dann sagte er immer wieder Sachen wie »warte« und »einen Moment mal«, aber sie sprürte seine Hände überall an ihrem Körper.

»Nicht hier drinnen«, sagte sie. »Nicht hier.«

Das war für ihn Ansporn genug, und er zeigte sich bereit, den Raum zu verlassen. Sie führte ihn hinaus und den Gang entlang in eine leere Kammer. Der Boden dort war sehr warm, aber nicht heiß genug, um sie zu verbrennen.

Als sie sich miteinander vereinten, sah sie plötzlich und mit unwiderstehlicher Gewalt das Bild einer anderen Frau vor sich – dunkelhäutig, mit weichem, zerzaustem Haar. Selene, die Frau aus Ophion. Es ärgerte sie ein wenig, aber gleichzeitig spürte sie, wie sich Brackes Wollust verdoppelte, und daraufhin beachtete sie die andere Frau nicht weiter.

Genauso schnell, wie es gekommen war, war das Bild wieder verschwunden.

Zum ersten Mal in ihrem Leben war es ein schönes Gefühl für sie – nicht erträglich, nicht vage angenehm wie bei ihrem ersten Mal mit Bracke, sondern wirklich, wirklich schön. Sie vergaß schnell alles andere als ihre körperlichen Empfindungen, das Kribbeln, das ihr von den Zehen und Fingern in den ganzen Leib kroch, eine Art von Dahinschmelzen und dann etwas, das sie überkam und das sie unmöglich aufhalten konnte – und auch gar nicht aufhalten wollte. Sie verlor die Kontrolle über ihren Körper, und es war eine totale, erstaunliche Überraschung.

Als es vorüber war, lag sie nur verwundert da und staunte.

Bracke lächelte sie an. »Ich wusste gar nicht, dass du das auch von allein tun kannst.«

»Was denn tun?«, fragte sie nach, aber dann sah sie es. Ihre Gliedmaßen waren länger und dunkelbraun, und das Haar fiel ihr in einer Woge von Obsidianlocken über die Schultern.

Viertes Buch

Um den Preis des Hochverrats

Erstes Kapitel

Der Ball

Die Tage flogen dahin, viel zu schnell für Chrysanthe. Sie setzte ihren Tanzunterricht fort und ebenso ihre Unterweisung in Sachen Etikette, doch bei ihr hatte sich ein Albtraum eingeschlichen: einer dieser furchtbaren Träume, in denen das Ziel, das man unbedingt erreichen musste, immer weiter außer Reichweite glitt. Wenn Bonaventure recht hatte, blieb ihr nur wenig Zeit, das Rätsel zu lösen, bis etwas Schreckliches geschah. Irgendetwas. Niemand jedoch schien zu wissen, was genau das sein würde.

Andererseits wusste sie ganz genau, was passieren würde, wenn der Tanzabend nicht zu ihren Gunsten verlief.

Zwei Tage vor dem Ball wurde Chrysanthe nachts von einem leisen Klopfen an ihrer Tür geweckt. Sie hatte ohnehin nicht tief geschlafen, und jetzt war sie hellwach, setzte sich in ihrem Bett auf und lauschte.

Das Geräusch wiederholte sich.

Sie zog ihren Dolch unter der Matratze hervor und ging zur Tür. Als sie die einen Spaltbreit öffnete, stand Emeline in ihren Nachtgewändern vor ihr.

»In Gottes Namen, lass mich rein, bevor irgendwer mich sieht!« Sobald sie im Raum und die Tür hinter ihr verschlossen war, bemerkte sie das Messer in Chrysanthes Hand. »Was willst du denn mit dem da?«

»Mitternächtliche Besucher sind nicht immer freundlich gesinnt«, antwortete Chrysanthe. »Was ist denn los?«

»Es geht um dein Kleid«, erklärte Emeline. »Das Kleid, für das Ysabel deine Maße genommen hat.«

»Was ist damit?«

»Ich habe mich in das Quartier der Näherin geschlichen, während sie fort war. Das Kleid stimmt so nicht.«

»Wie meinst du das?«

»Es sind nur Details«, erklärte Emeline, »aber sehr wichtige. Es muss mit Absicht geschehen sein.«

»Erklär mir diese Details.«

Sie hörte zu, während Emeline über die Art und Weise sprach, wie der Saum umgeschlagen war, über die Bänder an den Ellbogen, den Faltenwurf im Rücken.

»Vielleicht können wir die Näherin bestechen, damit sie es ordentlich macht«, schlug Emeline vor.

»Nein«, widersprach Chrysanthe. »Ich hole mir das Kleid morgen früh und nehme die Veränderungen selbst vor.«

»Wie willst du das machen?«

»Mit meinem Nähkästchen.«

Emeline sah sie perplex an. »Du kannst nähen?«

»Natürlich.«

»Ach«, staunte Emeline. »Und ziehst du den Pferden auch die Äpfel hinten raus, um die Felder zu düngen?«

»Das macht niemand«, stellte Chrysanthe richtig. »Die Pferdeäpfel kommen von ganz allein heraus, aber ich habe schon welche weggeschaufelt.«

»Ich glaube, ich muss mich gleich übergeben«, jammerte Emeline. »Kannst du auch putzen?«

»Wenn nötig. Und ganz sicher kann ich das Kleid umändern, wenn du mir nur erklärst, wie es richtig aussehen muss.«

Emeline nickte. »Also gut«, meinte sie und drehte sich zur Tür um, zögerte dann jedoch.

»Gibt es sonst noch was?«

»Es ist kindisch«, sagte Emeline.

»Wir sind allein.«

»Es ist nur … Zu Hause schlafe ich zusammen mit meiner alten Amme«, erklärte sie. »Ich … ich habe Schwierigkeiten, wenn es darum geht …«

Chrysanthe erwog das Ganze für einen Moment. War das hier eine weitere Falle? Aber Emeline wirkte aufrichtig bekümmert, und Chrysanthe fühlte sich ihr verpflichtet.

»Ich bin es gewohnt, zusammen mit Phoebe zu schlafen«, meinte sie, »aber Orenge wird uns am Morgen entdecken. Das könnte für allerlei Gerede sorgen, und dein Plan, so zu tun, als wären wir Feindinnen, wäre dann gescheitert.«

»Ich bin vor Morgengrauen wieder fort«, versicherte Emeline in drängendem Tonfall.

Chrysanthe zögerte immer noch. Zu Hause dachte man sich nicht viel dabei, wenn sich junge Damen in aller Unschuld ein Bett teilten. Was im Übrigen genauso für junge Männer galt.

Doch die Gepflogenheiten hier …

Aber Emeline war mit diesen vertraut, und wenn sie ihr schaden wollte, gab es kaum etwas, was Chrysanthe dagegen unternehmen konnte.

»Ich freue mich, wenn du mir Gesellschaft leisten willst«, sagte sie schließlich.

Als Emeline unter die Laken schlüpfte, hatte es ganz den Anschein, als könnte sie Chrysanthe nicht in die Augen sehen, doch sobald die Kerze gelöscht und einige Sekunden verstrichen waren, glitt die Hand des Mädchens zu Chrysanthe und legte sich auf ihre Schulter.

Innerhalb nur weniger Augenblicke hatte sich Chrysanthes Atmung verlangsamt und wurde gleichmäßig. Sie fühlte sich so geborgen wie seit Monaten nicht mehr, und sie folgte Emeline schon bald in das Reich des Hypnos. Nur einmal wachte sie kurz auf, als Emeline im Schlaf aufschrie und irgendetwas Sinnloses murmelte, ehe sie ihren ruhigen Schlummer fortsetzte.

Wie versprochen war das Mädchen vor dem ersten Morgenlicht verschwunden.

Chrysanthe richtete ihre Gedanken auf das Rätsel, das zu lösen sie fest entschlossen war. Wo hatten sich d'Ospios und Severin zu ihren Rendezvous getroffen, und welche Beweismittel könnten sie dort womöglich zurückgelassen haben? Was verbarg der Boursier, und warum hatte d'Ospios sterben müssen? Die Brücke war der Schlüssel zu dem Rätsel, dessen war sie sich sicher, wiewohl ihre vernünftigere Seite ihr immer wieder ins Gedächtnis rief, dass die Hinweise sehr dürftig waren und ihre Mutmaßungen auf nur einer von vielen möglichen Deutungen eines verschlüsselten Briefes basierten.

Sobald der Ball vorüber und hoffentlich alles gut gelaufen war, würde sie die Brücke finden und die Wahrheit aufdecken. Wenn sie sich als falsche Spur erwies, würde sie weitersuchen, bis sie die richtige fand.

Der Ball war für den Abend anberaumt, aber erste Gäste waren schon am Abend zuvor eingetroffen. Chrysanthe hatte noch nie so viele Kutschen auf einmal gesehen. Emeline hatte die Wahrheit gesagt – das hier war mehr als nur eine schlichte Tanzveranstaltung auf dem Land.

Das Chastel war in eine Art Märchenschloss verwandelt worden. Auf dem Gelände vor dem Haus waren Sofas und Tische mit silbernem Geschirr und Kristallkelchen aufgestellt worden. Fahnen und riesige Vasen voller Blumen standen in den Hallen und Sälen, und Harfenspieler und Quartette aus gemischten Instrumenten waren überall auf dem Gelände und in den Winkeln des Chastels verteilt und spielten ohne Unterlass.

Der Ballsaal grenzte an den großen Saal und war gut und gerne genauso riesig. Hunderte von Kerzen brannten in Kronleuchtern aus Gold und Elfenbein, die unter einer Decke von dunkelstem Blau hingen, die mit Abbildungen der Planeten und der Sternbilder des Tierkreiszeichens geschmückt war. Die Wände und der Boden bestanden aus poliertem weißem Marmor, und lange Teppiche aus Modjal und Codaey an den Eingängen dienten als Laufwege.

An einem Ende des Raums spielte ein Ensemble ein altes Chanson. Es war die größte Ansammlung von Musikern, die Chrysanthe je untergekommen war: eine Vielette, zwei Vielles, ein Chalamel, eine Flaut, Blockflöten dreier verschiedener Größen, eine Viole, eine Guiterne und ein Granviol. Was zu fehlen schien, war irgendeine Art von Schlagwerk – es gab nicht mal ein simples Timbrel. Das unterschied diesen Ball von allen anderen Tanzveranstaltungen, die Chrysanthe bisher besucht hatte; das Fehlen selbst der kleinsten Trommel unterstrich irgendwie die Eigenartigkeit des Abends.

Die Musik war recht schön – und gewaltig. Sie erhob sich mit immer lauterem Klang, um den ganzen Ballsaal auszufüllen, in dem eine kleinere Gruppe von Musikern womöglich völlig untergegangen wäre.

Ein junger Mann, den sie noch nie zuvor gesehen hatte, empfing sie am Eingang. Er war groß, mit smaragdgrünen Augen und kastanienbraunem Haar, trug ein perlenbesetztes Jackett, eine lange Hose aus Moireseide und ein anthrazitfarbenes Wams, was gut zu ihrem eigenen elfenbeinfarbenen Kleid mit seinem hellblauen Besatz passte.

»Danesele Nevelon?«, fragte der junge Mann.

»Ja«, antwortete sie.

»Ich bin Straton de Chalkis«, stellte er sich vor, »und ich habe die besondere Ehre, Euch mit dem hiesigen Tanzboden vertraut zu machen.«

»Klingt schmerzhaft.«

Straton runzelte leicht verwirrt die Stirn, aber dann hellte sich seine Miene auf. »Hoho«, sagte er. »Ich habe bereits davon gehört, dass Ihr recht … aufgeweckt seid.« Er hüstelte. »Nein, es ist nur so, dass ich bei Eurem ersten Tanz Euer Partner sein soll.«

»Ja, ich verstehe«, erwiderte Chrysanthe. »Ich freue mich auf dieses Vertrautgemachtwerden.«

»Darf ich Euch meinen Arm reichen?«

»Solange Ihr ihn hinterher wieder zurücknehmt, gerne«, parierte sie.

»Hoho«, sagte er erneut. »Weitere Wortspiele.«

Sie hakte ihn unter, und gemeinsam schritten sie auf die marmorne Tanzfläche. Paare von überall aus dem Raum folgten ihrem Vorbild, bis der Ballsaal – so groß er auch war – förmlich überzuquellen schien.

Für einen Moment verstummte die Symphonia, die das Orchester gerade spielte, und Stille breitete sich im Raum aus. Dann intonierte eine einzelne Viellette eine klagende Melodie. Straton umgriff eine ihrer Hände und legte die andere Hand auf ihren Rücken.

Der Tanz begann.

Zuerst konnte sie kaum etwas anderes tun, als sich darauf zu konzentrieren, ihre Füße richtig zu setzen, aber schon bald wurde offensichtlich, dass Straton ein geschickter Tänzer war, und sie traute sich zunehmend, sich seiner Führung zu überlassen. Doch wie es Emeline prophezeit hatte, barg das neue Gefahren.

Während der Tanz voranschritt, verlegte sich Straton darauf, ihren und seinen Körper geschickt näher zusammenzubringen, genau wie Emeline es vorausgesagt hatte. Es wäre ihr fast entgangen, und als sie endlich etwas von ihm wegrückte, berührten sie sich schon beinahe. Danach wurden seine Versuche subtiler: Er fiel leicht aus dem Takt und trat im falschen Moment ein wenig nach vorn, sodass ihre Schenkel sich fast berührten, oder er drehte sich während der Volte ein wenig zu weit um.

Sie richtete all ihre Aufmerksamkeit auf ihren heimlichen Wettstreit mit Straton, und alles um sie herum trat in den Hintergrund. Stratons Gesichtsausdruck blieb unverändert, als fände das alles gar nicht statt. Die Musik schien überhaupt kein Ende zu nehmen, und als sie endlich verstummte, merkte sie, wie sehr sie schwitzte. Sie machte einen Knicks, dankte ihm und verließ dann, so schnell es der Anstand zuließ, die Tanzfläche. Was den ersten Tanz des Abends anging, hätte der Kaiser seine Wette um ein Haar verloren.

Chrysanthe suchte nach einem Plätzchen, wo sie allein sein konnte, aber leider tauchte Plesance wie aus dem Nichts neben ihr auf und ergriff sie am Ellbogen. »Und? Wie hat dir Straton gefallen?«

»Er machte einen recht angenehmen Eindruck.«

»Wenn du mit ›angenehm‹ meinst, dass er ein großes Vermögen erben wird, hast du fast ins Schwarze getroffen«, meinte Plesance. »Manch eine würde sich ein höheres Ziel stecken, aber die eigenen Grenzen anzuerkennen ist durchaus eine Tugend.«

»Zweifellos.«

»Hast du deinen Tanz genossen?«

»Oh, sehr sogar«, flunkerte sie.

»Das ist gut«, antwortete Plesance. »Ich hatte schon Angst, dass unsere nördlichen Tänze völlig anders sein könnten als die, die du gewohnt bist.«

»Ein wenig unterschiedlich sind sie schon«, räumte Chrysanthe ein, »aber Straton ist ein sehr guter Partner. Ich habe mich einfach von ihm führen lassen.«

»Ah, verstehe. Gut, dann lass mich dir jetzt deinen nächsten Tanzpartner vorstellen.«

»Ich wollte eigentlich erst einmal ein wenig verschnau…«, setzte sie an, aber da schaute ein anderer Mann auf und nahm die beiden jungen Frauen zur Kenntnis, die auf ihn zukamen. Er war kleiner als Straton, und seine Lippen waren recht wulstig. Seine Wangen waren so rot, dass sie sich fragte, ob er sie wohl gepudert hatte.

Sein Name war Piers de Solon, und er war weder ein so guter Tänzer wie Straton noch so dezent in seinen Versuchen, sie zu kompromittieren. Andererseits konnte sie mit ihm besser Konversation treiben – sein Vater war Seidenhändler, und Piers hatte ihn auf mehreren Seereisen begleitet. Hinzu kam, dass er ein recht eifriger Leser war, daher tanzte sie noch ein zweites Mal mit ihm, schon da dieser Tanz ein Tardif und daher sehr langsam war, was es ihr leichter machte, seinen linkischen Annäherungsversuchen auszuweichen.

Als das Musikstück zu Ende war, verließ sie erneut die Tanzfläche und entdeckte Emeline, die sie aus einer Gruppe von Gästen heraus beobachtete. Das Mädchen bedachte sie mit einem angedeuteten Nicken und lächelte, was Chrysanthe als beifällige Anerkennung wertete.

Einen Moment später nahm Ysabel sie beiseite, um sie einem jungen Mann namens Andros vorzustellen. Er war dunkelhaarig, hatte einen olivfarbenen Teint, und sein Wams war mit roten Rosen bestickt. Er war ihr bereits zuvor aufgefallen – seine Kleidung war bei Weitem die farbenfrohste im Raum, und er hatte einen feschen kleinen Gehstock wie so mancher Mann in ihrem Heimatland.

Nachdem sie Chrysanthe und Andros miteinander bekannt gemacht hatte, ließ Ysabel die beiden unter einem Vorwand allein. Andros ertappte Chrysanthe dabei, wie sie seine Weste betrachtete.

»Ja«, sagte er, »ich bin der bunte Pfau in diesem Kreis. Und ich bitte um Entschuldigung. Ich stamme aus den Kolonien, und ich fürchte, das merkt man mir an.«

»Ihr braucht Euch nicht zu entschuldigen«, antworte Chrysanthe. »Ich vermisse hier die Farben. Ich komme auch aus einem weit entfernten Land – aus Mesembria.«

»Aus Laham?« Er zog die Brauen hoch.

»In der Tat.« Sie lächelte. »Port Bellschiff. Und woher stammt Ihr?«

»Aus Elaph«, erwiderte er.

»Ach ja«, sagte sie. »In Gawey.«

Er erwiderte ihr Lächeln. »Nur wenige Menschen würden wissen, wo das liegt.«

»Und wie seid Ihr hier gelandet?«, wollte sie wissen.

Er zögerte kurz, dann verzog er die Lippen zu einem schwachen Grinsen. »Auf die gleiche Weise wie Ihr, vermute ich mal. Mein Vater ist Admiral der Cocytus-Flotte.«

Sie blinzelte verwundert. »Damon Charron ist Euer Vater?«

»Ah, Ihr habt von ihm gehört?«

»Selbstverständlich. Mein Vater ist Alastor Nevelon. Die beiden haben vor vielen Jahren zusammen gedient.«

Ihm klappte für einen Moment die Kinnlade herunter. »Alastor Nevelons Tochter«, sagte er. »Wie erstaunlich! Dass wir beide uns auf solche Weise kennenlernen.«

»So erstaunlich nun auch wieder nicht, wenn man bedenkt, wer uns miteinander bekannt gemacht hat. Wohnt Ihr hier irgendwo in der Nähe?«

»Ganz und gar nicht«, antwortete er und wirkte plötzlich ein wenig verärgert. »Ich wurde in Leonsmere einquartiert.« Dann grinste er. »Aber ich verstehe, was Ihr meint. Zwei Geiseln aus den Kolonien, die sich auf der Tanzfläche begegnen. Welche Belustigung man sich da wohl erwartet?«

»Kennt Ihr diese Tänze?«

»Nur vom Hörensagen, aber es spielt ohnehin keine Rolle. Ich kann nicht tanzen.«

»Ihr könnt nicht, oder Ihr wollt nicht?«

»Ich kann es nicht. Wenn ich tanzen könnte, wäre ich nicht hier, sondern bei der Flotte.« Dann sah er an sich herab, und sie folgte seinem Blick zu dem Gehstock. »Das ist keine Marotte, versteht Ihr.«

»Ach«, murmelte sie, »das tut mir leid.«

»Tja, es lässt sich nicht ändern, und ganz bestimmt ist es nicht Eure Schuld. Aber ich bin auf einem Kriegsschiff nutzlos, also bin ich stattdessen hier. Zumindest habe ich hier angenehme Gesellschaft.«

Sie überlegte krampfhaft, was sie als Nächstes sagen sollte, als die Musik abrupt aufhörte und dann erneut einsetzte, doch jetzt war es eine drastisch veränderte Melodie. Alle hielten mitten in ihrem Tun inne und starrten zum Saaleingang hin, wo gerade ein Mann eintrat.

Er war jung an Jahren, hatte flachsblondes Haar und war tadellos gekleidet.

»Wer ist das?«, flüsterte sie.

»Das«, klärte Andros sie auf, »ist mein gegenwärtiger Gönner und Gastgeber, Prinz Heron.«

Da erkannte sie auch die Musik. Es war kein Tanz, sondern eine königliche Fanfare. Neugierig sah sie zu, wie der Prinz am Ende des Teppichs stehen blieb und wartete, und sie fragte sich, was wohl als Nächstes geschehen würde.

Einige Zeit verstrich, die ihr sehr lang vorkam, und es tat sich immer noch nichts.

Dann beugte sich Andros ein wenig vor und flüsterte ihr ins Ohr: »Ich glaube, er wartet auf Euch.«

Der Prinz hatte weiche Hände, während sich seine Fingernägel wie Glas anfühlten. Aus der Nähe betrachtet war er durchaus hübsch, von einer geradezu zierlich-zarten Art. Seine Augen waren hellbraun mit einem Anflug von Grün.

Chrysanthe überlegte, ob sie sich dafür entschuldigen musste, dass sie ihn hatte warten lassen, kam dann aber zu dem Entschluss, dass dies die ganze Sache vielleicht nur noch verschlimmern würde.

Warum, in Gottes Namen, hatte Ysabel den Sohn des Kaisers zu einem Ball eingeladen, der doch angeblich zu Chrysanthes Ehren veranstaltet wurde? Heron stand lächerlich weit über ihr. Die einzig mögliche Erklärung war, dass sein Auftauchen etwas mit der Wette des Kaisers zu tun hatte. Aber war Heron hier, um dafür zu sorgen, dass sein Vater die Wette gewann oder dass er sie verlor? Sie wusste nichts über das Verhältnis von Vater und Sohn. Tanzte man mit einem Prinzen anders? Hatte sie sich bereits selbst ins Verderben gestürzt, indem sie ihn hatte warten lassen?

Sie wusste es nicht und konnte nur tun, was sie für richtig hielt.

Die Musik setzte wieder ein, ein bekanntes altes Lied, das für die Tänze der Corsacors umgeschrieben worden war.

Heron war ein begabter Tänzer, wenngleich nicht so elegant wie Straton oder so energisch wie Piers. Zuerst tanzten sie allein, aber als sich die Melodie dann wiederholte, gesellten sich andere Paare zu ihnen auf die Tanzfläche, bis sie voll war.

Inzwischen umspielte ein leises Lächeln Herons Lippen, als hütete er ein Geheimnis.

»Ihr seid Chrysanthe Nevelon, nicht wahr?«, fragte er.

»Ja, Euer Hoheit.«

»Ihr tanzt sehr gut für eine Anfängerin. Ihr müsst einen hervorragenden Lehrmeister gehabt haben.«

Sie spürte, dass sie rot wurde. »Das habt Ihr bemerkt, Euer Hoheit?«

»Ich bin sehr aufmerksam.«

»Ich hoffe, ich bin nicht allzu unbeholfen.«

»Auf gar keinen Fall«, versicherte er. »Ich genieße unseren Tanz sehr.« Sein Lächeln wurde breiter. »Ihr habt meinen Freund Andros bereits kennengelernt?«

»Ja, Euer Hoheit.«

»Das ist gut. Es freut mich, dass Ihr Euch miteinander bekannt gemacht habt.« Sein Lächeln wurde zu einem Grinsen. »Ihr habt bei Hof einen nicht unbeträchtlichen Eindruck hinterlassen. Mein Vater war sehr von Euch angetan. Auch wenn es jetzt ein nach Euch benanntes musikalisches Divertissement gibt, das durch und durch grauenvoll ist. Ich musste das Stück zweimal über mich ergehen lassen.«

»Oh, das tut mir überaus leid, Euer Hoheit.«

»Seid versichert, dass ich den Gegenstand der Komposition viel lieber mag.«

»Es ist sehr freundlich von Euch, das zu sagen.«

Der Tanz war zu Ende. Sie machte einen Knicks, der Prinz

deutete eine Verbeugung an und küsste ihr dann die Hand, und alle im Raum applaudierten.

Als das nächste Stück begann, entfernte sich Chrysanthe von der Tanzfläche und versuchte, den Blicken auszuweichen, die sie von allen Seiten trafen. Der Prinz tanzte nicht noch einmal, sondern ging stattdessen zu Andros. Sie unterhielten sich kurz, dann verließ Heron den Saal.

Chrysanthe nutzte den Moment, um zu verarbeiten, was gerade passiert war. Der Prinz hatte keinerlei Anstalten gemacht, sie eng an sich zu ziehen, aber obschon er durchaus offen und aufrichtig wirkte, hatte er auch die Wette seines Vaters mit keinem Wort erwähnt. War es möglich, dass er gar nichts davon wusste und aus einem anderen Grund hier war?

Was auch immer der Fall sein mochte, sie schien seine Anwesenheit überlebt zu haben.

Immer mehr Gäste starrten sie an, und Chrysanthe wusste nicht, was das zu bedeuten hatte. Plesance strahlte regelrecht, was kein gutes Zeichen sein konnte. Auch Ysabel schien sie von der anderen Seite des Saals aus aufmerksam zu beobachten.

Auf einmal wünschte sie sich sogar, jemand würde sie zum Tanz auffordern, doch niemand der anwesenden Herren näherte sich ihr, als würden sie alle ganz bewusst Abstand von ihr halten.

Chrysanthe bemerkte Margot auf der anderen Seite des Raums, die sie regelrecht anstarrte, aber als Chrysanthe ihren Blick erwiderte, eilte sie durch eine Tür davon.

Allmählich begann Chrysanthe zu verstehen, und ihr wurde schwer ums Herz.

Andros kam auf sie zugehumpelt, und Panik machte sich in ihr breit. Während er näher kam, machte er auf sie ganz den Eindruck, als fühlte er sich absolut unbehaglich, was die Sache für sie nicht besser machte, und als er sie erreichte, sagte er: »Lasst mich zuerst sagen, dass mir die Sache schrecklich leidtut.«

Sie lächelte, so gut sie konnte, und bemühte sich, ihre Stimme möglichst leise zu halten. »Tut das nicht«, bat sie. »Ich weiß, wir sind keine Freunde, aber ich flehe Euch an, tut das nicht.«

»Immer mit der Ruhe«, entgegnete er. »Wenn Ihr Euch weigert, wird alles nur noch schlimmer. Ich wünsche Euch nichts Böses. Ja, ich mag vielleicht nicht Euer Freund sein, aber Ihr habt einen Freund, eine junge Frau, und sie bittet Euch, ihr zu vertrauen, was ich Euch auch dringendst anrate.«

Etwas schien sich in der Musik zu verändern; es war Chrysanthe, als hörte sie sie zum ersten Mal. Um sie herum tanzten die Paar weiter, als wären sie die einzelnen Teile eines großen Uhrwerks.

»Soll ich Euren Arm nehmen?«, fragte sie.

»Das dürfte mir beim Gehen helfen.«

Sie versuchte, die Blicke zu ignorieren, mit denen man sie bedachte, die spitzen Bemerkungen hinter vorgehaltener Hand, während Andros sie aus dem Saal geleitete. Schließlich schritten sie durch Flure, die sie noch nie zuvor gesehen hatte, und gelangten zur Tür einer Suite, vor der zwei Wachen in kaiserlicher Uniform standen.

Gleich rechts der Suite saßen in einem kleinen offenen Salon mehrere Höflinge zusammen, die Karten spielten. Unter ihnen befanden sich auch Tristan und Marie, Plesance' Eltern, und ein Parfait, den sie aus der Basilika kannte.

Die Blicke der Männer und Frauen richteten sich auf Chrysanthe, als sie mit ihrem Begleiter vorbeiging.

Sie spürte ein Engegefühl in der Brust, als versuchte ihr Mieder, sie zu ersticken, während eine der Wachen die Tür zur Suite öffnete. Sie warf einen Blick zu Andros, der ihr leicht zunickte. Also trat sie hinein, und die Tür schloss sich hinter ihr.

Sie blieb stehen, roch die parfümierte Luft und ließ ihren Blick langsam über die Wandgemälde und Skulpturen schweifen. Zwei Sessel standen vor dem Kamin, doch nur einer davon war besetzt.

Es gab drei offene Türen. Hinter zweien konnte sie keine besonderen Details erkennen, doch hinter der dritten stand das größte Bett, das sie je gesehen hatte. Sie fragte sich, ob jemand hier wohnte, wenn keine Prinzen im Haus waren.

Emeline stand von ihrem Sessel am brennenden Kamin auf und kam auf sie zu. »Du hast deine Sache sehr gut gemacht«, sagte sie. »Dein Tanz war nicht perfekt, aber das wird dir keinen Kummer verursachen.«

»Nein«, erwiderte Chrysanthe, »mein Tanz nicht. Aber dieser für mich unerwartete Besuch …«

Die junge Frau trat auf sie zu und umarmte sie. »Ich habe gewusst, dass ich mich auf dich verlassen kann. Auch wenn du Angst um dich hattest.«

»Ich habe immer noch Angst um mich«, antwortete Chrysanthe. »Kannst du mir bitte erklären, was hier vor sich geht?«

»Deine Feinde waren sich nicht sicher, ob du beim Tanzen scheitern würdest, daher haben sie dir noch eine weitere Falle gestellt.«

»Prinz Heron.«

»Genau«, bestätigte Emeline. »Jeder soll denken, du hättest mit ihm das Bett geteilt, obwohl dir ja klar sein müsste, dass du nie die seine sein kannst.«

»Verstehe«, antwortete Chrysanthe und gab sich alle Mühe, ihren Zorn zurückzuhalten, »und du hast davon gewusst und mich nicht gewarnt. Waren all deine Unterrichtsstunden und deine Aufmerksamkeiten mir gegenüber nur eine List, um sicherzustellen, dass ich in diese Falle gehe?«

Offenbar völlig ungerührt stellte sich Emeline auf die Zehenspitzen und küsste sie auf die Stirn. »Ich habe dir erzählt, dass ich verlobt bin«, antwortete sie. »Aber nicht, mit wem.«

Plötzlich begriff Chrysanthe. »Mit dem Prinzen?«

»Ja.« Sie lächelte. »Und tatsächlich sind wir einander nicht nur versprochen, wir sind verheiratet. Aber es ist ein Geheimnis, niemand weiß davon, und bis jetzt war es uns unmöglich, uns ganz allein miteinander zu treffen. Du hast es möglich gemacht.«

»Das verstehe ich nicht«, bekannte Chrysanthe. »Wenn ihr verheiratet seid, warum haltet ihr es geheim?« Aus dem Augenwinkel nahm sie eine Bewegung wahr.

»Weil mein Vater die Ehe nicht billigt.« Heron trat in den Raum. Er hatte sich umgezogen und trug nun einen Hausmantel. »Wir wurden einander vor langer Zeit versprochen, aber seither haben sich die politischen Bedingungen verändert und mit ihnen unsere Situation. Doch ich habe so viele Jahre von Emeline als meiner Braut geträumt – und ich bin ein Mann, der zu seinem Wort steht, auch wenn das bei meinem Vater anders ist. Irgendwann wird alles gut werden, aber im Moment ist es nicht klug, ihm – oder irgendjemandem sonst – davon zu erzählen, wie es zwischen uns beiden steht. Ihr habt uns einen großen Dienst erwiesen, Danesele.« Er lächelte. »Wisst Ihr, es ist schon lustig. Mein Vater hat mich hergeschickt, um Euch zu helfen. Von meinem wahren Grund, warum ich mich darauf einließ, ahnt er nichts.«

»Ihr habt von der Wette Eures Vaters gewusst?«

»Natürlich, und ich habe ihm geholfen, sie zu gewinnen, was ihn etwas nachsichtiger stimmen wird, wenn er von meiner Heirat erfährt.«

»Wie könnte Euer Vater die Wette denn gewonnen haben?«, begehrte Chrysanthe auf. »Der Ball sollte mich als unsittliches, liederliches Frauenzimmer entlarven, und das ist diesen Intriganten gelungen, da doch jetzt alle glauben, ich wäre mit Euch ins Bett gegangen. Das ist sogar noch viel schlimmer als das, was sie ursprünglich geplant hatten. Euer Vater wird meinem Vater womöglich sein Vermögen entreißen.«

»Das wäre noch das Mindeste«, erwiderte Heron. »Zudem wird er wahrscheinlich einen Vorwand finden, Euch einkerkern zu lassen. Mein Vater macht einen liebenswürdigen Eindruck, wenn man ihn nicht kennt, aber in Wirklichkeit ist er ziemlich gewissenlos.«

Chrysanthe öffnete den Mund, um etwas zu erwidern, doch ihr fehlten die Worte. Sie wollte die beiden anschreien, wusste aber, dass sie das nicht tun konnte. Sie musste irgendetwas sagen, das all das ungeschehen machen würde – so wie bei einer Kindergeschichte mit einem eigentlich unmöglichen glücklichen Ende, bei der am Schluss plötzlich alle wieder lebendig wurden.

»Prinz ...«, begann sie, ohne eine Ahnung zu haben, wie sie fortfahren sollte.

»Scht!«, zischte Emeline. »Du machst dir grundlos Sorgen. Du hast uns einen Gefallen getan, und den müssen wir dir erwidern.«

»Natürlich müssen wir das, mein Täubchen«, unterstrich Heron und trat auf Emeline zu, um sie auf die Lippen zu küssen. Dann fasste er Chrysanthe am Arm und führte sie zur Tür. Er lächelte sie an, holte tief Luft und begann zu schreien.

»Wie kannst du es wagen, mir einen Korb zu geben, du frigide putain? Für wen hältst du dich, dass du eine so hohe Meinung von dir hast?«

Nach dem anfänglichen Schreck fand sie, dass er es mit seiner Schauspielerei ein wenig übertrieb.

Abrupt riss er die Tür auf und stieß sie grob hindurch. »Geleitet sie zurück in das Kloster, welches auch immer sie hervorgebracht hat!«, blaffte er Andros an. »Dann setzt den Hausherrn in Kenntnis, dass ich müde bin und an dem, was man an diesem gottverlassenen Ort als Fest bezeichnet, nicht weiter teilnehmen werde!« Damit schlug er die Tür zu.

»Danesele«, sagte Andros und bot ihr den Arm.

Als sie an den Kartenspielern vorbeigingen, wirkten diese etwas verstört – bis auf Tristan d'Othres, der anerkennend nickte, und sie sah, dass seine Lippen sich bewegten. Sie glaubte zu erkennen, was er da raunte.

Braves Mädchen.

Sobald sie allein waren, lehnte sich Chrysanthe gegen eine Wand.

»Alles in Ordnung mit Euch?«, fragte Andros.

Sie lachte. Ihre Nerven waren immer noch angespannt. »Frigide putain?«

»Nun ja, er ist kein großartiger Schauspieler«, flüsterte Andros, »aber seine Worte ließen keinen Zweifel an Eurer Tugendhaftigkeit. Ihr habt einen Prinzen abgewiesen, was nur wenige Frauen tun würden. Das wird Euren Leumund noch erheblich verbessern.«

»Ihr hättet mich warnen können.«

»Dann hätte vielleicht Euer Auftritt darunter gelitten. Außerdem war die Prinzessin der Meinung, so wäre es … spaßiger.«

»Für sie.«

»Natürlich«, sagte er.

»Und wie geht es jetzt weiter?«

»Jetzt müsst Ihr auf den Ball zurückkehren«, erklärte er. »Er findet schließlich zu Euren Ehren statt.«

»Ich glaube mehr und mehr, dass er aus einem ganz anderen Grund veranstaltet wird«, wandte sie ein.

Crespin nahm einen Schluck aus der Flasche, die Renost ihm hinhielt, und hätte das Getrunkene beinahe gleich wieder ausgespuckt.

»Merde!«, japste er. »Was ist denn das?«

»Etwas aus Velesa.« Mit einem Schulterzucken nahm Renost die Flasche wieder an sich. »Ich habe sie im Tausch erworben.«

»Das Zeug ist wirklich bemerkenswert widerwärtig«, fand Crespin, während sein engster Freund abermals aus der Flasche trank.

»Und bemerkenswert stark«, setzte Renost dagegen und gab ihm die Flasche zurück.

Crespin nickte.

Die beiden saßen am Rand einer Klippe mit Blick über Hhark, während der dunkelrote Rand von Helios der schwarzen Ferne des Horizonts immer näher kam. Die Aussicht auf die Küste – vor allem nach Süden hin – war hervorragend, und Crespin würde daher empfehlen, hier einen Wachposten einzurichten, sobald sie ins Lager zurückkehrten, was allerdings erst am Morgen der Fall sein würde. Der Aufstieg im hellen Tageslicht war schon gefährlich genug gewesen. Der Versuch einer Rückkehr in der Dunkelheit wäre Selbstmord, zumal die Erde mit erschreckender Regelmäßigkeit erbebte, wenn auch nur leicht.

»Was meinst du, sollen wir ein Feuer machen?«, schlug Renost vor.

»Ich glaube nicht, dass es allzu kalt wird«, meinte Crespin, »und wir dürften Mondlicht genug haben, um diese Flasche zu leeren.«

»Wieder eine Nacht auf nacktem Boden!«, schimpfte Renost. »Da hätten wir genauso gut zur Infanterie gehen können.«

»Oder zur Handelsflotte«, versetzte Crespin. »Oh, Moment mal … genau dort sind wir ja gelandet.«

Renost senkte den Blick ein wenig.

»Was ist los?«, erkundigte sich Crespin.

»Nichts.« Renost nahm die Flasche wieder an sich und hielt sie hoch. »Auf die Versorgungskette!«

»Wir haben gekämpft«, erinnerte ihn Crespin. »Wir haben unsere Sache gut gemacht.«

»Dein Mädel hat seine Sache gut gemacht«, entgegnete Renost. »Anderenfalls würden wir jetzt alle als Pökelfleisch in der Strömung treiben.«

Das traf ihn. Crespin wollte sich eigentlich nicht auf das Thema einlassen, aber die Wirkung des starken Getränks machte sich schon allzu deutlich bemerkbar. »Möchtest du mir etwas sagen, Renost?«

»Nichts von Belang.«

»Doch«, versetzte Crespin. »Schon seit Beginn dieses Feldzugs bist du launisch, ohne dass ich dafür irgendeinen Grund erkennen kann. Doch ich spüre auf Schritt und Tritt, dass du mich verurteilst. Was stört dich an mir?«

»Ich bin undankbar«, antwortete Renost, »das ist alles. Der Fehler liegt bei mir.«

»Renost ...«

»Warum wolltest du mich unbedingt dabeihaben?«, blaffte Renost. »Du hast die Marine verlassen, weil du nicht den Mut hattest, dich deinem Vater zu widersetzen, aber warum hast du es so einrichten müssen, dass ich es ebenfalls tun musste?«

»Renost, es war ein Vorschlag. Du hättest Nein sagen können. Ich habe nur gedacht ...«

»Dass ich dir bis ans Ende der Welt folge?«, fiel ihm Renost ins Wort. »Ja, aber warum? Warum hast du das gedacht?«

»Wir sind schon fast seit unserer Geburt enge Freunde. Wir haben alles zusammen gemacht, so viel gemeinsam erlebt. Ich dachte, du würdest ...« Crespin suchte vergeblich nach den richtigen Worten.

In diesem Moment beugte sich Renost vor – und küsste ihn!

Die Überraschung währte nur einen flüchtigen Moment, dann ... erwiderte Crespin die Umarmung, und für lange Zeit waren überhaupt keine Worte mehr nötig. Er war wieder ein kleiner Junge, ohne Sorgen und ohne Pläne für die Zukunft.

Die Nacht brach an, und irgendwann schliefen sie ein. Es war kälter, als Crespin erwartet hatte, aber ihrer beider Körperwärme genügte. Als er erwachte, war Renost bereits auf und blickte in den Sonnenaufgang hinaus. Ein neuer Tag. Der erste von vielen.

»Guten Morgen, mon vieil«, sagte er.

»Guten Morgen, Käpt'n«, erwiderte Renost. »Ich glaube, es ist jetzt hell genug, um den Rückweg nach unten anzutreten.«

»Das hat keine Eile.«

Renost drehte sich zu ihm um. »Für mich schon«, erklärte er. »Die Tethys wird kurz nach Mittag in See stechen.«

»Die Tethys? Ein Kriegsschiff?«

»Ich habe mit deinem Vater gesprochen«, eröffnete ihm Renost. »Er hat sich einverstanden erklärt, mich wieder zur Marine zu versetzen.«

»Renost, warum? Ich dachte ...«

»Sag mir, dass sich irgendetwas geändert hat, seit die Sonne das letzte Mal untergegangen ist, und ich werde zu deinem Vater zurückkriechen und ihn anbetteln, auf der Leucothea bleiben zu dürfen.«

»Geändert?«

»Ich liebe dich, Crespin. Ich habe dich immer geliebt.«

»Und ich liebe dich, Renost, aber ... Was denkst du dir dabei? Dass wir beide heiraten könnten? Dass wir Kinder großziehen? Gemeinsam unsere Plätze in der Welt einnehmen?«

»Es gibt Plätze, an denen nichts von alledem eine Rolle spielt.«

»Es spielt eine Rolle für mich!«

»Das weiß ich.« Renost seufzte. »Ich habe es auch gestern Nacht gewusst, und ich wusste auch, wie es enden würde.«

»Dann ...« Crespin hob hilflos die Hände.

»Schon gut«, meinte Renost. »Es ist alles in Ordnung. Du wirst immer mein Freund sein, daran kann niemals ein Zweifel bestehen. Aber wenn du dir ein eigenes Leben suchen musst, dann gilt das auch für mich. Doch ich werde es nie finden, wenn ich dir wie ein heimatloser Welpe folge. Das verstehst du, oder?«

»Wie ist das alles nur so kompliziert geworden?«, klagte Crespin. »Es war alles so einfach, so klar.«

»Für dich«, entgegnete Renost. »Für mich ist es nie einfach oder klar gewesen. Schon seit vielen Jahren nicht mehr.«

»Das wusste ich nicht, das schwöre ich dir. Ich habe immer gedacht, du hättest ein Auge auf Chrysanthe geworfen.«

Renost lachte leise. »Ich liebe sie natürlich ebenfalls, und wahrscheinlich habe ich von einer Welt geträumt, in der wir drei auf irgendeine fantastische Art und Weise zusammenbleiben könnten. Du als meine wahre Liebe, sie als unsere beste Freundin und Fürsprecherin. Doch wir sind keine Kinder mehr, und damit jeder von uns seinen Weg gehen kann, müssen wir uns trennen.«

Crespin trat zu seinem Freund, und als sie einander umarmten, musste Crespin gegen seine Tränen ankämpfen. »Eigentlich kommt es dir nicht zu, der Weise von uns beiden zu sein, Renost.«

»Der werde ich auch niemals sein.«

Zweites Kapitel

Verwandlung

Ammolit hob die ihr unvertraute Hand und besah sie sich. Zugleich hörte sie in ihrem Kopf einen hellen, melodischen Ton. Es war die Uhr, wie sie am Morgen ihres sechzehnten Geburtstags geschlagen hatte. Es war die Spanne zwischen einem Atemzug und dem nächsten gewesen, in der sich alles verändert hatte.

»Ich mache es«, sagte sie sehr leise und starrte auf ihre Finger, die seltsam braune Farbe der Nagelhaut. »Ich mache es selbst. Es ist nicht der Wein. Es ist nicht Veulkh.« Ihre Stimme wurde lauter. »Ich bin es!«

Bracke starrte sie mit immer größer werdenden Augen an.

»Ich mache es selbst!«, schrie sie. »Es bin immer ich gewesen!«

Ihr Atem ging heftig und stoßweise, und ihr war heiß.

Bracke rappelte sich hoch. »Still«, mahnte er. »Jemand wird uns hören …«

Sie ballte die Fäuste und schlug nach ihm.

»Ich!«, brüllte sie, und Tränen des Zorns quollen ihr aus den Augen. »Ich!«

Es war ein schönes Gefühl, ihre Fäuste auf seinem Fleisch. Es fühlte sich wunderbar an, trotz des gekränkten Ausdrucks in seinem Gesicht. Vielleicht auch gerade deswegen.

Er wich ein kleines Stück zurück, versuchte aber nicht, sie aufzuhalten – und endlich legte sich ihr Zorn, und sie sank an seine Brust. »Es bin immer ich gewesen«, seufzte sie. »Was bin ich, Bracke? Was bin ich?«

»Du bist Ammolit«, antwortete er. »Und das ist alles, was für mich zählt.«

»Aber du wolltest sie, du wolltest Selene. Genau wie er Orra wollte.«

»Für einen Moment«, räumte er ein. »Irgendwie. Ich fühle … Dinge, die ich nicht verstehe. Aber ich will nicht, dass du Selene bist. Das habe ich mir nicht gewünscht. Na ja, nicht direkt.«

Während er sprach, bemerkte sie, dass ihre Arme wieder hell und dünn waren. Sie war wieder sie selbst … falls es denn irgendetwas bedeutete. Gab es überhaupt eine Ammolit? Oder war auch diese Gestalt nur eine Erscheinung, die sie sich einst für sich gewünscht hatte?

»Bracke …« Sie legte beide Handflächen an seinen Kopf.

»Was?«, fragte er.

»Warte«, bat sie. »Warte einfach.«

Er stand reglos da, während sie in ihn hineinzugreifen suchte, aber dann verstand sie, dass sie ihn für das hier nicht wirklich brauchte.

Bracke schnappte heftig nach Luft und machte einen Schritt zurück. »Für derlei habe ich nicht viel übrig. Auch wenn ich mir nicht ganz sicher bin, was du vorhast.«

Sie öffnete die Augen, aber sie spürte bereits den Unterschied, die Art und Weise, wie ihr Körper zusammengesetzt war, sein Gleichgewicht.

Jetzt war sie Bracke, inklusive – allem.

»Ich hätte einer der Raben werden können. Oder sogar Veulkh selbst. Ich hätte … in jenem ersten Jahr …« Sie schloss erneut die Augen und ließ ihren Körper sich wieder verwandeln. »Ich bin so dumm gewesen.«

»Nein, hör zu. Du hast jetzt einen Vorteil. Du weißt Bescheid, und er weiß es nicht. Und …« Er brach ab. »Sag es mir schnell, erzähl mir alles. Wer ist Marnora?«

Sie sagte es ihm, und er hörte zu, und sein Lächeln wurde immer breiter.

»Veulkh denkt also, du wärst tot«, sagte er, als sie zum Ende gekommen war. »Das ist ja noch besser. Du könntest die Gestalt eines dieser Affen annehmen und auf die gleiche Weise verschwinden, wie ich hereingekommen bin und ... Nein, das funktioniert nicht. Du müsstest dich auf die Suche nach Martin machen, aber du würdest dich wahrscheinlich im Dschungel verlaufen ...«

»Aber du wärst doch bei mir.«

Er schüttelte den Kopf. »Ich muss erst das Herz finden.«

»Das Herz ...«, wiederholte sie. »Erzähl mir mehr davon.«

Und dann war es an ihr, ihm zuzuhören.

»Darüber weiß ich ein wenig«, ließ sie ihn anschließend wissen. »In den Büchern ist von vielen verschiedenen Arten von Herzen die Rede, aber im Allgemeinen sind es keine echten Herzen, sondern mehr so etwas wie ...« Sie brach ab und überlegte, wie sie ihm erklären konnte. »Sie sind mehr wie Schlüssel«, sagte sie schließlich.

»Schlüssel? Schlüssel wofür?«

»Die Welt ist aus verschiedenen Elementen und Kräften zusammengesetzt«, erläuterte sie. »Die Art und Weise, wie sie beschaffen ist, hat eine eigene Sprache und Struktur. Was wir Zauberei nennen – was Veulkh zu vollbringen vermag –, gelingt nur, wenn man diese Struktur erkennt und sie versteht und entsprechend nutzt. So wie ein Schmied ein bestimmtes Metall wählt und daraus mit Feuer und Kraft nützliche Dinge formt. Oder wie wenn jemand eine Windmühle baut, indem er dafür Holz und Steine aussucht und beides mit Werkzeug bearbeitet, um dann sein Wissen über Wind, Mechanik und Reibung einzusetzen. Zauberer nehmen dafür Erde, Feuer, Wasser, Luft und Geist und formen daraus feste Gegenstände, Gerätschaften, die sie zu ganz speziellen Zwecken einsetzen können.« Sie dachte an all das, was sie darüber gelesen hatte. »Die Synapsen zum Beispiel – die Orte, an denen sie sich über große Entfernungen hin und her bewegen können –, wurden vor langer Zeit aus den Elementarkräften geformt, die die ersten und mächtigsten der Zauberer entdeckten, doch nicht jeder kann von derlei Dingen Gebrauch machen. Ein Zauberer muss dafür entweder über einen Schlüssel verfügen, ein Herz, oder irgendwie einen herstellen. Die Tsau Dadan dienten einst den Herrschern von Sular Bulan, und die müssen eine Art Schlüssel geschaffen haben, damit sie ihnen hörig waren. Aber dieser Schlüssel ist entweder gestohlen worden oder ging verloren. Marnora muss ihn gefunden haben, oder sie hat einen neuen angefertigt. Er könnte alle möglichen Formen haben.«

»Sie wird ihn wahrscheinlich stets in ihrer Nähe haben.«

»Wahrscheinlich«, pflichtete Ammolit ihm bei.

»Oder er ist in dem Raum versteckt, in dem ich dich gefunden habe, bei all ihren Trophäen?«

»Warum sollte das Herz dort sein?«

Er zuckte mit den Schultern. »Es ist der einzige Ort, der mir einfällt, an dem wir danach suchen könnten. Was kann es schon schaden?«

»Bracke, geh nicht noch einmal dorthin«, bat Ammolit. »Dieser Raum macht mir Angst.«

»Ich bin in Veulkhs Festung eingedrungen, ohne dass er mich bemerkt hat. Mir scheint, hier ist es ebenso. Über welche Zauber diese Hexer und Hexerinnen auch immer verfügen, um Eindringlinge aufzuspüren, ich bin davor gefeit.« Er grinste übermütig. »Mir passiert schon nichts.«

»Sie wird jedoch wissen, wo ich bin«, wandte sie ein.

»Ich kann dir den Weg hinaus zeigen.«

»Nein«, entschied sie. »Wir gehen beide zurück. Gemeinsam.«

»Oh, meine Liebe«, erklang eine mädchenhafte Stimme. »Ihr wartet auf mich, wie ich sehe.«

Ammolit wusste nicht recht, wie viel Zeit verstrichen

war – Stunden wahrscheinlich, aber es hätte auch ein ganzer Tag sein können. Sie und Bracke hatten den Raum und seine toten Bewohner endlos lange durchsucht, doch sie hatten nichts gefunden, was einem Herzen ähnelte.

»Natürlich«, antwortete sie, erneut in der Gestalt von Orra. Sie wartete auf dem Bett, das für sie hergerichtet worden war.

Marnora war eingetreten, und mehrere ihrer Diener folgten ihr und trugen etwas. Im nächsten Moment erkannte Ammolit, dass es Veulkh war.

»Was habt Ihr denn mit meinen armen Dienern gemacht?«, fragte Marnora und wies auf die toten Tsau Dadan.

Ammolit zuckte mit den Schultern. »Sie haben mich nicht gut behandelt.« Sie deutete auf Veulkh. »Ist er tot?«

»Natürlich nicht. Ich habe ihn einst recht gern gehabt, wie Ihr sicherlich aus unseren Worten geschlossen habt. Aber ich muss ihn für einige Zeit aus dem Spiel nehmen. Es geschieht zu seinem eigenen Wohl, und wenn alles vorbei ist, wird er es mir danken.« Sie lächelte.

Einer der Tsau Dadan schaffte einen Sessel herbei, und Marnora nahm darin Platz. Es war kein großer Sessel, aber trotzdem wirkte sie viel zu klein dafür. Sie saß da und betrachtete Ammolit schweigend, runzelte leicht die Stirn und wirkte ein wenig ungeduldig.

Schließlich erschien einer der Tsau Dadan mit einem dunkelgrünen Gewand in den Händen, das mit schwarzer Spitze besetzt und mit kleinen weißen und perfekt runden Perlen bestickt war.

»Zieht Euch dies an«, forderte Marnora. »Ich warte so lange.«

Ammolit knöpfte das Kleid auf, das sie trug. »Ich habe mir überlegt, was Ihr hier wohl macht«, sprach sie währenddessen. »Veulkh hat geglaubt, diesen Ort leer vorzufinden. Er wollte irgendetwas tun, etwas Magisches für die Kryptarchia. Aber was?«

Marnora zog die Mundwinkel kaum merklich nach unten. »Ich trage diese Gestalt schon sehr lange. Ich bin gealtert und wurde wieder jung. Ich bin aus der Zeit selbst heraus- und wieder hineingetreten. Die meisten, die in meiner Schuld standen, sind längst Staub, und doch sind immer noch einige von ihnen übrig, und ich bin definitiv ein Gewohnheitstier. Meine Gewohnheit … nun, ganz ehrlich, sie besteht darin, zu tun, was ich will, und ich habe mir gedacht, es wäre schön, Veulkh wiederzusehen. Es gibt kaum jemanden, der zuwege bringen könnte, worum man ihn bat, darum hegte ich die berechtigte Hoffnung, dass man ihn schicken würde. Wenn nicht, hätte ich ihn auf andere Weise gefunden.«

»Was bedeutet er Euch?«, fragte Ammolit. »Wart Ihr ein Liebespaar?«

Marnora lachte. »Wir sind so vieles gewesen, über so viele Jahre hinweg. Freunde, Todfeinde … Man kann nur eine begrenzte Anzahl an Erinnerungen behalten, ohne wahnsinnig zu werden.«

Ammolit ließ das Kleid, das sie getragen hatte, zu Boden sinken und griff nach dem anderen. Marnoras distanzierter kühler Blick strich über jeden Zentimeter ihres Körpers. »Habe ich Euch damals getötet oder nicht?«

»Ihr habt meine Frage nicht beantwortet«, entgegnete Ammolit. »Also werde ich Eure auch nicht beantworten.«

»Frage?« Marnora wirkte ein wenig verwundert. Doch dann hellte sich ihre Miene auf. »Ach, meine Liebe, ich bin natürlich seine Mutter.«

Ammolit war gerade dabei, in das grüne Gewand zu schlüpfen, doch sie hielt inne und starrte Marnora an, um sich zu vergewissern, ob sie die Wahrheit sagte. Das kindliche Gesicht aber gab nichts preis.

»Seine Mutter?«

»Auch wenn ich es bisweilen vergesse.«

»Wie könntet Ihr das je vergessen?«

Marnora wirkte aufrichtig erstaunt. »Nun ja, zwanzig

Jahre nach seiner Geburt ist er verschwunden. Ich bin über siebenhundert Jahre alt, da sind zwanzig Jahre eine sehr kurze Spanne. Jedoch haben er und ich über zwei Jahrhunderte hinweg auf gegnerischen Seiten eines Krieges gekämpft. Was wiegt schwerer, glaubt Ihr?«

»Ich weiß es nicht«, antwortete Ammolit. »Ich habe meine Mutter nie kennengelernt.«

»Nun, ich habe ganz bestimmt eine gehabt, aber ich kann mich auch nicht mehr an sie erinnern.« Marnora lächelte. »Ihr seht in diesem Kleid ziemlich elegant aus.«

»Danke.«

»Ich habe Eure Frage beantwortet«, sagte Marnora.

»Ja, das habt Ihr, und die Antwort auf Eure Frage ist, dass Veulkh Euch die Wahrheit sagte. Die Orra, die Ihr damals gekannt habt, ist seit langer Zeit tot.«

»Seid Ihr Euch sicher?«

»Ja, das bin ich.«

»Gut«, sagte Marnora, »dann sind wir hier fertig. Es sei denn, es gibt noch etwas anderes, was Ihr sagen wollt.«

»Was wollte Veulkh hier?«

»Die Maschinen des Steins erwecken«, erklärte Marnora.

»Ich weiß nicht, was das bedeutet.«

Marnora stand auf und trat nah an Ammolit heran, beugte sich vor und drückte ihre Lippen auf die ihren. Ammolit war so überrascht, dass sie nicht einmal auf den Gedanken kam, sie daran zu hindern.

Marnoras Lippen waren süß und kalt, und Ammolit verspürte plötzlich ein sehnsüchtiges Verlangen, das tiefer und stärker war als alles, was sie je empfunden hatte. Sie holte schnell und stoßweise Luft und erwiderte den Kuss, wobei sich ihre Glieder plötzlich warm und schwer anfühlten.

Da war irgendetwas, etwas wie ein Sternbild, verstreute Edelsteine.

Marnora löste sich von ihr. Ammolit wollte ihrer Bewegung folgen, musste aber feststellen, dass es ihr nicht möglich war. Sie konnte sich überhaupt nicht mehr bewegen.

»Es geht ganz schnell«, beteuerte Marnora. »Ihr werdet keinen Schmerz spüren.«

Drittes Kapitel

Ein Wind in den Fluren

Erneut folgten Chrysanthe Blicke und Getuschel, als sie zum Ball zurückkehrte, aber schon bald war alles wieder genau wie zuvor. Allerlei Männer präsentierten sich ihr, führten sie auf die Tanzfläche und versuchten, ihre Ehre in den Schmutz zu ziehen. Ihre Bemühungen wirkten jedoch halbherzig. Womöglich hatte Chrysanthes Begegnung mit dem Prinzen ihnen die Krallen gezogen.

Sie hatte es nicht nur vermeiden können, in die ihr gestellte Falle zu tappen, sie schien auch wichtige Verbündete gewonnen zu haben. Von morgen an würde sie ihre Aufmerksamkeit wieder auf den wahren Grund ihres Hierseins richten können: ihrem Vater zu helfen. Zum ersten Mal seit Wochen war sie zuversichtlich, der Aufgabe gewachsen zu sein.

Nach einer Weile machte das Orchester eine Pause, und Dienstboten schritten mit Tabletts durch die Menge und kredenzten Weißwein. Chrysanthe wollte gerade einen von ihnen zu sich winken, als Plesance neben sie trat, mit zwei Gläsern in den Händen.

»Bravo«, sagte sie.

»Wie bitte?«, antwortete Chrysanthe verwundert.

»Ach, komm schon«, meinte Plesance. »Ich habe dich unterschätzt. Alle haben das. Wir wollen nicht weiter darauf herumreiten.« Sie reichte Chrysanthe eines der Gläser. »Auf den Prinzen!«, sagte sie und hob prostend ihr Glas.

»Auf das Reich!«

Der Wein war kühl und schmeckte nach Rosenblüten, doch er brannte ein wenig in der Kehle – offensichtlich war er ein wenig stärker, als er zunächst den Eindruck machte. Sie kam zu dem Schluss, dass es wohl besser wäre, das Glas nicht zu leeren, daher tat sie nur so, als würde sie hin und wieder daran nippen.

Plesance legte sich keine derartigen Beschränkungen auf. Sie trank ihr Glas mit wenigen Schlucken aus und bedeutete einem Diener, ihr ein neues zu bringen. Ihre Gefühle gegenüber Chrysanthe schienen zunehmend freundlicher zu werden, denn sie hakte sich bei ihr unter.

»Ehrlich gesagt«, flüsterte sie verschwörerisch, »du hättest vielleicht besser daran getan, dich mit dem Prinzen zu amüsieren. Tugend ist vergänglich, und die kaiserliche Gunst mag das ebenfalls sein, aber solange man sich ihrer erfreut, kann sie einen zu großen Höhen führen.«

»Ich bin nicht auf irgendwelche Gunstbezeigungen aus«, betonte Chrysanthe.

»Ach, komm schon«, versetzte Plesance. »Genug davon. Du hast uns schon hinreichend beeindruckt. Nicht nötig, langweilig zu werden.« Sie neigte sich herüber und küsste Chrysanthe auf die Wange. »Und jetzt geh«, setzte sie hinzu. »Die Musik wird gleich wieder zu spielen anfangen. Natürlich nur dir zu Ehren, und hier ist auch schon dein nächster Partner.«

Chrysanthe drehte sich um – und da sah sie Quintent lächelnd hinter ihr stehen.

Es dauerte einen Moment, bis sie ihre Stimme wiederfand. »Ach, Ihr seid zurückgekehrt.«

»Wie könnte ich mir das hier entgehen lassen?«, fragte er. »Es tut mir nur leid, dass ich so spät eingetroffen bin. Es gab … Probleme beim Verlassen der Stadt.«

»Nichts Ernstes, hoffe ich.«

»Nichts, was es rechtfertigen würde, mich bei einem so

festlichen Anlass darüber auszulassen«, erwiderte er. »Die Musik fängt wieder an. Hättet Ihr Lust auf den nächsten Tanz?«

Sie sah ihm in die Augen und suchte dort nach dem Menschen, der in ihr Zimmer eingebrochen war, aber nach ein oder zwei Atemzügen schob sie ihren Verdacht beiseite. Es konnte so ziemlich jeder gewesen sein, und er sah ihr auf eine Weise in die Augen, die ihr …

»Ich gehöre ganz Euch«, antwortete sie.

Sobald ihr der Satz über die Lippen gekommen war, bereute sie ihn auch schon. Das schickte sich nicht, es war viel zu kühn – und doch war nach alldem, was sie durchgemacht hatte, die Vorstellung überaus willkommen, mit jemandem zu tanzen, den sie mochte. Außerdem hatte der Wein sie in eine angenehme Stimmung versetzt. Sie fühlte sich entspannt.

Quintent war ein mehr als nur geschickter Tänzer, und in seinem festen Griff schien es fast, als hätten ihre Füße Flügel. Sie fühlte sich ganz eins mit ihm und der Musik, und alles andere verschwamm zu einem angenehmen nebelhaften Taumel. Sie wurde sich mit allen Sinnen seiner Hand auf ihrer bewusst, und wo seine andere Hand auf ihrem Rücken lag, setzte ein wohliges Brennen ein, das sich um ihre Hüften herum in ihrem Bauch ausbreitete. Sie spürte seinen Atem und fragte sich, wie es wohl sein würde, wenn ihre Wangen sich berührten, nur ein ganz klein wenig, wenn sie einander streifen würden, versehentlich, unschuldig.

Es war, als spielten die Instrumente direkt in ihrem Inneren, und die Akkorde würden es zum Vibrieren bringen. Ihr war auf einmal schwindelig, als würde sich ihr Kopf in allerlei unmögliche Richtungen drehen. Es fiel ihr immer schwerer, einen klaren Gedanken zu fassen. Sie erinnerte sich an den Tag, an dem Plesance ihr die Lacrime aus Zimt gegeben hatte, und plötzlich begriff sie, dass da etwas im Wein gewesen sein musste.

Als sie Quintent anschaute, sah sie, dass er so tat, als wüsste er nichts von alledem, aber in diesem Moment wurde ihr klar, dass er ihr Feind war.

Sie hatte sich bereits in Sicherheit gewiegt, überzeugt, alle Prüfungen bestanden zu haben, aber Plesance hatte ihr nun den Rest gegeben, und Quintent war ihr Komplize. Er versuchte, sie näher an sich zu ziehen, und sie wusste, dass sie außerstande war, dies zu verhindern. Nein, sie würde sich nicht dagegen wehren und dadurch zum Gegenstand von Klatsch und Spott werden, ein Mädchen aus den Kolonien, das keinen Wein vertrug, und der Kaiser würde seine Wette verlieren, und sie und die Ihren würden zu Opfern seines Zorns werden.

Auf einmal blieben sie stehen, und ihr wurde bewusst, dass die Musik zu spielen aufgehört hatte. Sie ließ seine Hand los und trat von ihm weg, und es war, als müsste sie noch einmal von Neuem ihre Heimat verlassen. Doch was sie spürte, war ein falsches Gefühl. Es waren der Wein, das Lacrime, seine hinterhältigen, verlogenen Worte.

»Alles in Ordnung mit Euch?«, erkundigte sich Quintent.

Sie durchschaute ihn jetzt. Wenn die Musik wieder einsetzte, wäre das ihr Untergang, und er wusste es ebenfalls, verflucht sollte er sein.

»Mir ist ein wenig schwindelig.«

»Dann lasst mich Euch helf…«

»Nein!«, schnitt sie ihm schroff das Wort ab. »Ich kann auf mich selbst aufpassen.«

Sie drehte sich um und ging davon, und sie kam vielleicht zehn Schritte weit, bis ihr klar wurde, dass sie gar nicht wusste, wohin sie ging. Sie blieb stehen, sah sich um und fand die Tür. Was immer Plesance ihr da in ihr Glas gegeben hatte, seine Wirkung wurde schlimmer. Ihr ganzer Körper juckte, aber sie konnte sich nicht kratzen. Sie hatte keine andere Wahl, sie musste sofort auf ihr Zimmer. Was immer die gesellschaftlichen Folgen sein mochten, sie konnten nicht so schwerwiegend sein wie das, was ihr drohte, wenn sie auch nur einen Augenblick länger auf dem Ball blieb.

Chrysanthe stolperte, doch jemand fing sie auf und zog sie an der Hand hoch. Für einen Moment schien es ihr, als wären diese Finger, die die ihren hielten, die ganze Welt. Sie schaute angstvoll auf und sah, dass es Margot war.

»Chrysanthe? Alles in Ordnung mit dir?«

Margot jetzt auch noch? Sie konnte sich nur mit Mühe daran hindern, laut aufzuschreien.

»Ich brauche frische Luft«, erklärte sie. »Ich muss weg von hier.«

Sie riss sich los und rannte fast, ließ Margot hinter sich zurück.

Sobald sie aus dem Ballsaal war, lief sie, so gut sie konnte, in Richtung ihres Zimmers, aber alles sah zugleich so aus wie immer und doch auch völlig unvertraut. Sie wusste, dass sie sich verlaufen hatte, und sie wusste auch, dass sie dabei war, ihren klaren Verstand zu verlieren. In Kürze würde sie vergessen haben, dass sie überhaupt ein Ziel hatte, doch so weit durfte es nicht kommen.

Sie bemerkte den Mann erst, als sie mit ihm zusammenstieß und die Beine unter ihr nachgaben. Er sagte irgendetwas, als er sie auffing, und dann lag sie an seiner Brust. Sie spürte eine Art Explosion in ihrem Inneren, und im nächsten Moment berührten ihre Lippen seinen Mund, und seine Lippen waren heiß, und sie erinnerte sich, erinnerte sich an alles, ihrer beider Körper in der Dunkelheit, seine Liebkosungen, ihre Schuldgefühle, der plötzliche Schock des Schmerzes in ihrem Rücken.

Alles wurde dunkel, und sie spürte nur noch Kälte und das Gewicht des Wassers und ihr sehnsuchtsvolles Verlangen …

Chrysanthe kam jäh wieder zu sich. Es war, als wäre sie grob geweckt worden, nachdem sie gerade erst eingenickt war. Einen Moment lang dachte sie sogar, jemand habe sie geschlagen, dann aber wurde ihr bewusst, dass sie im Bett lag, die Decken bis ans Kinn hochgezogen.

Es war nicht ihr Bett!

Sie schlug die Decken zurück, um sich davon zu überzeugen, dass sie noch angezogen war, und stellte erleichtert fest, dass sie noch immer ihr Ballkleid anhatte.

Sie setzte sich auf und sah sich im Dämmerlicht um, versuchte herauszufinden, wo sie war – und unterdrückte einen Aufschrei, als sie jemanden auf einem Stuhl erblickte, der sie anstarrte!

»Habt keine Angst«, sagte die Gestalt.

Der Raum wurde nur von einer einzigen Kerze erhellt, und so brauchte sie einen Moment, um den Mann zu erkennen.

»Dam Severin«, sagte sie.

»Ich bin kein Dam, das müsstet Ihr eigentlich wissen«, entgegnete er. »Wisst Ihr denn, wer Ihr seid?«

»Ja«, antwortete sie, »aber ich verstehe nicht, warum ich hier bin.«

»Ich habe Euch im Flur gefunden«, erklärte er. »Ihr wart … nicht Ihr selbst. Wir haben uns in der Nähe meiner Räumlichkeiten befunden, daher habe ich Euch hergebracht.«

Erinnerungsbilder zuckten in ihr auf wie in der Dunkelheit während eines Gewitters vom Blitz erhellte Gegenstände. »Ich weiß nicht, was passiert ist …«

Er musterte sie ausdruckslos. Nach einer Weile begriff sie, dass diese Ausdruckslosigkeit intensive Erregung verdeckte.

»Ihr wisst es nicht?«, wiederholte er. »Ihr könnt Euch nicht erinnern?«

Doch, sie erinnerte sich nun und wünschte verzweifelt, dem wäre nicht so.

Er seufzte und nahm einen langen Schluck aus seinem Kelch, und ihr wurde klar, dass er ziemlich betrunken war. Vor nicht allzu langer Zeit hätte sie das alles vielleicht nicht so schnell verstanden, aber inzwischen wusste sie viel zu viel über den Mann.

»Für einen Moment wart Ihr sie«, fuhr er fort. »Ihr seid sie gewesen.«

»D'Ospios«, sagte sie.

Er nickte und nahm einen weiteren Schluck aus dem Kelch. »Ja«, bekräftigte er dann. »Ich sollte mich wohl bei Euch dafür bedanken. Ich bin nie dazu gekommen, ihr zu sagen …« Er brach ab. »Erinnert Ihr Euch an alles?«

»Ich bin mir nicht sicher …«

»Ich dachte, sie sei tot«, erklärte er. »Wirklich gewusst habe ich es nicht. Jetzt schon.«

»Wisst Ihr, wer sie umgebracht hat?«

»Ich habe mich mit ihr treffen wollen«, berichtete er, »doch sie war nicht da. Ich habe gedacht, sie hätte ihre Meinung geändert, und dann dachte ich, dass sie vielleicht einfach geflohen war. Schließlich war ihr gelungen, worum es ihr gegangen sein musste: Sie hatte mich vernichtet. Aber dann geschah weiter nichts, und mir wurde klar, dass sie nie fortgegangen ist. Vielleicht hat sie doch etwas für mich empfunden.«

»Sie hat Euch geliebt«, erklärte Chrysanthe. »Ich verstehe nicht alles an der Sache, aber ich habe es gespürt, als … als ihr Geist …« Sie stockte.

»Ja, ich weiß. Wie gesagt, jetzt weiß ich es. Ihr habt eine gewisse Erfahrung mit Geistern.« Es war keine Frage.

Sie nickte. »Ich habe etliche Begegnungen mit Geistern gehabt. Eine Parfait daheim meinte einmal, dass ich offenbar besonders empfänglich für sie sei.«

»So scheint es mir auch. Sie muss die ganze Zeit über hier gewesen sein, aber ich war blind und taub für sie.« Sein Blick wurde etwas fokussierter. »Was habt Ihr sonst noch von ihr erfahren?«

»Sie hat sich wegen irgendetwas sehr gequält. Sie wusste, dass sie Euch verraten hat, und sie hatte beschlossen, die Sache nicht zu Ende zu bringen.«

»Die Sache«, murmelte er. »Wisst Ihr, was ›die Sache‹ war?«

»Nein«, behauptete Chrysanthe, aber sie wusste es, zumindest zum Teil. Sandrine war zur Brücke gegangen, um sich mit ihm zu treffen. Sie hatte dort etwas versteckt, doch was das war, daran konnte sich Chrysanthe nicht erinnern. Aber sie wusste, dass d'Ospios eben deshalb getötet worden war.

Er nickte. »Es war kein Zufall, dass sie Euch in ihrem Zimmer einquartiert haben. Wer immer Euch hierhergeschickt hat, hat Euch damit keinen Gefallen getan.«

Sie nahm sich einen Moment Zeit, um zu verarbeiten, was er da gesagt hatte, dann traf sie eine Entscheidung. »Ich fühle mich wieder erholt und halte es für das Beste, in mein eigenes Zimmer zurückzukehren. Mein Ruf ...«

»Euer Ruf ist nicht mehr von Belang.« Er lächelte schwach. »Sie werden erraten, wie viel Ihr wisst, und dann werden sie Euch ermorden, genau wie sie es mit meiner Sandrine gemacht haben.«

»Aber ich weiß gar nichts«, beteuerte sie.

Er zuckte mit den Schultern. »Das spielt keine Rolle. Nicht wenn ich es ihnen sage, und ich muss es ihnen sagen.«

Das hier hätte nicht passieren dürfen. Es war alles so gut gelaufen. Sie versuchte, ihre Atmung unter Kontrolle zu bekommen, aber sie bekam kaum noch Luft und fühlte sich einer erneuten Ohnmacht nahe. Das Lacrime in ihrem Wein, das Eindringen von Sandrines Geist in ihr Wesen, all das hatte sie vor Schreck starr und gefühllos gemacht. Aber allmählich erwachte sie – wachte nicht aus einem Albtraum auf, sondern erwachte in einen hinein.

»Ihr müsst das tun?«, fragte sie. »Warum?«

Er sah sie an, als würde er tatsächlich darüber nachdenken, auf ihr inständiges Flehen einzugehen.

»Ich könnte Euch helfen«, erwiderte er schließlich. »Ich würde es tun, aber das hat seinen Preis.«

»Welchen Preis?«

Er beugte sich über den Tisch neben dem Sessel und ergriff eine kleine schwarze Flasche. »Jemand hat Euch unlängst Lacrime verabreicht. Wahrscheinlich ein Destillat aus Muskatnuss und Ingwer, dazu bestimmt, Eure Leidenschaften zu entflammen. Vielleicht mit Wein vermischt?«

»Davon gehe ich aus, ja.«

»Aber Muskatnuss hat noch andere Wirkungen«, fuhr er fort. »Es übt eine besondere Anziehungskraft auf die Toten aus. Und Sandrine hat Ingwer geliebt. Zudem müsst Ihr bereits eine Verbindung irgendeiner Art mit ihr geknüpft haben, während Ihr in ihrem Zimmer gewohnt habt, was es ihr leichter machte, in Euer Wesen einzudringen.«

Chrysanthe starrte auf die kleine Flasche in seiner Hand. »Ihr wollt, dass ich es noch einmal tue.«

Er hielt das kleine Gefäß hoch. »Das hier ist Lacrime aus Ekaton.«

»Davon habe ich noch nie gehört.«

»Es ist ein nur wenig bekanntes Gewürz, unter anderem auch deshalb, weil es verboten ist. Wie Muskatnuss lockt es die Toten an, doch die Wirkung ist viel höher.« Er musterte sie, die Augen übervoll mit tiefster Seelenqual. »Nur noch eine weitere Nacht mit ihr, versteht Ihr? Und ich werde tun, was ich kann, um Euch zu beschützen.«

Er hielt ihr die Flasche hin. Sie betrachtete sie voller Entsetzen. »Das könnt Ihr nicht von mir verlangen.«

»Ich muss. Und es muss jetzt sein. Morgen früh wird in diesem Haus ein gewaltiger Aufruhr sein. Das wird alles noch zusätzlich erschweren.«

Seine Worte begannen ineinander zu zerfließen. Sie konnte den Blick nicht mehr von der Flasche abwenden, die er ihr immer näher hinhielt.

Von einer Sekunde auf die andere fügten sich alle Einzelteile zu einem stimmigen Ganzen zusammen.

Der Ball. Der Prinz. Emeline.

»Das Haus wird in Aufruhr sein, weil Prinz Heron tot ist.«

»Ja«, sagte er.

Viertes Kapitel

Das Herz

Ihr letzter Atemzug verblieb in ihrer Lunge; Ammolit wusste nicht mehr, wie man ausatmete. Sie verspürte einen ganz leisen Anflug von Panik, aber sie hatte so viele Jahre damit zugebracht, ihren Körper möglichst nicht wahrzunehmen, und so getan, als wäre sie selbst gar nicht da, während Veulkh ihm seinen Willen aufgezwungen hatte, dass sie ihren Leib jetzt, da er zu sterben begann, ganz genauso ignorieren konnte. Stattdessen klammerte sie sich an das, was sie während des Kusses gesehen hatte, und versuchte, ihr ganzes Wesen darum herumzulegen.

Marnoras zuvor noch heiteres Gesicht nahm einen Ausdruck leichter Verwirrung an.

»Oh!«, flüsterte sie.

Ammolit hatte damit gerechnet, Marnora zu überraschen, aber sie hatte nicht erwartet, dass auch sie selbst erschrocken sein würde. Sie konnte ihr eigenes Gesicht natürlich nicht sehen, aber das Haar, das ihr über die Brust fiel, war goldbraun, nicht schwarz, und nun füllte die schlanke Gestalt eines Mädchens das Kleid aus, das für Orras Rundungen angefertigt worden war.

»Was ist das?«, murmelte Marnora. »Wie geht das?« Sie stand da und streckte die Hand aus, um Ammolit über das Gesicht zu streichen.

Die war erstarrt und wie gelähmt und konnte immer noch

nicht atmen. Sie spürte, wie sich ihr Herz abmühte, wieder im Takt zu schlagen, doch stattdessen immer wieder auszusetzen drohte.

»Oh, Veulkh«, sagte Marnora. »Schlauer Veulkh. Und dich, du kleine Kostbarkeit, hätte ich fast umgebracht. Wie hätte er mich doch ausgelacht.«

Sie wedelte mit der Hand, und die Lähmung verschwand. Ammolit stieß letzten Atem aus und füllte dann gierig die Lunge mit frischer Luft.

Marnoras Lächeln erstarb jäh, als sie etwas hinter Ammolits Schulter bemerkte, und im nächsten Moment war ihr linkes Auge verschwunden, und an seine Stelle war eine Art Blume aus Blut getreten. Sie taumelte zurück und hob die Hände, und Ammolit spürte ein Kribbeln auf ihrem eigenen Gesicht. Dann erschien ein zweites Loch in Marnoras Stirn, und gleichzeitig spürte Ammolit, wie etwas durch sie hindurchblies – ein Wind, ein Rauch. Tausend Funken blitzten vor ihr auf, und all ihre Gedanken schienen zu glänzen wie Kupfer und Bronze. Ihr schnürte sich die Brust zusammen, und für einen kurzen Moment empfand sie eine Ekstase, die alles überstieg, was sie je zuvor empfunden hatte und neben der sich das, was sie zuvor mit Bracke erlebt hatte, wie der bloße Schatten von Lust ausnahm.

Dann war sie wieder sie selbst, während Marnora einen Laut hervorhustete, der vielleicht ein gequältes Lachen sein konnte. Ganz langsam sank sie auf die Knie, und ihr Kleid breitete sich um sie herum aus. Sie legte die Hände in den Schoß, ihr sank das Kinn auf die Brust, dann regte sie sich nicht mehr.

Alles war still.

Bis das Heulen der Tsau Dadan losbrach.

Bracke trat hinter Ammolit hervor, seine Schleuder in der Hand. Die Geschöpfe starrten ihn an, wichen zurück.

»Tja«, sagte er, »hätte nicht gedacht, dass das klappen würde.«

»Ich auch nicht«, bekannte Ammolit.

»Wer bist du?«, fragte er und betrachtete die Gestalt, die sie angenommen hatte. »Sie ist hübsch.«

»Ich glaube, so hat sie ausgesehen, vor langer Zeit«, erklärte Ammolit. »Marnora.«

»Sie konnte ebenfalls ihre Gestalt wechseln?«

»Das weiß ich nicht«, antwortete sie. »Ich glaube nicht, nein. Sie war … etwas anderes.«

Bracke trat zu Marnoras Leichnam und begann, ihn zu durchsuchen.

»Das ist nicht nötig«, sagte Ammolit. »Ich habe mich geirrt. Das Herz ist nichts, was man einfach in der Hand halten kann. Es ist etwas, das sie vor langer Zeit genommen hat, und jetzt habe ich es.« Sie sah die Tsau Dadan an. »Führt uns raus hier!«, kommandierte sie, und die eigenen Worte kamen ihr zugleich merkwürdig und vertraut vor. »Zurück nach draußen und hinaus aus dem Berg!«

Sie sahen sie mit Zorn in den Augen an, aber einer von ihnen nickte. Er stieß ein Krächzen aus, das vielleicht ein Laut der Zustimmung war.

»Du sprichst ihre Sprache?«, fragte Bracke.

»Jetzt ja.«

»Was ist mit Veulkh?«, wollte er wissen. »Sie haben ihn nach dorthinten gebracht.«

Sie dachte darüber nach. Sie wusste nicht, was Marnora mit dem Zauberer gemacht hatte. Wenn er im Sterben lag, gelähmt war oder bis in die Ewigkeit schlafen würde, dann war es, wie es war. Aber wenn der Zauber, den Marnora bei ihm gewirkt hatte, mit dem Tod der Hexe ein Ende fand, würde er schon bald wieder zu sich kommen. Das Gleiche galt für den Fall, dass die Tsau Dadan ihn lediglich bewusstlos geschlagen hatten.

Lebend und mit wachem Verstand wäre Veulkh vielleicht in der Lage, Bracke und sämtliche der Tsau Dadan zu besiegen und Ammolit erneut zu seiner Sklavin zu machen.

Doch wie die Dinge lagen, dachte er, dass sie tot sei. Besser, es dabei zu belassen, zumindest einstweilen.

»Lass ihn, wo er ist«, sagte sie. »Aber wir werden Marnora mitnehmen.«

Ammolit brauchte Bracke nicht als Führer, um aus den Höhlen hinauszufinden – die Tsau Dadan kannten den Weg. Schon bald waren sie wieder im Licht, in der Nähe des Dorfes der Geschöpfe.

Als die übrigen Tsau Dadan Marnoras Leichnam sahen, brachen sie in Jubelgeschrei aus, aber als Ammolit das Wort an sie richtete, verstummmen sie abrupt.

»Was geht hier vor sich?« Bracke sah Ammolit fragend an. Er selbst verstand die Sprache der Tsau Dadan nicht mehr. Offenbar hatte der Zauber, mit dem sie ihn belegt hatten, seine Wirkung verloren.

»Sie dachten, ich hätte sie befreit«, antwortete ihm Ammolit.

»Sind sie denn nicht frei? Ich hatte ihnen gesagt ...«

»Es tut nichts zur Sache, was du ihnen gesagt hast«, schnitt ihm Ammolit das Wort ab. »Weißt du, wo wir hier sind? Wo die nächste Ortschaft oder die nächste Stadt ist? Ich weiß sehr wenig von der Welt hier draußen, und du weißt überhaupt nichts von dieser Region. Was ist, wenn wir auf weitere Krieger stoßen, die unsere Köpfe als Trophäen wollen? Wenn wir so lange überleben wollen, bis wir uns in Sicherheit bringen können, brauchen wir sie, Bracke.«

Er sah, wie ihm Knote einen finsteren Blick zuwarf.

»Aber wir werden nicht allein sein«, protestierte er. »Wir werden Selene und Martin bei uns haben.«

»Ich kann ihnen nicht vertrauen, und du kannst das auch nicht«, entgegnete Ammolit. »Wir können nur den Tsau Dadan trauen, weil sie mich nicht verraten können.«

»Aber ich muss trotzdem erst Martin aufsuchen«, erklärte Bracke. »Er soll wissen, dass der Weg hinein frei ist.«

»Warum?«

Er öffnete den Mund zu einer Erklärung, dann begriff er, dass sie recht hatte. Nach all der Zeit wusste er noch immer nicht recht, worin ihre Mission überhaupt bestand und warum sie so wichtig sein sollte – und selbst wenn sie ihm das alles erklärten und auseinandersetzten, würde ihn das alles nicht sonderlich interessieren, da war er sich ziemlich sicher. Bestimmt ging es um irgendwelche Ränke dieses Königreichs gegen jenes Königreich oder um irgendetwas ähnlich Unwichtiges.

Trotzdem hatten Martin, Selene und er Seite an Seite eine ganze Menge durchgestanden, und obschon es verlockend war, sich einfach mit Ammolit auf und davon zu machen, war er entschlossen, diesen Weg bis zum Ende zu gehen.

»Ich muss zumindest mit Martin und Selene sprechen.«

»Ich kann die Gestalt von einem der beiden annehmen, wenn du das willst«, bot sie an.

»Nein«, erwiderte er. »Darum geht es nicht. Es ist einfach so, dass ich ihnen mein Wort gegeben habe …«

»Du hast auch mir dein Wort gegeben, Bracke. Du hast es mir versprochen.«

»Das war gewesen, als du meine Hilfe gebraucht hast. Du brauchst sie jetzt nicht mehr.«

Sie runzelte die Stirn, aber er hätte nicht zu sagen vermocht, ob sie verärgert war oder was sie überhaupt empfand.

»Gut, wahrscheinlich hast du recht«, gab sie schließlich nach. »Tu, was du willst, aber ich gehe fort von hier. Veulkh könnte noch immer am Leben sein. Ich will nicht wieder zu seiner Sklavin werden.«

»Ich kann ihn für dich töten.«

Sie schüttelte den Kopf. »Bei Marnora hatten wir Glück. Sie war alt und verwirrt, und ich konnte das ausnutzen. Und trotzdem wären wir fast gescheitert. Hätte sie von dir gewusst, wären jetzt wir beide tot. Veulkh aber weiß von dir. Ich habe endlich meine Freiheit, und die werde ich nicht riskieren. Wenn du jetzt fortgehst, bin ich weg, wenn du zurückkommst.«

Bracke musterte ihr Gesicht. Sie meinte es ernst, und letztlich machte er ihr auch keinen Vorwurf daraus.

»Tut mir leid«, sagte er. »Ich muss gehen, aber ich kann dich aufstöbern. Ich hab dich schneller eingeholt, als du denkst.«

»Wenn du das so willst.«

»Sie haben Rose«, erklärte Bracke. »Kannst du ihnen befehlen, sie gehen zu lassen?«

Ammolit nickte.

Sie hatten Rose gefesselt und ihr einen Maulkorb übergezogen. Und sie war verletzt, die Krallen des Hyänenbären hatten ihr lange Wunden an der Flanke gerissen, und zudem schonte sie offensichtlich eines ihrer Beine.

Als Bracke mit der Hündin aufbrach, huschten die Tsau Dadan eilig hin und her und machten sich bereit, Ammolits Befehlen zu folgen.

Fünftes Kapitel

Emeline

Chrysanthe griff nach der Flasche und schloss die Finger darum. Sie war größer als der winzige Kristallbehälter, in dem Plesance ihr Lacrime aus Zimt aufbewahrte.

»Muss ich es trinken?«, fragte sie. »Oder es mir auf die Zunge tropfen?«

»Weder noch«, antwortete Ferrand Severin. »Der Trank ist sehr stark. Einige Tropfen auf Eurer Haut genügen.«

Sie nickte – und dann schüttete sie ihm den Inhalt der Flasche ins Gesicht!

Er keuchte auf, schlug die Hände vor die Augen und stöhnte dann vor Schmerz. Sie roch nichts, nahm aber ein plötzliches Brennen in ihrer Nase wahr und warf sich zurück, weg von ihm, aber sie hatte die Richtung nicht richtig eingeschätzt, sodass sie aus dem Bett fiel und schmerzhaft auf dem Boden landete. Sie hörte ihn laut kreischen und mühte sich verzweifelt, irgendwie auf die Beine zu gelangen.

Als sie endlich stand und sich ihm zuwandte, hatte er einen Dolch in der Hand und stand zwischen ihr und der Tür. Sein Blick war wild und verschwommen. Sie hielt Ausschau nach etwas – irgendetwas –, mit dem sie sich bewaffnen konnte.

»Warum?«, fragte er.

»Es ist nie Eure Absicht gewesen, mich am Leben zu lassen«, erklärte sie. »Ihr hättet herausgefunden, wo sie es versteckt hat, und dann wäre ich für Euch nicht mehr von Nutzen gewesen.«

»Sie darf nicht vergebens gestorben sein«, stieß er hervor. »Versteht Ihr das denn nicht?«

»Außerdem«, setzte sie hinzu, »muss ich einen Mord verhindern, falls das noch möglich ist.«

Er kam auf sie zugestolpert, und sie sprang zurück aufs Bett, in der Hoffnung, von dort zur Tür zu gelangen. Doch sie war immer noch schwach von dem Lacrime, und ihre Glieder gehorchen ihr nicht richtig. Sie stürzte zu Boden, und dann stand er mit gezücktem Messer über ihr. Sie riss die Arme hoch, um sich zu schützen.

Seine bereits trunkenen Augen rollten in ihren Höhlen nach hinten, sodass Chrysanthe nur noch das Weiß sehen konnte.

»Zahnrädchen«, murmelte er. Wieder spürte Chrysanthe diese Kälte und das Gefühl von Schwere, aber es war nicht in ihr, zog nur an ihr vorbei, wie ein seltsames Lüftchen.

Severin sackte an der Wand zu Boden, ein schwaches, schreckliches Lächeln im Gesicht. »Eine letzte Nacht, Ferrand«, stammelte er. »Eine letzte Nacht, mein Liebster.«

Es war seine Stimme, aber sie klang nicht wie er.

Chrysanthe nahm ihre fünf Sinne beisammen, rannte zur Tür, schloss sie auf und ließ ihn im Zimmer zurück.

Als sie endlich das Zimmer des Prinzen erreichte, war Mitternacht gekommen und wieder gegangen. Der Flur war verlassen bis auf zwei Wachen des Prinzen, die auf dem Boden neben dem Eingang in ein Würfelspiel vertieft waren. Sie waren jedoch wachsam, und beide waren aufgesprungen, lange bevor Chrysanthe sie erreichte. Zu ihrer Erleichterung handelte es sich um dieselben Männer, die auch zuvor schon hier gewesen waren.

»Also, Danesele«, sagte einer von ihnen, »welchem Umstand verdanken wir dieses Vergnügen?«

Es fiel ihr immer noch schwer, ihre Gedanken zusammenzuhalten, aber sie wusste, was sie zu tun hatte. »Ich wurde zu einem Treffen mit dem Prinzen eingeladen.«

»Wenn ich mich recht erinnere«, bemerkte der andere Wachposten, »habt Ihr einen ziemlichen Wirbel veranstaltet, um klarzustellen, dass Ihr seine Nähe nicht zu würdigen wisst.«

»Ich hatte inzwischen die Zeit, über die Sache nachzudenken«, antwortete sie. »Ich würde mich sehr gerne bei Ihrer königlichen Hoheit entschuldigen.«

Die Wachposten sahen einander an, und Chrysanthe überkam ein Gefühl der Mutlosigkeit. Zu viel hing von Dingen ab, die sie nicht wusste. Hatten diese Männer Kenntnis von Emeline? Würde sich der Prinz zu dieser Stunde auf den Besuch einer Dame einlassen?

»Wir werden Euch durchsuchen müssen«, ließ einer der Männer sie wissen.

»Richtig«, pflichtete der andere ihm eilfertig bei.

»Wonach denn?«

»Nach Dolchen, Gift, allem, was Schaden anrichten könnte.«

Chrysanthe suchte den Blick des Wachmanns und versuchte, unerschrocken zu wirken. »Na schön.«

Die Männer waren viel gründlicher als notwendig, und ein großer Teil ihrer »Durchsuchung« lief darauf hinaus, sie viel zu lange zu betatschen. Es war schwer zu ertragen, und sie sorgte sich, dass es nur noch schlimmer werden würde und die beiden sich immer neue Freiheiten herausnehmen würden.

»Ich habe den Prinzen ja gerade erst kennengelernt«, sagte sie, »aber angenommen, er findet Gefallen an mir. Angenommen, wir beide werden Freunde, und ich berichte ihm von der Gründlichkeit seiner Leibwächter …«

Sofort ließen sie von ihr ab und machten einen Schritt zurück. »Wir wollen einfach nur sichergehen«, verteidigte der Kleine der beiden ihr Vorgehen. »Das Wohl Ihrer Hoheit steht über allem anderen.«

»Er wird sich bestimmt darüber freuen, dass Ihr ihn über alles andere stellt.«

Sie öffneten ihr die Tür und ließen sie ein.

»Schönen Abend noch, Danesele«, sagte der Größere der beiden.

Die Kerzen waren heruntergebrannt, einige fast bis zum Verlöschen, aber es war noch hell genug, um sehen zu können. Chrysanthe steuerte das Schlafzimmer an. Als sie eintrat, ruckte Emeline im Bett hoch, und ihre Augen reflektierten das Kerzenlicht. Sie zog sich das Laken bis ans Kinn. Der Prinz lag neben ihr, doch seine Decke verhüllte ihn nur bis zu Hüfte. Seine Augen waren geschlossen.

»Was, in Gottes Namen, machst du hier?«, flüsterte Emeline irritiert.

»Ist es getan?«, fragte Chrysanthe.

»Was glaubst du denn?«, versetzte Emeline. »Ich bin schon seit Stunden hier.«

Chrysanthe trat näher. »Nein, das meine ich nicht«, wisperte sie.

Emeline starrte sie für einen Moment an, dann warf sie einen Blick auf den Prinzen. Und dann ... zog sie die rechte Hand unter den Decken hervor, einen Dolch in den Fingern.

»Noch nicht«, antwortete sie. »Ich muss einfach noch meinen Mut zusammennehmen.«

»Er schläft tief und fest«, bemerkte Chrysanthe.

»Ja«, bestätigte Emeline. »Eine Tinktur aus Lotus, mit Wein vermischt.«

»Wollen wir in ein anderes Zimmer gehen, nur für den Fall des Falls?«

Emeline schüttelte den Kopf und hielt die Klinge des Dolchs an die Kehle des Prinzen. »Woher hast du es gewusst?«, fragte sie. »Ich habe keine Komplizen und auch niemanden von meinen Plänen erzählt.«

»Und doch ist es bekannt geworden«, antwortete Chrysanthe. »Du musst mit ihm korrespondiert haben.«

»Natürlich«, erklärte sie. »Also ... habe ich in meinen Briefen irgendwo meine Absicht durchblicken lassen, ihn im Schlaf zur Hölle zu schicken?«

»Es ist wegen deines Tanzlehrers, nicht wahr?«, vermutete Chrysanthe.

Emeline ließ den Kopf sinken. »Er wurde gar nicht in die Verbannung geschickt«, flüsterte sie. »Das haben sie mir nur weismachen wollen, doch ich habe die Wahrheit herausgefunden.«

»Und jemand, der dich gut kennt, konnte sich denken, was dir im Kopf herumspukt. Und hat dir die Mittel dazu an die Hand gegeben. Hast du von ihm die Tinktur?«

»Ich habe Lady Isabelle erzählt, dass ich Einschlafprobleme hätte. Sie war mit Freuden bereit, mir ...« Emeline brach ab.

»Du wirfst dein eigenes Leben fort, Emeline!«, sagte Chrysanthe.

»Ich habe nicht vor, mich erwischen zu lassen. Ich habe alles für meine Flucht vorbereitet und werde fort sein, lange bevor man seine Leiche entdeckt.«

»Wer immer dir die Gelegenheit verschafft hat, den Prinzen zu töten, wird in dir eine potenzielle Gefahr sehen, die es zu eliminieren gilt, Emeline. Du hast gesagt, jemand versuche, dich ins Verderben zu stürzen. Das hier wird diesen Zweck erfüllen, da kannst du dir ganz sicher sein.«

»Das kümmert mich nicht«, behauptete Emeline. »Hauptsache, ich bekomme meine Rache. Dann werde ich dieses Leben verlassen und zusammen mit meinem geliebten Remon im Limbus warten.«

Ihre Hand bewegte sich.

»Warte!«, sagte Chrysanthe hastig. »Du hättest ihn schon vor einer Stunde töten können. Warum hast du es hinausgezögert?«

Sie seufzte. »Er ist gar nicht so übel«, bekannte sie. »Das ist das Problem. Er war sehr sanft und rücksichtsvoll. Vielleicht liebt er mich ja wirklich.«

»Hat er Remon selbst getötet?«

»Das bezweifle ich.«

»Hat er überhaupt gewusst, dass es geschehen ist?«

»Darüber habe ich auch schon nachgedacht«, räumte Emeline ein. »Vielleicht nicht. Es könnte auch mein Vater gewesen sein, der Remons Ermordung eingefädelt hat, und es wäre durchaus möglich, dass Heron gar nichts davon erfahren hat.«

»Gib mir den Dolch, Emeline«, bat Chrysanthe. »Lass mich deine Freundin sein. Wenn du ihn wirklich töten musst, mach es ein andermal, an einem anderen Ort. Einem, der nicht eigens dazu bestimmt ist, dich ins Verderben zu stürzen. Für dich werden sich auch noch andere Gelegenheiten ergeben.«

Emelines Augen waren tränenfeucht. »Du versuchst wirklich, mir zu helfen, nicht wahr?«

»Auf alle Fälle«, versicherte Chrysanthe.

»Und wenn ich ihn jetzt umbringe, während du hier bist, wird man womöglich dir die Schuld geben. Die Wachen müssen gesehen haben, dass du hereingekommen bist.«

Chrysanthe fröstelte. »Ja«, sagte sie. »Diese Rechnung könnte aufgehen.«

Für eine lange Zeit sagte und unternahm Emeline nichts, aber Chrysanthe konnte erkennen, wie die Gedanken hinter den Augen des Mädchens rasten. Dann, auf einmal, lächelte Emeline, und ...

Sie reichte Chrysanthe die Klinge, mit dem Griff voran.

»Wie du gesagt hast«, flüsterte sie. »Es werden sich auch noch andere Gelegenheiten ergeben. Heute Nacht ... Das alles ist zu kompliziert.«

»Danke«, sagte Chrysanthe. Sie nahm ihr den Dolch aus der Hand, versteckte ihn unter ihrem Rock und verließ den Raum.

»So schnell?«, meinte der kleinere der beiden Wachposten.

»Er hat so friedlich geschlafen«, gab sie zurück. »Ich wollte ihn nicht wecken.«

»Nennt man das jetzt so, ja?«, fragte der Größere.

Allem ungeachtet, was in dieser Nacht passiert war, errötete sie.

Als sie den Flur hinunterging, kam sie sich schon bald nicht mehr so siegreich vor. Wenn die Wachen redeten, war es um ihren Ruf geschehen. Und was war, wenn Emeline noch ein anderes Messer hatte oder den Prinzen mit einem Kissen erstickte? Konnte sie dem Mädchen vertrauen?

Das konnte sie nicht. Außerdem war da noch Ferrand Severin, der sich irgendwann von dem Delirium erholen würde, in das ihn das Lacrime versetzt hatte. Ihr blieb womöglich nicht viel Zeit.

Sie musste Sandrine d'Ospios' Geheimnis aufdecken, sofort, solange sie dazu noch in der Lage war.

Sechstes Kapitel

Würmer der Erde

Martin und Selene hörten sich Brackes Geschichte an, ohne ihn mit Fragen zu unterbrechen. Es war kein in allen Punkten mit der Wahrheit übereinstimmender Bericht. In Brackes Version wurde Veulkhs Gefährtin Orra von Marnora getötet, die daraufhin aus ihm unbekannten Gründen mit den Tsau Dadan verschwunden war. Bracke fand, dass niemand sonst etwas von Ammolit oder ihren Fähigkeiten wissen sollte – oder davon, was wirklich aus ihr geworden war. Das galt insbesondere für den Fall, dass Veulkh noch lebte.

Martin stocherte in den Kohlen des Feuers herum. »Du weißt also nicht, ob Veulkh noch lebt oder ob er tot ist.«

»Richtig« antwortete Bracke. »Ich dachte, wir könnten das gemeinsam herausfinden.«

»Er muss noch am Leben sein!«, warf Selene ein. »Wenn nicht, war alles umsonst. Dann ist unsere Unternehmung gescheitert.«

»Der Weg hinein wird nun nicht mehr bewacht«, erklärte Bracke. »Es sollte eine leichte Sache sein.«

Das stimmte. Die Tsau Dadan waren verschwunden, ihre Baumhäuser verlassen. Er fragte sich, wie weit Ammolit inzwischen wohl gekommen war. Es war noch kein ganzer Tag vergangen, seit sie aufgebrochen war.

Die Chevaliers ließen ihre Pferde draußen warten, zusammen mit einigen Männern, die sich um sie kümmerten, die

Übrigen begaben sich ins Innere des Berges. Als sie den ersten Raum erreichten, wurden sie dort von Kos und seinen Raben begrüßt.

»Veulkh hat gesagt, dass Ihr kommen würdet«, erklärte Kos. »Er erwartet Euch.«

Der Zauberer erwartete sie tatsächlich, insbesondere Bracke, den er schließlich beiseitenahm, um mit ihm allein in den großen Speisesaal zu gehen.

»Du hast gesehen, wie sie Orra getötet hat?«, fragte er mit Nachdruck in der Stimme.

»Ja«, log Bracke.

»Und dann ist sie gegangen. Warum sollte sie so etwas tun?«

»Weil ich sie verletzt habe«, antwortete Bracke. »Ich habe sie mit einem Stein meiner Schleuder getroffen. Ihre Affen haben sie fortgetragen, und als ich hinausgegangen bin, waren sie alle weg.«

»Du musst sie sehr schlimm verletzt haben«, meinte Veulkh. »Oder aber es war irgendein Trick von ihr.«

»Vielleicht ist sie gestorben.«

Veulkh stieß einen rauen kehligen Laut aus. »So leicht stirbt sie nicht. Sie hat über die Jahre hinweg viele Körper benutzt. Wenn einer stirbt, hat sie immer einen anderen parat, für gewöhnlich in weiter Ferne, sodass was oder wer immer sie getötet hat, nicht mehr in ihrer Nähe ist.«

»Sie kann von einem Körper in den nächsten wechseln?«

Veulkh runzelte die Stirn. Offenbar begriff er, dass er zu viel verraten hatte.

Bracke fragte sich, ob der Körper, in dem Veulkh jetzt steckte, wohl seine ursprüngliche Gestalt war. Er sah nicht sehr alt aus, aber Ammolit hatte ihm gesagt, dass Veulkh schon seit Jahrhunderten lebte.

»Es spielt keine Rolle«, versetzte der Zauberer. »Was geschehen ist, ist geschehen. Ich werde sie betrauern, wie ich um viele andere getrauert habe.«

»Orra?«, hakte Bracke nach.

»Alle beide«, antwortete Veulkh. Er rieb sich die Stirn. »Jetzt kann mich nichts mehr aufhalten. Ich werde diese verdammte Sache für die Kryptarchia erledigen, und dann bin ich die ganze Angelegenheit los. Richte Martin aus, dass ich vier Tage brauche. Sag ihm, dass ich nicht gestört werden will. Vielleicht kannst du die Zeit dazu nutzen, um sicherzustellen, dass Marnora wirklich verschwunden oder tot ist. Ist dies nicht der Fall, kann sie unsere Pläne noch immer durchkreuzen.«

Bracke gefiel es im Inneren des Berges nicht, daher verbrachte er den größten Teil seiner Zeit draußen. Er jagte, ruhte sich aus und kümmerte sich um Rose, die immer noch sichtlich humpelte, aber mit jedem Tag kräftiger wurde.

Die Erde bebte stärker denn je zuvor. Mehrfach kletterte er den Berg hinauf und saß dort oben mit einer Aussicht auf den dampfenden See auf der einen Seite und die lange Reihe von Bergen auf der anderen. Seine bisherigen Eindrücke beschäftigten ihn immer wieder. Der Tunnel mit den Rippen, das Ding in Sular Bulan, die Schlange, die den Chevalier getötet hatte, das Beben der Erde. In seinen Augen glichen die Berge fast schon der Wirbelsäule einer gewaltigen Riesenschlange. Er dachte an die Kadaver toter Tiere, an die Würmer, die sich in ihnen einnisteten und sich durch ihr verfaulendes Fleisch gruben. War es mit der Welt genauso? Wühlte sich überall seltsames Getier durch die Erde?

Der Himmel konnte sich von einem Augenblick auf den nächsten verändern. Die Oberfläche der Erde verwandelte sich langsamer, so sinnierte er, aber schon im Laufe einer Handvoll von Jahren doch merklich. Wälder verbrannten und wurden dann zu grünen Wiesen. Bäume kehrten zurück und nahmen Gras und Büschen das Licht, und aus der Wiese wurde wieder ein Wald. Ein Fluss konnte nach einer großen Überschwemmung seinen Lauf ändern – nicht stark, aber merklich.

Bracke hatte sich immer vorgestellt, dass die Tiefen der Welt – jedenfalls ihre massiven Teile, der Stein unter der Erde – ewig seien. Jetzt erkannte er, dass auch sie in ständiger Veränderung begriffen waren. Er erinnerte sich auch an Dinge, die Großmutter einst gesagt hatte, kleine Andeutungen, die sie fallen gelassen hatte, während sie auf ihre übliche Weise vor sich hin geredet hatte. Wie hatte die Welt ausgesehen, als Großmutter jung gewesen war? Wenn sie denn je jung gewesen war. Waren die Berge in die Höhe gewachsen wie Bäume?

Aus einigen der Gipfel, die er in der Ferne sehen konnte, stieg Rauch auf, bei manchen nur ein wenig, während andere schwarze Wolken ausstießen, in denen er bisweilen Feuer sah. Sie sahen schön aus, ganz wie der Berg, auf dem er selbst saß. Was, wenn auch dieser Berg anfing, Rauch und Feuer zu speien? Würden dann Veulkh, Martin, Selene und die Chevaliers alle den Flammen zum Opfer fallen?

Und nicht zuletzt auch er selbst, wenn er hier am Kraterrand saß?

Von nun an ruhte er sich nicht mehr dort oben an der Bergkante aus.

Nach vier Tagen kam Selene nach ihm schauen. Er hörte sie weiter unten rufen und fand sie in der Nähe des Höhleneingangs. Die Erde bebte nun fast ununterbrochen, und vom See stieg noch mehr Dampf auf als gewöhnlich.

Sie lächelte, als sie ihn sah. »Bracke, immer so still.« Sie wirkte irgendwie nervös, unruhig. Blickte sich immer wieder um, als machte sie sich Sorgen, es könnte jemand hinter ihr auftauchen.

»Was ist denn los?«, fragte er.

»Nichts. Zumindest nichts, was dich beunruhigen muss, aber ich glaube … Bracke, es wird Zeit für dich zu gehen.«

»Und wohin?«

»Fort.«

Er musterte sie. »Martin weiß nicht, dass Ihr hier seid, nicht wahr?«

»Nein.« Sie schüttelte den Kopf. »Er will ... Es tut nichts zur Sache. Du hast genug für uns getan, Bracke. Mehr, als wir von dir hätten verlangen sollen.«

»Was ist mit meiner Belohnung?«

»Ich habe nichts, was ich dir geben könnte.«

»Das ist nicht wahr«, widersprach er.

Ihr rotes Gesicht wurde noch röter. »Bracke, meine Gelübde ...«

»Ihr liebt Martin«, fiel er ihr ins Wort.

»Tja, es dürfte wohl nicht allzu schwer gewesen sein, sich das zusammenzureimen«, meinte sie. »Aber selbst wenn ich ihn nicht lieben würde, es würde nichts ändern. Bracke, ich gebe dir gerade das Einzige, was ich dir geben kann. Nimm es!«

»Irgendetwas wird geschehen«, sagte er, »und das sehr bald. Aber ... was?«

»Frag mich das nicht noch einmal. Geh einfach. Bitte.«

Damit ließ sie ihn stehen. Er sah ihr nach, wie sie im Berg verschwand.

Unter seinen Füßen erbebte der Stein.

Siebtes Kapitel

Die Brücke

Chrysanthe hielt sich gerade lange genug in ihrem Zimmer auf, um sich ein paar notwendige Dinge zu besorgen, vor allem ihren Dolch. Sie überzeugte sich davon, dass das silberne Kästchen ihres Vaters immer noch sicher in der verborgenen Tasche ihres Untergewands steckte, und schlüpfte dann zum Fenster hinaus. Sie ließ sich an den Fingern vom Sims baumeln, um sich dann das restliche Stück fallen zu lassen.

Der Sturz war tiefer als erwartet, und ihr Gewicht riss sie zu Boden. Eine Weile lag sie da, sammelte ihre Kräfte und hoffte, dass nichts gebrochen war.

Die Nacht wirkte friedlich, die Luft war ein wenig kühl. Sterne funkelten hier und dort durch eine zerrissene Wolkendecke, während sich Chrysanthe zuerst auf die Knie erhob und dann aufstand. Sie orientierte sich, so gut sie das bei den unbeständigen Lichtverhältnissen konnte, dann marschierte sie los, quer über das Gelände in nordwestliche Richtung. Sie bahnte sich ihren Weg zwischen Hecken hindurch und sprang über kleine Bäche.

Alles wirkte unwirklich, und mehr als einmal fragte sie sich, ob sie vielleicht durch einen Traum wandelte – aber dann stach ihr ein Dorn durch ihre dünnen Tanzschuhe in den Zeh, und ihr Körper holte sie in die Realität zurück.

Trotzdem fiel es ihr schwer, sich auf die vor ihr liegende Aufgabe zu konzentrieren und nicht daran zu denken, was der morgige Tag mit sich bringen könnte. Im Laufe einer einzigen Nacht hatte sie Hoffnung und Trost nahezu vollständig verloren. Ihre Mutter hatte recht gehabt, so wie auch Bonaventure. Sie konnte die beiden fast schon vor sich sehen, wie sie irgendwo auf einem Sofa zusammensaßen und sich darüber austauschten, wie sie Chrysanthe doch gewarnt hatten, während Bonaventure ihre Mutter immer näher zu sich heranzog und ihr mit einem anzüglichen Augenzwinkern eine Flasche Wein hinhielt.

Emeline war nicht ihre Freundin, aber es war jetzt leicht zu durchschauen, warum sie sich als solche ausgegeben hatte. Quintents Motive für seine geheuchelte Freundschaft waren ihr immer noch unbekannt. Vielleicht war er Teil der Verschwörung, vielleicht auch einfach nur grausam wie Plesance, aber besser darin, es zu verbergen.

Sie hatte niemanden mehr. Früher einmal hatte sie geglaubt, sie sei sich selbst genug, aber jetzt wusste sie, dass das falsch gewesen war. Was immer sie getan hatte, in welchen Schwierigkeiten sie auch gewesen war, ihre Familie war immer da gewesen und bereit zu helfen. Jetzt war sie wahrhaft allein und ganz auf sich selbst gestellt. All ihr Mut schien weitgehend aufgebraucht, als würde nur noch Gewohnheit sie antreiben statt couragierter Tapferkeit.

Chrysanthe erreichte eine Mauer, die ein wenig höher war als sie selbst groß, und folgte ihr, bis sie bei einem Apfelbaum ankam, von dem aus sie über die Mauer hinwegklettern konnte. Auf der anderen Seite erstreckte sich ein Jagdpark mit weit auseinanderstehenden Bäumen und sehr wenig Unterholz.

Es war dunkel, und die Blätter verschluckten das wenige Licht, das vom Himmel kam. Sie war gezwungen, stehen zu bleiben und die Blenden ihrer Laterne zu öffnen, sodass das Licht einen Kreis um sie herum bildete, der jedoch zugleich die Nacht jenseits seines eng umgrenzten Radius noch dunkler machte.

Als sie die alte Straße erreichte, hatte sie den deutlichen Eindruck, dass der Himmel im Osten bereits wieder ein wenig heller wurde. Wind kam auf und beugte die Wipfel der Bäume, und die warme Luft wirkte feucht, als würde es bald regnen.

Es dauerte nicht lange, und alte Gebäude reihten sich entlang der Straße. Die meisten waren aus Holz und befanden sich in verschiedenen Stadien des Verfalls. Einige wenige hatten Steinfundamente, und das eine oder andere davon war einst recht groß gewesen.

Und tatsächlich, bald erreichte sie die Brücke. Es hätte ein Triumph sein sollen, aber inzwischen war sie pessimistisch geworden. Die Indizien waren so dürftig, sie hatte bei ihren Überlegungen so große logische Sprünge gemacht – und das Glück hatte sich in dieser Nacht mit Nachdruck gegen sie verschworen. Vielleicht versuchte sie hier nichts anderes, als nur mit einer Feder bewaffnet einen Hirsch zu erlegen.

Sie trat auf die Brücke, und ihre Zweifel schwanden mehr und mehr dahin.

Der Fluss mochte seinen Lauf geändert haben, aber unter der Brücke war immer noch Wasser. Der Flusslauf hatte einen See aus Schwarzwasser zurückgelassen, einen »toten Arm«, weil dieser Bereich jetzt vom strömenden Fluss abgeschnitten war. Sie untersuchte das reglose Wasser, ein Spiegel für das allmählich zunehmende Licht am Himmel. Dann fiel ihr der Brief wieder ein, das erwähnte Bad im »Tolatolil«. D'Ospios hatte einfach nur »toter Arm« ins Modjalische übersetzt.

Tola »tot« und tolil »Arm«.

Die alte Brücke aus Stein wurde von drei Bögen getragen, von Moos und Flechten bewachsen. Sie war breit und offenbar eine Marktbrücke gewesen, denn zu beiden Seiten erhoben sich schmale hölzerne Häuschen, die jedoch wie die Häuser, die Chrysanthe zuvor gesehen hatte, halb verfallen waren. An beiden Enden der Brücke gab es auch Steingebäude, die einst als Torhäuser gedient haben mussten oder vielleicht sogar als Zunfthäuser.

In der Mitte, direkt über dem Scheitelstein des zentralen Bogens, befand sich eine kleine gemauerte Kapelle, die der Themis geweiht war.

Der Geist von Sandrine d'Ospios spukte nicht mehr in ihrem Kopf, aber wenn sie ihren Gedanken freien Lauf ließ, meldeten sich einige Erinnerungen der toten Frau in ihr. Sie folgte ihnen zu einem der Torhäuser, und eine Treppe darin führte sie hinunter in die Fundamente der Brücke, die sich tief in das Ufer hineinbohrten, und dort stieß sie auf einen schlichten leeren Raum, aus dem schon vor langer Zeit alles Wertvolle geplündert worden war. Einen Moment lang stand sie verwirrt da, aber dann ging sie zu einer Stelle der Mauer im Westen, drückte den Stein nach innen und dann zur Seite.

Ein Stück der Fläche glitt beiseite und enthüllte einen weiteren Raum dahinter.

Er war nicht groß. Ein kleiner Fensterschlitz ließ Licht und Luft herein. Dieses Fensterchen musste Severin oder d'Ospios oder irgendjemandem, den sie kannten, den Weg hinein in dieses Versteck gewiesen haben.

Auf dem Boden hatte jemand eine Art Bett hergerichtet, eine mit Füllung vollgestopfte Matratze, über die man Brokatdecken geworfen hatte, Leinenlaken und wunderlich gemusterte Kissen. Papierlaternen hingen an bunten Bändern, und Gedichtbände stapelten sich säuberlich neben dem Bett. In einer Vase am Fenster steckten Blumen, die erst wenige Tage alt sein konnten.

»Das Nest«, hatte es Sandrine d'Ospios in ihrer modjalischen Verschlüsselung genannt. Hier hatten sie sich getroffen, sich geliebt, Wein getrunken und einander Bücher vorgelesen. Ihr geheimer Treffpunkt. Und hier war sie gestorben und lag nun im toten Arm des Flusses Cendel am Grunde des tiefen stehenden Gewässers.

Aber Chrysanthe war nicht nur hergekommen, um das Nest zu finden. Und sie ging nicht davon aus, dass Severin seine Geliebte ermordet hatte. Wer immer es gewesen war, hatte das Nest wahrscheinlich durchwühlt. Danach war Severin hergekommen, hatte den Raum durchsucht und aufgeräumt, damit er ihm als eine morbide Gedenkstätte dienen konnte – die Blumen legten die Vermutung nahe, dass er erst kürzlich hier gewesen war.

Was sie suchte, war fraglos an keiner offensichtlichen Stelle zu finden, aber sie überprüfte trotzdem alles. Sie schaute unters Bett und zwischen die Bücher, tastete die Matratze und die Kissen ab, und wie erwartet fand sich nichts. Sie suchte nach losen Steinen auf dem Boden und in den Wänden, doch das war genauso fruchtlos.

Sie wusste, dass es hier war. Seit der Geist von Sandrine d'Ospios von ihr Besitz ergriffen hatte, wusste Chrysanthe, dass es im »Valugudil« versteckt war, was, da war sie sich sicher, »Liebesnest« bedeutete. Aber Sandrine d'Ospios hatte Wortspiele gemocht, und als Chrysanthe zum ersten Mal die Bedeutung von »Valugudil« zu analysieren versucht hatte, war sie auf andere mögliche Übersetzungen gestoßen.

Plötzlich verstand sie. Sie verließ das Nest und stieg wieder zur Brücke hinauf, zu dem Themis gewidmeten kleinen umschlossenen Raum über dem mittleren Brückenbogen. Er war ganz einfach gehalten – die Vorderseite war offen, und der Raum war nur groß genug für eine Person. Im Inneren stand ein kleiner Altar für Kerzen, und ein Bild der Themis war als halb erhabene Arbeit in den Stein der rückwärtigen Wand gemeißelt.

Chrysanthe trat ein, machte das Zeichen für Themis und flüsterte drei ihrer Namen, dann kniete sie sich hin und drückte oben gegen den steinernen Altar.

Der Stein ließ sich mühelos bewegen.

Darunter ein Hohlraum.

In dem Hohlraum ein Buch.

Valugudil konnte »Liebesnest« bedeuten, aber auch »steinerne Kapelle«.

Sie nahm das Buch heraus, verschloss den steinernen

Deckel wieder, legte den Band obenauf und öffnete ihn. Es handelte sich, wie sie vermutet hatte, um ein Geschäftsbuch – nicht mehr und nicht weniger. Sie fragte sich, welches Geheimnis es wohl enthalten mochte, dass Menschen bereit waren, dafür zu morden, und wie unscheinbar dieses Geheimnis wohl verborgen sein mochte. Irgendeine Kleinigkeit in den Beträgen, die herauszufinden sie womöglich sehr lange brauchen würde.

Das war nicht der Fall.

Sie musste nur wenige Augenblicke auf die kaum leserliche Handschrift schauen, um zu verstehen, was Severin und d'Othres so sehr hatten verbergen wollen. Länger dauerte es zu verstehen, was es wirklich bedeutete, und als es ihr dämmerte, versuchte sie zunächst, es vor sich selbst zu leugnen.

»Also ist es die ganze Zeit über hier gewesen«, sagte jemand hinter ihr. »Wie ärgerlich! Und wie bedauerlich für dich!«

Chrysanthe fuhr herum. »Hallo, Margot«, grüßte sie. »Bist du hergekommen, um noch einmal zu versuchen, mich zu küssen?«

Margot stand einige Dutzend Schritte entfernt. Sie trug Männerkleidung: Reithose, Weste und Mantel, und von ihrem Gürtel baumelte ein Degen. Zudem hatte sie sich einen Hut mit breiter Krempe tief in die Stirn gezogen.

»Dafür muss ich mich bei dir entschuldigen«, sagte sie. »Es war die einzige Möglichkeit, die mir eingefallen ist, um dich von der Spur abzubringen. Auch wenn es mir nichts ausgemacht hätte, wäre ich mit meinem Versuch erfolgreich gewesen.«

»Du hast mein Zimmer durchsucht. Du und dein Komplize in dem braunen Mantel. Lucien vielleicht? Ihr habt das Tagebuch mitgenommen.«

»Oh ja, aber ich habe es geschafft, dich zu täuschen, nicht wahr?«

»Ja«, musste Chrysanthe zugeben.

»Davon einmal abgesehen hast du deine Sache sehr gut gemacht. Ich habe es nicht hinbekommen, dieses verdammte Tagebuch zu entschlüsseln. Bonaventure hat dich hergeschickt, oder? Genauso wie er d'Ospios geschickt hat.«

»Ich kenne keinen Bonaventure«, erklärte Chrysanthe, entschlossen, so wenig wie irgend möglich zu verraten.

Dann sah sie, dass Margot nicht allein war. Zwei weitere Gestalten standen am östlichen Ende der Brücke.

Sie blickte in die andere Richtung. Das Westende der Brücke war immer noch frei.

»Chrysanthe«, erhob Margot erneut ihre Stimme, »du musst mir zuhören. Du hast das Geschäftsbuch gesehen. Ich überschätze dich sicherlich nicht, wenn ich davon ausgehe, dass du verstehst, was das bedeutet. Ich mag dich recht gern, aber – wie soll ich es ausdrücken? – du wirst nicht so lange leben, wie es die Natur für dich vorgesehen hat. Trotzdem kannst du noch ein wenig länger leben. Bei Sandrine habe ich mich im richtigen Zeitpunkt vertan, und mit dir möchte ich nicht noch mal den gleichen Fehler machen. Du kannst jetzt mit mir kommen und wahrheitsgemäß ein paar Fragen beantworten, und dann kannst du dich schmerzlos aus dieser Welt davonmachen. Oder du kannst deine verbliebenen Tage unter Qualen verbringen. Ich rate eindringlich zu Ersterem.«

Chrysanthe trat von dem Buch weg und hinaus auf die Brücke. Margot stand immer wenige Meter entfernt und zog nun den Degen.

»Tu es nicht«, sagte sie.

Chrysanthe fuhr herum und rannte los. Hinter sich hörte sie Margot auf eine Weise fluchen, die so gar nicht damenhaft war.

»Das ist nutzlos!«, schrie sie Chrysanthe hinterher. »Du kannst nirgendwohin!«

Das wusste sie bereits. Was aber Margot nicht wusste, war, dass Chrysanthe gar nicht die Absicht hatte, die Brücke zu verlassen. Sie brauchte das Buch nicht mehr – selbst wenn Margot nicht aufgetaucht wäre, gab es doch niemanden, dem sie vertraute und der tun könnte, was jetzt nötig war. Ihr Vater musste das die ganze Zeit über gewusst haben.

Weil Margot nicht wusste, was Chrysanthe vorhatte, nahm sie die Verfolgung recht gemächlich auf. Das gab Chrysanthe Zeit, wieder die Treppe hinunter in das Liebesnest zu laufen, die Geheimtür hinter sich zu schließen und die Riegel vorzulegen, mit denen man sie versperren konnte. Anschließend zog sie sich ihr Gewand über den Kopf und holte das kleine Kästchen, das ihr Vater ihr gegeben hatte, aus der Tasche in ihrem Unterrock.

Behutsam löste sie die Verriegelung und öffnete den Deckel.

Jemand hämmerte gegen die steinerne Tür. Eine gedämpfte Stimme erklärte, sie würde in der Falle sitzen, doch sie achtete nicht darauf.

Die kleine Dose enthielt ein bräunliches Puder. Das Strigas. Außerdem lag eine Haarlocke darin.

Chrysanthe hielt sich die Dose unter die Nase, wie ihr Vater sie angewiesen hatte, und atmete ein. Zuerst roch es nach nichts, aber während das Zimtlacrime auf ihrer Zunge aufgelodert war, entfachte diese Substanz ein Feuer in ihrem Schädel, und dann war es, als würden sämtliche Blumen auf der Welt gleichzeitig ihren Duft abgeben. Chrysanthe wurde von einem so jähen und so vollkommenen Glücksgefühl überwältigt, dass ihr im Vergleich dazu alle anderen Gefühle, die sie je empfunden hatte, kraftlos, grau und unvollständig erschienen.

Es war, als stünde sie in einem kräftigen warmen Wind, und ihr Haar flatterte hinter ihr. Die Wände, der Boden, das schmale Fenster, ja, die Luft selbst fingen an, in überwirklichen Farben zu schimmern, die jede Realität weit hinter sich ließen. In ihrer Hand begann sich die Haarlocke zu krümmen und zu verbrennen, sich in den unendlichen Himmel hinter dem Himmel hinaus zu erstrecken, und sie zog Chrysanthe hinter sich her. All ihre Knochen lösten sich voneinander und verbanden sich zu einer Kette, einem Draht, einem Spalt in der Luft, der immer dünner und länger wurde und von Sekunde zu Sekunde gegenwärtiger, konzentrierter.

Die so gewaltigen, so trägen Gedanken Gottes umhüllten sie wie das Läuten von Basilikaglocken, und alles schien stillzustehen. Sie befand sich im Inneren des Steins des Raumes, im Inneren von Margot und ihren Männern. Sie konnte ihre schlagenden Herzen spüren, das fieberhafte Geschnatter ihrer Gedanken.

Und dann fühlte sie ... noch jemanden!

Weit, weit, über Wasser und Land und den Lauf der Sonne und des Mondes hinweg. Zuerst erkannte dieser andere sie nicht, aber einen Moment später war es, als erwachte Chrysanthe aus einem Traum, als verschränkten sich ihre Finger mit denen der anderen Person, als vereinten sich ihre Zungen, und eine Stimme wurde hörbar. Chrysanthes Stimme. Sie sagte, was sie zu sagen hatte, auch wenn bald alles wieder davonzugleiten begann, die Farben sich abschwächten und ihr ein schrecklicher Schmerz die Brust zerriss.

Chrysanthe war noch nicht fertig. Margot und die Männer waren immer noch da, doch auch sie entglitten ihr nun. Wenn es Chrysanthe doch nur gelänge, ihnen zu befehlen oder irgendetwas gegen sie zu unternehmen ...

Der Wind in ihrem Kopf wurde zu einem Wirbelsturm, und alle Schönheit erstarb, wie wenn eine Flamme erlosch. Alles endete, und sie verspürte die größte Verzweiflung. Gott hatte sie ausgesperrt, war fertig mit ihr.

Nichts würde je wieder so sein wie zuvor ...

Am Tag nach Renosts Aufbruch wanderte Crespin bis ans äußerste Ende des weiten Hafenbogens, setzte sich auf die uralte Flutmauer und schaute hinaus auf die sich brechenden Wellen, die schäumend gegen das heimtückische Riff im

Süden brandeten. Er schloss die Augen und beschwor Bilder von zu Hause herauf – seine Mutter, Chrysanthe, Phoebe, seine Brüder, die Fieberbäume an den Ufern des Laham. Renost.

Sosehr er sich bemühte, die Gegenwart zog ihn immer wieder zurück. Die Rufe der Möwen waren einigermaßen vertraut, aber an den Küsten der Salamandra gab es Seevögel in einer erstaunlichen Vielfalt, und viele Arten hatte er noch nie zuvor gesehen. Zusammen bildeten sie einen Chor, der für seine Ohren fremdartig klang.

Einen Steinwurf von ihm entfernt schuftete eine Kolonne aus früheren Sklaven der Drehhu. Sie räumten unter der Anleitung eines mesembrischen Aufsehers einen Abflusskanal frei und sangen dabei ein Skalvenlied. Der Rhythmus unterschied sich nicht allzu sehr von dem der Lieder tamanjanischer Arbeiter in Mesembria, aber die Melodie war sehr sonderbar, mit bizarren Intervallsprüngen, und auch wenn er in seinem kurzen Leben viele Sprachen gehört hatte, noch keine hatte in seinen Ohren so merkwürdig geklungen.

Selbst die Luft roch irgendwie falsch – metallisch und doch mit einem seltsamen, klebrig süßen Nektar versehen.

Und dann bewegte sich sogar die Erde.

Es begann als ein seltsames Gleiten im Gestein unter ihm. Das Licht wirkte plötzlich eigentümlich – strahlender als noch einen Moment zuvor, gelber. Im nächsten Moment schlingerte die ganze Welt, eine Bewegung, die irgendwie zugleich winzig und unbeschreiblich groß war, als wäre er ein Floh auf einem Elefanten, der sich im Schlaf bewegt hatte. In der Ferne hörte er jemanden schreien, und dann erhob sich ein Chor von Rufen, die scheinbar von überallher kamen. Staub drang aus allen Fenstern und Türen der Festung, als würde sie ausatmen.

Seltsamerweise wirkte der Trupp von ehemaligen Drehhu-Sklaven, dem er bei der Arbeit zugesehen hatte, völlig ungerührt.

Das Beben schien lange anzuhalten, auch wenn es in Wirklichkeit womöglich nur einige wenige Sekunden waren. Als ihm der Boden unter seinen Füßen wieder verlässlich erschien, ging er zu den Sklaven.

»Du da!«, wandte er sich an den Vorarbeiter, einen Navior von einem der Kriegsschiffe, die die Festung eingenommen hatten.

»Mein Herr?«, antwortete der Mann und nahm Haltung an.

»Spricht irgendwer von denen unsere Sprache?«

»Nein, Sir«, antwortete der Vorarbeiter. »Doch ich habe lange in Boloy gelebt, daher spreche ich ein wenig von ihrer Sprache. Deshalb wurde mir auch diese Pflicht zugeteilt.«

»Fragt sie, was gerade passiert ist.«

Der Mann stotterte etwas, das überwiegend nach Zischlauten klang, woraufhin einer der Sklaven antwortete. Zwei andere warfen hin und wieder etwas ein.

Der Vorarbeiter drehte sich wieder zu Crespin um. »Sie sagen, es sei etwas ganz Alltägliches.«

Einer der Sklaven streckte deutend die Hand aus und fügte noch etwas hinzu.

»Ah ja, es sind die Vulkane, Sir. Sie lassen die Erde beben.«

Crespin folgte dem ausgestreckten Zeigefinger des Mannes. In der Ferne erhob sich eine Säule aus schwarzem Rauch, hin zu dem linsenförmigen grauen Fleck, der schon tagelang den Himmel im Osten verdunkelte. Crespin rief sich erneut die Karte der Salamandra ins Gedächtnis, Dutzende von Bergen, gezeichnet mit aus ihnen aufsteigenden Rauchwolken. »Das ist also ein alltägliches Ereignis?«

Als sie die Übersetzung der Frage hörten, nickten die Sklaven, aber einer von ihnen, ein älterer Mann, fügte noch etwas hinzu, und es folgte ein kurzes Streitgespräch.

»Der Mann sagt, das letzte Beben sei ihm irgendwie anders vorgekommen. Die anderen nennen ihn einen verrückten Alten.«

Crespin fragte sich, ob er sich mit seinem Vater über die Sache unterhalten sollte, aber dann fiel ihm wieder ein, dass sich der Admiral auf einer Aufklärungsfahrt auf der Daulphin befand, einem Marineschiff, dessen Kapitän beim Kampf um Basilisk gefallen war.

Er machte sich auf den Rückweg zur Festung. Unterwegs erbebte die Erde abermals, diesmal nur ein ganz klein wenig, aber als er durch die innere Mauer trat, kam es zu einem erneuten Beben, dieses war so heftig, dass er sich kaum auf den Beinen halten konnte. Es folgte ein Knirschen und Knacken, und er schaute gerade rechtzeitig auf, um zu sehen, wie ein Teil der oberen Festung, der in den gewachsenen Fels gehauen worden war, zerbarst und in einer kleinen Lawine herabstürzte.

Jemand sagte seinen Namen.

Es war so leise, dass es ihn erstaunte, es überhaupt vernommen zu haben. Als er sich umdrehte, war da jedoch niemand. Er holte tief Luft, um seine Nerven zu beruhigen. Offenbar war er gerade dabei, ein wenig durchzudrehen.

Er wollte schon weitergehen, da hörte er es wieder.

Diesmal erfüllte es seinen Kopf.

Er setzte sich in Bewegung, dann lief er, dann rannte er, so schnell er konnte, hinein in die Festung, hin zu dem improvisierten Lazarett. Alles links und rechts von ihm verdunkelte sich, während der Weg vor ihm in vollendeter Klarheit leuchtete.

Er schob sich an einem Wachposten vorbei, nahm gar nicht erst zur Kenntnis, was immer der Mann sagte, und trat durch eine Tür in einen Raum. Das Zimmer war klein und hatte weiße Wände, aber es war dunkel, weil die Vorhänge an den Fenstern zugezogen waren. Sie lag dort in einem Einzelbett und sah ihn teilnahmslos an, als er hereinkam.

»Chrysanthe!«, stieß er hervor.

Unmöglich!

Es war unmöglich, und doch war seine Schwester hier.

Chrysanthe nickte schwach. »Unser Vater?«

»Er fährt mit der Daulphin die Küste hinauf«, antwortete Crespin. Er ließ sich an ihrem Bett nieder und griff nach ihrer Hand. »Wie kommt es, dass du hier bist?«

»Pst«, mahnte sie. »Hör zu, sie muss dir etwas mitteilen. Hör zu.«

»Ja«, sagte Crespin, »ich höre zu.« Aber es war verwirrend. Wen meinte Chrysanthe mit »sie«?

»Ihr seid verraten worden. Ihr alle. Der Kaiser. Velesa. Modjal. Ihr alle sollt hier sterben.«

»Ich verstehe nicht.«

»Ihr habt keine Zeit zu verlieren. Ihr müsst in See stechen. Bringt die Flotte weg von Basilisk, so weit ihr könnt, und zwar sofort.«

»Chrysanthe?«

Gold sickerte aus ihrer Nase, aus ihren Mundwinkeln und ihren Augen.

»Chrysanthe!«, schrie er.

Aber dann hielt er schon nicht mehr die Hand seiner Schwester, und sie lag nicht mehr in dem Bett. Stattdessen war es Kalliope, die dort lag. Ihre Augen waren aufgerissen, aber als sie den Mund bewegte, drang daraus kein Laut hervor.

Er blieb noch für eine Weile am Bett stehen, unsicher, was da gerade passiert war. Dann wandte er sich um und entdeckte den Wachposten, einen jungen Fähnrich, der den Blick auf ihn gerichtet hielt.

»Sir?«, fragte der junge Mann.

Crespin ließ Kalliopes Hand los und stand auf.

»Holt einen Arzt!«, befahl er. »Lasst ihn die Frau hier auf die Leucothea begleiten, und gebt dort Bescheid, dass sie sich bereitmachen sollen, sofort in See zu stechen. Die ganze Flotte. Alle!«

»Sir, der Admiral …«

»Er ist nicht hier«, schnitt ihm Crespin das Wort ab. »Ich

übernehme das Kommando. Wenn ich falschliege, trage ich die Konsequenzen dafür.«

Der junge Mann nickte und wandte sich zum Gehen, aber dann blieb er stehen und gab einen seltsamen Laut von sich.

Hector war ihm in den Weg getreten, und etwas ragte aus dem Rücken des Fähnrichs, etwas Langes und Rotes …

Hector zog seine Klinge aus dem Rücken des Mariniers, der daraufhin zu Boden sank. Der Wundarzt beäugte den sterbenden Jungen teilnahmslos und sagte nur: »Er hätte ohnehin nicht mehr lange zu leben gehabt.«

Dann machte er einen Satz nach vorn und stieß nach Crespin.

Immer noch benommen, wich Crespin ein wenig zu langsam aus, und die Klinge stach ihm in die Seite, wurde jedoch von einer Rippe daran gehindert, tiefer einzudringen.

Crespin schrie auf, zog jedoch seinen Säbel.

»Was tust du da?«, rief er, als sich Hector auf ihn stürzte. Er versuchte, den nächsten Hieb des Arztes zu parieren, doch der traf ihn an seinem anderen Arm.

»Meine Pflicht«, antwortete Hector. »Tut mir leid. Könnte ich dir vertrauen, würde ich dich am Leben lassen.«

Wieder griff er an, doch diesmal gelang es Crespin, seine Klinge aufzuhalten und mit seinem Schwert zu antworten.

Geschickt wich ihm Hector aus.

Crespin versuchte ein wenig mehr Raum zwischen ihnen beiden zu schaffen. Hector kämpfte mit einem Espey, einem langen, nadelartigen Säbel, wie zum Zustoßen geschaffen. Solche Waffen waren unter Navioren normalerweise nicht gebräuchlich, weil sie in der Schlacht unpraktisch waren, aber als Duellierwaffe waren sie in den richtigen Händen von grausamer Effizienz. Crespin hatte nicht viel Übung im Kampf gegen derartige Säbel, und Hector war ein wahrer Meister.

Hinzu kam, dass Crespin noch von seiner Verletzung geschwächt war, und Hector hatte ihn bereits zweimal getroffen. Inzwischen stand er buchstäblich mit dem Rücken zur Wand.

»Kannst du mir zumindest den Grund verraten?«

»Nein«, entgegnete Hector.

»Der ist mir auch egal!«, rief Renost, der durch die Tür gestürzt kam.

Hector hätte es fast noch geschafft herumzufahren, aber Renosts Säbelhieb traf ihn im Nacken, und der Arzt fiel zu Boden. Renost stach ihm in den Rücken, warf ihn mit einem Tritt herum und durchbohrte ihn mit seiner Klinge noch einmal.

»Das dürfte wohl genügen, Renost«, sagte Crespin erschüttert.

»Gern geschehen.«

»Du bist nicht mit der Tethys ausgelaufen?«

Renost zuckte mit den Schultern. »Ich habe es mir noch mal anders überlegt.« Dann deutete er mit dem Kopf auf ihren ehemaligen Gefährten. »Warum habe ich soeben Hector getötet?«

»Keine Zeit für Erklärungen, die Flotte muss sofort ablegen. Bring Kalliope auf die Leucothea. Wenn wir meinen Vater via Lucnographen erreichen können, lass ihn meine Entscheidung wissen. Wir treffen uns auf dem Schiff.«

»Wohin gehst du?«

»Ich habe noch etwas anderes zu erledigen.«

Achtes Kapitel

Asche

Bracke begab sich zurück ins Innere des Berges. Selenes Rat war sicherlich gut gemeint, aber die Neugierde trieb ihn an. Außerdem mochte er sie und Martin inzwischen und konnte den Gedanken nicht abschütteln, dass sie immer noch seine Hilfe benötigten.

Er hatte bereits den größten Teil des Weges zurückgelegt, als der Stein unter ihm so heftig bebte, dass er auf Hände und Knie stürzte. Einen Moment später blies ein heißer Wind durch den Tunnel, begleitet von einem Laut, der so tief war, dass Bracke ihn mehr in seinen Knochen spürte, statt mit den Ohren zu hören.

Dann war alles still.

Ohne genau zu wissen warum, sprang er auf und rannte los.

Die meisten von ihnen waren bereits tot. Das Blut von Raben und Chevaliers vermischte sich auf dem nach innen gewölbten Stein. Martin lebte noch und schlug in schneller Folge mit den Fäusten nach vier Raben, und Kos und Ariston trugen einen erbitterten Schwertkampf gegeneinander aus. Der Chevalier kämpfte mit einem Schild und einem schweren Schwert; der Rabe hatte zwar eine leichtere Waffe, deren Klinge im blutroten Licht blitzte, bewegte sich aber ein wenig flinker.

Zu seiner Erleichterung sah Bracke Selene an einer Wand lehnen, in einen gelben Schein gehüllt. Einige Schritt von ihr entfernt und in ihrer goldenen Wolke eingeschlossen befand sich Veulkh, mitten in seiner Bewegung erstarrt. Er hatte auf dem Boden gekniet und war gerade dabei gewesen aufzustehen, eine Faust auf dem Stein. Seine Augen waren beängstigend, rot wie Blut und hell leuchtend wie Lampen, und schwarzer Rauch quoll ihm aus dem Mund. Sein gesamtes Haar war verschwunden, und sein kahler Kopf glänzte im Licht des Feuers. Zwei Chevaliers und vier von ihren Dienern lagen ringförmig um ihn herum, geschwärzt, und Rauch stieg von ihren Leichen auf.

Bracke wusste nicht, wer den Kampf begonnen hatte, und es interessierte ihn auch nicht. Er wusste, auf welcher Seite er stand, und so nahm er einen Stein aus seiner Tasche und legte ihn in seine Schleuder.

In diesem Moment stürzten Kos und Ariston aufeinander zu, es gab einen schnellen Schlagabtausch, und als sie sich dann voneinander lösten, machte Ariston noch drei Schritte und brach dann enthauptet zusammen.

Kos fuhr herum und warf sich auf Martin, der gerade einen seiner Gegner mit bloßen Fäusten erschlagen hatte.

Bracke ließ seine Schleuder wirbeln. Er zielte gut und war auch überzeugt, dass er Veulkh getroffen hatte, aber nichts geschah. Er rannte auf den Zauberer zu und griff nach dem nächsten Stein, während Martin den letzten der Raben, gegen die er gekämpft hatte, erschlug. In diesem Moment erreichte ihn Kos, und die beiden wurden zu einem verschwommenen Wirbel.

Kos taumelte zurück, und Bracke sah, dass er seine Waffe nicht mehr in der Hand hielt. Dann bemerkte er den Grund dafür. Das Schwert steckte in Martins Oberschenkel.

Kos kam erneut auf Martin zu, einen Dolch in der Hand.

Bracke war inzwischen so nahe an Veulkh heran, dass er sein Ziel gar nicht mehr verfehlen konnte, und ließ die

Schleuder wirbeln, als ihm auffiel, dass der Zauberer den brennenden Blick auf ihn richtete.

Als er den Stein schleuderte, ertönte ein Krachen wie Donner, direkt in seinem Ohr, und etwas traf ihn voller Wucht und schleuderte ihn nach hinten. Alle Luft wich ihm aus der Lunge, und er landete unsanft auf dem Boden, aber sofort rappelte er sich wieder hoch und zog seinen Tomahawk.

Veulkh stand nun ebenfalls, und noch ehe Bracke einen Schritt tun konnte, brach Selene zusammen.

Trotz des Schwerts in seinem Bein wich Martin Kos' Angriff aus und traf seinen Angreifer mit der Faust. Von Brackes Blickwinkel aus sah der Hieb nicht allzu hart aus, trotzdem sah er Blut und Zähne davonspritzen, und Kos sank zu Boden.

Bracke rannte wieder auf Veulkh zu, und im gleichen Moment wirbelte auch Martin zu dem Zauberer herum.

Da stieß Veulkh einen Schrei aus.

Es klang wie ein laut gerufenes Wort, aber es war mehr als das. Plötzlich kam sich Bracke unmöglich schwer vor, seine Knie gaben unter ihm nach, und er fiel zu Boden. Als er sich mühte, den Kopf zu heben, sah er, dass Martin noch immer stand, die Knie zwar gebeugt, aber einen Ausdruck zorniger Entschlossenheit im Gesicht.

Veulkh trat einige Schritte auf ihn zu, hob die Hand und schloss die Faust, und Martin sank auf eins seiner Knie.

»Ich habe getan, was Ihr von mir verlangt habt«, grollte der Zauberer. »Jetzt habt Ihr meine Wachen getötet. Warum?«

Es gelang Martin, den Kopf zu heben. Er öffnete den Mund, als wollte er sprechen, stattdessen stieß er einen Schrei aus und sprang nach vorn.

Er schaffte es nicht. Er schlug mit der Wucht eines Menschen zu Boden, der dreißig Meter tief gestürzt war, nicht nur einen.

Veulkh drehte sich zu Bracke um. »Und du, was führt dich dazu, dich auf die Seite dieser Leute zu schlagen? Du hast nichts mit ihnen gemein.« Mit langsamen Schritten kam er auf Bracke zu. Seine Augen waren wieder völlig normal, doch er humpelte, und seine Lippen waren rot vor Blut. Er keuchte, als wäre er meilenweit gerannt, aber Bracke spürte noch immer die Macht des Zauberers und wusste, dass er ihm auf Gedeih und Verderb ausgeliefert war.

Bracke war das Konzept von Gnade nicht so recht bekannt, und er hatte den starken Verdacht, dass Veulkh damit ebenfalls nichts anfangen konnte.

»Veulkh!«

Der Zauberer drehte sich um. Eine Frau näherte sich ihm, eine sehr vertraute Frau.

»Orra?«, sagte Veulkh. »Ich dachte …«

»Ich bin wohlauf«, fiel sie ihm ins Wort. »Es besteht kein Grund zur Sorge.«

»Ich habe meinen Teil unserer Übereinkunft eingehalten.« Veulkh machte eine ausholende Bewegung mit beiden Armen und deutete auf die im Raum verstreuten Leichen.

»Ich weiß«, antwortete sie. »Ich weiß, mein Liebster, und jetzt können wir gehen.«

Veulkh wirkte verwirrt. »Ammolit?«

»Orra«, korrigierte die Frau. »Jetzt nur noch Orra.«

Er nickte. »Ich bin müde.«

Sie streckte die Hände aus, und er trat in ihre ausgebreiteten Arme.

Bracke sah das Messer erst im letzten Moment, bevor sie es ihm in den Rücken stieß.

Dann schien die Luft selbst zu explodieren.

Crespin sprach gerade mit dem Mann, der den Lucnographen bediente, als er die Rufe der Marinier hörte, dass der Admiral an Bord komme. Crespin stellte sicher, dass der Mann am Lucnographen die Botschaft, die er versenden sollte, richtig verstanden hatte, dann machte er sich auf den Weg, um sich in der Messe mit seinem Vater zu treffen.

Diesmal gab es keinen Kaffee. Alastor Nevelon nahm nicht einmal Platz.

»Erkläre mir, was du da tust«, verlangte er von seinem Sohn. »Was ist hier los? Warum macht sich meine Flotte aufbruchsbereit? Warum sind die Velesaner und die Modjali wieder auf ihren Schiffen?«

»Ich habe sie freigelassen und ihre Gefangenschaft vorübergehend ausgesetzt.«

»Wer hat das angeordnet?«

»Ich selbst. Du hast mich von der Marine weggeholt und mich zum stellvertretenden Befehlshaber auf deinem Schiff gemacht. Du warst nicht hier, und ich habe eine Entscheidung treffen müssen.«

»Auf welcher Grundlage?«

»Die Strixe hat dringend dazu geraten, schleunigst von hier zu verschwinden.«

»Die Strixe?«

»Deine Strixe. Kalliope.«

»Du gehst zu weit«, rügte ihn sein Vater.

»Ach ja? Wirklich?«

»Crespin …«

»Hör mir einfach einen Moment zu. Du hältst mich bestimmt für verrückt, aber ich versichere dir, dass ich mir noch nie in meinem Leben einer Entscheidung so sicher gewesen bin.«

Einen Moment lang glaubte er, etwas in der Miene seines Vaters zu entdecken, einen verräterischen Ausdruck. Es war nicht von Dauer.

»Chrysanthe?«, fragte der Admiral leise. »Du hast etwas von Chrysanthe gehört?«

Crespin war es, als spürte er plötzlich eine Art Kälteschauer. »Moment mal, du …«

»Heraus damit!«, unterbrach ihn sein Vater. »Was hat sie gesagt?«

»Du hast es gewusst?«

»Rede!«

Für einen Moment konnte Crespin vor Schreck nicht sprechen. Er hatte seinen Vater noch nie derart die Stimme erheben hören.

»Was hast du mit meiner Schwester gemacht?«, verlangte er dann zu erfahren. »Was geht hier vor sich?«

Der Admiral schloss die Augen, holte tief Luft und öffnete sie wieder. »Jetzt rede schon, Sohn!«

Also erzählte Crespin ihm, was geschehen war, und es überraschte ihn nicht, dass sein Vater keinerlei Skepsis an den Tag legte. Der Admiral hörte ihm kommentarlos zu, bis sein Bericht zu Ende war.

»Hast du dich mit der Kriegsflotte in Verbindung gesetzt?«, fragte er dann.

»Kalliope ist nicht in der Verfassung, Nachrichten weiterzugeben«, antwortete Crespin, »auch wenn sie offenbar bereit ist, sich den Anordnugnen der Kryptarchia zu widersetzen. Ich habe eine Nachricht per Lucnograph von Schiff zu Schiff weitergeben lassen. Ich kann nur hoffen, dass sie unsere Kriegsflotte rechtzeitig erreicht.«

»Die Velesaner? Die Modjali?«

»Ich habe sie gewarnt, und wenn sie ihre Strixe dazu überreden können, ihre Gelübde zu brechen, können sie ihre eigenen Leute warnen.«

Einen Moment lang schwieg sein Vater.

»Du verstehst, was du da getan hast?«, fragte er schließlich.

»Ich verstehe, dass die Möglichkeit besteht, dass ich wegen Hochverrats vor Gericht gestellt werde, wenn du darauf hinauswillst.«

»Ich kann nachvollziehen, dass du unsere eigene Flotte alarmiert hast«, sagte Alastor Nevelon, »aber warum hast du auch die anderen gewarnt?«

Crespin sah seinem Vater fest in die Augen. »Weil ich dich kenne. Du hättest sie nicht dem Tod überlassen. Wenn ich sie nicht gewarnt hätte, hättest du es getan, und das hätte bedeutet, dass man dich wegen Hochverrats vor Gericht stellen würde.«

Draußen erhoben sich laute Rufe. Der Admiral drehte sich um und ging zurück aufs Deck. Die Schiffe waren nun nahezu aufbruchsbereit. Im Osten war der Himmel schwarz wie Ruß, auch wenn über ihnen die Sonne noch immer von einem blauen Himmel schien. Kleine grauweiße Flocken wehten herab.

Schnee?

Er fing eine der Flocken mit der Kuppe des Zeigefingers auf. Sie war nicht kalt, und als er sie zerrieb, verwandelte sie sich in einen kleinen, schmierigen Klecks.

»Asche«, erklärte sein Vater. »Es ist Asche.«

»Admiral.« Eine der Krankenschwestern war gerade von unten heraufgekommen. Sie war mit Kalliopes Pflege betraut.

»Schwester.«

»Sie möchte mit Euch sprechen«, sagte die Schwester. »Es ist dringend.«

Der Gesichtsausdruck seines Vaters veränderte sich nicht, als er nickte. »Dann gehe ich zu ihr«, entschied er. »Crespin, du übernimmst das Schiff.«

Neuntes Kapitel

Ein anderes Herz

Ammolit spürte, wie das Messer Veulkh in den Leib drang. Sie wusste nicht recht, was sie erwartet hatte, dabei zu empfinden. Seine Haut leistete zunächst ein wenig Widerstand, aber dann glitt die Klinge in sein Fleisch, als würde Ammolit sie in einen Block Butter stoßen.

Veulkhs Arme legten sich für einen kleinen Moment noch fester um sie, und er keuchte, fast so, wie er es tat, wenn ihn die Wollust in ihren Fängen hatte. Sie fragte sich, ob es sich für ihn wohl so angefühlt hatte, wenn er in sie eindrang.

Rings um sie herum brach die Höhle in sich zusammen, aber dort, wo sie standen, war alles seltsam ruhig.

Sie versuchte, die Klinge herauszuziehen, damit sie erneut zustechen konnte, aber das Messer steckte fest.

Er hielt sie immer noch umfangen, einen verstörten Blick in den Augen. »Was …?«, stammelte er. »Was …? Orra …«

Sie verwandelte sich in Ammolit. »Es bin immer ich gewesen«, sagte sie leise. »Warum hast du mir das nicht gesagt?«

»Orra …«, sagte er.

»Ammolit!«, kreischte sie. »Ammolit!«

Seine Augen waren wie Glas. Plötzlich verkrallte sich eine seiner Hände in ihrem Haar, und er riss ihr den Kopf nach hinten. »Ich war gut zu dir! Bin ich denn nicht gut zu dir gewesen?«

»Ich war schon fort«, antwortete sie, »aber ich kam zurück, denn ich will, dass du tot bist. Du musst tot sein. Für immer. Also bin ich zurückgekommen, um dich zu töten. So gut bist du zu mir gewesen. So sehr liebe ich dich.«

Er hustete, und Blut quoll aus seinem Mund.

»Oh, Veulkh«, stöhnte sie in gespielter Ekstase. »Ich liebe dich so sehr. Nimm mich jetzt. Mach mich zu der Deinen!«

»Schweig!«, knurrte er.

»Du bist erbärmlich!«, blaffte sie. »Du bist nichts! Es bin immer ich gewesen!«

»Schweig!«, schrie er mit schriller Stimme, dann umklammerte er ihre Kehle mit beiden Händen und zog sie an sich heran.

Sie bekam keine Luft mehr, aber ihre Finger umklammerten noch immer den Griff des Messers, und diesmal gelang es ihr, die Klinge aus seinem Leib zu ziehen, und sie stieß den Dolch noch einmal tief in ihn hinein.

Er stürzte, zog sie aber mit sich zu Boden. Ein drittes Mal stach sie zu, und da lockerte sich sein Griff, und sie konnte sich aufsetzen.

»Orra …«

»Scht!«, sagte sie und zog ihm die Klinge über den Hals.

Fast schon neugierig verfolgte sie, wie sich seine Kehle öffnete wie ein breites rotes Lächeln. Sie sah, wie er zu atmen aufhörte und der Blick seiner Augen brach – und in diesem Moment sah sie auch die Synapse, die er geschaffen hatte, den Schlüssel zu seiner Macht!

Wie Marnoras Schlüssel, um die Tsau Dadan zu beherrschen, war es kein stofflicher Gegenstand, sondern ein Teil von ihm, wie ein Tumor in seinem Gehirn.

Sie nahm ihn an sich.

Dann ging sie nachsehen, ob Bracke noch lebte.

In dem Raum war es jetzt still, aber es wurde immer heißer.

Crespin war unter Deck, als es geschah. Sie waren so hart am Wind gesegelt, wie es ihnen möglich war. Einigen Schiffen gelang das besser als anderen, und so war die Flotte inzwischen über mehr als eine Seemeile auseinandergezogen.

Von oben ließen sich Rufe vernehmen, und er rannte hinauf, um festzustellen, was passiert war. Die Küste der Salamandra war nicht mehr zu sehen, obwohl Crespin wusste, dass sie noch immer in der Nähe war.

Eine schwarze Wolke machte die Dunkelheit am Himmel geradezu erdrückend. Sie dehnte sich mit einer so unglaublichen Schnelligkeit aus, dass es wie eine optische Täuschung wirkte. Auf dieser Entfernung ließ sich unmöglich erkennen, wie groß die Wolke wirklich war, aber sie schien wahrhaft gigantisch.

Und dann hörte Crespin, wie die Tore des Himmels aufbrachen. Er vernahm es nicht nur mit den Ohren, sondern auch mit seinem Fleisch, dem Mark seiner Knochen. Alles um ihn herum wurde plötzlich zu einer fremden Sprache, die er nicht zu deuten wusste. Die Marinier bewegten sich hektisch hin und her, aber Crespin begriff nicht mehr, was sie da taten. Die Taue und Seile waren zum Zerreißen gespannt, und die gewaltige brodelnde Dunkelheit, die den ganzen Horizont im Osten umfasste und sich dort auftürmte, drohte auf sie herabzustürzen. Der Mund seines Vaters bewegte sich, aber es kamen keine Worte daraus hervor.

Da war nichts mehr außer dem endlosen Läuten von Gottes großer Glocke.

Dann traf etwas das Schiff, etwas Unsichtbares, und es riss Crespin von den Füßen. Er flog über das Deck und krachte zu Boden, und alle Luft wich ihm aus der Lunge. Keuchend kämpfte er sich wieder auf. Sein Vater lag einige Schritt entfernt auf den Planken, sein Kopf war voller Blut, und seine Augen waren geschlossen. Ein kleines Stück weiter entfernt rappelte sich Renost hoch, zeigte mit dem Finger auf irgendetwas und schrie lautlos.

Crespins erster Impuls war es, sich um seinen Vater zu kümmern, dennoch folgte er der Richtung von Renosts deutender Hand. Die Wolke war jetzt so hoch aufgestiegen, dass sie nicht mehr sichtbar war, aber am Horizont direkt vor ihnen bewegte sich etwas. Es ähnelte einer Welle, hatte aber die Farbe von Kohle und erinnerte eher an eine Lawine. Zuerst glaubte Crespin, was da auf sie zurollte, sei gar nicht so riesig, aber dann begriff er, wie groß die Entfernung war.

Das Ding war gewaltig und wuchs mit jedem Augenblick.

Einige Sekunden lang konnte er nichts anderes tun als starren, aber dann glaubte er zu verstehen. Er brüllte dem Steuermann einen Befehl zu, konnte sich aber nicht einmal selbst hören, also stolperte er zum Ruder hinüber und übernahm es von dem überraschten Mann. Renost starrte ihn verwirrt an, und Crespin zeigte nach Westen, direkt in den Wind hinein.

»Schnell!«, brüllte er lautlos.

Einen Moment lang verstand Renost nicht, dann aber stürzte er los, hin zu den Männern, packte sie, rüttelte sie aus ihrer Erstarrung und bedeutete ihnen durch Gesten, was sie zu tun hatten – das Schiff so wenden, dass sie ihr Heck der schwarzen Welle direkt entgegenrichteten, als würden sie vor einem Sturm davonfahren.

Während Crespin das Schiff weiter abfallen ließ, verlangsamte sich ihre Geschwindigkeit, bis sie beinahe zum Stillstand kamen, und nach einem Moment bemerkte er, dass die Segel sich wieder mit Wind füllten, der sie in die falsche Richtung trieb, direkt auf das Grauen zu, das ihnen hinterherjagte.

Erneut warf er einen Blick zu seinem Vater. Der ältere Mann lag noch immer reglos da. Mehr als alles andere wünschte sich Crespin, ihn wach rütteln zu können, damit ihm der Admiral bestätigte, dass er das Richtige tat – und wenn nicht, dann sollte er ihm sagen, was er tun musste. Denn wenn er das Falsche tat, würden sie alle sterben. Und selbst wenn er richtiglag, würden sie vielleicht trotzdem ihr Leben verlieren.

Die Welle kam. Da war immer noch kein anderer Laut zu hören als das Getöse in seinem eigenen Schädel. Der Himmel über ihm war nach wie vor von einem unheimlichen Blau.

Es war keine Welle, die sich ihnen näherte, das begriff er jetzt, sondern eine Wolke, ein tosender, dämonischer Rauch, der sich schneller als alles Natürliche bewegte.

Überall auf dem Schiff hielten die Männer in ihrem Tun inne, um das Spektakel zu verfolgen. Die Leucothea hatte gewendet, die Segel waren gesetzt. Mehr konnten sie nicht tun.

In der Ferne sah Crespin das Blinken von Lucnographen auf den am weitesten entfernten Schiffen. Ein Licht nach dem anderen erlosch, und dann kam der Wind.

Der Untergang von allem.

Chrysanthe war sich nicht sicher, ob sie wirklich erwachte. Die Visionen ließen sie für lange Zeit nicht los, dann aber lösten sie sich von den Rändern her auf, zerfaserten und zerrissen wie vermoderte Vorhänge, um sich in einen grauen Staub zu verwandeln, der sich überall um sie herum herabsenkte. Schließlich folgte Dunkelheit.

Und inmitten dieser Dunkelheit entschied sie endlich, dass sie wohl wach sein musste. Oder vielleicht tot. Doch das kümmerte sie nicht. Sie war von der Vollkommenheit berührt worden, vom Segen der hell strahlenden Welt jenseits des Limbus, der die irdische Welt umschloss, und jetzt war ihr diese Vollkommenheit wieder genommen worden. Egal, ob sie sich hier an irgendeinem dunklen Ort im Reich der Sterblichen befand oder im Limbus, der dem Tod folgte, sie wusste, dass es für sie kein Zurück gab.

Als es dann endlich doch hell wurde, freute sie sich nicht darüber, sondern schloss die Augen vor dem grellen Licht, weil es schmerzte. Ihr Körper klammerte sich, wie es schien, noch immer an eine Illusion von Leben.

Sie hoben sie hoch und zwangen sie, auf Beinen zu gehen, die sie kaum fühlen konnte. Gerade als sie schon glaubte, sie würden ihr sogleich den Dienst versagen, drückte jemand sie auf einen Stuhl.

»Du musst jetzt die Augen öffnen«, forderte sie jemand auf, »oder ich muss dir die Lider abschneiden.«

Sie wog ohne Furcht ab, ob sie sich der Drohung fügen sollte, aber schließlich tat sie wie geheißen.

Da war Margot. Sie trug immer noch Männerkleidung, doch ihr Haar fiel ihr wieder offen über Schulter und Rücken.

Chrysanthe befand sich in einem Salon mit großen Fenstern, hinter denen heller Tag war. Auf der anderen Seite des Raums machte sie die verschwommenen Umrisse einer anderen Frau aus. Sie trug ein dunkelblaues Gewand und saß hinter einem kleinen Tisch.

Weitere Gestalten hielten sich im Raum auf, dunkel gekleidet und mit Degen bewaffnet, daher nahm Chrysanthe an, dass es sich um Wachen handelte. Der schwache Duft von Rosen wehte mit einem lauen Lüftchen durch ein offenes Fenster.

»Du hast doch gesagt, dass du mich umbringen willst«, begann Chrysanthe.

»Das habe ich tatsächlich gesagt«, antwortete Margot, »und irgendwann, fürchte ich, muss ich es auch tun. Aber du hast da etwas gemacht, mit dem Pulver in deinem kleinen Kästchen, dem Strigas. Ich muss wissen, was du getan hast.«

»Wenn ich es dir verrate, wirst du mich dann umbringen?«

»Ist das dein Wunsch?«

»Es ist mir gleich«, erwiderte Chrysanthe.

»Das sind die Nachwehen des Strigas«, erklärte Margot. »Dein Zustand wird sich wieder bessern … irgendwann. Doch wenn ich es richtig verstanden habe, wird es dir nie wieder ganz so gut gehen wie früher. Aber, weißt du, ich kann dir wahrscheinlich mehr davon verschaffen, und damit fühlst du dich dann erheblich besser. Du kannst dieses Leben frohen Mutes verlassen. Könntest du dir das vorstellen?«

Sie wollte das, ja, aber Chrysanthe zwang sich, weiterzudenken, zu verarbeiten, was Margots Worte darüber hinaus zu bedeuten hatten.

»Du kannst mir mehr Strigas verschaffen?«, murmelte sie. »Dann bist du, wie ich vermute, ein Handlanger der Kryptarchia.«

»Was für einen wunderbar scharfen Verstand du doch hast«, lobte Margot. »Was hast du sonst noch erraten?«

»Ich rate nicht«, sagte Chrysanthe, »ich ziehe Schlussfolgerungen.«

»Das ist eine sehr von sich selbst überzeugte und abgehobene Art zu raten«, versetzte Margot. »Was hast du denn ›geschlussfolgert‹, und an wen hast du diese Schlussfolgerungen weitergeleitet?«

»Ich bin müde«, entgegnete Chrysanthe, »und gerade nicht in der Stimmung, mich hilfsbereit zu zeigen.«

Margot legte den Kopf schief und lächelte. »Du bist nicht die Einzige, die Schlussfolgerungen ziehen kann, weißt du. Du hast das Geschäftsbuch gefunden. Du weißt bestimmt, welche Bedeutung es hat. Du wirst von unserer Flotte wissen, und ich habe den Verdacht, dass du das Strigas dazu genutzt hast, dich mit deinem Vater in Verbindung zu setzen.«

Chrysanthe bemühte sich um einen ausdruckslosen Gesichtsausdruck.

»Ja«, fuhr Margot fort, »genau das hast du getan. Natürlich hast du nicht mit ihm sprechen können. Stattdessen hast du dich mit einer der Strixen der Flotte in Verbindung gesetzt. Doch alle Strixe gehören uns, der Kryptarchia.«

»Du weißt unglaublich viel über all das«, meinte Chrysanthe. »Ein Wunder, dass du mich überhaupt noch brauchst.«

»Sie hieß Kalliope«, erklärte Margot. »Ich vermute, das weißt du.«

Chrysanthe zuckte mit den Schultern.

»Sie hat getan, was ihre Pflicht von ihr verlangte«, sprach Margot weiter, »und hat uns berichtet, dass du dich mit ihr in Verbindung gesetzt hast.«

»Hat sie das?«, fragte Chrysanthe. »Ich denke eher …« Sie brach ab. Denn ihr wurde mit einem Mal klar, was hier vor sich ging. Dass da etwas in ihrem Kopf war, etwas, das nicht sie selbst war. »Ihr habt eine hier, nicht wahr?«, fragte sie. »Eine Strixe!«

Sie blickte quer durch den Raum zu der anderen Frau. Ihr Blick war immer noch ein wenig verschwommen, aber die Augen der Frau dort drüben glänzten in einem gelblichen Licht, so viel konnte Chrysanthe erkennen.

»Natürlich«, antwortete Margot. »Nur um auf Nummer sicher zu gehen. Soll ich dir erzählen, was aus deinem Vater und deinem Bruder geworden ist?«

Chrysanthes Atem bebte, als sie nun tief Luft holte. Sie versuchte durchzuhalten und bei der Sache zu bleiben, ihre durcheinanderwirbelnden Gedanken nicht völlig außer Kontrolle geraten zu lassen.

»Ich nehme an, du meinst nicht einfach nur die Flotte?«, fragte sie.

»Nein«, erklärte Margot. »Es war nie geplant, dass unsere Flotte – die Flotte der Kryptarchia – gegen die kaiserliche Marine kämpft. Sie sollte sie ersetzen. Die Marine gibt es nicht mehr, sie wurde vernichtet, zusammen mit allen Schiffen aus Velesa und Modjal. Und in der Stadt Basilisk und auf dem Meer in einem weiten Umkreis davor wurde das Leben nahezu jedes Drehhu und jedes Menschen ausgelöscht. Oh, es dürfte hier und dort noch ein paar Versprengte geben. Eine Handvoll Überlebende, aber unsere Flotte wird kurzen Prozess mit ihnen machen.«

»Was ist passiert?«

»Kennst du dich mit Vulkanen aus? Bergen, in deren Innerem Flammen schwelen?«

»Ja, selbstverständlich.«

»Dann weißt du auch, dass die Salamandra eine einzige lange Kette solcher Berge ist.«

Chrysanthe nickte.

»Manchmal brechen Vulkane langsam und stoßweise aus. Sie spucken Asche und Rauch, und geschmolzenes Gestein quillt aus ihnen hervor. Dann wieder explodieren sie mit unvorstellbarer Gewalt. Mit so viel Gewalt, dass sie Flutwellen auslösen und ganze Städte mitsamt all ihren Bewohnern auslöschen. Zu einer solchen Explosion ist es vor einigen Tagen gekommen, nur ein kleines Stück von Basilisk entfernt. Ich erzähle dir das auch deshalb, damit du unsere Macht und unsere Entschlossenheit begreifst. Wir waren es, die dafür gesorgt haben, verstehst du? Wir haben einen Berg zerbersten lassen, um diesen Krieg zu gewinnen.«

»Und dabei habt ihr womöglich Tausende getötet«, entgegnete Chrysanthe, »einschließlich eurer eigenen Leute.«

»Du meinst die Flotte aus Ophion? Die Kryptarchia dient keinem Reich, aber die Reiche werden uns dienen.«

»Ich meinte eure Strixen«, stellte Chrysanthe klar.

»Ach so. Ja, die Strixe, richtig. Nun, wir hatten ein Ziel, das es zu erreichen galt.«

»Ihr habt sie geopfert.«

»Ihre Leben gehörten der Kryptarchia«, erklärte Margot.

Chrysanthe sah hinüber zu der Strixe auf der anderen Seite des Raums. »Ich gehe davon aus, dass ihr noch viele weitere Strixen in euren Diensten habt, um sie zu ersetzen. Und dass sie keinen Anstoß daran nehmen, was ihr ihren Schwestern angetan habt. Dass ihnen egal ist, was ihr ihnen selbst noch antun werdet.«

»Glaubt nicht, Ihr könntet mich mit euren Worten umdrehen«, sagte die Strixe am kleinen Tisch. »Ich bin der Kryptarchia genauso treu ergeben, wie meine nun toten Schwestern es waren.«

»Der Kryptarchia? Warum?«

»Ihr habt den Kaiser kennengelernt«, erwiderte die Strixe.

»Ein Idiot. Und die Herrscher von Velesa und Modjal sind nicht besser. Nach vierhundert Jahren sind die Drehhu endlich besiegt, und was passiert? Die drei Reiche fangen sogleich an, sich um das zu bekriegen, was die Drehhu übrig gelassen haben. Wenn wir nicht wären, würden weitere vier Jahrhunderte Krieg folgen. Doch die Kryptarchia übernimmt den Thron von Basilisk, und binnen Kurzem werden die drei Reiche geeint sein.«

»Den Basilisken-Thron?« Chrysanthe richtete den Blick wieder auf Margot. »Und mein Vater und mein Bruder sind tot?«

»Und all deine Bemühungen waren umsonst.«

»Warum unterhalten wir uns dann darüber?«, fragte Chrysanthe. Margot setzte zu einer Antwort an, aber ihre Gefangene kam ihr zuvor. »Wir führen dieses Gespräch, weil du dir nicht sicher bist, ob alles wirklich stimmt, was du sagst. Was ist, wenn mein Vater noch lebt? Was, wenn seine Schiffe unversehrt sind und sich seine Strixe gegen euch wenden?«

»Das ist unmöglich«, versetzte Margot. »Wir würden es wissen.«

»Dann würdest du mir nicht all diese Fragen stellen.«

Margot sah sie einen Moment lang finster an, dann wandte sie sich an die Strixe. »Habt Ihr, was Ihr braucht?«

»Erst einmal, ja«, erwiderte die Strixe, »aber lasst sie vorläufig noch am Leben. Wir können noch mehr von ihr erfahren, etwa über ihre Verbindungen bei Hofe. Außerdem haftet Ihr Bonaventures Gestank an. Lasst sie sich ausruhen, und morgen wollen wir uns noch einmal mit ihr unterhalten.«

Jemand ergriff Chrysanthe bei den Armen und zerrte sie grob hoch. Zugleich sah sie, dass auch eine der anderen Gestalten im Raum aufgestanden war, und auf einmal konnte sie das Gesicht des Mannes klar erkennen.

»Lucien?«

»Ja«, antwortete er. »Diesmal ist Euer Spielchen nicht so gut gelaufen, oder, Chrysanthe?«

»Ich hätte meine Brüder Euch umbringen lassen sollen.«

»Aber sicher doch«, sagte er.

»Bist du zufrieden?«, erkundigte sich Margot.

»So ziemlich«, antwortete Lucien. »Ich bin jetzt fertig mit ihr und der ganzen Sache.« Er stand auf, machte eine leichte Verbeugung aus der Hüfte heraus und verließ den Raum.

Sie brachten sie in eine Zelle, wo sie dann doch die Beherrschung verlor und zu weinen begann, zuerst stumm, dann aber brach sie in lautes Schluchzen aus.

Bracke erlangte das Bewusstsein wieder, als ihn Ammolit an der Wange berührte. Ihre Finger waren feucht vor Blut. Zuerst dachte er, es sei seins, aber im nächsten Moment erinnerte er sich daran, dass sie Veulkh erdolcht hatte. Ein rascher Blick zeigte ihm, dass der Zauberer reglos auf dem Boden der Höhle lag.

»Komm mit«, sagte sie. »Wir müssen verschwinden.«

Der Stein erbebte unter ihnen, und der Boden schien noch heißer zu sein als zuvor.

»Warte!«, sagte er hastig.

Martin war definitiv tot, sein Blut hatte eine fast kreisförmige Lache um ihn herum gebildet. Bracke dachte zuerst, Selene sei ebenfalls nicht mehr am Leben, aber als er sich ihr näherte, richtete sie den Blick auf ihn. Die untere Hälfte ihres Gesichts und ihr Hals waren mit einer klebrigen gelben Schicht überzogen, und überall auf ihrer entblößten Haut hatten sich gelbe Perlen gebildet.

»Ist er tot?«, fragte sie sehr leise.

»Veulkh? Ja.«

»Er war … so stark. Ich dachte, ich könnte ihn aufhalten, wenn ich genug Strigas nehme, aber er war einfach zu stark.«

»Was ist passiert?«

»Wir hatten von Anfang an den Auftrag, ihn zu töten«, berichtete sie, »hinterher, wenn er seine Aufgabe erfüllt hätte. Nicht sehr nett, ich weiß, aber notwendig. Zum Wohle aller.«

»Das verstehe ich nicht.«

Sie lächelte. »Trotz all deines Draufgängertums bist du in vielerlei Hinsicht die wahre Unschuld. Ich werde dich vermissen.«

»Selene ...«

»Martin ist ebenfalls tot, nicht wahr?«

»Ja.«

Sie nickte. »Jetzt, da wir unsere Pflicht erfüllt haben und uns keine Gelübde mehr binden, können wir vielleicht, wenn wir dereinst aus dem Limbus in die hell strahlende Welt zurückkehren ...« Sie verstummte kurz, dann sagte sie: »Ich habe gewusst, dass es eine tödliche Dosis ist. Es war die einzige Möglichkeit, auch wenn Veulkh erschöpft war. Er war so ... so stark ...« Das letzte Wort war nur noch ein Flüstern, und sie verdrehte die Augen. »Wo ... wo ist er? Wo ist ... Martin?«

Es war das Letzte, was sie sagte.

»Es ist Zeit zu gehen, Bracke.« Ammolit stand direkt hinter ihm. »Es sei denn, du willst ebenfalls sterben.«

Die Sonne stand im Zenit, doch sie war fahler als selbst der blasseste Mond, den Crespin je gesehen hatte, und der Himmel war schwarz von Horizont zu Horizont.

Auch die letzten Flammen waren erloschen, und alles war beunruhigend still. Die meisten Segel waren weggerissen worden, und das Deck war mit schwarzer Asche überzogen, die noch immer aus dem tief verhangenen Himmel fiel.

Crespin ging nach unten, um nach seinem Vater zu sehen.

Alastor Nevelon versuchte, sich zu erheben, doch Hectors ehemaliger Assistent – inzwischen der neue Schiffsarzt – drückte ihn sanft zurück auf die Pritsche. Der Kopf des Admirals war von Verbänden umwickelt.

Crespins Gehör kehrte nach und nach zurück, auch wenn selbst die Stimmen aus nächster Nähe noch wie von weit her klangen. Er erstattete, so gut er konnte, Bericht und wusste, dass er dabei laut schrie, aber auch, dass sein Vater ihn andernfalls nicht verstehen würde.

Als er fertig war, scheuchte der Admiral den Arzt fort und erhob sich zitternd. Er suchte Crespins Blick, dann klopfte er seinem Sohn mit einer Hand auf die Schulter und umfasste mit der anderen Crespins Hand, um sie zu drücken. Er nickte anerkennend.

»Erwarte mich beim nächsten Schlag der Uhr im Kartenraum«, trug er ihm auf, dann ging er.

Crespin machte sich so gut wie möglich zurecht. Er ging aufs Deck, um sich einen Überblick über die Reparaturen zu verschaffen, und als es an der Zeit war, begab er sich in den Kartenraum, wo er seinen Vater vorfand. Der Kaffee war bereits eingeschenkt.

Auch Kalliope war zugegen. Sie wirkte immer noch schwach, hatte aber schon etwas Farbe im Gesicht. Crespin nickte ihr zu.

»Setz dich«, forderte sein Vater ihn auf.

Crespin tat es, dann nahm er einen Schluck Kaffee, der noch fast kochend heiß war.

»Du bist ein großes Risiko eingegangen, indem du auch die anderen Flotten gewarnt hast«, begann sein Vater, dann aber fügte er hinzu: »Doch du hast recht daran getan.«

»Danke. Aber hast du es zuvor nicht als Hochverrat bezeichnet?«

»Es besteht kaum ein Zweifel, dass man dich dessen anklagen wird.«

»Du brauchst mich nur als Meuterer hinzustellen, das dürfte alle Probleme lösen – bis auf meine eigenen.«

Sein Vater schüttelte den Kopf. »Ich habe deinen ›Verrat‹ noch gewaltig vergrößert, also müssen wir die Sache jetzt gemeinsam durchstehen.«

»Wie das?«

»Die Strixe«, sagte Kalliope, und ihre Stimme klang rau.

»Was ist mit ihnen?«

»Einige von uns hatten die Aufgabe, die Kryptarchia über die Ereignisse hier auf dem Laufenden zu halten.«

»Habt Ihr von alldem gewusst?«, fragte Crespin erschüttert. »Habt Ihr die ganze Zeit über gewusst, dass sie vorhatten, uns alle zu ermorden?«

»Nein«, stellte sie klar, »keine von uns hat es gewusst. Aber ich kann mir das Ganze zusammenreimen. Wenn ihr Plan Erfolg gehabt und der Vulkan uns alle umgebracht hätte, wäre unser Schweigen Beweis für unseren Tod gewesen, denn keine Strixe hätte mehr Kontakt mit der Kryptarchia aufnehmen können.«

»Ihr wollt also sagen, dass die Kryptarchia dahintersteckt? Dass sie den Vulkan hat ausbrechen lassen? Hat eine Strixe das getan?«

»Keine Strixe verfügt über so eine Macht. Hier handelt es sich um eine andere Form von Magie, eine sehr alte und eine, von der ich nahezu nichts weiß. Aber die Kryptarchia muss die Sache irgendwie eingefädelt haben. Zumindest wusste sie, dass es passieren würde und auch ungefähr wann.«

»Meint Ihr, sie wissen, dass einige von uns überlebt haben?«

»Das denke ich nicht, nein«, sagte Kalliope und beugte sich vor. »Vor Basilisk, als ich den Kolossos heraufbeschworen habe, ist etwas passiert, was meines Wissens noch nie zuvor geschehen ist. Das Strigas erlaubt uns, ›in Dinge hineinzugelangen‹, wie wir es ausdrücken, doch an diesem Tag sind wir stattdessen ineinander hineingelangt. Dadurch ist ein Band entstanden, nicht nur zwischen einer oder zweien von uns, sondern zwischen den meisten von uns.«

»Zwischen den Strixen der Flotte von Ophion?«, fragte Crespin.

»Denen von allen Flotten«, stellte sie klar. »Sie haben sich mir alle angeschlossen. Wir Strixe werden nicht durch Nationen voneinander getrennt, müsst Ihr wissen.«

»Nein, diese Trennung nimmt erst die Kryptarchia vor«, murmelte Crespin.

Sie nickte. »Als die Eruptionen begannen, habe ich erneut Strigas genommen. Ich habe meine Sinne ein weiteres Mal ausgestreckt und gefühlt, was die anderen gefühlt haben.«

»Und was war das?«

»Einige waren stolz darauf, für unsere Herren zu sterben, doch viele hatten Angst. Und viele fühlten sich verraten.«

»Viele, aber nicht alle«, betonte Crespin.

»Jede von uns hat einen begrenzten Vorrat an Strigas«, erklärte Kalliope. »Wir machen nur sparsam davon Gebrauch, und die Verständigung über derart gewaltige Entfernungen hinweg ist schwierig. Man braucht mehr als die übliche Menge der Substanz, um das zu bewerkstelligen.«

»Doch wenn auch nur eine von ihnen ihr Pulver genommen und der Kryptarchia von unserem Überleben berichtet hat …«

Sie schüttelte den Kopf. »Ich habe den Admiral über alles in Kenntnis gesetzt.«

Crespin sah seinen Vater an.

»Und ich bin mit den anderen Kapitänen in Verbindung getreten, solange wir noch über die Lucnographen in Kontakt standen«, erklärte der Admiral. »Die Strixe wurden alle in Gewahrsam genommen, und man hat ihnen ihr Strigas abgenommen.«

»Und sie bleiben vorerst in Gewahrsam«, ergänzte Kalliope, »bis ich jede von ihnen richtig einordnen kann und weiß, wem wir trauen können.«

Crespin starrte sie einen Moment lang an. »Dann wird diese Flotte, die unterwegs ist, um die Kontrolle über den Basilisken-Thron zu übernehmen …«

»Sie glauben, dass sie nur ein verlassenes Meer vorfinden«, sagte Kalliope.

»Doch stattdessen werden sie uns vorfinden«, fügte sein Vater hinzu.

»Und mit uns meinst du …«

»Uns alle. Velesaner, Modjali, die Bewohner von Ophion.«

»Bei der letzten Zählung hatten wir alle zusammen keine hundert Schiffe«, gab Crespin zu bedenken. »Die meisten der Kriegsschiffe haben drüben bei Basilisk gekämpft, als ganz in der Nähe der Vulkan ausbrach, und wurden dadurch vernichtet. Was uns verblieben ist, lässt sich kaum noch als Kriegsflotte betrachten, und wir haben keine klare Vorstellung von der Schlagkraft unseres Feindes.«

»Ich weiß«, sagte sein Vater, »aber entweder wir siegen, oder wir werden alle sterben.«

»Und was dann? Wenn wir die Flotte der Kryptarchia besiegen … Werden wir danach den Krieg mit den anderen Reichen nicht wieder aufnehmen?«

»Daran habe ich natürlich auch schon gedacht.«

Als Margot und die Strixe das nächste Mal kamen, gab es kein weiteres Gespräch. Die Strixe zwang sich mit Gewalt in Chrysanthes Geist und durchstöberte ihn.

Der Schmerz war schlimmer als alles, was Chrysanthe je erlitten hatte – ein Schmerz der reinsten Form, ganz unmittelbar, ohne auf ihr schwaches Fleisch angewiesen zu sein. Doch obwohl der Schmerz so gewaltig war, wurde Chrysanthe nicht ohnmächtig oder konnte sich auf andere Weise ins Vergessen flüchten. Sie war gezwungen, hilflos mitzuerleben, wie ihr alle Würde genommen, wie jeder Teil von ihr geschändet wurde.

Es war nicht nur Schmerz. Da war auch Lust, viel mehr, als sie es sich hätte vorstellen können. Und diese Lust war in vielerlei Hinsicht noch schlimmer als der Schmerz.

Als die Strixe endlich von ihr abließ, sank Chrysanthe in einen tiefen Schlaf, und während sich die Dunkelheit um sie schloss, war das, was von ihrem Intellekt noch übrig war, überzeugt davon, dass sie nicht wieder erwachen würde. Margot und die Strixe hatten alles erhalten, was sie hatten haben wollen. Es gab keinen Grund mehr, Chrysanthe am Leben zu lassen – und dafür war sie dankbar.

Als sie dann aber doch erwachte, sah sie vor sich ein vertrautes Gesicht. Trotzdem brauchte sie mehrere Sekunden, um es wirklich zu erkennen.

»Lucien«, brachte sie hervor. »Dann seid Ihr es also, der mich töten wird.«

»Still«, zischte er. »Ob Ihr es glauben könnt oder nicht, ich bin hier, um Euch zu retten.«

Sie glaubte ihm kein Wort, war überzeugt davon, dass er sie nur verhöhnen wollte. »Lucien, das ist grausam …«

»Ich habe nie Euren Tod gewünscht«, versicherte er. »Als ich in Euer Zimmer eindrang und Euch bedrohte … Ich gebe zu, es hat mir Spaß gemacht, aber ich hätte Euch niemals etwas angetan. Und später, als Ihr meiner Schwester so viel Freundlichkeit erwiesen habt … Aber lassen wir das jetzt, wir haben im Moment keine Zeit, darüber zu sprechen. Könnt Ihr aufstehen?«

»Ich spüre meine Beine nicht …«

»Dann werde ich Euch tragen.«

Irgendwo in der Nähe hörte sie laute Schritte und Stimmen.

»Merde«, flüsterte Lucien.

Er stand auf, und sie hörte, wie er seinen Degen zog.

»Ich werde mein Bestes für Euch geben«, versicherte er ihr, »so wenig das auch sein mag.«

Dann eilte er davon.

Es folgten das Klirren von Stahl und ein schriller Aufschrei, möglicherweise der von Lucien.

Während sie sich mühte aufzustehen, legte sich wieder Dunkelheit über sie.

Zehntes Kapitel

Der Thron von Basilisk

Erneut erwachte Chrysanthe, diesmal in einem kleinen dunklen Raum. Zuerst nahm sie an, wieder in ihrer Zelle zu sein, wo man sie erneut foltern würde. Aber dann bemerkte sie die seltsame Form des Raums mit einer gewölbten Wand, und ihre Sinne registrierten eine vertraute Bewegung.

Sie befand sich auf einem Schiff auf See, und das Schiff hob und senkte sich mit den Wellen. Die Kabine war klein und ordentlich, und sie lag, in ein weißes Nachthemd gekleidet, in einem schmalen Bett.

Sie versuchte aufzustehen, musste jedoch feststellen, dass ihre Beine immer noch zu schwach waren, um sie zu tragen. Sie setzte sich auf die Bettkante und sammelte ihre Kräfte. Zugleich versuchte sie, sich an alles zu erinnern, was passiert war. Zunächst fielen ihr Margot und die Strixe ein, dann auch Lucien. Und dann …

Da war noch etwas. Bilder. Gesichter. Sie hielt sie für Träume, denn sie waren grau und verschwommen.

»Hallo?«, rief sie und hob die Stimme, so laut sie konnte. »Ist da jemand?«

Es dauerte nur einen Moment, dann wurde die Tür der Kabine geöffnet, und eine junge Frau mit Kopftuch linste herein. »Danesele, wie fühlt Ihr Euch?«

»Wer seid Ihr?«, fragte Chrysanthe. »Wo … wo bin ich?«

»Ich bin Alips«, stellte sich die junge Frau vor. »Wenn Ihr

ein wenig warten wollt, ich habe Anweisungen.« Sie drehte sich um und schloss die Tür hinter sich.

Bevor Chrysanthe mehr tun konnte, als einige Male tief durchzuatmen, wurde die Tür auch schon erneut geöffnet.

Diesmal bot Bonaventure ein gepflegtes Erscheinungsbild. Mit dunkelgrüner Weste und langem Gewand aus gesteppter weißgelber Seide war er gekleidet wie ein feiner Herr, und zudem war er sorgfältig rasiert. Er lächelte und gab ihr Zeit, seine Anwesenheit zu verdauen.

»Habe ich meine Sache gut gemacht?«, fragte sie erschöpft, wobei ihr selbst ihre Stimme schwach und kraftlos erschien. »War Euer Vertrauen in mich gerechtfertigt?«

»Müsst Ihr das überhaupt fragen?«, erwiderte er. »Ich denke, Ihr kennt die Antwort darauf schon.«

»Warum habt Ihr mir nichts von d'Ospios gesagt? Davon, dass die letzte Spionin, die Ihr nach Roselant entsandt habt, ermordet wurde?«

»Ich war mir ihres Schicksals nicht sicher«, erklärte er, »aber Ihr habt so viel herausgefunden, dass Ihr bestimmt auch auf diese Frage die Antwort kennt.«

»Es tut nichts zur Sache«, sagte sie. »Jetzt ist alles vorbei, nicht wahr?«

Er sah ihr einen Moment lang fest in die Augen. »Es geht Euch bald wieder besser«, versicherte er ihr dann. »Die Nachwirkungen von Strigas sind heftig, aber nach und nach werden sie abklingen. Es war übrigens nicht meine Idee. Euer Vater muss die Strixe auf seinem Schiff irgendwie dazu überredet haben, ihm etwas davon zu geben. Ein äußerst gravierendes Vergehen – für sie beide.«

»Wie es scheint, vertraut er Euch doch nicht restlos«, bemerkte sie. »Es war die einzige Möglichkeit, wie ich ihm direkt Bericht erstatten konnte. Aber ... woher wisst Ihr davon? Von dem Strigas und der Warnung, die ich der Flotte habe zukommen lassen?«

»Margot hat es uns verraten. Sie hat uns eine ganze Menge erzählt.«

»Und jetzt?«

»Sie ist am Leben, falls Ihr das meint. Vielleicht kann sie mir ja eines Tages noch von Nutzen sein.«

Da erinnerte sich Chrysanthe an noch etwas. »Lucien«, sagte sie. »Lucien kam zu mir und wollte mich befreien.«

Bonaventure nickte grimmig. »Er hat schwere Verletzungen davongetragen, aber wir dürfen hoffen, dass er durchkommt. Bevor Margots Männer ihm den Rest geben konnten, traf Hilfe ein.«

»Ich bin erleichtert, aber verwirrt«, gestand Chrysanthe. »Wegen Lucien und so vielem anderen.«

»Wenn Ihr möchtet, dass ich Euch aufkläre, werde ich dies gern tun.«

»Warum haben sie das Ganze gemacht?«

»Von wem sprecht Ihr?«

»Von den d'Othres. Und dem Geschäftsbuch. Sie erhielten enorme Geldsummen aus verschiedenen Quellen, die sie verwendet haben, eine geheime Armee und eine Flotte zu deren Transport zu finanzieren.«

»So viel ist deutlich geworden, sobald wir das Geschäftsbuch in unserem Besitz hatten«, bestätigte Bonaventure, »aber Ihr habt noch mehr aufgedeckt.«

»Die Flotte des Kaisers und auch die Flotten aus Velesa und Modjal«, antwortete sie. »Sie alle sollten vernichtet werden. Margot sprach von einem Vulkanausbuch. Die geheime Flotte sollte sodann anrücken und Basilisk besetzen.«

Erneut nickte Bonaventure. »Ich brauche nicht eigens zu erklären, warum es wichtig ist, die Kontrolle über Basilisk zu haben. Basilisk ist der Schlüssel zum Osten, und die Kryptarchia begehrt ihn.«

»Aber warum? Sie hat bereits drei Reiche, die sie kontrolliert.«

»Auch in der Kryptarchia gibt es verschiedene Interessensgruppen, und es gibt da eine Clique, die nicht gewillt ist, weiterhin nur über Stellvertreter zu regieren. Diese Leute verfügen über große Macht und wollen, um ihre Ziele zu erreichen, nicht mehr nur hinter den Kulissen agieren und Kaiser und Räte umschmeicheln. Sie wollen ihre Macht zeigen.«

»Und der Vulkanausbruch? Wie haben sie das bewerkstelligt?«

»Schon vor Monaten erfuhren wir, dass sie ihre Boten ausgesandt haben, um mit einem Zauberer, der über beträchtliche Fähigkeiten verfügte, zu verhandeln. Wir wussten nicht, was sie vorhatten, doch es beunruhigte uns, darum setzten wir ein paar fähige Leute auf ihre Fährte, doch von denen haben wir nie wieder etwas gehört. Ich nehme an, das hat etwas mit der ganzen Geschichte zu tun.«

»Und jetzt?«, hakte sie nach. »Wie geht es weiter?«

»Das hängt sehr davon ab, ob Eure Warnung an Euren Vater erfolgreich war, und vom Ausgang des Krieges, der jetzt mit Sicherheit zwischen den Reichen und der Kryptarchia ausbrechen wird.«

Chrysanthe schwieg einen Moment, dann wollte sie wissen: »Wie habt Ihr mich ausfindig gemacht?«

»In Wahrheit war das nicht ich, dafür habt Ihr Eurem Freund Lucien zu danken. Er hat gesagt, er sei Euch etwas schuldig ... wegen seiner Schwester. Lucien und Margot haben zusammengearbeitet, wie Ihr wisst. Sie hat ihm von Eurer Gefangennahme berichtet, und er hat ihr gegenüber behauptet, sich an Euch rächen zu wollen. Sie erklärte sich damit einverstanden, doch in Wirklichkeit wollte man wohl ihm den Mord an Euch in die Schuhe schieben.«

»Dann sollte ich mich wohl bei ihm bedanken.«

»Wenn er überlebt, werdet Ihr sicher Gelegenheit dazu bekommen.«

Sie wollte sich auch nach Quintent erkundigen, hatte aber Angst vor der Antwort und war noch nicht bereit, sie zu hören. Es gab noch andere Fragen, die sie beschäftigten.

»Wir befinden uns auf einem Schiff«, sagte sie. »Wohin fahren wir?«

»Nach Basilisk«, antwortete Bonaventure. »Oder vielmehr zu dem, was davon übrig ist. Dort werden wir erfahren, was aus Eurem Vater geworden ist.« Auf einmal grinste er. »Auch wenn Lucien indisponiert ist, hier ist noch jemand, dem Ihr danken könnt, wenn Ihr wollt.«

»Ja, ich danke Euch«, sagte sie, und es kam von Herzen.

»Was? Oh, ich meine damit nicht mich, sondern eine andere Person, die Euch zu Hilfe eilte.«

Er drehte sich um zur Tür, öffnete sie, winkte jemandem, der offenbar draußen gewartet hatte, und trat dann beiseite, sodass Quintent die Kabine betreten konnte.

»Chrysanthe«, sagte er.

Sie hatte nicht geglaubt, überhaupt schon wieder irgendetwas empfinden zu können, aber ihn zu sehen und den Klang seiner Stimme zu hören erfüllte sie mit einem fast unerträglichen Hochgefühl. Wogegen sich jedoch all ihre Instinkte und ihre Vernunft sofort sträubten – und schnell folgte ihrem Glück die Verärgerung.

»Ich geh dann mal wieder auf Deck«, verabschiedete sich Bonaventure. Er schloss die Tür hinter sich und ließ die beiden allein.

»Chrysanthe …«

»Ihr seid also ein Werkzeug Bonaventures.«

»Wir sind miteinander verbündet, ja.«

»Er hat mich benutzt«, sagte sie anklagend. »Ihr habt mich benutzt. Obwohl Ihr gewusst habt, was vielleicht geschehen würde.«

»Das stimmt nicht ganz«, erwiderte er, »aber … es kommt der Wahrheit durchaus recht nahe. Doch betrachtete die Sache mal vom Ergebnis her. Euretwegen sind Euer Vater und Euer Bruder vielleicht noch am Leben, zusammen mit Hunderten weiteren Männern. War das nicht der Grund, warum Euer Vater Euch nach Ophion gesandt hat?«

»Es geht hier nicht um das Ergebnis, sondern um die Methode!«, blaffte sie. »Habt Ihr etwa befürchtet, dass ich einen Rückzieher mache, wäret Ihr ehrlich zu mir gewesen und hättet mich in Eure Rolle bei alledem eingeweiht?«

»Ich habe in diesem Punkt ziemlich mit mir gerungen«, gestand er. »Ich hatte zwischenzeitlich durchaus vor, Euch reinen Wein einzuschenken, doch die Gelegenheit ergab sich nicht, da mich die Kryptarchia abberief und mich mit einer für sie dringenden Aufgabe betraute. Im Nachhinein glaube ich jedoch, dass dies auf Margots Drängen hin geschah. Vielleicht hatte sie mich schon im Verdacht, dass ich mit Bonaventure unter einer Decke steckte. Oder vielleicht hat sie meine … Schwäche Euch gegenüber erkannt. Ich befand mich in der schwierigen Situation, zwei Herren zugleich dienen zu müssen. Nicht alle in der Kryptarchia sind Schurken, und ich war noch nicht bereit, jenen, die es sind, offen entgegenzutreten. Daher habe ich ihren Anordnungen Folge geleistet.«

»Doch auf dem Ball hättet Ihr mich in alles einweihen können.«

»Was ich auch wollte, nur seid Ihr vor mir geflohen.«

»Das stimmt«, räumte sie ein. »Aber Ihr hättet schon davor Zeit gehabt.«

»Ich …«

»Egal«, unterbrach sie ihn. »Wissen Eure Herren von der Kryptarchia inzwischen, auf welcher Seite Ihr wirklich steht? Habt Ihr Eure Entscheidung endlich getroffen? Mir wurde gesagt, Ihr hättet mich gerettet.«

»Wäret Ihr jetzt tot, wäre das unserer Freundschaft nicht zuträglich, oder?«

»Ich bin dieses Geschäkers müde!«, schimpfte sie. »Das alles habe ich hinter mir! Nach dem, was ich erlebt habe und was mir angetan wurde, steht mir nicht der Sinn danach, mich weiterhin listig und gewitzt zu geben, und noch viel weniger belustigend finde ich es, wenn Ihr dieses Spiel noch weiterhin treiben wollt!«

»Ich bin nicht listig und gewitzt und versuche auch nicht so zu wirken«, widersprach er. »Von dem Moment an, als ich Euch kennenlernte, wollte ich verhindern, dass Ihr in diese üblen Machenschaften verstrickt werdet.« Er wandte den Blick ab, als wäre er unfähig, ihr in die Augen zu sehen. »Ich wünschte, ich hätte von Eurem Plan gewusst, zur Brücke zu gehen. Ich wünschte, ich hätte Euch früher gefunden. Ich wünschte ... ich hätte nicht zugelassen, dass Ihr den Ball verlasst.« Er sah sie wieder an. »Ich habe in jener Nacht versucht, Euch zu finden. Margot sagte mir, sie hätte Euch umgebracht, und um ein Haar hätte ich es ihr abgenommen. Aber Lucien hat sich verdächtig verhalten, und so bin ich ihm gefolgt. Was letztlich gut für Euch beide war.«

»Aber warum? Warum habt Ihr Euer Täuschungsmanöver vor der Kryptarchia entlarvt, um mich zu retten?«

»Ich glaube, das wisst Ihr.«

Sie starrte ihn einen Moment lang an. »Das ist doch lächerlich«, versetzte sie dann.

»Das weiß ich.« Er seufzte. »Das hier ist kein Geschäker. Es ist kein Versuch, geistreich zu wirken. Was Euch widerfahren ist, wird mir auf ewig leidtun. Ich wollte euch beschützen. Das wollte ich auch, aber ich habe mich von der Kryptarchia abbeordern lassen, und dann habe ich zu lange gezögert. Das werdet Ihr mir womöglich nie verzeihen, und ich selbst kann es mir nicht verzeihen. Und doch hoffe ich immer noch ...« Er brach ab. »Es gibt vieles, was Ihr über mich nicht wisst. Vieles, wovon ich mir wünsche, dass Ihr es gewusst hättet.«

Die ganze Welt schien Atem zu holen. Sie spürte die Bewegung des Schiffes und die unergründlichen Tiefen des Wassers unter ihr. Sie sah das Flackern des Kerzenlichts auf den hölzernen Bullaugen. Sie sah eine Strähne von Quintents Haar, die sich aus seiner Frisur gelöst hatte und ihm übers Gesicht fiel. Sie spürte, wie sich Ruhe über sie legte, als sich nun alles auf der Welt ein winzig kleines Stück bewegte, bis alles am richtigen Platz war.

Er kniete sich auf einmal vor ihr hin und nahm ihre Hände.

»Ihr seid kein Mann, nicht wahr?«, flüsterte Chrysanthe.

Quintent blickte ihr fest in die Augen. »Ich bin nicht als einer geboren worden«, antwortete er. »Ich führe zwei Leben, Chrysanthe. Da gibt es Helene, die der Kryptarchia dient. Sie trägt den Namen, der mir bei meiner Geburt gegeben wurde. Und da gibt es Quintent, den Ihr als den Menschen kennt, den Ihr jetzt hier vor Euch seht.«

»Ihr glaubt, ich kenne Euch?«, fragte sie. »Nach all den vielen Täuschungen?«

»Ja, und ich glaube, Ihr solltet mich noch besser kennenlernen.«

»Soll ich Euch bitten, Eure Kleidung abzulegen, damit ich es mit eigenen Augen sehen kann?«

Quintent erhob sich. Er wirkte überrascht, aber er griff nach den Knöpfen seiner Weste. Sie ließ ihn zwei davon öffnen, dann hob sie die Hand.

»Hört bitte auf«, sagte sie. »Das war nur ein Scherz. Ich glaube Euch ja. Ich hätte es in dem Moment wissen sollen, als ich Euch das erste Mal begegnet bin. Weiß noch jemand auf dem Schiff Bescheid?«

»Bonaventure.«

»Ist diese Tür sicher?«

»Niemand wird es wagen, hier einfach so einzudringen.«

»Dann komm her«, sagte Chrysanthe, ergriff seine Hand und zog ihn zu sich.

Der Kuss war zart und süß.

»Vielleicht können wir eines Tages ja wirklich Freunde sein«, meinte sie.

»Das würde mich sehr freuen«, erwiderte er.

Ammolit fasste Bracke bei der Hand und führte ihn einen steilen Hang hinauf, weg von den Tsau Dadan. Dort fand sie einen Steinblock mit Blick übers Meer. Sie zog ihn aus und danach sich selbst.

Als ihre Körper miteinander verschmolzen, verwandelte sich Ammolits Gestalt und wurde zu der von Selene.

»Nein«, bat er, »sei einfach du.«

Das schien sie zu erfreuen, aber Tatsache war, dass er es einfach nicht hätte ertragen können. Selene war tot, ihr Körper im Berg verbrannt.

Sie waren tagelang vor dem Feuerberg auf der Flucht gewesen, während Asche und seltsam leichte Steine um sie herum vom Himmel fielen und Dämpfe sie umhüllten, die ihnen die Lunge zu verbrennen drohten.

Etwas viel Gewaltigeres geschah weiter im Süden. Der Himmel war tagelang schwarz, und fast ständig zuckten Blitze über den Horizont. Einem Geräusch wie Donner, so laut, dass es fast ohrenbetäubend war, war ein mehrmaliges schwächeres Knallen gefolgt. Jetzt, Tage später, war die Sonne nur als ein gelblicher Fleck zu sehen. Und bisweilen nicht einmal das.

Hinterher lagen Bracke und Ammolit nebeneinander, und es begann zu regnen. Die Tropfen waren fast schon heiß und verströmten einen scharfen, beißenden Geruch.

»Das war schön«, sagte er. Sie hatten seit jenem Tag im Inneren des Berges nicht mehr zusammengelegen, und er hatte sich schon gefragt, ob sie es überhaupt je wieder tun würden.

Sie nickte und streichelte ihm über die Brust.

»Ich bin froh, dass du zurückgekommen bist«, bekannte er. »Ich weiß, du hast es getan, um Veulkh zu töten, aber wenn du nicht gekommen wärst, wäre ich jetzt tot.«

»Ich bin nicht nur zurückgekommen, um Veulkh zu töten.«

»Oh!«, machte er. Er war sich nicht recht sicher, was sie sonst noch von ihm zu hören erwarten könnte. »Und? Wohin wollen wir jetzt gehen?«, fragte er nach einer Weile.

Zuerst gab sie ihm keine Antwort. Dann setzte sie sich auf. Regen troff ihr aus dem Haar.

»Ich will wissen, was ich bin«, erklärte sie. »Veulkh hat

behauptet, er habe mich an einem Ort namens Basilisk gekauft. Also will ich dorthin.«

»Weißt du, wo sich dieser Ort befindet?«

»Veulkh hat gewusst, wo Basilisk ist«, antwortete sie, »und darum weiß ich es jetzt auch.« Sie wies nach Süden, in die Dunkelheit, dann senkte sie den Blick. »Ich habe die Tsau Dadan, die mir dienen, wenn du nicht mitkommen willst. Ich kann dir erklären, wie du nach Hause kommst. Aber es ist ein weiter Weg.«

Bracke griff nach ihrer Hand. »Ich denke, dich zu begleiten, dürfte interessanter sein.«

Sie sah wieder auf, und die leise Andeutung eines Lächelns huschte über ihr Gesicht.

Wieder kam die Leucothea in Sichtweite des Kolossostors, aber hätte Crespin es nicht besser gewusst, wäre er nicht auf die Idee gekommen, sich am selben Ort zu befinden wie zuvor. Die Überreste des zweiten Kolossos waren verschwunden, die hohen Klippen zu beiden Seiten der Meerenge waren schwarz wie Holzkohle, und von den Bäumen und Büschen, die einst darauf wuchsen, fand sich keine Spur mehr, als hätte es sie nie gegeben.

Kein lebendes Wesen irgendeiner Art war zu sehen, bis auf die Seevögel, die in dem verkohlten Aas im übel riechenden Wasser und auf den breiten, ebenholzdunklen Stränden pickten, die einst mit flachem Wasser bedeckt gewesen waren. Der Himmel darüber war aufgewühlt, aber hier und dort schimmerte es blau hindurch. Der Geruch von Asche brannte ihm in der Kehle.

Sie fuhren weiter in das Mere de Basilisk hinein. Die Stadt lag immer noch dort am Ufer, doch die meisten der höheren Gebäude waren zerstört, und alles war mit Asche bedeckt.

Zwei weitere Schiffe lagen an einem der steinernen Kais und erwarteten sie. Eines war ein langes Doppelhüllenschiff, ein Kalkotay aus Modjali, das größte ihrer Kampfschiffe, das andere eine velesanische Galeere. Die übrigen verbliebenen Schiffe der Flotte aus Ophion befanden sich noch immer draußen auf See.

Der Admiral stand neben ihm, in vollem Staat. Auch die Männer trugen ihre besten Uniformen. Crespin sah, wie die Kommandanten der anderen Schiffe mit kleinen Booten herüberkamen.

»Bist du dir sicher, dass es so das Beste ist?«, fragte Crespin.

»Die Flotte der Kryptarchia dürfte uns in wenigen Wochen erreichen«, antwortete sein Vater. »Sie rechnen damit, nichts und niemanden hier vorzufinden. Doch wir werden sie hier erwarten.«

»Aber es ist eine Flotte aus Ophion«, gab Crespin zu bedenken, »auch wenn nicht der Kaiser sie geschickt hat.«

»Der Kaiser hat mich beauftragt, den Basilisken-Thron einzunehmen und zu halten«, erklärte sein Vater, »und genau das werde ich tun.«

»Trotzdem …«

»Crespin«, unterbrach ihn der Admiral, »du selbst hast mich auf diese Idee gebracht. Und jetzt argumentierst du dagegen?«

»Wann soll ich das getan haben?«

»Als du die Besatzungen der Schiffe aus Velesa und Modjali freigelassen hast. Als du ihren Flotten eine Warnung hast zukommen lassen. Das hat erst möglich gemacht, was jetzt passieren wird.«

»An etwas dergleichen habe ich zu dem Zeitpunkt nicht im Entferntesten gedacht.«

Sein Vater nickte. »Ja, du hast aus guten Instinkten und Prinzipientreue gehandelt, und über beides verfügst du im Übermaß.«

»Ich bin weder mit dem einen noch mit dem anderen zur Welt gekommen«, entgegnete Crespin. »Ich habe das alles von dir gelernt.«

Sein Vater antwortete nicht, aber etwas an seiner Haltung veränderte sich.

»Du begleitest mich«, erklärte er. »Gib den Befehl, dass wir vor Anker gehen.«

Den Beauftragten der velesanischen Flotte kannte Crespin bereits – es war Morjebor, dessen Schiff sie gekapert hatten. Die Modjali war eine Frau von etwa fünfzig Jahren mit Namen Venkai. Sie hatte einen eindringlichen Blick und eine stattliche Adlernase. Alle kamen mit nur einem einzigen Begleiter.

Männer von der Leucothea brachten ihnen Kaffee, und die Stühle wurden so aufgestellt, dass die drei Admirale einander gegenübersaßen. Crespin und seine beiden Pendants blieben stehen.

»Habt Dank für Euer Kommen«, begrüßte Alastor Nevelon die anderen beiden Admirale. »Ich glaube, wir haben viel zu besprechen.«

»Ihr habt Euch das Recht verdient zu sagen, was immer Ihr wünscht«, erwiderte Venkai. »Was ist es, was Ihr wollt?«

»Frieden«, antwortete Alastor rundheraus.

»Der scheint mir kaum möglich«, wandte Venkai ein. »Immerhin ist eine weitere Flotte aus Ophion unterwegs hierher.«

»Diese Flotte aber schickt nicht mein Kaiser, sie wurde von der Kryptarchia entsandt, und die hat meinen Kaiser verraten und auch Eure beiden Kaiser, uns alle. Mein Vorschlag besteht darin, dass wir sie dafür bezahlen lassen.«

»Ein weiteres Bündnis«, brachte es Morjebor auf den Punkt. »Ich dachte mir schon, dass Ihr das vorschlagen könntet. Auch ich bin dankbar für alles, was Ihr für uns getan habt. Aber selbst wenn es uns gelingt, die Kryptarchia-Flotte zu besiegen, wie geht es dann weiter? Euer Kaiser wird neue Schiffe schicken und meiner auch und ebenso der von Admiral Venkai. Dann fängt das alles wieder von vorn an.«

»So muss es nicht sein«, entgegnete Alastor Nevelon. »Nicht wenn wir drei zu einer Einigung kommen.«

»Ich höre«, sagte Venkai.

»Basilisk ist verlassen. Ich habe Späher in die Stadt geschickt, und sie haben keine Spuren von Überlebenden der Drehhu gefunden. Auch ist die Stadt weitgehend zerstört, doch einige Gebäude sind auch unversehrt geblieben, und aus dem, was übrig ist, können wir einen Hafen bauen. Jede unserer drei Nationen will die Kontrolle über diese Schifffahrtsstraße in den Osten, genauso auch die Kryptarchia. Wenn wir uns weiterhin in den Haaren liegen, dürfte sie irgendwann der glückliche Gewinner sein.« Er sah die beiden anderen nacheinander an. »Ich schlage vor, dass wir drei diese Stadt gemeinsam regieren, als souveräne Stellvertreter unserer Reiche. Nicht nur ein Basilisken-Thron, sondern drei. Wir werden unter uns gerecht aufteilen, was immer wir hier an Gewinn machen, und die Stadt gegen sämtliche Angriffe verteidigen.«

»Einschließlich der Angriffe aus Ophion?«

»Ja«, versicherte Alastor Nevelon. »Und der Angriffe aus Velesa und aus Modjal.«

»Ihr sprecht davon, eine neue Nation zu gründen«, begriff Venkai, »einen souveränen Staat.«

»Wenn wir das nicht tun, werden unsere jeweiligen Kaiser noch tausend Jahre gegeneinander Krieg führen«, erklärte Admiral Nevelon. »Ich glaube, nur wir können sie zur Vernunft bringen. Das jedenfalls ist meine inbrünstige Hoffnung. Wir haben uns diesen Sieg geteilt. Wir sollten uns auch die Beute teilen.«

Die beiden anderen dachten einen Moment lang schweigend über seine Worte nach.

»Wenn wir diese Idee in Betracht ziehen«, begann Venkai schließlich, »hätten wir dann irgendeine schriftliche Abmachung? Eine, mit der wir alle einverstanden sind?«

»Ja.«

»Das alles setzt voraus, dass wir die Flotte zurückschlagen können, die da auf uns zusteuert.«

»Das werden wir. Sie gehen davon aus, dass wir alle nicht mehr existieren, daher haben wir das Überraschungsmoment auf unserer Seite. Wir haben Strixe, die uns treu sind, und verfügen noch immer über hinreichend Strigas, um sie zu versorgen.«

»Und später? Wenn sie zurückkehren? Oder wenn wir einen Angriff durch unsere eigenen Regierungen abwehren müssen?«

»Bis dahin dürften wir gelernt haben, von den Waffen der Drehhu Gebrauch zu machen.«

»Das ist verboten!«, rief Morjebor geradezu entsetzt.

»Nein«, antwortete Admiral Nevelon, »es war verboten – von der Kryptarchia.«

»Das ist ein hervorragendes Argument«, meinte Venkai und ließ den Blick von einem zum anderen wandern. »Ich bin geneigt, dieses Gespräch fortzusetzen.«

Später, als sie wieder auf der Leucothea waren, schaute Crespin zu den anderen Schiffen hinüber und fragte: »Was ist, wenn sie am Ende doch nicht zustimmen?«

»Sie werden zustimmen«, war sein Vater überzeugt. »Sie werden zustimmen, und die Welt wird fortan eine andere sein.«

Ein Sonnenstrahl brach wie eine Lanze durch die Wolken über der aschebedeckten Stadt. Ein Seeadler flog durch die Lichtsäule, und sein weißer Kopf leuchtete auf wie eine winzige Sonne.

Crespin hörte ein leises Geräusch hinter sich, und als er sich umdrehte, sah er Kalliope heraufkommen. Ihre helle Haut wirkte fast weiß, doch sie sah nun besser aus, stärker. Entschlossen.

Nicht weit entfernt stand Renost in seiner besten Uniform.

Der Überzeugung seines Vaters ungeachtet konnte niemand wissen, was die nächsten Wochen bringen würden. Gut möglich, dass sie sich unter die unzähligen Seelen einreihen würden, die bereits in Basilisk umgekommen waren.

Dennoch war dies ein guter Tag.

Alles schien möglich.

Alles.

Danksagung

Mein Dank gilt Steve Saffel für seine redaktionelle Betreuung, Keven Eddy für das Lektorat und Nell Keyes für Anregungen und Hinweise bei einer frühen Entstehungsphase. Ein dickes Dankeschön auch an das übrige Team bei Titan – Nick Landau, Vivian Cheung, Laura Price, Fenton Coulthurst, Julia Lloyd, Paul Gill, Chris McLane, Katharine Carroll und Jenny Boyce.

'A singular, sensational new voice in epic fantasy'
Nicholas Eames, author of Kings of the Wyld
Die Knochen Schiffe
RJ BARKER